王国平　主编

南宋史研究丛书

王水照　熊海英　著

人民出版社

国家“十一五”重点图书出版规划项目
杭州市社会科学院重大课题

浙江文化研究工程成果文库总序

习近平

有人将文化比作一条来自老祖宗而又流向未来的河，这是说文化的传统，通过纵向传承和横向传递，生生不息地影响和引领着人们的生存与发展；有人说文化是人类的思想、智慧、信仰、情感和生活的载体、方式和方法，这是将文化作为人们代代相传的生活方式的整体。我们说，文化为群体生活提供规范、方式与环境，文化通过传承为社会进步发挥基础作用，文化会促进或制约经济乃至整个社会的发展。文化的力量，已经深深熔铸在民族的生命力、创造力和凝聚力之中。

在人类文化演化的进程中，各种文化都在其内部生成众多的元素、层次与类型，由此决定了文化的多样性与复杂性。

中国文化的博大精深，来源于其内部生成的多姿多彩；中国文化的历久弥新，取决于其变迁过程中各种元素、层次、类型在内容和结构上通过碰撞、解构、融合而产生的革故鼎新的强大动力。

中国土地广袤、疆域辽阔，不同区域间因自然环境、经济环境、社会环境等诸多方面的差异，建构了不同的区域文化。区域文化如同百川归海，共同汇聚成中国文化的大传统，这种大传统如同春风化雨，渗透于各种区域文化之中。在这个过程中，区域文化如同清溪山泉潺潺不息，在中国文化的共同价值取向下，以自己的独特个性支撑着、引领着本地经济社会的发展。

从区域文化入手，对一地文化的历史与现状展开全面、系统、扎实、有序的研究，一方面可以藉此梳理和弘扬当地的历史传统和文化资源，繁荣和丰富当代的先进文化建设活动，规划和指导未来的文化发展蓝图，增强文化软实力，为全面建设小康社会、加快推进社会主义现代化提供思想保证、精神动力、智力支持和舆论力量；另一方面，这也是深入了解中国文化、研究中国文化、发展中国文化、创新中国文化的重要途径之一。如今，区域文化研究日益受到各地重视，成为我国文化研究走向深入的一个重要标志。我们今天实施浙江文化研究工程，其目的和意义也在于此。

千百年来，浙江人民积淀和传承了一个底蕴深厚的文化传统。这种文化传统的独特性，正在于它令人惊叹的富于创造力的智慧和力量。

浙江文化中富于创造力的基因，早早地出现在其历史的源头。在浙江新石器时代最为著名的跨湖桥、河姆渡、马家浜和良渚的考古文化中，浙江先民们都以不同凡响的作为，在中华民族的文明之源留下了创造和进步的印记。

浙江人民在与时俱进的历史轨迹上一路走来，秉承富于创造力的文化传统，这深深地融汇在一代代浙江人民的血液中，体现在浙江人民的行为上，也在浙江历史上众多杰出人物身上得到充分展示。从大禹的因势利导、敬业治水，到勾践的卧薪尝胆、励精图治；从钱氏的保境安民、纳土归宋，到胡则的为官一任、造福一方；从岳飞、于谦的精忠报国、清白一生，到方孝孺、张苍水的刚正不阿、以身殉国；从沈括的博学多识、精研深究，到竺可桢的科学救国、求是一生；无论是陈亮、叶适的经世致用，还是黄宗羲的工商皆本；无论是王充、王阳明的批判、自觉，还是龚自珍、蔡元培的开明、开放，等等，都展示了浙江深厚的文化底蕴，凝聚了浙江人民求真务实的创造精神。

代代相传的文化创造的作为和精神，从观念、态度、行为方式和价值取向上，孕育、形成和发展了渊源有自的浙江地域文化传统和与时俱进的浙江文化精神，她滋育着浙江的生命力、催生着浙江的凝聚力、激发着浙江的创造力、培植着浙江的竞争力，激励着浙江人民永不自满、永不停息，在各个不同的历史时期不断地超越自我、创业奋进。

悠久深厚、意韵丰富的浙江文化传统，是历史赐予我们的宝贵财富，也是我们开拓未来的丰富资源和不竭动力。党的十六大以来推进浙江新发展的实践，使我们越来越深刻地认识到，与国家实施改革开放大政方针相伴随的浙江经济社会持续快速健康发展的深层原因，就在于浙江深厚的文化底蕴和文化传统与当今时代精神的有机结合，就在于发展先进生产力与发展先进文化的有机结合。今后一个时期浙江能否在全面建设小康社会、加快社会主义现代化建设进程中继续走在前列，很大程度上取决于我们对文化力量的深刻认识、对发展先进文化的高度自觉和对加快建设文化大省的工作力度。我们应该看到，文化的力量最终可以转化为物质的力量，文化的软实力最终可以转化为经济的硬实力。文化要素是综合竞争力的核心要素，文化资源是经济社会发展的重要资源，文化素质是领导者和劳动者的首要素质。因此，研究浙江文化的历史与现状，增强文化软实力，为浙江的现代化建设服务，是浙江人民的共同事业，也是浙江各级党委、政府的重要使命和责任。

2005 年 7 月召开的中共浙江省委十一届八次全会，作出《关于加快建设文化大省的决定》，提出要从增强先进文化凝聚力、解放和发展生产力、增强社会公共服务能力入手，大力实施文明素质工程、文化精品工程、文化研究工程、文化保护工程、文化产业促进工程、文化阵地工程、文化传播工程、文化人才工程等“八项工程”，实施科教兴国和人才强国战略，加快建设教育、科技、卫生、体育等“四个强省”。作为文化建设“八项工程”之一的文化研究工程，其任务就是系统研究浙江文化的历史成就和当代发展，深入挖掘浙江文化底蕴、研究浙江现象、总结浙江经验、指导浙江未来的发展。

浙江文化研究工程将重点研究“今、古、人、文”四个方面，即围绕浙江当代发展问题研究、浙江历史文化专题研究、浙江名人研究、浙江历史文献整理四大板块，开展系统研究，出版系列丛书。在研究内容上，深入挖掘浙江文化底蕴，系统梳理和分析浙江历史文化的内部结构、变化规律和地域特色，坚持和发展浙江精神；研究浙江文化与其他地域文化的异同，厘清浙江文化在中国文化中的地位和相互影响的关系；围绕浙江生动的当代实践，深入解读浙江现象，总结浙江经验，指导浙江发展。在研究力量上，通过课题组织、出版资助、重点研究基地建设、加强省内外大院名校合作、整合各地各部门力量等途径，形成上下联动、学界互动的整体合力。在成果运用上，注重研究成果的学术价值和应用价值，充分发挥其认识世界、传承文明、创新理论、咨政育人、服务社会的重要作用。

我们希望通过实施浙江文化研究工程，努力用浙江历史教育浙江人民，用浙江文化熏陶浙江人民，用浙江精神鼓舞浙江人民，用浙江经验引领浙江人民，进一步激发浙江人民的无穷智慧和伟大创造能力，推动浙江实现又快又好发展。

今天，我们踏着来自历史的河流，受着一方百姓的期许，理应负起使命，至诚奉献，让我们的文化绵延不绝，让我们的创造生生不息。

2006 年 5 月 30 日于杭州

以杭州(临安)为例　还原一个真实的南宋
——从“南海一号”沉船发现引发的思考
(代　序)

王国平

2007年12月22日，举世瞩目的我国南宋商船“南海一号”在广东阳江海域打捞出水。根据探测情况估计，整船金、银、铜、铁、瓷器等文物可能达到6万—8万件，据说皆为稀世珍宝。迄今为止，全世界范围内都未曾发现过如此巨大的千年古船。“南海一号”的发现，在世界航海史上堪称一大奇迹，也填补与复原了南宋海上“丝绸之路”历史的一些空白①。不少专家认为“南海一号”的价值和影响力将不亚于西安秦始皇兵马俑。这艘沉船虽然出现在广东海域，但反映了整个南宋经济、文化的繁荣，标志着南宋社会的开放，也表明当时南宋引领着世界的发展。作为南宋政治、经济、文化、科技中心的都城临安(浙江杭州)，则是南宋社会繁华与开放的代表。从某种意义上讲，没有以临安为代表的南宋的繁荣与开放，就不会有今日“南海一号”的发现；而“南海一号”的发现，也为我们重新审视与评价南宋，带来了最好的注解、最硬的实证。

提起南宋，往往众说纷纭，莫衷一是。长期以来，不少人把“山外青山楼外楼，西湖歌舞几时休？暖风熏得游人醉，直把杭州作汴州”②这首曾写在临

---

① 参见《“南海一号”成功出水》一文，载《人民日报》2007年12月23日。

② 林升：《题临安邸》，转引自田汝成《西湖游览志余》卷二《帝王都会》，上海古籍出版社1980年版，第14页。

安城一家旅店墙上的诗,当作是当时南宋王朝的真实写照。虽然近现代已有海内外学者开始重新认识南宋,但相当一部分人仍认为南宋军事上妥协投降、苟且偷安,政治上腐败成风、奸相专权,经济上积贫积弱、民不聊生,生活上纸醉金迷、纵情声色。总之,南宋王朝是一个只图享受、不思进取的偏安小朝廷。导致这种历史误解的原因,在很大程度上是出于人们对患有“恐金病”的宋高宗和权相秦桧一伙倒行逆施的义愤,这是可以理解的。但是,我们决不能坐在历史的成见之上人云亦云。只要我们以对历史负责、对时代负责、对未来负责的精神和科学求实的态度,以科学发展观为指导,对南宋进行全面、深入、系统的研究,将南宋放到当时特定的历史发展阶段中、放到中国社会发展的历史长河中、放到整个世界的文明进程中进行考察,就不难发现南宋时期在社会经济、思想文化、科学技术、国计民生等方面所取得的成就,就不难发现南宋对中华文明所产生的巨大影响,以此对南宋作出科学、客观、公正的评价,“还原一个真实的南宋”。

宋钦宗靖康元年(1126)闰十一月,金军攻陷北宋京城开封。次年三月,俘徽、钦二帝北去,北宋灭亡。同年五月,宋徽宗第九子、钦宗之弟赵构,在应天府(河南商丘)即位,是为高宗,改元建炎,重建赵宋王朝。建炎三年(1129)二月,高宗来到杭州,改州治为行宫,七月升杭州为临安府,此时起,杭州实际上已成为南宋的都城。绍兴八年(1138),南宋宣布临安府为“行在所”,正式定都临安。自建炎元年(1127)赵构重建宋室,至祥兴二年(1279)帝昺蹈海灭亡,历时153年,史称“南宋”。

我们认为,研究与评价南宋,不应当仅仅以王朝政权的强弱为依据,而应当坚持“以人为本”的理念,以人们生存与生活状态的改善作为社会进步的根本标准。许多人评价南宋,往往把南宋王朝作为对象,我们认为所谓“南宋”,不仅仅是一个历史王朝的称谓,而主要是指一个特定的历史阶段和历史时期。在马克思主义看来,历史的进步是社会发展和人的发展相统一的过程,“人们的社会历史始终只是他们的个体发展的历史”①,未来理想社

① 《马克思恩格斯选集》第4卷,人民出版社1972年版,第321页。

会“以每个人的全面而自由的发展为基本原则”①。人是社会发展的主体,人的自由与全面发展是社会进步的最高目标。这就要坚持“以人为本”的科学发展观,将人的生存与全面发展作为评价一个历史阶段的根本依据。南宋时期,虽说尚处在封建社会的中期,人的自由与发展受到封建集权思想与皇权统治的严重束缚,但南宋与宋代以前漫长的封建历史时期相比,这一时期所出现的对人的生存与生活的关注度以及南宋人的生活质量和创造活力所达到的高度都是前所未有的。

研究与评价南宋,不应当仅仅以军事力量的大小作为评价依据,而应当以其社会经济、文化整体状况与发展水平的高低作为重要标准。我们评判一个朝代,不但要考察其军事力量的大小,更要看其在经济、文化、科技、社会等各方面所取得的成就。两宋立国320年,虽不及汉、唐、明、清国土辽阔,却以在封建社会中无可比拟的繁荣和社会发展的高度,跻身于中国古代最辉煌的历史时期之列。无论是文化教育的普及、文学艺术的繁荣、学术思想的活跃、科学技术的进步,还是社会生活的丰富多彩,南宋都达到了前所未有的程度,在当时世界上也都处于领先地位。著名史学家邓广铭认为“宋代的文化,在中国封建社会历史时期之内,截至明清之际西学东渐的时期为止,可以说,已经达到了登峰造极的高度”。②

研究与评价南宋,不能仅仅以某些研究的成果或所谓的“历史定论”为依据,而应当以其在人类文明进步中所扮演的角色,以及对后世产生的影响作为重要标准。宋朝是中国封建社会里国祚最长的朝代,也是封建文化发展最为辉煌的时期。南宋虽然国土面积只有北宋的五分之三左右,却维持了长达153年(1127—1279)的统治。南宋不但对中国境内同时代的少数民族政权和周边国家产生了积极影响,而且对后世中华文化的形成产生了巨大影响。近代著名思想家严复认为:“中国所以成于今日现象者,为善为恶,姑不具论,而为宋人所造就,什八九可断言也。”③近代史学大师陈寅恪先生

① 《马克思恩格斯全集》第23卷,人民出版社1972年版,第649页。

② 邓广铭:《宋代文化的高度发展与宋王朝的文化政策》,载《历史研究》1990年第1期。

③ 严复:《严几道与熊纯如书札节钞》,载《学衡》第13期,江苏古籍出版社1999年影印本。

也曾经指出:“华夏民族之文化,历数千载之演进,造极于赵宋之世。”[①]因此,我们既要看到南宋王朝负面的影响,更要充分肯定南宋的历史地位与历史影响,只有这样,才能“还原一个真实的南宋”。

一、在政治上,不但要看到南宋王朝外患深重、苟且偷安的一面,更要看到爱国志士精忠报国、南宋政权注重内治的一面

南宋时期民族矛盾异常尖锐,外患严重之至,前期受到北方金朝的军事讹诈和骚扰掠夺,后期又受到蒙元的野蛮侵略,长期威胁着南宋政权的生存与发展。在此情形下,南宋初期朝廷中以宋高宗为首的主和派,积极议和,向女真贵族纳贡称臣,南宋王朝确实存在消极抗战、苟且偷安的一面。但也要承认南宋王朝大多君王也怀有收复中原的愿望。南宋将杭州作为“行在所”,视作“临安”而非“长安”,也表现出了南宋统治集团不忘收复中原的意图。我们更应该看到南宋时期,在153年中,涌现了以岳飞、文天祥两位彪炳青史的民族英雄为代表的一大批爱国将领,众多的爱国仁人志士,这是中国古代任何一个朝代都难以比拟的。

同时,南宋政权也十分注重内治,在加强中央集权制度、推行“崇尚文治”政策、倡导科举不分门第等方面均有重大建树。其主要表现在:

1. 从军事斗争上看,南宋是造就爱国志士、民族英雄的时代

南宋王朝长期处于外族入侵的严重威胁之下,为此南宋军民进行了一百多年艰苦卓绝的抵抗斗争,涌现了无数气壮山河、可歌可泣的爱国事迹和民族英雄。因而,我们认为:南宋时代是面对强敌、英勇抗争的时代。众所周知,金朝是中国历史上继匈奴、突厥、契丹以后一个十分强大的少数民族政权,并非昔日汉唐时期的匈奴、突厥与明清时期的蒙古可比。金军先后灭亡了辽朝和北宋,南侵之势简直锐不可当,但由于南宋军民的浴血奋战,虽屡经挫折,终于抵挡住了南侵金军一次又一次的进攻,在外患深重的困境中站稳了脚跟。在持久的宋金战争中,南宋的军事力量不但没有削

---

① 《陈寅恪先生文集》第2卷,上海古籍出版社1980年版,第245页。

弱,反而逐渐壮大起来。南宋后期的蒙元军队则更为强大,竟然以20年左右的时间横扫欧亚大陆,使全世界都为之谈"蒙"色变。南宋的军事力量尽管相对弱小,又面对当时世界上最为强大的蒙元军队,但广大军民同仇敌忾,顽强抵抗了整整45年之久,这不能不说是世界抗击蒙元战争史上的一个奇迹。①

南宋是呼唤英雄、造就英雄的时代。在旷日持久的宋金战争中,造就了以宗泽、韩世忠、岳飞、刘锜、吴玠吴璘兄弟为代表的一批南宋爱国将领。特别是民族英雄岳飞率领的岳家军,更是使金军闻风丧胆。在南宋抗击蒙元的悲壮战争中,前有孟珙、王坚等杰出爱国将领,后有文天祥、谢枋得、陆秀夫、张世杰等抗元英雄,其中民族英雄文天祥领导的抗元斗争,更是可歌可泣,彪炳史册。

南宋是激发爱国热忱、孕育仁人志士的时代。仅《宋史·忠义列传》,就收录有爱国志士277人,其中大部分是南宋人②。南宋初期,宗泽力主抗金,并屡败金兵,因不能收复北宋失地而死不瞑目,临终时连呼三次"过河";洪皓出使金朝,被流放冷山,历尽艰辛,终不屈服,被比作宋代的苏武;陆游"死去元知万事空,但悲不见九州同"的诗句,表达了他渴望祖国统一的遗愿;辛弃疾的词则抒发了盼望祖国统一和反对主和误国的激情。因此,我们认为,南宋不但是造就民族英雄的时代,也是孕育爱国政治家、军事家、文学家和思想家的沃土。

2. 从政治制度上看,两宋时期是加强中央集权、"干强枝弱"的时期

宋朝在建国之初,鉴于前朝藩镇割据、皇权削弱的历史教训,通过采取"强干弱枝"政策,不断加强中央集权统治,南宋时得到了进一步强化。在中央权力上,实行军政、民政、财政"三权分立",削弱宰相的权力与地位;在地方权力上,中央派遣知州、知县等地方官,将原节度使兼领的"支郡"收归中央直接管辖;在官僚机构上,实行官(官品)、职(头衔)、差遣(实权)三者分离制度;在财权上,设置转运使掌管各路财赋,将原藩镇把持的地方财权收

---

① 参见何忠礼《论南宋在中国历史上的地位和影响》,载《杭州研究》2007年第2期。

② 参见俞兆鹏《南宋人才之盛及其原因》,载《杭州日报》2005年11月14日。

归中央;在司法权上,设置提点刑狱一职,将方镇节度使掌握的地方司法权收归中央;在军权上,实行禁军"三衙分掌",使握兵权与调兵权分离、兵与将分离,将各州军权牢牢地控制在中央手里,从而加强了中央对政权、财权、军权等方面的全面控制。南宋继承了北宋加强中央集权的这一系列措施,为维护国家内部统一、社会稳定和经济发展提供了良好的国内环境。尽管多次出现权相政治,但皇权仍旧稳定如故。

3. 从用人制度上看,南宋是所谓"皇帝与士大夫共治天下"的时代

两宋统治集团始终崇尚文治,尊重知识分子,重用文臣,提倡教育和养士,优待知识分子。与秦代"焚书坑儒"、汉代"罢黜百家"、明清"文字狱"相比,两宋时期可谓是封建社会思想文化环境最为宽松的时期,客观上对经济、社会、文化发展起到了积极的促进作用[①]。其政策措施表现在:

推行"崇尚文治"政策。宋王朝对文人士大夫采取了较为宽松宽容的态度,"欲以文化成天下",对士大夫待之以礼、"不得杀士大夫及上书言事人"[②],确立了"兴文教,抑武事"[③]的"崇文抑武"大政方针。两宋政权将"右文"定为国策,在这种政治氛围下,知识分子的思想十分活跃,参政议政的热情空前高涨,在一定程度上出现了"皇帝与士大夫共治天下"的局面,从而有力地推动了宋代思想、学术、文化的大发展。正由于两宋重用文士、优待文士,不杀文臣,因而南宋时常有正直大臣敢于上书直谏,甚至批评朝政乃至皇帝的缺点,这与隋、唐、明、清时期的动辄诛杀士大夫的政治状况大不相同。

采取"寒门入仕"政策。为了吸收不同阶层的知识分子参加政权,两宋对选才用人的科举制度进行了改革,消除了魏晋以来士族门阀造成的影响。两宋科举取士几乎面向社会各个阶层,再加上科举取士的名额不断增加,在社会各阶层中形成了"学而优则仕"之风。南宋时期,取士更不受出身门第的限制,只要不是重刑罪犯,即使是工商、杂类、僧道、农民,甚至是杀猪宰牛

---

① 参见郭学信《试论两宋文化发展的历史特色》,载《江西社会科学》2003 年第 5 期。

② 陶宗仪:《说郛》卷三九上,台北商务印书馆 1986 年影印文渊阁《四库全书》本。

③ 李焘:《续资治通鉴长编》卷一八,太平兴国二年正月丙寅条,中华书局 2004 年版,第 392 页。

的屠户,都可以应试授官。南宋的科举登第者多数为平民,如在宝祐四年(1256)登科的601名进士中,平民出身者就占了70%。[①]

二、在经济上,不但要看到南宋连年岁贡不断、赋税沉重的状况,更要看到整个南宋生产发展、经济繁荣的一面

人们历来有一种误解,认为南宋从立国之日起,就存在着从北宋带来的“积贫积弱”老毛病。确实,南宋王朝由于长期处于前金后蒙的威胁之下,迫使其不得不以加强皇权统治作为核心利益,在对外关系上,以牺牲本国的经济利益为代价,采取称臣、割地、赔款等手段来换取王朝政权的安定。正因为庞大的兵力和连年向金朝贡,加重了南宋王朝财政负担和民众经济负担,也一定程度上影响了南宋的经济发展。但在另一方面,我们更应当看到,南宋时期,由于北方人口的大量南下,给南宋的经济发展带来了充足的劳动力、先进的生产技术和丰富的生产经验,再加上统治者出台的一些积极措施,南宋在农业、手工业、商业、外贸等方面都取得了突出成就。南宋经济繁荣主要体现在:

1. 从农业生产看,南宋出现了古代中国南粮北调的新格局

由于南宋政府十分注重水利的兴修,并采取鼓励垦荒的措施,加上北方人口的大量南移和广大农民的辛勤劳动,促进了流民复业和荒地开垦。人稠地少的两浙等平原地带,垦辟了众多的水田、圩田、梯田。曾经“几无人迹”的淮南地区也出现了“田野加辟”、“阡陌相望”的繁荣景象。南宋时期,农作物单位面积产量比唐代提高了两三倍,总体发展水平大大超过了唐代,有学者甚至将宋代农作物单位面积产量的大幅提高称为“农业革命”[②]。“苏湖熟,天下足”的谚语就出现在南宋[③]。元初,江浙行省虽然只是元十个行省中的一个,岁粮收入却占了全国的37.10%[④],江浙地区成了中国农业最为发达的地区,并出现了中国南粮北调的新格局。

---

① 参见俞兆鹏《南宋人才之盛及其原因》,载《杭州日报》2005年11月14日。

② 张邦炜:《瞻前顾后看宋代》,载《河北学刊》2006年第5期。

③ 范成大:《吴郡志》卷五〇《杂志》,中华书局1990年《宋元方志丛刊》本。

④ 脱脱:《元史》卷九三《食货一・税粮》,中华书局2005年版,第2361页。

2. 从手工业生产看，南宋达到了中国古代手工业发展的新高峰

南宋时期，随着北方手工业者的大批南下和先进生产技术的传入，使南方的手工业生产上了一个新的台阶。一是纺织业规模和技术都大大超过了同时代的金朝，南方自此成为了中国丝织业最发达的地区。二是瓷器制造业中心从北方移至江南地区。景德镇生产的青白瓷造型优美，有"饶玉"之称；临安官窑所造青瓷极其精美，为此杭州在官窑原址建立了官窑博物馆，将这些精美的青瓷展现给世人；龙泉青瓷达到了烧制技术的新高峰，并大量出口。三是造船业空前发展。漕船、商船、游船、渔船，数量庞大，打造奇巧，富有创造性；海船所采用的多根桅杆，为前代所无；战船种类众多，功用齐全，在抗金和抗蒙元的战争中发挥了重要作用。

3. 从商业发展看，南宋开创了古代中国商品经济发展的新时代

虽然宋代主导性的经济仍然是自然经济，但由于两宋时期冲破了历朝统治者奉行"重农抑商"观念的束缚，确立了"农商并重"的国策，采取了惠商、恤商政策措施，使社会各阶层纷纷从事商业经营，商品经济呈现出划时代的发展变化，进入了一个新的历史发展阶段。一是四通八达的商业网络。随着商品贸易的发展，出现了临安、建康（江苏南京）、成都等全国性的著名商业大都市，当时的临安已达16万户，人口最多时有150万—160万人①，同时，还出现了50多个10万户以上的商业大城市，并涌现出一大批草市、墟市等定期集市和商业集镇，形成了"中心城市—市镇集市—边境贸易—海外市场"的通达商业网络②。二是"市坊合一"的商业格局。两宋时期由于城市商业繁荣，冲破了长期以来作为商业贸易区的"市"与作为居民住宅区的"坊"分离的封闭式坊市制度，出现了住宅与店肆混合的"市坊合一"商业格局，街坊商家店铺林立，酒肆茶楼面街而立。从《梦粱录》和《武林旧事》的记载来

---

① 杨宽先生在《中国古代都城制度史》一书中认为，南宋末年咸淳年间，临安府所属九县，按户籍，主客户共三十九万一千多户，一百二十四万多口；附郭的钱塘、仁和两县主客户共十八万六千多户，四十三万二千多口，占全府人口的三分之一。宋朝的"口"是男丁数，每户平均以五人计，约九十多万人。所驻屯的军队及其家属，估计有二十万人以上，总人口当在一百二十万人左右，包括城外郊区十万人和乡村十万人。

② 参见陈杰林《南宋商业发展：特点与成因》，载《安庆师范学院学报》2003年第4期。

看,南宋临安城内商业繁荣,甚至出现了夜市刚刚结束,早市又告兴起的繁荣景象。三是规模庞大的商品交易。南宋商品的交易量虽难考证,但从商税收入可窥见一斑。淳熙(1174—1189)末全国正赋收入6530万缗,占全国总收入30%以上,据此推测,南宋商品交易额在20000万缗以上,可见商品交易量之巨大①。南宋商税加专卖收益超过农业税的收入,改变了宋以前历代王朝农业税赋占主要地位的局面。

4. 从海外贸易看,南宋开辟了古代中国东西方交流的新纪元

两宋期间,由于陆上"丝绸之路"隔断,东南方向海路成为对外贸易的唯一通道,海外贸易成为中外经济文化交流的主要通道。南宋海外贸易繁荣表现在:一是对外贸易港口众多。广州、泉州、临安、明州(浙江宁波)等大型海港相继兴起,与外洋通商的港口已近20个,还兴起了一大批港口城镇,形成了北起淮南/东海,中经杭州湾和福、漳、泉金三角,南到广州湾和琼州海峡的南宋万余里海岸线上全面开放的新格局,这种盛况不仅唐代未见,就是明清亦未能再现②。二是贸易范围大为扩展。宋前,与我国通商的海外国家和地区约20处,主要集中在中南半岛和印尼群岛,而与南宋有外贸关系的国家和地区增至60个以上,范围从南洋(南海)、西洋(印度洋)直至波斯湾、地中海和东非海岸。三是出口商品附加值高。宋代不但外贸范围扩大、出口商品数量增加,而且进口商品以原材料与初级制品为主,而出口商品则以手工业制成品为主,附加值高。用附加值高的制成品交换附加值低的初级产品,表明宋代外向型经济在发展程度上高于其外贸伙伴。③

三、在文化上,不但要看到封闭保守、颓废安逸的一面,更要看到南宋"百家争鸣、百花齐放"的繁荣局面

由于以宋高宗为首的妥协派大多患有"恐金病",加之南宋要想收复北

① 参见陈杰林《南宋商业发展:特点与成因》,载《安庆师范学院学报》2003年第4期。
② 参见葛金芳《南宋:走向开放型市场的重大转折》,载《杭州研究》2007年第2期。
③ 参见葛金芳《南宋:走向开放型市场的重大转折》,载《杭州研究》2007年第2期。

方失地在军事上和经济上确实存在着许多困难，收复中原失地的战争，也几度受到挫折，因此在南宋统治集团中，往往笼罩着悲观失望、颓废偷安的情绪。一些皇亲贵族，只要不是兵荒马乱，就热衷于享受山水之乐和口腹之欲，出现了软弱不争、贪图享受、胸无大志、意志消沉的"颓唐之风"。反映在一些文人士大夫的文化生活中，就是"一勺西湖水。渡江来、百年歌舞，百年酣醉"的华丽浮靡之风。但是，这并不能掩盖两宋文化的历史地位与影响。宋代是中国古代文化最为光辉灿烂的时期之一。近代的中国文化，其实皆脱胎于两宋文化。著名史学家邓广铭认为："宋代文化发展所能达到的高度，在从十世纪后半期到十三世纪中叶这一历史时期内，是居于全世界的领先地位的。"①日本学者则将宋代称为"东方的文艺复兴时代"②。著名华裔学者刘子健认为："此后中国近八百年来的文化，是以南宋文化为模式，以江浙一带为重点，形成了更加富有中国气派、中国风格的文化。"③这主要体现在：

1. 南宋是古代中国学术思想的巅峰时期

王国维指出："宋代学术，方面最多，进步亦最著"，"近世学术多发端于宋人"。宋学作为宋型文化的精神内核，是中国古代学术思想的新巅峰。宋学流派纷呈，各臻其妙，大师迭出，群星璀璨，尤其到南宋前期，思想文化呈现出一派勃勃生机和前所未有的活跃局面。

理学思想的形成。两宋统治者以文治国、以名利劝学的政策，对当时的思想、学术及教育产生了重要影响，最明显的一个标志是新儒学——理学思想的诞生。南宋是儒学各派互争雄长的时期，各学派互相论辩、互相补充，共同构筑起中国儒学发展史上一个新的阶段。作为程朱理学集大成者的朱熹，是继孔孟以来最杰出的儒家学者。理学思想中倡导的国家至上、百姓至上的精神，与孟子的"君轻民贵"思想是一脉相承的。同时，两宋还倡导在儒

---

① 邓广铭：《国际宋史研讨会开幕词》，载《国际宋史研讨论文选集》，河北大学出版社 1992 年版，第 1 页。

② 宫崎市定：《宫崎市定论文选集》下册，商务印书馆 1963 年版。

③ 刘子健：《代序——略论南宋的重要性》，载黄宽重主编《南宋史研究集》，台湾新文丰出版公司 1985 年版。

家思想主导下的“儒佛道三教同设并行”,就是在“尊孔崇儒”的同时,对佛、道两教也持尊奉的态度。理学各家出入佛老;佛门也在学理上融合儒道;道教则从佛教中汲取养分,将其融入自身的养生思想,并吸纳佛教“因果轮回”思想与儒家“纲常伦理”学说。普通百姓“读儒书、拜佛祖、做斋醮”更是习以为常。两宋“三教合流”的文化策略迎合了时代的需要,使宋代儒生不同于以往之“终信一家、死守一经”,从而使得南宋在思想、文化领域均有重大突破与重大建树。

思想学术界学派林立。学派林立是南宋学术思想发展的突出表现,也是当时学术界新流派勃兴的标志。在儒学复兴的思潮激荡下,尤其是在鼓励直言、自由议论的政策下,先后形成了以朱熹为代表的道学,以陆九渊为代表的心学,以叶适为代表的永嘉事功之学,以吕祖谦为代表的婺学,以陈亮为代表的永康之学等主要学派,开创了浙东学派的先河。南宋时期学派间互争雄长和欣欣向荣的景象,维持了近百年之久,形成了继春秋战国之后中国历史上第二次“百家争鸣”的盛况,为推动南宋经济文化的发展起到了积极作用。尤其是浙东事功学派极力推崇义利统一,强调“商藉农而立,农赖商而行”,认为只有农商并重,才能民富国强,实现国家中兴统一的目的。这种功利主义思想,反映了当时人们希望发展南宋经济和收复北方失地的强烈愿望。

2. 南宋是古代中国文学艺术的鼎盛时期

近代国学大师王国维认为:“天水一朝人智之活动与文化之多方面,前之汉唐、后之元明皆所不逮也。”[①]南宋文学艺术的繁荣主要表现在:一是宋词的兴盛。宋代创造性地发展了“词”这一富有时代特征的文学形式。词的繁荣起始于北宋,鼎盛于南宋。南宋词不仅在内容上有所开拓,而且艺术上更趋于成熟。辛弃疾是南宋最伟大的爱国词人,豪放词派的最高代表,也是南宋词坛第一人,与北宋词人苏轼一样,同为宋词最为杰出的代表。李清照是婉约词派的代表人物,形成了别具一格的“易安体”,对后世影响很大。陆

① 王国维:《静庵文集续编 · 宋代之金石学》,载《王国维遗书》第5册,上海古籍出版社1983年版。

游既是著名的爱国诗人，也是南宋词坛的巨匠，他的词充满了奔放激昂的爱国主义感情，与辛弃疾一起把宋词推向了艺术高峰。二是宋诗的繁荣。宋诗在唐诗之后另辟蹊径，开拓了宋诗新境界，其影响直到清末民初。宋诗完全有资格在中国诗史上与唐诗双峰并峙，两水并流。三是话本的兴起。南宋话本小说的出现，在中国文学史上是一件极有意义的大事，它标志着中国小说的发展已进入到了一个新的阶段。宋代话本为中国小说的发展注入了新鲜的活力，迎来了明清小说的繁荣局面。南宋还出现了以《沧浪诗话》为代表的具有现代审美特征的开创性的文学理论著作。四是南戏的出现。南宋初年，出现了具有很强的现实性和感染力的“戏文”，统称“南戏”。南宋戏文是元代杂剧的先驱，它的出现标志着中国古代戏曲艺术的成熟，为我国戏剧的发展奠定了雄厚基础[①]。五是绘画的高峰。宋代是中国绘画史上的鼎盛时期，标志我国中古时期绘画高峰的出现。有研究者认为：“吾国画法，至宋而始全。”[②]宋代画家多达千人左右，以李唐、刘松年、马远、夏圭等人为代表的南宋著名画家，他们的作品在画坛至今仍享有十分崇高的地位。此外，南宋的多位皇帝和后妃也都是绘画高手。南宋绘画形式多样，山水、人物、花鸟等并盛于世，其中尤以山水画最为突出，它们对后世的影响极大。南宋画家称西湖景色最奇者有十，这就是著名的“西湖十景”的由来。宋代工艺美术造型、装饰与总体效果堪称中国工艺史上的典范，为明清工艺争相效仿的对象。此外，南宋的书法、雕塑、音乐、歌舞等也都有长足的发展。

3. 南宋是古代中国文化教育的兴盛时期

宋代统治者大力倡导学校教育，将“崇经办学”作为立国之本，使宋代的教育体制较之汉唐更加完备和发达。南宋官学、私学皆盛，彻底打破了长期以来士族地主垄断教育的局面，使文化教育下移，教育更加大众化，适应了平民百姓对文化教育的需求，推动了文化的大普及，提高了全社会的文化素质，促进了南宋社会文化事业的进步和发展。在科举考试的推动下，南宋的中央官学、地方官学、书院和私塾村校并存，各类学校都获得了蓬勃的发展。

---

① 参见何忠礼、徐吉军《南宋史稿》，杭州大学出版社 1999 年版，第 657 页。

② 潘天寿：《中国绘画史》，上海人民美术出版社 1983 年版，第 158 页。

南宋各州县普遍设立了公立学校,其学校规模、学校条件、办学水平,较之北宋有了更大发展。由于理学家的竭力提倡和科举考试的需要,南宋地方书院得到了大发展,宋代共有书院397所,其中南宋占310所[①]。南宋私塾村校遍及全国各地,学校教育由城镇延伸到了乡村,南宋教育达到了前所未有的普及程度。

4. 南宋是古代中国史学的繁荣时期

南宋以“尊重和提倡”的形式,鼓励知识分子重视历史,研究历史,“思考历代治乱之迹”。陈寅恪先生指出:“中国史学莫盛于宋。”[②]南宋史学家袁枢的《通鉴纪事本末》,创立了以重大历史事件为主体,分别立目,完整地记载历史事件的纪事本末体;朱熹的《资治通鉴纲目》创立了纲目体;朱熹的《伊洛渊源录》则开启了记述学术宗派史的学案体之先河。南宋在历史上第一次提出了“经世致用”的修史思想。南宋史学家不仅重视当代史的研究,而且力主把历史与现实结合起来,从历史上寻找兴衰之源,以史培养爱国、有用的人才。这些都对后代的史学家有很大的启迪和教益。

四、在科技上,既要看到整个宋代在中国古代科技史上的地位,又要看到南宋对古代中国科学技术的杰出贡献

宋代统治集团对在科学技术上有重要发明及创造、创新之人给予物质和精神奖励,为宋代科技发展与进步注入了前所未有的强大动力。宋朝是当时世界上发明创造最多的国家,也是中国为世界科技发展贡献最大的时期。英国学者李约瑟说:“每当人们在中国的文献中查找一种具体的科技史料时,往往会发现它的焦点在宋代,不管在应用科学方面或纯粹科学方面都是如此。”[③]中国历史上的重要发明,一半以上都出现在宋朝,宋代的不少科技发明不仅在中国科技史上,而且在世界科技史上也号称第一。《梦溪笔

① 参见何忠礼《论南宋在中国历史上的地位和影响》,载《杭州研究》2007年第2期。

② 陈寅恪:《陈垣明季滇黔佛教考序》、《陈垣元西域人华化考序》,载《金明馆丛稿二编》,上海古籍出版社1980年版,第240、238页。

③ 李约瑟:《李约瑟文集》,辽宁科技出版社1986年版,第115页。

谈》的作者北宋沈括、活字印刷术的发明者毕昇这两位钱塘(浙江杭州)人,都是中外公认的中国古代伟大科学巨匠。南宋的科技在北宋基础上进一步得到发展,其科技成就在很多方面居于世界领先地位。这主要表现在:

1. 南宋对中国古代"三大发明"的贡献

活字印刷术、指南针与火药三大发明,在南宋时期获得进一步的完善和发展,并开始了大规模的实际应用。指南针在航海上的应用,始见于北宋末期,南宋时的指南针已从简单的指针,发展成为比较简易的罗盘针,并将它应用于航海上,这是一项具有世界意义的重大发明。李约瑟指出:指南针在航海中的应用,是"航海技艺方面的巨大改革","预示计量航海时代的来临"。中国古代火药和火药武器的大规模使用和推广也始自南宋。南宋出现的管形火器,是世界兵器史上十分重要的大事,近代的枪炮就是在这种原始的管形火器基础上发展起来的。此外,南宋还广泛使用威力巨大的火炮作战,充分反映了南宋火器制造技术的巨大进步。南宋开始推广使用活字印刷术,出现了目前世界上第一部活字印本。此外,南宋的造纸技术也更为发达,生产规模大为扩展,品种繁多,质量之高,近代也多不及。

2. 南宋在农业技术理论上的重大突破

南宋陈旉所著的《农书》是我国现存最早的有关南方农业生产技术与经营的农学著作,他是中国农学史上第一个提出土地利用规划技术的人。陈旉在《农书》中首先提出了土壤肥力论等多种土地的利用和改造之法,并对搞好农业经营管理提出了卓越的见解。稻麦两熟制、水旱轮作制、"耕耙耖"耕作制,在南宋境内都得到了较好的推广。植物谱录在南宋也大量涌现。《橘录》是我国最早的柑橘专著;《菌谱》是世界历史上最早的菌类专著;《全芳备祖》是世界上最早的植物学辞典,比欧洲要早300多年;《梅谱》是世界上最早的有关梅花的专著。

3. 南宋在制造技术上的高度成就

宋代冶金技术居世界最高水平,南宋对此作出了卓越的贡献。在有色金属的开采与冶炼方面,南宋发明了"冶银吹灰法"和"铜合金铁"冶炼法;在煤炭的开发利用上,南宋开始使用焦煤炼铁(而欧洲人是在18世纪时才发明了焦煤炼铁），是我国冶金史上具有重大意义的里程碑。南宋是我国纺织技术高度发展时期，特别是蚕桑丝绸生产，已形成了一整套从栽桑到成衣的过程，生产工具丰富，为明清的丝绸生产技术奠定了基础。南宋的丝纺织品、织造和染色技术在前代的基础上达到了一个新水平。南宋瓷器无论在胎质、釉料，还是在制作技术上，都达到了新的高度。同时，南宋的造船、建筑、酿酒、地学、水利、天文历法、军器制造等方面的技术水平，也都比过去有很大的进步。如现保存于杭州碑林的石刻《天文图》，是迄今为止所能见到的最早的全天星图；绘于南宋绍定二年（1229）的石刻《平江图》，是我国现存最完整的城市规划图，至今仍完好地保存在苏州市博物馆。

4．南宋在数学领域的巨大贡献

南宋数学不仅在中国数学史上，而且在世界数学史上取得了极为辉煌的成就。南宋杰出的数学家秦九韶撰写的《数学九章》提出的“正负开方术”，与现代求数学方程正根的方法基本一致，比西方早500多年。另一位杰出的数学家杨辉，编撰有《详解九章算法》、《日用算法》、《乘除通变本末》、《田亩比类乘除捷法》、《续古摘奇算法》、《杨辉算法》等十余种数学著作，收录了不少我国现已失传的数学著作中的算题和算法。杨辉对级数求和的论述，使之成为继沈括之后世界上最早研究高阶等差级数的人。杨辉发明的“九归口诀”，不仅提高了运算速度和精确度，而且还对明代珠算的发明起到了重要作用。因此，李约瑟把宋代称为“伟大的代数学家的时代”，认为“中国的代数学在宋代达到最高峰”。①

5．南宋在医药领域的重要贡献

南宋是中国法医学正式形成的时期。宋慈《洗冤集录》是世界上第一部法医学专著，比西方早350余年。它不仅奠定了我国古代法医学的基础，而且被奉为我国古代“官司检验”的“金科玉律”，并对世界法医学产生了广泛影响。南宋是中国针灸医学的极盛时期。王执中《针灸资生经》和闻人耆年

---

① 参见《中国科学技术史》第1卷第1册，科学出版社1975年版，第273、284、287、292页。

《备急灸法》两书，皆集历代针灸学知识之大全，反映了当时针灸学的最高水平。南宋腧穴针灸铜人是针灸学上第一具教学、临床用的实物模型。陈自明所著《外科精要》一书对指导外科的临床应用具有重要意义。陈自明《妇人大全良方》是著名的妇产科著作，直到明清时期仍被妇科医生奉为经典。朱瑞章的《卫生家宝产科方》，被称为“产科之荟萃，医家之指南”。无名氏的《小儿卫生总微论方》和刘昉的《幼幼新书》，汇集了宋以前在儿科学方面所取得的成就，是我国历史上较早的一部比较系统、全面的儿科学著作。许叔微《普济本事方》是中国古代一部比较完备的方剂专书。

五、在社会生活上，不但看到南宋一些富豪官绅生活奢华、挥霍淫乐的一面，更要看到南宋政府关注民生、注重民生保障的一面

南宋社会生活的奢侈之风，既是南宋官僚地主腐朽的集中反映，也是南宋经济文化空前繁荣的缩影。我们不但看到南宋一些富豪官绅纵情声色、恣意挥霍的社会现象，更要看到南宋政府倡导善举、关注民生、同情民苦的客观事实。两宋社会保障制度，在中国古代救助史上占有重要地位，并为宋后社会保障制度的建立奠定了基础。有学者认为，中国古代真正意义上的社会保障事业是从两宋开始的。同时，两宋时期随着土地依附关系的逐步解除和门阀制度的崩溃，逐渐冲破了以前士族地主一统天下的局面。两宋社会结构开始调整重组，出现了各阶层之间经济地位升降更替、社会等级界限松动的现象，各阶层的价值取向趋近，促进社会各阶层的融合，平民化、世俗化、人文化趋势明显①。两宋社会的平民化，不仅体现在科举取士面向社会各个阶层，不受出身门第的限制，而且体现在官民之间身份可以相互转化，既可以由贵而贱，也可以由贱而贵；贫富之间既可以由富而贫，也可以由贫而富②。其具体表现在：

1. 南宋农民获得了更多的人身自由

两宋时期，租佃制普遍发展，这是古代专制社会中生产关系的一次重大

① 参见邓小南《宋代历史再认识》，载《河北学刊》2006 年第 5 期。

② 参见郭学信《宋代俗文化发展探源》，载《西北师大学报》2005 年第 3 期。

调整。在租佃制下,地主招募客户耕种土地,客户只向地主交纳地租,而不必承担其他义务。在大部分地区,客户契约期满后有退佃起移的权利,且受到政府的保护,人身依附关系大为减弱。按照宋朝的户籍制度,客户直接编入国家户籍,成为国家的正式编户,并承担国家某些赋役,而不再是地主的"私属",因而获得了一定的人身自由。两宋农民在法律上可以自由迁徙,这是历史的一大进步①。南宋随着商品经济的发展,农民获得了更多的人身自由,他们可以比较自由地离土离乡,转向城市从事手工业或商业活动。

2. 南宋商人社会地位得到了提高

宋前历朝一直奉行"重农轻商"政策,士、农、工、商,商人居"四民"之末,受到社会的歧视。宋代商业已被视同农业,均为创造社会财富的源泉,"士、农、工、商,皆百姓之本业"②成为社会共识,使两宋商人的社会地位得到前所未有的提高。随着工商业的发展,在南宋手工业作坊中,工匠主和工匠之间形成了雇佣与被雇佣关系。南宋官营手工业作坊中的雇佣制度,代替了原来带有强制性的指派和差人应役招募制度,雇佣劳动与强制性的劳役比较,工匠所受的人身束缚大为松弛,新的经济关系推动了南宋手工业经济的发展,又促进了资本主义生产关系的萌芽。

3. 南宋市民阶层登上了历史舞台

"坊郭户"是城市中的非农业人口。随着工商业的日益发展,宋政府将"坊郭户"单独"列籍定等"。"坊郭户"作为法定户名在两宋时期出现,标志着城市"市民阶层"的形成,市民阶层开始作为一个独立的群体正式登上了历史舞台,成为不可忽视的社会力量③。南宋时期,还实行了募兵制,人们服役大多出自自愿,从而有效保障了城乡劳力稳定和社会安定,与唐代苛重的兵役相比,显然是一个进步。

---

① 参见郭学信、张素音《宋代商品经济发展特征及原因析论》,载《聊城大学学报》2006年第5期。

② 陈耆卿:《嘉定赤城志》卷三七《风土》,中华书局1990年《宋元方志丛刊》本。

③ 参见郭学信《宋代俗文化发展探源》,载《西北师大学报》2005年第3期。

4. 南宋社会保障制度更为完善

南宋的社会保障体系主要表现在：一是“荒政”制度。就是由政府无偿向灾民提供钱粮和衣物，或由政府将钱粮贷给灾民，或由政府将灾民暂时迁移到丰收区，或将粮食调拨到灾区，或动员富豪平价售粮，并在各州县较普遍地设置了“义仓”，以解决暂时的粮食短缺问题。同时，遇丰收之年，政府酌量提高谷价，大量收籴，以避免谷贱伤农；遇荒饥之年，政府低价将存粮大量粜出，以照顾灾民。二是“养恤”制度。在临安等城市中，南宋政府针对不同的对象设立了不同的养恤机构。有赈济流落街头的老弱病残或贫穷潦倒乞丐的福田院，有收养孤寡等贫穷不能自存者的居养院，有收养并医治鳏寡孤独贫病不能自存之人的安济院，有收养社会弃子弃婴的慈幼局，等等。三是“义庄”制度。义庄主要由一些科举入仕的士大夫用其秩禄买田置办，义田一般出租，租金则用于赈养族人的生活。虽然义庄设置的最初动机在于为本宗族之私，但义庄的设置在一定范围内保障了族人的经济生活，对南宋官方的社会保障起到了重要的辅助作用。南宋的社会保障政策与措施对倡导善举、缓和社会矛盾、维护社会稳定等发挥了积极作用。①

六、在历史地位上，既要看到南宋在当时国际国内的地位，又要看到南宋对后世中国和世界的影响

1. 南宋对东亚“儒学文化圈”和世界文明进程之影响

两宋的成就居于当时世界发展的顶峰，对周边国家和世界均产生了巨大影响。

南宋对东亚“儒学文化圈”的影响。南宋朱子学对东亚“儒学文化圈”各国文化的作用不容低估，对东亚各民族产生了广泛而深刻的影响，至今仍然积淀在东亚各民族的文化心理中，对东亚现代化起着重要作用。在文化输入上，这些周边邻国对唐代文化主要是制度文化的模仿，而对两宋文化则侧

---

① 参见杜伟《略述两宋社会保障制度》，载《沙洋师范高等专科学校学报》2004 年第 1 期；陈国灿《南宋江南城市的公共事业与社会保障》，载《学术月刊》2002 年第 6 期。

重于精神文化的摄取,尤其是对南宋儒学、宗教、文学、艺术、政治制度的借鉴。南宋儒学文化传至东亚各国,与各国的学术思想和民族文化相融合,产生了朝鲜儒学、日本儒学、越南儒学等东亚儒学,形成了东亚“儒学文化圈”。这表明南宋儒学文化在东亚民族之间的文化交流和传播中,对高丽、日本、越南等国学术文化与东亚文明的形成和发展的历史产生了重大影响,这可以说是东亚文明发展中的一大奇观。同时,南宋儒学文化中的优秀成分和合理精神,在现代东亚社会的政治、经济、思想文化、社会生活、家庭关系等方面仍然发挥着重要影响和作用。如南宋儒学中的“信义”、“忠诚”、“中庸”、“和”、“义利并取”等价值观念,在现代东亚经济社会中的积极作用也显而易见。

南宋对世界经济发展的影响。随着南宋海外贸易的发展,与我国通商的海外国家与地区从宋前的20余个增至60个以上。海外贸易范围从宋前中南半岛和印尼群岛,扩大到西洋(印度洋至红海)、波斯湾、地中海和东非海岸,使雄踞于太平洋西岸的南宋帝国与印度洋北岸的阿拉伯帝国一起,构成了当时世界贸易圈的两大轴心。海上“丝绸之路”取代了陆上“丝绸之路”,成为中外经济文化交流的主要通道。鉴于此,美籍学者马润潮把宋代视为“世界伟大海洋贸易史上的第一个时期”①。同时,随着商品经济的发展,北宋出现了世界上最早的纸币——交子,至南宋时,纸币开始在全国普遍使用。有学者将纸币的产生与大规模的流通称为“金融革命”②。纸币流通的意义远在金属铸币之上,表明我国在货币领域的发展已走在世界前列。

南宋对世界文明进程的影响。宋代文化对世界文化的影响,主要表现在两宋的活字印刷术、火药、指南针“三大发明”的西传上。培根指出:“这三种发明已经在世界范围内把事物的全部面貌和情况都改变了:第一种是在学术方面,第二种是在战事方面,第三种在航行方面;由此产生了无数的变化,这种变化是如此巨大,以至没有一个帝国,没有一个教派,没有一个赫赫

① 转引自葛金芳《南宋:走向开放型市场的重大转折》,载《杭州研究》2007年第2期。

② 参见张邦炜《瞻前顾后看宋代》,载《河北学刊》2006年第5期。

有名的人物,能比得上这三种机械发明。"[1]马克思的评价则更高:"火药、指南针、印刷术——这是预告资产阶级到来的三大发明。火药把骑士阶层炸得粉碎,指南针打开了世界市场并建立了殖民地,而印刷术则变成了新教的工具和科学复兴的手段,变成对精神发展创造必要前提的强大杠杆。"[2]两宋"三大发明"对世界文明的决定性作用是毋庸赘言的。两宋科举考试制度也对法、美、英等西方国家选拔官吏的政治制度产生了直接作用和重要影响,被人誉为"中国的第五大发明"。

2. 南宋对中国古代与近代历史发展之影响

中外学者普遍认为:"这时的文化直至20世纪初都是中国的典型文化。其中许多东西在以后的一千年中是中国最典型的东西,至少在唐代后期开始萌芽,而在宋代开始繁荣。"[3]

南宋促进了中国市民社会的形成。随着商品经济的繁荣,两宋时期不仅出现了一大批大、中、小商业城市与集镇,而且形成了杭州、开封、成都等全国著名商业大都市,第一次出现了城市平民阶层,呈现了中国古代社会前所未有的时代开放性。到了南宋,市民阶层更加壮大,世俗文化与世俗经济更加繁荣,意味着中国市民社会开始形成,开启了中国社会的平民化进程。正由于南宋时期出现了欧洲近代前夜的一些特征,如大城市兴起、市民阶层形成、手工业发展、商业经济繁荣、对外贸易发达、流通纸币出现、文官制度成熟等现象,美国、日本学者普遍把宋代中国称为"近代初期"。[4]

南宋促成了中国经济重心的南移。由于南宋商品经济的空前发展,有些学者甚至断言,宋代已经产生了资本主义萌芽。西方有学者认为南宋已处在"经济革命时代"。随着宋室南下,南宋经济的发展与繁荣,使江南成为全国经济最为发达的地区。南宋时期,全国经济重心完成了由黄河流域向

① 培根:《新工具》,商务印书馆1984年版,第103页。
② 马克思:《机械、自然力和科学应用》,人民出版社1978年版,第67页。
③ 费正清、赖肖尔:《中国:传统与变革》,江苏人民出版社1995年版,第118—119页。
④ 张晓淮:《两宋文化转型的新诠释》,载《学海》2002年第4期。

长江流域的历史性转移,我国经济形态自此逐渐从自然经济转向商品经济,从封闭经济走向开放经济,从内陆型经济转向海陆型经济,这是中国传统社会发展中具有路标性意义的重大转折①。如果没有明清的海禁和极端专制的封建统治,中国的近代化社会也许会更早地到来。

南宋推进了中华民族的大融合。南宋时期,中国社会出现了第三次民族大融合。宋王朝虽然先后被同时代的女真、蒙古等少数民族所征服,但无论是前金还是后蒙,在其思想文化上,都被南宋所代表的先进文化所征服,融入中华民族的大家庭之中。10—13 世纪,中原王朝与北方游牧民族的时战时和、时分时合,使以农耕文化为载体的两宋文化迅速向北扩散播迁,女真、蒙古等少数民族政权深受南宋所代表的先进的政治制度、社会经济和思想文化的影响,表现出对南宋文化的认同、追随、仿效与移植,自觉不自觉地接受了先进的南宋文化,使其从文字到思想、从典章制度到风俗习惯均呈现出汉化趋势②。南宋文化改变了这些民族的文化构成,提高了文化层位,加速了这些民族由落后走向文明、走向进步的进程,从而在整体上提高了中国北部地区少数民族的文化水平。

南宋奠定了理学在封建正统思想中的主导地位。理学的形成与发展,是南宋文化对中国古代思想文化的重大贡献。南宋理宗朝时,理学被钦定为封建正统思想和官方哲学,确立了程朱理学的独尊地位,并一直垄断元、明、清三代的思想和学术领域长达 700 余年,其影响之深广,在古代中国没有其他思想可以与之匹敌③。同时,两宋时期开创了中国古代儒、佛、道“三教合流”的文化格局。与汉武帝“罢黜百家、独尊儒术”不同,南宋在大兴儒学的前提下,加大了对佛、道两教的扶持,出现了“以佛修心,以道养生,以儒治世”的“三教合一”的格局。自宋后,在古代中国社会中基本延续了以儒学为主体,以佛、道为辅翼的文化格局。

两宋对中国后世王朝政权稳定的影响。两宋王朝虽然国土面积前不及

① 参见葛金芳《南宋:走向开放型市场的重大转折》,载《杭州研究》2007 年第 2 期。

② 参见虞云国《略论宋代文化的时代特点与历史地位》,载《浙江社会科学》2006 年第 3 期。

③ 参见何忠礼《论南宋在中国历史上的地位和影响》,载《杭州研究》2007 年第 2 期。

汉唐,后不如元明清,却是中国封建史上立国时间最长的王朝。两宋王朝之所以在外患深重的威胁下保持长治久安的局面,很大程度上取决于两宋精于内治,形成了一系列的中央集权制度和民族认同感,因此,自宋朝后,中华民族"大一统"的思想深入人心,中国历史上再也没有出现过地方严重分裂割据的局面。

3. 南宋对杭州城市发展之影响

正是南宋经济、文化、社会各方面的高度发展,促成了京城临安的极度繁荣,使其成为12—13世纪最为繁华的世界大都会;也正是南宋带来的民族文化的大交流、生活方式的大融合、思想观念的大碰撞,形成了京城临安市民独特的生活观念、生活方式、性格特征、语言习惯。直到今天,杭州人所独有的文化特质、社会习俗、生活理念,都深深地烙上了南宋社会的历史印迹。

京城临安,一座巍峨壮丽的世界级的"华贵之城"。南宋朝廷以临安为行都,使杭州的城市性质与等级发生了根本性的巨大变化,从州府上升为国都,这是杭州城市发展的里程碑,杭州由此进入了历史上最辉煌的时期。南宋统治者对临安城的建设倾注了大量的心血,并倾全国之人力、物力、财力加以精心营造。经过南宋诸帝持续的扩建和改建,南宋皇城布满了金碧辉煌、巍峨壮丽的宫殿,与昔日的州治相比已不可同日而语。同时,南宋对临安府也进行了大规模的改造和扩建,南宋御街便是其中的杰出代表。南宋都城临安,经过100多年的精心营建,已发展成为百万人口以上的大城市,成为当时亚洲各国经济文化的交流中心,城市规模已名列十二三世纪时世界的首位。当时的杭州被意大利著名旅行家马可·波罗称赞为"世界上最美丽华贵之天城"。与此同时,12世纪的美洲和澳洲尚未被外部世界所发现,非洲处于自生自灭的状态,欧洲现有的主要国家尚未完全形成,北欧各地海盗肆虐,基辅大公国(俄罗斯)刚刚形成①。到了南宋后期(即13世纪中叶)临安人口曾达到150万—160万人,此时,西方最大最繁华的城市威尼斯也

① 参见何亮亮《从"南海一号"看中华复兴》,载《文汇报》2008年1月6日。

只有10万人口，作为世界最著名的大都会伦敦、巴黎，直至14世纪的文艺复兴时期，其人口也不过4万—6万人[①]。仅从城市人口规模看，800年前的杭州就已遥遥领先于世界各大城市。

京城临安，一座繁荣繁华的“地上天宫”。临安是全国最大的手工业生产中心。南宋临安工商业发达，手工业门类齐、制作精、分工细、规模大、档次高，造船、陶瓷、纺织、印刷、造纸等行业都建有大规模的手工业作坊，并有“四百一十四行”之说。临安是全国商业最为繁华的城市。城内城外集市与商行遍布，天街两侧商铺林立，早市夜市通宵达旦；城北运河樯橹相接、昼夜不歇；城南钱江两岸各地商贾海舶云集、桅杆林立。临安是璀璨夺目的文化名城。京城内先后集聚了李清照、朱熹、尤袤、陆游、杨万里、范成大、辛弃疾、陈起等一批南宋著名的文化人。临安雕版印刷为全国之冠，杭刻书籍为我国宋版书之精华。城内设有全国最高的学府——太学，规模最为宏阔，与武学、宗学合称“三学”，临安的教育事业空前繁荣。城内文化娱乐业发达，瓦子数量、百戏名目、艺人人数、娱乐项目和场所设施等方面，也都是其他城市所无法比拟的。临安不但是全国政治中心，也是全国经济中心和文化中心。今日杭州之所以能成为“人间天堂”，成为全国历史文化名城，成为我国七大古都之一，很大程度上就是得益于南宋定都临安，得益于南宋经济文化的高度繁荣。

京城临安，一座南北荟萃、精致和谐的生活城市。北方人口的优势，使南下的中原文化全面渗透到本土的吴越文化之中，形成了临安独特的社会生活习俗，并影响至今。临安的社会是本地居民与外来人员和谐相处的社会，临安的文化是南北文化交融、中外文化交流的结晶，临安的生活是中原风俗与江南民俗相互融合的产物。总之，南宋临安是一座兼容并蓄、精致和谐的生活城市。其表现为：一是南北交融的语言。经过南宋100多年流行，北方话逐渐融合到吴越方言之中，形成了南北交融的“南宋官话”。有学者指出：“越中方言受了北方话的影响，明显地反映在今日带有‘官话’色彩的

① 参见何忠礼《论南宋在中国历史上的地位和影响》，载《杭州研究》2007年第2期。

杭州话里。”[①]二是南北荟萃的饮食。自南宋起,杭人饮食结构发生了变化,从以稻米为主,发展到米、面皆食。“南料北烹”美食佳肴,结合西湖文采,形成了具有鲜明特色的“杭帮菜系”,而成为中国古代菜肴的一个新的高峰。丰富美味的饮食,致使临安人形成了追求美食美味的饮食之风。三是精致精美的物产。南宋时期,在临安无论是建筑寺观,还是园林别墅、亭台楼阁和小桥流水,无不体现了江南的精细精致,更有陶瓷、丝绸、扇子、剪刀、雨伞等工艺产品,做工讲究、小巧精致。四是休闲安逸的生活。城市的繁华与西湖的秀美,使大多临安人沉醉于歌舞升平与湖山之乐中,在辛劳之后讲究吃喝玩乐、神聊闲谈、琴棋书画、花鸟鱼虫,体现了临安人求精致、讲安逸、会休闲的生活特点,也反映了临安市民注重生活与劳作结合的城市生活特色,反映了临安文化的生活化与世俗化,并融入今日杭州人的生活观念中。

七、挖掘南宋古都遗产,丰富千年古都内涵,推进“生活品质之城”建设

今天的杭州之所以能将“生活品质之城”作为自己的城市品牌,就是因为今日杭州城市的产业形态、思想文化、城市格局、园林建筑、西湖景观等方面都烙下了南宋临安的印迹;今日杭州人的生活观念、生活内涵、生活方式、生活环境、生活习俗,乃至性格、语言等方面,都与南宋临安人有着千丝万缕的历史渊源。因此,我们在共建共享“生活品质之城”的同时,就必须传承南宋为我们留下的丰富的古都遗产,弘扬南宋的优秀文化,吸取南宋有益的精神元素,不断充实千年古都的内涵,以此全面提升杭州的经济生活品质、文化生活品质、政治生活品质、社会生活品质和环境生活品质,让今日的杭州人生活得更加和谐、更加美好、更加幸福。

1. 传承南宋“经世致用”的务实精神,引领“和谐创业”,提升杭州经济生活品质

南宋经济之所以能达到历史上的较高水平,我们认为主要是南宋“富民”思想和“经世致用”务实精神所致。南宋经济是农商并重、求真务实的经

---

① 参见徐吉军《论南宋定都杭州对当地经济文化的重大影响》,载《杭州研究》2007 年第2 期。

济。南宋浙东事功学派立足现实,注重实用,讲究履践,强调经世,打破"重农轻商"传统观念和"厚本抑末"国策,主张"农商并重",倡导轻徭薄赋、与民休息,实现藏富于民,最后达到民富国强。浙东事功学派的思想主张,为南宋经济尤其是商品经济的发展起到了推波助澜的作用,使南宋统治者逐步改变了"舍利取义"、"以农为本"的思想,确立了"义利并重"、"工商皆本"的观念,推动大批农村剩余劳动力不断涌入城市,从事商业、手工业、服务业等经济活动,促进了南宋经济的繁荣。同时,发达的南宋经济也是多元交融、开放兼容的经济,是士、农、工、商多种经济成分相互渗透的经济,是本地居民与外来人员多元创业的经济,是中原经济与江南经济相互融合的经济,是中外交流交换交融的经济。因此,南宋经济的繁荣,也是通过多元交流,在交融中创新、创造、创业的结果。

今日杭州,要保持城市综合实力在全国的领先优势,增强城市综合竞争力,不断提升城市经济生活品质,就应吸取南宋学者"富民"思想的合理内核,秉承南宋"经世致用"和"开放兼容"的精神,坚持"自主创新"与"对外开放"并重,推进"和谐创业",实现内生型经济与外源型经济的和谐发展。今天我们传承南宋"经世致用"的务实精神,就要以走在前列、干在实处的姿态,干实事、求实效,开拓创新,将儒商文化融入到经济建设中,放心、放手、放胆、放开发展民营经济,走出一条具有杭州特色的创新发展之路。同时,秉承南宋"开放兼容"的精神,就要以更加开阔的视野、更加宏大的气魄,顺应经济全球化趋势,在更大范围、更广领域、更高层次参与国际分工和国际合作,提高杭州经济国际化程度,把杭州建设成为21世纪国际性区域中心城市、享誉国际的历史文化名城、创业与生活完美结合的国际化"生活品质之城",不断提升杭州的经济生活品质。

2. 挖掘南宋"精致开放"的文化特色,弘扬"精致和谐、大气开放"的人文精神,提升杭州文化生活品质

"精致和谐、大气开放",是杭州城市文化的最大特色。人们可以追溯到距今8000年的"跨湖桥文化",从那里出土的一只陶器和一叶独木舟,去寻找杭州的"精致"与"开放";可以在"良渚文化"精美的玉琮和"人、禽、兽三

位一体”的图腾图案中，去品味杭州的“精致”与“大气”；也可以在吴越的制瓷、酿酒工艺和“闽商海贾”的繁荣景象中，去领略杭州的“精致”与“开放”。但是，我们认为能最集中、最全面体现“精致和谐、大气开放”的杭州人文特色的是南宋文化。南宋时期，临安不但出现了吴越文化与中原文化的大融合，也出现了南宋文化与海外文化的大交流。多民族的开放融合、多元文化的和谐交融，不但使南宋经济呈现出高度繁荣繁华，而且使南宋文化深深融入临安人的生活之中，也使杭州城市呈现出精致精美的特色。农业生产更加追求精耕细作，手工业产品更加精致精细，工艺产品更加精美绝伦，饮食菜肴更加细腻味美，园林建筑更加巧夺天工，诗词书画更加异彩纷呈。正是因为南宋临安既具有“多元开放”的气魄，又具有“精致精美”的特色，两者的相互渗透与融合，使杭州的城市发展达到了极盛时期，从而成为当时世界上最繁华的大都会。今天我们能形成“精致和谐、大气开放”的杭州人文精神，确实有其深远的历史渊源。

今天，我们深入挖掘南宋沉淀的、至今仍在发挥重要影响的文化资源，就是“精致精美”、“多元开放”的南宋人文特色。杭州“精致和谐、大气开放”的人文精神，既是对杭州历史文化的高度提炼，是“精致精美”、“多元开放”的南宋人文特色的高度概括，也是市委、市政府在新世纪立足杭州发展现实，谋划杭州未来发展战略，解放思想、实事求是、与时俱进、创新思维的结果。在思想观念深刻变化，经济体制深刻变革，社会结构深刻变动，利益格局深刻调整，国内外各种思想文化相互激荡的今天，杭州不仅要挖掘、重振南宋“精致精美”、“多元开放”的人文特色，使传统特色与时代精神有机结合，而且要用“精致和谐、大气开放”的城市人文精神来增强杭州人的自豪感、自信心、进取心、凝聚力，以更高的标准和要求、更宽的胸怀和视野、更大的气魄和手笔、更强的决心和力度，再创历史的新辉煌。

3. 借鉴南宋“寒门入仕”的宽宏政策，推进“共建共享”，提升杭州政治生活品质

宋代打破了以往只有官僚贵族阶层才可以入仕参政的身份性屏障，采取“崇尚文治”政策，制定保护文士措施，以宽松、宽容的态度对待文人士

大夫，尊重知识分子，重用文臣，提倡教育和养士，优待知识分子，为宋代文人士大夫提供了一个敢于说话、敢于思考、敢于创造的空间，使两宋成为封建社会中思想文化环境最为宽松的时期。同时，由于"寒门入仕"通道的开辟，使一大批中小地主、工商阶层、平民百姓出身的知识分子得以通过科举入仕参政，士农工商成为从上到下各级官僚的重要来源，使一大批有才华、有抱负、懂得政治得失、关心民生疾苦的社会有识之士登上了政治舞台。这种相对自由的政治环境和不拘一格选拔人才的政策，不但为两宋政权的巩固，而且为整个两宋经济、文化、社会的发展提供了人才支撑和知识支撑。

南宋"崇文优士"的国策和"寒门入仕"、网罗人才的做法，对于今天正在致力于建设"生活品质之城"的杭州，为不断巩固人民群众当家作主的政治地位，形成民主团结、生动活泼、有序参与、依法治市的政治局面，提高人民群众政治生活品质方面都有着现实的借鉴意义。我们应借鉴南宋"尊重文士、重用文臣"的做法，尊重知识、尊重人才。要营造"凭劳动赢得尊重、让知识成为财富、为人才搭建舞台、以创造带来辉煌"的氛围，以一流环境吸引一流人才，以一流人才创造一流业绩，鼓励成功、宽容失败，真正做到事业留人、感情留人、适当待遇留人，从政治上、工作上、生活上关心、爱护人才，并将政治、业务素质好，具有领导能力的复合型人才大胆提拔到各级领导岗位上来。我们应借鉴南宋"寒门入仕"、广开言路的做法，推进决策科学化、民主化。要坚持党务公开、政务公开，按照"问情于民"、"问需于民"、"问计于民"的要求，深入了解民情，充分反映民意、广泛集中民智，不断完善专家决策咨询制度，建立有关决策的论证制和责任制，真心实意地听取并吸收各方专家学者的真知灼见，切实落实人民群众的知情权、参与权、选择权、监督权，推进决策科学化、民主化。我们应围绕建设"生活品质之城"的目标，营造全民"共建共享"的社会氛围。要引导全市广大干部群众进一步解放思想、更新观念、开拓创新，自觉地把提高生活品质作为杭州未来发展的根本导向和总体目标，贯彻落实到经济、政治、文化、社会建设和党的建设各个方面，在全市上下形成共建"生活品质之城"、共享品质生活、合力打造"生活品质之城”城市品牌的浓厚氛围，推进杭州又好又快地发展。

4. 借鉴南宋“体恤民生”的仁义之举，建设全民共享的“生活品质之城”，提升杭州社会生活品质

两宋统治集团倡导“儒术治国”，信奉儒家的济世精神。南宋理学的发展和繁荣，使新儒家“仁义”学说得到了社会各阶层的认可与效行。在这种思想的影响和支配下，使两宋在社会领域里初步形成了“农商并重”的格局，“士农工商”的社会地位较以往相对平等；在思想学术领域，“不杀上书言事者”，使士大夫的思想言论较以往相对自由；在人身依附关系上，农民与地主、雇工与手工业主都较宋代以前相对松弛；在社会保障制度上，针对不同人群采取不同的社会福利措施，各种不同人群较宋前有了更多的保障。两宋的社会福利已经初具现代社会福利的雏形，尽管不同时期名称不同，救助对象也有所差异，但一直发挥着救助“鳏寡孤独老幼病残”的作用；两宋所采取的施粥、赈谷、赈银、赈贷、安辑和募军等措施，对缓解灾荒所造成的严重困难发挥了积极作用。整个两宋时期，在长达320年的统治过程中，尽管面对着严重的民族矛盾，周边先后有契丹（辽）、西夏、吐蕃、金、蒙古等政权的威胁，百姓负担也比前代沉重得多，但宋代大规模的农民起义却少于前代，这与当时人们社会地位相对平等、社会保障受到重视、家庭问题处理妥当不无关系。

南宋社会“关注民生”、“同情民苦”的仁义之举，尤其是针对不同人群建立的较为完备的社会保障体系，在构建社会主义和谐社会，建设覆盖城乡、全民共享的“生活品质之城”的今天，有着特别重要的现实意义。建设覆盖城乡、全民共享的“生活品质之城”，既是一项长期的历史任务，又是一个重大的现实课题。要使“发展为人民、发展靠人民、发展成果由人民共享、发展成效让人民检验”的理念落到实处，就必须把老百姓的小事当作党委、政府的大事，以群众呼声为第一信号，以群众利益为第一追求，以群众满意为第一标准，树立起“亲民党委”、“民本政府”的良好形象。要始终坚持以人为本、以民为先的理念，既要关注城市居民，又要关注农村居民；既要关注本地居民，又要关注外来创业务工人员；既要关注全体市民

生活品质的整体提高，又要特别关注困难群众、弱势群体、低收入阶层生活品质的明显改善。要始终关注老百姓的衣食住行、安危冷暖、生老病死，让老百姓能就业、有保障，行得便捷、住得宽畅，买得放心、用得舒心，办得了事、办得好事，拥有安全感、安居又乐业，让全体市民共创生活品质、共享品质生活。

5. 整合南宋"安逸闲适"的环境资源，打造"东方休闲之都"，提升杭州环境生活品质

杭州得天独厚的自然山水环境，经过南宋100多年来"固江堤、疏西湖、治内河、凿新井"、"建宫城、造御街、设瓦子、引百戏"等多方面的措施，形成都城"左江(钱塘江)右湖(西湖)、内河(市区河道)外河(京杭运河)"的格局，使杭州的生态环境、旅游环境、休闲环境大为改观，极大地丰富了杭州的旅游资源。南宋为我们留下的不但是一面"南宋古都"的"金字招牌"，还留下了"安逸闲适"的休闲环境和休闲氛围。在"三面云山一面城"的独特环境里，集中了江、河、湖、溪与西湖群山，出现了大批的观光游览景点，并形成了著名的"西湖十景"。沿湖、沿河、沿街的茶肆酒楼，鳞次栉比，生意兴隆；官私酒楼、大小餐馆充满着"南料北烹"的杭帮菜肴和各地名肴；大街小巷布满大小馆舍旅店，是外地游客与应考士子的休息场所。同时，临安娱乐活动丰富多彩，节庆活动繁多。独特的自然山水，休闲的环境氛围，使临安人注重生活环境，讲究生活质量，追求生活乐趣。不但皇亲国戚、达官贵人纵情山水，赏花品茗，过着"高贵奢华"的休闲生活；而且文人士大夫交接士朋，寄情适趣，热衷"高雅脱俗"的休闲生活；就是普通百姓也往往会带妻携子，泛舟游湖，享受"人伦亲情"的山水之乐。

今天的杭州人懂生活，会休闲，讲究生活质量，追求生活品质，都可以从南宋临安人闲情逸致的生活态度中找到印迹。今天的杭州正在推进新城建设、老城更新、环境保护、街区改善等工程，都可以从南宋临安对"左江右湖、内河外河"的治理和皇城街坊、园林建筑的建设中得到有益启示。杭州要打造"东方休闲之都"，共建、共享"生活品质之城"，建设国际旅游休闲中心，就必须重振"南宋古都"品牌，充分挖掘南宋文化遗产，珍惜杭州为数不多的地

上南宋遗迹。进一步实施好“西湖”、“西溪”、“运河”、“市区河道”等综合保护工程；推进“南宋御街”——中山路有机更新，以展示杭州自南宋以来的传统商业文化；加强对南宋“八卦田”景区的保护与利用，以展示南宋皇帝“与民同耕”的怀古场景；加强对南宋官窑遗址的保护与利用，以展示南宋杭州物产的精致与精美；加强对南宋皇城遗址和太庙遗址的保护利用，以展示昔日南宋京城的繁荣与辉煌。进入21世纪的杭州，不但要保护、利用好南宋留下的“三面云山一面城”的“西湖时代”，更要以“大气开放”的宏大气魄，努力建设好“一主三副六组团六条生态带”的大都市空间格局，形成“一江春水穿城过”的“钱塘江时代”，实现具有千年古都神韵的文化名城与具有大都市风采的现代化新城同城辉映。

序　言

徐　规

靖康之变，北宋灭亡。建炎元年（1127）五月初一日，宋徽宗第九子、钦宗之弟赵构在应天府（河南商丘）即帝位，重建宋政权。不久，宋高宗在金兵的追击下一路南逃，最终在杭州站稳了脚跟，并将此地称为行在所，成为实际上的南宋都城。

南宋自立国起，到最终为元朝灭亡（1279），国祚长达一百五十三年之久。对于南宋社会，历来评价甚低，以为它国力至弱，君臣腐败，偏安一隅，一无作为。近代以来，一些具有远见卓识的史学家却有不同看法，如著名史学大师陈寅恪先生在上个世纪四十年代初指出：

> 华夏民族之文化，历数千载之演进，造极于赵宋之世。①

著名宋史专家邓广铭先生更认为：

> 宋代是我国封建社会发展的最高阶段，两宋期内的物质文明和精神文明所达到的高度，在中国整个封建社会历史时期之内，可以说是空前绝后的。②

很显然，对宋代的这种高度评价，无论是陈寅恪还是邓广铭先生，都没

---

① 《金明馆丛稿二编》，三联书店 2001 年版。

② 《关于宋史研究的几个问题》，载《社会科学战线》1986 年第 2 期。

有将南宋社会排斥在外。我以为,一些人之所以对南宋贬抑至深,在很大程度上是出于对患有"恐金病"的宋高宗和权相秦桧一伙倒行逆施的义愤,同时从南宋对金人和蒙元步步妥协,国土日朘月削,直至灭亡的历史中,似乎也看到了它的懦弱和不振。当然,缺乏对南宋史的深入研究,恐怕也是其中的一个原因。

众所周知,南宋历史悠久,国土虽只及北宋的五分之三,但人口少说也有五千万人左右,经济之繁荣,文化之辉煌,人才之众多,政权之稳定,是历史上任何一个偏安政权所不能比拟的。因此,对南宋社会的认识,不仅要看到它的统治集团,更要看到它的广大人民群众;不仅要看到它的军事力量,更要看到它的经济、文化和科学技术等各个方面,看到它的人心之所向。特别是由于南宋的建立,才使汉唐以来的中华文明在这里得到较好的传承和发展,不至于产生大的倒退。对于这一点,人们更加不应该忽视。

北宋灭亡以后,由于在淮河、秦岭以南存在着南宋政权,才出现了北方人口的大量南移,再一次给中国南方带来了充足的劳动力、先进的技术和丰富的生产经验,从而推动了南宋农业、手工业、商业和海外贸易显著的进步。

与此同时,南宋又是中国古代文化最为光辉灿烂的时期。它具体表现为:

一是理学的形成和儒学各派的互争雄长。

南宋时候,程朱理学最终形成,出现了以朱熹为代表的主流派道学,以胡安国、胡宏、张栻为代表的湖湘学,以谯定、李焘、李石为代表的蜀学,以陆九渊为代表的心学。此外,浙东事功学派也在尖锐复杂的民族矛盾和阶级矛盾的形势下崛起,他们中有以陈傅良、叶适为代表的永嘉学派,以陈亮、唐仲友为代表的永康学派,以吕祖谦为代表的金华学派。理宗朝以前,各学派之间互争雄长,呈现出一派欣欣向荣的景象。

二是学校教育的大发展,推动了文化的普及。

南宋学校教育分中央官学、地方官学、书院和私塾村校,它们在南宋都获得了较大发展。如南宋嘉泰二年(1202),仅参加中央太学补试的士人就达三万七千余人,约为北宋熙宁(1068—1077)初的二百五十倍[①]。州县学在北宋虽多次获得倡导,但只有到南宋才真正得以普及。两宋共有书院三百九十七所,其中南宋占三百一十所[②],比北宋的三倍还多,著名的白鹿洞、象山、丽泽等书院,都是各派学者讲学的重要场所。为了适应科举的需要,私塾村校更是遍及城乡。学校教育的大发展,有力地推动了南宋文化的普及,不仅应举的读书人较北宋为多,就是一般识字的人,其比例之大也达到了有史以来的高峰。

三是史学的空前繁荣。

通观整个南宋,除了权相秦桧执政时期,总的说来,文禁不密,士大夫熟识政治和本朝故事,对国家和民族有很强的责任感,不少人希望借助于史学研究,总结历史上的经验和教训,以供统治集团作为参考。另一方面,南宋重视文治,读书应举的人比以前任何时候都多,对史书的需要量极大,许多人通过著书立说来宣扬自己的政治主张,许多人将刻书卖书作为谋生的手段。这样就推动了南宋史学的空前繁荣,流传下来的史学著作,尤其是本朝史,大大超过了北宋一代。南宋史家辈出,他们治史态度之严肃,考辨之详赡,一直为后人所称道。四川路、两浙东路、江南西路和福建路都是重要的史学中心。四川路以李焘、李心传、王称等人为代表,浙东以陈傅良、王应麟、黄震、胡三省等人为代表,江南西路以徐梦莘、洪皓、洪迈、吴曾等人为代表,福建路以郑樵、陈均、熊克、袁枢等人为代表。他们既为后世留下了宝贵的史料,也创立了新的史学体例,史书中反映的爱国思想也对后世史家产生了重大影响。

四是公私藏书十分丰富。

南宋官方十分重视书籍的搜访整理,重建具有国家图书馆性质的秘书省,规模之宏大,藏书之丰富,远远超过以前各个朝代。私家藏书更是随着

① 《宋会要辑稿》崇儒一之三九。

② 参见曹松叶《宋元明清书院概况》,载《中山大学语言历史研究所周刊》第10集,第111—115期,1929年12月至1930年版。

雕版印刷业的进步和重文精神的倡导而获得了空前发展。两宋时期，藏书数千卷且事迹可考的藏书家达到五百余人，生活于南宋的藏书家有近三百人[①]，又以浙江为最盛，其中最大的藏书家有郑樵、陆宰、叶梦得、晁公武、陈振孙、尤袤、周密等人，他们藏书的数量多达数万卷至十数万卷，有的甚至可与秘府、三馆等。

五是文学、艺术的繁荣。

南宋是中国古代文学、艺术繁荣昌盛的时代。词是两宋最具代表性的文学形式。据唐圭璋先生所辑《全宋词》统计，在所收作家籍贯和时代可考的八百七十三人中，北宋二百二十七人，占百分之二十六；南宋六百四十六人，占百分之七十四，李清照、辛弃疾、陆游、姜夔、刘克庄等都是南宋杰出词家。宋诗的地位虽不及唐代，但南宋诗就其数量和作者来说，大大超过了北宋。有北方南移的诗人曾几、陈与义，有"中兴四大诗人"之称的陆游、杨万里、范成大、尤袤，有同为永嘉（浙江温州）人的徐照、徐玑、翁卷、赵师秀，有作为江湖派代表的戴复古、刘克庄，有南宋灭亡后作"遗民诗"的代表文天祥、谢翱、方凤、林景熙、汪元量、谢枋得等人。此外，南宋的绘画、书法、雕塑、音乐、舞蹈以及戏曲等，都在中国文化史上占有一定的地位。

在日常生活中，南宋的民俗风情、宗教思想，乃至衣、食、住、行等方面，对今天的中国也有着深刻影响。

南宋亦是我国古代科学技术发展史上最为辉煌的时期，正如英国学者李约瑟所说："对于科技史家来说，唐代不如宋代那样有意义，这两个朝代的气氛是不同的。唐代是人文主义的，而宋代较着重科学技术方面……每当人们在中国的文献中查找一种具体的科技史料时，往往会发现它的焦点在宋代，不管在应用科学方面或纯粹科学方面都是如此。"[②]此话当然一点不假，不过如果将南宋与北宋相比较，李约瑟上面所说的话，恐怕用在南宋会更加恰当一些。

---

① 参见《中国藏书通史》第五编第三章《宋代士大夫的私家藏书》，宁波出版社2001年版。

② 李约瑟：《中国科学技术史·导论》，中译本，北京科学出版社1990年版。

首先,中国古代四大发明中的三大发明,即就指南针、火药和印刷术而言,在南宋都获得了比北宋更大的进步和更广泛的应用。别的暂且不说,仅就将指南针应用于航海上,并制成为罗盘针使用这一点来看,它就为中国由陆上国家向海洋国家的转变创造了技术上的条件,意义十分巨大。再如,对人类文明作出重大贡献的活字印刷术虽然发明于北宋,但这项技术的成熟与正式运用是在南宋。其次,在农业、数学、医药、纺织、制瓷、造船、冶金、造纸、酿酒、地学、水利、天文历法、军器制造等方面的技术水平都比过去有很大进步。可以这样说,在西方自然科学没有东传之前,南宋的科学技术在很大程度上代表了中国封建社会科学技术的最高水平。

南宋军事力量虽然弱小,但军民的斗争意志异常强大。公元1234年,金朝为宋蒙联军灭亡以后,宋蒙战争随即展开。蒙古铁骑是当时世界上最为强大的军队,它通过短短的二十余年时间,就灭亡了西夏和金,在此前后又发动三次大规模的西征,横扫了中亚、西亚和俄罗斯等大片土地,前锋一直打到中欧的多瑙河流域。但面对如此劲敌,南宋竟顽强地抵抗了四十五年之久,这不能不说是世界战争史上的一个奇迹。从中涌现出了大量可歌可泣的英雄人物,反映了南宋军民不畏强暴的大无畏战斗精神,他们与前期的岳飞精神一样,成为中华民族宝贵的精神财富。

古人有言:“以古为镜,可以知兴替。”近人有言:“古为今用,推陈出新。”前者是说,认真研究历史,可为后人提供历史上的经验和教训,以少犯错误;后者是说,应该吸取历史上一切有益的东西,通过去粗取精,改造、发展,以造福人民。总之,认真研究历史,有利于加强精神文明的建设,也有利于将我国建设成为一个和谐、幸福的社会。

对于南宋史的研究,以往已经有不少学者作了辛勤的努力,获得了许多宝贵的成果,这是应该加以肯定的。但是,不可否认,与北宋史相比,对南宋史的研究还不够,需要进一步探讨的问题、需要填补的空白尚有很多。现在杭州市社会科学院南宋史研究中心在省市有关部门的大力支持下,在全国广大南宋史学者的积极支持和参与下,计划用五六年的时间,编纂出一套五十卷本的《南宋史研究丛书》,对南宋的政治、经济、军事、学术思想、文化艺术、科学技术、重要人物、民俗风情、宗教信仰、典章制度和故都历史进行全面的、系统的、深入的研究。这确实是一项有胆识、有魄力的大型文化工程，不仅有其重要的学术价值，更有其重要的现实意义。当然，这也是曾经作为南宋都城的杭州义不容辞的责任。我相信，随着这套丛书的编纂成功，将会极大地推动我国南宋史研究的深入开展，对杭州乃至全国的精神文明建设都有莫大的贡献，故乐为之序。

2006 年 8 月 8 日于杭州市道古桥寓所

目　录

前言　南宋文学的时代特点与历史定位

南宋文学史是一个特定时段(1127—1279)的文学史,更是在文学现象、文学形态、文学性质上具有鲜明时代特点和重要历史地位的一部断代文学史。南宋文学一方面是北宋文学的继承与延伸,文统与政统、道统均先后一脉相承;另一方面在天翻地覆时局变动、经济长足增长、社会思潮更迭变化的历史条件下,又产生了一系列新质的变化。北、南两宋文学既脉息相联,而又各具一定的自足性,由此深入研究和探求,当能更准确、更详尽地描述出中国文学由"雅"向"俗"的转变过程,把握中国社会所谓"唐宋转型"的具体走势。

一、南宋文学的繁荣与整体成就可与北宋比肩

我国典籍素以经、史、子、集四部分类,文学作品散见各部,但主要以集部为载体。从最重要的目录著作《四库全书总目》来看,共收宋人别集382家、396种(存目除外),北宋115家、122种,南宋267家、274种,[①]南宋别集的著录数量为北宋的两倍多。这充分说明南宋士人的文化创作仍然充满活力。如果考虑到南宋国土和人口仅为北宋的约五分之三,南宋立国又比北宋短十五年左右,更能见出南宋文学创作的繁荣盛况。固然由于时间的自然淘汰和战乱的祸患,北宋文集多有遗逸;但南宋文集同样难以避免宋元之

① 笕文生、野村鲇子:《四库提要南宋五十家研究》前言,日本汲古书院2006年版。

交时因兵连祸结、灾难频仍而大量亡佚的命运。

四库馆臣在著录杨时《龟山集》时，特加一案语云："时（杨时）卒于高宗建炎四年，其入南宋日浅，故旧皆系之北宋末。然南宋一代之儒风，与一代之朝论，实皆传时（杨时）之绪余，故今编录南宋诸集，冠以宗泽，著其说不用而偏安之局遂成；次之以时（杨时），著其说一行而讲学之风遂炽。观于二集以考验当年之时势，可以见世变之大凡矣。"①解释了何以用宗泽《宗忠简集》和杨时《龟山集》作为"南宋诸集"之首的理由，乃是因其开启南宋偏安之政局、新立儒学"道南学派"一脉之故，着眼于南宋政治、学术方面之新动向，而非斤斤拘泥于他们进入南宋后享年之长短，这是颇具史识的。对厘定南北宋之交的作家何人需入南宋文学史，也具有方法论上的启示意义。准此原则，我们从《全宋诗》、《全宋词》、《全宋文》三大宋代总集中，可以发现，南宋人的诗、词、文均占巨大的份额，超出北宋许多。如据唐圭璋《全宋词》共收词人 1494 家，词 21055 首，其中南宋词约为北宋的三倍。（据南京师范大学《全宋词》检索系统之统计，含孔凡礼《全宋词补辑》）

现存南宋文学的作家、作品，不仅数量巨大，明显地超迈北宋，而且在内蕴特质、艺术成就上也有自己的特点，不是北宋文学的"附庸"。北宋诗坛"苏（轼）黄（庭坚）"称雄，词则"苏柳（永）"、"苏秦（观）"、"苏周（邦彦）"均为大家，与之相较，南宋陆游、杨万里诗，辛弃疾、姜夔、吴文英词亦堪称伯仲，"苏陆"、"苏辛"、"周姜"并称，不绝于史，差可匹敌。仅从词坛情况而言，据有的学者运用定量分析的方法，依照存词数量、历代品评、选本入选数量等六个指标，确定宋代词人中有一定成就和影响的词人约在 300 家左右，其中堪称"大家"和"名家"的词人排名前 30 位中，南宋就有辛弃疾、姜夔、吴文英、李清照、张炎、陆游、王沂孙、周密、史达祖、刘克庄、张孝祥、高观国、朱敦儒、蒋捷、刘过、张元幹、叶梦得等 17 人，超过北宋苏轼、周邦彦等 13 人，也能从某一视角说明南宋词坛不仅比之北宋旗鼓相当抑或稍胜之。② 至于南

---

① 《四库全书总目》卷一五六，下册，中华书局 1965 年版，第 1344 页。

② 王兆鹏、刘尊明：《历史的选择——宋代词人历史地位的定量分析》，《文学遗产》1995 年第 4 期。作者又在 30 家后补充能并列者 3 人，南宋词人又有朱淑真入围。

宋文学流派之活跃、文学社团活动之频繁、文学生态结构之均衡、文学批评理论之兴盛,都有不容忽视的上佳呈现。要之,南宋文学是一份厚重的文学遗产,目前存在的"重北宋、轻南宋"的研究现状与之是不相称的。

宋代士人思想创造的自由度和精神的自主性问题,长期为人们所误解。一般多认为宋人受理学牢笼,精神自抑,行为拘谨,情感苍白,实有以偏概全之弊。王国维在《宋代之金石学》一文中指出:"天水一朝人智之活动与文化之多方面,前之汉唐,后之元明,皆所不逮也。"①把宋代士人的精神创造能力提到一个近似顶峰的高度。在另一篇论及中外文化思想交流的《论近年之学术界》中,他又以"能动时代"和"受动时代"为标准,把中国思想哲学史厘定为四个时期:春秋战国百家争鸣,"于道德、政治、文学上灿然放万丈之光焰,此为中国思想之能动时代",自汉至宋为"受动时代",宋代则"由受动之时代出而稍带能动之性质",宋以后至清又跌入"受动时代","思想之停滞,略同于两汉"。② 陈寅恪推崇宋代文化创造为华夏民族文化之"造极"的论述,已是耳熟能详的著名见解。他在《论再生缘》中也提出"六朝及天水一代思想最为自由,故文章亦臻于上乘"。③ 余英时更直截了当地断言:"宋代是士阶层在中国史上最能自由发挥其文化和政治功能的时代,这一论断建立在大量史实的基础之上,是很难动摇的。"④

这些论断是针对整个宋代的概评,自然包含南宋,或者毋宁说乃是主要针对南宋所作的判断。余英时把朱熹时代称作"后王安石时代",但他研究的对象毕竟是南宋的朱熹以及南宋的"士大夫政治文化";陈寅恪讲"天水一朝思想最为自由",因而文学"上乘",所举实例是南宋汪藻的《代皇太后告天下手书》;王国维是在评述"宋代之金石学"时而作上述论断的,而讨论"金石学",南宋毫无疑义自属重镇。他们都认定南宋士人享有思想文化创造的高度自主和自由,是对他们生存的生态环境的确切观察。南宋自然仍有党争

① 《王国维遗书》第五册《静安文集续编》,上海书店1983年版,第70页。
② 《王国维遗书》第五册《静安文集续编》,第94页。
③ 《寒柳堂集》,上海古籍出版社1980年版,第65页。
④ 《朱熹的历史世界》上册,三联书店2004年版,第378页。

的倾轧、舆论的钳制、文字狱的兴作，甚至科举制度对诗歌创作的贬抑，但从全局上、从总体上衡量，仍不失为一个自由创作的历史时期，这也是南宋文学能保持繁盛和不容低估的创作实绩的根本性原因。

二、南宋作家的阶层分化与文学新变

宋代文学的创作主体是宋代士人，他们不仅是传统雅文学（诗、词、文）的主要作者，也是新兴俗文学（戏曲、白话小说）的重要参与者。从政治权力的分享、经济收入的分配、社会地位的高低以及生存方式、行为方式和思维方式的差异来看，南宋士人的阶层分化趋势日益明显。宋代是一个比较成熟的科举社会，日趋完备的科举制度对宋代士人的命运关系极为密切。以是否科举入仕作为标准，可以大致分为仕进士大夫和科举失利或不事科举的士人两大阶层，或可概括为科举体制内士人和科举体制外士人两类。北宋的士大夫精英大都是集官僚、文人、学者三位于一身的复合型人才，南宋士人中的一部分，也基本上继承这一特征，但能在这三方面均能达到极高地位如欧阳修、苏轼者，已不多见，贤如朱熹，主要身份乃是学者，政治上和文学上的建树尚逊一筹。而到南宋中后期，士人阶层的分化加剧，大量游士、幕士、塾师、儒商、术士、相士、隐士所组成的江湖士人群体纷纷涌现，构成举足轻重的社会力量。这一阶层的士人，因政治权力、社会地位的下降，精英意识的淡薄，也导致文学取向上的巨大差异。

南宋士人社会角色的转型与分化，造成了整个文化的下移趋势，波及文坛，其主要力量转入了民间写作，“布衣终身”者纷纷登上文学舞台，这在南宋中后期表现得尤为突出。可能是历史的巧合，南宋最著名的文学家大多在宋宁宗开禧年间（1205—1207）前后去世，如陆游（1125—1210）、范成大（1126—1193）、杨万里（1127—1206）、辛弃疾（1140—1207）。此外，陈亮卒于1194年、朱熹卒于1200年、洪迈卒于1202年、周必大卒于1204年、刘过卒于1206年、姜夔约卒于1209年。自此以后七十多年（几占南宋时期的一半）成为一个中小作家腾喧齐鸣而文学大家缺席的时代。文学成就的高度渐次低落，但其密度和广度却大幅度上升。

宋代士人群体内部的层级分化，依违于科举体制而派生的两类文士，他们的自我角色认定是不同的。一般说来，属于体制内的入仕作家，具有较强的社会承担精神与精英意识，在外来军事打击下所催生的国难意识，使他们深感民族存亡的沉重与沉痛，和战之争和党派之争交相纠葛，成为南宋政治关注的焦点；表现在文学领域，抗金、抗元是最为集中的主题，慷慨昂扬、悲愤勃郁的基调贯穿于南宋诗坛词坛。这既为汉唐文学所未有，也为北宋文学所罕见。陆游的诗、辛弃疾的词，双峰并峙，是南宋文学最高艺术成就的代表，也是爱国主义的精神瑰宝。

属于体制外的不入仕作家，固然不乏表现时代重大主题的作品，宋元之交时期的遗民诗人就是如此。然而相对而言，他们对现实政治保持一定的疏离，秉持一种相对纯粹的文学观念，注重个人精神世界的经营，追求情感交流的新自由。他们已不太顾及文学"经国大业，不朽盛事"的儒家教化功能，纯为个人思想感情的抒写需要而写作，甚或变作干谒的手段、谋生的工具。江西诗派的中后期作家、"四灵"和江湖诗人群等，均属"民间写作"的范畴。

上述层次划分自然是相对的，并非泾渭分明。尤对士人个体而言，情况千变万化，一生中难免升沉顺逆，不可能也不必要对每位作家的社会身份作出逐一的鉴别和归类；而且在多数情况下，不入仕作家群也离不开入仕官僚的揄扬和支持，宣扬"四灵"的叶适，江湖派最大诗人刘克庄，均为上层官吏。作为大量江湖谒客的幕主，亦非主管官员不办。然而这一社会群体虽无法严格界定，却是有固定所指的实际存在，加以深入研究，对于把握与认识长达南宋文学史近二分之一时间的诗坛、词坛的下移趋势，实具有重要意义。

促成文化下移趋势的原因颇为复杂，其中南宋时期印刷产业的蓬勃发展就很值得注意。我国文学作品的物质载体，经历过竹帛、纸写、印刷等几个阶段（今天又进入电子网络时代），每个阶段的转换都引起文学的新变。大致在东汉中后期，纸开始普遍使用，纸写逐渐代替简册，新型的传媒方式带来了人际交流的便捷和自由，增强了文学的情感化。① 雕版印刷术起于隋唐之际，至北宋以前尚不太发达，且所印大都为日历、佛经、字书，至宋慢慢地形成规模化产业，官刻、私刻（家刻）、坊刻及书院刻、寺观刻等，构成颇为完备的商品构架和体系，图书市场开始孕育成型。到了南宋，又有长足的发展：民间坊刻如雨后春笋，遍地开花；私刻（家刻）之风气更为炽盛，且偏重于集部的印制，改变北宋官刻中重经崇史的倾向；官刻中也出现中央国子监等渐衰而地方官刻繁兴之局；特别是杭州、福建、四川三大刻书中心的确立，散布于南方一五路的各具特色的刻书业，②共同引领南宋刻书业走向初步成熟和辉煌。

欣欣向荣的南宋刻书业，极大地促进了作品与读者之间的互动、作家与作家之间的交流，扩大了传播的覆盖面和流动速度，推动了南宋文学的发展。尤为重要的是，不少书商直接参与了文学运作，使刻书事业变成了实实在在的文学活动。临安"陈宅书籍铺"坊主陈起、陈续芸父子，广交当时"江湖之士以诗驰誉者"（《直斋书录解题》卷一五），亲自组织约稿，黾勉从事，编刻《江湖集》约六七十种，前后长达五六十年之久。③ 他集组稿、编辑、刻印、出售于一身，本人又是诗人，曾遭遇"江湖诗案"，与江湖诗人声息相通，同命共运。叶适编选《四灵诗选》，为永嘉地区四位诗人徐照、徐玑、赵师秀、翁卷宣扬鼓吹，陈起予以"刊遗天下"，④以广流布。这群"江湖之士以诗驰誉者"并世而居，但互不相交或交往不密，依靠陈起有组织的刻印诗集而汇聚成一个特殊的集合体。他们原只是一个社会群体，并非严格意义上的"诗派"。一般研究者认为他们组成了"江湖诗派"，且谓其命名之由在于陈起刻印《江湖集》。然而，实际情况恰恰相反：由于社会上先已分散存在一群"以诗驰誉"的"江湖之士"，陈起遂顺理成章地把他们的诗集统一名之为《江湖集》；但如果没有陈起这一顺应潮流的创新举措，这群"江湖之士"还是一盘散沙，

---

① 查屏球：《纸简替代与汉魏晋初文学新变》，《中国社会科学》2005 年第 5 期。

② 张秀民：《宋孝宗时代刻书述略》，见《张秀民印刷史论文集》，印刷工业出版社 1988 年版。

③ 参阅朱迎平《宋代刻书产业与文学》，上海古籍出版社 2008 年版，第 210 页。

④ 许棐：《跋四灵诗选》，见《江湖小集》卷七六《融春小编》，文渊阁四库全书本。

无法产生影响社会、影响诗坛的重要力量。因此，从“四灵”到“江湖”，就形成了一个庞大的前所未见的“以诗驰誉者”的社会群体，陈起的书坊变成了这批民间诗人们凝聚的纽带和交流的平台。

在南宋，文学作品的商品化程度越来越高，融入宋代整个商品经济体系之中；它与文学日益紧密的联系和结合，深刻影响到文学的演变和发展，这是南宋社会转型、经济转轨、文学转变的一个标志。这是历史性的进步。

三、重心转移：由北而南和由雅而俗

从我国文化、文学发展的全局来考察，南宋处于其重心转移的关捩点：就地域空间而言，学术与文学的重心从北方转移到南方；就文学样式而言，重心由雅而趋于俗。

研究人口分布的成果表明，我国人口的南北比重，长期以北方居先；到了宋代才开始根本性的转折，南方人口占全国人口一半以上，而且一直保持、延续到明清时代。① 这一现象在南宋尤为突出。靖康之变促成了我国历史上第三次大规模人口南迁活动，比之前两次（东晋、安史之乱至五代）规模更大、影响更深，大批士大夫与数以万计的流民、难民一起举家举族仓皇南渡，也把学术文化传至南国，杨时“道南学派”是著例，吕本中、吕祖谦家族传承中原文明更具典型性，且在文学领域更有明显而深刻的表现。在南渡的文化家族中，要数吕、韩两族对文坛影响最为直接、深巨。不妨先从韩元吉谈起。作为南渡最早一批作家之一，韩元吉于建炎元年(1127)举族南迁，几经流徙，定居于信州。他的诗文，朱熹说他“做著尽和平，有中原之旧，无南方啁哳之音”，②意即保持中原承平时期的厚重与深永，一扫南方文风中繁碎、纤细、柔弱的一面。且据朱熹亲自接触，“向见韩无咎说他晚年做底文字，与他二十岁以前做底文字不甚相远，此是他自验得如此”。③ 后来四库馆

① 参阅吴松弟《中国人口史》第三卷，复旦大学出版社 2000 年版，第 625—626 页。

② 《朱子语类·论文》，见《历代文话》第一册，复旦大学出版社 2007 年版，第 222 页。

③ 《朱子语类·论文》，见《历代文语》第一册，第 206 页。

臣也认同这一评价:"统观全集,诗体文格,均有欧、苏之遗,不在南宋诸人下",①辛弃疾《太常引·寿韩南涧》中推尊他"今代又尊韩,道吏部,文章泰山",又以韩愈相比。他与当时名家均有广泛交游:"又与朱子最善,尝举以自代,其状今载集中。故其学问渊源,颇为醇正。其他以诗文倡和者,如叶梦得、张浚、曾几、曾丰、陈岩肖、龚颐正、章甫、陈亮、陆游、赵蕃诸人,皆当代胜流,故文章矩矱,亦具有师承。"②韩元吉官至吏部尚书,《宋史》无传,遭遇冷落,朱熹却敏锐地揭出他作品中的北方文学因子,以及对南宋作家的影响力。

韩元吉的另一值得注意之处是,他对学术文化采取兼收并蓄的态度,这与他交往甚密的吕本中、吕祖谦一族有着相同的取向。吕本中出身望族,其家学特点即是"不名一师"(全祖望《荥阳学案序录》),以兼取众长为宗。他不仅在学术思想上"躬受中原文献之传,载而之南"(吕祖谦《祭林宗丞文》),主张"诸子百家长处,皆为吾用",③而且在诗学思想上,也倡导"活法"、"悟入",反对一般江西诗人只认老杜、黄庭坚之门,而主张"遍考精取,悉为吾用"。④ 吕祖谦是韩元吉女婿、吕本中侄孙,《宋史·吕祖谦传》云:"祖谦之学本之家庭,有中原文献之传。长从林之奇、汪应辰、胡宪游,既又友张栻、朱熹,讲索益精",也同样呈现出贯通各派、融合南北的特点。刘时举《续宋编年资治通鉴》卷一〇又说他"其学本于累世家庭之所传,博诣四方师友之所讲",以北方中原"家学"为本,济之以南方地区"师友"之学,概括出他"南学北学、道术未裂"的融贯特点。这既反映在朱熹、陆九渊"鹅湖书院"之争中他的折衷调和立场,也反映在他的文学思想和写作实践中。关注南北文风之异的朱熹,也同样关注南方地域文化对南渡作者的反作用。他说:"某尝谓气类近,风土远。气类才绝,便从风土去。且如北人居婺州,后来皆做出婺州文章,间有婺州乡谈在里面者,如吕子约辈是也。"⑤吕子约,即吕祖

① 《四库全书总目》卷一六〇《南涧甲乙稿提要》,中华书局 1965 年版,第 1383 页。

② 《四库全书总目》卷一六〇《南涧甲乙稿提要》,第 1383 页。

③ 吕本中:《童蒙训》卷上,商务印书馆 1937 年版,第 1 页。

④ 胡仔:《苕溪渔隐丛话前集》卷四九引,人民文学出版社 1962 年版,第 332 页。

⑤ 《朱子语类》卷一四〇,文渊阁四库全书本。

俭，为吕祖谦弟。作为"北人居婺州"一员的吕祖谦，也不可避免地受到当地文风的影响。

吕祖谦还特别讲到吕氏家族与"江西贤士大夫"长期形成的交好传统。在《题伯祖紫微翁与曾信道手简后》中记载其父吕大器的一段教诲：吕氏家族从北宋吕夷简和晏殊相交起，即与"江西诸贤特厚"，历数欧阳修、王安石、曾巩、刘敞、刘攽、"三孔"、曾肇、黄庭坚等人与历代吕氏传人之间的友谊。因而，南渡以来，吕本中在临川地区"乃收聚故人子曾信道辈，与吾兄弟共学，亲指挥，孳孳不怠，既又作诗勉之，今集中寄临川聚学诸生数诗是也"，并说："吾家与江西贤士大夫之疏密，亦门户兴替之一验也。"①吕祖谦也沿承吕本中的办学精神，"四方学子云合而影从，虽儒宗文师磊落相望，亦莫不折官位抑辈行，愿就弟子列"。② 这不仅促成"婺学"的隆兴，其影响也自然延伸到诗文创作方面。吕本中早年架构"江西诗社宗派图"，倾力于对江西诗派的理论总结与创作推阐，应受到其家族这种特殊的"江西情结"的驱动；南渡后他继续关注此派的发展，纠正江西后学的局限与流弊。

除移民作家外，南宋诗文作家的占籍地域，多集中在浙江、江西、福建、两湖地区，他们既浸馈于中原文化的营养，保存北宋欧、苏、王、黄诸大家之文学创造精神与特点，又与南方的地域文化、风土习俗、自然山川相交融，形成有南国风味的文学风貌。此均得益于南北文学交流之功。在词坛上，南北融贯推毂之势更显强烈。词素有南方文学之称，其"微词宛转"的特性与南国氛围天然合拍。唐圭璋《两宋词人占籍考》，综观从北宋到南宋的词人籍贯，按省统计，词人之众也以浙、赣、闽三地占先，从词家多为南产而言，也显示出词体本质上属于南方文学的特点。然而，北来移民词人的大量南下，为词坛带来慷慨激昂、大声镗鞳之音，抒写家国之恨、亡国之悲、抗敌之志，极大地提高了词的审美境界，促成了词的重大转型，进入了我国词史发展的一个新阶段。南宋建立之初，活跃于词坛者几乎都为南渡词人，如叶梦得、朱敦儒、李纲、李清照等。张元幹虽占籍福建长乐，却也是滚滚南渡人流中

① 《东莱集》卷七，文渊阁四库全书本。

② 王柏：《鲁斋集》卷一二《跋丽泽诸友帖》，金华堂丛书本。

的一员。嗣后，南宋的最大词人辛弃疾，也是北来的“归正人”。没有北方词风的相摩相融，南宋词的进一步境界开拓与内蕴深化是不可能的。

南宋戏剧和白话小说的繁盛，也与宋室南迁有关。大批西北艺人渡江而南，“京师旧人”遍布勾栏瓦舍，临安尤甚：“如执政府墙下空地，诸色路岐人，在此作场，犹为骈阗。”①“路岐人”原是对开封一带艺人的称呼，现在尚可考出有姓有名的汴京艺人在临安献艺者多人。南宋最具戏剧完整形态的是“南戏”，形成于南北宋之交的温州，已由叙述体发展成代言体，后又传至杭州获得发展的良好土壤，其曲体、曲制的最终定型，也与对北方杂剧及各种歌舞说唱技艺的吸收融合息息相关。

南宋处于从中原文化向江南文化转移的重大时期，使南北文学交流进入更高更深的层次。伴随着中国经济重心的南移，也出现了文化重心南移的现象，江南也从“江南之江南”的地域性概念，而成为“全国之江南”的政治经济文化性的概念，以后元、明、清均以北京为首都，也都无法改变江南在全国举足轻重的地位。因而南宋文学中这一重心南移现象，具有预示中国政治、经济、文化总体走向的意义。

诗、词、文、小说、戏曲是我国文学的主要样式。诗歌从“风”、“骚”传统算起，经唐代极盛而创“唐音”，降及北宋形成“宋调”，已有数千年的历史；文（主要是“古文”）由先秦两汉以著述体裁为主的诸子散文和历史散文，发展到“唐宋八大家”为代表的以篇什体裁为主的新散文传统，到北宋亦似能事近毕，南宋文人大都取径欧、苏，在创立新的散文范式上已少有发展空间；词则发轫于隋唐，至北宋而大放异彩，尚留下开辟拓新的余地。在这些传统士人大显身手的领域之旁，新兴的流传于市井里巷的白话小说和戏曲悄然勃兴，正显出强大的艺术生命力。

梁启超十分关注俗文学在中国文学史上的关键地位，他说：“文学之进化有一大关键，即由古语之文学，变为俗语之文学是也”，“自宋以后，实为祖

---

① 耐得翁：《都城纪胜》“市井”条，中国商业出版社 1982 年版，第 3 页。

国文学之大进化。何以故？俗语文学大发达故”。[1] 闻一多对中国文学的历史动向也有过深刻的宏观考察，他在《文学的历史动向》中说：

> 我们只觉得明清两代关于诗的那许多运动和争论，都是无味的挣扎。每一度挣扎的失败，无非重新证实一遍那挣扎的徒劳无益而已。本来从西周唱到北宋，足足二千年的工夫也够长的了，可能的调子都已唱完了。到此，中国文学史可能不必再写，假如不是两种外来的文艺形式——小说与戏剧，早在旁边静候着，准备届时上前来“接力”。是的，中国文学史的路线南宋起便转向了，从此以后是小说戏剧的时代。[2]

迄今为止，还很少见有研究者把南宋文学作为一个独立对象进行宏观判断，闻一多可谓第一人。他的“中国文学史的路线南宋起便转向了”的论断，从一个特定视角，抓住了文学演变的关键。勾栏瓦舍中的说唱曲艺表演，通过艺术行为方式而深入于民间大众，表现出新的人物、新的文学世界和美学趣味；传统的诗、词、文以书面记载的形态而主要流行于社会中上层，一般表现为忌俗尚雅的审美追求。从《都城纪胜》、《梦粱录》、《武林旧事》等记载来看，南宋的说话讲史和演戏活动十分兴盛，尽管现存确切可考定为南宋白话小说的，为数甚少，戏曲作品留存至今完整的仅只《张协状元》一种（或谓北宋或元代作品），但其时品类繁多，从业人员也已形成规模，已正式登上中国文学的神圣殿堂，这是毋庸置疑的。闻一多上述论断有两点或可商榷：一是把“小说与戏剧”视作“两种外来的文艺形式”似与它们的发生史不符；二是对明清诗歌（实际上也包括散文和词）的成就，贬抑过甚。钱钟书在论及宋代白话小说时说过：“这个在宋代最后起的、最不齿于士大夫的文学样式正是一个最有发展前途的样式，它有元、明、清的小说作为它的美好的将来，不像宋诗、宋文、宋词都只成为元、明、清诗、词、文的美好的过去

---

① 《小说丛话》，见《<饮冰室合集>集外文》（上），北京大学出版社 2005 年版，第 148—149 页。

② 《闻一多全集》第一册，三联书店 1982 年版，第 201 页。

了。"[①]这里将诗、词、文和小说、戏曲分别作为"雅"文学和"俗"文学的代表，又对他们与元明清两类文学的"承先和启后"的关系，都作了颇为准确、客观的说明。中国文学的雅俗之变，也就是所谓"大传统"与"小传统"之变，精英文化与大众文化之变，南宋时期是一个重要的历史转折点。

① 《宋代文学的承先与启后》，见文学研究所编《中国文学史》第二册，人民文学出版社 1962 年版，第 547 页。

第一章　渡江南来与文学转型

第一节　南宋王朝建立与文学新格局的初步奠定

一　偏安政权的建立①

赵宋自太祖立国，传至文采风流的徽宗之手已有一百五十余年，虽然国事渐渐腐败不可为，然百足之虫死而不僵，社会依然维持着歌舞升平、繁华富庶的表象。公元 1125 年，金灭辽国后大举侵宋，于鼙鼓声中徽宗慌忙传位于其子钦宗。靖康元年（1126）冬，金兵渡过黄河，进逼汴京，钦宗请降。靖康二年（1127）四月，金将完颜宗望、完颜宗翰掳徽、钦二帝及赵氏皇族子孙、后妃宫女和部分臣吏等三千余人（其中有南宋高宗之母韦氏及秦桧），满载搜刮掠夺的金银财宝、仪仗法物、图书乐器北归，北宋灭亡。

金人在撤出汴京之前，册立原北宋宰相张邦昌为帝，国号“大楚”，欲其统治黄河以南地区，以为金人藩辅。金兵去后，张邦昌即退位，迎哲宗废后孟氏入宫垂帘听政，并以孟后之名诏立徽宗第九子——唯一幸免于被执的康王赵构为帝。靖康二年（1127）五月，赵构即帝位于应天府（河南商丘），是

① 文中所叙史实主要依据何忠礼、徐吉军著《南宋史稿》，杭州大学出版社 1999 年版。

为宋高宗,赵宋政权重建,改元建炎,史称南宋。

建炎元年(1127)秋,金人以张邦昌被废为辞,再次举兵伐宋。高宗恐蹈父兄覆辙,不顾李纲、宗泽等大臣之请,不敢留守中原,而是南逃至扬州,并先后派遣王伦、宇文虚中赴金朝乞和。建炎二年(1128)夏,金人南下,势如破竹,前锋迅速推进至扬州城外仅数十里处,高宗又仓皇逃离。建炎三年(1129)五月,在平定统制官苗傅和刘正彦发动的兵变之后,高宗移跸江宁府,改称建康府。他再次派通问使洪皓向金人递交国书,“愿去尊号,用正朔,比于藩臣”。[①] 然金太宗应兀术奏请,分兵四路继续南侵,渡江攻克建康,高宗遂由越州至明州,避敌海上。金兵追踪未果,遂陆续北返。

建炎五年(1131),高宗改元“绍兴”,寓“绍祚中兴”之意。绍兴二年(1132)正月,高宗驻跸临安府,开始建立官僚机构,修建城墙和太庙,以刘光世、韩世忠的十万大军为拱卫。至此南宋朝廷喘息方定,政局初稳。

秦桧(1090—1155)于建炎四年(1130)十月自北营逃归,到行在越州晋见高宗,提出南人归南、北人归北,与金议和的主张,获高宗赞成。绍兴元年(1131)秦桧升任参知政事,开始染指军政大权。至绍兴八年(1138),朝廷确立和议为“国是”。然而宋金和议垂成之际,金人毁约渝盟,战争再起。在刘锜、韩世忠、岳飞等将帅的率领下,宋军连获捷报。出于对武人的猜忌和防范,高宗与秦桧于绍兴十一年(1141)解除了韩世忠、张俊、岳飞三大将的兵权,并终以“莫须有”之罪名将岳飞父子及其部将杀害。绍兴十二年(1142)和议成,宋金以淮河至大散关一线为界;宋帝向金主称臣,接受金主册封。南宋每年向金国纳银绢各二十五万两匹。以丧权辱国和巨大的经济付出为代价,南宋王朝换得了东南半壁江山的统治权和其后二十年的安定。

金熙宗皇统九年(1149),完颜亮发动宫廷政变夺取帝位,是为海陵王。他羡慕江南湖山秀美,城市繁阜,决心“提兵百万临江上,立马吴山第一峰”,[②]遂于绍兴三十一年(1161)六月迁都汴京,领兵六十万南下,攻破两淮

---

① 李心传:《建炎以来系年要录》卷二三“建炎三年五月乙酉”条,中华书局1956年版。

② 《大金国志》卷一四《海陵炀王》中,文渊阁四库全书本。

之地，在他即将渡越长江之际，完颜雍在辽阳府（今属辽宁）自立为帝。完颜亮腹背受敌，采石一战负于虞允文率领的宋军，随后部将兵变，完颜亮被乱箭射死，金人气馁退兵。绍兴三十二年（1162）六月，五十六岁的高宗赵构"倦勤"禅位。

回顾南宋政权于渡江之初，实乃八方多难，常处于风雨飘摇之中。面对金人的步步进逼，高宗唯求苟安而不可得，卒赖宗泽、李纲、赵鼎、虞允文、韩世忠、岳飞等大臣和将帅勉力支撑，屡败屡战。随着宋金局势的变化，朝廷上主战派与主和派的声势也此消彼长，终高宗一朝，甚至整个南宋一百五十余年，和战争议始终未曾平息，而"王学"与"洛学"之异同又缠夹其间，成为政争的另一焦点。

绍兴初年政局甫稳，君臣痛定思痛，将宗社覆亡归咎于王安石变法。高宗认为"今日之祸，人徒知蔡京、王黼之罪，而不知天下之乱，生于安石"，①亟下诏"住散青苗钱"，"诏史官辨宣仁圣烈皇后诬谤"，蔡京、童贯、朱勔等人及其子孙"更不收叙"，②对熙丰及绍圣以来的政治实行"更化"，对王安石之新学、新法及"新党"进行清算。高宗又云"最爱元祐"，③朝廷更追褒元祐诸臣，在程颐的制词中说："（程颐等）高明自得之学，可信不疑"，④又"甄叙元祐故家子孙"，⑤"尽还应得恩数"。⑥ 赵鼎在执政以前即尊崇洛学、排诋王学，绍兴四年（1134）迁右相后更是不遗余力地荐拔道学人士，如许景衡门人吕祉、谢良佐门人朱震、胡寅、张九成、吕本中等相继入朝；主战大臣张浚尝从程颐门人谯定游，出任宰执时，"士之稍有虚名者，无不牢笼"；⑦秦桧初命相之日，也积极荐引洛学人士以为党助，如杨时门人廖刚、王居正，周行己的

① 《建炎以来系年要录》卷八七"绍兴五年三月庚子"条，第1449页。

② 《宋史》卷二四《高宗一》，中华书局1977年版。

③ 《建炎以来系年要录》卷七九"绍兴四年八月戊寅"条，第1289页。

④ 《建炎以来系年要录》卷四六"绍兴元年八月戊子"条，第835页。

⑤ 《〈鲁语详说〉序》，胡寅撰，容肇祖点校《崇正辩斐然集》卷一九，中华书局1993年版，第404页。

⑥ 《建炎以来系年要录》卷三五"建炎四年七月丁巳"条，第677页。

⑦ 周密撰，张茂鹏点校：《齐东野语》卷二"张魏公三战本末略·符离之师"引《何氏备史》，中华书局1983年版，第33页。

弟子吴表臣等皆得官，私淑洛学而大成的胡安国与秦桧亲厚，身入讲筵。自此就形成了“从程氏学之士大夫渐次登用”的局面，①“伊洛之学从此得昌”。②

道学人士本来真伪、正邪错杂纠葛，纷纭难辨；道学家的议论也不免有陈义过高，难以取而为用者。事实上，建炎以来的许多制度也仍然沿用王安石立法之意，新学影响广泛存在。而朝中大臣如张浚、秦桧、赵鼎等对道学交相称引，皆不免有为争权、固权而结交朋党，利用“道学”之名以致道学“公议”之实来弹压歧见、排除异己的存心。绍兴六年(1136)，依附张浚的左司谏陈公辅为攻击赵鼎，上书劾论伊川之学，曰：“在朝廷之臣，不能上体圣明，又复辄以私意取程颐之说，谓之伊川学，相率而从之。……狂言怪语，淫说鄙喻，曰：‘此伊川之文。’幅巾大袖，高视阔步，曰：‘此伊川之行也。’能师伊川之文，行伊川之行，则为贤士大夫，舍此皆非也。臣谓使颐尚在，能了国家事乎？取颐之学，令学者师焉，非独营私植党，复有党同之弊，如蔡京之绍述，且将见浅俗僻陋之习，终至惑乱天下后世矣。”③礼部侍郎吕祉则上书对程颐的学术本身和标榜“伊川之学”者加以区分，他说：“臣窃详程颐之学，大抵宗子思《中庸》篇以为入德之要，《中庸》曰：‘君子之中庸，时中’，程颐之所得也。近世小人，见靖康以来，其学稍传，其徒杨时辈，骤跻要近，名动一时，意欲歆慕之，遂变巾易服，更相汲引，以列于朝，则曰：‘此伊川之学也’；其恶直丑正，欲排挤之，则又为之说曰：‘此王氏之学，非吾徒也。’号为伊川之学者，类非有守之士，考其素行，盖小人之所不为。有李处廉者，知瑞安县，专事货赂，交结权贵，取程颐文并杂说，刊板作帙，遍遗朝士，朋比者交口称誉，谓处廉学伊川，近闻处廉犯入赃已系狱，罪当弃市，远近传笑。”④意图将赵鼎一党的伊川传人与程颐区分对待，并拉拢赵鼎所打击的“新学”人士。而秦桧在独相专权之后，因为洛学人士大多反对和议，为摧抑异见，复禁伊

---

① 《〈鲁语详说〉序》，见《崇正辩斐然集》卷一九，第404页。

② 全祖望：《〈赵张诸儒学案〉序录》，见《宋元学案》卷四四，中华书局2007年版。

③ 《建炎以来系年要录》卷一〇七“绍兴六年十二月己未”条，第1748页。

④ 《建炎以来系年要录》卷一〇八“绍兴七年正月乙酉”条，第1759—1760页。

川之学。绍兴二十四年(1154)进士殿试,秦桧之孙秦埙和状元张孝祥均以"论禁伊川专门之学为当务之急"得高等。秦桧死前还兴起赵汾(赵鼎之子)狱,使汾自诬与张浚、李光、胡寅、胡铨等五十三人(多为洛学人士和主战派)谋大逆,欲借机将政敌一网打尽。可见道学往往是朝中政争的原因和工具,道学人士常因"道"不同而遭抛弃和打击。①

高宗在位的三十六年,文人士大夫多数由北之南参与南宋政权重建,这些支撑政权的中坚,本来大多具有北宋"新"、"旧"党争的渊源与背景。由于高宗推行元祐政术的措施、朝中大臣的权力争夺、宋金局势的变化,再缠夹其他政治见解、人际关系的分判,党争遂在南宋朝廷复炽,主战与主和、倡道学与禁道学的政争不但在高宗朝不曾停息,甚至伴随着南宋朝从建立走向覆亡。

从经济和文化方面来看,在宋室南渡,迁都临安、重建政权的过程中,大规模的中原人口随之南迁,极大地促进了南方的发展。

江南本是鱼米之乡,亦有竹木山货之利,而水系纵横,浙东运河连通海港,交通便利,自唐五代以来经济逐渐富庶,又自然风景秀丽,宜于生活居住。靖康之变后,在金人的追击下,高宗率诸大臣、隆祐太后率后宫分路南逃,中原地区的官员和士大夫家族皆随之南下避寇,"是时,西北衣冠与百姓奔赴东南者,络绎道路,至有数十里或百余里无舍烟者,州县无官司比比皆是"。② 绍兴八年(1138)南宋政权正式宣布定都临安,世家大族、富室大贾、伎艺之人定居于此地的最多。绍兴二十六年(1156),起居舍人凌景夏在奏疏中说:"切见临安府自累经兵火之后,户口所存,裁十二三,而西北人以驻跸之地,辐辏骈集,数倍土著,今之富室大贾,往往而是。"③而环太湖的浙东各州郡,因为经济繁庶,土地肥沃,又靠近京城,也是中原人物乐居之地,"平江、常、润、湖、杭、明、越,号为士大夫渊薮,天下贤俊多避地于此"。④ 江南东

---

① 参阅沈松勤著《南宋文人与党争》第一章、第二章,人民出版社2005年版。

② 《三朝北盟会编》卷一三四"建炎三年十一月十三日"条,文渊阁四库全书本。

③ 《建炎以来系年要录》卷一七三"绍兴二十六年七月丁巳"条,第2858页。

④ 《建炎以来系年要录》卷二〇"建炎三年二月庚午"条,第405页。

路的信州、饶州等地也是中原士大夫卜居之胜选，如信州“为江、闽、二浙往来之交”，①“灵山连延，秀拔森耸，与怀玉诸峰巉然相映带，其物产丰美，土壤平衍，故北来之渡江者，爱而多寓焉”。② 四川、福建、岭南亦是中原士大夫南渡避难安居之地。澶州晁氏公武兄弟避兵乱入蜀，爱嘉州（今四川乐山）之胜，定居于此。高宗曾把内、外宗正司分寓广州、泉州和潮州，③宗正司迁回江南后，仍有不少的宗室留居岭南和闽中。湖南武陵亦有不少西北士大夫挈家寓居。一时间“江、浙、湖、湘、闽、广，西北流寓之人遍满”。④

随着王朝宗室、世家大族、缙绅士夫的南迁，中原京洛之地的衣冠礼乐、风俗习惯、学术文学以及典籍书画皆传到南方。北方百姓移民又将各种生产技术、手工业技艺如陶瓷、纺织、印刷业等带到南方，如史载原汴京大相国寺东荣六郎的经史书铺即迁到临安中瓦南街东。汴京城内教坊中的乐工伶人和一般民间艺人南渡后，或进入临安府教坊、或流落瓦舍重操旧业，中原京畿之地的音乐艺术、表演伎艺由此亦传至南方。据《舆地纪胜》卷一〇四载，地处两广交界的容州，“渡江以来，北客避地留家者众，俗化一变，今衣冠礼度并同中州”，可见中原文化南迁的影响力极为深远与强大。

经历十几年的战乱，社会动荡不安，南宋经济遭到极为严重的破坏，民生一片凋敝，时人庄绰说：“天下州郡没于胡虏，据于僭伪，四川自供给军，淮南、江、湖荒残盗贼，朝廷所仰，惟二浙、闽、广、江南，才平时五分之一，兵费反逾前日，此民之所以重困，而官吏多不请俸”，⑤社会亟需休养生息。南宋与金签订丧权辱国的“绍兴和议”，虽然不免忍耻偷安之讥，实际上也是双方力量在博弈之后达到暂时平衡的结果。高宗朝后二十余年较为平静，南方经济迅速恢复和发展，《梦粱录》说：“南渡以来，杭为行都二百余年，户口蕃盛，商贾买卖者十倍于昔，往来辐辏，非他郡比也”，⑥江南的繁华有更甚于昔

---

① 戴表元：《稼轩书院兴造记》，见《剡源文集》卷一，文渊阁四库全书本。

② 韩元吉：《两贤堂记》，见《南涧甲乙稿》卷一五，文渊阁四库全书本。

③ 参阅《建炎以来系年要录》卷三〇相关记载。

④ 庄绰撰，萧鲁阳点校：《鸡肋编》卷上，中华书局 1983 年版，第 36 页。

⑤ 《鸡肋编》卷中，第 76 页。

⑥ 吴自牧：《梦粱录》卷一三，中国商业出版社 1982 年版，第 104 页。

日之中州者。

二 南宋文学新格局的初步奠定

南宋高宗赵构乃是北宋赵氏帝王世系之一脉相承,朝廷也基本维持祖制,故一般将南宋视为北宋政权的延续。然而时代的大破坏、大变动对于南宋政治、经济、文化各方面的影响十分深刻和长远,受到若干因素的影响,南宋文学呈现出新的发展趋势,新格局也初现端倪,此处择其大端而言之。

(一)政权和中原人口的南迁

政权和中原人口的南迁造成了文化和文学的重心南移。比起历史上的永嘉之乱、安史之乱来说,"靖康之变"导致的士大夫文人群体南迁的规模更大,在南方分布的范围更广,这为南宋文坛的重建提供了必要条件。

"靖康之变"后,中原缙绅士大夫之家纷纷南迁。如世居京畿的吕氏、韩氏、晁氏,皆是当朝望族、①文献世家,②不但深于经学,③于文学艺术亦有深厚修养。南渡之际,吕本中"亲传中原文献,载而入南,侨寓信之广教寺";④

---

① 王明清《挥麈录》前录卷之二:"自祖宗以来,故家以真定韩氏为首,忠宪公家也。……东莱吕氏,文穆家也,……皆为今之望族。"上海书店出版社 2001 年版,第 16 页。

② 这些世家大族藏书绵延数代,不仅数量种类极为丰富,又精于校勘。如晁氏藏书极富,晁说之《刘氏藏书记》云:"予家则五世于兹也,虽不敢与宋氏争多,而校雠是正,则未肯自让。"见《景迂生集》卷一六,文渊阁四库全书本。

③ 如吕氏自北宋开国,多以儒学起家,列位辅弼,有贤俊之望。吕蒙正举宋太宗太平兴国二年(977)进士,在太宗、真宗两朝三度为相,谥"文穆"。吕夷简举咸平三年(1000)进士,三相仁宗,谥"文靖"。吕公著历仕三朝,相哲宗,谥"正献"。公著长子希哲,以父荫入官,哲宗朝诏为崇政殿说书,官至光禄少卿。希哲长子好问,以荫补官,官至尚书右丞,封东莱郡侯。吕氏家风一贯重视读书力学、修道养德。自吕蒙正、夷简、公弼、公著皆深通儒学。吕希哲、吕好问多与当世名儒交游,致力经术。《宋元学案》卷二三《荥阳学案序录·案语》记吕希哲曰:"荥阳少年,不名一师。初学于焦千之,庐陵之再传也,已而学于安定、学于泰山、学于康节,亦尝学于王介甫,而归宿于程氏。集益之功,至广且大。"吕好问也曾经从胡瑗门人田述古、张载门人田腴以及李潜等人求学,"宣和之季,故老踵相下世,独公与杨公中立无恙。诸儒为之语曰:'南有杨中立,北有吕舜徒。盖天下倚以任此道者惟二公云'"(《东莱集》卷一四《东莱公家传》,文渊阁四库全书本),与杨时声望相侔。吕本中秉家传,又学于诸儒,"自元祐后,诸名宿如元城、龟山、廌山、了翁、和靖以及王信伯之徒,皆尝从游,多识前言往行以蓄其德"(《宋元学案》卷三六《紫微学案序录·案语》)。自吕公著以后,一门之内被《宋元学案》选入者达十七人。

④ 宋濂:《灵洞题名后记》,见《文宪集》卷四,文渊阁四库全书本。

晁氏家族则“因南渡而散楚、蜀”,①其中晁公迈卜居抚州,公迈次子晁子与则葬于临川。晁谦之居信州,卒葬铅山鹅湖;韩元吉也卜居信州,子孙遂在此占籍繁衍。北宋时江南东路与西路(合起来相当于现在的江西)已堪称人杰地灵,江西人物之文学创作皆出类拔萃,引领风气,中原士大夫往往与江西俊彦交往厚密。② 在南宋版图上,江南东路为国家腹心之地,信州的位置尤其优越,“国家行在武林,广信最密迩畿辅。东舟西车,蜂午错出,势处便近”,③信息与交通皆便捷,故建炎初,中原缙绅家多居是州,聚集了不少北方南下的文化精英,如李纲所言“东北流移之人,布满江西”,④叶适比为汉之许下、晋之会稽。⑤ 吕好问后来移居婺州,卜居于此地的还有山东巩氏;陈与义晚年则定居湖州;平江府、越州、绍兴等地因邻近都城,风景秀美宜人,也成为中原士大夫爱居之地,陆游曾回忆其“少时犹及见赵、魏、秦、晋、齐、鲁士大夫之渡江者,家法多可观”。⑥ 随着中原世家望族将承载礼乐经制、百家思想的文献典籍载往江南,加之缙绅士大夫精英的南迁,文化发展和文学活动的重心当然也随之移向南方。官学以外,江南书院的设置数倍于北宋时期。⑦ 孝宗时赵汝愚知信州,奏称该州当年科场解额只有六十二人,而所纳

---

① 晁瑮:《新修清丰县志》卷七《乡贤二》“晁子与”条下。参阅张剑《宋代家族与文学——以澶州晁氏为中心》第二章“天分寿夭婚姻与迁徙”,北京出版社 2006 年版。

② 吕祖谦尝言:“先君子尝诲某曰:吾家全盛时,与江西诸贤特厚。文靖公(吕夷简)与晏公(殊)戮力王室,正献公(吕公著)静默自守,名实加于上下,盖自欧阳公(修)发之。平生交友如王荆公、刘侍读、曾舍人,屈指不满十。虽中间以国论与荆公异同,元丰末守广陵,钟山犹有书来,甚惓惓。且有绝江款郡斋之约会,公诏归乃止。已而自讲筵还政路,遂相元祐,二刘、三孔、曾子开、黄鲁直诸公皆公所甄叙也。侍讲(公著长子希哲)于荆公乃通家子弟。李泰伯入汴,亦尝讲绎焉。绍圣后始与李君行游,晚节居党籍。右丞(希哲子好问)以莞库之禄养亲,虽门可设雀罗,然四方有志之士多不远千里从公。谢无逸、汪信民、饶德操自临川至,奉几杖侍左右如子侄。退见右丞,亦卑抑严事,不敢用钧敌之礼。舍人(希哲孙吕本中)以长孙应接宾客,三君一见折辈行,为忘年交。谈赏篇什,闻于天下。是时吾家筐筥琐碎,童仆能言诸名胜,无不谙悉。”见吕祖谦《题伯祖紫微翁与曾信道手简后》,《东莱集》卷七。

③ 洪迈:《稼轩记》,见祝穆编《古今事文类聚》前集卷三六,文渊阁四库全书本。

④ 李纲:《条具防冬利害事件奏状》,见《梁溪集》卷一〇一,文渊阁四库全书本。

⑤ 参见叶适《徐斯远文集序》,见《水心先生文集》卷一二。

⑥ 陆游:《杨夫人墓志铭》,见《渭南文集》卷三四,四部丛刊本。

⑦ 据曹松叶《宋元明清书院概况》一文统计,宋代共建书院二百零三所,其中北宋建四十七所,约占总数的百分之二十三,南宋建达一百五十六所,约占总数的百分之七十七。参阅《中山大学语言历史研究所周刊》第 10 集,第 111 页。

家保状计一万六千余人，可见信州读书风气之浓厚，原因则正如危素所言“宋室南迁，中原故家多侨寓于此，而士习益盛”。[①] 由此便呈现出“天下士大夫之学日趋于南”，“彬彬然一时人材学术之盛，不可胜纪”[②]的态势。

又如前文所述，在南渡过程中，由地域自然环境、经济和政治因素以及南逃路线决定，两浙路、江南西路、江南东路是文学人才相对集中的地域，福建、荆湖、两广及蜀地也多有文人占籍而居，南渡文人和他们的文学活动不再像北宋一样以汴京和洛阳为中心，而是呈现出相对集中、又局部分散的特征，使得南宋文化和文学重心南移的同时又显示出中心多元化分布的特点。[③]

文化和文学重心南移、文学活动中心多元化分布的这一新的趋势和特色，通过文人活动、文学创作反映出来，南宋文学便呈现出一些不同于北宋文学的风貌特征。

首先，文人们在南迁过程中，足迹几乎遍及整个南中国。由于经历坎坷、心境变化，南渡文人的个人写作风格往往也相应地发生了巨大改变，吕本中、陈与义、朱敦儒、李清照等莫不如此。将南渡文人的文学创作作为整体来观察，又会发现它们在感情基调和内容题材方面有着某些共性。南方与中原明显不同的生存环境和生活方式，也引起文学风貌的改变。浅言之，一些具有鲜明南方特色的自然山水、岁时风物大量涌入文人笔下，这些意象在北宋文学作品中可能是比较少见的。复杂一些的，例如“江湖”——相对于“山林”来说——是有鲜明地域特色的生存环境，“浪迹江湖”与“隐逸山林”是明显不同的生存方式，也是内涵区隔极大的生存态度。南渡以后的文学作品中，“江湖”意象极为常见，几乎替代了以前文学作品中的“山林”意象。而南宋后期出现了“江湖诗人”群体，这一人群的属性与江湖体诗歌的风貌特征，当与南方特有的生活环境、生活方式，以及一种特定的生存态度具有深层内在的关联。此外，南方温暖湿润的气候、秀美的自然环境、南方

---

① 危素：《广信文献录序》，见《说学斋稿》卷四，文渊阁四库全书。

② 见倪朴《倪石陵书》附录《石陵先生倪氏襍著序》，文渊阁四库全书本。

③ 参阅钱建状《南渡词人地理分布与南宋文学发展新态势》，《文学遗产》2006 年第 6 期。论者以一百一十四家南渡词人为研究对象论述了词人住居分布与文学创作不同于北宋时期的格局。

人相对柔和的性情，也潜移默化地影响着人们的审美心理和审美情趣，词这种本质具有柔、艳之美的文学体裁在南宋时期得到充分发展，也许可以从人文地理学的角度来增加说明。而南戏这一新的文艺样式，更是中原音乐与表演伎艺南迁后与南方民间曲艺融合后才形成的。

其次，随着文人的南迁，文学资源和创作力量的生态分布改变了。京城临安仍然是全国的文化和文学中心，但是在南渡过程中，不但地理位置重要、经济发达、富有文化底蕴的两浙路、江南西路聚集了不少文学精英，南方一些原来文人少、文化贫瘠的地区——如蜀中、闽中、岭南等地，也有许多中原士大夫前去拓荒，文学和学术也逐渐发展和繁荣起来。在京城以外的各地，人们一方面接受当地先贤的影响，一方面以富于文学、学术修养和政治资本的望族或者是缙绅士大夫之家为中心展开文学和学术活动，或诗词唱酬，或讲学传道，形成具有鲜明地方特色和家族特色的文化学术圈。① 南宋的学术派别多以其传播流行的地域为名，如胡安国、胡宏父子数十年在湖南衡山讲学著述，故学派称为“湖湘之学”；浙东地区又有永嘉学派、永康学派，吕祖谦则在金华独开婺学一派；北宋末杨时南下归闽，将洛学一传为罗从彦、再传为李侗，而大成于朱熹，于是有闽学一派。文学及其他方面，宋高宗多次指出：“蜀中之士，多学苏轼父子，如江西之士，多学黄庭坚。”②蜀人倾慕乡贤，故“近世蜀人多妙于四六，如程子山、赵庄叔、刘绍美、黄仲秉，其选也”；③江西为南渡文人精英聚集之渊薮，普遍受黄庭坚诗的影响自不待言，于是有江西派在南宋的盛行。南宋地域性文学选本大量涌现，相对于唐代殷瑶的《丹阳集》、北宋孔延之的《会稽掇英总集》来说，南宋则有林表民的《赤城集》、郑虎臣的《吴都文粹》、袁说友的《成都文类》、丁燧的《会稽掇英续集》、黄康弼的《续会稽掇英集》等等，所收的作家作品之丰富是前代不可同日而语的。除了学术文学地域特色十分鲜明以外，南迁的名门望族、缙绅

---

① 参阅吕肖奂、张剑撰《两宋家族文学的不同风貌及其成因》，《文学遗产》2007 年第 2 期。

② 见《建炎以来系年要录》卷一一一“绍兴七年六月乙卯”条，第 1808 页。又见卷一五〇“绍兴十有三年十有一月戊寅”条，第 2427 页。

③ 杨万里：《诚斋诗话》，见丁福保辑《历代诗话续编》，中华书局 1983 年版，第 159 页。

士大夫之家虽然散落地方，然而它们或是德业交著，或是文献相承，维系数代，斯文传承不坠，又熏染地方风习，形成不少文学、学术家族。如承江西先贤流风所及，鄱阳洪氏文质彬彬——洪皓及其三子洪适、洪迈、洪遵皆长于四六；莆田丁氏、刘氏各以四六为家业，又造成"莆士多能赋"①的地方文学特色。这些现象都表明南宋的文学资源、创作力量的生态分布较之北宋发生了变化，正是文学中心多元化格局的反映。

综而言之，中原文化和文学重心的南迁以及文学中心多元化分布为南宋文学新格局奠定了基础。它也是南宋政权一百五十年存续和发展的基础，南方——尤其是江浙地区成为国家经济与文化的重心，这一点延续到近现代也没有改变。

（二）元祐学术的张扬

绍兴初年，高宗实行"更化"措施，重新推行元祐政术，元祐党人尽皆平反，故家子孙还其恩数，甚至得到重用。政局的变化一定程度地左右了文学的发展趋势，高宗"最爱元祐"的表态影响极为深远。一系列政治措施带来元祐学术的复苏张扬，苏轼、黄庭坚等人的诗文作品也重新风靡，受到广泛喜爱和重视：

> 至靖康、建炎间，鲁直之甥徐师川，二洪驹父、玉父，皆以诗人进居从官大臣之列。一时学士大夫向慕，作为江西宗派，如佛氏传心，推次甲乙，绘而为图。凡挂一名其中，有荣辉焉。②
>
> 建炎以来，尚苏氏文章，学者翕然从之，而蜀士尤盛，亦有语曰："苏文熟，吃羊肉；苏文生，吃菜羹。"③

诗歌方面出现了"近时学诗者，率宗江西"的趋势；④苏轼的文章则风靡四方，为士子竞相模拟，成了科举考试的敲门砖。苏轼的诗、词、文包括四六等各体文学广泛传播，连带苏门文人的文学创作也都成为人们注目和学习的对

---

① 刘克庄：《丁宋杰墓志铭》，见《后村先生大全集》卷一六四，四部丛刊本。

② 孙觌：《西山老文集序》，见《鸿庆居士集》卷三〇，文渊阁四库全书本。

③ 陆游撰，李剑雄、刘德权点校：《老学庵笔记》卷八，中华书局1979年版，第100页。

④ 胡仔著，廖德明点校：《苕溪渔隐丛话》前集卷四九，人民文学出版社1962年版，第333页。

象,影响力极大。

随着苏、黄文学的风靡,人们对苏、黄文学创作艺术特质的认识也逐步深入了。南宋诗话著作较之北宋更繁荣、更具理论性,其内容可以说基本上都是围绕江西派或是苏、黄诗展开议论,或批判,或赞赏,或修正,从不同角度去深入阐释和解析。诗话作者的批评立场不一定相同,但这些批评阐释与创作层面对"江西诗风"、"苏轼文风"的模仿追踪一起,构成南宋文学兴起的基础,南宋诗文创作轨范与典则的建立皆由此肇端。元祐学术的张扬为南宋文学树立了典型,①终南宋一朝,诗文创作都沿着继承或者超越元祐典型的方向而嬗变发展。②

(三)"洛学"南传、理学大盛

在北宋理学"五子"之后,由于张载大弟子吕大临等"东见二程"而归于程学,"关学"后学不继,实际趋于瓦解,于是二程"洛学"一枝独秀。二程子殁后,程门弟子游酢(定夫)、杨时(龟山)、谢良佐(上蔡)、尹焞(和靖)等弘道不已,尤其是杨时不负师望,挟洛学南归以后,开出南宋朝"二程"学说的两大支脉,③一为湖湘之学,一为闽学,影响极为深远。

湖湘学派的胡安国与程门弟子谢良佐、杨时、游酢"义兼师友",交游密切。胡安国自言其学统传承曰:"若论其传授,却自有来历。据龟山所见在《中庸》,自明道先生所授;吾所闻在《春秋》,自伊川先生所发。"④全祖望称之为"私淑洛学而大成者"。⑤ 胡安国深于"春秋"之学,落职后奉祠休居于湖南衡山之下,专事讲学和《春秋传》的著述。胡氏治《春秋》持适时变易之

---

① 刘克庄云:"元祐间最为本朝文章盛时,荐之于郊庙,刻之于金石,被之于歌弦者,何其众也!"见《后村先生大全集》卷一一〇《徐总管诗卷》,四部丛刊本。

② 钱基博概述南宋一代文学总体面貌时说:"东汉文章不同西汉。南宋诗文一衍北宋。""南宋之文学,苏氏之支与流裔也。盖词为苏词,文为苏文;四六则苏四六,独诗渊源黄陈以为江西派尔。"说得似乎过于绝对,但南宋文学深受以苏、黄为典型的北宋文风影响也是事实。参见钱基博《中国文学史》,中华书局 1993 年版,第 610 页。

③ 神宗元丰四年(1081),杨时拜程颢为师。在他南下归闽时,程颢送别并感叹"吾道南矣"。所谓"道南"之传,即由此得名。程颢去世后,龟山又从程颐学,故其学兼传二先生,东南推其为程门正宗。

④ 《龟山学案》附录,见《宋元学案》卷二五。

⑤ 全祖望:《武夷学案序录·案语》,见《宋元学案》卷三四。

观念，认为事实上并不存在百王不易的法度；他反对空谈心性，主张躬行实践，把义理之学与经世致用结合。全祖望认为“南渡昌明洛学之功，文定（安国谥文定）几侔于龟山（杨时）”。① 安国少子胡宏（1105—1161）“尝见龟山于京师，又从侯师圣（仲良）于荆门，卒传其父安国之学”，②学者称五峰先生。在胡安国《春秋传》的基础上，胡宏又研读《中庸》，深入探讨人性与天道的关系、察识本心的修养工夫等问题，奠定湖湘学的理论基础，被视为“卒开湖湘之学统”的道学领袖人物。③ 张栻是南渡初名臣张浚之子，他师从胡宏，孝宗时与朱熹、吕祖谦并称“东南三贤”，令湖湘学派的社会影响迅速扩大。闽学则源自当日杨时南归福建，将濂、洛之学一传而为罗从彦，再传而为李侗，又传而为朱子。朱熹始从学于父亲旧友籍溪胡宪（原仲）、白水刘勉之（致中）、屏山刘子翚（彦冲），后师从于李侗，所造益深，闽学于是大著。湖湘之学和闽学对《春秋》与《中庸》的学术兴趣有差异，理论走向也不同，一重“察识”，一重“涵养”，形成学术特色鲜明的两派。

在绍兴之初的“更化”时期，杨时被荐入讲筵，一批洛学人士也相继入朝，二程学说由此迅速昌明于江右，到理宗朝更奠定了其官方哲学的主导地位。理学盛行于南宋，对近世中国政治、社会影响至为重大深远，对南宋文学格局与风貌的影响自不言而喻。理学人士究心学术，又积极干预政治，也并不与文学创作隔绝。受其哲学思想的影响，南宋的理学家大多也持与“二程”一脉相承的文学观念，如认为文以载道，而“作文害道”；认为有德者必有言，强调心性道德的修养，而不屑艺术技巧的讲求。故理学家一般强调文章要反映性情义理之正，摒弃文采。受这种文学观念指导，理学人群的创作大多是为了载道言理之实用，呈现出义理平正、感情平和、语言平淡的共同审美倾向和艺术特征。他们间或也以诗歌吟风弄月、发抒性情，如：

风飘淅沥闹诸邻，却扫衡门混世尘。
天气晴明秋意态，夜光浮动月精神。

---

① 全祖望：《武夷学案序录・案语》。
② 全祖望：《五峰学案》“武夷家学”，见《宋元学案》卷四二。
③ 全祖望：《五峰学案序录・案语》，见《宋元学案》卷四二。

流年渐觉侵双鬓，生理从来付大钧。
临水便同濠濮趣，翛然鱼鸟自亲人。①

卜居幽胜衡山绕，五峰西望青冥杳。
乍聚乍散看浮云，时去时来送飞鸟。
卷舒自在都无情，饮啄天然类不扰。
我生何似鸟与云，掉头心向人间了。②

这些诗歌风格平淡闲远，其中深寓作者体察性命天道之际的心得与乐趣。宋元之际金履祥将两宋理学家的诗歌加以归纳编辑，命名为《濂洛风雅》，成为独具特色的一派。

南宋理学家不但以理学观念约束自己的文学创作，他们还通过讲学、编纂文章选本和评点文学作品，大力传播其文学观，影响文学的发展趋向。据盛如梓《庶斋老学丛谈》记载：

有以诗集呈南轩先生。先生曰："诗人之诗也，可惜不禁咀嚼。"或问其故，曰："非学者之诗，学者诗读着似质，却有无限滋味，涵泳愈久，愈觉深长。"③

在理学家心目中，诗人之诗、文人之文、词人之词是不及"学者"的创作的。理学家又往往以理学心性修养来代替文学艺术修养，以理学的道德精神境界来衡量文学意境和风格，在理学思想影响不断扩大的社会背景中，一般文人的创作和批评也不免受到潜移默化的影响。例如诗歌中往往出现陈腐熟滥的道学常谈，一些诗歌批评着眼于性情雅正而不是真实自然。胡寅贬抑柳永和花间词，赞许苏轼词能"一洗绮罗香泽之态，摆脱绸缪宛转之度，使人登高望远，举首高歌，而逸怀浩气，超然乎尘垢之外"，④实际表达了道学家通

① 杨时：《秋晚偶成二首》之二，见《龟山集》卷四一，文渊阁四库全书本。
② 胡宏：《独坐》，见《五峰集》卷一，文渊阁四库全书本。
③ 盛如梓：《庶斋老学丛谈》卷中上，文渊阁四库全书本。
④ 胡寅：《酒边词序》，见向子諲《酒边词》卷首，文渊阁四库全书本。

过修养性情、精神来提升文学品格的主张。胡寅为南宋词指出了“向上一路”,南宋词的确兴起了复雅之风,理学思想当是重要的影响因素之一。

到南宋后期,理学的主导地位确立,执政者更通过科举考试对文人士子的创作趋向进行引导牵制,理学对文学发展的制约和影响力就更大、更为直接了。

（四）外族威胁与和战争议

历史上本不乏民族战争和国家分裂的前例,不过,无论是东晋之于西晋,还是盛唐之后的中唐,人们所面临的民族、国家和文化统序之存亡予夺的危机感从未像两宋之际这样深重和强烈。相对于历史上前朝的文士群体来说,宋代士大夫文人群体自觉地“以天下为己任”,将自身命运与国家政权的存亡联系得更为紧密。亲历丧乱,感受到民族、国家覆亡于异族之手的威胁,南渡的士大夫文人群体对于国家和文化的认同感和优越感也就比任何时候都来得强烈,民族意识、爱国精神受到激发,十分高涨,不但“和”“战”问题成为朝廷政治的焦点,文学创作也大都不离“国难”主题。以奏疏、札子为主要形式的政论文多是针对“和”“战”问题的辩论,或是献陈富国强兵的谋略。一些记事之文则再现了兵荒马乱中的颠沛流离,往往血泪交迸。南渡时期的诗词之作则或是抚今思昔、抒发亡国破家的剧痛深哀,或是激昂呼号、表达抵御外侮、恢复故地的热望。这样的题材内容和思想感情,在北宋文学作品中是几乎见不到的。尤其是在边衅已启,强敌将至的北宋末年,君臣沉浸在承平日久、晏安无事的幻象中,“人主以翰墨文字为乐,当时文士操笔和墨,摹写太平纷然”,①文学更呈现出富雅闲适、精致工丽的风貌特征。靖康之乱带来的巨大灾难,南迁道途的颠沛流离成为文学风貌发生突转的契机。

南渡时期词的创作,开始远离大晟词人那种富雅精工、回环婉曲的风格,自然而然地向苏轼豪放词风靠近,南渡词人成为苏辛一派词风发展的中介和桥梁。而在举家南迁的过程中,诗人被迫放下典籍、走出书斋,体验现实,感受大自然,诗人们对杜甫诗歌伤时悯乱的情怀理解更加深刻,对江西

① 周紫芝:《书陵阳集后》,见《太仓稊米集》卷六七,文渊阁四库全书本。

派的诗法也开始作出修正。文章写作则主要发挥其实用功能，大多为国、为时、为君、为民而作。

南宋从建立到覆亡的一百五十余年，先有女真、后有蒙古，外族侵略的威胁始终存在，和战争议也不曾平息，以"国难"为主题，抒发爱国情感的文学作品因而成为南宋文学的重要构成部分。陆游的诗、辛弃疾的词，还有许多论政言兵的文章，千古之下读来，仍然感动人心，是一笔宝贵的精神财富。

影响南宋文学格局的因素当然还有很多，难以条分缕析，一一尽举。南宋文人士大夫群体同样具有官员、学者、文人三位一体的复合型主体特征，①因此主体的文学创作表现实际受到政局时势的运作变化、学术的传播发展与文人自身命运的南北播迁等各方面因素交互重叠地影响，我们现在看到的已经凝定的南宋文学风貌，它们发生和演变的脉络过程是极为复杂的。

第二节 时代强音与欧苏远韵

——南宋初期的文章

从整个南宋文章发展史来看，高宗建炎绍兴三四十年间是一个相对低落的时期。这主要归因于国势艰危、时局变幻，文人士大夫正经受着亡国破家的冲击和威胁，没有太多精力和心思去探讨文章艺术、琢磨作文技巧，文章主要为应用而作。以下归纳此期公私文翰，分类述之。

一 南宋初期的散文

（一）论政说理之文

《四库全书》收录南宋 270 余部文集，以宗泽、杨时之文集为首，四库馆

---

① 参阅王水照撰《情理·源流·对外文化关系——宋型文化与宋代文学之再研究》，见《王水照自选集》，上海教育出版社 2000 年版，第 30 页。

臣案语曰：

> 时(杨时)卒于高宗建炎四年。其入南宋日浅,故旧皆系之北宋末。然南宋一代之儒风与一代之朝论,实皆传时(杨时)之绪余。故今编录南宋诸集,冠以宗泽,著其说不用而偏安之局遂成。次之以(杨时)时,著其说一行而讲学之风遂炽;观于二集以考验当年之时势,可以见世变之大凡矣。①

如果反过来,从政治、学术的角度看文学,则可谓是偏安之局虽成,而论政言兵之文不绝;讲学之风一炽,而说理讲道之文愈盛。散文的这一发展趋势在南渡之初已经显露端倪。

南宋偏安江左,对外承受着强敌压境的危机,对内又进行政治的更化,朝廷上政事与学术的争论十分激烈,书、疏、章、表等多种体式的公文成为南宋初期散文的主体。爱国之士或誓师传檄,或伏阙上书,有的论政谈兵、指陈恢复大计,有的表达爱国热忱、抨击媚敌求和的误国行径,一大批主战斥和之文奏响时代的强音,留下激动人心的名篇。理学家在论政之外,还有论道之著述,内容充实,理明辞达,亦是为经世致用而作,表现出以天下为己任的精英意识。总之这些论政说理之文大都有明确的现实针对性和政治功利目的,虽无意于辞采,而忠义之气、爱国激情以及强烈的忧患意识蓬勃充盈、自然流露于文字间,颇能打动人心,呈现出不同于北宋论政说理之文的新面貌。

宗泽(1060—1128),字汝霖,婺州义乌人。登元祐六年(1091)进士第,建炎元年(1127),宗泽为东京留守,他精修战备,奋力抗击金兵。在高宗犹疑不决、时欲议和以求偷安于江南的情况下,宗泽"躬冒矢石,为诸将先,得捐躯报国恩"②的心愿无法实现,终至忧愤成疾,疽发于背,三呼"渡河"而逝。

---

① 《钦定四库全书总目》卷一五六,《龟山集》提要,中华书局1997年版,第2090页。

② 宗泽:《奏乞回銮仍以六月进兵渡河疏》,见《宗忠简集》卷一,以下二疏亦见卷一,文渊阁四库全书本。

宗泽有《乞毋割地与金人疏》，全篇不足五百字，充满激情而情理俱备。文中排比和对偶的运用，增强了文章的语势：

臣窃谓渊圣皇帝有天下之大，四海九州之富，兆民万姓之众。自金贼再犯，未尝命一将、出一师、厉一兵、秣一马，曰征曰战；但闻奸邪之臣朝进一言以告和，暮入一说以乞盟，惟辞之卑，惟礼之厚；惟敌言是听，惟敌酋是应。因循逾时，终至二圣播迁，后妃亲王流离北去。臣每念是祸，正宜天下臣子弗与贼虏俱生之日也。

又屡次上疏奏请"回銮"至二十余道。如建炎元年(1127)十月第八次上《乞回銮疏》云：

顾臣犬马之齿六十有九，此缘陛下委付之重，常患才力不任，惕惕忧惧，近日顿觉衰瘁，万一溘先朝露，辜负陛下眷恤怜悯之意，臣死目不瞑。若使臣与官吏士民望翠华回辇之尘，瞻仰天颜，俯伏百拜，然后臣退填沟壑，如生之年，死骨不朽。

字里行间一片赤诚。四库馆臣谓宗泽"孤忠耿耿，精贯三光，其奏札规划时势，详明恳切"，惜其时"不用其言，亦无收拾其文者"。至宁宗嘉定间，楼昉乃缀辑散佚为《宗忠简集》，然宋末已沉晦不彰。"盖理宗以后天下趋朝廷风旨，道学日兴，谈心性者谓之真儒，讲事功者谓之杂霸，人情所竞，在彼而不在此。"①

李纲(1083—1140)，字伯纪，邵武(今属福建)人，政和二年(1112)进士。建炎元年(1127)李纲首登庙堂，慨然以修政事、攘金人为己任，惜为相仅七十五日即被罢。罢相后，他仍屡次上书陈述抗金的攻战守备方略，均不用，忧愤而卒。有《梁溪集》。李纲曾连上十篇奏议，即《上高宗十议札子》，②在第一篇《议国是》中，他开篇就论析和、守、战三者之间的关系，说理严密：

臣窃以和、战、守，三者一理也。虽有高城深池，弗能守也，则何以

---

① 《钦定四库全书总目》卷一五六，别集类九《宗忠简集》提要，第2090页。

② 参见《梁溪集》卷五八、卷五九。

战？虽有坚甲利兵，弗能战也，则何以和？以守则固，以战则胜，然后其和可保，不务战守之计，惟信讲和之说，则国势益卑，制命于敌，无以自立矣。

在对照历史教训、分析宋金情势之后，李纲指出"为今之计，莫若一切罢和议，专务自守之策"，待数年休养生息，"然后可议大举，振天声以讨之，以报不共戴天之仇，以雪振古所无之耻"。文章通过古今、敌我的对比后提出论点，很有说服力。

李纲平生章奏凡八十卷，所言大概"诛僭逆、定经制、宽民力、变士风、通下情、改弊法，招兵买马，经理财赋，分布要害，缮治城壁，……以为必守中原、必还二圣之计"，①其言深思熟虑而正大明白，论事精要而文笔简洁，具有"雄深雅健"之风貌，《论建中兴之功札子》（《梁溪集》卷九四）、《论天下强弱之势》（《梁溪集》卷一五三）等皆是奏议中的名篇。

胡铨（1102—1180），字邦衡，号澹庵，庐陵芗城（今江西吉安县南）人。有《澹庵集》。胡铨为建炎二年（1128）进士，绍兴七年（1137）为枢密院编修官。绍兴八年（1138）秦桧决策主和，金国使臣"诏谕江南"，视南宋王朝为附庸，胡铨愤而上疏，直言金人无信，奸臣当斩，对高宗责以大义，曰：

伦之议乃曰："我一屈膝，则梓宫可还，太后可复，渊圣可归，中原可得。"呜呼！自变故以来，主和议者谁不以此说啗陛下哉？然而卒无一验。是虏之情伪已可知矣。而陛下尚不觉悟，竭民膏血而不恤，忘国大仇而不报，含垢忍耻，举天下而臣之，甘心焉？就令虏决可和，尽如伦议，天下后世谓陛下何如主？况丑虏变诈百出，而伦又以奸邪济之，梓宫决不可还，太后决不可复，渊圣决不可归，中原决不可得。而此膝一屈，不可复伸；国势陵夷，不可复振，可为痛哭流涕长叹息也！

结尾更云：

臣备员枢属，义不与桧等共戴天。区区之心，愿斩三人头，竿之藁

---

① 朱熹：《丞相李公奏议后序》，见《晦庵先生朱文公文集》卷七六，四部丛刊本。

街,然后羁留虏使,责以无礼,徐兴问罪之师。则三军之士,不战而气自倍。不然,臣有赴东海而死耳,宁能处小朝廷求活耶!①

这篇《上高宗封事》直言无隐,辞意激切。“书既上,桧以铨狂妄凶悖,鼓众劫持,诏除名,编管昭州”,②爱国之士则立刻将封事刻印传布,自学士文人至武夫悍卒、遐方裔土,莫不传诵其书,争愿识面;“金人闻之,募其书千金,三日得之,君臣夺气,知中国有人”,③影响极大。

孝宗即位后,胡铨复官,其奏章仍多为斥和议、论恢复之言,如《上孝宗封事》指出“自靖康始,迄今凡四十一年,三遭大变,皆在和议。则敌人之不可与和彰彰矣。肉食鄙夫万口一谈,牢不可破,非不知和议之害,而争言为和者,是有三说焉:曰偷懦,曰苟安,曰附会”。《上孝宗论兵法书》则建议朝廷“坚守前日和不可成之诏,力修政事,十年生聚,十年教训,如越之图吴”。这些上书都语言切直,气势慷慨,直接显露出作者嫉恶如仇、刚直不屈的人格个性和爱国激情。杨万里为其文集作序说:“先生之文,肖其为人,其议论闳以远,其记序古以驯,其代言典而实,其书事约而悉”,④所评中肯。

在国家处于危急的时刻,连“平居不与荣禄,缓急不当事任”⑤的太学生陈东(1086—1127)都几次伏阙上书,向朝廷建言。建炎元年(1127),李纲再罢相,陈东为此连上三书,极论李纲不可罢,黄潜善、汪伯彦不可用,请亲征、迎二帝。在《上高宗皇帝第一书》中,陈东直言“李纲一出,即陛下孤立,天下事去矣”!亲近黄潜善、汪伯彦“必害中兴之业”。他一针见血地指出黄、汪二人被委以要职,是人主“私意用人”。针砭高宗语直意切,不留余地:“若谓艰难之中尝得其力,而二人者是于陛下有私恩耳!臣窃意当时不过劝陛下不进兵为自全之计,正陛下之罪人也,非有恩者也。纵曰有恩,陛下但当以高爵厚禄处之于闲逸之地,全保富贵而已,岂可以宰相大臣之职报私恩乎?”

① 胡铨:《上高宗封事》,见《澹庵文集》卷二,文渊阁四库全书本。
② 《宋史》卷三七四,列传第一三三“胡铨传”,第11582页。
③ 杨万里:《澹庵文集原序》,见《澹庵文集》卷首,文渊阁四库全书本。
④ 杨万里:《澹庵文集原序》。
⑤ 魏了翁:《陈少阳文集序》,见《鹤山集》卷五四,文渊阁四库全书本。

文末表白:“但知不敢欺君父耳,死生以之”,[①]已将个人安危置之度外,后竟因言获死罪。

此外如李光(1078—1159)、赵鼎(1085—1147),张浚(1097—1164)等南渡名臣,皆屹然重望,以功业、气节彪炳史书。其文多为奏疏,如李光的《论守御大计状》、《乞车驾亲征札子》、《论百姓失业札子》,[②]赵鼎《论防边第一疏》、《论亲征》诸札子,[③]条分缕析内外局势,献陈练兵、理财之策,规谏高宗修内政、御外侮、图恢复,皆有俾国是之言,重在实用。

李纲认为“文章以气为主”,“士之养气刚大,塞乎天壤,忘利害而外死生,胸中超然,则发为文章自其胸襟流出,虽与日月争光可也”。[④] 胡铨接受韩愈的“气盛言宜”说与孟子的“养气”说影响,称“德,水也;言,浮物也。水之大而物之浮者大小毕浮,德盛则其言也旨必远,亦其理也”。[⑤] 南渡大臣写作本为实用,无意于文采,然而文章却因发自肺腑的真诚激越之情感,映照出磊落光明之气节;或以精深恺切、指陈明晰之议论,显现其卓荦不凡之胸襟谋略,具有强烈的感染力和说服力,形成一种风骨峻亮而析理精粹的特色,不待雕章琢句而工,不同于寻常文士之文。

绍兴更化之际,不少洛学传人立于朝中。当此非常时期,理学家的上书尚能切于实际,多为主战斥和之文,往往掘发奸隐、指陈时弊,较少坐谈三代的迂论空言。

杨时(1053—1135),字中立,后世称龟山先生。南剑将乐(今属福建)人。有《龟山集》。史称杨时“浮沉州县四十有七年,晚居谏省仅九十日。凡所论列,皆切于世道。而其大者则辟王氏经学、排靖康和议,使邪说不作”,[⑥]论政言事之文主旨鲜明。《四库全书总目提要》谓之“于靖康被兵之时,首以诚意进言,未免少迂,而其他排和议、争三镇、请一统帅,……以及茶务、盐

① 见陈东《少阳集》卷三,文渊阁四库全书本。
② 分别见《庄简集》卷一二、卷一一、卷八,文渊阁四库全书本。
③ 分别见于赵鼎《忠正德文集》卷三、卷一、卷三,文渊阁四库全书本。
④ 李纲:《道乡邹公文集序》,见《梁溪集》卷一三八。
⑤ 胡铨:《答谭思顺书》,见《澹庵文集》卷六。
⑥ 《宋史》卷四二八,列传第一八七,道学二“杨时传”,第12743页。

法、籴买、坑冶、盗贼、边防、军制诸议，皆于时势安危言之凿凿，亦尚非空谈性命，不达世变之论”。① 当敌兵初退，议者欲割太原、中山、河间三镇以讲和，杨时极言其不可，上书曰：

> 河朔为朝廷重地，而三镇又为河朔之要藩。自周世宗迄于艺祖、太宗，百战而后得之，其艰难甚矣。一旦弃之北庭，姑以舒目前之急则可，以为经远之计则未也。②

下文则分述割地可作救急之策而非为经远之计的原因，其指陈利害、讲划谋略与宗泽、李纲诸人无异。文风刚正切直、笃实质朴，的是儒者之言。

胡安国（1074—1138），字康侯，建宁崇安（今福建武夷山）人。有《春秋传》三十卷。绍兴元年（1131）为中书舍人兼侍讲，进《时政论》二十一篇，有《定计》、《建都》、《设险》、《制国》、《恤民》、《立政》、《尚志》等论，自诩“虽诸葛复生为今日计，不能易此论也”，③可见是经世致用之作。胡安国子胡宏《上光尧皇帝书》，抨击大臣苟且偷安、贪冒宠荣之弊，尽言无隐；胡寅上高宗《万言书》论朝廷移跸之失，献拨乱之策，引证古今百代，指点时局，剀切详尽。这些疏奏关切时事，尚理务实，非如后世所谓“风痹不知痛痒”、惟骛虚名者所为。

除论政言事之文以外，理学家更多讲义、经解著作，如胡宏所著《释疑孟》辨司马光《疑孟》之误，议论醇明；《知言》辟诸子百家之说，论儒学之旨，张栻称“其言约义精”；胡寅有《读史管见》三十卷，就事论理，理尽词止。这些理学家的著作皆以充实明白为要，无意求精求美，而理正词确，气盛不衰。

（二）抒怀述志纪事之文

不同于论政说理之文为切于实用，身处忧患的人们自然也以文字叙事述志，抒发情感。这一时期具文学性的散文虽然数量不多，但颇有名篇流传。

---

① 《钦定四库全书总目》卷一五六，《龟山集》提要，中华书局 1997 年版，第 2090 页。

② 杨时：《上钦宗皇帝》，见《龟山集》卷一。

③ 《宋史》卷四三五，列传一九四，儒林五“胡安国传”，第 12913 页。

1. 岳飞的《五岳祠盟记》

岳飞(1103—1141),字鹏举,相州汤阴(今河南汤阴县)人。他是杰出的抗金将领,精忠报国,屡建战功,后为高宗、秦桧所忌,竟于三十九岁之英年以“莫须有”之罪名被害。其孙岳珂编撰《金佗稡编》收其文。《五岳祠盟记》是岳飞收复建康后的行军途中题写于五岳祠壁间、决心恢复故土的誓词:

> 自中原板荡,夷狄交侵,余发愤河朔,起自相台,总发从军,历二百余战。虽未能远入荒夷,洗荡巢穴,亦且快国仇之万一。今又提一旅孤军,振起宜兴。建康之城,一鼓败虏,恨未能使匹马不回耳!
>
> 故且养兵休卒,蓄锐待敌。嗣当激励士卒,功期再战。北逾沙漠,蹀血虏廷,尽屠夷种。迎二圣归京阙,取故地上版图,朝廷无虞,主上奠枕:余之愿也。
>
> 河朔岳飞题。①

文章作于戎马倥偬之际,其言未加修饰,而一种忠义慷慨之情、激昂豪迈之气弥漫文字之间,读之想见其人雄姿英发。

2. 李清照的《金石录后序》

该文是李清照为赵明诚编纂的《金石录》所作书序。清照时近暮年,序文回忆了她与赵明诚志趣相投的婚姻生活,夫亡家破后颠沛流离的经历,以及二人所藏金石书画聚散的经过,文字清婉秀雅,叙事曲折周详,又善于细节描写:

> 余性偶强记,每饭罢,坐归来堂,烹茶,指堆积书史,言某事在某书某卷第几叶第几行,以中否角胜负,为饮茶先后。中即举杯大笑,至茶倾覆怀中,反不得饮而起。甘心老是乡矣!
>
> 收书既成,归来堂起书库大橱,簿甲乙,置书册。如要讲读,即请钥

① 见岳珂编《金佗稡编》卷一九,文渊阁四库全书本。

上簿，关出卷帙。或少损污，必惩责揩完涂改，不复向时之坦夷也。是欲求适意而反取憀慄。余性不耐，始谋食去重肉，衣去重采，首无明珠翡翠之饰，室无涂金刺绣之具，遇书史百家，字不刓阙，本不讹谬者，辄市之，储作副本。自来家传《周易》、《左氏传》，故两家者流，文字最备。于是几案罗列，枕席枕藉，意会心谋，目往神授，乐在声色狗马之上。

今日忽阅此书，如见故人。因忆侯在东莱静治堂，装卷初就，芸签缥带，束十卷作一帙。每日晚吏散，辄校勘二卷，跋题一卷。此二千卷，有题跋者五百二卷耳。今手泽如新，而墓木已拱，悲夫！①

李清照的聪明好强，赵明诚的庄重勤学，赵李二人的伉俪相得，读之历历在目。又如写赵明诚应诏独赴行在的情形："坐岸上，葛衣岸巾，精神如虎，目光烂烂射人，望舟中告别"，寥寥数笔，可谓画龙点睛。在这些叙述与细节描写中，怀念故人的深沉情意，不胜今昔的感慨自然流溢于笔端，令读者低回怅叹。李清照的文章仅存五篇，而《金石录后序》最为脍炙人口，原因正在于其描写的细腻传神和强烈的抒情性，极见笔力。

3. 孟元老的《梦华录序》

孟元老（生卒年不详）所著《东京梦华录》是追述旧京闻见的笔记，书前有自序，铺叙描写了太平时节北宋京城风物的奢华丰美：

太平日久，人物繁阜。垂髫之童，但习鼓舞，斑白之老，不识干戈。时节相次，各有观赏。灯宵月夕，雪际花时，乞巧登高，教池游苑。举目则青楼画阁，绣户珠帘，雕车竞驻于天衢，宝马争驰于御路。金翠耀目，罗绮飘香。新声巧笑于柳陌花衢，按管调弦于茶坊酒肆。八荒争凑，万国咸通。集四海之珍奇，皆归市易。会寰区之异味，悉在庖厨。花光满路，何限春游！箫鼓喧空，几家夜宴！②

---

① 见李清照著，王学初校注《李清照集校注》，人民文学出版社1979年版，第176页。

② 孟元老：《梦华录序》，中国商业出版社1982年，第1页。

而“一旦兵火”，避地江左，“暗想当年”，今昔之感油然而生，令人不胜怅然。至于其书之写作经过、命名缘由，序文只在文末简略叙及。虽然书序是应用文体，但作者铺陈辞藻，情意充盈，因此增添了文学色彩。

4. 叶梦得的《贺铸传》

叶梦得为晁氏外甥，尝从晁补之、张耒诸人学，文学创作皆有渊源。《贺铸传》状写人物形神毕现：

> （贺铸）长七尺，眉目耸拔，面铁色，喜剧谈当世事，可否不略少假借，虽贵要权倾一时，小不中意，极口诋无遗辞。
>
> 江淮间有米芾元章以魁岸奇谲知名，而方回以气侠雄爽适先后。二人每相遇，瞋目抵掌，论辩蜂起，终日各不能屈。谈者争传为口实。①

文中分述传主贺铸的高傲任侠、博学强记、才思出众，充实简明，有条不紊。

5. 胡宏的《与秦会之书》

胡宏父子与秦桧有旧交，当秦桧专权之际，胡宏“萧然自远，蝉蜕于权利之外”，②上书乞为岳麓山长：

> 稽诸数千年间，士大夫颠冥于富贵、醉生而梦死者，无世无之，何啻百亿。虽当时足以快胸臆，耀妻子，曾不旋踵而身名俱灭。某志学以来所不愿也。至于杰然自立志气，充塞乎天地，临大节而不可夺，有道德足以替时，有事业足以拨乱，进退自得，风不能靡，波不能流，身虽死矣，而凛凛然长有生气，如在人间者，是真可谓大丈夫矣。某读其书，按其事，遐想其人，意其胸中所存，瀹然直与神明通，不可以口传耳受也。方推其所存于数千年文字之中，茫乎昧乎，未能望其藩篱，窥其门户，又况其堂奥乎！业当从事于斯，不敢半途而废，此某之所以逡巡历年，若自弃于门下，未能进而求仕者也。③

其词婉曲，而意旨严正。行文尽现作者的刚劲风骨，一方面也表现出理学家

---

① 叶梦得：《建康集》卷八，文渊阁四库全书本。

② 《钦定四库全书总目》卷一五八，《五峰集》提要，第2114页。

③ 胡宏：《五峰集》卷二，文渊阁四库全书本。

之文详尽细密的特点。

二 南宋初期的四六大家

北宋自神宗与王安石变法后，科举取士重经义、策论，士子遂疏于辞章写作。哲宗亲政后，元祐党人更横遭贬抑流放，文字遭禁，于是进士罢诗赋、专习经义。北宋后期，朝廷已甚感起草诏、诰、章、表等应用文书乏人，于是绍圣间设置博学宏词科选拔词臣。南宋高宗绍兴三年(1133)复置词科，对它的重视更逾于往昔。词科的设置，对北宋末特别是南宋文学产生了极大的影响，"它不仅为南宋造就了一大批四六文高手，同时在相当程度上转变了社会风气，使北宋古文运动后居于弱势的骈体文，在江南大地突放异彩，其成就几在古文之上，至少也是平分秋色"。① 有学者认为宋代四六文的发展大体可分为四个阶段，②其中宋初八十年仍然延续唐人轨辙；经过北宋中期古文创作的革新，遂形成骈、散并行，分疆而治的局面。文人一般作辞赋、制诏、表、启用四六，而奏议、序跋、书信、杂记、碑传用散体。欧阳修、苏轼古文大家创作骈文时，吸收了散文的某些特点，形成一种新体四六。到南北宋之际，四六名家辈出、名作层出不穷，总结四六文写作经验的四六话也已经出现，③预示着宋四六的发展将要进入鼎盛时期。

高宗朝的四六文创作，以汪藻、孙觌、綦崇礼为翘楚。诸词臣的制作或协赞中兴，或润色偏安，为王喉舌，可谓得体。

汪藻(1079—1154)，字彦章，德兴(今属江西)人。崇宁二年(1103)进士。历徽宗、钦宗二朝，累官至太常少卿。藻学问博赡，高宗朝召试中书舍人，为翰林学士，朝廷诏令多出其手，所为制词，多传诵人口，为南渡后词臣冠冕，有《浮溪集》。靖康二年(1127)四月，徽、钦二帝北狩，金人立张邦昌为楚帝，张不敢僭越，奉哲宗废后孟氏临朝，议立康王赵构为帝。汪藻奉命拟

---

① 祝尚书:《论北宋科举改制的异变与南宋文学走向》，见氏著《宋代科举与文学考论》，大象出版社 2006 年版，第 399 页。

② 参阅曾枣庄《论宋代的四六文》，《文学遗产》1995 年第 3 期。

③ 王铚:《四六话》，序署宣和四年作，是现存最早的四六话论著。

诏，既不能回避四海崩溃、宗庙倾覆的严重情势，又要斡旋各方，维系人心，号召天下同舟共济，共御外侮，其为隆祐太后拟《皇太后告天下手书》曰：

比以敌国兴师，都城失守。祲缠宫阙，既二帝之蒙尘；诬及宗祊，谓三灵之改卜。众恐中原之无统，姑令旧弼以临朝。虽义形于色而以死为辞，然事迫于危而非权莫济。内以拯黔首将亡之命，外以舒邻国见逼之威；遂成九庙之安，坐免一城之酷。乃以衰癃之质，起于闲废之中，迎至宫闱，进加位号；举钦圣已行之典，成靖康欲复之心。永言运数之屯，坐视邦家之覆；抚躬独在，流涕何从！

缅惟艺祖之开基，实自高穹之眷命。历年二百，人不知兵；传序九君，世无失德。虽举族有北辕之衅，而敷天同左袒之心。乃眷贤王，越居近服。已徇群情之请，俾膺神器之归。由康邸之旧藩，嗣我朝之大统。汉家之厄十世，宜光武之中兴；献公之子九人，惟重耳之尚在。兹为天意，夫岂人谋！尚期中外之协心，共定安危之至计。①

全文篇幅不足三百字而委婉周详、曲尽情事，长言咏叹、真切动人，又力占地步、措辞得宜，可谓运笔如舌，极尽辞令之妙。陈寅恪认为“就吾国数千年文学史言之，骈俪之文以六朝及赵宋一代为最佳”，“若就赵宋四六之文言之，当以汪彦章代《皇太后告天下手书》为第一”。②

建炎初金兵渡江，高宗仓皇避难海上，汪藻代草罪己诏，即《建炎三年十一月三日德音》。其文通篇以“至诚”感人，首言迫于强敌，南迁乃不得已而为之：“虽眷我中原，汉祚必期于再复；而迫于强敌，商人几至于五迁。”其次感念百姓南迁之苦痛：“言念连年之纷扰，坐令率土之流离。乡闾遭焚劫之灾，财力困供输之役。肆夙宵而轸虑，如冰炭之交怀。嗟汝何辜，由吾不德。”叙军兴征敛则云：

惟八世祖宗之泽，岂汝能忘；顾一时社稷之忧，非予获已。少俟寇攘之息，首图蠲省之宜。况昨来蒙蔽之俗成，至今日陵夷之祸亟。虽朕

① 汪藻：《皇太后告天下手书》，见《浮溪集》卷一三，文渊阁四库全书本。

② 陈寅恪：《论再生缘》，见《寒柳堂集》，三联书店2001年版。

意日求于民瘼，而人情终壅于上闻，主威非特于万钧，堂下自遥于千里。既真伪有难凭之患，则遐迩衔无告之冤。已敕辅臣，相与虚怀而听纳；亦令在位，各须忘势以咨询。直言者勿遣危疑，忠告者靡拘微隐。所期尔众，咸体朕怀。①

其情恳切至诚，其文则曲折顿挫，意到笔随。在情势艰难危殆之际，诏令所被，足以感动人心。故说者以比唐代陆贽。②

汪藻近承北宋欧阳修、苏轼一脉，熔铸六经诸史以成对偶，宏丽精深，其制诏代言之作无不事的词切，议论洞达流畅，而又不失王言之体的谨严庄重。现在看到的《浮溪集》三十二卷中，制诰表启十六卷，全部的四六文则占到一半以上。③

孙觌(1081—1169)，字仲益，号鸿庆居士，晋陵(今江苏常州)人。大观三年(1109)进士，政和四年(1114)又中词科。仕徽宗、钦宗二朝，高宗朝曾掌诰命。孙觌年寿高，至孝宗朝犹存，然生平出处依违无操，不过"所为诗文颇工，尤长于四六，与汪藻、洪迈、周必大声价相埒"。④ 有《鸿庆居士集》传世。孙觌善为四六杂著，其文思宏肆浩博、文笔灵动不拘，颇近苏轼。《试词科代高丽国王谢燕乐表》曰："玉帛万国，干舞已格于七旬；箫韶九成，肉味遽忘于三月"，用经句对。《和州送交代》云："渭城朝雨，寄别恨于垂杨；南浦春波，渺愁心于碧草"，用诗语对，属辞皆清华明澈。孙觌有《西徐上梁文》，是为建屋上梁吉日所作的祝贺之辞：

延占吉日，爰举修梁。邻翁无争畔之嫌，山灵有筑垣之助。地偏壤沃，井洌泉甘。岂徒恋三宿之桑，固将面九年之壁。老蟾驾月，上千岩紫翠之间；一鸟呼风，啸万木丹青之表。黄帽钓寒江之雪，青蓑披大泽之云。行随乌鹊之朝，归伴牛羊之夕。拥百结之褐，扪虱自如；拄九节之筇，送鸿

① 《建炎三年十一月三日德音》，见《浮溪集》卷一三。

② 参阅陆游《老学庵笔记》卷四，"汪彦章草赦书"，"人以比陆宣公兴元赦书"，中华书局 1979 年版，第 52 页。

③ 参阅施懿超《汪藻文集及其四六文存佚》，《文献》2006 年第 2 期。

④ 《钦定四库全书总目》卷一五八，《鸿庆居士集》提要，第 2106 页。

而去。闾里缓急，皆春秋同社之人。兄弟团圞，共风雨对床之夜。①

文中用事精巧妥帖，融裁古语典雅浑成。相较于汪藻四六之善于铺叙，文体谨严，孙觌则尤善点缀，以工致新奇见胜。故名章隽句，传诵人口，堪称美文。

綦崇礼（1083—1142），字叔厚，世称北海先生，高密（今属山东）人。他覃心辞章，聪明绝人，登重和元年（1118）进士第。高宗朝拜中书舍人，为翰林学士。綦崇礼擅长骈体，所撰诏命制诰数百篇，不私美、不寄怨，以直道自任，气格词华浑然天成。如《吕颐浩开督府制词》宏伟，《王仲嶷落职制词》精切，草《秦桧罢右相制》则曰："念方委听之专，更责寅恭之效。而乃凭恃其党，排斥所憎。进用臣邻，率面从而称善，稽留命令，辄阴怵以交攻"，秉正不阿，直言无讳；《邹浩追复龙图阁待制制》则曰："处心不欺，养气至大。言期寤意，引裾尝犯于雷霆；计不顾身，去国再迁于岭徼。群臣动色，志士倾心"，又曰："英爽不忘，想生气之犹在；奸谀已死，知朽骨之尚寒"，美善刺恶，文简意明，人以为能推朝廷所以褒恤遗直之意。綦崇礼的表启之作则能熨贴情事，婉转流畅。如《谢宫祠表》云："杂宫锦于渔蓑，敢忘君赐；话玉堂于茅舍，更觉身荣。"秩满再奉祠又一表谢云："欲挂衣冠，尚低回于末路；未先犬马，傥邂逅于初心"，皆为人激赏。其四六体格与汪藻较为相近。

南宋初期的四六名家不乏其人，以上所举三人之外，又如程俱"制诰诸作，尤所擅场"。② 张扩所作"制词尤夥，大抵温丽绵密，与汪藻可以联驱"。③ 李正民"温润流丽，颇近浮溪"。④ 李清照有《贺人孪生启》、《投翰林学士綦崇礼启》、《祭湖州文》等，用典允当，措辞精妙，谢伋《四六谈麈》认为她是

① 《鸿庆居士集》卷二八，文渊阁四库全书本。

② 《钦定四库全书总目》卷一五六，《北山小集》提要，第 2097 页。程俱（1078—1144），字致道，号北山，衢州开化（今属浙江）人。绍圣四年（1097）以恩荫入仕。绍兴初除中书舍人兼侍讲。有《北山小集》。

③ 《钦定四库全书总目》卷一五六，《东窗集》提要，第 2095 页。张扩（？—1147），字彦实，一字子微，德兴（今属江西）人。崇宁五年（1106）进士。绍兴八年（1138）召为著作佐郎，历中书舍人，擢左史，掌外制。有《东窗集》。

④ 《钦定四库全书总目》卷一五六，《大隐集》提要，第 2101 页。李正民（生卒年不详），字方叔，自号大隐居士，扬州（今属江苏）人。李定之孙。政和二年（1112）进士。绍兴十二年（1142）后曾任中书舍人。有《大隐集》。

“妇人四六之工者”。

四六文在北宋之初，主于华美绮错，以杨亿、刘筠之昆体为代表。中期风气一变，《后山诗话》云：“欧阳少师始以文体为对属，又善叙事，不用故事陈言，而文益高。”①欧阳修则称美三苏父子：“往时作四六者，多用古人语及广引故事以炫博学，而不思述事不畅。近时文章变体，如苏氏父子以四六述叙，委曲精尽，不减古人。自学者变格为文，迨今三十年，始得斯人。”②欧、苏所作四六文中参以散文笔法，句式变得灵活流畅，增加了述事表意的自由度。苏轼更“雄深浩博，出于准绳之外”，③其《谢制科启》中一联长达38字。又一联更长达56字，可见议论滔滔，以气调为尚，从而形成了一种不同于唐体之精严典重的新型四六，效法者众多，影响很大。发展到宣和间，四六风行引古语为长句，亦有一联至数十字者，然较之欧、苏之文，则粗硬排奡过之，精雅妥帖不足。王铚宣和四年（1122）作四六话，已经指出唐、宋四六的区别，他在评文中对“取古今传记佳语作四六”，用语“一字不肯妄下，必求警策以过人”表示肯定，此当是对北宋末的四六文风有所针砭。两宋之交的王安中、汪藻、孙觌与綦崇礼等词臣皆博览强记，才华富赡，他们很好地继承了欧、苏一脉之传统，在骈俪中杂以古体散句，而属对精切，辞采斐然，文气流畅，又富有腕力，遂能行文动荡开阖，又不失典雅精深之本色。

总体来看，受到时局的影响，南宋初期的文章创作多为实际应用而作。朝臣的主战言兵之表章奏议，固然是政治局势、和战争议的产物，理学家的著作也是切于时事，经世致用。论政之文激切，言理之文平正，皆是时代呼声。四六则上承欧、苏远韵，下启中兴。

---

① 陈师道：《后山诗话》，见何文焕辑《历代诗话》，中华书局1981年版，第310页。

② 欧阳修：《试笔》“苏氏四六”条，见《欧阳文忠公文集》，四部丛刊本。

③ 杨囦道：《云庄四六余话》，见王水照编《历代文话》第一册，复旦大学出版社2008年版，第119页。

第三节　“简斋体”与江西派
——南宋初期的诗歌

学习黄庭坚、陈师道诗风的诗人在北宋后期唱酬很盛，影响很大，吕本中遂作《江西诗社宗派图》排列登堂入室者名次。宋室南渡之后，虽然元祐典型、山谷遗法故老犹口耳相传，但法成弊生，不善学者的拘狭因循亦早使人对江西体诗歌生出不满。① 江西派诗人的创作中亦已蕴涵变化之意，肇起变化之端，徐俯、韩驹等人明确提出自己的诗歌主张，而以吕本中的“活法”说影响最大，成为南宋“江西社”中人的谈艺心法，传授要旨。江西派之外，陈与义在北宋末已经以“新体”名世，经历靖康之变和南渡的颠沛流离之后，学杜甫诗愈有心得，其诗自成一家，曰“简斋体”。此外草野间亦有小家，不黄不杜，独具晚唐风致。南渡三四十年间，诗歌正处于转型期，江西派诗人的诗歌主张和创作实践启发了还正在学诗的年轻一代，是南宋诗歌中兴的序曲。

一　陈与义与“简斋体”

陈与义（1090—1138），字去非，号简斋，洛阳（今属河南）人。政和三年（1113）登太学上舍甲科，授开德府教授，因事谪监陈留酒税。金人南侵之际，陈与义经湖湘入岭南，复自闽入浙，于绍兴元年（1131）夏至会稽行在，备极苦辛。陈与义在北宋已经有诗名，尝以墨梅诗见知于徽宗。入南宋为文章宿老，其“客子光阴诗卷里，杏花消息雨声中”之句为高宗所赏，绍兴中先后为中书舍人、翰林学士，累迁参知政事，是南渡诗人中最为显达者。《宋史》有传。

---

① 李格非、叶梦得、王庭珪等虽然佩服黄庭坚，但对江西派颇有不满，参见钱钟书《宋诗选注》第253页及文后注释，三联出版社2002年版。

（一）“简斋已开诚斋路”

陈与义有《简斋集》十六卷，其中十四卷为古今体诗。在他卒后四年，周葵将其诗集刊刻出版，葛胜仲为序。葛氏提到陈诗在当时被称为“新体”。①晚宋严羽在《沧浪诗话》中，认为宋代诗体以人而论有七体，②陈与义的诗歌为“陈简斋体”。可见在江西诗风影响很大的情况下，陈与义的诗歌显示出不同流俗的独特风格。例如政和八年（1118）所作的《襄邑道中》：

飞花两岸照船红，百里榆堤半日风。
卧看满天云不动，不知云与我俱东。③

诗句轻快流动，写出诗人融入自然的轻快心情。宣和五年（1123）作的五古《夏日集葆真池上以绿阴生昼静赋诗得静字》，为京师传写殆遍：

清池不受暑，幽讨起予病。长安车辙边，有此荷万柄。是身虽可懒，共寄无尽兴。鱼游水底凉，鸟宿林间静。谈余日亭午，树影一时正。清风不负客，意重百金赠。聊将两鬓蓬，起照千丈镜。微波喜摇人，小立待其定。梁王今何许，柳色几衰盛。人生行乐耳，诗律已其剩。邂逅一樽酒，它年五君咏。重期踏月来，夜半啸烟艇。④

写景清新，词句明净，意脉晓畅。“微波喜摇人，小立待其定”，不惟描画真切，更显出任情适意的生活意趣。

南渡以后，陈与义状物写景之作也很多，其清思秀句，出于自然，不事雕琢而富于情致的特点是一贯的。如《春寒》：

二月巴陵日日风，春寒未了怯园公。

---

① 葛胜仲《陈去非诗集序》云：“会兵兴抢攘，避地湖广，泛洞庭，上九疑、罗浮，虽流离困厄，而能以山川秀杰之气益昌其诗，故晚年赋咏尤工。缙绅士庶争传诵，而旗亭传舍摘句题写殆遍。号称新体。”陈与义著、白敦仁笺校《陈与义集校笺》，上海古籍出版社1990年版，第1013页。陈善《扪虱新话》上集卷四亦云：“世以简斋诗为‘新体’。”

② 即“东坡体”、“山谷体”、“王荆公体”、“邵康节体”、“陈简斋体”和“杨诚斋体”。参阅严羽《沧浪诗话》“诗体”，见何文焕辑《历代诗话》，第689页。

③ 《陈与义集》卷四，中华书局1982年版，第50页。

④ 《陈与义集》卷○，第151页。

海棠不惜胭脂色，独立蒙蒙细雨中。①

《早行》(载《外集》)：

露侵驼褐晓寒轻，星斗阑干分外明。
寂寞小桥和梦过，稻田深处草虫鸣。②

这两首绝句一写牡丹在早春细雨中袅娜开放，一种争春自爱的风致流动于笔尖。一写早行之闻见：星斗熠熠，虫鸣啧啧，意境如梦如幻般清冷轻盈。他如“虚庭散策晚凉生，斟酌星河亦喜晴。不记墙西有修竹，夜风还作雨来声”(《又两绝》其一，卷一五)；“阴岩不知晴，路转见朝日。独行修竹尽，石崖千丈碧”(《出山二首》其一，卷一八)；“山空樵斧响，隔岭有人家。日落潭照树，川明风动花”(同上，其二)；“出山复入山，路随溪水转。东风不惜花，一暮都开遍”(《入山二首》其一，卷一八)；“水底归云乱，芦聚返照新。遥汀横薄暮，独鸟度长津”(卷二一《晚晴野望》)；“远岫林间见，微泉舍后闻。阁虚云乱入，江阔野横分”(卷二八《宿资圣院阁》)；“摇揖天平渡，迎人树欲来。雨余吴岫立，日照海门开”(卷二九《渡江》)等诗，无不意象灵动，意境清新，情趣盎然。陈与义的这类诗歌清新淡净的风神韵调不同于当时学苏、黄之末流的粗率和拗涩，而是直绍唐人，又更加气机活泼流动。陈与义不赞成晚唐人专意琢磨字句，“吟成五字句，用破一生心”，③他自己是随时应景，情思自然生发而为诗，如其所言：“陈留春色撩诗思”(《对酒》)，“花鸟催诗岁不留”(《次韵谢表兄张元东见寄》)，“长风吹月送诗来”(《后之日再赋》)，是“触处皆新诗”(《赴陈留二首》其一)、“随处有诗情”(《春雨》)。可能正因为看到陈与义的诗法，再加之他的这些清新自然、情趣丰盈，词句明畅的

① 《陈与义集》卷二〇，第322页。

② 《陈与义集》外集，第525页。

③ 葛立方《韵语阳秋》卷二：陈去非尝为余言：“唐人皆苦思作诗，所谓‘吟安一个字，捻断数茎须’，‘句向夜深得，心从天外归’，‘吟成五字句，用破一生心’，‘蟾蜍影里清吟苦，舴艋舟中白发生’之类者是也。故造语皆工，得句皆奇，但韵格不高。故不能参少陵逸步……”。见何文焕辑《历代诗话》，中华书局1982年版，第493页。

诗歌,陈衍认为简斋“已开诚斋先路”。[①]

(二)“诗宗已上少陵坛”

南宋后期的刘克庄称道陈与义的诗“造次不忘忧爱,以简严扫繁缛,以雄浑代尖巧,第其品格,当在诸家之上”。[②] 如果《简斋集》中没有那些伤时忧国、雄浑慷慨的南渡避乱诗,怕是难得此赞誉。

1. 陈与义的避乱诗

靖康元年,陈与义避敌南迁之初所写的《商水道中》说:“草草檀公策,茫茫老杜诗。”[③]《正月十二日自房州城遇虏至奔入南山十五日抵回谷张家》又说:“但恨平生意,轻了少陵诗。”[④]亲历靖康之难这个天崩地陷的大变动,“在流离颠沛之中,才深切体会出杜甫诗里所写安史之乱的境界,起了国破家亡、天涯沦落的同感”,这时候杜甫诗不只是“风雅可师”,更令南渡诗人起了心心相印之感。“要抒写家国之恨,就常常自然效法杜甫这类悲壮苍凉的作品”,[⑤]南渡诗人此时在诗歌创作题材、风格上,普遍显示出与杜甫的那种漂泊离乱之诗趋近的倾向。在同时人中,陈与义是学杜而成就最为突出的。

亡国之痛、流离之苦,使诗人积郁了忧愤慷慨的情感。而“五湖七泽经行遍”(《雨中》)、“南北东西俱吾乡”(《秋日客思》)的辗转播迁,使得诗人眼界更为开阔,胸襟更加深广,对杜甫诗的体会也从诗法深入到精神,诗风变得雄阔慷慨。尤其是当他重践子美旧日行迹,来到洞庭湖边、岳阳楼上,写下伤时念乱、忧国忧民的诗篇,确实与杜诗神情毕肖。如《登岳阳楼二首》其一:

洞庭之东江水西,帘旌不动夕阳迟。
登临吴蜀横分地,徙倚湖山欲暮时。
万里来游还望远,三年多难更凭危。

---

① 见陈衍选、曹旭校点《宋诗精华录》,陈与义《春日二首》之一评语,江西人民出版社 1984 年版,第 145 页。

② 刘克庄:《诗话前集》,见《后村先生大全集》卷一七四,四部丛刊本。

③ 《陈与义集》卷一四,第 222 页。

④ 《陈与义集》卷一七,第 274 页。

⑤ 见钱钟书《宋诗选注》“陈与义小传”,三联书店 2002 年版,第 212 页。

白头吊古风霜里，老木苍波无限悲。①

颔联用杜甫《登岳阳楼》"吴楚东南坼"句意，颈联出自杜甫《登高》中的"万里悲秋常作客，百年多病独登台"。诗歌境界苍茫阔远，感情苍凉凄楚，风格沉郁，得杜诗之神。同时所作的《巴丘书事》也是杜调：

三分书里识巴丘，临老避胡初一游。
晚木声酣洞庭野，晴天影抱岳阳楼。
四年风露侵游子，十月江湖吐乱洲。
未必上流须鲁肃，腐儒空白九分头。②

诗人感慨自己空怀报国之忱，而流落江湖以老，满腔忧愤。诗歌写景宏阔，声调响亮，而如"晴天影抱岳阳楼"之"抱"，"十月江湖吐乱洲"之"吐"，遣字生新奇警，极见诗笔老健。建炎四年(1130)在湖南所作的《伤春》：

庙堂无策可平戎，坐使甘泉照夕烽。
初怪上都闻战马，岂知穷海看飞龙。
孤臣霜发三千丈，每岁烟花一万重。
稍喜长沙向延阁，疲兵敢犯犬羊锋。③

全诗苍凉浑灏之致，雄浑悲壮之调，虽学前人，而出于己手，成为他集中的压卷之作。它如《舟次商舍书事》、《北征》、《道中书事》、《雨中再赋海山楼》、《次韵尹潜感怀》、《再登岳阳楼感慨赋诗》等避乱诗，都历历呈现诗人五年间崎岖流落、忧国伤怀之痛愤，反映南渡初期动荡不安的社会现实。南宋胡稚在笺注陈与义的诗集时，已经注意到"其忧国爱民之意，又与少陵无间"，④罗大经也体会到陈诗"感时恨别，颇有一饭不忘君之意"。⑤ 这类避乱诗大都把流离颠沛之苦与忧国伤时之情融为一体，将深广的忧思、悲凉的情怀寄寓于

---

① 《陈与义集》卷一九，第302页。
② 《陈与义集》卷一九，第304页。
③ 《陈与义集》卷二六，第408页。
④ 胡稺《〈简斋诗笺〉叙》，见《陈与义集》，第2页。
⑤ 罗大经著，王瑞来点校：《鹤林玉露》甲编卷六"简斋诗"，中华书局1983年版，第106页。

阔远苍茫萧飒之境，而格律益工、锤炼益精，形成一种慷慨激越、雄阔悲壮的风格。四库馆臣认为陈与义在汴京板荡以后、湖南流落之余的这些避乱诗“感时抚事，慷慨激越，寄托遥深，乃往往突过古人”，①杨万里更赞为“诗宗已上少陵坛”。②

2. 陈与义与江西派

南宋严羽名陈与义诗为“简斋体”，以为“亦江西之派而小异”。③ 元代方回认为“古今诗人当以老杜、山谷、后山、简斋四家为一祖三宗”，④将其纳入江西派谱系，把陈与义与江西派联结在一起的纽带正是“学杜甫”。不过也正是由“如何学杜甫”，画出了陈与义与江西派的界限。

元祐时期，苏轼、黄庭坚诗歌大成，“元祐后诗人迭起，一种则波澜富而句律疏，一种则锻炼精而情性远，要之不出苏、黄二体而已”。⑤ 当苏、黄诗歌风靡天下之际，陈与义独以老杜为师。他说：

> 诗至老杜极矣。东坡苏公、山谷黄公奋乎数世之下，复出力振之，而诗之正统不坠。然东坡赋才也大，故解纵绳墨之外，而用之不穷；山谷措意也深，故游泳 味之余，而索之益远。大抵同出老杜，而自成一家。如李广、程不识之治军，龙伯高、杜季良之行已，不可一概诘也。近世诗家知尊杜矣，至学苏者乃指黄为强，而附黄者亦谓苏为肆。要必识苏、黄之所不为，然后可以涉老杜之涯涘。⑥

陈与义认为苏诗过于纵肆开豁、黄诗过于深曲巉刻，因此自外于“学苏”、“附黄”者，以免步入歧途，而希望独辟蹊径，找到一条能直通杜甫诗歌艺术化境的新路。

因此，陈与义与江西派诗人虽然同宗杜甫，而着力点其实不同。陈与义

---

① 《钦定四库全书总目》卷一五六，《简斋集》提要，第2097页。

② 杨万里：《跋陈简斋奏草》，《诚斋集》卷二四，四部丛刊本。

③ 《沧浪诗话》“诗体”，见《历代诗话》，第690页。

④ 方回选评，李庆甲集评校点：《瀛奎律髓汇评》卷二六，《清明》诗下批注，上海古籍出版社2005年版，第1149页。

⑤ 刘克庄《诗话前集》，见《后村先生大全集》卷一七四。

⑥ 晦斋：《简斋诗集引》，见《陈与义集》，第4页。

的七律"望之苍然,而光景明丽,肌骨匀称",[①]虽未创造出全新风调,却粗能得杜之"皮",[②]不同于黄庭坚、陈师道韧瘦、刻削的宋诗风味,可以说与江西派是同源异流。

3. 自成一家"简斋体"

陈与义识得"苏、黄之所不为",终于"涉老杜之涯涘",自成一体——"简斋体"。"简斋体"最根本的两个特点就是句律流丽、平淡有工。

"世称宋诗人句律流丽必曰陈简斋"。[③] 元初方回对陈与义灵活的对仗手法极口称赞。他常用流水对,如"如何南纪持竿手,却把西州破贼旗"(《周尹潜以仆有郑州之命作诗见赠有横槊之句次韵谢之》,卷二一);又有当句对,如"暮霭朝曦一生了,高天厚地两峰闲"(《友人惠石两峰巉然取杜子美玉山高并两峰寒之句名曰小玉山》,卷九),而集中最常见的即方回所谓"一我一物,一情一景"的宽对法,如"世事纷纷人易老,春阴漠漠絮飞迟"(《寓居刘仓廨中晚步过郑仓台上》,卷一四);"春风浩荡吹游子,暮雨霏霏湿海棠。去国衣冠无态度,隔帘花叶有辉光"(《陪粹翁举酒于君子亭下海棠方开》,卷二〇)等。对句的灵活流动,使得诗人的情思能在谨严的格律中相对流畅自如的表达出来。

相比江西派,陈与义的诗歌无奇字拗句、无生僻典故,其语言的浅易清新,诗韵的开阔响亮自然也给人以"流丽"之感。其写景诗清新自然、上下韦柳间不必说,即使常常用来抒发深沉复杂心绪的七律,也比较明白流畅。如《雨中对酒庭下海棠经雨不谢》:

巴陵二月客添衣,草草杯觞恨醉迟。
燕子不禁连夜雨,海棠犹待老夫诗。
天翻地覆伤春色,齿豁头童祝圣时。
白竹篱前湖海阔,茫茫身世两堪悲。[④]

---

① 刘辰翁:《简斋诗集序》,见《陈与义集》,第3页。
② 钱钟书:《谈艺录》五一"七律杜样",中华书局1987年版,第173页。
③ 吴师道:《吴礼部诗话》,见丁福保辑《历代诗话续编》,中华书局1983年版,第593页。
④ 《陈与义集》卷二〇,第325页。

颔联写目中所见，颈联写心之所感，尾联绾合眼前之景而兴身世之悲，脉络清晰。“天翻地覆”、“齿豁头童”为习见成语。只须一气读下，字句不深僻却耐人咀嚼，味之弥深。又如晚年所作《怀天经智老因访之》，[①]诗语更是明白如话，“客子光阴诗卷里，杏花消息雨声中”一联，描写季候中的典型意象，是景语也是情语，既显出客居中的淡淡寂寥，又透露春天的讯息，诗人的恬淡心情和体物敏感都和盘托出。

胡仔说“陈去非诗，平淡有工”。[②] 这正是陈与义虽然不满意苏、黄，却很推崇江西诗派陈师道的原因所在。[③] 陈师道的诗歌极尽思力，却以浮华落尽示人；陈与义为诗“务一洗旧常畦径，意不拔俗，语不惊人，不轻出也”，[④]用心与陈师道差似。如《秋雨》中“一凉恩到骨，四壁事多违”一联，诚如缪钺所评：“‘凉’上用‘一’字形容，已觉新颖矣。而‘一凉’下用‘恩’字，‘恩’下又接‘到骨’二字，真剥肤存液，迥绝恒蹊，宋诗造句之烹炼如此。”[⑤]《雨晴》诗中“墙头语鹊衣犹湿，楼外残雷气未平”，其观察之细腻，设喻之新奇，皆极见锤炼磨砻之功。陈与义的求“工”不是以单字只句较工拙，而是力求“有味”，[⑥]就如同他形容陈师道的诗——“如养成内丹”。[⑦]

总之，陈与义虽然恭逢江西派之盛，但他的诗却创造出一个不同于江西派的艺术境界。“简斋体”既包括那些深得杜诗神韵的雄浑沉郁的避乱诗，又包括那些不减唐人的清新写景诗。四库馆臣称许陈与义“工于变化，风格遒上，思力沈挚，能卓然自辟蹊径”，[⑧]评价十分准确。

---

① 《陈与义集》卷三〇，第476页。

② 胡仔《苕溪渔隐丛话》前集卷五三，第361页。

③ 陈与义尝言：“本朝诗人之诗，有慎不可读者，有不可不读者。慎不可读者梅圣俞，不可不读者陈无已也。”见徐度《却扫编》卷中，文渊阁四库全书本。

④ 见葛胜仲《陈去非诗集序》。

⑤ 缪钺：《论宋诗》，见《诗词散论》，上海古籍出版社1982年版。

⑥ 《送王周士赴发运司属官》诗云：“宁饮三斗醋，有耳不听无味句。”

⑦ 方勺著，许沛藻、杨立扬点校《泊宅编》卷九：陈去非谓予曰：“秦少游诗如刻就楮叶，陈无已诗如养成内丹”。中华书局1983年版，第52页。

⑧ 《钦定四库全书总目》卷一五六，《简斋集》提要，第2097页。

二　从“法度”到“活法”——江西派的自我修正

(一)江西派的形成和得名

北宋后期,服膺黄庭坚诗法的诗人——如黄庭坚的外甥徐俯与洪炎、洪刍以及潘淳在南昌,谢逸、谢薖兄弟与饶节、汪革、吴贺等在临川,李彭、李彤兄弟在建昌(今江西永修)各自唱酬,又三地声气相通,保持着密切交流。其中山谷生前最为欣赏的徐俯,成为“江西诸人”①的领袖。崇宁大观年间,山谷后学们结“豫章诗社”,②又发起“东”字韵唱和,③吕本中皆在其中。以这些诗人的交游唱和为基础,大观政和年间,吕本中作《江西宗派图》,④列举黄庭坚以下二十五人为法嗣。⑤ 以“江西宗派”或“江西诗社”来概括这一诗人群体,江西派由是得名。有研究者指出,江西宗派诗人“具有共同的思想倾向、诗学传承、处世态度,又在禁诗赋的高压气氛中同声相应、同气相求”,从而形成一个特定的圈子,并认为“江西派是一个经过双重整合,以江西诗人为主体,却又超越狭隘地缘概念,反映出山谷诗学流派的整体诗风,融会了元祐文化传承多元性等复杂文化现象的全国性诗人群体”,⑥这个概括是比较符合实际情况的。

---

① 从崇宁初开始出现了“江西诸人”概念,见《东莱吕紫微师友杂志》。

② 据张元幹《苏养直诗帖跋尾》所记,徐俯曾在豫章(今江西南昌)结诗社:“往在豫章,问句法于东湖先生徐师川,是时洪刍驹父,弟琰玉父,苏坚伯固子庠养直,潘淳子真,吕本中居仁,汪藻彦章,向子諲伯恭为同社诗酒之乐。予既冠矣,亦获攘臂其间,大观庚寅、辛卯岁也。”见《芦川归来集》卷九。

③ 此次唱和由吕本中发起,有饶节、李彭、何颉等至少十五人参与。

④ 关于作《江西诗社宗派图》的时间,有三种观点:莫砺锋在“少时戏作”说的基础上提出崇宁一、二年(1102、1103)说,见所著《江西诗派研究》,齐鲁书社 1986 年版。黄宝华《〈江西诗社宗派图〉的写定与〈江西诗派〉总集的刊行》一文支持绍兴三年(1133)说,见《文学遗产》1999 年第6 期。伍晓蔓《〈江西宗派图〉写作年代刍议》认为《江西诗社宗派图》的写作年代应该是大观末、政和初,见《四川大学学报》(哲学社会科学版)2004 年第 2 期。

⑤ 苕溪渔隐曰:“吕居仁近时以诗得名,自言传衣江西。尝作宗派图,自豫章以降,列陈师道、潘大临、……合二十五人以为法嗣,谓其源流皆出于豫章也。”见《苕溪渔隐丛话》前集卷四八,人民文学出版社 1962 年版,第 327 页。

⑥ 参阅伍晓蔓《北宋末山谷后学的双重整合与〈江西宗派图〉》,《文学遗产》2005 年第 4 期。

(二)江西派诗人创作的变革

南渡以后,由于元祐学术的倡扬,黄庭坚的诗歌受到高宗推崇,黄庭坚的外甥徐俯、洪炎等得到重用,加上韩驹、吕本中等人寓居江西,江南西路的诗歌创作声势很大,江西诗派的声名也愈大,于是学江西派的风气盛行。然而江西诗派的中坚如徐俯、韩驹、吕本中却已经感觉到必须对诗法有所修正改革。

1. 徐俯

徐俯(1075—1141),字师川,号东湖居士,洪州分宁(今江西修水)人。《宋史》有传。早年以父荫入仕,授郎官。南渡后,因为是黄庭坚的外甥特受高宗擢拔。绍兴二年(1132)春除右谏议大夫,次年拜翰林学士,旋任端明殿学士签书枢密院事,致位通显。有《东湖居士诗》三卷,今其集已不传。《全宋诗》收徐俯诗一卷。

黄庭坚对徐俯期许极高,曾云:"自东坡、秦少游、陈履常之死,常恐斯文之将坠,不意复得吾甥,真颓波之砥柱也。"①在苏轼、黄庭坚等元祐大家谢世之后,徐俯结社唱和,广泛交游,点拨后进,②俨然为一时诗坛主盟,吕本中称之:"江西人物胜,初未减前贤。公独为举首,人谁敢比肩。"③

徐俯作诗早年取径江西,后来想自立门户。"东湖自言作诗至德兴,方知前日之非。"④人有盛称其渊源所自,则答之以"涪翁之妙天下,君其问诸水滨;斯道之大域中,我独知之壕上"。⑤ 徐俯的诗学蕲向的确与苏轼、黄庭坚有所不同。黄庭坚说"诗文不可凿空强作,待境而生,便自工耳。每作一篇,先立大意,长篇须曲折三致意乃成章耳"。⑥ 徐俯论作诗"喜对景能赋,必有是景,然后有是句。若无是景而作,即谓之'脱空'诗,不足贵也"。⑦ 徐俯将

---

① 黄庭坚:《与徐师川书四首》之二,见《豫章黄先生文集》卷一九,四部丛刊本。

② 张元幹"问句法于东湖先生徐师川",见张元幹《苏养直诗帖跋尾》,《芦川归来集》卷九。汪藻向徐俯请教作诗法门,并谓己"作诗句法得之师川",见曾敏行《独醒杂志》卷四。

③ 吕本中:《徐师川挽诗三首》其一,见《东莱先生诗集》卷一九,四部丛刊本。

④ 曾季貍:《艇斋诗话》,见丁福保辑《历代诗话续编》,中华书局 1983 年版,第 293 页。

⑤ 周煇撰,刘永翔校注:《清波杂志校注》卷五,中华书局 1994 年版,第 194 页。

⑥ 《苕溪渔隐丛话》前集卷四七,第 320 页。

⑦ 曾季貍:《艇斋诗话》,见《历代诗话续编》,第 284 页。

黄庭坚所言之“境”之范围缩小、落实为“景”，可见他是很重视形象感知的，这就决定他的创作会转向生活、自然以寻取诗材和诗思。① 黄庭坚最恶晚唐诗，徐俯则推崇晚唐诗，认为“荆公诗多学唐人，然百首不如晚唐人一首”。②苏轼对《文选》不甚看重，颇多微辞，徐俯则劝人多读《文选》诗。他说：“近世人学诗，止于苏黄，又其上则有及老杜者，至六朝诗人，皆无人窥见。若学诗而不知有《选》诗，是大车无輗，小车无軏。”③向自然寻取诗材，艺术上取法六朝和唐人，诗风自然有所变化，徐俯南渡后的诗歌的确显现了清逸自然、平易流转的特色。

《戊午山间对雪》云：

> 雪中出去雪边行，屋上吹来屋下平。
> 积得重重那许重，飞来片片又何轻。
> 檐间日暖重为雨，林下风吹再落晴。
> 表里江山应更好，溪山已复不胜清。④

“积得重重那许重，飞来片片又何轻”化用了黄庭坚咏雪的诗句：“夜听疏疏还密密，晓看整整复斜斜”，然而更贴近雪之神理。其体物微细、描摹新巧，字句清畅、情韵流转，与江西诗体重、拙、硬、涩之风大不同。

其《春日游湖上》流传入口，云：

> 双飞燕子几时回，夹岸桃花蘸水开。
> 春雨断桥人不渡，小舟撑出柳阴来。⑤

写即目所见，设色明丽，可谓对景能赋，颇有晚唐诗之韵致。此诗在构图、意

---

① 徐俯的这一观点在北宋崇宁大观年间就已经形成了。曾敏行《独醒杂志》卷四记：“汪彦章为豫章幕官，一日会徐师川于南楼，问师川曰：‘作诗法门当如何入？’师川答曰：‘即此席间杯盘果蔬，使令以至目力所及，皆诗也。君但以意剪裁之，驰骤约束，触类而长，皆当如人意，切不可闭门合目作镌空妄实之想也。’”

② 曾季貍：《艇斋诗话》，见丁福保辑《历代诗话续编》，第293页。

③ 曾季貍：《艇斋诗话》，见丁福保辑《历代诗话续编》，第296—297页。

④ 傅璇琮：《全宋诗》卷一三八〇，北京大学出版社1995年版，第15832页。

⑤ 傅璇琮：《全宋诗》卷一三八〇，第15838页。

象、遣词、用韵上都借鉴了黄庭坚的《春近四绝句》,①但诗境和语言较黄诗又更显丰润自然。

2. 韩驹

韩驹(1080—1135),字子苍,学者称陵阳先生,陵阳仙井监(今四川井研)人。他受学于苏辙,又曾得黄庭坚品题,在政、宣朝臣中以能诗称。南渡后未得重用,但诗名极盛,汪藻以韩驹为"斯文一代之统盟",②曾几称扬说:"一时翰墨颇横流,谁以斯文坐镇浮。"③今有《陵阳集》存世。

吕本中将韩驹列入《江西宗派图》,然韩驹并不乐意,④晚年他更明白地表示师法古人而非苏、黄。⑤ 尽管如此,他的诗稿还是显示出他深受江西派诗法影响,往往字烹句炼,反复修改,又爱用典故,重视字字有来历。⑥ 如《和李上舍冬日》中"倦鹊绕枝翻冻影,飞鸿摩月堕孤音"一联,"翻冻影"、"堕孤音"刻画劲瘦,造语生新,潘德舆《养一斋诗话》评曰"纯是筋骨";还暗中化用曹操《短歌行》意境,可见磨淬剪截之功。他曾为曾几改诗,将"白玉堂中曾草诏,水精宫里近题诗"点化二字,成为"白玉堂深曾草诏,水精宫冷近题诗",极见其用字之精心。故四库馆臣评其诗"颇涉豫章之格"。⑦

韩驹对江西诗法也有所修正,他讲饱参而悟,曰:"学诗当如初学禅,未悟且遍参诸方。一朝悟罢正法眼,信手拈出皆成章。"⑧"悟"了之后,作诗就

---

① 黄庭坚熙宁二年(1069)作《春近四绝句》,其一云:"闰后阳和腊里回,濛濛小雨暗楼台。柳条榆荚弄颜色,便恐入帘双燕来。"其四云:"梅英欲尽香无赖,草色才苏绿未匀。苦竹空将岁寒节,又随官柳到青春。"见《全宋诗》卷一〇二〇,第11649页。

② 汪藻:《知抚州回韩驹待制启》,《浮溪集》卷二二,文渊阁四库全书本。

③ 曾几:《抚州呈韩子苍待制》,《茶山集》卷五,文渊阁四库全书本。

④ 刘克庄《江西诗派小序》说:(韩驹)"学出苏氏,与豫章不相接。吕公强之入派,子苍殊不乐。"见丁福保辑《历代诗话续编》,第479页。

⑤ 韩驹曾言:"学古人尚恐不至,况学今人哉!"见魏庆之《诗人玉屑》卷五"又读少陵诗学古人诗"引韩驹《陵阳室中语》论有客"多读东坡诗",第154页。

⑥ 刘克庄《江西诗派小序》论韩驹云:"其诗有磨淬剪截之功,终身改窜不已。有已写寄人数年而追取更易一两字者,故所作少而善。"见《历代诗话续编》,第479页。陆游曾看过子苍的手稿,《渭南文集》卷二七"跋陵阳先生诗草"记:"右陵阳先生韩子苍诗草一卷,得之其孙籍,先生诗擅天下,然反复涂乙,又历疏语所从来,其严如此,可以为后辈法矣。予闻先生诗成,既以予人,久或累月,远或千里,复追取更定,无毫发恨乃止。"

⑦ 《钦定四库全书总目》卷一五七,《陵阳集》提要,第2104页。

⑧ 韩驹:《赠赵伯鱼》,见《陵阳集》卷一,文渊阁四库全书本。

摆脱定法，故有人向他请教“下字之法当如何”，答言：“正如弈棋，三百六十路都有好着，顾临时如何耳。”[①]而在到达“悟”境之前，要“遍参”，学习的对象甚至包括黄庭坚所不取的晚唐诗。这是针对一些学江西诗者为求形似而堆砌故典、桀骜其辞的弊端而言的。韩驹认为“唐末人诗虽格致卑浅，然谓其非诗则不可；今人作诗虽句语轩昂，但可远听，其理略不可究”。[②] 他非常重视诗歌章法、脉络的细密流畅，“知道每首诗的意思应当通体贯串，每句诗的语气应当承上启下，故典可用则用，不应当把意思去迁就故典。他的作品也就不很给人以堆砌的印象”。[③] 南渡前所作《夜泊宁陵》云：

汴水日驰三百里，扁舟东下更开帆。
旦辞杞国风微北，夜泊宁陵月正南。
老树挟霜鸣窣窣，寒花垂露落毵毵。
茫然不悟身何处，水色天光共蔚蓝。[④]

写景精细而美丽，结句情寓景中，融于天光水色，余味不尽。诗歌气脉流畅，不见刻意剪裁锤炼之迹，一改江西诗之瘦硬拗涩。吕本中即曾举此诗为例，向学者说其“活法”。其实诗例不止于此。如古诗《送葛亚卿欲行不一过仆》，诗末“明日一杯愁送春，后日一杯愁送君。君应万里随春去，若到桃源记归路”，[⑤]化用王逐客《卜算子·送鲍浩然之浙东》词意，[⑥]《十绝为亚卿作》其一云“刘郎底事去匆匆，花有深情只暂红。弱质未应贪结子，细思须恨五更风”，[⑦]翻用唐代王建《宫词》，[⑧]皆用山谷所谓“夺胎换骨”法，而诗中情意丰盈，尤其是代妓所作，以女子声口诉说相思，将其依恋、怨怼之情写得婉约

---

① 魏庆之：《诗人玉屑》卷六，“陵阳论下字”，中华书局2007年版，第189页。
② 魏庆之：《诗人玉屑》卷一六“陵阳论晚唐诗格卑浅”，第516页。
③ 钱钟书：《宋诗选注》“韩驹小传”，第181页。
④ 《陵阳集》卷三。
⑤ 《陵阳集》卷一。
⑥ 其词下阕云：“才始送春归，又送君归去。若到江南赶上春，千万和春住。”参见《若溪渔隐丛话》后集卷三九，第325页。
⑦ 系韩驹代妓赠友的一组绝句，参见《宋诗纪事》卷三三。
⑧ 王建《宫词》：“树头树底觅残红，一片西飞一片东。自是桃花贪结子，错教人恨五更风。”

蕴藉，千回百转，清潘德舆以为“与唐人声情气息不隔累黍”，洵是活法。

3. 吕本中

吕本中（1084—1145）原名大中，字居仁，号紫微，学者又称东莱先生，寿州（今安徽寿县）人，吕公著曾孙。绍兴年间由赵鼎引荐入朝，初赐进士出身，擢起居舍人兼权中书舍人，后触怒秦桧被罢。《宋史》有传，今人撰有《吕本中年谱》。吕本中有诗文集《东莱集》二〇卷及《紫微诗话》、《东莱紫微杂说》、《师友杂志》、《童蒙训》等论诗著作与笔记。

吕本中作诗始学江西，旧句如“风声入树翻归鸟，月影浮江倒客帆”（《晚步至江上》，《东莱诗集》卷一）；“晚风号古木，高岸束黄流”（《宿青阳驿》，同上卷一）；“长河印晓月，老木聚荒烟”（《九日晨起》，同上卷三）等皆造境奇峭硬健，用字生新有力，是典型的江西风调。与徐俯、韩驹一样，吕本中的诗在北宋后期也开始呈现出新的风貌。北宋大观、政和年间，他开始提到“活法”作诗。① 大观二年（1108）所作《春日即事二首》便已显出清新流畅的特色，其二云：

病起多情白日迟，强来庭下探花期。
雪消池馆初春后，人倚阑干欲暮时。
乱蝶狂蜂俱有意，兔葵燕麦自无知。
池边垂柳腰肢活，折尽长条为寄谁？②

字面明快，意脉流贯，化用前人成句而不着痕迹。诗中生意盎然，气机和畅，白描人之情意、物之容态，俱可入画。政和四年（1114）作《春晚郊居》：

柳外楼高绿半遮，伤心春色在天涯。
低迷帘幕家家雨，淡荡园林处处花。
檐影已飞新社燕，水痕初没去年沙。

---

① 大观三年（1109）吕本中作《外弟赵才仲数以书来论诗因作此诗答之》（《东莱先生诗集》卷三），中有“胸中尘埃去，渐喜诗语活”之语，又以弹丸为譬云：“初如弹丸转，忽若秋兔脱。”本年有谢薖《读吕居仁诗》曰：“自言得活法，尚恐宣城未”，“浅诗如蜜甜，中边本无二”。政和四年（1114）吕本中作《别后寄舍弟三十韵》，云：“笔头传活法，胸次即圆成”（《东莱先生诗集》卷六）。

② 《东莱先生诗集》卷一。

地偏长者无车辙，扫地从教草径斜。①

颔联化用杜牧《题宣州开元寺水阁，阁下宛溪，夹溪居人》诗中的“深秋帘幕千家雨”。颈联以清淡之笔撷取典型意象入诗，含思婉转，情寓景中，整首诗毫无江西诗风生新瘦硬的痕迹。这种诗风在南渡以后仍然延续，名篇如《柳州开元寺夏雨》：

风雨潇潇似晚秋，鸦归门掩伴僧幽。
云深不见千岩秀，水涨初闻万壑流。
钟唤梦回空怅望，人传书至竟沉浮。
面如田字非吾相，莫羡班超封列侯。②

对仗工整，而用典浅易。写景自然，意境清幽，思致流畅，余味悠远。一改典型江西诗风的峭刻幽深。它如“树移午影重帘静，门闭春风十日闲”，“往事高低半枕梦，故人南北数行书”，“残雨入帘收薄暑，破窗留月镂微明”等佳句，诚如胡仔所言“清驶可爱”，③元代方回也说“其诗宗‘江西’而主于自然”。

在汴京城破、北宋灭亡和辗转南迁的过程中，吕本中蒿目时艰，将身世之感、家国之恨一寓于诗，诗风一变。

靖康年间，吕本中被围汴京城内，他作了《京城围闭之初天气晴和，军士乘城不以为难也，因成次韵》、《丁未二月上旬四首》、《闻军士求战甚力作诗勉之》、《围城中，故人多避寇在邻巷者，雪晴往访问之，坐语既久，意亦暂适也》等诗，《兵乱寓小巷中作》、《城中纪事》④则如实记录了汴京城被攻破后的惨象。感时伤事、忠君爱民之忧溢于言表，堪称“诗史”，故曰“吕东莱围城中诗皆似老杜”。⑤ 他的五律《兵乱后自嬉杂诗》二十九首，⑥也以劲健之笔写家国恨事，愤金人入侵，痛故国沦亡，叹生灵涂炭。如：

① 《东莱先生诗集》卷六。

② 见方回选评，李庆甲集评校点《瀛奎律髓汇评》卷一七，上海古籍出版社2005年版，第702页。

③ 《苕溪渔隐丛话》前集卷五三，第361页。

④ 以上均出自《东莱诗集》卷一一。

⑤ 《艇斋诗话》，见《历代诗话续编》，第300页。

⑥ 庆元五年黄汝嘉刻本《东莱先生诗外集》卷三。

晚逢戎马际，处处聚兵时。后死翻为累，偷生未有期。
积忧全少睡，经劫抱长饥。欲逐范仔辈，同盟起义师。

万事多翻覆，萧兰不辨真。汝为误国贼，我作破家人。
求饱羹无糁，浇愁爵有尘。往来梁上燕，相顾却情亲。

直笔现实，写出兵火后的破败、凄凉，感情极为惨烈沉痛，不事雕琢而骨力坚苍，颇得杜诗神韵。南迁途中抒写奔波流离之苦的诗歌，如建炎中自岭南北归时所作《连州阳山归路三绝》其二云：“稍离烟瘴近湘潭，疾病衰颓已不堪。儿女不知来避地，强言风物胜江南。”①与杜甫在战乱中所作的《月夜》：“遥怜小儿女，未解忆长安”的笔意相近，以儿女之天真无知衬托世事之可悲，感叹飘零之意深寓其间。总的来说，这个时期吕本中的诗歌感情丰沛真挚，感慨深沉，风格“浑厚平夷，时出雄伟，不见斧凿痕”，②离杜甫的诗歌艺术境界更近一步。

吕本中在北宋后期已经领悟到作诗的“活法”，他的诗风因而发生自然而然地转变，呈现出自己的特色。绍兴三年(1133)，吕本中对“活法”作了比较完整的阐述。他说：

学诗当识活法。所谓活法者，规矩具备，而能出于规矩之外；变化不测，而亦不背于规矩也。是道也，盖有定法而无定法，无定法而有定法。知是者，则可以与语活法矣。谢元晖有言：好诗流转圆美如弹丸。此真活法也。近世惟豫章黄公变前作之弊，而后学者知所趋向，毕精尽知，左规右矩，庶几至于变化不测。③

黄庭坚言诗提出“点铁成金”，“脱胎换骨”，“宁律不谐，而不使句弱；用字不工，不使句俗”，④强调准绳，偏于定法；陈师道教人作诗“宁拙毋巧，宁朴毋

① 《东莱先生诗集》卷一二。
② 陈岩肖：《庚溪诗话》卷下，见《历代诗话续编》，第182页。
③ 见刘克庄《江西诗派小序》引《夏均父集序》，丁福保辑《历代诗话续编》，第485页。
④ 《题意可诗后》，见《豫章黄先生文集》卷二六。

华，宁粗毋弱，宁僻毋俗，诗文皆然”，[1]亦有辙可循。然后进者由于修养、才力的不足，对派中宗师所言诗法的理解过于绝对，创作上亦步亦趋，不敢越雷池一步，也就难以经有法可依臻于自由表达的境界，其末学更是徒能模拟皮相，如陈岩肖所言：“近时学其（黄庭坚）诗者，或未得其妙处，每有所作，必使声韵拗捩，词语艰涩，曰‘江西格’也。”[2]吕本中对此深有感触，他写信给曾几说：“近世江西之学者，虽左规右距，不遗余力，而往往不知出此，亦失山谷之旨也”；[3]他又指出：“鲁直云‘随人作诗终后人’，又云‘文章切忌随人后’，此自鲁直见处也。近世人学老杜多矣，左规右矩，不能稍出新意，终成屋下架屋，无所取长。独鲁直下语，未尝似前人而卒与之合，此为善学。如陈无己力尽规摹，已少变化。”[4]澄清江西后学作诗为法所困、死于句下，实为未能领会黄庭坚“自成一家始逼真”的诗学精神之故。“活法”说针对时弊，从两个层面对江西诗法进行了修正与补充。借用钱钟书的概括，吕本中以弹丸为譬讲“活法”，乃取其“圆”与“活”：“圆”言其体，非仅“音节条顺，字句光致”，更要“词意周妥、完善无缺”。“活”言其用，指作诗能“越规矩而有冲天破壁之奇，守规矩而无束手缚脚之窘”，[5]也即是说不应拘泥于黄庭坚、陈师道避熟就生以矜骨力、拗体破律、硬语盘空的作诗法，而要觑破江西诗体“拙”、“朴”、“粗”、“僻”、“涩”的皮相，灵活运用宗师所言诗法，以变化出奇、自成一家的自由境界为诗歌创作的终极追求。

吕本中年轻时因苦吟“尝呕血，自此得羸疾终其身”，[6]诗风改变后，他在创作中仍然注重语言的锤炼，力求新警。其《夜雨》诗云：“梦短添惆怅，更深转寂寥。如何今夜雨，只是滴芭蕉”，用韩愈“如何连晓语，只是说家乡”句法而寓以新意，仍是江西派以故为新、夺胎换骨法，但抒情真挚，韵味深长。又如“江城气候犹含雪，草市人家已挂灯”、“晓寒已净

① 陈师道：《后山诗话》，见《历代诗话》，第 311 页。
② 陈岩肖：《庚溪诗话》卷下，见《历代诗话续编》，第 182 页。
③ 吕本中：《与曾吉甫论诗第二帖》，见胡仔《苕溪渔隐丛话》前集卷四九，第 333 页。
④ 《童蒙诗训》，见郭绍虞编《宋诗话辑佚》下册，中华书局 1980 年版，第 597 页。
⑤ 参阅钱钟书《谈艺录》“说圆”、“剑南与宛陵”，第 113—115 页。
⑥ 《艇斋诗话》，见《历代诗话续编》，第 304 页。

千山瘴，宿雾先吞万瓦霜”、“物色寒初甚，溪山画不如”、“事随新境转，人与旧情疏”等联，清隽新颖，皆见锻炼之功。吕氏后期诗歌如《雪尽》、《夜坐》等诗瘦硬浑老，仍是江西风味。其《紫微诗话》论诗、《童蒙诗训》教人，也还是从法度入手。[①] 不过吕本中“在江西派中最为流动而不滞者”，[②]这个根本特征却是得自于他的“活法”。而吕氏之所以能提出“活法”理论，与吕氏家学融会百家的学术传统密不可分。吕本中继承家风，亦具有“既自做得主张，则诸子百家长处，皆为吾用”的学术气度，[③]对诗歌他同样采取了这种态度。他主张“熟看老杜、苏、黄”，“学诗须以三百篇、楚辞及汉、魏间人诗为主”，[④]也要了解古人短处，“如杜子美诗，颇有近质野处”，“东坡诗有汗漫处，鲁直诗有太尖新、太巧处”，[⑤]不名一师，不私一说，遍考而精取，然后为我所用。他也指出，在能用“活法”之前，必须“有所悟入”，“悟入必自工夫中来，非侥幸可得”，[⑥]“悟入之理正在工夫勤惰间”，[⑦]积学仍然是基础。

南渡后吕本中与徐俯、韩驹鼎足而三，影响很大，一时学者宗之，其“活法”理论亦成为“江西社”中人之传授心法、谈艺要旨，曾几即奉为度人金针，诗云：

学诗如参禅，慎勿参死句；纵横无不可，乃在欢喜处。
人如学仙子，辛苦终不遇；忽然毛骨换，政用口诀故。
居仁说活法，大意欲人悟。尝言古作者，一一从此路。[⑧]
岂惟如是说，实亦造佳处；其圆如金弹，所向如脱兔。
……

① 《童蒙诗训》对诗歌的立意、句法、字法等皆详加解释说明。
② 见《瀛奎律髓汇评》卷一七，《柳州开元寺夏雨》批注，第702页。
③ 吕本中：《童蒙训》卷上，文渊阁四库全书本。
④ 《童蒙诗训》，见郭绍虞编《宋诗话辑佚》下册，第593页。
⑤ 《童蒙诗训》，见郭绍虞编《宋诗话辑佚》下册，第591页。
⑥ 《童蒙诗训》，见郭绍虞编《宋诗话辑佚》下册，第595页。
⑦ 吕本中：《与曾吉甫论诗第一帖》，见《苕溪渔隐丛话》前集卷四九，第332页。
⑧ 曾几：《读吕居仁旧诗有怀其人作诗寄之》，见《全宋诗》卷一六六〇，第18594页。

后郑重传与弟子陆游,[1]陆游终身牢记。

“东湖论诗说中的,东莱论诗说活法,子苍论诗说饱参”,[2]三人同一机杼。其中吕本中对“活法”的论说,理论性最强,最为透彻、详备。他以“活法”救死法,以“悟”来寻“活法”,以饱参勤学之“功夫”为悟入之途,为人指出了学诗门径。有效针砭了江西后学僵化学诗,令诗法“偃蹇狭陋,尽成死法”[3]的弊病,一定程度上解决了江西派中存在的守诗法规矩与自由变化的矛盾,这成为江西派能在南宋持续发展的关键。从某种角度来看,吕本中的“活法”说也成为杨万里、陆游等中兴诗人突破江西诗风藩篱的启蒙,的确对江西诗派和南宋诗歌的发展影响深远,意义重大。

4. 曾几

曾几(1084—1166),字吉甫,号茶山居士,赣州(今江西赣县)人。曾几的父兄皆第进士,舅氏为清江三孔(文仲、武仲、平仲)。曾几政和五年(1115)因铨试优等第一人,赐上舍出身。绍兴间,其兄曾开争和议与秦桧意见不合,曾几亦遭斥。孝宗朝以集英殿修撰升敷文阁待制迁通奉大夫致仕。有《经说》二十卷,文集三十卷,久佚。清四库馆臣据《永乐大典》辑为《茶山集》八卷。《宋史》有传,生平事迹可见于陆游《曾文清公墓志铭》。

曾几南渡前诗名不显,亦未入《江西诗社宗派图》,不过他极为推崇黄庭坚的诗歌,至“案上黄诗屡绝编”。曾向韩驹请教诗法,绍兴初与徐俯等交游酬唱,避地柳州时又与吕本中定交。[4] 吕本中指出其诗“治择工夫已胜,而波澜尚未阔”,[5]又授之以“活法”。一般视之为南渡后江西派中坚。[6]

---

① 陆游有诗云“文章切忌参死句”(《赠应秀才》,《剑南诗稿》卷三一);“忆在茶山听说诗,亲从夜半得玄机”(《追怀曾文清公呈赵教授,赵近尝示诗》,《剑南诗稿》卷二)。

② 《艇斋诗话》,见《历代诗话续编》,第296页。

③ 叶梦得:《石林诗话》,见《苕溪渔隐丛话》前集卷八所引,第45页。

④ 曾几《〈东莱先生诗集〉后序》云:“绍兴辛亥,几避地柳州,公在桂林,是时年皆未五十,公之诗固已独步海内。几亦妄意学作诗,公一日寄诗来……”绍兴辛亥为绍兴元年(1131),见《东莱诗集》附录,四部丛刊本。

⑤ 吕本中:《与曾吉甫论诗第二帖》,见《苕溪渔隐丛话》前集卷四九,第333页。

⑥ 方回选评,李庆甲集评校点《瀛奎律髓》卷二四,陈与义《送熊博士赴瑞安令》诗下批注:“老杜之后有黄、陈,又有简斋,又其次则吕居仁之活动,曾吉甫之清峭,凡五人焉。”第1091页。

曾几生性忠爱，遭逢靖康之变，南北分裂，至“年过七十，聚族百口，未尝以为忧，忧国而已”。① 写于南渡之初的《寓居吴兴》“相对真成泣楚囚，遂无末策到神州”，《雪中陆务观数来闻讯用其韵奉赠》“问我居家谁暖眼，为言忧国只寒心”，皆忧国讽世，心系恢复之作。《李泰发参政得旨自便将归以诗迓之》对力主抗金的名臣李光被赦还表达欣慰之情，《苏秀道中自七月二十五日夜大雨三日秋苗以苏喜雨有作》云：“无田似我犹欣舞，何况田间望岁心”，写秋雨给农家带来的生机与喜悦，诗中还化用杜甫诗《茅屋为秋风所破歌》“床头屋漏无干处”和《春日江村》中“农务村村急，溪流岸岸深”。都着眼现实，表达诗人对国计民生的关切之情。《茶山集》568 首诗中，有相当一部分这样的忧国忧民、伤时悯乱之作。故四库馆臣称其：“几之一饭不忘君，追与杜甫之忠爱等。故发之文章，具有根柢，不得仅以诗人目之，求诸字句间矣。”②

曾几作诗力学江西，如《南山除夜》：

薰风吹船落江潭，日月除尽犹湖南。
百年忽已度强半，十事不能成二三。
青编中语要细读，蒲团上禅须饱参。
儿时颜状听渠改，潇湘水色深挼蓝。③

方回评说：“其为拗字吴体，近追山谷，上拟老杜。”④其拟黄庭坚《山礬》⑤作绝句云：“自公退食入僧定，心与香字俱寒灰。小儿了不解人意，正用此时持事来”，⑥亦是拗韵“吴体”，有黄诗风味。不过，江西派末流之弊几亦不自免，如《食笋》：

---

① 陆游：《跋曾文清公奏议稿》，见《渭南文集》卷三〇，四部丛刊本。

② 《钦定四库全书总目》卷一五八，《茶山集》提要，第 2112 页。

③ 《茶山集》卷五。

④ 方回选评，李庆甲集评校点《瀛奎律髓汇评》卷二五《南山除夜》下批注，第 1125 页。

⑤ 《题高节亭边山礬花二首》其二：“北岭山礬取次开，清风正用此时来。平生习气难料理，爱着幽香未拟回。”《豫章黄先生文集》卷一一。

⑥ 见方回选评，李庆甲集评校点《瀛奎律髓汇评》卷二五《张子公召饮灵感院》下批注，第 1124 页。

花事阑珊竹事初，一番风味殿春蔬。
龙蛇戢戢风雷后，虎豹斑斑雾雨余。
但使此君常有子，不忧每食叹无鱼。
叮咛下番须留取，障日遮风却要渠。①

诗歌立意不过是咏笋之味美，颔联挦扯深僻艰涩典故作对，比喻奇怪又不贴切。结句用白话，了无余韵，的确有“生硬粗鄙”、②“伧犷芜率”③之弊。

也许是曾几自吕本中处受“活法”后，明白“学诗如参禅，慎勿参死句”，曾几的一部分诗歌较之江西正体，显得语言清雅流畅，情韵清新恬淡。《岭梅》诗托物兴怀，云：

蛮烟无处洗，梅蕊不胜清。顾我头已白，见渠犹眼明。
折来知韵胜，落去得愁生。坐久江南梦，园林雪正晴。④

异乡见梅如逢知己，深寓怀乡之意。诗咏梅花，遗形取神，纪昀评曰：“无一字切梅，而神味恰似，觉他花不足以当之。”⑤其高骞清峭犹是江西之骨骼，但意脉疏朗，语言清新。诗人暮年所作《癸未八月十四日至十六日夜月色皆佳》：

年年岁岁望中秋，岁岁年年雾雨愁。
凉月风光三夜好，老夫怀抱一生休。
明时谅费银河洗，缺处应须玉斧修。
京洛胡尘满人眼，不知能似浙江不？⑥

因望月而思及沦陷之山河；诗句中没有奇字僻韵，语言平淡，笔力老健，

① 《茶山集》卷六。
② 贺裳：《载酒园诗话》卷一论“末流之变”，见郭绍虞编选，富寿荪校点《清诗话续编》，上海古籍出版社1983年版，第215页。
③ 见钱钟书《钱钟书手稿集：容安馆札记》第443则，商务印书馆2003年版。
④ 《茶山集》卷四。
⑤ 方回选评，李庆甲集评校点：《瀛奎律髓汇评》卷二〇《岭梅》下纪昀批注，第763页。
⑥ 《茶山集》卷六。

意境开阔。颈联暗用“修月”的神话传说，极为自然贴切。脉络流畅，情韵宛然。

再如《雪作》：

卧闻微霰却无声，起看阶前又不能。
一夜纸窗明似月，多年布被冷于冰。
履穿过我柴门客，笠重归来竹院僧。
三白自佳晴亦好，诸山粉黛见层层。①

浅语自然，熟语不陈腐。《玉林中兴诗话补遗》云：“唐人诗喜以两句道一事，曾茶山诗中多用此体，如‘又从江北路，重到竹西亭’，‘若无三日雨，那复一年秋’，‘似知重九日，故放两三花’，‘次第缮经集，呼儿理在亡’，‘又得清新句，如闻謦欬音’，‘如何万家县，不见一枝梅’。”②此诗亦用此法，诗歌因而意脉连属，轻快流动。写景绝句更活泼轻快。《三衢道中》云：

梅子黄时日日晴，小溪泛尽却山行。
绿阴不减来时路，添得黄鹂四五声。③

其活泼、流畅的风格，已成为杨万里“诚斋体”之先声。

江西派诗风的变化之机萌生于北宋后期江西后学的诗歌理论探讨和创作实践中，前文已举例说明。这些江西派中坚的诗歌观念既然已经开始修正，再加上兵荒马乱中一路颠沛流离，情怀和视野都发生改变，他们的诗歌风貌自然不同于北宋时。徐俯、韩驹、吕本中、曾几诸人资质、个性、际遇、诗歌观念及成就各有不同，但南渡后诗歌创作不约而同地转向意脉流畅自然、语言清新平易、重视情韵，表现出对黄、陈正体语言生新、诗律拗峭、意脉深折、瘦筋健骨的艺术特征的疏离。不过尽管他们取法晚唐，或是“活法”为诗，努力修正江西正体诗法、改良诗歌风貌，江西派之烙印却不可尽除。徐、韩、吕、曾诸人诗作风格既有拗峭、瘦硬的，亦

① 《茶山集》卷六。
② 见《诗人玉屑》卷一九“曾茶山”条引，第601页。
③ 《茶山集》卷八。

有平易流畅的，有的还共存于一诗，格格不入，诗病则常常兼有江西体之粗鄙生硬与晚唐诗之孱缓浅率。他们的诗歌风格、诗学思想都带着转型过渡期的色彩。

在“最爱元祐”的社会政治背景下，在元祐大家谢世、中兴诗人未起的南北宋之际，作为元祐诸人的子弟后学，徐、韩、吕、曾诸人深具师友渊源，自身创作也取得一定成就，其诗歌主张都足以影响南宋诗人的诗学蕲向。吕本中的“活法”更成为江西后派的诗学纲领，这是江西诗派在南宋能够避免僵化而得以持续发展，宗派的谱序更加壮大的关键。

三 与江西派疏离的另一倾向——不黄不杜、独学晚唐的小诗人左纬

左纬是南北宋之交一位名位卑微的诗人，字经臣，号委羽居士，台州黄岩人，一生未仕，与刘元礼、周行己交游甚密。有诗名，然诗集不传。

当南渡局势动乱变幻之时，苦难磨折、辗转奔波的际遇丰富了诗人的经历，加深了诗人的感悟，诗人们被迫走出书斋，接触到现实自然与社会，对杜甫诗歌的会心又进了一层。诗人要表现动乱社会满目疮痍的现状与家国破碎、流离颠沛的深悲沉痛，自然而然地学习和沿袭杜甫的“诗史”路子。勿论洪炎、吕本中，并非江西派的陈与义亦是如此。而左纬亦遭变乱，流离颠沛，其《避寇书事》、《避贼书事》却自有体格，并不模仿杜甫。《避贼书事》二首云：

怀宝恐吾累，蔽形何可遗？囊衣入山谷，势急还弃之。
及至出山日，秋风吹树枝。免为刀兵鬼，冻死宜无辞。

搜山辄纵火，蹑迹皆操刀。小儿饥火逼，掩口俾勿号。
勿号可禁止，饥火弥煎熬。吾人固有命，困仆犹能逃。①

其他诗作如《送客》云：

骑马出门三月暮，杨花无赖雪漫天。

---

① 见《天台前集 天台续集》别编卷一，文渊阁四库全书本。

客情唯有夜难过，宿处先寻无杜鹃。①

《许少尹被召迢送至白沙不及》云：

短棹无寻处，严城欲闭门。水边人独自，沙上月黄昏。②

《春晚》云：

池上柳依依，柳边人掩扉。蝶随花片落，燕拂水纹飞。
试数交游看，方惊笑语稀。一年春又尽，倚杖对斜晖。③

皆能不矜气格，不逞书卷，以清浅疏淡的词句抒发真挚深婉之情，好像全然未受苏轼、黄庭坚诗风的熏染影响。然亦有诗作不免格局窘狭，意旨浅薄之弊，如《题摘星岭》、《送僧归天台》、《交翠亭宁海簿厅》等已有南宋人学晚唐体之气味。④

第四节　从江北旧词到江南新词

——南宋初期的词

民族国家面临生死存亡、战火硝烟遍地弥漫的现实不仅改变了南渡词人的人生，⑤也改变了他们的创作风貌，不再有“银簧调脆管，琼柱拨清弦”的

① 见《徐氏笔精》卷四引，文渊阁四库全书本。

② 见《诗人玉屑》卷一九“左经臣”条，第623页。

③ 见厉鹗《宋诗纪事》卷四〇所引。

④ 参阅王水照《〈宋诗选注〉删落左纬之因及其他——初读〈钱钟书手稿集〉》，《文学遗产》2005年第3期。

⑤ “南渡时期”是一个特殊的时间概念，其狭义指宋室仓促南迁，到绍兴和议达成的时段。广义则下限当延迟到高、孝皇位交接之际。论词者一般以“南渡词人”指称一个特定的词人群体。刘扬忠认为：“南渡词人”由一批北宋已有词名、南渡后转变了词风的跨时代词人组成。这些人大致都在高宗绍兴之中、之末、和孝宗初年去世。（向子諲卒于绍兴二十二年。李弥逊第二年去世。朱敦儒卒于绍兴二十九年。叶梦得卒于绍兴十八年。李纲卒于绍兴十年。李光卒于绍兴二十九年。周紫芝卒于绍兴二十五年。吕本中卒于绍兴十五年。赵鼎卒于绍兴十七年。李清照约卒于绍兴二十五年。张元幹卒于绍兴三十一年。）这批人的去世，标志着南渡时期作为一个政治上的动乱和文学上的特殊时期的结束。参见刘扬忠：《唐宋词流派史》，中国社会科学出版社2007年版，第265—266页。

清兴，不能再“一声声、齐唱太平年”了，词开始和诗一样被用来表现人间社会的苦难忧患、抒发理想失落的郁闷心情、寄寓对国事的满腔忠愤，不再仅仅是笔墨娱戏或纯情文艺，而颇能反映时代背景下的民族心理与民众心声，甚至可以视为“中兴露布”、充当抗战号角，词的表现力增强、抒情言志功能扩大了。南渡之际的词风、词境以慷慨激昂、悲壮苍凉为主，题材和情调较之北宋末年的大晟词风发生了截然转变，由是也肇起词体创作的新方向。

一　“别是一家”《漱玉词》

李清照(1084—1155)自号易安居士，济南人(今山东济南)。父李格非，字文叔，有文名，与廖正一、李禧、董荣称苏门“后四学士”。李清照“自少年便有诗名，才力华赡，逼近前辈”，[①]她善属文，工诗，尤长于词，《漱玉词》今仅存五十余首，无一不精。

1. 关于《词论》

《词论》由后人命名，初收于胡仔《苕溪渔隐丛话》后集卷三三“晁无咎”条下，[②]是李清照在北宋徽宗政和年间(1111—1117)所作。李清照的《词论》是词史上的一篇重要文献，提出词“别是一家”之说，涉及词与音乐的关系、词的起源、词体特征等众多问题，历来备受关注。

兹引文如下：

> 乐府、声诗并著，最盛于唐。开元、天宝间，有李八郎者，能歌擅天下。时新及第进士开宴曲江，榜中一名士先召李，使易服隐名姓，衣冠故敝，精神惨沮，与同之宴所，曰：“表弟愿与坐末”，众皆不顾。既酒行乐作，歌者进。时曹元谦，念奴为冠。歌罢，众皆咨嗟称赏。名士忽指李曰：“请表弟歌。”众皆哂，或有怒者。及转喉发声，歌一曲，众皆泣下，罗拜曰：“此李八郎也。”自后郑、卫之声日炽，流靡之变日烦，已有《菩萨蛮》、《春光好》、《莎鸡子》、《更漏子》、《浣溪沙》、《梦江南》、《渔父》等

---

① 王灼：《碧鸡漫志》，见唐圭璋编纂《词话丛编》，中华书局1985年版，第88页。

② 见《苕溪渔隐丛话》后集，第254页。胡仔所引是否为全文，今尚存疑问。

词，不可遍举。五代干戈，四海瓜分豆剖，斯文道熄。独江南李氏群臣尚文雅，故有"小楼吹彻玉笙寒"，"吹皱一池春水"之词，语虽奇甚，所谓"亡国之音哀以思"也。逮至本朝，礼乐文武大备。又涵养百余年，始有柳屯田永者，变旧声作新声，出《乐章集》，大得声称于世。虽协音律，而词语尘下。又有张子野、宋子京兄弟、沈唐、元绛、晁次膺辈继出，虽时时有妙语，而破碎何足名家。至晏元献、欧阳永叔、苏子瞻，学际天人，作为小歌词，直如酌蠡水于大海，然皆句读不葺之诗尔。又往往不协音律者，何邪？盖诗文分平侧，而歌词分五音，又分五声，又分六律，又分清浊轻重。且如近世所谓《声声慢》、《雨中花》、《喜迁莺》，既押平声韵，又押入声韵；《玉楼春》本押平声韵，又押上去声，又押入声。本押仄声韵，如押上声则协，如押入声则不可歌矣。王介甫、曾子固文章似西汉，若作一小歌词，则人必绝倒，不可读也。乃知别是一家，知之者少。后晏叔原、贺方回、秦少游、黄鲁直出，始能知之。又晏苦无铺叙。贺苦少典重。秦即专主情致，而少故实，譬如贫家美女，虽极妍丽丰逸，而终乏富贵态。黄即尚故实，而多疵病，譬如良玉有瑕，价自减半矣。

《词论》一开头，李清照就叙述一段唐开元、天宝间李八郎"转喉发声歌一曲，众皆泣下"的故事，"她是借这故事来说明词跟歌唱的密切关系，是拿它来统摄全文的"，①是立足于声诗与音乐的契合发论。正如黄墨谷所言："李清照《词论》开宗明义标出'乐府声诗并著，最盛于唐'，她认为词源出于乐府，词的性质是声诗并著"，②李清照认为词体是同时要讲究音乐和文词两个方面的。

在《词论》中，李清照重点评鉴了北宋词人，逐一指摘他们创作的不足。这段批评反映出她对词体的认识和审美标准，即词应该文雅、典重、协律，应该有"故实"、能"铺叙"、有"情致"，词体正是以此有别于诗歌和文章而"别是一家"。

---

① 夏承焘：《李清照词的艺术特色》，见《夏承焘集》第二册《月轮山词论集》，浙江古籍出版社、浙江教育出版社 1997 年版，第 249 页。

② 黄墨谷：《对李清照"词别是一家"的理解》，见《文学遗产增刊》第 12 辑。

李清照的《词论》向来被认为是重要的词学文献，但是在解读阐释过程中也存在不少疑惑，又由此衍生出各种不同观点和批评。例如"乐府声诗并著"，因为乐府和声诗各有古今、广狭之涵义，而使用时又未加界定，这句话本来关乎词学发生，因此不同的解读方法直接造成了在词体起源问题上的歧见各出、众说纷纭。① 又如李清照对北宋诸家的评说，南宋时已有人认为"易安历评诸公歌词，皆摘其短，无一免者，此论未公，吾不凭也"，②今人更是疑窦丛生，如：为什么没有提到北宋后期提举大晟乐府，奉命讨论古音、审定古调，整理词谱、创制新谱式的词人周邦彦？所评词人的断代、分类是不是准确？或者和胡仔一样，对李清照概括的词人艺术特征持异议，进而引起对李清照立论是否严谨、"别是一家"说是否真的具有理论建树，《词论》究竟价值如何的怀疑。③

毋庸置疑的是，"李清照这篇文字虽然只表示她个人的主张，其实是足以代表当时多数人的见解的"。④ 在李清照之前，苏门文人晁补之、陈师道、李之仪等许多人已经用不同的方式表达了他们对于词体应当有别于其他文体的直觉认识。⑤ 李清照的词"别是一家"、应当协律的理论，就是在这种社会背景下，在前人词学批评的基础上建立起来的。

在《词论》中，李清照从词体发生的角度立论，强调音律对词体的重要意义。所言的五音、清浊、轻重的涵义是什么，李清照未加解说，⑥但与声情关

---

① 参阅余恕诚《李清照〈词论〉中的"乐府"、"声诗"诠解》，《文学遗产》2008 年第 3 期。

② 胡仔：《苕溪渔隐丛话》后集卷三三，第 255 页。

③ 参见彭国忠《李清照〈词论〉价值重衡》，《文学遗产》2008 年第 3 期。

④ 夏承焘：《评李清照的〈词论〉》，见《月轮山词论集》，中华书局 1979 年版，第 13 页。

⑤ 如苏轼门客评柳永与苏轼的词，以妙龄女郎执红牙板和关西大汉执铜琵琶为喻；晁补之评论苏轼词"横放杰出，自是曲子中缚不住者"；《后山诗话》曰："子瞻以诗为词，虽极天下之工，要非本色"；李之仪《跋吴思道小词》："长短句于遣词中最为难工，自又一种风格，稍不如格，便觉龃龉。"

⑥ 张炎《词源》"五音"指的是唇音、齿音、喉音、舌音和鼻音。五声，指宫、商、角、徵、羽。六律概指黄钟、太簇、姑洗、蕤宾、夷则、无射。六吕指大吕、夹钟、仲吕、林钟、南吕、应钟，共十二律。至于清浊轻重，各家说法不一。张世南《宦游纪闻》说："轻清为阳，重浊为阴。"夏承焘先生也说："清浊则即元人论曲之阴阳。"而陈声聪先生则说："仄声为重音，平声为非重音，阴声为清音，阳声为浊音。"并特别声明"旧说有以'声之浊者为阴声，清者为阳声'适得其反，不可从"。见《填词要略及词评四篇》。

系至切无疑，分类如此严苛详细，足见她对词的音律是极其看重的。[①] 除音律是词体的构成要件，词体也应具有本色的语言风格。李清照“遍摘诸公之短”，并非纯粹出于好强争胜，亦不受限于性别和情趣的偏好，而是基于自己对词体本色的体认，正如夏承焘所言，“李清照是要把‘诗人之词’、‘学人之词’跟‘词人之词’区别开来的”，[②]她对词学艺术的体验是十分敏锐深细的。

苏轼“以诗为词”，抒情言志，破体创作，扩大了词的表现畛域和功能，词体地位最终因他得以提高，但在北宋时，苏词始终是“别体”。李清照的《词论》辨析词之本色，强调诗词体质不同，反对“破体”为词，这是从本体论出发的“尊体”。因为身为女性，李清照的《词论》在古代并不像今天这样引起注意和重视，不过从词学史来看，这样具有一定高度的理论性阐述至少直到两宋之交还是仅此一家。

2.“易安体”——李清照词的艺术特征

一般将李清照词的创作分为前后两期，以南渡为界。从《金石录后序》记载的细节来看，李清照的婚姻是相当幸福的，因此她写了不少诸如“眼波才动被人猜”、“徒要教郎比并看”一类的少妇闺情之作，也有“才下眉头，却上心头”、“念武陵人远，烟锁秦楼”这样的思妇怀人之作，风格婉美纯真。后期因国难、夫亡，词情转为凄楚悲凉。清照词的情调变化与她的婚姻状态、生活环境的改变密切相关，不过艺术个性则是一以贯之的，其词风格鲜明，人称“易安体”。南宋中期的侯寘、辛弃疾就曾作过“效易安体”[③]的词，主要是摹仿一种浅易自然、本色当行的语言风格。

李清照词的音律是否和谐动听，今天已无法判断。而其词的语言艺术和表现力历来为人赞赏。她炼字工巧、造语尖新，尤其善用叠字。而写物传

---

① 夏承焘《唐宋词字声之演变》中说：温飞卿已分平仄；晏同叔辨去声；柳三变分上去，尤严于入声；清真用四声，益多变化。宋季词家辨五音，分阴阳，而肇端于李清照：“李易安论词云：‘诗分平仄，而歌词分五音，又分六律，又分清浊轻重。’此较柳、周四声之律益严矣。”见其著《唐宋词论丛》，上海古典文学出版社，1956 年版。

② 夏承焘：《评李清照的〈词论〉》，见《大家国学夏承焘卷》，天津人民出版社 2008 年版。

③ 侯寘《眼儿媚·效易安体》，辛弃疾《丑奴儿·博山道中效李易安体》，见唐圭璋《全宋词》，中华书局 1965 年版，第 1437、1879 页。

情皆能生动细腻，表现力很强，最难得是自然妥帖而不见锻炼之迹。《如梦令》是小令中的典范：

> 昨夜雨疏风骤，浓睡不消残酒。试问卷帘人，却道海棠依旧。知否？知否？应是绿肥红瘦。①

“绿肥红瘦”造语新奇，又妙在是即目所见，自然天成。“知否、知否”，叠字叠韵，口角毕肖而情意隽永。以问答成篇，小令也增添婉曲之致，构思十分巧妙。《声声慢》堪称清照词语言艺术最杰出者。全词用齿音多至四十一字，“以啮齿丁宁之口吻，写其忧郁惝恍之情怀”。② 起头连叠七字：“寻寻觅觅，冷冷清清，凄凄惨惨戚戚”，由寻觅而觉冷清，外界之冷清又转为内心之凄惨，七个叠词写出词人的动作、情态、心理。宋人已觉不可超越：“本朝非无能词之士，未曾有一下十四叠字者”，③下片又用叠字：“梧桐更兼细雨，到黄昏、点点滴滴”，皆无勉强造作之感。历代共有 19 人追和这首词，④主要模仿李清照原作对叠字的运用，倾尽心力而未能胜出。正如张端义所言“炼句精巧则易，平淡入调者难”，清照词中固然有“宠柳娇花”（《念奴娇》）、“落日镕金，暮云合璧”（《永遇乐·元宵》）、“人比黄花瘦”（《醉花阴》）、“才下眉头，却上心头”（《一剪梅》）等等炼字精巧、极见才思的例子，更多的则是“守着窗儿，独自怎生得黑”（《声声慢》），“不如向、帘儿底下，听人笑语”（《永遇乐》）、“甚霎儿晴，霎儿雨，霎儿风”（《行香子》）等寻常言语，这些字句在词中仍然具有尖新生动的表现力。李清照又擅长“以寻常语度入音律”，而臻于本色当行的艺术境界，这是清照词最鲜明的艺术特质所在。

如果接受一些西方女性主义与性别文化的理论，我们也许应该想到李清照词的语言特质可能根源于她的性别，从而应更加重视她词中那种真率自然、细腻灵动的女性情感特质和极具个性化的抒写方式。在词的创作中，男性词人惯于用女性语言描写女性形象，代为抒发女性情感。而在男性的

---

① 李清照著，王学初校注：《李清照集校注》，人民文学出版社 1979 年版，第 8 页。

② 夏承焘：《李清照词的艺术特色》，见《月轮山词论集》，第 7 页。

③ 张端义：《贵耳集》卷上，文渊阁四库全书本。

④ 参阅刘尊明《历代词人追和李清照词刍议》，《文艺研究》2008 年第 3 期。

观察、体验和想象中，在他们的笔触下，女子总是在伤春怨别、情感状态总是空虚寂寞或娇嗔天真。正如叶嘉莹所言，诗词中的女性形象一直表现为“一种介于写实与非写实之间的美色与爱情的化身”，①是感性的、混乱的、柔美的、被动的；读者欣赏时又往往以“美人香草”的传统赋予深意，无论写作还是阐释都不免形成了模式。然而男性的代言与女性的真实生活形态、情感体验终究有一定距离。李清照在词史上是第一次以女性身份表现自我、抒发爱情，准确生动地传达出在不同环境中的心理体验、悲欢忧乐，表现方式和词境也能随之妥帖变化。如《行香子》：

> 草际鸣蛩、惊落梧桐、正人间天上愁浓。云阶月地，关锁千重，纵浮槎来，浮槎去，不相逢。　　星桥鹊驾，经年才见，想离情别恨难穷。牵牛织女，莫是离中。甚霎儿晴，霎儿雨，霎儿风。②

女词人因自己的相思，想到牛女的离别，“霎儿晴、霎儿雨、霎儿风”，自是相聚的欢笑与离情和别泪。李清照把情深意浓时女子天真又细腻的心思描绘得纤毫不离。《醉花荫》以“佳节又重阳，玉枕纱橱，半夜凉初透”之句直陈别离后之冷落情味，王灼说“自古缙绅之家能文妇女，未见如此无顾藉也”，③虽是斥责，不也正说明是李清照第一次从女子的角度写出了真实的别后感受吗？又如《永遇乐》下片：“中州盛日，闺门多暇，记得偏重三五。铺翠冠儿，捻金雪柳，簇带争济楚。如今憔悴，风鬟雾鬓，怕见夜间出去”，李清照将“中州盛日，闺门多暇”时青年女子的争艳爱好之心，尽显于“铺翠冠儿，捻金雪柳，簇带争济楚”一句中。而当年华逝去，男性词人说“还与时光共憔悴，不堪看”，李清照则云“如今憔悴，风鬟雾鬓，怕见夜间出去”，笔触的虚、实，感受的浮泛与真切，视角的“他看”与“自视”是大有分别的。

李清照词既具有极为纯粹的女性特质，又能脱去脂腻娇柔的“闺阁气”。她家世优越，又受到良好的教育，且具备较为开放的交际和生活环境，自己

---

① 叶嘉莹：《论词学中之困惑与花间词之女性叙写及其影响》，见《迦陵论词丛稿》，河北教育出版社 1997 年版，第 237 页。

② 《李清照集校注》，第 40 页。

③ 王灼：《碧鸡漫志》，见唐圭璋编纂《词话丛编》，中华书局 1985 年版，第 88 页。

才思敏锐过人,且好强争胜,是极为自信自立的女性。其《打马赋》、《乌江》诗皆不类巾帼中人语,可见其胸襟宽阔、意气高迈的一面。李清照的词实亦有潇洒倜傥之风,她咏梅花说"莫辞醉,此花不与群花比"(《渔家傲》),吟咏木樨则言"何须浅碧深红色,自是花中第一流"(《鹧鸪天》),处处见出自我怀抱,有强烈的存在感。《怨王孙》写景,云:

> 湖上风来波浩渺,秋已暮、红稀香少。水光山色与人亲,说不尽、无穷好。　　莲子已成荷叶老,清露洗、苹花汀草。眠沙鸥鹭不回头,似也恨、人归早。①

其意兴之清高、情怀之清旷,的是名士风度。然而对"香"的敏锐感觉,对山水与人"亲"的入微感受,猜度鸥鹭恨人归早的细腻心思,却是女性词人李清照所独有的。《渔家傲》(天接云涛连晓雾)句中动词皆极劲健,令阔大词境运转无极,尤见其魄力横放,更是清照词中"神骏"之作。②《孤雁儿》是嫠妇之词:

> 藤床纸帐朝眠起,说不尽无佳思。沈香烟断玉炉寒,伴我情怀如水。笛声三弄,梅心惊破,多少春情意。　　小风疏雨萧萧地,又催下千行泪。吹箫人去玉楼空,肠断与谁同倚?一枝折得,人间天上,没个人堪寄。

词人正情怀幽幽,如水不绝。闻笛声惊破梅心,知春又到人间。春来时欲折梅寄意,然而斯人已逝,无处寻觅,春来于我是倍添伤感怅恨。床、帐、香炉亦是闺情词中常见意象,然床是藤床,帐是梅花纸帐,皆为隐者高士所用之物,寓有清雅淡泊之意。

男性作家的个性化创作早已完成,女性词人的个性化创作,自清照始得呈现,她也是一位罕见的、可在男性为主的词史中占得一席之地的女词人。不过词史上对于李清照的这种高度个性化创作,人们的接受态度及其变化

---

① 《李清照集校注》,第32页。

② 沈曾植《菌阁琐谈》推许易安词:"堕情者醉其芳馨,飞想者赏其神骏。"见《词话丛编》,第3608页。

耐人寻味。王灼称李词“能曲折尽人意,轻巧尖新、姿态百出”,[①]进而因为李清照大胆本色地倾吐女子的别情而批评她“无顾藉”;陆游在他写的《夫人孙氏墓志铭》中,[②]出于称述孙氏美德的动机,提到这位夫人十余岁时曾谢绝师从李清照学习文辞,曰“才藻非女子事也”。可见他们对李清照具有女性特质的、个性化的创作均持一种泛道德化的评价标准。李清照的文学才华与创作成就本不逊于男性词人,而胡仔和罗大经称许李清照词的时候,却特别限定在“妇人”的范围,[③]说明他们是以男性之词为标准而作批评的。这个现象在词学繁荣的南宋后期有所变化。如张端义对李清照词的语言艺术评论极为准确精辟。刘辰翁在南宋亡国之际的元宵节,追和李清照晚年寓居临安时元宵所作《永遇乐》词,自言“虽辞情不及,而悲苦过之”。下片云:“宣和旧日,临安南渡,芳景犹自如故。缃帙流离,风鬟三五,能赋词最苦。江南无路,鄜州今夜,此苦又谁知否?”[④]他读李清照词而“为之涕下”、“不自堪”,之所以有那样强烈的感触与共鸣,正如同陈与义等南渡词人不仅视杜甫为风雅之师,而且因为处境、感受的相似而生出知己之感,且因为文学上“美人香草”的传统,刘辰翁在此对李清照词的解读、和作没有隔膜。到明、清时期,不少的男性词人或模拟、或追和李清照的“闺情”主题的词作,包括与《声声慢》(冷冷清清)的争胜,这表示他们某种程度上在以李清照词为评价和衡量艺术水准的标尺。这样的一种接受现象,是不是表明李清照的兼具女性特质和高度个性化的写作本身也具有一种双性特质呢?[⑤]

二　南渡词人的变徵之音

除李清照外,南渡词人有词集传世的多达四十余人,这些词人的创作多

---

① 王灼:《碧鸡漫志》,见唐圭璋编纂《词话丛编》,第 88 页。

② 陆游:《妇人孙氏墓志铭》,《渭南文集》卷三五。

③ 胡仔云“亦妇人所难到也”,见《苕溪渔隐丛话前集》卷六〇,第 416 页。罗大经云“以一妇人,乃能创意出奇如此”,见《鹤林玉露》乙编卷六“诗叠字”条,中华书局 1997 年版,第 226 页。

④ 见《全宋词》,第 3229 页。

⑤ 参阅叶嘉莹《论词学中之困惑与花间词之女性叙写及其影响》,见《迦陵论词丛稿》。叶嘉莹曾经指出“花间词”因为男子作闺音而具有一种双性特质。并参阅叶嘉莹《从性别与文化谈女性词作美感特质之演进》,《中国文化》第 27 期。

因靖康之变的巨大冲击而发生风格的突变，人们用词来表达愤怒、悲伤，发出誓言和谴责，宣泄内心激烈或是沉郁的情感，有时无意于工拙。

（一）“四名臣”与张元幹

1. 四名臣词

清末王鹏运编《南宋四名臣词集》，将李纲《梁溪词》、赵鼎《得全居士词》、胡铨《澹庵长短句》、李光《庄简词》合编为一卷。这四人有相近的人生经历。他们生活在国事艰危的两宋之交，都是力主抗金的朝廷大臣，在和战争议中屡经浮沉，还都曾被贬谪海南。他们都以词言志，抒发经历种种冲击之后内心的感慨与坚持。以下分述之。

李纲的《梁溪词》收词五十首。除了反映国事军情、抒写政治抱负的词作如《苏武令》（塞上风高）、《六么令·次韵和贺方回金陵怀古，鄱阳席上作》等以外，最有特点的就是一组咏史词。词共七首，分别是《念奴娇·宪宗平淮西》、《念奴娇·汉武巡朔方》、《喜迁莺·晋师胜淝上》、《喜迁莺·真宗幸澶渊》、《水龙吟·光武战昆阳》、《水龙吟·太宗临渭上》、《雨霖铃·明皇幸西蜀》。李纲用词来赞颂前代英主贤臣在国运艰危的关键时刻表现出的雄才大略和远见卓识，实际是有感于时政，希望激励高宗“扫清氛祲，作中兴主”（《水龙吟·光武战昆阳》），也隐然以历史名臣谢安、裴度、寇准等自期，希望建立不世功业。这组咏史词具有强烈的现实针对性和鲜明的时代精神，词的言志功能因此得到充分发挥和体现。如《喜迁莺·晋师胜淝上》：

> 长江千里。限南北、雪浪云涛无际。天险难逾，人谋克壮，索虏岂能吞噬。阿坚百万南牧，倏忽长驱吾地。破强敌，在谢公处画，从容颐指。　奇伟。淝水上，八千戈甲，结阵当蛇豕。鞭弭周旋，旌旗麾动，坐却北军风靡。夜闻数声鸣鹤，尽道王师将至。延晋祚，庇烝民，周雅何曾专美。①

写秦晋淝水之战。起笔写长江气势壮阔，接三句议论，关合题中之“胜”字。后五句叙事，大开大阖，苻坚的骄横之态，谢公的安闲风采，形成强烈对比。

① 《全宋词》，第900页。

下片写战事，正面铺排。结尾抒情融于议论。咏史组词的这种题材形式，系借鉴于诗歌。而叙写史实有条不紊、铺陈场面气势壮阔，叙事、议论、抒情、描写融于一体，是参用文法作词。

赵鼎(1085—1147)，字元镇，解州闻喜人。崇宁五年(1106)进士，累官洛阳令。高宗朝曾任右相。为秦桧所忌，被罢除丞相职务，贬居潮州、吉阳，绝食而死。有《忠正德文集》、《得全居士词》。赵鼎词善咏羁旅愁怀，如《满江红·丁未九日南渡泊舟仪真江口》云：

惨结秋阴，西风送，霏霏雨湿。凄望眼，征鸿几字，暮投沙碛。试问乡关何处是？水云浩荡迷南北。但一抹、寒青有无中，遥山色。　天涯路，江上客，肠欲断，头应白。空搔首兴叹，暮年离拆。须信道消忧除是酒，奈酒行有尽情无极。便挽取、长江入尊罍，浇胸臆。①

上片写泊舟所见，秋风、征鸿、远山皆笼罩于凄迷烟雨，故国之思一寓景中。下片直抒胸臆，写国事艰危而壮志难酬，白头孤客空老于江湖，愁恨难消，直欲挽江水浇洗。虽然词情黯淡，然而感慨深沉，境界阔大，是豪迈一脉。绍兴八年(1138)罢相后所作《花心动·偶居杭州七宝山国清寺冬夜作》也是这类沉咽之作。

李光(1074—1158)，字泰发，越州上虞(今属浙江省)人。崇宁五年(1106)进士。高宗朝迁至参知政事。论和战与秦桧不合，屡遭贬谪至于昌化军(今海南)。桧死，复朝奉大夫。有《庄简集》、《庄简词》。绍兴二年(1132)，李光罢江东安抚大使返乡，途经严陵濑时作《水调歌头》：

兵气暗吴楚，江汉久凄凉。当年俊杰安在，酌酒酹严光。南顾豺狼吞噬，北望中原板荡，矫首讯穹苍。归去谢宾友，客路饱风霜。　闭柴扉，窥千载，考三皇。兰亭胜处，依旧流水绕修篁。傍有湖光千顷，时泛扁舟一叶，啸傲水云乡。寄语骑鲸客，何事返南荒。②

① 《全宋词》，第944页。

② 《全宋词》，第785页。

词中融注了忧时之情，愤世之气与江山之思。上片激越，下片飘逸。

胡铨的词往往直陈胸臆，略不修饰，其胆气、节操历历可睹。如绍兴十八年（1149）贬广东新州时作《好事近》云：

富贵本无心，何事故乡轻别？空使猿惊鹤怨，误薜萝风月。　囊锥刚要出头来，不道甚时节。欲驾巾车归去，有豺狼当辙。①

痛快淋漓的斥责奸党，不平之气一发无余。绍兴二十一年（1152）流放于吉阳军时所作《醉落魄·辛未九月望和答庆符》更是长歌当哭，箕踞骂座，极为磊落悲壮。

由于创作主体性情具有差异性，四名臣的词风也各有特点，清代李慈铭认为“四公中得全居士之词最为艳发，似晏元献。三公多近东坡，而尤与后来朱子为似。虽处厄穷患难，而浩然自得，无一怨尤不平之语，则非东坡所及焉”。② 所言有据。四人中，李纲之词健朗，李光之词偏于清旷，胡铨性格最为豪迈，其词情相对激烈，赵鼎感情最为细腻，其词独显沉咽。不过其词在差异中又呈现更多共性。四人皆经历了“靖康之难”的天翻地覆，其中李纲、李光和赵鼎更曾为辅弼大臣，亲身整顿河山。他们忧念君国、心系社稷，旋转乾坤之胸襟、气度与抱负是其他词人无法与之相比的，其言志之词自然而然都境界阔大，词情慷慨。四名臣性情皆刚直，李纲曾刺臂血上疏；赵鼎绝食而死，临终前自书铭旌；李光退隐后每言秦桧必瞋目怒叱；胡铨犯颜极谏，当其为愤激之气驱使作词，词中便多磊落不平之语。而当他们远离朝廷，退居山野，修身养性、论道参禅之余，也有清旷闲适之作，如赵鼎《双翠羽·三月十三日夜饮南园作》、李纲《江城子》（扁舟归去五湖东），李光《水调歌头·罢政东归十八日晚抵西兴》等等。四名臣又都曾被贬海南，因而对苏轼文学产生了亲近感和共鸣。李纲曾遍和东坡诗，自言“老坡去后何人继，奇绝斯游只我同”（《次地角场以疮疡不果谒伏波庙……作二诗纪之》，《梁溪

① 《全宋词》，第1244页。

② 李慈铭：《南宋四名臣词集序》，见王鹏运《南宋四名臣词集》，光绪十四年（1888）王氏四印斋刊本。

集》卷二四）；胡铨之渡海豪情直欲压倒前人："仲连蹈海徒虚语，鲁叟乘桴亦漫谈，争似澹庵乘兴往，银山千叠酒微酣"（《次雷州和朱彧秀才韵时欲渡海》，《澹庵文集》卷三）；李光贬在琼州时寓居双泉（昔东坡居地），曾仿东坡作《六无诗》，[①]曰"海南吾欲老，是处堪卜筑"（《居无屋》，《庄简集》卷二），有东坡遗风。正是因为性情和经历的缘故，四名臣的词主要从豪放与旷达两方面趋近苏轼词风。

2. 张元幹

张元幹（1091—1161），字仲宗，号芦川居士，又号真隐山人，永福（今福建省永泰县）人。著有《芦川归来集》和《芦川词》。一生经历大概可分为三个阶段：承平时期的游学仕宦（35 岁以前）、战乱时期的从军击贼与避难吴越（36—40 岁）、苟安时期的隐居与入狱（41 岁以后）。[②] 在北宋承平时期张元幹的词原以婉丽见长，人称"极妩秀之致，真堪与片玉、白石并垂不朽"。[③] 靖康之乱前张元幹曾为李纲行营的属官，积极主战。绍兴年间朝廷定"和议"为"国是"，胡铨因反对与金议和被谪，"一时士大夫畏罪箝舌，莫敢与立谈"，[④]张元幹以《贺新郎》（梦绕神州路）赠之。绍兴九年（1139）和议已成定局，李纲上书反对，张元幹又以《贺新郎》（曳杖危楼去）寄李纲，表达支持之意。张元幹自定此两首为压卷之作。《贺新郎·寄李伯纪丞相》云：

> 曳杖危楼去。斗垂天，沧波万顷，月流烟渚。扫尽浮云风不定，未放扁舟夜渡。宿雁落，寒芦深处。怅望关河空吊影，正人间、鼻息鸣鼍鼓。谁伴我，醉中舞？　十年一梦扬州路。倚高寒、愁生故国，气吞骄虏。要斩楼兰三尺剑，遗恨琵琶旧语。谩暗涩、铜华尘土。唤取谪仙平章看，过苕溪、尚许垂纶否？风浩荡，欲飞举。[⑤]

---

① 今存两首。
② 参阅王兆鹏《张元幹年谱》，南京出版社 1989 年版。
③ 毛晋：《芦川词跋》，附《芦川词》，文渊阁四库全书本。
④ 岳珂撰，吴企明点校：《桯史》卷一二"王卢溪送胡忠简"，中华书局 1981 年版，第 133 页。
⑤ 见《全宋词》，第 1073 页。

正如四库馆臣所评："其词慷慨悲凉，数百年后尚想其抑塞磊落之气"，①以词气之亢壮激越，与辛词先后同调。

以上所举四名臣与张元干的词，大多赋咏故国之思、恢复之志这一共同主题。这些词与北宋的那些"旋亦自扫其迹"的游戏之作不同，其词情的庄与媚、刚与柔、堂皇正大与私人性也是泾渭分明的，四名臣与张元干以词言志，正是继承了苏轼的"以诗为词"。他们的创作又不同于北宋小词之以情动人、在艺术上精意讲求，而大都以气行词，气盛言宜。其词境界宽广、气势宏大，以此趋近苏轼的豪放词风。不过苏词的豪放主要源自其悟彻人生而发的逸怀浩气，并无悲意。四名臣与张元干等南渡词人的词作中抒发的爱国激情、抗金壮志，蕴藏的郁怒不平之气、慷慨悲壮之意，则已经是辛弃疾词的先声了。

在当时的社会背景下，这些词人的爱国词势必广泛传诵，引起共鸣，无疑会对南宋朝文学——尤其是词的创作走向产生影响。

（二）《石林词》与"希真体"

四名臣、张元干等南渡词人激情为词，气壮情真，极富感染力，艺术上则还未加意琢磨，也没有主动去接受苏词影响。叶梦得、朱敦儒词则与陶渊明、苏轼精神相通，真正从艺术方面承上启下，成为苏轼与辛弃疾之间的桥梁。

1. 叶梦得的《石林词》

叶梦得（1077—1148），字少蕴，号石林居士，原籍长洲（今江苏苏州），四世祖叶元辅时迁居于乌程（今浙江湖州）。绍圣四年（1097）进士，累迁至翰林学士。建炎、绍兴间任建康留守和江东安抚使，迁崇信军节度使，致仕归居卞山以终。四库馆臣称叶梦得诗文"实南北宋间之巨擘"，②他著有《石林总集》百卷，已佚。现存著述确知 19 种。其中《石林燕语》、《避暑录话》、《石林诗话》主要记叙北宋时期的朝章国典、遗闻轶事、诗文掌故，可补正史之缺。《全宋词》收录其词 102 首。叶梦得"平生好聚书"，家藏四、五万卷珍

---

① 《钦定四库全书总目》卷一九八，《芦川词》提要，第 2788 页。

② 《钦定四库全书总目》卷一九五，《石林诗话》提要，第 2744 页。

贵书画以及前代金石器物与碑刻资料。他在建康任上创建"䌷书阁",收藏公家之书。撰《䌷书阁记》,[①]记录了"䌷书阁"的创办经过与目的,寄托了他"干戈将息而文治兴"的期望,是我国藏书史上一篇珍贵文献。叶梦得对各地书籍版本也颇有心得。他指出:"天下印书,以杭州为上。蜀本次之,福建最下。京师比岁印板殆不减杭州,但纸不佳。蜀与福建多以柔木刻之,取其易成而速售,故不能工。福建本几遍天下,正以其易成故也",[②]这是宋版书籍研究非常重视的论断。叶梦得曾为蔡京门客,章惇姻戚,以此被后人指为其论政袒护熙宁、绍圣之局,论诗尊王抑苏。事实上,叶梦得是晁氏之甥,与苏轼及其后人、门人和追随者间存在着复杂的亲缘、学缘关系,他本人对苏轼的人生旨趣、文学艺术皆抱尊崇效仿之忱。

叶梦得一生大致可分为三个阶段。33岁以前,得蔡京荐引,仕途一帆风顺。大观四年(1110)至靖康元年(1126),即34岁至50岁的中年时期,渐生退隐之意。政和五年(1115)、重和元年(1118)叶梦得先后出知蔡州和颍昌,在颍昌府任上(1117—1120),他与苏过等十二人结诗社,杯酒酬唱。南渡以后起为江东安抚使、兼知建康府、兼寿春等六州宣抚使,理财练兵得法,颇有建树。致仕后退居弁山。叶梦得青年时期的词作"婉丽绰有温、李之风",[③]冠于《石林词》卷首的《贺新郎》(睡起流莺语)即是早期名作。词人中年词作——尤其在颍昌期间所作大都疏淡雅净,"不作柔语殢人"。[④] 如《浣溪沙·次韵王幼安曹存之园亭席上》:

> 物外光阴不属春。且留风景伴佳辰。醉归谁管断肠人。　柳絮尚飘庭下雪,梨花空作梦中云。竹间篱落水边门。[⑤]

南渡后,叶梦得词风一变,"晚岁落其华而实之,能于简淡时出雄杰,合处不

① 《建康集》卷四,文渊阁四库全书本。
② 叶梦得撰,宇文绍奕考异,侯忠义点校:《石林燕语》卷八,中华书局1984年版,第116页。
③ 《钦定四库全书总目》卷一九八,《石林词》提要,第2787页。
④ 毛晋:《石林词跋》。
⑤ 《全宋词》,第772页。

减靖节、东坡之妙”。[1] 如《八声甘州·寿阳楼八公山作》：

故都迷岸草，望长淮、依然绕孤城。想乌衣年少，芝兰秀发，戈戟云横。坐看骄兵南渡，沸浪骇奔鲸。转盼东流水，一顾功成。　　千载八公山下，尚断崖草木，遥拥峥嵘。漫云涛吞吐，无处问豪英。信劳生、空成今古，笑我来、何事怆遗情。东山老，可堪岁晚，独听桓筝。[2]

词人临淝水之战的古战场，有感于心。追慕谢氏少年英发，建不世奇功，而自己空有英雄抱负，无地施展。词境极为壮阔，而词情归于苍凉悲怆。《水调歌头》（秋色渐将晚）是退隐后所作，叶梦得其时闲居吴兴（今浙江湖州）。上阙简笔点染秋景，以山简自比，感伤岁暮；下片吐露心声，欲效谢安，谈笑间扫清胡尘，笔力萧散苍劲。

中期以后，叶梦得的词作开始明确显示出陶渊明和苏轼的影响。他的不少词作直接檃括陶渊明和苏轼诗文入词，或是用东坡词韵乃至词意作词。如《念奴娇·南归渡扬子作杂用渊明语》（故山渐近）和《八声甘州》（寄知还倦鸟）几乎全用陶渊明诗文的意境和语句，如“归去来兮秋已老，松菊三径犹存。稚子欢迎，飘飘风袂，依约旧衡门。琴书萧散，更欣有酒盈尊”；“倦鸟知还，晚云遥映，山气欲黄昏。此还真意，故应欲辩忘言”；“十亩荒园未遍，趁雨却锄犁。敢忘邻翁约，有酒同携”，皆借陶渊明诗文意来表现自己返朴归真的恬淡心境。

又如《鹧鸪天》：

东坡尝有诗曰：“荷尽已无擎雨盖，菊残犹有傲霜枝。一年好景君须记，正是橙黄橘绿时。”此非吴人无以知其为佳也。予居有小池种荷，移菊十本于池侧。每秋晚，常喜诵此句，因少增损，以《鹧鸪天》歌之。

一曲青山映小池。绿荷阴尽雨离披。何人解识秋堪美，莫为悲秋浪赋诗。　　携浊酒，绕东篱。菊残犹有傲霜枝。一年好景君须记，正

---

① 《钦定四库全书总目》卷一九八，《石林词》提要引关注《跋石林词》，第2787页。

② 《全宋词》，第766页。

是橙黄橘绿时。①

直接以苏轼《赠刘景文》中三句诗歌入词，还有一句语意贴近。词末小注云："梁范坚常谓欣成惜败者，物之情。秋为万物成功之时，宋玉作悲秋，非是。乃作美秋赋云。"可见叶梦得喜爱此诗的根本原因是体验到并认同东坡精神的真谛："莫为悲秋浪赋诗"的旷达胸襟和乐观的人生态度。

《念奴娇》全仿苏轼《念奴娇》（大江东去），并用其韵：

云峰横起，障吴关三面，真成尤物。倒卷回潮目尽处，秋水黏天无壁。绿鬓人归，如今虽在，空有千茎雪。追寻如梦，漫余诗句犹杰。

闻道尊酒登临，孙郎终古恨，长歌时发。万里云屯瓜步晚，落日旌旗明灭。鼓吹风高，画船遥想，一笑吞穷发。当时曾照，更谁重问山月。②

上片写登临所见，景象壮阔，感慨南渡数年，岁华流逝，空余诗情；下片遥想孙策当年也曾携酒登临，可惜他大志未遂，饮恨千秋。其词"能以慷慨激越之音，抒忧时念国之意，较之苏轼原词似更富有强烈的时代气息和现实意义"。③

除融化陶、苏诗文的词句外，叶梦得还大量用典和檃栝前人诗文入词，如《应天长》（自颍上县欲还吴作）词中"鲈鲙莼羹"用晋张翰见秋风起而辞归之典，"鸱夷千古意"用春秋范蠡功成身退泛舟五湖事，"青箬笠"三句和"细雨斜风"用唐张志和《渔父词》，"陶写中年"二句见萧统《谢灵运传》。这种好用典故、檃栝典籍诗文入词的作风源于苏轼，后来又为辛弃疾和辛派词人普遍运用，成为辛派以文为词的重要特征。

东坡的豪放词风，本来就有清旷和雄放两个方面。而正如刘扬忠所言："苏轼词中占主导地位的那种超旷的情怀、清高的格调和疏淡的韵致，对于中年之后渐生退隐之心、刻意要以啸傲山林为乐、与清风明月为伍的叶梦得

---

① 《全宋词》，第779页。

② 《全宋词》，第768页。

③ 参阅蒋哲伦《〈石林词〉和南渡前后词风的转变》，《文学评论》1985年第5期。

更具有吸引力。"[1]叶梦得中年词风主要吸取了东坡词清朗旷达的一面，如《临江仙》（不见跳鱼翻曲港）诸阕中那潇洒脱俗的姿态，《江城子》（碧潭浮影蘸红旗）中痛饮放歌的狂太守风度，皆与东坡神似，正因如此，《永遇乐》（天末山横）还曾被误编入《东坡乐府》。南渡以后叶梦得的词作仍保持清旷飘逸的风格基调，因为忧念时局、力图匡复之意寄寓其中，遂时现豪杰英雄之气。退隐后襟怀益放旷，而气亦不衰，如《水调歌头》（今古几流转）者，将"雄杰"之气，"简淡"之姿和旷达出世之调融于一炉，学东坡"亦得六七"，[2]王灼所言不虚。

叶梦得寓壮怀于清旷的词风显示了由苏词向辛词过渡的最初迹象，《石林词》在南渡前后词风的转变中，有独特的意义。

2. 朱敦儒的"希真体"

朱敦儒（1081—1159）字希真，号岩壑，洛阳（今属河南）人。徽宗时为隐士，逍遥林下。靖康、建炎间，屡召不起。金兵南侵，流寓两广。绍兴五年（1135）始赴临安入对，赐进士出身，历秘书省正字，浙东提点刑狱。十六年（1146），坐与主战大臣李光"交通"而罢官，后退隐嘉禾（今浙江嘉兴）。晚岁应秦桧召除鸿胪少卿，桧死复退。朱敦儒工于诗文，有词集《樵歌》三卷传世。

朱敦儒早年隐于市井，放浪形骸，逍遥自在，其词主要写传统题材，"花满金盆，香凝碧帐"（《满庭芳》）这样的旖旎秾丽之词，在朱敦儒的早期词作中比比皆是。也有一些词以清淡的词句表现其睥睨世俗、疏放狂傲的神情个性，风格旷放超逸，早期名作如《鹧鸪天》：

> 我是清都山水郎。天教分付与疏狂。曾批给雨支风券，累上留云借月章。　诗万首，酒千觞。几曾着眼看侯王。玉楼金阙慵归去，且插梅花醉洛阳。[3]

---

① 刘扬忠：《唐宋词流派史》，中国社会科学出版社2007年版，第288页。

② 王灼：《碧鸡漫志》卷二，见《词话丛编》，第83页。

③ 《全宋词》，第843页。

中年值靖康之难，其词伤时念乱，抒发家国之慨，词风一变。如《相见欢》：

金陵城上西楼。倚清秋。万里夕阳垂地大江流。　　中原乱。簪缨散。几时收。试倩悲风吹泪、过扬州。①

此章笔力雄大，气韵苍凉，悲歌慷慨，情见乎词。此期也不乏清怨之辞，在"胡尘卷地，南走炎荒"（《雨中花》）时，岭南风物平添愁恨，九日作《沙塞子》云："万里飘零南越，山引泪，酒添愁。不见凤楼龙阙、又惊秋。九日江亭闲望，蛮树瘴云浮。肠断红蕉花晚、水西流。"宋人吴曾以为"不减唐人语"。②

南宋偏安局势形成后，朱敦儒大部分时间都是隐居嘉禾，过着优游闲适的生活。《宋诗纪事》云："朱希真居嘉禾，与朋辈诣之。闻笛声自烟波间起，顷之，棹小舟而至，则与俱归。室中悬琴、筑、阮咸之类，檐间有珍禽，皆目所未睹。室中篮、缶，贮果实脯醢，客至，挑取以奉客"，③确有神仙风致。其词主要写淡忘尘世，知命自乐之旨，风格一变为疏放闲逸。如《西江月》二首，其一云：

世事短如春梦，人情薄似秋云，不必计较苦劳心，万事原来有命。
幸遇三杯酒好，况逢一朵花新，片时欢笑且相亲，明日阴晴未定。④

两首词皆抒写看透人世、无拘无碍的闲适情怀。语言浅近，而耐人寻味。《好事近》描写渔隐生活，文字清雅，似不食烟火人语：

摇首出红尘，醒醉更无时节。活计绿蓑青笠，惯披霜冲雪。　　晚来风定钓丝闲，上下是新月。千里水天一色，看孤鸿明灭。⑤

极见词人惬意自得之致、夷旷脱洒之姿、萧闲淡泊之情。梁启超以为"飘飘有出尘想，读之令人意境翛远"。⑥

---

① 《全宋词》，第857页。

② 《能改斋漫录》卷一七，上海古籍出版社1979年版，第491页。

③ 厉鹗：《宋诗纪事》卷四四，上海古籍出版社1983年版。

④ 《全宋词》，第856页。

⑤ 《全宋词》，第854页。

⑥ 《饮冰室词评》，见《词话丛编》，第4307页。

王鹏运以诗为喻，曰“希真词于名理禅机，均有悟入，而忧时念乱，忠愤之致，触感而生。拟之于诗，前似白乐天，后似陆务观”。① 这样归纳朱词的题材风格大致是不错的。不过朱敦儒词最根本的特质是具有风格的多样性和流变性，因此一般认为朱词继承和发展了苏轼抒情自我化的词风，具有鲜明的自传性特点。② 朱敦儒的词人称“希真体”或是“樵歌体”，③不单指朱敦儒在某一特定时期的词风，而是着眼于各时期的词作都贯穿了“多尘外之想，虽杂以微尘，而清气自不可没”这一总体特征。④ 而这一股“清气”，正是杂糅陶渊明的闲适任性与苏轼的超逸脱俗而来。朱敦儒一生的主要生活状态是隐居，其萧散脱俗、淡泊自适的性情，真乃看破红尘、烟波钓徒之流亚，有人喻之为陶渊明。⑤ 他的词又发扬了苏词超逸出尘的一面，如咏月词《念奴娇》（插天翠柳）“洗尽凡心，满身清露，冷浸萧萧发”，咏梅词《鹊桥仙》“横枝销瘦一如无，但空里疏花数点”，皆如不食人间烟火者语。

朱敦儒在词中刻画的那个自我形象——超然物外、高傲脱俗、清隽雅洁，或是放旷飘逸，引起历代文人的倾慕，他们纷纷效“希真体”作追和之词。⑥ 其中朱敦儒晚期抒写乐天知命、随缘自适之旨的词作最富于艺术独创性，影响最大。如《念奴娇》：

老来可喜，是历遍人间，谙知物外。看透虚空，将恨海愁山，一时挼碎。免被花迷，不为酒困，到处惺惺地。饱来觅睡，睡起逢场作戏。

---

① 王鹏运：《樵歌跋》，四印斋本。

② 参见袁行霈主编《中国文学史》第三卷章节。

③ 从现存文献资料来看，“樵歌体”之称，最早见于南宋前期词人吴儆（1125—1183）《蓦山溪·效樵歌体》（清晨早起）感慨“适意为甘旨”。此词所效当是朱敦儒《蓦山溪》（邻家相唤）：“浮生春梦，难得是欢娱，休要劝，不须辞，醉便花间卧。”

④ 汪莘：《方壶诗余序》，疆村丛书本。

⑤ 如南宋人李处权《送希真人洛》诗赞誉朱敦儒曰：“子追元亮故应贤。”胡适《樵歌·朱敦儒小传》（北新书局版）更明确论定：“将他（朱敦儒）比陶潜，或更确切罢。”

⑥ 辛弃疾作《念奴娇·赋雨岩效朱希真体》，朱熹作《念奴娇·用傅安道和朱希真梅词韵》（临风一笑），刘克庄《鹧鸪天·腹疾困睡和朱希真词》（前度看花白发郎），李曾伯作《念奴娇·丙午和朱希真“老来可喜”韵》、《减字木兰花》“无可不可”和“如何则可”，分别追和朱敦儒《念奴娇》（老来可喜）、《减字木兰花》（有何不可）。此外还有方岳《酹江月·和朱希真插天翠柳韵》，王鹏运《减字木兰花·拟樵歌》等追和效仿之作。

休说古往今来,乃翁心里,没许多般事。也不蕲仙不佞佛,不学栖栖孔子。懒共贤争,从教他笑,如此只如此。杂剧打了,戏衫脱与兽底。①

词人写他睥睨俗世,游戏人间,无不如意的放旷简傲之情。纯用白描,不假雕琢,信笔写来,随口议论,而富于趣致。辛弃疾效之作《念奴娇·赋雨岩效朱希真体》(近来何处有吾愁),然辛弃疾虽故作放达之词,字里行间却蕴藏牢骚不平之气。

虽然辛弃疾不能如朱敦儒一般冲淡,但朱敦儒词的风格多样和题材广泛,语言的解放以及词情的狂傲,都下启辛弃疾。如胡适所言:"到了朱敦儒与辛稼轩,词的应用范围,越推越扩大,此人的个性的风格,越发表现出来。无论什么题目,无论何种内容,都可以入词。悲壮,苍凉,哀艳,闲适,放浪,颓废,讥弹,忠爱,游戏,诙谐……这种种风格都呈现在各人的词里。"②这是很有见地的。

总的来说,靖康之变是促成南渡词人词风转变的契机和界限。向子諲自订《酒边词》,以南渡为界分为"江北旧词"和"江南新词",有婉丽与悲慨之别,体现其前后期词作题材内容和风格的变化。词人们大多和他一样,在靖康之变以前生活得优游闲适,作词只是花间尊前的笔墨游戏;而靖康乱后,面对"无边烟水,无穷山色",词则是感时抚事、抒忧愤怨断之情的心曲。词人写"心中事"、"眼中泪"、"意中人"的兴趣,已转向抒发"谢公志"、"陶公趣"、"贺公狂",词情或直陈胸臆、愤慨激昂,或摧刚藏棱、低回怨慕。昔日在尊前花下,此际面对茫茫江河、悠悠旷野;昔日是低吟浅唱,此际是血泪交迸。仍有离情别绪,但对象由情人变成了故国家园,风格由轻软暖艳、缠绵悱恻变成慷慨悲凉,言志、抒情往往都关乎家国大事。而在南渡后期二十年的平静时期,南渡词人们进入暮年,江南美景足以娱情遣兴,他们渐渐以忘怀尘世、寄情山水的方式来摆脱入世的烦恼困扰,词风渐转向闲适放旷为

---

① 《全宋词》,第836页。

② 胡适:《词选》序言,见《词选》卷首,中华书局2007年版。

主。这是南渡词人群体的集体情感体验，也是两宋之交词风转变的大致过程。

在群星璀璨的两宋词坛上，南渡词人群体中堪称大家的不多，但从词史发展的角度来看，又是北宋词向南宋词过渡的重要环节。南渡词人的创作大概可以区分为三种趋向：第一种趋向以李清照为代表，创作恪守词之本色，言情婉约，不作壮语。宋室南渡的影响表现在其词情转为悲凉感伤。大部分词人的婉媚言情之词在南渡之际变为慷慨悲壮的述志抒怀之作，这是第二种倾向，也是主流倾向。词体发展了其言志功能，事实就是以诗为词了，主要以李纲、赵鼎等四名臣和张元幹的爱国词作为代表，他们胸怀至大至刚之气，将壮志豪情深慨沉忧一寓于词，苏轼的豪放词风成为最适合抒发这种感情的载体，这些词人的豪壮词作汇成时代的大合唱，产生了深远而广泛的影响。向子諲（1085—1152）把"江南新词"置于前，"江北旧词"置于后，可见其重视江南新声之用心；胡寅在《酒边词序》中赞赏苏词境界高远、格调脱俗；南渡词人王之道的《相山居士词》中有十五首词明确标出是追和东坡。这些都表明苏轼以词言志和他的豪放词风在时代风雷的摩荡中被接受了。高宗南奔不久，名叫黄中辅的作者奉和苏轼《念奴娇》原韵，题于吴江桥上，词云：

> 炎精中否？叹人才委靡，都无英物。胡马长驱三犯阙，谁做长城坚壁？万国奔腾，两宫幽陷，此恨何时雪？草庐三顾，岂无高卧贤杰？
>
> 天意眷我中兴，吾皇神威，踵曾孙周发。河海封疆俱效顺，狂虏何劳灰灭？翠羽南巡，叩阍无路，徒有冲冠发。孤忠耿耿，剑铓冷浸秋月。①

词人直抒其"恨"、其"叹"，孤忠耿耿透发于其中，这样的激情之作又下启辛弃疾的豪壮沉郁之词风。叶梦得和朱敦儒代表着词人创作的第三种趋向。他们的词情、词风也随着生活状态发生了改变，不过相对于志士群体的词人来说，南渡带来的变化在词的艺术表现上更加细腻。叶梦得词寓豪壮于清

---

① 方勺撰，许沛藻、杨立扬点校：《泊宅编》卷九，中华书局1983年版，第49页。

旷，朱敦儒词兼具狂傲与萧散，叶、朱二人融陶渊明、苏轼之隐逸和旷达精神于一体，词的创作艺术两方面也承上启下，真正是联结成为苏、辛词学艺术的桥梁。

高宗一朝文学处于相对低潮期。内忧外患、国破家亡、颠沛流离之恨与愁，抗战恢复的呼声，重振国威的理想，比较直接地通过文字表达；身心所遭受的全新的感触与刺激也都直接呈现于文学，诗、文与词的风貌出现了北南之间的截然转折，总的来看是质胜于文，情溢乎辞，创作者还没有太多心力在艺术上去琢磨、研炼。从另一方面来看，南宋之初的诗、词、文大家皆具元祐党人之师友渊源，加之朝廷推崇元祐学术，于是苏轼文学风靡社会，程氏理学光大江南。尤、杨、范、陆等大诗人，陈傅良、薛季宣、吕祖谦等浙东学者，朱熹、陆九渊与张栻等道学家，词人张孝祥、四六大家洪迈等人就是在这样一个酝酿着转型的时期，呼吸、感受时代与文学之风会而成长起来的，他们将要在中兴时期的舞台上大放光彩。

第二章　中兴之局与文学高潮

第一节　文质彬彬的中兴之局

一　隆兴和议以后的宋金形势

绍兴三十一年(1161)金兵南侵,完颜亮兵败身死,宋金重启和议,对峙局面由此形成。绍兴三十二年(1162)六月,高宗禅位,退居德寿宫称太上皇。皇子赵昚登基,是为孝宗,次年(1163)改元隆兴。孝宗素有北伐之志,即位后任用自己的老师史浩和颇负盛名的主战派领袖张浚为执政大臣,先后恢复胡铨、李光等人的官职。又下诏雪岳飞之冤,复其官爵,禄其子孙,驱逐秦桧党人。隆兴初年,朝廷中"和"、"战"争议仍然十分激烈,老成持重者如史浩、韩元吉等皆主张"以和为疑之之策,以守为自强之计,以战为后日之图",①力主勤修人事,以待天时;而张浚力排众议,主张立即北伐,得到孝宗支持,仓促兴师。符离一战宋军大败,双方议和。隆兴二年(1164)底,宋金正式签订"隆兴和议",约定金与南宋的由君臣关系改为叔侄关系;南宋奉金之岁币减少为银绢各二十万两、匹;宋金疆界则恢复到完颜亮南侵之前的状

① 见周密撰,张茂鹏点校《齐东野语》卷二"符离之师",中华书局 1983 年版,第 28 页。

态。

乾道五年(1169),孝宗用虞允文为相,为北伐着手准备“兵”、“财”两事。乾道六年(1170)孝宗派范成大使金,要求归还河南陵寝之地和更改宋帝跪受金国国书的礼仪,不果。乾道八年(1172)虞允文出任四川宣抚使,孝宗嘱其蓄积力量,等待时机配合亲征。淳熙元年(1174)虞允文病故,朝廷中主和一派占了上风。孝宗本欲建立功业如唐太宗,然后次第实行惠政如汉代文、景帝,然而他面对的局面十分艰难:因为主战呼声长期受到高宗与秦桧的压抑,加上数十年与金作战屡屡败绩,人心渐渐习于苟安。对于急欲恢复的孝宗和主战者来说,“和”非其所欲,“守”难于见功,而南宋境内兵弱、财匮、吏治腐败,“战”又不能胜。朝中大臣各持己见,相互攻讦;近习未去,积弊不能除;朝政还受到太上皇的牵制。宋人笔记记载:“孝宗初年,规恢之志甚锐,而卒不得逞者,非特当时谋臣猛将凋丧略尽,财屈兵弱未可展布,亦以德寿圣志主于安静,不思违也。”①理想与现实的差距终于令孝宗锐气摧折,意志渐渐消沉,朝中一片文恬武嬉。正是有感于此,一位名叫林升的士子写下了“山外青山楼外楼,西湖歌舞几时休?暖风熏得游人醉,直把杭州作汴州”(《题临安邸》)的诗句。

淳熙十四年(1187)太上皇高宗病故,淳熙十六年(1189)意兴阑珊的孝宗传位太子赵惇,即为光宗。光宗即位后改元绍熙。赵惇本非有为之君,内政外交基本承袭孝宗时期的典章法度。绍熙五年(1194),孝宗病重,群臣恳请而光宗不视疾。六月,孝宗病故,百官进奏而光宗不持丧,政局面临极大危机。宗室、吏部尚书赵汝愚及工部尚书赵彦逾、殿前都指挥使郭杲以及知阁门事韩侂胄遂秘密策划光宗“内禅”,是年七月,在太皇太后主持下光宗之子即位,是为宁宗。

从孝宗隆兴元年北伐兵败符离,缔结“隆兴和议”,到宁宗开禧初年,宋、金间四十余年无战事,但朝中朋党争斗不休。张栻、朱熹、陆九渊等人在全面挖掘儒家“道统”中的“精义”后,竭力张扬“天理”,既“以圣人自期”,又主

① 罗大经撰,王瑞来点校:《鹤林玉露》丙编卷四《中兴讲和》,中华书局1983年版,第302页。

张他人行止“当以圣人为准”，并据以批判朝政事、抨击异己。他们积极参与朝政，争取“得君行道”，理学家势力和影响逐渐增大，与传统官僚集团发生了紧张的对抗和冲突。① 丞相王淮不喜朱熹，于是有吏部尚书郑丙创为“道学”之目，谓之“欺世盗名，不宜信用”；②监察御史陈贾上疏曰：“近日缙绅有所谓‘道学’者，大率假其名以济其伪，望明诏中外，痛革此习。每于除授听纳之际，考察其人，摈斥勿用。”③此时“道学”成为用来指斥政敌、打击异己的标签，还不是程、朱学术的专称。高宗驾崩后，孝宗的恢复冲动一度重被燃起，为了改革淳熙以来因循苟且的沉闷局面，他任命周必大为相，道学人士再次聚集于朝。权力的变动激起了淳熙后期主政官僚集团的戒备，以“强介有才”著称的林栗直接指斥朱熹“本无学术，徒窃张载、程颐之余绪，为浮诞宗主，谓之道学，妄自推尊”，④诋道学之士乃乱臣之首，宜加禁绝。宁宗即位后，赵汝愚因为定策有功升任右相，他信奉道学，于是大力牵挽理学人士，如陈傅良、彭龟年除为中书舍人，朱熹召为焕章阁待制，李祥、杨简、吕祖俭、叶适等皆入朝，道学人士结成朋党，遂与同样有定策之功却未得重赏，出身官僚世家、又是内戚的韩侂胄起了政争。庆元元年（1195）韩侂胄用事，他罢逐赵汝愚，贬黜朝中道学之徒，更斥道学人士及其学术为“逆党”、“伪学”。庆元二年（1196）诏禁省试以“伪学”取士；庆元三年（1197）诏“自今权臣、伪学之党，勿除在内差遣”；九月再下诏曰：“监司帅守荐举改官，勿用伪学之人”；⑤十二月将“伪学”、“逆党”之人籍记成簿，称“伪学逆党籍”，入籍者五十九人，赵汝愚、朱熹、周必大、留正、彭龟年、陈傅良、吕祖俭等皆在其中。庆元四年（1198）正式下诏“禁伪学”，史称“庆元党禁”。⑥ 直到嘉泰二年（1202），宁宗方下诏追复赵汝愚、朱熹、周必大、留正、陈傅良、詹体仁诸人官

---

① 参阅余英时《朱熹的历史世界》，三联出版社 2004 年版。

② 《宋史》卷三九四，列传第一五三“郑丙传”，第 12035 页。

③ 李心传撰，徐规点校：《建炎以来朝野杂记》甲集卷六“道学兴废”，中华书局 2000 年版，第 138 页。

④ 《宋史》卷三九四，列传第一五三“林栗传”，第 12031 页。

⑤ 《宋史》卷三七，本纪第三七《宁宗一》，第 720—724 页。

⑥ 关于庆元间韩侂胄打击理学派的斗争，详参《庆元党禁》（一卷，永乐大典本，不著撰人名氏）、佚名《续编两朝纲目备要》卷四至卷一〇、《宋史》卷三七《宁宗一》。

职，弛"伪学"之禁。

起源北宋的理学，经杨时、胡安国传承，在南宋高宗、孝宗两朝逐渐昌明壮大。据晚宋周密记载，"吴兴老儒"沈仲固曰："道学之名，起于元祐，盛于淳熙。"①在《齐东野语》中，周密对此期理学思潮的发展作了简明的归纳：

> 伊洛之学行于世，至乾道、淳熙间盛矣。其能发明先贤旨意，溯流徂源，论著讲解卓然自为一家者，惟广汉张氏敬夫、东莱吕氏伯恭、新安朱氏元晦而已。朱公尤渊洽精诣，盖以至高之才，至博之学，而一切收敛，归诸义理。其上极于性命天下之妙，而下至于训诂名数之末，未尝举一而废一。盖孔孟之道，至伊洛而始得其传，而伊洛之学，至诸公而始无余蕴。必若是，然后可以言道学也已。
>
> 此外有横浦张氏子韶，象山陆氏子静，亦皆以其学传授。而张尝参宗杲禅，陆又尝参杲之徒德光，故其学往往流于异端而不自知。程子所谓"今之异端，因其高明者也"。至于永嘉诸公，则以词章议论驰骋，固已不可同日语。
>
> 世又有一种浅陋之士，自视无堪以为进取之地，辄亦自附于道学之名。裒衣博带，危坐阔步。或抄节语录以资高谈；或闭眉合眼号为默识。而扣击其所学，则于古今无所闻知，考验其所行，则于义利无所分别。此圣门之大罪人，吾道之大不幸，而遂使小人得以藉口为伪学之目，而君子受玉石俱焚之祸者也。②

理学虽然还没有官方学术地位，但其蕴含的意识形态、价值取向已经通过不同途径，在士大夫群体和社会上产生了巨大的影响。趋之若鹜者有之，深恶痛绝者亦有之，士大夫官僚中"道学朋党"与"反道学党"的斗争和互动贯穿了整个南宋中期，不仅牵涉了"和、战"决策以及其他各种国家内外政治措施

---

① 周密撰，吴企明点校：《癸辛杂识》续集卷下"道学"条，中华书局 1988 年版，第 169 页。

② 《齐东野语》卷一一"道学"条，第 202—203 页。

的制定和推行，也影响着经济、文化等社会各层面的发展风貌。

二　南宋文学的中兴

经过高宗朝近三十年的休养生息，从“隆兴和议”到“开禧北伐”之前，南宋的农业生产和财政状况逐渐好转，社会比较安定。此时金国国主为有“小尧舜”之称的世宗，亦正值“群臣守职，上下相安，家给人足，仓廪有余”、休兵息民的平静时期，宋金对峙相持局面维持了四十余年。在这样一个可称“中兴”之世的大背景下，南宋思想文化、文学艺术的发展极为繁荣，继北宋中叶的文学高潮之后，以陆游、杨万里、范成大等为代表的“中兴大家”将南宋文学推上又一座高峰。故人称“乾道、淳熙间，三朝授受，两宫奉亲，古昔所无。一时声名文物之盛，号‘小元祐’”。[①] 此期文化和文学的中兴，相关因素是多方面的，以下择要述之。

孝宗皇帝爱好文学，更爱重苏轼，不但追赠太师，并亲为苏氏文集作序，褒赞其人其文“忠言谠论，不顾身害”，“雄视百代，自作一家，浑涵光芒，至是而大成矣”。[②] 圣谟一行，风动四方，乾淳之际，“人传元祐之学，家有眉山之书”。[③] 正如魏了翁所言：“苏氏之学，争尚于元祐，而讳称于绍圣以后，又大显于阜陵褒崇之日。”[④]中兴时期的文章大家如周必大、杨万里、陆游、范成大等在绍兴时期已经深受欧、苏文风的熏陶，为文皆有典则；而乾、淳之际，欧、苏一脉所擅长的史论、政论文更成为场屋之中举子们揣摩仿效的范本。

在北宋中期以后的科举考试中，经义和策论占有越来越重要的位置。南渡以后，这类时文的写作也越来越趋于程式化。如四库馆臣所述：“其始尚不拘成格，如苏轼《刑赏忠厚之至论》自出机杼，未尝屑屑于头项心腹腰尾之式。南渡以后，讲求渐密，程式渐严，试官执定格以待人，人亦循其定格以求合，于是‘双关’、‘三扇’之说兴，而场屋之作遂别有轨度，虽有纵横奇伟之

---

① 周密：《武林旧事序》，中国商业出版社 1982 年版。

② 《宋孝宗御制苏文忠公文集序》，苏轼著，冯应榴辑注，黄任轲、朱怀春校点《苏轼诗集合注》附录二，上海古籍出版社 2001 年版，第 2692 页。

③ 罗大经：《鹤林玉露》甲编卷二“二苏”，第 33 页。

④ 魏了翁：《题朱文公帖》，见《鹤山先生大全集》卷六四，四部丛刊本。

才,亦不得而越。”①场屋之文程式化的关键时期正在乾淳之际,其时以陈傅良对太学和举子时文写作影响最大。陈傅良的论体文被士子们争相传诵,他所总结的论体文的写作程式和技巧——即《止斋论祖》中的《论诀》被士子奉为作文之法宝;同期的吕祖谦则以唐宋名家古文为范本,批评点抹,条分缕析,教人写作技法,乾淳之际独特的时文文风——“乾淳体”由此形成。②南宋时文的程式化,不但影响了南宋后期的科场文风并波及元、明,“实后来八比之滥觞”。③ 而读书人写惯了程式文,进士及第后即使改弦更张,习气也一时难以尽除。故而南宋人文章,往往被批评为“终乏古意”。④

南宋的词科设立于绍兴三年(1113),⑤自高宗至光宗朝,录取人数很少,也不是每年举行,据洪迈《容斋三笔》记载:“自乙卯(1135)至绍熙癸丑(绍熙四年,1193)二十榜,或三人,或二人,或一人,并之三十三人;而绍熙庚戌(1190)阙不取”,⑥然而正如谢伋所言,“朝廷以此取士,名为博学宏词,而内外两制用之,四六之艺,咸曰大矣”,⑦词科的设置吸引了一大批文人为跻身朝廷清要而发愤努力,故叶适感叹“自词科之兴,其最贵者四六之文”,⑧写作风气很盛。杨万里谈到“近世蜀人多妙於四六,如程子山、赵庄叔、刘韶美、黄仲秉其选也。然未免作意为之者”,这显见是受到词科制度和地方先贤的双重影响。金秬香认为“南宋古文衰而骈文盛皆出于科举”,⑨是颇有见地

① 《钦定四库全书总目》卷一八七,《论学绳尺》提要,第2624页。

② 周密《癸辛杂识》后集“太学文变”条说:“南渡以来,太学文体之变,乾、淳之文师淳厚,时人谓之‘乾淳体’,人材淳古,亦如其文。”马端临《文献通考》卷三二《选举考五》:“时儒生迭兴,辞章雅正,号‘乾淳体’。”

③ 《钦定四库全书总目》卷一八七,《论学绳尺》提要。

④ 如罗大经《鹤林玉露》丙编卷二载:杨东山尝谓余曰:“渡江以来,汪、孙、洪、周,四六皆工,然皆不能作诗,其碑铭等文,亦只是词科程文手段,终乏古意。近时真景元亦然,但长于作奏疏。”对陈傅良,据吴子良《荆溪林下偶谈》卷四载,叶适就“不甚取其文,盖其文颇失之孱,始初时文气终消磨不尽也”。

⑤ 《宋史》卷一五六,选举志第一〇九“选举二”载:“高宗设博学宏词科,凡十二题:制、诏、诰、表、露布、檄、箴、铭、记、赞、颂、序内杂出六题,分为三场,每场体制,一古一今。”应试者要把规定的十二种文体每种写古今各一篇,先上交礼部,称为预试。正式考试只从中取六种文体命题,第3651页。

⑥ 洪迈:《容斋三笔》卷第十“词学科目”,上海古籍出版社1996年版,第527页。

⑦ 谢伋:《四六谈麈序》,见王水照编《历代文话》第一册,复旦大学出版社2007年版,第33页。

⑧ 叶适:《宏词》,见《水心先生文集》卷三,四部丛刊本。

⑨ 金秬香:《骈文概论》,转引自施懿超《宋四六研究综述》,见《文学遗产》2004年第2期。

的。

孝宗朝乾、淳之际，南宋文章创作进入繁荣期。无论是散文还是四六，其写作的程式化以及与之伴生的文章技巧的批评总结，都表明人们对文章性质的认识和写作规律的掌握又加深了一步。而举子们旺盛的学习需求与商人敏锐的市场意识结合起来，就催生了专为场屋应试而编选、评点文章并刊刻发行的这一科举文化现象，它不但扩大了唐宋古文名家的影响，有助于其典范地位的确立，客观上也促成了文章学的成立。

与北宋中期极为相似，南宋中期的文运复兴也与学术繁荣相伴而行，朱熹、陆九渊、张栻、吕祖谦等道学宗师以及永嘉、永康诸子荟萃一时，百家争鸣，理学思想成为文化主潮，对文学领域的影响最为深远。绍兴二十六年(1156)六月，秘书省正字兼实录院检讨官叶谦亨向高宗谏言"场屋之弊"，曰："向者朝论专尚程颐之学，有立说稍异者，皆不在选。前日大臣则阴佑王安石而取其说，稍涉程学者，一切摈弃。……愿诏有司精择而博取，不拘一家之说，使学者无偏曲之弊，则学术正而人才出矣。"①于是"诏自今毋拘一家之说，务求至当之论，道学之禁稍解矣"。② 理学在孝、光、宁三朝还没有官方学术地位，但其影响力已经渗入科举考试中。随着"道学党"与"反道学党"之间斗争形势的变化，理学因素在考试中也发挥着相应的效用。如登绍熙元年(1190)进士第的柴中行，自称"自幼读程颐书以收科第"；③而在"庆元党禁"时期，主政者则试图从士子所习举业和科举考试中彻底清除理学的影响。如庆元二年(1196)取士，"稍涉义理，悉见黜落。六经、《语》、《孟》、《中庸》、《大学》之书，为世大禁"。④ 甚至"臣僚之荐举，进士之结保，皆有'如是伪学者，甘伏朝典'之辞"，⑤此禁直到嘉泰二年(1202)方弛。换一个角度看，其实正说明理学思想在南宋中期已经为文人士大夫群体普遍

---

① 李心传：《建炎以来系年要录》卷一七三"绍兴二十有六年六月丁酉"条，第2847页。

② 《宋史》卷一五六，选举志第一〇九"选举二"，第3630页。

③ 《宋史》卷四〇一，列传第一六〇，"柴中行传"，第12173页。

④ 见《庆元党禁》，永乐大典题为沧州樵叟撰，文渊阁四库全书本。《宋史》卷一五六选举志第一〇九"选举二"亦载："是举，语涉道学者，皆不预选。"

⑤ 周密：《齐东野语》卷一一"道学"条，第203页。

接受。

理学家们为了倡扬学术，建立了很多书院，如著名的白鹿洞、岳麓、丽泽、象山等书院，皆是南宋中期理学家如朱熹、陆九渊、吕祖谦等曾经主持过的。理学家们在讲论学术的同时，也给学生传授诗文之道。朱熹的语录中有大量涉及文学的内容。有些诗文选本、评点本，如吕祖谦批点的《古文关键》、《东莱集注观澜文》、《历代奏议》等，本来是教学中所用之讲义材料。理学家的学术主张影响着他们的文学观念，影响他们自身的文学创作风貌，随着理学思潮的逐渐扩大，也潜移默化地影响人们的文学观念和审美标准。无论是朱熹、张栻、陆九渊这样究心性命天理的道学家，还是重视经制事功的浙东学派，都强调诗文必须有益教治、具备载道明道的实用功能。即使是较为重视辞章的永嘉学派，宗主叶适在教导门人时也说："读书不知接统绪，虽多无益也；为文不能关教事，虽工无益也。"①相较于其他文学形式，理学家们对于古文创作较能接受，因为道载于文，文辞不可尽废。不过一般道学家仍是"无意于文"，仅要求写作能文从字顺、明道达意而已。虽然程颐认为作诗是"闲言语"，但理学家本属文人士大夫，他们大都并不反对"以诗寄意"。理学家的诗歌有时只是用韵语阐述义理，但也有一些在山水自然中体道的诗歌较有韵味，理学家的诗歌后来自成一系，称为"濂洛风雅"。② 受道学思想影响，一般文人有时也用诗歌表达自己对于性命天道的领悟，其下者不免陈腐浅俗之弊，其上者则富有理趣，颇有兴味，这样的作品在中兴大诗人如陆游、杨万里、范成大等的集子中屡屡可见。

绍兴十一年(1141)宋金和议确立之后，乐禁始开。时人记载："属靖康之变，天下不闻和乐之音者，一十有六年。绍兴壬戌，诞敷诏音，弛天下乐禁。黎民欢抃，始知有生之快，讴歌载道，遂为化国，由是知孟子以'今乐犹古乐'之言不妄矣。"③与民间俗乐大盛相反相成的是，南宋高、孝之际，文人

---

① 《赠薛子长》，见《水心先生文集》卷二九。

② 南宋末期金履祥以道学家的眼光，选《濂洛风雅》一编，录谈理之诗，四库馆臣评之曰："原本选录周子、程子以至王柏、王侃等四十八人之诗，而冠以《濂洛诗派图》，但以师友渊源为统纪，初不分类例"，"自履祥是编出，而道学之诗与诗人之诗千秋楚越矣"。

③ 鲖阳居士：《复雅歌词序》，见谢维新编撰《古今合璧类备要》(北京图书馆藏明刻本)。

词的创作以雅相尚，苏轼词风受到推崇。一批词集以"雅"为名，①而王灼尚"中正"，②曾慥去"谐谑"，③鲖阳居士倡"复雅"，加之胡寅的《向子諲酒边词序》、徐度的《却扫篇》、韩元吉的《焦尾集序》、陆游的《长短句序》、汤衡的《张紫微雅词序》、詹傅的《笑笑词序》等形成广泛呼应的崇雅论调。孝、光之际和宁宗之初，四明史浩父子、临安张家都曾对传世的大晟乐"旧谱"进行"删正"，④史家命周邦彦曾孙周铸"谱《清真词》"，随着史弥远入相，周邦彦词的典范地位变得突出。张家门客姜夔自己的创作更是格高律正、情辞俱雅，受到词人的推崇。乐禁废弛和对大晟旧谱的整理，是南宋中期词体创作繁荣和复雅风气盛行的客观基础和条件。

南宋印刷术进一步提高，刻书业更加繁荣。南宋中期，江、浙、闽、蜀等地都形成了刻书业中心。苏轼词作、周邦彦词作在绍兴初已经刻印行世；⑤淳熙十一年(1184)程叔达知隆兴府，有感于江西宗派诗"往往放逸"，为"兴发西山、章江之秀，激扬江西人物之美，鼓动骚人国风之盛"，遂依吕本中之图所列，将诸人诗"汇而刻之于学官"。⑥ 光宗绍熙四年(1193)，周必大在潭州(今湖南长沙)用胶泥活字、铜版印刷自己的著作《玉堂杂记》；辛弃疾生前已有多种词集行世。南宋中期印刷术和刻书业如此发达，为历代文学经典的广泛传播、也为各种文学派别、文学传统的延续和发展提供了物质基础。刻书业的兴旺还促成了序文和题跋文体的长足发展。⑦ 由于各类著述以各种版本大量印刷刊行，书序、题跋数量急剧增加。南宋中期周必大、杨万里、

---

① 如曾慥《乐府雅词》，鲖阳居士《复雅歌词》，张孝祥《紫微雅词》，程垓《书舟雅词》，赵彦端《宝文雅词》，宋谦父《壶山雅词》，佚名《典雅词》等等。

② 王灼《碧鸡漫志》卷一"论雅郑所分"云："或问雅郑所分，曰：中正则雅，多哇则郑。"见《词话丛编》，第80页。

③ 曾慥：《乐府雅词序》，四部丛刊本。

④ 参阅张春义《"大晟曲谱"南宋流传考》，《文学遗产》2008年第2期。

⑤ 南宋初曾慥编为《东坡词》二卷，又有傅干《注坡词》一二卷，绍兴初刻于钱塘。清真词在宋绍兴间已别行。

⑥ 因规模较大，诗集"刻非一时，成非一手"。

⑦ 参阅朱迎平《宋代刻书业对文学的影响》，《上海财经大学学报》2006年第3期。他指出书序的缘起由来已久，但六朝之前总体不甚发达。唐代序文写作逐渐增多，但其中半数以上为饯别序，各类著述序文约不到300首。

朱熹等所作序文较之北宋中期欧阳修、苏轼、王安石等所作都是一倍之数。欧阳修、苏轼、黄庭坚等是北宋题跋文大家，而南宋周必大、洪适、陆游、楼钥等所作都在200首以上。除序、跋之外的其他各类文体，以及诗话、笔记、话本小说等著述体的繁荣也都与宋代刻书印刷业的发展密不可分。而书籍数量的增多和容易取得，使人们的阅读面和阅读量大大增加，南宋人的文学素养、创作水平由此普遍提高，文学创作活动也更加普及了。

南宋中期诗人的创作力极为惊人，周必大、杨万里、陆游等平生诗作皆以万首计，①可谓前无古人。“中兴四大家”是南宋诗歌成就最高者，如尤袤之平淡高古、陆游之俊逸敷腴、杨万里之流利痛快、范成大之温润清新，皆冲破藩篱，表现出不同于江西派的新特质。中兴后期，晚唐诗风渐渐风行，诗人们试图参融晚唐诗风以改善江西派诗风槎枒硬涩的弊病。

南宋中期词的创作则是双峰并峙，二水分流。一方面是辛弃疾和辛派词人接续苏轼开创的风气，悲歌慷慨，唱出爱国志士的心曲。辛弃疾“以文为词”，寓以英雄之气，纵横郁勃，刚柔并济，对词体的开拓、解放又更进一步。一方面复雅之风盛行，姜夔究心于音律格调，制作“骚雅”之词，使词之形式和情趣愈加精美高雅。辛、姜二人的创作从“意”与“形”两端促使词之文体地位进一步提高。

南渡前后徽宗、钦宗及高宗三朝六十余年，由于党禁、靖康之变和南渡等内忧外患，宋文的发展陷入低潮。至孝宗朝，北宋欧、苏之文的典范地位得到确认，元祐法度影响既远且深。其时名家众多，各体皆备，文论勃兴，是南宋散文发展的高潮时期。周必大以欧文为法，其文雅正纡徐，气质浑厚。陆游、范成大的山水游记、题跋小品尤见风姿。辛弃疾、陈亮的论政论兵之文气势雄放，议论英伟磊落。理学家多重道轻文，其中不乏才情者如朱熹，文风近似曾巩，平正中和。陆九渊之文则说理简明洗练，要言不烦，近于王安石。浙东学者较为重视文辞，尤以叶适之文雄赡奔逸，卓然为南渡一大宗。

---

① 沈德潜《说诗晬语》卷下：“杨诚斋积至二万余，周益公亦如是。”周必大诗人今仅存六百余首。杨万里诗今存四千余首。

此期四六文主要继承北宋中期欧阳修、苏轼、王安石三家四六的艺术成就，堪称“中兴”。如“三洪”（适、遵、迈）、周必大、杨万里等皆造精诣，陆游、尤袤、王子俊等亦所擅长，中兴后期李廷忠、倪思、周南等则专精于此。总的来看，到南宋中期，四六写作趋向愈加修饰，愈加稳贴轻便、生动流畅。

陆游在临终前数月（嘉定二年，1209）曾说：“我宋更靖康祸变之后，高皇帝受命中兴，虽艰难颠沛，文章独不少衰。得志者，司诏令，垂金石；流落不偶者，娱忧纾愤，发为诗骚。视中原盛时，皆略可无愧，可谓盛矣。”①以这段话来概括南宋中期文学发展的繁荣风貌是并不夸张的。

第二节　确立典范　缘法循理

——南宋中期的文章

《宋史·艺文志》著录的北宋文集约400种，而南宋文集到宁宗初年已达300余种。从实绩看，孝、光朝是南宋文章创作的繁荣期，散文和四六都得到长足发展。

从南宋中期散文的题材内容来看，以奏札形式呈现的言事论政之文和学者阐述义理的著述是主体。大臣进奏往往务实，学者说理大多平正简明，二者皆不重文辞技巧。文学性较强的散文创作也不乏大手名篇。陈傅良的论体文风靡场屋，叶适的文章雄赡奔逸，他们的创作在继承唐和北宋古文优良传统的同时，又从不同方面对宋文的风格和艺术手法有所丰富和发展，成就非常可观，虽然未能媲美欧阳修和大苏，与苏辙、曾巩相比则也许不遑多让。陆游的古文“仅亚于诗，亦南宋一高手，足与叶适、陈傅良骖靳”。② 此外周必大、杨万里、范成大、辛弃疾、陈亮等人的散文创作也各有特色，而往往为政声、诗名、词名所掩，为后世批评者有意无意地忽视。毕竟像欧阳修、苏轼这样的文章巨匠不世出，因此在以达到古文创作巅峰的欧、苏之文为参照

① 陆游：《陈长翁文集序》，见《渭南文集》卷一五，四部丛刊本。

② 钱钟书：《管锥编》第四册，中华书局1986年版，第1442页。

系进行评判的时候,南宋中兴时期的散文成就总显得稍逊一筹。如果换个角度,从创作平均水准和艺术风貌多样性方面来看,南宋中期散文应该得到更加客观公正的评价。

南宋中期,文章家们开始有意识地归纳、总结前人的创作成就和自身写作经验,对散文写作理论的探讨更为自觉和深入。乾淳之际,周必大、朱熹、吕祖谦等著名学者已经提出并开始使用"散文"概念。① 周必大精于文章之学,其"两入翰苑,自权直院至学士承旨遍为之"的经历和大量的创作实践,令他深具区分鉴析文体的丰富经验、自觉意识以及精确见解。吕祖谦编纂《宋文鉴》这样的皇皇巨著,存一代文学,他对文章的体、格、源、流具有心解。文章家们还以唐代韩、柳和北宋中期大家散文为文本典范,缘法循理以教士子,普遍提高了士子们的作文水准。对文章理论的探讨、阐述往往散见于序跋、书信、笔记、语录中,还通过文章选本与评点本大量刊刻印行,广泛传播,影响阅读者,如陈傅良的《论诀》,吕祖谦批点的《古文关键》、楼昉的《崇古文诀》等。此期文论不止于涉及文坛风会、作家风格、文章本事等外围内容,而更深入到文章的具体写作技法——如辨析文体、命意布局、文法修辞等方面。正是在这样的情势下,文章学成立了。

清代彭元瑞指出宋代四六"增冰积水,有嬗变之风流;明月满墀,得常新之光景",②宋四六在传统骈文"裁对"、"隶事"、"敷藻"、"调声"等文体特征的基础上,参以古文笔法,形成新特质,刘麟生所著《中国骈文史》将其概括为六点:"一曰散行气势,于骈文中见之";"二曰用虚字以行气";"三曰用典而仍重气势";"四曰用成语以行气势";"五曰喜用长联";"六曰多用议论以使气",③是为中肯之说。北宋四六以中期诗文革新为界,可大概分为之前和之后两个阶段。④ 渡江后,汪藻、孙觌、綦崇礼等皆是大手笔,继承北宋四六流风,有所发展。孝、光朝的四六创作则可称中兴,洪适、洪遵、洪迈兄弟、周

---

① 罗大经《鹤林玉露》、王应麟《辞学指南》等著作中的记载涉及了"散文"概念的使用和接受情况,参阅杨庆存的《散文发生与散文概念新论》一文,《中国社会科学》1997 年第 1 期。

② 彭元瑞:《宋四六选·序》,丛书集成新编本。

③ 参阅刘麟生著《中国骈文史》,东方出版社 1996 年版。

④ 参阅曾枣庄《论宋代的四六文》,《文学遗产》1995 年第 3 期。

必大、杨万里、陆游、王子俊、倪思、李廷忠、周南等，皆是作手。南宋中期的四六着意古语典故的融化改易，力求句意跌宕生姿，文字工致精妙，如叶适所言，“士大夫以对偶亲切用事精的相夸，至有以一联之工而遂擅终身之官爵者”。[①] 南宋中期以后，四六除了用于朝廷的诏诰、群臣的谢表、考试的赋策以外，更加广泛频繁地应用于民间社会、日常生活，如往来书启、婚书、上梁文，释、道二教所用疏文、青词等，此外杂剧、大曲、鼓子词等歌舞表演之前的致语，话本中写景状人的文句，亦用骈语。像这样的日常琐屑文字，北宋大家如欧阳修、王安石、三苏父子等的文集中很少编入。南宋如周必大、洪适、楼钥等大家的集子则细大不捐，孙觌《鸿庆居士集》中仅婚书即有二十余篇，杨万里的《诚斋集》更兼收并蓄，所录尤多。

实际上宋四六不但在文体形式、技巧方面有其特色和成就，无论是作为美文欣赏还是付之应用，在文学史上都曾经有重要的地位和价值，亟须给予重视和客观评价。

一　宋四六的中兴

(一)南宋中期四六文之渊源

四六在宋代的写作应用较之唐代更为普遍。如洪迈所言，“四六骈俪，于文章家为至浅，然上自朝廷命令、诏册，下而缙绅之间笺书、祝疏，无所不用”，[②]杨万里也说：“本朝制诰表启用四六，自熙丰至今，此文愈甚。”[③]吕祖谦所编《宋文鉴》一百五十卷，四六文约占文章部分的三分之一，魏齐贤、叶棻合编的《圣宋名贤五百家播芳大全文粹》一百一十卷，四六文分量甚至占到三分之二。陈振孙对北宋到南渡之际四六文的创作风貌概括得非常精到：“本朝杨、刘诸名公，犹未变唐体。至欧、苏始以博学富文为大篇长句，叙事达意，无艰难牵强之态。而王荆公尤深厚尔雅，俪语之工，昔所未有。绍

---

① 叶适：《宏词》，见《水心先生文集》卷三。

② 洪迈：《容斋三笔》卷第八“四六名对”，第505页。

③ 杨万里：《诚斋诗话》，见丁福保辑《历代诗话续编》，第151页。

圣后置词科，习者益众，格律精严，一字不苟措，若浮溪尤其集大成者也。”①从风格来讲，欧阳修的四六文平易自然、雍容闲雅。王安石和苏轼继之而起，开出二途。王安石论文“尊体”，其四六谨守体制，与散文严分界限，而在对仗和使典用事方面极尽心力剪截裁融，因难见巧，②以典雅凝炼取胜。苏轼则发扬欧阳修以散句单行之气入于骈偶的特色，叙事达意明畅简切，而纵横排奡，运笔如舌，打破四六格制。③ 可以说，苏轼和王安石的四六各自保留了唐骈的“古意”，又从不同途径发展了宋四六的“新格”。

南宋中期，名家辈出，名作纷呈。清代彭元瑞说：“洎乎渡江之衰，鸣者浮溪为盛。盘洲之言语妙天下，平园之制作高幕中。杨廷秀笺牍擅场，陆务观风骚余力。”④其实中期四六文名家还远不止洪适、周必大、杨万里、陆游诸人，还有洪遵、洪迈、尤袤、楼钥、王子俊、李廷忠、周南等等，皆是一时翘楚。这些四六名家的创作虽然各具特色，但亦是承流接响，大概不出苏、王二途。⑤ 他们大都继承了欧、苏四六明白晓畅、气机灵活的特点，其抑扬开阖、浏亮遒宕、文采焕发处，更得力于苏轼。而另一些四六趋于格律精严、一丝不苟，就更多显示出王安石四六的影响。

（二）南宋中期四六名家

南宋孝、光朝前期的四六名家以周必大、三洪兄弟及杨万里等为代表，后期则以李廷忠、倪思、周南等为佼佼者。

---

① 陈振孙：《直斋书录解题》卷一八《浮溪集》，文渊阁四库全书本。

② 《艇斋诗话》云：“荆公诗及四六，法度甚严。汤进之丞相尝云：‘经对经，史对史，释氏事对释氏事，道家事对道家事。’此说甚然。”

③ 元陈绎曾《文筌》之《四六附说》，于“法”的部分详列宋四六之二法，实际将宋四六分为王、苏二派：“四六之本，一曰约事，二曰分章，三曰明意，四曰属辞。务欲辞简意明而已，此唐人四六故规，而苏子瞻氏之取则也。后世益以文华，加之工致，又欲新奇，于是以用事亲切为精妙、属对巧的为奇崛，此宋人四六之新规，而王介甫氏之所取法也。变而为法凡二：一曰剪截，二曰融化。能者得之，则兼古通今。信奇法也！不能者用之，则贪用事而晦其意，务属对而涩其辞，四六之本意失之远矣。又何以文为哉！今开具二法于后。”见《历代文话》第二册，第1267页。

王志坚《四六法海》自序：“宋之四六，各有源流谱派，……大要藏曲折于排荡之中者，眉山也；标精理于简严之内者，金陵也。是皆唐人所未有，其他不出两公范围。”文渊阁四库全书本。

④ 彭元瑞：《宋四六选·序》。

⑤ 杨囦道：《云庄四六余话》云：“皇朝四六，荆公谨守法度，东坡雄深浩博，出于准绳之外，由是分为两派。近时汪浮溪（藻），周益公（必大）诸人类荆公，孙仲益（觌）、杨诚斋诸人类东坡。”

1. 周必大

周必大(1126—1204),字子充,又字洪道,晚号平原老叟,又号省斋居士,吉州庐陵(今江西吉安)人,历仕高、孝、光宗朝。绍兴二十一年(1151)进士,二十七年(1157)中博学宏词科。孝宗朝历右丞相,拜少保,进益国公。宁宗朝以少傅致仕,卒谥文忠,有《益国周文忠公全集》二百卷传世。著述达八十一种,有《平原续稿》、《省斋别稿》、《掖垣类稿》、《词科旧稿》、《玉堂杂记》等。周必大主持编定刊刻了《欧阳文忠公集》,极其精审,"遂为善本"。

周必大试馆职之初,高宗览策赞叹,称之为"掌制手"。后受知孝宗,两入翰苑,自权直院至学士承旨皆遍为之,高文大册每出其手。如《岳飞叙复元官制》其末云:"近畿礼葬,少酬魏阙之心;故邑追封,更慰辕门之望。不徒发幽光于既往,庶几鼓义气于方来。"温纯雅正,意婉而尽。曾撰《刘锜赠太尉制》,据笔记记载,"逆亮窥江,刘锜已病,亦同扞御。未几,亮歼,锜亦殂,特赠太尉。周益公行词云:'岑彭殒而公孙亡,诸葛死而仲达走。虽成功有命,皆莫究于生前;而遗烈在人,可徐观于身后'",①用典精当,悉中事宜,读者服其的切。其《答胡邦衡启》抒写思亲之情,曰:"某窃维三有乐之君子,俱存为先;四无告之穷民,幼孤为重。自怜命薄,实感格言;每值生朝,不知死所。"组织《孟子》成语入文,对偶精妙而词意婉切。

周必大曾为吕祖谦编纂的《皇朝文鉴》作序,序文表述了他的文章观,提到"典策诏诰,则欲温厚而有体",②周必大也以刘錡赠官制为例说明四六章法:"起头两句,须要下四句议论承贴,四六特拘对耳。其立意措辞,贵浑融有味。"③杨囦道则指出"汪浮溪、周益公诸人类荆公",正是看到他"尊体"的一面。

2. 鄱阳"三洪"

鄱阳"三洪"之父为洪皓(1088—1155),建炎三年(1129)奉命使金被羁

---

① 《鹤林玉露》甲编卷二"刘锜赠官制",第27页。

② 周必大《皇朝文鉴序》云:"古赋诗骚,则欲主文而谲谏;典策诏诰,则欲温厚而有体;奏疏表章,取其谅直而忠爱者;箴铭赞颂,取其精悫而详明者。以至碑记论序、书启杂著,大率事辞称者为先,事胜辞则次之;文质备者为先,质胜文则次之。"

③ 《鹤林玉露》甲编卷二"刘锜赠官制",第27页。

十五年。绍兴十三年(1143)皓与张邵、朱弁同归宋。后因数忤秦桧,被罢闲居。四库馆臣推许他"大节凛然,照映今古,虽不必以文章为重,然其子适、迈、遵承籍家学,并擢词科,著述纷纷,蜚声一代。渊源有自,皓实开之"。①

洪适(1117—1184),字景伯,号盘洲,鄱阳(今江西波阳)人。其弟洪遵(1120—1174),字景炎;洪迈(1123—1202),字景卢,号容斋。洪适绍兴十二年(1142)与弟遵同中博学宏辞科。绍兴十五年(1145),洪迈亦第进士。"三洪"兄弟皆久在翰苑,承旨掌制,以文章取盛名,故洪迈上表谓"父子相承,四上銮坡之直;弟兄在望,三陪凤阁之游"。② "三洪"是南宋中期四六的代表作家,所撰制稿编为《三洪制稿》六十二卷,内洪适十四卷、洪遵二十卷,洪迈二十八卷,今佚。

洪适有《盘洲集》八十卷行世。洪适以词科起家,宋孝宗赞许其制诏"文词有用,论事可观"。③ 其内外诸制皆工于俪偶,长于润色,周必大评为"步骤经史,新奇富赡"。④ 所草《张浚免相制》云:"棘门如儿戏尔,庸谨秋防;衮衣以公归兮,庶闻辰告",尾句云:"《春秋》责备贤者,慨功业之惟艰;天子加礼大臣,固始终之不替",属辞警切而工整,不厉声色,备见怅惜之情。《谢生日诗词启》曰:"五十当贵,适买臣治越之年;八千为秋,辱庄子大椿之誉",时正五十岁而生日在秋,用事精当,对仗工致。所拟《亲征诏》曰:"凡我文武军民,怀十二圣二百年涵养之恩,痛中原四十载分崩之难,奋忠出力,不与雠敌俱生。大可以成功名而取富贵,次可以宁父母而保妻子。皇天后土,实佑此行。"偶对灵活,言辞明白,而气壮意切。

洪遵在高、孝两朝久官翰苑,其词章壮丽,尤长于制诰诏令,孝宗登极时一应赦书制词皆由其视草。洪遵有《小隐集》八十卷,不传。其著述今存有《泉志》、《翰苑遗事》以及所辑《翰苑群书》等。

洪迈尤以博洽受知孝宗,以为文备众体。洪迈尝于《容斋三笔》卷八

---

① 《钦定四库全书总目》卷一五七,《鄱阳集》提要,第2103页。
② 洪迈:《容斋随笔》卷一六"兄弟直西垣"条。第205页。
③ 见周必大《丞相洪文惠公神道碑》,《文忠集》卷六八,文渊阁四库全书本。
④ 见周必大《丞相洪文惠公神道碑》,《文忠集》卷六八,文渊阁四库全书本。

"吾家四六"条评论父兄制诰表启佳篇,并录己得意之作数十联,如《代福州谢历日表》曰:"神祇祖考,既安乐于太平;岁月日时,又明章于庶征。"上联用《诗·凫鹥序》:"太平之君子,能持盈守成,神祇祖考安乐之也",下联用《洪范·庶征》:"岁月日时无易,百谷用成,乂用明,俊民用章",用经语对经语,未尝辄增一字。《渊圣乾龙节疏》曰:"应天而行,早得尊于《大有》;象日之动,偶蒙难于《明夷》。"上联出自《易·大有》之"柔得尊位"、"应乎天而时行";下联出于《左传》叔孙豹筮遇《明夷》之"象日之动,故曰君子于行",《彖辞》之"内文明而外柔顺,以蒙大难",皆纯用本文。叶子昂参知政事,为谏议大夫林安宅所击,罢去,林遂副枢密。已而置狱治其言,皆无实,林责居筠,叶召拜左揆。洪迈草制曰:"既从有北之投,亟下居东之召。有欲为王留者,孰明去就之忠?无以我公归兮,大慰瞻仪之望。"两用《诗经》。① 吴璘在兴元、修塞两县决坏渠为田,奖谕诏曰:"刻石立作三犀牛,重见离堆之利;复陂谁云两黄鹄,讵烦鸿却之谣。"系取老杜《石犀行》诗句与童谣为对。② 可谓事的辞切,极见巧思。其从兄得友人婿荐引,洪迈尝为代作谢启云:"襟袂相连,素愧末亲之孤陋;云泥悬望,分无通贵之哀怜",上下皆用杜甫诗句融裁。③ 他如《辛巳亲征诏》曰:"惟天惟祖宗,方共扶于基绪;有民有社稷,敢自佚于宴安。"檄书曰:"侯王宁有种乎?人皆可致;富贵是所欲也,时不再来。"言辞明白,能动人心,文风颇近汪藻的《建炎三年十一月三日德音》。为赵鼎作《赵忠简谥制》曰:"见夷吾于江左,共知晋室之何忧;还德裕于崖州,岂待令狐之复梦?"《姚仲复官制》曰:"李广数奇,应恨封侯之相;孟明一眚,终酬拜赐之师。"皆用典贴切,耐人咀嚼。

洪迈认为四六之为文"属辞比事,固宜警策精切,使人读之激昂,讽味不

① "有北之投"用《诗经·小雅·巷伯》:"取彼谮人,投畀豺虎;豺虎不食,投畀有北。""无以我公归兮"是《诗经·豳风·九罭》成句。

② 杜甫《石犀行》:"秦时蜀太守,刻石立作三犀牛。"王莽时汝南童谣"反乎覆,陂当复。谁云者?两黄鹄",见《乐府诗集》。

③ 杜甫《送韦书记》诗云:"夫子歘通贵,云泥相望悬。白头无藉在,朱绂有哀怜。"《赠李十五丈》诗云:"孤陋忝末亲,等级敢比肩。人生意气合,相与襟袂连。"

厌,乃为得体”。[①] 洪家兄弟所作,比事属辞则事无泛用、古语新裁,行文不避长句、硬语,而运以欧、苏气调令其疏宕流转。既具文雅之美,又音韵铿锵可闻,庶几不乖四六律令,所作皆一时传诵,无愧家学之称。其中尤以洪迈之善于熔铸经营,至于浑化之境。

3. 杨万里与陆游

杨万里以“中兴四大诗人”知名,而自谓“鄙性生好为文,而尤喜四六”。[②] 四六文的不同体式,语言风格自有差异,“大抵制诰笺表,贵乎谨严;启疏杂著,不妨宏肆,自各有体,非名世大手笔,未易兼之”。[③] 杨万里不与汪藻、綦崇礼、洪迈之隶事精严、制语宏润一路,而最擅长简札书启之类的小篇。如《除吏部郎官谢宰相启》云:“方揽牛衣而袁卧,惊闻骀谷之冯招。蓬门始开,山客相庆。载命吕安之驾,旋弹贡禹之冠。搔白首以重来,问青绫之无恙。玄都之桃千树,花复荡然;金城之柳十围,木犹如此!”文中多用成语和典故而浑融妥帖,文气流畅,极尽摇曳盘旋之致,可谓巧而不弱。《贺周子充参政启》云:“顾其道显晦之如何,岂其身淹速之是计?故莘渭布衣而涉三事,莫之或非;若夷夔终身而效一官,则又谁怼?季世浸薄,古风不归。至于一游说之间,便萌取卿相之意。岂有平日不为当世之所许,乃欲任人之事权;彼其初心惟以无位而为忧,不思既得之愧怍。今执事致身于台斗,而旷怀寄梦于江湖。半生两禁之徘徊,五载六官之濡滞。逮其望磅礴郁积而极其盛,维岳峻天;举斯民咨嗟叹息而屈其淹,如防止水。”偶对精切而不拘谨,词气恣肆而能转折,可谓自辟蹊径。故清孙梅盛赞:“《诚斋集》四六小篇俱精妙绝伦,往往属对出自意外,妙若天成,南宋诸公皆不及。”[④]

杨万里的《诚斋诗话》中有二十二则四六话,主要探讨四六的语言技巧,称引最多的是苏轼和王安石。对于四六的语言风格,他认为“四六有作流丽语者,亦须典而不浮”,“四六有作华润语而重大者,最不可多得”。谈到四六

---

① 《容斋三笔》卷八“四六名对”,第505页。

② 杨万里:《与张严州敬夫书》,见《诚斋集》卷六五,四部丛刊本。

③ 杨困道:《云庄四六余话》,见《历代文话》,第119页。

④ 孙梅:《四六丛话》卷三三,见《历代文话》,第4990页。

的用典、用事技巧，曰“四六用古人语，有用其一字之声，而不用其字之形者”，“四六有截断古人语，而补以一字，如天成者。有用古人语，不易其字之形，而易其意者”。“四六有用古人全语，而全不用其意者”。杨万里的四六吸取了王安石讲究字面、对仗出典的特点，而能以气行词、表情达意流畅明了不滞涩，则近于苏轼。

陆游的表、启之作也很出色，皆文辞明畅，能见性情。如《谢周枢使启》云：“早已孤危，马一鸣而辄斥；晚尤颠沛，龟六铸而不成”，“生物功深，奚啻吹律召东风之妙；回天力大，未觉挟山起北海之难”；又如《贺叶枢密启》云：“以元龙湖海之气，参子房帷幄之筹。北斗以南一人，谁其论拟；长安之西万里，行矣清夷。”对偶精当，气势雄放，与其诗风相近。

4. 倪思、楼钥

倪思（生卒年不详），字正甫，乾道二年（1166）进士，淳熙五年（1178）中博学宏词科。《宋史》卷三九八有传，谓：“光宗即位，（倪思）典册与尤袤对掌。故事，行三制并宣学士。上欲试思能否，一夕并草除公师四制，训词精敏，在廷诵叹。”①倪思认为“文章以体制为先，精工次之。失其体制，虽浮声切响，抽黄对白，极其精工，不可谓之文矣。凡文皆然，而王言尤不可以不知体制。龙溪、益公号为得体制，然其间犹有非君所以告臣，人或得以指其瑕者”，②可见他与周必大一样，都强调王言的正大温雅之体裁特征。

楼钥（1137—1213），字大防，自号攻媿，鄞县（今浙江宁波）人。隆兴元年（1163）进士，绍熙五年（1194）以中书舍人兼实录院同修撰。宁宗即位，独当内外制。开禧三年（1207）为翰林学士，迁吏部尚书，累迁至参知政事。有《攻媿集》。楼钥擅长四六，有“文辞精博”之称。宋史本传记其试南宫时投贽诸公，得胡铨赏识，称为“翰林长才”。启札之外，其制诏“词气雄浑，笔力雅健”，真德秀认为可媲美北宋大家。③ 光宗内禅之际，楼钥为草退位诏书，

---

① 《宋史》卷三九八，列传一五七“倪思传”，第12113页。

② 见王应麟《玉海·辞学指南》卷二所引，见《历代文话》，第946页。

③ 真德秀《攻媿集序》：“南渡以来词人固多，其力量气魄可与全盛时先贤并驱，惟巨野李公汉老、龙溪汪公彦章及公三人而已。”见《攻媿集》卷首，四部丛刊本。

有“虽丧纪自行于宫中，而礼文难示于天下”二语，辞婉而切，朝野传诵，谓为“得体”。

5. 李廷忠

李廷忠（生卒年不详），字居厚，号橘山，於潜人。淳熙八年（1182）进士。有《橘山四六》传世。廷忠曾为教官，名位不甚显，集中启札为多，大抵是代为候问酬谢之作。廷忠四六以词句新奇精巧，用典该博，组织工稳见长，显示出四六风会将变之征。

6. 叶适

叶适（1150—1223）是南宋中期的文章大家，其论北宋四六首重欧阳修，苏轼次之，王安石又次之。叶适四六师法欧阳修，①所自作亦简淡朴素，无意于用事用典，行文自然而然，不着意剪裁，不预时尚潮流。

南宋中期四六名家颇有其人，以上所举之外，如尤袤、王子俊、②周南③等皆是一时作手。周必大、倪思、楼钥等人的四六偏于王安石的凝练精工，以典重渊雅见长。杨万里、陆游、王子俊等则以才力宏富，文气朗畅见胜，近于苏轼。从总的趋势来看，南宋中期的“四六”文创作，于苏轼和王安石各有取法，在承传北宋四六喜用长联、长于议论的同时，更讲究偶对和用典、用事之工切精妙，剪截裁融词句之妥帖轻便，由是渐开穷极生巧，转伤繁冗纤弱之弊。

二　平稳发展的古文创作

散文的艺术成就在北宋中期达到巅峰。南渡之初，局势未定，散文写作

---

① 吴子良《荆溪林下欧谈》卷二“四六与古文同一关键”条载：“水心于欧公四六暗诵如流，而所作亦甚似之，顾其简淡朴素，无一毫妩媚之态，行于自然，无用事用句之癖，尤世俗所难识也。水心与篔窗论四六，篔窗云：欧做得五六分，苏四五分，王三分。水心笑曰：欧更与饶一两分可也。”

② 王子俊（生卒年不详），字材臣，吉水人，以文鸣江西。王子俊曾与杨万里、周必大等交游，杨万里谓之“踵六一、东坡之步武，超然绝尘，自汪彦章、孙仲益诸公而下不论”。（引自《钦定四库全书总目》卷一五九，《格斋四六》提要）。今存《格斋四六》二卷，典雅流丽而无组织之迹，由衷而发，渐近自然，自成一家。

③ 周南（1159—1213），字南仲，苏州人，受学叶适，绍熙元年（1190）进士，“长于四六，以俊逸流丽见称”（见《钦定四库全书总目》卷一六一，《山房集》提要）。开禧用兵之际，曾代卫泾起草北伐诏书，曰：“百年为墟，谁任诸人之责；一日纵敌，遂贻数世之忧”，深为叶适激赏，于是“荐为馆职”（吴子良《林下偶谈》卷三）。“水心尝以文字之任寄之”（《宋元学案·水心学案》）。

以章札奏议等实用文字为主，尚无心力去更多地讲求文学性。经过三十余年休养生息，文学中兴于孝宗之世。北宋欧阳修、苏轼的文学成就受到广泛推崇。乾道九年(1173)，孝宗亲为苏氏文集撰序，称其为“一代文章之宗”，王十朋将欧、苏与唐代韩、柳并提，谓四子之文“并驾而争驰，未知孰后而孰先。”①人们开始纂辑欧、苏文章，如陈亮辑《欧阳文粹》，朱熹辑《欧曾文粹》，周必大精心编校并刊刻了《欧阳文忠公集》。而因为苏轼的缘故，苏洵、苏辙以及苏门文人也受到文坛的重视，相应文章选本如《重广眉山三苏先生文集》、《三苏先生文粹》、《苏门六君子文粹》等也大量刊行。至孝宗淳熙年间，以欧、苏为代表的北宋中期散文已经确立了其典范地位，据记载：“淳熙中，尚苏氏，文多宏放”；②“淳熙间欧文盛行，陈君举、陈同甫尤宗之”，③可见欧、苏散文成为南宋散文写作的标准。

从散文写作题材内容来看，此期言事论政的奏议章札、说理明道的学术文章仍是大宗，但文学性散文的创作较之南渡初期更繁荣了。文章的各类体式都得到充分发展，尤其是序跋文、游记和墓铭等文体的题材、手法方面皆有所开拓创新，日记、笔记、诗话、词话、文话等著述体式也随之得到进一步发展。以下分述之。

(一)　论体文

南宋中期文人士大夫的论体文多为言事、论政、说理之文，以内容切实，不尚空谈为主要特征。

周必大在朝既久，又致位通显，其疏奏论议之作颇多，内容皆关国事，而论议透辟，态度从容，语言平易，近于欧阳修之文风。人谓其与欧阳修“屹然并著于六七十年之内。今观遗稿，贯穿驰骋，雍容而典雅，体正而气和，使人味之，肃然起敬”。④ 楼钥立朝直言敢谏，论奏以“援据该洽、义理条达”著称。与周必大一样，楼钥亦信奉道学，在政治上则主张和议，其言事论政之

---

① 王十朋：《读苏文》，见《梅溪前集》卷一九，文渊阁四库全书本。

② 赵彦卫撰，张国星校点：《云麓漫钞》卷八，辽宁教育出版社 1998 年版，第 83 页。

③ 吴子良：《荆溪林下偶谈》卷三“李习之诸人文字”条，见《历代文话》，第 569 页。

④ 徐谊：《平原续稿序》，见《文忠集》卷四一，文渊阁四库全书本。

文，大抵在此二端。他论文主张“心平气和、理正词直，然后为文之正体”，[①]凡所论辩，悉能洞澈源流，不为空言浮议。杨万里有《千虑策》三十篇析陈政事利弊，其精辟周详令虞允文读后惊呼：“东南乃有此人物！”[②]

乾淳之际，辛弃疾、陈亮、叶适等以豪杰之气，运驰骤之辞，他们那些论兵事、图恢复的奏疏论议中蕴涵着深沉凝重的爱国情怀，千载后读之犹能感奋人心。孝宗乾道元年(1165)，辛弃疾奏进《美芹十论》(即《御戎十论》)，《审势》第一曰“用兵之道，形与势二。不知而一之，则沮于形、眩于势，而胜不可图，且坐受其毙矣”。包括《察情》第二、《观衅》第三，从虏人之地、财、兵、人材几个方面对宋、金双方形势条分缕析，认为金国势必消亡。后七篇《自治》、《守淮》、《屯田》、《致勇》、《防微》、《久任》、《详战》提出一系列强国进取的方略。“(乾道)六年，孝宗召对延和殿。时虞允文当国，帝锐意恢复，弃疾因论南北形势及三国、晋、汉人才，持论劲直，不为迎合。作《九议》并《应问》三篇献于朝，言逆顺之理、消长之势、技之长短、地之要害，甚备”。[③]这些奏论疏议气势雄放，议论英伟磊落，从中能切实感受到辛弃疾的深谋远虑、强干务实的非凡才能和爱国激情，故南宋刘克庄称其文“笔势浩荡，智略辐辏，有《权书》、《衡论》之风”。[④]

陈亮(1143—1194)字同甫，学者称为龙川先生，婺州永康(浙江金华)人，有《龙川文集》。为人才气超迈，好言“王霸大略，兵机利害”，自少年即有抗金救国之志。绍熙四年(1193)进士试策文被光宗擢为第一。次年得任建康府佥判，未至官而卒。陈亮是永康学派的代表，其学无所承接，尝言“功到成处，便是有德。事到济处，便是有理”，后人以“义利双行，王霸并用”八字概括之。他曾与朱熹辩论“王霸义礼”，陈傅良指出：“朱丈占得地段平正，有以逸待劳之气。老兄跳踉号呼，拥戈直上，而无修辞之功，较是输他一着也。”[⑤]是学理辩论稍逊一筹，而陈亮自承：“研穷义理之精微，辨析古今之同

---

① 楼钥：《答綦君更生论文书》，见《攻媿集》卷六六。

② 罗大经：《鹤林玉露》乙编卷四“雍公荐士”，第183页。

③ 《宋史》卷四〇一，列传一六〇，“辛弃疾传”，第12162页。

④ 刘克庄：《辛稼轩集序》，见《后村先生大全集》卷九八，四部丛刊本。

⑤ 陈傅良：《答陈同父三》，见《止斋集》卷三六，文渊阁四库全书本。

异，原心于秒忽，较礼于分寸，以积累为工，以涵养为主，睟面盎背，则亮与诸儒诚有愧焉！至于堂堂之阵，正正之旗，风雨云雷，交发而并至，龙蛇虎豹变见而出没，推倒一世之智勇，开拓万古之心胸”，“自谓差有一日之长”，①其才气俊迈、个性雄强傲睨由此可见一斑，这也影响到他的文风。

陈亮论文推崇欧阳修，但其人“才辨纵横不可控勒，似天下无足当其意者”，②其论史论政之文皆尚气驰骋，为惊人可喜之谈。陈亮二十六岁时向孝宗进呈《中兴五论》札子，五篇文章分论攻守之道、开诚之道、执要之道、励臣之道、正体之道，建言涉及军事、任贤、行政、吏治各方面，其文论列古今，举证史实，献呈谋略，以粲花之舌运捭阖之词，颇有纵横家气势。陈亮先后多次上书孝宗论社稷大计、恢复之策，陈振孙谓其“所上书论本朝治体本末源流，一时诸贤未之及也”，③其中最著名的是《上孝宗皇帝第一书》。在这篇上书中，陈亮痛陈“二圣北狩之痛”，列举历史教训，指出“一日之苟安，数百年之大患”，朝廷绝不可能如此“安坐而久系”，其文云：

> 南师之不出，于今几年矣。河洛腥膻，而天地之正气抑郁而不得泄，岂以堂堂中国，而五十年之间无一豪杰之能自奋哉！其势必有时而发泄矣。苟国家不能起而承之，必将有承之者矣。不可恃衣冠礼乐之旧，祖宗积累之深，以为天命人心可以安坐而久系也。皇天无亲，惟德是辅；民心无常，惟惠之怀。自三代圣人皆知其为甚可畏也。

文章历数春秋以下至宋室南渡以来历朝政策之得失，坚决反对和议，希望孝宗“贬损乘舆，却御正殿，痛自克责，势必复仇，以励群臣，以振天下之气，以动中原之心”，并运用兵机“奇变”，建立攻守据点，“开今日大有为之略”，“决今日大有为之机”，以图报仇雪耻，恢复中原，“开社稷数百年之基”，文末道：

> 臣不佞，自少有驱驰四方之志，常欲求天下豪杰之士而与之论今日之大计。盖尝数至行都，而人物如林，其论皆不足以起人意，臣是以知

① 陈亮：《又甲辰秋书》，见《陈亮集》卷二八，中华书局1987年版，第339页。

② 《钦定四库全书总目》卷一六二，《龙川集》提要，第2157页。

③ 《直斋书录解题》卷一八“龙川集四十卷外集四卷”条。

陛下大有为之志孤矣。辛卯、壬辰之间，始退而穷天地造化之初，考古今沿革之变，以推及皇帝王伯之道，而得汉魏晋唐长短之由。天人之际，昭昭然可察而知也。始悟今世之儒士自以为得正心诚意之学者，皆风痹不知痛痒之人也，举一世安于君父之仇，而方低头拱手以谈性命，不知何者谓之性命乎！又悟今世之才臣自以为得富国强兵之术者，皆狂惑以肆叫呼之人也！不以暇时讲究立国之本末，而方扬眉伸气以论富强，不知何者谓之富强乎？陛下察之而不敢尽用，臣于是服陛下之明。陛下厉志复仇，足以对天命；笃于仁爱，足以结民心；而又仁明，足以临照群臣一偏之论。此百代之英主也。今乃驱委庸人，笼络小儒，以迁延大有为之岁月，臣不胜愤悱，是以忘其贱而献其愚也。①

陈亮这番锋芒毕露的激情呼喊对那些一心苟和、醉生梦死的庸人、小儒来说，真是当头棒喝。史称孝宗为之"赫然震动"。诚如四库馆臣所言："使其得志，未必不如赵括、马谡狂躁偾辕。但就其文而论，则所谓开拓万古之心胸，推倒一时之豪杰者，殆非尽妄。"②

浙东学者重视事功、熟谙历代经制，其文更是切于实事，举凡求贤、审官、训兵、理财等治政内容，无不见于笔下，论史、论政都很出色。陈傅良、陈亮、吕祖谦以外，叶适积学富赡、才高识远，其文亦最为出类拔萃。

叶适"志意慷慨，雅以经济自负"。③ 他的政论文如《民事》、《财计》、《兵权》、《法度》诸文，《上西府书》、《上执政荐事书》等上书，大多"上考前世兴坏之变，接乎今日利害之实"。④ 他提出的见解步步着实，言之必使可行，往往言辞激切而理明气壮。淳熙十四年(1187)，叶适轮对，他进《上殿札子》论恢复大计。奏札开宗明义云："臣窃以为今日人臣之义所当为陛下建明者，一大事而已；二陵之仇未报，故疆之半未复，此一大事者，天下之公愤，臣子之深责也；或不知所言，或言而不尽，皆非人臣之义也。"其后谓孝宗主政二

---

① 《陈亮集》卷一，中华书局 1987 版，第 1—9 页。

② 《钦定四库全书总目》卷一六二，《龙川文集》提要，第 2157 页。

③ 《宋史》卷四三四，列传一九三"叶适传"，第 12894 页。

④ 叶适：《水心别集自跋》，见叶适著，刘公纯等点校《叶适集》，中华书局 1961 年版，第 590 页。

十六年未能实现光复之愿,“盖其难有四,其不可有五”,一一条分缕析。论及未能雪国耻、复故疆的根源,他说:“奇谋秘画者,则止于乘机待时;忠义决策者,则止于亲征迁都;沉深虑远者,则止于固本自治;高谈者远述性命,而以功业为可略;精论者妄推天意,而以夷夏为无辨。小人之论如彼,君子之论如此”,①一针见血地指出朝臣目无远见,只是因循苟且而已。其议论精要,气度摄人,《宋史》本传记载孝宗读后“惨然久之”。光宗初年,叶适又有《应诏条奏六事》,②他首言“今日之未善者六事”,以下分论六事未善之故,指出应当“先明所以治国之意”,这些奏札和上书皆推究治理以质证今事,为隆国体、济时艰而作。叶适欣赏雄肆文风,认为“自有文字以来,名世数十,大抵以笔势纵放凌厉驰骋为极功”,③对陈亮论体文“海涵泽聚,天霁风止,无狂浪暴流而回旋起洑,萦映妙巧,极天下之奇险”的豪气赞叹不已。④ 其所自作则援古证今,言前朝史实,皆为宋事而发,尤长于在铺陈叙述中进行对比议论。叶适善于运用整齐句式,令文气劲健激昂,又间以慨叹之语,使语势抑扬跌宕,令论证过程情理并茂,富有说服力。《习学记言》五十卷是叶适晚年的读书札记,系辑录经史百家,阐说己意,条列成篇。他考核精博,议论创辟,锋芒所至,“自孔子之外,古今百家,随其浅深,咸有遗论,无得免者”。⑤门人赵汝说认为其文乃集大成之作:“以词为经,以藻为纬,文人之文也。以事为经,以法为纬,史氏之文也。以理为经,以言为纬,圣哲之文也。本之圣哲,而参之史,先生之文也,乃所谓大成也。”⑥

道学家之文以明理见道为主,亦各有特色。朱熹在唐宋古文大家中独赏曾巩之平实,自云“爱其词严而理正”,⑦所自作论道之文大多醇和晓畅,有一些为讲辩义理而作的书信是文白夹杂的语录体,不免俚俗繁沓之弊。陆

① 《上孝宗皇帝札子》,见《水心先生文集》卷一,四部丛刊初编本。
② 《上光宗皇帝札子》,见《水心先生文集》卷一。
③ 叶适:《巽岩集序》,见《水心先生文集》卷一二。
④ 叶适:《书龙川集后》,见《水心先生文集》卷二九。
⑤ 陈振孙:《直斋书录解题》卷一〇“习学记言五十卷”条。
⑥ 赵汝说:《水心先生文集序》,见《水心先生文集》卷首。
⑦ 朱熹:《跋曾南丰帖》,见《晦庵先生朱文公文集》卷八三,四部丛刊本。

九渊之文则严谨精练，思深文简，风格近于他的同乡王安石。总之皆无意于文辞，多振笔直书，理尽而文止。

（二） 记体文

据杨庆存统计，北宋大家文集中的记体文数量为欧阳修45篇，苏轼63篇，王安石24篇，曾巩34篇。而南宋中期叶适、朱熹、陆游分别为53、81、56篇，创作数量的增多，显示这一文体在南宋的发展态势。①

1. 亭台楼阁记、山水游记

亭台楼阁记、山水游记是记体散文中的大宗，南宋基本延续北宋大家的写作路数，很讲究立意构思的新警巧妙，善于议论，从整体格局来看，虽无大的突破与创新，但不乏名篇，自具特色。

陆游尤其擅长记体文，尤其是描写山水庭园的小品语言精致，特具风姿。如《烟艇记》：

> 陆子寓居，得屋二楹。甚隘而深，若小舟然。名之曰烟艇。客曰："异哉。屋之非舟，犹舟之非屋也。以为似欤？舟固有高明奥丽踰于宫室者矣。遂谓之屋，可不可邪？"
>
> 陆子曰："不然，新丰非楚也，虎贲非中郎也。谁则不知？意所诚好而不得焉，粗得其似，则名之矣。因名以课实，子则过矣，而予何罪？予少而多病，自计不能效尺寸之用于斯世，盖尝慨然有江湖之思，而饥寒妻子之累，劫而留之，则寄其趣于烟波洲岛苍茫杳霭之间，未尝一日忘也。使加数年，男胜锄犁，女任纺绩，衣食粗足，然后得一叶之舟，伐荻钓鱼而卖芰芡，入松陵，上严濑，历石门、沃洲而还，泊于玉笥之下。醉则散发扣舷为吴歌，顾不乐哉！
>
> 虽然，万钟之禄，与一叶之舟，穷达异矣，而皆外物，吾知彼之不可求，而不能不眷眷于此也。其果可求欤？意者使吾胸中浩然廓然，纳烟云日月之伟观，揽雷霆风雨之奇变，虽坐容膝之室，而常若顺流放棹，瞬息千里者，则安知此室果非烟艇之哉！"

① 参阅王水照主编《宋代文学通论》，河南大学出版社1997年版，第437页。

绍兴三十一年八月一日记。①

文章从寓所名称生发一段文字，以“屋之非舟”的设问引出对“江湖之思”的抒写。该如何面对出世与入世的矛盾呢？文末点明主旨：若胸襟浩然，则虽身处陋室，内心之自由亦同于驾一叶扁舟笑傲于江湖，寓意隽永。他如《书巢记》、《居室记》，通过描写宁静恬淡之境来抒写闲逸之致；《筹边楼记》则以主客对答的形式，称扬建楼者的忧国忧民和出色才能。陆游晚年为韩侂胄作《南园记》、《阅古泉记》皆描写细腻，风格清丽，虽见讥清议而实无谀辞，可堪传诵。

范成大的山水游记长于随物赋形，善传动态，《泛石湖记》有意效仿苏轼的《赤壁赋》，以柳笔写苏意，独造清丽秀雅之境。其《三高祠记》记述先后隐居吴江县的三位隐士范蠡、张翰、陆龟蒙的事迹以后，笔锋一转，曰：

不有君子，其能国乎？今乃自放寂寞之滨，掉头而弗顾，人又从而以为高，岂盛际之所愿哉！后之人高三君之风，而迹其所以去，为世道计者，可以惧思过半矣。至于豪杰之士，或肆志乎轩冕，宴安流连，卒悔于后者，亦将有感于斯堂，而某何足以述之？然屈平既从彭咸，而桂丛之赋，犹召隐士，疑若幽隐处林薄，不死而仙。况如三君蝉蜕溷浊，得全于天者。尝试倚楹而望，水光浮空，云日下上，风帆烟艇，飘忽晦明。意必往来其间，何足以见之。故效小山作歌三章以招焉。②

文意层层转折，而议论明晰流畅，又为三位高士分别作歌，更增婉转慷慨之情致。

叶适的游观之作颇富精心结撰之名篇，如《风雩堂记》、《烟霏楼记》、《石洞书院记》、《北村记》等皆是。如《醉乐亭记》云：

永嘉多大山，在州西者独细而秀，十数步内辄自为拱揖，高不孤耸，下亦凝止，阴阳附从，向背以情。水至城西南阔千尺，自峙岩私盐港绿

① 见《渭南文集》卷一七。

② 见《齐东野语》卷一六“三高亭记改本”条所引，第288页。

野新桥陂荡纵横，舟艇各出茭莲中，棹歌相应和，已而皆会於思远楼下，土人以山水所到，斯吉祥也，益深其崦，百金一藏，赇匠施僧，阡垅交植，岁将寒食，丈夫洁巾袜，女子新簪珥，扫冢而祭，相与为遨嬉，城内外无居人焉。故西山之遊为最著。

文中又加以议论，云：

古之善政者，能防民之佚游，使从其教；节民之醉饱，使归于德。何者？上无所利以病民也。及其后也，因民之自游而为之御，招民以极醉而尽其利。民犹有不得游且醉，则其赖于生者日已薄，而人之类可哀也已！故余记公之事，既以贤于今之所谓病民者，而推公之志，又将进于古之所谓治民者也。①

写景如画又娓娓而谈，读来摇曳生姿，是欧阳修《醉翁亭记》、苏轼《喜雨亭记》之一脉相承。此外《沈氏萱竹堂记》学《丰乐亭记》的"俯仰今古，感慨系之"，《留耕堂记》则学《相州昼锦堂记》的随擒随纵，气调流畅圆美，皆以北宋大家为典则。

此外如杨万里的《景延楼记》先记游写景，然后引出一番别有趣味的议论，将优美景色与深邃哲理融为一体，构思新颖；朱熹的《百丈山记》、《云谷记》数篇，王质的《游东林山水记》、邓牧的《雪窦游志》等则注重景色的细致描摹，体宗韩、柳，亦堪称美文。

2. 日记体的山水游记

以日记形式呈现的山水游记是南宋文的新变。日记一体缘起于唐，盛行于宋。黄庭坚晚年撰写的《宜州乙酉家乘》是一部较早较成熟定型的私人日记，②其中有一些记游文字。日记体在南宋大行于世，周必大一人便留有

---

① 《水心先生文集》卷九。

② 周煇撰，刘永翔校注：《清波杂志》卷第二"王荆公日录"，第 85 页。卷第六"元祐诸公皆有日记"，曰："元祐诸公皆有日记，凡（榻）前奏对语，及朝廷政事、所历官簿、一时人材贤否，书之惟详。向于吕申公之后大虬家得曾文肃子宣日记数巨帙，虽私家交际及婴孩疾病、治疗医药，纤悉毋遗。"第 238 页。司马光有《温公日记》一卷，《直斋书录解题》卷七《传记》类著录此书，云："司马光熙宁在朝所记。凡朝廷政事、臣僚差除，及前后奏对、上所宣谕之语，以及闻见杂事皆记之。"又刘挚亦有日记，记元祐间事。

日记八种十一卷，而陆游的《入蜀记》、范成大的《吴船录》则是记游题材的名作，它们从形式到内容都对传统游记和日记有所拓展。

在六卷《入蜀记》中，陆游记载了自己乾道六年（1170）闰五月十八日从山阴出发至十月二十七日抵达夔州的途中闻见、山川形胜、风土人情，文笔生动雅洁，融叙事、描写、考证、议论为一体。如描写神女峰：

〔十月〕二十三日，过巫山凝真观，谒妙用真人祠。真人，即世所谓巫山神女也。祠正对巫山，峰峦上入霄汉，山脚直插江中。议者谓太华衡庐，皆无此奇。然十二峰者，不可悉见。所见八九峰，惟神女峰最为纤丽奇峭，宜为仙真所托。祝史云：每八月十五夜月明时，有丝竹之音，往来峰顶，山猿皆鸣，达旦方渐止。庙后，山半有石坛平旷。传云夏禹见神女，授符书于此。坛上观十二峰，宛如屏障。是日，天宇晴霁，四顾无纤翳，惟神女峰上有白云数片，如鸾鹤翔舞徘徊，久之不散，亦可异也。祠旧有乌数百，送迎客舟，自唐夔州刺史李贻诗已云："群乌幸胙余"矣。近乾道元年，忽不至。今绝无一乌，不知其故。①

作者正面写景只用寥寥数笔勾勒，明了隽洁。又博采神话传说，文人诗赋，层层渲染，在虚实相间的文字中，曲尽神女峰纤丽奇峭的风姿。

《入蜀记》在记述沿途风土人情，描写山川景物的同时，"于考订古迹，尤所留意"，"其他搜寻金石，引据诗文以参证地理者，尤不可殚数。非他家行记徒流连风景、记载琐屑者比"，②考辨精审详赡，颇具史料价值。如：

八月五日，郡集于庾楼，……庾亮尝为江荆豫州刺史，其实则治武昌，若武昌南楼名庾，犹有理。今江州治所，在晋特柴桑县之湓口关耳。此楼附会甚明。然白乐天诗固已云："浔阳欲到思无穷，庾亮楼南湓口东。"则承误亦久矣。张芸叟《南迁录》云："庾亮镇浔阳，经始此楼。"其误尤甚。③

---

① 《入蜀记》卷四，见《渭南文集》卷四六。

② 《钦定四库全书总目》卷五八，《入蜀记》提要，第819页。

③ 《入蜀记》卷二，见《渭南文集》卷四四。

在入蜀途中,陆游有机会亲临其境,因而对前人留下的诗文有了更深入确切的体察理解,于是在日记中为之引申发明,或为之考订驳正。如"六月十六日":

> 过新丰,小憩。李太白诗云:南国新丰酒,东山小妓歌。又唐人诗云:再入新丰市,犹闻旧酒香。皆谓此,非长安之新丰也。①

证实李白诗中所谓"新丰"在丹阳镇江之间,不是长安的新丰。又如七月十三日的日记中,考辨李白集中《姑熟十咏》、《归来乎》、《笑矣乎》、《僧伽歌》、《怀素草书歌》,"太白旧集本无之,宋次道再编时,贪多务得之过也"。②

南宋写日记体游记最多的是范成大。《揽辔录》、《骖鸾录》和《吴船录》分别记叙了他使金、入粤、出川途中的见闻和感触。《揽辔录》是乾道六年(1170)范成大奉使到金所作。当他踏上故国旧地,内心百感交集,一面创作了使金组诗七十二绝句,③一面写作日记,日记的笔触较为冷静客观,"所记山川、古迹、风俗、物产,稍具其略。惟于金宫殿、制度特详尔。"④如过宜春苑有诗云:狐冢獾蹊满路隅,行人犹作御园呼。连昌尚有花临砌,肠断宜春寸草无。⑤ 日记则云:

> (八月)丁卯,过东御园,即宜春苑也,颓垣荒草而已。二里,至东京。虏改为南京。入新宋门,即朝阳门也,虏改曰弘仁门。弥望悉荒墟。入旧宋门,即丽景门也,金改为宾曜门。过大相国寺,倾檐缺吻,无复旧观。⑥

二者可以并观。

范成大于孝宗乾道八年(1172)十二月自苏州赴广南西路桂林就知静江

---

① 《入蜀记》卷一,见《渭南文集》卷四三。

② 《入蜀记》卷一。

③ 即《北征小集》。

④ 周中孚《郑堂读书记》一则,见范成大撰,孔凡礼点校《范成大笔记六种》附录,中华书局2002年版,第31页。

⑤ 范成大:《宜春苑》,见《石湖诗集》卷一二。

⑥ 《揽辔录》,见范成大撰,孔凡礼点校《范成大笔记六种》,第11—12页。

府任，沿途经今江苏、浙江、江西、湖南、广西五省区，他逐日记载沿途情况，成为《骖鸾录》。内容丰富，如记录粤桂风物梯田水道，考证韩愈入潮的路线与诗歌，对元结《浯溪中兴颂》作考证等。所写景色亦堪称一幅幅精美的山水小品。如：

三十日，发富阳，雪满千山，江色沇碧。夜小霁。风急，寒甚。披使虏时所作绵袍，戴毡帽，坐船头纵观，不胜清绝。剡溪夜泛，景物未必过此。除夜行役，庙祭及乡里节物尽废。晚宿严州桐庐县。①

写寒冷清奇的冬天景色，有柳宗元诗的骚怨。

淳熙四年(1177)，范成大自四川制置使召还，自五月二十九日至十月三日，取水程赴吴门，行程数千里，日记出蜀东归时沿江所见名胜古迹、风土人情，转述传闻，亦时有考证。取杜甫诗"门泊东吴万里船"句名为《吴船录》，与《入蜀记》可称双壁。其中有很多可以单独成篇的山水游记小品，如六月辛卯(二十三日)至七月戊戌(一日)十天游览峨眉山的日记，尤其写佛光的文字可称清奇：

丙申，复登岩眺望，岩后岷山万重，稍北则瓦屋山，在雅州。稍南则大瓦屋，近南诏，形状宛然瓦屋一间也。小瓦屋亦有光相，谓之"辟支佛现此"。诸山之后即西域雪山，崔巍刻削，凡数十百峰，初日照之，雪色洞明如烂银晃耀曙光中，此雪自古至今，未尝消也。山绵延入天竺诸蕃，相去不知几千里，望之但如在几案间，瑰奇胜绝之观，直冠平生矣。复诣岩殿致祷，俄氛雾四起，混然一白，僧云银色世界也。

有顷，大雨倾注，氛雾辟易。僧云："洗岩雨也，佛将大现。"兜罗绵云复布岩下，纷郁而上，将至岩数丈辄止。云平如玉地，时雨点有余飞。俯视岩腹，有大圆光，偃卧平云之上。外晕三重，每重有青黄红绿之色。光之正中，虚明凝湛，观者各自见其形现于虚明之处，毫厘无隐，一如对镜，举手动足，影皆随形，而不见旁人。僧云摄身光也。此光既没，前山

① 《骖鸾录》，见《范成大笔记六种》，第44页。

> 风起云驰。风云之间，复出大圆相光，横亘数山，尽诸异色，合集成彩，峰峦草木，皆鲜妍绚蒨，不可正视。云雾既散，而此光独明，人谓之“清现”。凡佛光欲现，必先布云，所谓兜罗绵云世界。光相依云而出，其不依云，则谓之清现，极难得。
>
> 食顷，光渐移，过山而西。左顾雷洞，山上复出一光，如前而差小。须臾亦飞行过山外，至平野间，转徙得得，与岩正相值，色状俱变，遂为金桥，大略如吴江垂虹，而两圯各有紫云捧之。凡自午至未，云物净尽，谓之收岩。独金桥现，至酉后始没。

写佛光“小现”后，范成大又着重铺陈“大现”。先写“摄身光”，次写“清现”，后光变为“金桥”，层层铺写，愈转愈奇。无怪陈宏绪感叹“蜀中名胜不遇石湖，鬼斧神工，亦但施其技巧耳。岂徒石湖之缘，抑亦山水之遭逢焉”。①

《吴船录》也时常引用诗歌、民谚，如写庐山：

> 庐山虽号九屏，然其实不甚深。山行皆绕大峰之足，远望只一独山也。然比他山为最高，云绕山腹则雨，云翳山顶则晴。俗云：“庐山戴帽，平地安灶。庐山系腰，平地安桥。”②

几句谣谚把庐山特有的气候特点写出来，文字也增添了情趣。

陆游、范成大自由灵活地运用日记体来记叙长途游踪，描写山水美景，文笔清新雅洁，是成熟的日记体游记，且在山水之外，多徵古迹；朝夕之事，兼及朝章，脍炙艺林，良非无故。陆、范之外，楼钥早年所作《北行日录》亦记使金见闻，文字平淡而感慨颇深。日记体改变了一时一事的游记模式，文字可长可短，可详可略，形式比较自由。既可单独成篇，又可如线贯珠，以游踪贯串，视为整体，是游记文字的新形式。

3. 学记和藏书记

记体文中的学记和藏书记是宋人开辟的两大题材。宋代大兴学校、书院，私人藏书之风也很盛，南宋较北宋更甚，学记和藏书记数量也更多。朱

---

① 明陈宏绪题词一篇，见范成大撰，孔凡礼点校《范成大笔记六种》，第243页。

② 《吴船录》下卷，见《范成大笔记六种》，第231—232页。

熹写有《徽州婺源县学藏书记》、《建宁府建阳县学藏书记》、《福州州学经史阁记》等篇，叶适集中有学记九篇，皆夹叙夹议，体类二苏。陆游有《婺州稽古阁记》、《吴氏书楼记》、《万卷楼记》，叶适的《栎斋藏书记》等大多是介绍建造藏书楼的经过，然后围绕书籍与人的关系，纵横议论，劝诫启迪，立意皆在为学的重要性，仍沿袭北宋范式。①

（三）书序、题跋异军突起

1. 书序的文学性和理论性

序兴盛于唐而变化于宋。据杨庆存取唐宋时期韩、柳、欧、曾、苏、陆、朱、叶八家集中序文作统计，发现赠序与书序是序体散文中最为繁盛的两类。唐代赠序发达，而宋代书序大盛。尤其是在南宋，时人著述、典籍整理蔚成风气，书籍的刻印刊行更容易，书序数量较北宋更多，写作艺术也相应得到长足发展。在记叙书籍编著、刊印过程，概括著述主旨、特色之外，一些书序增添了细节描写，富于抒情色彩。如陆游的《师伯浑文集序》，陈亮的《中兴遗传序》，叶适的《龙川集序》都很典型。《师伯浑文集序》首言"识隐士师伯浑"于眉山时的情景，然后夹叙夹议师氏生平境遇和行事，人物性情写得很突出。《中兴遗传序》实际是龙伯康与赵次张两人的小传，文章首叙龙、赵京师初遇，继写较艺情形，又详述赵次张郁郁不得志之遭际，最后略述书之内容体例。龙氏之豪放、赵氏之机敏给人印象深刻。《龙川集序》则在推崇陈亮学术的同时，叙述其大起大落的生平遭际则郁勃顿挫，感叹欲绝。此外还有陆游的《吕居仁集序》、《范待制诗集序》、《晁伯咎诗集序》，杨万里的《欧阳伯威脞辞集序》，叶适的《谢景思集序》、《徐斯远文集序》、《题陈寿老文集后》等，文中对著作者的刻画描摹十分着力，一方面是继承了"知人论世"的批评传统，文学性也因之增强了。有的书序则理论性较强，如叶适《宗记序》诋佛禅，曰"佛学由可至能自为宗，其说蔓肆，数千万言。……余所知者，中国之人畔佛之学而自为学，倒佛之言而自为言，皆自以为己即佛，而甚者以为过于佛也，是中国人之罪，非佛过也"，②辨明中国流行之佛教已非印

---

① 藏书记以苏轼《李氏山房藏书记》最为著名。苏辙也有《藏书室记》。二苏之作遂为体式。

② 叶适：《宗记序》，《水心先生文集》卷一二，四部丛刊本。

度原始佛教。其《吕子阳老子支离说》劝诫解《老子》的吕子阳:"子阳诗歌文字多自得意,高处往往不减古人近道之言也,虽不解《老子》亦足以身名两忘而进于道矣。"①这两篇序文"识到理明",被黄震评为"水心文之绝特者",②尤见其笔力横肆、见解卓奇。有的序文述及文体源流衍变,近似文学小史。如陆游《陈长翁文集序》先概括两汉文章流变,及于两宋,而以盛宋之文为标准,批评南渡后文章利弊,最后突出陈长翁"居今行古,卓然杰立于颓波之外"的创作特点。周必大序《宋文鉴》则论述北宋各期散文由文博到辞古,再到辞达的主要特点和发展轨迹。朱熹《诗集传序》采用问答方式,阐析诗经的渊源、诗的功能,诗体的区分依据、学诗方法等等。而杨万里的《荆溪集自序》、姜夔的《白石道人诗集自序》则主要叙述了自己的诗歌创作经历以及对于诗法的领悟。这些书序皆以议论说理为主,比较清晰的表达了序作者自己的学术和文学见解。

2. 题跋文

明代徐师曾曾论题跋文体之源流,云:

> 题跋者,简编之后语也。凡经传、子史、诗文、图书之类,前有序引,后有后序,可谓尽矣。其后览者,或因人之请求,或因感而有得,则复撰词以缀于末简,而总谓之题跋。至综其实则有四焉:一曰题,二曰跋,三曰书某,四曰读某……题、读始于唐,跋、书起于宋。曰题跋者,举类以该之也。③

在宋代学术文化昌盛的背景下,题跋文体成为"后起之秀"。④ 北宋古文大家皆擅作题跋,题材内容广泛涉及金石、绘画、书法、著作等文学艺术领域,虽寥寥数语,但可说理,可抒情,或纪事,或传神,能辨析,能议论。如欧阳修的

---

① 叶适:《吕子阳老子支离说》,见《水心先生文集》卷二九。

② 见黄震《黄氏日抄》,见《历代文话》,第859页。

③ 徐师曾:《文体明辨序说》,见《历代文话》,第2107页。

④ 明末毛晋首次大规模辑集宋人题跋刊于《津逮秘书》之中,共收欧阳修、曾巩、苏轼、秦观、黄庭坚、晁补之、张耒、李之仪、米芾、释德洪、朱熹、洪迈、陈傅良、周必大、陆游、叶适、真德秀、魏了翁、刘克庄凡20家76卷,数量极为可观。当然,还有不少题跋"大户"尚未辑入,如赵明诚、洪适、楼钥等。参阅朱迎平《宋代题跋文的勃兴及其文化意蕴》一文所论,见《文学遗产》2000年第4期。

《集古录跋尾》主要是载录、考订和议论，富于学术性。苏轼、黄庭坚则有不少文学性题跋，往往妙语连珠，趣味隽永。南宋中期的题跋文基本承袭北宋传统，而创作更为普遍，数量更多。

周必大所作题跋最富，达十二卷四百五十余首，其中既有考订文字，也有述事抒怀、评论艺文的率性之笔。洪适深于金石之学，他撰有跋尾近三百首，其《跋唐瑾传》、《跋丹州刺史碑》、《跋皇甫诞碑》诸篇，皆能援据旧刻，订《北史》、《唐书》之谬，于隋、唐碑志亦多能辨证异同。[①] 楼钥《攻媿集》中题跋占十卷三百余首，内容以考据居多，近人张钧衡将其辑入《适园丛书》，并称其"综贯今古，折衷考校，于中原师友传授，类能洞悉源流，南渡诸君子中，与放翁、平园不相上下"。[②] 陆游的题跋文有六卷二百五十余首，题材广泛，文字凝炼而性情自见。如《跋周侍郎奏稿》、《跋傅给事帖》回忆宋室南渡之初诸公痛惜国事情状，数语传神；《跋李庄简公家书》尤为典型，云：

> 李文参政罢政归乡里时，某年二十矣。时时来访先君，剧谈终日。每言秦氏，必曰"咸阳"。愤切慨慷，形于色辞。
>
> 一日，平旦来，共饭。谓先君曰："闻赵相过岭，悲忧出涕。仆不然，谪命下，青鞵布袜行矣，岂能作儿女态耶？"方言此时，目如炬，声如钟，其英伟刚毅之气，使人兴起。
>
> 后四十年，偶读公家书：虽徙海表，气不少衰；丁宁训诫之语，皆足垂范百世。犹想见其道"青鞵布袜"时也。
>
> 淳熙戊申，五月己未，笠泽陆某书。[③]

朱熹的题跋文有三卷二百余首，更富于学者气息，与上述四人可称中兴时期的五大家。此外杨万里、范成大、洪迈、陈傅良、叶适等，所作皆数量不菲，各具特色。如辛弃疾《跋绍兴辛巳亲征诏草》云："使此诏出于绍兴之前，可以无事雠之大耻。使此诏行于隆兴之后，可以卒不世之大功。今此诏与雠敌

---

① 据《钦定四库全书总目》卷一六〇，《盘洲集》提要，第2140页。

② 张钧衡：《跋攻媿题跋》，见《适园丛书》第三集，江苏广陵古籍刻印社1986年版。

③ 陆游：《渭南文集》卷二七。

俱存也。悲夫!”[①]其议论之精警,情感之郁勃,可以想见其人。范成大跋语则多简峭可爱,颇富情韵。叶适晚年的题跋,往往针砭现实,如《题周子实所录》鄙弃举业为“敝帚”,批评道学“狭而不充”,《题林秀才文集》云:

> 林君自言贤良宏词、杂论著凡三千篇,时文亦三千篇,然犹不得与黄策中所谓一冒子者较其工拙。鬓发萧然,奔走未已,可叹也! 昔东方朔上书亦至三千牍,汉武帝览之,辄乙其处,君倘有是意乎?[②]

复杂的感触通过寥寥数句传递出来,其意旨耐人寻味。

继北宋中期之后,题跋文体在南宋中期再次达到创作高潮,它是南宋学术文化繁荣和文人士大夫丰富多彩的精神世界的反映。这种形制短小、体无定格,内容丰富,以趣味见长的文体创作在宋以后就渐趋平淡了。

(三)碑传墓铭的继承发展

唐宋古文大家中,韩愈和欧阳修最擅作碑传墓铭。南宋中期,碑传墓铭文体继承唐与北宋传统又有所发展。叶适尤长于碑铭之作,集中此体文字多达十三卷、近一百五十篇。叶适的墓铭碑志之作受欧阳修影响甚深。如其门人赵汝谠所言:“昔欧阳公独擅碑铭,其于世道消长进退,与其当时贤卿大夫功行,以及闾巷山岩朴儒幽士隐晦未光者,皆述焉。辅史而行,其意深矣。此先生之志也。”[③]叶适所作墓铭碑志文字,多暗用《春秋》笔法,力求盖棺论定之准确公正,[④]而行文从容纡徐,“廊庙者赫奕,州县者艰勤,经行者粹醇,辞华者秀颖,驰骋者奇崛,隐遁者幽深,抑郁者悲怆,随其资质,与之形貌,可以见文章之妙”。[⑤] 如《巩仲至墓志铭》叙述好友巩丰平生为学、为官

① 《跋绍兴辛巳亲征诏书》,见《宋史》卷四〇一,列传一六〇“辛弃疾传”,第12165页。

② 叶适:《题林秀才文集》,见《水心先生文集》卷二九。

③ 赵汝说:《水心先生文集序》。

④ 四库馆臣特别引用了吴子良的一段记述,来说明叶适创作碑铭时的严谨作风:吴子良《荆溪林下偶谈》称:“水心作汪勃墓志有云:‘佐佑执政,共持国论。’执政乃秦桧同时者。汪之孙纲不乐,请改。水心答书不从。会水心卒,赵蹈中方刊文集未就,门下有受汪属者,竟为除去‘佐佑执政’四字。”今考集中汪勃志文已改为“居纪纲地,共持国论”,则子良所记为足信,而适作文之不苟,亦可以概见矣。见《钦定四库全书总目》卷一六〇,《水心集》提要,第2145页。

⑤ 吴子良:《荆溪林下偶谈》卷三“水心文章之妙”,见《历代文话》,第563页。

事迹，其中穿插传主轶事：

> 性质易，无岸谷。暇日载一瓢独行田野，不问岐路，抵暮而返。去家二里有龙门峡，登眺徘徊，慨然曰：此可以止矣。

数语写出传主风神。墓铭结尾的议论道尽作者的感慨不平：

> 闻于程子：天地之生材甚爱甚惜，必有悋固之心。蔽贤者为天地所悋固，使之气沮志夺，怫然而怒。聚为阴阳之罚，则其人虽大必折，虽炎必扑。荒落而类，圮败而族。激哉是言也，天地虽甚爱于贤材君子，初何心于用舍。仲志之灵果上诉于天耶？吾谓必且为祥风庆云，醴泉甘露以瑞斯人，使其富贵寿考，蕃永而无极也，何荒类圮族之有，呜呼！①

至此文势如潮推浪涌，余波不绝。所作《著作正字二刘公墓志铭》合记二人生平、品格、事迹，而笔法穿插对照，详略互见，毫无雷同冗蔓之病。叙事辞气平和，继之以一唱三叹，令碑文情意深沉。故真德秀称赞“永嘉叶公之文于近世为最，铭墓之作于他文又为最，著作正字二刘公同为一铭，笔势雄拔如太史公，叹咏悠长如欧阳子，于他铭又为最”。②

叶适曾为陈亮作墓铭，后应请再作，叶适遂以陈同甫、王道甫合为一铭，即《陈同甫王道甫墓志铭》，人不知本末，其弟子吴子良解释：“盖用太史公老子、韩非子及鲁连、邹阳同传之意。老子非韩非之比，然异端著书则同；鲁连非邹阳之比，然慷慨言事则同。陈同甫之视王道甫，虽差有高下，而有志复仇、不畏权倖则同，其言大义大虑大节，以为‘春秋战国之材无是’。称扬同甫至矣！末后微寓抑扬，其论尤正，又与昌黎评柳子厚略相类”，③可见为文皆有典则。其他墓铭如《郑景元墓志铭》绘传主之豪气；《张令夫人墓志铭》记传主之旷达；或记其言，或述其事，或大笔挥洒，或工笔描摹，无不使传主性情生动传神，跃然纸上，而行文脉络细密，语言简质厚重，皆详略得当，褒

---

① 叶适：《巩仲至墓志铭》，见《水心先生文集》卷二二。

② 真德秀：《著作正字二刘公墓志铭》，见《西山文集》卷三五，四部丛刊初编本。

③ 吴子良：《荆溪林下偶谈》卷二“水心合铭陈同甫王道甫”，见《历代文话》，第551页。

贬得宜。叶适在继承韩、欧传统的基础上,写作手法又有所开拓发展。他并不一味叙述传主生平、称颂事迹,而往往在简述其生平事迹之后抒发感慨;即使以叙事为主,也少见平铺直叙,而善于穿插跳跃,或是细节渲染,文字表现力极强,这方面的成就几与韩愈、欧阳修相埒。

陆游亦擅长墓铭传志之作。《曾文清墓志铭》长达二千八百余字,叙事繁简得当,情感深沉真挚。《姚平仲小传》叙述传主抗击西夏屡立战功而遭受压抑、报国无门,最终隐居青城山、出没于江湖的传奇事迹,而作者的愤郁不平之情贯注于字里行间。文章以精炼的文字刻画出鲜明形象,主旨表现得很含蓄,写法跟苏轼《方山子传》有些相似,但不如苏文之跌宕。《南唐书》是陆游所撰私史,从文学角度看,书中本纪、列传部分文字简洁,常以语言或动作描写点睛,虽寥寥数笔而生动传神。议论部分则显示了陆游的史才与史识。朱熹的碑版之作也不少。如《少傅刘公神道碑》、《观文殿学士刘公神道碑》等,通过叙事将传主刘子翚、刘琪的鲜明个性表现出来,作者的感情也蕴藏在叙事文字之中。《奉使直秘阁朱公行状》把传主朱弁写得凛然有生气。《记孙觌事》是一篇叙事短文,以二百余字叙述孙觌拟降金表"不复辞,一挥立就","如宿成者"的情态及其"顺天者存"的议论,活现汉奸的形象,嘲讽厌憎之意不言而自明。

总的来说,南宋中期古文创作与北宋古文优良传统一脉相承,众体皆备,全面繁荣,较之南渡初期,文学性大大增强了。在偏于实用的论体文之外,山水游记、序跋、碑铭之作都有开拓性的发展,成就很大,是宋代古文的进一步成熟。

中兴大家皆学殖宏富、造诣深远,诗歌之外,亦擅长文章,下笔皆有典则,而卓然自为一家。陆游古文不以纵横雄肆、逻辑严密的论辩见长,而长于记叙、抒情,文风秀雅稳健、凝炼自然,是典型的文人散文。① 四库馆臣谓陆游为文"故根柢不必其深厚,而修洁有余;波澜不必其壮阔,而尺寸不失。士龙清省,庶乎近之。较南渡末流以鄙俚为真切,以庸沓为详尽者,有云泥

① 参阅朱迎平《宋文论稿》之《论陆游的散文创作》一章,上海财经大学出版社 2003 年。

之别矣”，[①]是为的评。范成大的“训诰具两汉之尔雅，赋篇有杜牧之深刻，骚词得楚人之幽婉，序山水则柳子厚，传任侠则太史迁”，[②]各体皆工。杨万里的论体文则思致深新，而笔触圆活条畅，可谓理胜词达。陈傅良的论体文“密栗坚峭，自然高雅，无南渡末流冗沓腐滥之气”，[③]叶适则全面继承北宋大家的优良传统，又有所开拓创新，其论奏、序记、碑志诸体无不为人所重。他的各体散文又各具风貌，论政论学则雄辩滔滔，笔力横肆；叙事抒情则情文纡徐，文气畅达，总的看来结构严谨而行文舒展，言词精雅，才气奔逸。[④]叶绍翁誉之为“集本朝文之大成者”。[⑤]叶适弟子数传，自成一派，在南宋散文的发展中，起着承先启后的作用，其在两宋散文史乃至整个散文史上的地位，应该有更充分的认识和评价。

南宋中期堪称古文大家的作者也许不能与北宋并肩，但若以古文创作的数量和平均水准而言，则南宋中期的成就不逊于北宋。上述各家之外，如周必大、王十朋、朱熹、吕祖谦、张孝祥、陈亮、辛弃疾等等皆是名家，不拟一一赘述。

三　以古文为法的时文写作

“时文”是相对于古文而言的散文，因为场屋文风随时递变，按时下科场流行格式写作、专用于“举业”的文章便称为“时文”。[⑥]南宋中期的进士科分诗赋进士和经义进士两门，三场考试中，除第一场诗赋和经义分试外，第二场均试论一道，第三场均试策若干。“论”的题目常常出自经、史、子书，

---

① 《钦定四库全书总目》卷一六〇，《渭南文集》提要，第2143页。

② 杨万里：《石湖先生大资参政范公文集序》，见《诚斋集》卷八二，四部丛刊初编本。

③ 《钦定四库全书总目》卷一五九，《止斋文集》提要，第2129页。

④ 如朱迎平所评：“像叶适这样在多种文体的创作上同时取得突出成绩者，在南宋文坛也颇为少见。”见《宋文论稿》，第114页。

⑤ 叶绍翁撰，沈锡麟、冯惠民点校：《四朝闻见录》卷一“宏词”条，中华书局1989年版，第34页。

⑥ 彭龟年在绍熙元年（1190）四月所上《乞寝罢版行时文疏》中说：“夫谓之时文，政以与时高下，初无定制也。前或以为是，后或以为非；今或出于此，后或出于彼。止随一时之去取以为能否。”《止堂集》卷四，文渊阁四库全书本。

“策”则议论时务,“策”、“论”对于举子的科场成败至为关键,起着决定作用。宋人吴琮说:“省闱多在后两场取人。谚云:三平不如一冠。若三场皆平平,未必得;若论、策中得一冠场,万无失一。”①可见,时文尤以论体文最为重要。② 自北宋徽宗时开始,时文写作渐渐形成程式,③为了及第,举子们在考试之前要进行大量的程式化写作练习,及第以后,其所作又会广泛传播,成为后进学习的范本。这样一来,时文写作技巧方法也就变得有径可循,便于总结和掌握。

在时文写作的发展及其程式化过程中,浙东学者积极参与,影响很大。浙东学者中,以陈亮和陈傅良、叶适为代表人物的永康与永嘉学派在理学中为别派,其学术宗旨不同于道学,于文学的观念也不同于道学家。吕祖谦是婺学宗师,其家学传统令他对学术、文学的不同观念能兼容并包。因为具有重历史经制、重视事功的学术传统与价值取向,浙东学者很重视科举,也重视文章之学。包括陈亮、吕祖谦、陈傅良、叶适在内的浙东学者在教导士子作文方面也就比较活跃。因为本身具有突出的文章创作才能和重视文辞的观念,这些学者在教学时能取法乎上,以唐宋古文大家的优秀作品为典范,对文章技法和理论的寻绎总结也很精到深入,这成为南宋中期文章学成立的内因之一。

苏轼之文在高宗朝已经成为举子们考试的敲门砖。孝宗特喜苏轼文,自言“他人之文,或得或失,多所取舍;至于轼所著,读之终日,亹亹忘倦,常置左右,以为矜式”,④确立了苏轼之文的典范地位。浙东学者多推崇欧阳修、苏轼及苏门六君子。乾道淳熙之际,陈亮编《欧阳文忠公文粹》二十卷,这二十卷中计有论、策问三卷,书五卷,札子奏状各一卷,序三卷,记二卷,杂著一卷,碑铭二卷,墓铭、墓表二卷,从共一百三十篇选目可见,其对欧阳修

---

① 魏天应:《论学绳尺·论诀》“诸先辈论行文法”,见《历代文话》,第1078—1079页。

② 吴承学撰《现存评点第一书》指出,南宋评点本选文差不多只限于“论”体,原因是“‘论’体在当时科举考试中相当重要”,见《文学遗产》2003年第4期。

③ 参阅祝尚书《宋代科举与文学》,尤其是“论宋代科举时文的程式化”一章,宋代时文是明清时代八股文的雏形。大象出版社2006年版。

④ 《宋孝宗御制苏文忠公文集序》,见《苏轼诗集合注》附录二,第2692页。

古文的取法是全方位的。他自言编选初衷，曰："二圣相承，又四十余年，天下之治大略举矣，而科举之文犹未还嘉祐之盛。盖非独学者不能上承圣意，而科制已非祖宗之旧，而况上论三代？姑以公之文学者，虽私诵习之而未以为急也。故予姑掇其通于时文者，以与朋友共之。由是而不止，则不独尽究公之文，而三代、两汉之书，盖将自求之而不可御矣。先王之法度犹将望之，而况于文乎？"[①]陈亮还编纂了《苏门六君子文粹》。编纂这些文选的目的很明确，就是通过学习欧、苏文，使孝宗朝的"科举之文"追还"嘉祐之盛"。其时吕祖谦、陈傅良也以欧、苏之文为旨归，[②]正是在他们的倡导、教导下，乾淳之际的时文写作开始师法唐宋古文，从中汲取营养。

浙东学者"以古文为法"教作时文，他们从文本典范中提炼出来的那些谋篇布局、行文技巧、修辞方法等等，正是文章学的具体构成。正如祝尚书所指出的：南宋人的古文评点实际上是用"时文"的程式和方法去反观古文大师们的代表作，试图让时文向古文看齐，并从古文名作中找出时文的写作规律。他们所讨论的，是"于古文、时文都适用的写作法则，既有理论高度又有可操作性，从此不仅将时文、也将古文的创作置于理论指导之下，具有极重要的文章学意义。……古文评点家揭示了许多文章学规律，其中的精华部分，就是在今天也不过时"。[③]古文、时文在文法、技法上的双向交流，无疑促进了各自的发展，尤其是提高了时文写作水平，缩短了两者之间的距离。而书商从这一科举文学现象中捕捉到了商机，随着古文"评点"的出现，文章选本和"评点本"大量刊行，这成为文章学产生和兴盛的外因。

正是在南宋中期时文写作与古文创作相互影响，联系紧密的背景下，出现了时文的"永嘉文体"、"乾淳体"和以文章编选和批评为主要内容的文章学的初步成立等等散文发展史上非常值得注意的现象。

---

① 陈亮：《书欧阳文粹后》，见《陈亮集》卷二三，第245页。

② 见吴子良《荆溪林下偶谈》卷三"李习之诸人文字"条。方回《读陈同甫文集二跋》曰："或问陈同甫之文何如？予曰：时文之雄也。《酌古论》纵横上下，取古人成败之迹，断以己见，拾《战国策》、《史记》之遗语，而传以苏文之体，乾、淳间场屋之所尚也。"见《桐江集》卷三，影印宛委别藏本。

③ 祝尚书：《南宋评点本缘起发覆——兼论古文评点的文章学意义》，《四川大学学报》2005年第4期。

（一）“永嘉文体”与陈傅良

隆兴元年（1163）是贡举年，二月十一日孝宗诏令“省试诸科进士务取学术深淳，文词剀切，策画优长，其阿媚阘茸者可行黜落”，旨在除旧布新，变革绍兴时期场屋谀佞文风。而从另一角度看，实际是时文的程式化和“以古文为法”的写作实践造成场屋文风之“丕变”。在这个时文文风的革新变化中，最引人注目的是永嘉学派的领袖陈傅良和他构建的“永嘉文体”。

陈傅良（1137—1203），字君举，号止斋，温州瑞安人，乾道八年（1172）进士，光宗、宁宗朝曾为中书舍人，入馆阁。“伪学”党禁期间被罢官归里后，“屏居杜门，一意韬晦，榜所居室曰‘止斋’”，[①]学者称为止斋先生。著有《止斋集》五十二卷，[②]《春秋后传》十二卷。《历代兵制》八卷。此外有《论祖》四卷（或作五卷）、《奥论》六卷（或作八卷）、《永嘉先生八面锋》十三卷。[③] 陈傅良从薛季宣游凡七八年，“相与考论三代、秦、汉以还兴亡否泰之故，与礼乐刑政损益同异之际。盖于书无所不观，亦无所不讲”，[④]得季宣之学。陈傅良“以通知成败，谙练掌故为长，不专于坐谈心性。故本传又称傅良为学，自三代秦、汉以下，靡不研究。一事一物，必稽于实而后已”，[⑤]是永嘉学派承前启后的人物。

陈傅良年未三十即以擅为时文有名于世，他在三十六岁中进士之前一直在瑞安、永嘉一带教书谋生。隆兴元年（1163）左右，陈傅良在永嘉城南茶院讲学，“时以科举旧学，人无异词，于是芟除宿说，标发新颖，学者翕然从之”，[⑥]名声传播四方。其“初赴补试，才抵浙江亭，方外士及太学诸生迓而求

① 蔡幼学为陈傅良撰《行状》，《止斋集》附录。

② 《止斋文集》的版本，据陈振孙《直斋书录解题》说，南宋有两个本子：一为永嘉本，五十二卷，是陈傅良的门人曹叔远所编，由温州州学教授徐凤刻于永嘉郡斋；一为三山本，五十卷，据吴子良《林下偶谈》所述，是陈傅良另一门人蔡幼学所编，时蔡氏任福州知州兼福建安抚使，刊于任所。蔡刻三山本，明代以后即不流传，今所留传的是曹叔远所编的永嘉本。

③ 《止斋论祖》、《精选增入文筌诸儒奥论策学统宗》、《永嘉先生八面锋》都是科举程文一类作品，前两书内容有重复，大抵出于书贾编纂。

④ 见蔡幼学所撰《行状》。

⑤ 《钦定四库全书总目》卷一五九，《止斋集》提要，第2129页。

⑥ 《钦定四库全书总目》卷一七四，《止斋论祖》提要，第2371页。

见者如云。吴琚，贵公子也，冠带执刺，候见于旅邸。既入学，芮祭酒即差为太学录，令二子拜之斋序……其时止斋有《待遇集》板行，人争诵之”。[①] 陈傅良成名于对“科举旧学”的改造，它包括经义、论策等时文的文体和思想内容两个方面。

1. 陈傅良的时文文体革新

成书于隆兴至乾道三年（1167）之间的《止斋论祖》五卷（可能就是《城南集》）是最早对“论”体文写作方法的系统总结，是陈傅良为指导举子应试而作的。[②] 其书首列《作论要诀》，分为“认题”、“立意”、“造语”、“破题”、“原题”、“讲题”、“使证”、“结尾”八项，前三项是下笔行文前的准备，包括审题，立意构思和对语言修养的要求。后五项是“论”的具体写作程式和相应技法要求，如陈傅良很明确地强调：“破题不佳，后虽有过人之文，有司亦不复看。”《论诀》固化了“论”文写作的格式步骤，这便使得举子为文有法可依、有辙可循，也为评文确立了范式，从其学者愈多。

2. 陈傅良经义、论策的思想内容

《止斋论祖》中“分四书、诸子、通鉴、君臣、时务五门，凡为论九十二篇”，[③]这些范文涉及经义、策、论试题题目所出的经、史、子各学术门类。之前的科举旧文，乃是人无异词的陈编宿说，已经没有新意。而陈傅良所作“心思挺出”，“奇意芽甲”，新人耳目。他的《待遇集》一经刻版印行，即为人争诵。其时国子祭酒芮辉、太学博士吕祖谦对陈傅良的文章都极为欣赏。

---

① 见吴子良《荆溪林下偶谈》卷四“陈止斋”条。亦见叶适《宋故通议大夫宝谟阁待制陈公墓志铭》：“初讲城南茶院时，诸老先生传科举旧学，摩荡鼓舞，受教者无异词。公未三十，心思挺出，陈编宿说，批剥溃败，奇意芽甲，新语懋长。士苏醒起立，骇未曾有，皆相号召，雷动从之，虽縻他师，亦籍名陈氏。由是其文擅于当世，公不自喜，悉谢去，独崇敬郑景望、薛士隆，师友从之。入太学，则张钦夫、吕伯恭相遇兄弟也。四方受业愈众。”

陈傅良在当时永嘉、太学户外屦满的盛况连宋光宗都有所耳闻，陈氏自纪绍熙元年廷对情形是，上云：“且说话。闻卿在永嘉从学数百人。”奏：“臣无所长，只与士子课习举业，过蒙清问，不胜悚惧。”上云：“知卿学问深淳，著书甚多，朕欲一见。可尽将来。”奏：“臣岂敢著书，不过讲说举子所习经义。何足仰尘乙夜之览。”

② 参阅祝尚书《宋代科举与文学》“论‘乾淳’太学体”章。

③ 《钦定四库全书总目》卷一七四，《止斋论祖》提要，第2371页。

3."永嘉文体"的艺术特征

对于陈傅良以及受他影响的人所作的这种体格和主旨都有新意的时文,吕祖谦称之为"永嘉文体"。① 永嘉学派主于事功经制,重视史学,其学术倾向在陈傅良的经义、策论文中都很鲜明地体现出来。② 在经义方面,陈傅良对于《春秋》、《左传》、《尚书》、《周礼》等经典的阐释有独到的见解,立论新警,善于发挥,能自成一家之说,影响很大。③ 朱熹曾经问温州籍弟子叶味道:"赴试用甚文字?"叶味道答是《春秋》,于是朱熹感慨:"《春秋》为仙乡陈、蔡诸公穿凿得尽,诸经时文愈巧愈凿,独《春秋》为尤甚。天下大抵皆为公乡里一变矣!"④此外,因为深于史学,写作时很擅长引据故事以助论证,包括解经之文,尤其是策、论,为了发挥论题,往往引证、排比历史事实,叶味道就曾批评陈傅良、吕祖谦,曰:"东莱《馆职策》、君举《治道策》,颇涉清谈,不如便指其事说。"⑤

陈傅良称"论事不欲如戎兵,欲如衣冠佩玉,严整而和平;作文不欲如组绣,欲如疏林茂麓,窈窕而敷荣",⑥体现出对文章艺术性的自觉追求。其文脉络清晰,辨析精微,注重文采,读之有味。"永嘉文体"的渊源,正是唐宋

---

① 朱熹持批评态度,说:"前辈做文字,只依定格、依本分做,所以做得甚好。后来人却厌其常格,则变一般新格做。本是要好,然未好时先差异了。"见黎靖德编《朱子语类》卷一三九,中华书局1986年版。朱熹认为陈文是一味在"新巧之外更求新巧",担心可能导向过于重文辞技巧以至于不能阐发义理。参阅吕祖谦《与朱侍讲元晦》,曰:"所论永嘉文体一节,乃往年为学官时病痛,数年来,深知其缴绕狭细,深害心术,故每与士子语,未尝不以平正朴实为先。"见《东莱集·别集》卷七。

② 朱熹说:"今之做《春秋》义,都是一般巧说,专是计较利害,将圣人之经做成一个权谋机变之书。"又说:"前辈做《春秋》义,言辞虽粗率,却说得圣人大意出。年来一味巧曲,但将《孟子》'何以利吾国'说尽一部《春秋》。"见黎靖德编《朱子语类》卷八三,中华书局1986年版,第2174页。

朱熹又批评陈傅良说《左传》:"因举陈君举说《左传》,曰:左氏是一个审利害之几,善避就底人,所以其书有贬死节等事。其间议论有极不是处,如周郑交质之类,是何议论?其曰'宋宣公可谓知人矣,立穆公,其子飨之,命以义夫。'只知有利害,不知有义理。"见《朱子语类》卷八三,第2149页。

③ 陈傅良论"六经"影响极大,尤其是《左传》、《春秋》、《尚书》、《周礼》等。据叶适《黄文叔周礼序》云:"同时永嘉陈君举亦著《周礼说》十二篇,盖尝献之绍熙天子,为科举家宗尚。"见《水心先生文集》卷一二。

④ 《朱子语类》卷一四〇,第2761页。

⑤ 《朱子语类》卷一二二,第2954页。

⑥ 见吴子良《荆溪林下偶谈》卷四"止斋《送陈益之诗》",见《历代文话》,第581页。

韩、柳、欧、苏等古文大家之文。① 在《蛟峰批点止斋论祖》中,方逢辰就屡屡指出陈傅良学韩愈、苏轼处。②

陈傅良创立的"永嘉文体"影响极大,改变了一时文风,造成这个现象最重要的因素之一是他和他的得意门生蔡幼学都得中高科。③ 蔡幼学"赋场现试,出《圣人之于天道论》,次场《天地之性人为贵》,其文意步骤全仿止斋",④学官芮烨、吕祖谦"皆谓文过其师"。⑤ 师徒雄视场屋,一时莫不歆艳,故从学者益众,陈傅良"所论著如《六经论》等文,所在流播,几于家有其书"。⑥ 而陈氏门人曹叔远指出:"绍兴之文丕变,则肇于隆兴之癸未(元年,1163)",⑦这正是陈傅良在城南茶院讲学之始。

由于陈傅良总结的时文法度切合考试实用,所以他的时文和"论诀"广为流传。《论学绳尺》基本上是南宋一百多年科场"元、魁、进士"的试卷总集,其中有十一人入选两篇以上,而陈傅良独入选九篇,宋末方逢臣还对《止斋论祖》中的篇目一一批点,《蛟峰批点止斋论祖四卷论诀一卷》成为士子应试作文之指南,⑧这些充分说明了在南宋中期以后,陈傅良时文在场屋写作方面的权威地位。陈傅良创立的写作模式及其作文要诀,对南宋后期乃至明、清时期愈演愈烈的时文程式化关系极为重大。

(二)吕祖谦与《古文关键》

吕祖谦(1137—1181),字伯恭,学者称东莱先生。隆兴元年(1163)进士及第,复中博学宏词科。累官至著作郎兼国史院编修官。东莱吕氏为中原望族、文献故家。靖康之际,吕氏一族将中原文献图籍"载而之南",迁居婺

---

① 参阅祝尚书《南宋科举与文学》之"论'乾淳体'"一章。

② 如卷一《甲之体》的《仲尼不为已甚》,批曰:"旁引用事,全法三苏、昌黎。"又《为治顾力行何如》批:"全篇用韩文法。"等等。

③ 蔡幼学(1154—1217),字行之,谥文懿,浙江温州瑞安人。少时从陈傅良受业,十八岁时与其师同中乾道八年(1172)进士,试礼部第一。

④ 见俞文豹《吹剑录外集》,文渊阁四库全书本。

⑤ 叶适:《兵部尚书蔡公墓志铭》,见《水心先生文集》卷二三。

⑥ 楼钥:《宝谟阁待制赠通议大夫陈公神道碑》,见《攻媿集》卷九五,四部丛刊本。

⑦ 王瓒:《止斋集原序》,见《止斋集》卷首,文渊阁四库全书本。

⑧ 《蛟峰批点止斋论祖四卷论诀一卷》,收入《四库存目丛书》,今存南京图书馆藏明成化刻本。"蛟峰"即宋末咸淳十年榜状元方逢辰。

州（金华）。吕祖谦得天独厚，“学以关、洛为宗”，[①]又“接中原文献之正传”，其初治性理，兼通经术，与朱熹合编《近思录》十四卷，辑录周敦颐、二程、张载语录，“取‘切问近思’之义以教后学”，[②]后更习史事。其论求学之旨，大抵以致用为归，与永康、永嘉之学说相翕应。吕祖谦继承家学，广泛交游，他折中朱熹的“理”本、陆九渊的“心”本之论；又熔取了陈亮、叶适的王霸事功之学，而能提纲挈领、融会贯通，兼取其长。辛弃疾《祭东莱先生文》褒赞曰：“厥今上承伊洛，远溯洙泗，佥曰朱、张、东莱，屹鼎立于一世。学者有宗，圣传不坠。”[③]清全祖望则推称“小东莱之学，平心易气，不欲逞口舌以与诸公角。大约在陶铸同类，以渐化其俗，宰相量也”。[④] 有《东莱集》四十卷，为吕祖俭、吕乔年先后辑成。

吕祖谦是南宋道学家中最为重视文章者，早年即以能文名世。金华之学本来重史，吕祖谦有《十论》、《考古论》、《历代圣君论》等史论著作，他认为“观史当如身在其中，见事之利害，时之祸患，必掩卷自思，使我遇此等事，当作如何处之。如此观史，学问亦可进，知识亦可高，方为有益”。[⑤] 如《十论》借鉴孙吴、两晋、刘宋等六朝史事，议论孝宗朝军国政事，既体现其“史以明道”、“经世致用”的学术原则，而“平日之学”借故事发挥，文章自然生动形象，且文词闳肆辨博，从而增添了艺术感染力，与一般理学家空洞抽象的教义陈说全然不同。故而有人推尊其文曰：“自元祐后谈理者祖程，论文者宗苏，而理与文分为二，吕公病其然，思融会之，故吕公之文早葩而晚实”；[⑥]四库馆臣也认为“祖谦于《诗》、《书》、《春秋》皆多究古义，于十七史皆有详节。故词多根柢，不涉游谈。……故诸体虽豪迈骏发，而不失作者典型，亦无语录为文之习。在南宋诸儒之中，可谓衔华佩实”。[⑦] 吕祖谦的古文可谓是真

① 陈邦瞻：《宋史纪事本末》卷八〇。
② 《直斋书录解题》卷九“近思录十四卷”条。
③ 辛弃疾著，邓广铭笺注：《辛稼轩诗文笺注》，上海古籍出版社 1995 年版，第 114 页。
④ 全祖望：《东莱学案序录·案语》，见《宋元学案》卷五一。
⑤ 吕乔年辑录《丽泽论说集录》卷八“门人集录史说”，文渊阁四库全书本。
⑥ 吴子良：《筼窗集续集序》，见《筼窗集》卷首，文渊阁四库全书。
⑦ 《钦定四库全书总目》卷一五九，《东莱集》提要，第 2129 页。

正将“文道合一”了。

在讲学过程中，吕祖谦也向士子传授课业，他取法唐宋古文大家，编纂文章选本、批点古文，用心于章法文字技巧的摸索总结，对此朱熹、陆九渊、张栻等道学家皆不以为然，[①]而从衡文的眼光来看，又不得不承认吕祖谦“眼高”，“见得破”。[②]

《东莱左氏博议》是乾道四年(1168)吕祖谦在金华讲学时所作，共一百六十八篇，主要征引《左传》典故作史论。如《东莱左氏博议》卷一《郑伯克段于鄢》发端云：

> 钓者负鱼，鱼何负于钓？猎者负兽，兽何负于猎？庄公负段叔，段叔何负于庄公？且为钓饵以诱鱼者，钓也。为陷阱以诱兽者，猎也。不责钓者而责鱼之吞饵，不责猎者而责兽之入井，天下宁有是耶？

解《齐桓公辞郑太子华》一段曰：

> 自古无史官，诸侯无史籍，将放意而不复为善耶？不导其君以心制物，而反以物制心，是以外而制内也。幸而桓公以好名之心易好利之心，仅从管仲之谏，若桓公好利之心胜好名之心，则残编腐竹，何足以制桓公耶？仲之说至是而穷矣！信如是，则圣人立左右以记言动者，亦岂以外制内耶？非然也。恃史册以自制者，固待外也。视史册为外物者，亦未免有外也。至理无外，藩以私情，蔀以私智，始限其一身为内，而尽弃其余为外物，乃若圣人之心万物皆备，尚不见有内，又安得有外耶？史，心史也。记，心记也。推而至于盘盂之铭，几杖之戒，未有一物居心外者也。呜呼！此岂管仲所及哉？

这些文章多熟权利害，巧于逞辩，笔锋颖利，正是有意作时文示范，为“举子

---

① 《朱子语类》卷一三九载：“因说伯恭所批文，曰：‘文章流转变化无穷，岂可限以如此？’某因说：‘陆教授谓伯恭有个文字腔子，才作文字时，便将来入个腔子做，文字气脉不长。’”第3321页。对于吕祖谦以苏文为典范，朱熹更深为不满，批评吕祖谦“留意科举文字之久，出入苏氏父子波澜，新巧之外更求新巧，坏了心路，遂一向不以苏学为非，左遮右拦，阳挤阴助”。见朱熹《与张敬夫》，《晦庵先生朱文忠公文集》卷三一，四部丛刊本。

② 《朱子语类》卷一三九，第3321页。

所以资课试者”。

乾道六年(1170),吕祖谦在婺州创办且主持丽泽书堂,乾道九年(1173),生徒即达三百多人。在这段时间,他不但编写了弘扬理学的《丽泽讲义》、《春秋讲义》、《书说》等著作,还编辑不少文章选本并加以批注,如《古文关键》、《三苏文选》、《国朝名臣奏议》、《诗律武库》、《精骑》等,纯为论文,不关讲学。《古文关键》二卷(蔡文子注本分为二十卷)取韩愈文十三篇,柳宗元文八篇,欧阳修文十一篇,苏洵文六篇,苏轼文十四篇,苏辙文二篇,曾巩文四篇,张耒文二篇,凡六十篇。其中四十一篇范文有简短评语,十九篇无评语,时有点抹,是评、点双全的第一部“评点本”,其性质如清康熙刻本张云章《序》云:“东莱吕子《关键》一编,当时多传习之。……观其标抹评释,亦偶以是教学者,乃举一反三之意。且后卷论、策为多,又取便于科举,原非有意采辑成书,以传久远也。”①书首冠以总论,分别讲论“看文字法”、“论作文法”、“论文字病”。“看文字法”一篇提示应熟看“韩柳欧苏”文,从几方面着眼:

> 第一看大概主张,第二看文势规模,第三看纲目关键,如何是主意首尾相应,如何是一篇铺叙次第,如何是抑扬开阖处。第四看警策句法。如何是下句下字有力处,如何是起头换头佳处,如何是缴结有力处,如何是融化屈折剪截有力,如何是体贴题目处。

以下提示看韩、柳、欧、苏和曾巩、苏辙、王安石以及苏门学士各家文字应当注意的要点,指出各家古文的风格、渊源以及优长和缺陷。如在“看苏文法”中指出“苏文波澜”,“出于《战国策》《史记》”,皆切中肯綮。吕祖谦也提示学者,学韩文“简古”需有“法度”,否则“朴而不华”。学欧文“平淡”需有“渊源”,否则“枯而不振”。苏文虽然议论澜翻不绝,然论点有不纯正处。虽然王学在南宋遭受压抑,但吕祖谦却称赞王安石的古文“纯洁”,这是独具慧眼的。在“论作文法”中,吕祖谦主要指示行文组织、脉络格制的技巧,他提出:

---

① 《古文关键》选目与总论所论及家数不太一致,文章是否为吕祖谦所选,尚有疑问。可参阅吴承学《现存评点第一书——论〈古文关键〉的编选、评点及其影响》,《文学遗产》2003 年第 4 期。

> 文字一篇之中，须有数行整齐处，数行不整齐处。或缓或急，或隐或晦，缓急隐晦相间，使人不知其为缓急隐晦，常使经纬相通，有一脉过接其间然后可，盖有形者纲目，无形者血脉也。

总结出“笔健而不粗，意深而不晦”，“句新而不怪，语新而不狂”，“常中有变，正中有奇”，“题常则意新，意常则语新”，“结前生后，曲折斡旋”，“转换有力，反复操纵”等原则。“论文字病”则指出行文容易犯的“深、晦、怪、冗”等十九种毛病。在上下卷的各篇范文中，吕祖谦就各篇命意布局、起承转合，造语用字等要点批以山径水渡之语，提示学者，是对总论部分提出的各原则的具体印证和发挥。

吕祖谦在《古文关键》中揣摩总结的这些写作法则于古文、时文都适用，评语也相当精确，既有理论高度，又适用于指导写作实践。《古文关键》选录了唐宋八位古文家的文章，除张耒外的七人都在后世公认的“唐宋八大家”中，虽然王安石的文章没有入选，但吕祖谦在总论中给予王安石文评价很高，“古文八大家”由此逐步定型并得到广泛的接受和认可，①他对各位大家的古文成就的评定也深刻影响了后世古文选家。楼昉的《崇古文诀》、真德秀的《文章正宗》、谢枋得的《文章轨范》以及已失传的明初朱右《新编六先生文集》等古文评选本都明显受到它的启发。就文章之学超越科举实用，在南宋中期的逐渐形成与诗学、词学鼎足而三的批评学科而言，吕祖谦的《古文关键》评点极具重要意义。

淳熙四年（1177）吕祖谦奉孝宗旨始辑“中兴以前”诸贤文集，精加校正，

---

① 高步瀛称：“明清之世，言唐宋文者，必归宿于八家。考八家之选，始于宋吕东莱《文章关键》。然于韩、柳、欧、曾、三苏外，有宛丘而无半山，且亦未立八家之名。今所谓八家者，始于明朱右所录《八先生文集》，而其书今不传。唐顺之所著《文编》，其于唐宋则八家外无所取，茅鹿门因之，有《唐宋八大家文钞》。后人迭相祖述，不可胜举，而以方望溪、刘海峰评录为精善。”见《唐宋文举要》甲编卷一，中华书局香港分局1985年版。

周振甫说：“其实唐宋八大家之称虽始于明代，但这个意思在吴融（澄）的文章里已经有了。他说：‘……东汉至于中唐六百余年，日以衰敝，韩柳二氏者出，而文始华。季唐至于中宋二百余年，又日以衰敝，欧阳、王、曾三氏者出，而文始复。噫，何其难也！同时眉山乃有三苏氏者，萃于一家，噫，何其盛也！……’（《吴文正集》卷一五《送虞叔常北上序》）这里提出三苏氏，就成为唐宋八大家了。”见周振甫《中国文章学史》，中国文联出版公司1994年版，第273页。

取其辞理之醇、有补治道者，分六十一类编次而成《皇朝文鉴》一百五十卷，[①]后世易名为《宋文鉴》。《宋文鉴》共收录北宋一代314人的2582篇诗文，北宋诸多佳作赖此得以传世，文献价值至巨。关于此书的编纂原则，吕祖谦自言“国初文人尚少，故所取稍宽。仁庙以后，文士辈出，故所取稍严，如欧阳公、司马公、苏内翰、黄门诸公之文，俱自成一家，以文传世，今姑择其尤者，以备篇帙。或其人有闻于时，而其文不为后进所诵习，如李公择、孙莘老、李泰伯之类，亦搜求其文，以存其姓氏，使不湮没。或其仕于朝，不为清议所予，而其文自亦有可观，如吕惠卿之类，亦取其不悖于理者，而不以人废言”。[②] 叶适对吕祖谦的去取之法评价极高，曰：“此书刊落浩穰，百存一二。苟其义无所考，虽甚文不录，或于事有所该，虽稍质不废。巨家鸿笔，以浮浅受黜；稀名短句，以幽远见收。合而论之，大抵欲约一代治体归之于道，而不以区区虚文为主。”[③]朱熹则看重其书的思想史政治史意义，认为“所载奏议亦系一时政治大节，祖宗二百年规模与后来中变之意，尽在其中，非选粹比也”。[④]

《皇朝文鉴》一经编成，各地便纷纷刊刻。今天可知的宋刻本有建阳坊本、嘉泰本、吕祖谦家本、嘉定本、端平本五种之多。作为一部高质量的北宋文学总集，《宋文鉴》与姚铉《唐文粹》、苏天爵《元文类》鼎足而三。

吕氏家族与宋代文学的发展关系极为密切，吕本中撰《江西诗社宗派图》、吕祖谦评点《古文关键》、编纂《宋文鉴》即是最好的说明。他们充分利用其家族“独得中原文献之传”的优势，对北宋一代文学进行总结，这些在宋代文化和文学发展史上意义重大的文献皆出于吕氏家族成员之手，实际上反映了吕氏“兼总众说、巨细不遗、挈领提纲、首尾该贯”

---

① 吕祖谦奉敕编选《宋文鉴》之前，临安的图书市场上就已售有江钿所编的有宋一代的诗文总集——《圣宋文海》。据晁公武《郡斋读书志》卷二〇记载，该书共一百三十卷，“辑本朝诸公所著赋、诗、表、启、书、论、说、述、议、记、序、传、文、赞、颂、铭、碑、制、诏、疏、词、志、挽、祭、祷文，凡三十八门”，内容该博，但“去取无法”。吕祖谦在《圣宋文海》基础上，斟酌取舍编辑《宋文鉴》。

② 吕乔年：《太史成公编皇朝文鉴始末》，见吕祖谦《宋文鉴》附录一，中华书局1992年版。

③ 《习学记言序目·皇朝文鉴一》，见《历代文话》，第243页。

④ 《直斋书录解题》卷一五“《皇朝文鉴》一百五十卷”条。

的学术特色，是吕氏兼重经史与文学、不执一偏的百年家风涵养之功的必然结果。

此外有魏天应编、林子长注《批点分格类意句解论学绳尺》十卷，所选多为南宋乾淳以后的“科场得隽”之作。据研究者考证，此林子长是闽人，与吕祖谦同为隆兴元年(1163)进士，“其学粹醇，其文炳彪”，曾“官京学学谕”。①《论学绳尺》中有三十多篇系乾淳之际的举子文，批注文字如“出处”、“立说”、“评曰”及笺解、总评等等皆切要实用，显示出文章家的修养。林子长与吕祖谦为同榜进士又同朝为官，虽名气不及吕，但《古文关键》与《论学绳尺》皆因其时“每试必有一论，较诸他文应用之处为多”，故专辑一编以备揣摩，且批点体例相近，许是一时风尚。

(三)叶适与后“中兴”时期的时文

叶适(1150—1223)，字正则，学者称水心先生，温州永嘉人。淳熙五年(1178)中进士，官至工部侍郎。以开禧用兵除知建康府，兼沿江制置使，兵罢夺职。有《习学记言》、《水心文集》、《拾遗》、《别集》、《制科进卷》、《外稿》及《荀杨问答》等著述。叶适的学术思想直接渊源于薛季宣和陈傅良，他熟悉历代典章制度而着意理财、法度、用兵，以经世致用为旨归，是永嘉学派之集大成者，故全祖望称“乾淳诸老既殁，学术之会，总为朱、陆二派；而水心龂龂其间，遂称鼎足”。②

永嘉学者向来重视辞章，其先贤如周行己颇有文学，其学“虽出于程氏，而与曾巩、黄庭坚、晁说之、秦觏、李之仪、左誉诸人皆相唱和。……于苏轼亦极倾倒，绝不立洛蜀门户之见。故耳濡目染，诗文亦皆娴雅有法，尤讲学家所难能矣”。③ 薛季宣文“精深宏肆，已足陵跨余子”。④ 陈傅良以“永嘉文

---

① 参阅张海鸥、孙耀斌《〈论学绳尺〉与南宋论体文与南宋论学》一文，见《文学遗产》2006年第1期。作者对林子长生平及《论学绳尺》作了考证，认为唯一合乎条件的林子长是孝宗朝人，《论学绳尺》中林子长编选并笺解的篇数数量不过三四十篇。另一编纂者魏天应则是宋末谢枋得门生。

② 全祖望：《水心学案序录》案语，见《宋元学案》卷五四。

③ 《钦定四库全书总目》卷一五五，《浮沚集》提要，第2085页。

④ 《钦定四库全书总目》卷一六〇，《浪语集》提要，第2142页。

体”风靡场屋，改变了一代时文风貌。而叶适“经术文章，质有其文，其徒甚盛”，[①]他才气奔逸，文采炳焕，卓然自立，成为后“中兴”时期的大家，不仅在古文创作方面艺术成就很高，尤其是墓铭碑志之作有开拓性发展，叶适的时文继陈傅良之后，也成为举子们揣摩学习的典范。

叶适擅长经义、论、策等时文写作，他的《廷对》深得吕祖谦赞赏，“谓自有策以来，其不上印板即不可知，已上印板，皆莫如也”。[②] 其《进卷》主要是论、策文集，内容包括对纲纪法度、兵事财政、学校铨选等国事各方面的议论，以及对儒家经义的阐释。庆元二年(1196)禁“伪学”时，知贡举吏部尚书叶翥上言朝廷，要求查禁叶适与陈傅良的时文集，谓“士狃于伪学，专习语录诡诞之说、《中庸》《大学》之书，以文其非。有叶适《进卷》、陈傅良《待遇集》，士人传诵其文，每用辄效”，[③]二书遂遭毁版。《进卷》在后世刊印命名为《策场标准集》，可见它在场屋之文的写作上的确具有权威性和典范地位。开禧三年(1207)，叶适罢官归里，以著述为事，仍时有士子前来请教时文技法。[④] 今存宋刊本(藏台湾中央图书馆)饶辉编《圈点龙川水心二先生文粹》前集二十卷，后集二十一卷，选陈亮与叶适文，以科举时文为多。饶辉嘉定五年(1212)所作序言称赞二人之文堪比韩愈“起八代之衰，济天下之溺”，“士大夫翕然歆慕之”。[⑤]

叶适的时文影响很大，不过与陈傅良相比，其时文的风貌和创作观念都有些变化。乾淳之际，陈傅良创制的新样时文在风靡场屋，“永嘉文体”为时文的程式化推波助澜，当时科场至有“五道不如一道(论)，一道不如一冒(破题)”之说。从隆兴到乾道至于淳熙，经义说的破题格式在俪偶和散句间翻覆不定，对此叶适不表赞成，谓“今虽以题破分巧拙，要未足病，视义理当否

---

① 黄百家:《周许诸儒学案序录 · 案语》，见《宋元学案》卷三二。

② 叶适:《跋周南仲〈丁卯召试馆职〉》，附见周南《山房集》卷七《丁卯召试馆职策》文末，文渊阁四库全书本。

③ 《宋史》卷一五六，“选举志”第一〇九，“选举二”，第3635页。

④ 见叶适《题周子实所录》:“余久居水心村落，农蓑圃笠，共谈陇亩间。有士人来，多言场屋利害，破题工拙而已。”《水心先生文集》卷二九。

⑤ 转引自邓广铭《陈龙川文集版本考》，见《陈亮集》，第9页。

耳”，[①]认为不管破题是工整的俪偶或是散文句式，都不应是文章优劣的决定因素，关键是要不悖于义理。从《叶适年谱》附录的三篇佚文来看，其破题都是散句。[②] 同时的陈亮也提出“大凡论不必作好语言，意与理胜则文字自然超众”。[③]

叶适不但重视文章之理，也同样重视文章的艺术性。他赞赏《战国策》之文“饰辞成理”，[④]又以“意趣之高远，词藻之佳丽者”为标准，“取近世名公之文”而编为《播芳集》（今已不存），[⑤]在《罗袁州文集序》中，他一再以珠玉、蔚豹、孔鸾之文采比喻文章之美，曰：“夫文如珠玉焉，人之所挟以自贵重也。蔚豹之泽必雾隐，孔鸾之舞必日中，快读而疾愈，争传而纸贵。”[⑥]因而叶适之文既“识到理明”，[⑦]亦“藻思英发”。[⑧]

叶适以北宋欧、苏、王、曾等大家的古文为典范，散文创作上表现为多种体裁、多样风格的自觉承继和全面发展。他说：“韩愈以来，相承以碑志序记为文章家大典册。而记，虽愈及宗元，犹未能擅所长也。至欧、曾、王、苏，始尽其变态，如《吉州学》、《丰乐亭》、《拟岘台》、《道山亭》、《信州兴造》、《桂州修城》，后鲜过之矣。若《超然台》、《放鹤亭》、《筼筜偃竹》、《石钟山》，奔放四出，其锋不可当，又关纽绳约之不能齐，而欧曾不逮也。”[⑨]对于苏轼论说文的纵横恣肆、畅达自如，叶适极表欣赏，曰：“盖道无偏倚，惟精卓简至者独造；词必枝叶，非衍畅条达者难工，此后世所以不逮古人也。独苏轼用一语，

---

① 叶适：《习学记言·皇朝文鉴四》，见《历代文话》，第 292 页。

② 例如《六家之要指如何》：“考古验今，而能以其切于世用者为要，此儒者之所谓善学也。”《夫子毋意必固我》：“圣人之道，其极至于与天地同其体，而其原止于不萌一念之私心。”《君子学道则爱人》：“圣道之在天下，随其人之所取，而皆有当其愿欲者。”见周梦江编《叶适年谱》附录，浙江古籍出版社 1996 年版。

③ 陈亮：《书作论法后》，见《陈亮集》卷一六。

④ 见叶适《别集》卷六《战国策》。叶适著，刘公纯、王孝鱼、李哲夫点校：《叶适集》，中华书局 1987 年版。

⑤ 《播芳集序》，见《水心先生文集》卷一二。

⑥ 《罗袁州文集序》，见《水心先生文集》卷一二。

⑦ 黄震：《黄氏日抄》，见《历代文话》，第 859 页。

⑧ 《宋史》卷四三四，列传一九三，儒林四“叶适传”，第 12889 页。

⑨ 叶适：《习学记言序目·皇朝文鉴三》，见《历代文话》，第 279 页。

立一意,架虚行危,纵横倏忽数千百言,读者皆如其所欲出,推者莫知其所自来,虽理有未精,而词之所至莫或过焉,盖古今论议之杰也”,[①]这个评价与他的“文欲肆”的主张是一致的。[②] 对于欧阳修文之雅淡纡徐、优游不迫,叶适亦深得其髓,尤其表现在墓铭碑志和四六文的创作上面。尽管提倡以唐宋大家的古文为典范,叶适又主张“片辞半简,必独出肺腑,不规仿众作”,[③]否则“近宗欧、曾,远揖秦、汉,未脱模拟之习,徒为陵肆之资”。[④] 他设譬为喻:“譬之人家觞客,虽或金银器照座,然不免出于假借;自家罗列,仅瓷缶瓦杯,然却是自家物色”,[⑤]极重视文章命意之脱化町畦,独运杼轴。教授学生时,也一再强调文学创作应意新、语工。[⑥]

叶适集永嘉学术宗师与“文宗”于一身,通过师门授受,文道并传。然如全祖望所言:“自水心传篔窗(陈耆卿),以至荆溪(吴子良),文胜于学。阆风(舒岳祥)则但以文著。”[⑦]水心的辞章之学为其弟子——如周南、戴栩、陈耆卿、吴子良,再传者如舒岳祥、戴表元等传承不替,直到宋元之际,自成一派。

乾淳之际到庆元初年的三四十年间,吕祖谦、陈傅良、蔡幼学、叶适、周南、陈亮等浙东学者以高第名动天下,左右了科场文风。先有“永嘉文体”风靡场屋,后有叶适、陈亮的论策成为时文轨范。这些学者不但是试场的胜利者,同时也教授生徒,大多做过太学学官,甚至掌管贡举。庆元三年(1197),言官上奏:“三十年来,伪学显行,场屋之权,尽归三温人。预说试题,阴通私书。所谓状元、省元与两优释褐者,若非其亲故,即是其徒。”[⑧]“三温人”即

---

① 《习学记言序目·皇朝文鉴四》,见《历代文话》,第288页。

② 叶适:《观文殿学士知枢密院事陈公文集序》,见《水心先生文集》卷一二。

③ 叶适:《归愚翁文集序》,见《水心先生文集》卷一二。

④ 叶适:《题陈寿老文集后》,见《水心先生文集》卷二九。

⑤ 吴子良:《荆溪林下偶谈》卷三,见《历代文话》,第562页。

⑥ 叶适《答吴明辅书》云:“意特新,语特工,韵趣特高远,虽昔之妙令秀质,其终遂以名世者,不过若是,何止超越辈流而已哉!”(《水心先生文集》卷二七)称赞陈耆卿“驰骤群言,特立新意”(《题陈寿老文集后》),称赞刘克诗“思益新”(《题刘潜夫南岳诗稿》,《水心先生文集》卷二九)。

⑦ 《水心学案序录》,见《宋元学案》卷五五。

⑧ 李心传:《道命录》卷七下“言者论廷、省魁、两优释褐皆伪徒不可轻招”条,丛书集成初编本。

指永嘉的陈傅良、叶适、徐谊。[①] 可见浙东学者尤其是永嘉学者对科举的参与很深。薛季宣尝以科举诱陈傅良学;[②]吕祖谦解释自己关注时文的原因时说:"科举之习,于成己成物诚无益。但往在金华,兀然独学,无与讲论切磋者。闾巷士子,舍举业则望风自绝,彼此无缘相接,故开举业一路,以致其来。却就其间择质美者,告语之,近亦多向此者矣。"[③]陈傅良、叶适、陈亮等人的经制事功之学也在其时文的广泛传播中影响了大批浙东士子。浙东学者的重文辞、重功利的学术传统,使得科举和时文成为学术传播的助力。尤其是永嘉学派的崛起,与南宋中期时文风貌、体派的发展变化息息关联。

"东南财赋地,江浙人文薮"。据统计,《宋元学案》所载两浙学者中浙东七州共五百三十四人,浙西八地共一百四十六人,南宋两浙状元共二十三人(状元总数四十九人)。宋室南渡后,尤其是中兴时期,作为国家政治、经济、文化的中心,浙东地区的学术和文学的发展非常繁荣,并且呈同步态势。

南宋散文处于唐宋散文艺术高峰期之后,往往为人们轻视。南宋以后的古文选本绝少选南宋之文。历代文话大多对南宋文章略而不论。即使在今天,关注的目光也不多。南宋散文创作没有出现超过唐宋八大家的杰出作家,是盛极难继,但南宋散文写作更为普遍繁荣,各种文体都充分发展,散文体派粗成,文章批评学兴起,这些都表明散文发展在南宋中期进入成熟和总结的新阶段,对后世散文的影响是深远的。

第三节 出入江西 自成面目

——南宋中期的诗歌

在陈与义、吕本中、曾几等渡江诗人离世之后,陆游、杨万里、范成大、尤

---

① 参阅周梦江《叶适年谱》,浙江古籍出版社 2006 年版,第 117 页。

② 张栻《答湖守薛士龙寺正》说:"闻欲招陈君举来学中,此固善,但欲因程文而诱之读书,则义未正。"见《南轩集》卷一九,文渊阁四库全书本。

③ 吕祖谦:《与朱侍讲》,见《东莱集·别集》卷七,文渊阁四库全书本。

袤等中兴大诗人成为南宋诗坛的中流砥柱。他们才华横溢、富有创新精神，其诗歌创作冲破了江西诗派的藩篱，呈现出各具特色的艺术风貌，人谓“尤杨范萧陆，复振乾淳声”，①又有“中兴四大诗人”之称。② 在他们之外，还有很多中、小诗人，诗歌风格多样，大多表现出在江西诗风之外取法晚唐的特点。理学家们也不辍为诗，受学术观念的影响，他们多主张师法汉魏。理学家的诗歌有富于理趣、耐人咀嚼的，其下者则不免味同嚼蜡，徒然是以韵语说道理而已。

南宋中期诗歌创作极为繁荣，从几个统计数据可以窥见一斑：《全宋诗》总数为二十五万四千二百四十首，数量最多的前十名，依次是陆游（九千二百七十一首）、刘克庄（四千五百五十七首）、杨万里（四千二百八十四首）、赵蕃（三千七百三十五首）、梅尧臣（二千九百三十三首）、方回（二千八百二十四首）、苏轼（二千八百二十四首）、韩淲（二千六百二十四首）、张耒（二千二百六十八首）、黄庭坚（二千二百零四首）。③ 南宋中期的诗人占了四位。虽然存在各种影响因素，这个数据不能说是非常准确，④但也大致可以说明此时诗歌创作之盛。

一　中兴时期的大诗人——陆游、杨万里、范成大、尤袤

（一）善于继承的陆游

陆游（1125—1210），字务观，号放翁，越州山阴（今浙江绍兴）人。陆佃孙，陆宰子。著有《剑南诗稿》、《渭南文集》、《南唐书》、《老学庵笔记》等。他才气超逸，平生作诗近万首，时人誉为“自过江后一人”。⑤

---

① 方回：《秋江杂书三十首》其十七，《桐江续集》卷二，文渊阁四库全书本。

② 萧德藻（千岩）与尤、杨、范、陆齐名，杨万里诗曾将尤、萧、范、陆并提，但萧德藻去世较早，遂渐称尤、杨、范、陆。参方回《桐江集》卷三《跋遂初尤先生尚书诗》。

③ 参阅罗凤珠《引信息的“术”入文学的“心”——谈情感计算和语义研究在文史领域的应用》，《文学遗产》2009年第1期。

④ 有不少诗人的作品在历史长河中湮没了。例如北宋晏殊据说作诗万首，今不存。南宋中期的周必、杨万里各有约二万首、沈德潜《说诗晬语》云：“以多为贵，无如此二公者。”刘克庄《韩隐君诗序》（《后村先生大全集》卷九六）中提到：”赵章泉（蕃）诗逾万首，韩仲止（淲），巩仲至（丰）几半之。”

⑤ 刘克庄：《题放翁像》其一，《后村先生大全集》卷三六，四部丛刊初编本。

1. 陆游诗歌的两种主要内容与风格及发展阶段

陆游诗歌的内容与风格主要可以分为两个方面:关心国运民瘼,希望扫胡尘、靖国艰,横戈马上、为王前驱始终是他诗歌的重要内容,这类诗歌写得悲愤豪壮,激情奔涌。在国家遭难、民族危亡的时刻,陆游诗中的忠爱之心、男儿意气总是能令人心感奋鼓舞;陆游也有很多描写田园山水、日常生活的诗歌,写得闲适细腻,情味隽永,①字句妥贴工致,尤其是七律中的联偶,锤炼得如精金美玉,令人赏爱不已。②

陆游的诗风凡三变,自言"我初学诗日,但欲工藻绘。中年始稍悟,渐欲窥宏大"。③ 他四十六岁入蜀,任职于王炎幕下,紧张豪迈的军中生活使他的诗风变得宏肆雄放,达到新的艺术境界,其七古名篇《金错刀行》、《胡无人》、《关山月》、《长歌行》(人生不作安期生)、《秋兴》(成都城中秋夜长)等都作于从戎巴蜀之后的十年间。赵翼指出,陆游入蜀后,"其诗之言恢复者,十之五六。出蜀以后,犹十之三四。至七十以后,正值开禧用兵,放翁方治东篱,日吟咏其间,不复论兵事",④从实际创作情形来看,陆游六十六岁以后在山阴闲居20年,诗作"并从前求工见好之意,亦尽消除",⑤平淡之作渐多。

2. 陆游的诗学渊源及主要艺术特征

陆游与江西派深具渊源,他师事曾几,又私淑吕本中,乐道曾几所传授的吕本中的"活法"说,老了还念念不忘"忆在茶山听说诗,亲从夜半得玄机"。⑥

从师承来讲,陆游是江西"灯传"。而从诗法观点和诗歌创作情形来看,

---

① 参阅钱钟书《宋诗选注》"陆游"小传,钱钟书先生谓这类诗能"咀嚼出日常生活的深永的滋味,熨帖出当前景物的曲折的情状",第270页。

② 刘克庄《后村诗话》卷二云:"古人好对仗被放翁用尽。"沈德潜《说诗晬语》卷下:"放翁七言律,对仗工整,使事熨贴,当时无与比埒。"钱钟书《谈艺录》:"放翁比偶组运之妙,冠冕两宋。"第118页。

③ 陆游:《示子聿》,陆游著,钱仲联校注《剑南诗稿校注》卷七八,上海古籍出版社1985年版,第4263页。

④ 赵翼:《瓯北诗话》,见郭绍虞编选,富寿荪校点《清诗话续编》,上海古籍出版社1983年版,第1233页。

⑤ 赵翼:《瓯北诗话》卷六,见《清诗话续编》,第1221页。

⑥ 陆游:《追怀曾文清公呈赵教授,赵近尝示诗》,见《剑南诗稿》卷二,第202页。

陆游与江西派的关系似又值得推敲。他对黄庭坚作诗文“无一字无来处”的观点并不太认同,①对吕本中的“活法”说之真谛也不甚明了。② 从诗风来看,陆诗的俊逸温润与其师曾几槎枒轻快的诗风也相去甚远。③

陆游“书卷甚足”,《宝庆会稽续志》卷五《人物》载其“熟识先朝典故沿革、人物出处”,当时便以“力学有闻”而为朝廷所知,但陆诗用典不僻不奥。江西派作诗讲究章法,谨于布置,意境力求深折,而放翁诗意往往有上下不连贯,首尾不相应的毛病,如《秋夜示儿辈》、《饮酒》、《巢山》等许多诗都是如此,在章法上不甚经意,意境往往明浅。④ 从字法、句法来看,黄庭坚提出“宁律不谐,而不使句弱;用字不工,不使句俗”,⑤江西派诗因而显得危仄劲折、生新夭矫,而陆游诗的突出特质却是笔路圆熟、对偶工稳。如《晚春感事》四首,其一云:

风恶房栊燕子归,雨多山路蕨芽肥。
青粢旋捣作寒食,白葛预裁充暑衣。
稚子日长供课早,故人官达寄书稀。

---

① 陆游曰:“今人解杜诗,但寻出处;不知少陵之意,初不如是。且如《岳阳楼》诗:‘昔闻洞庭水,今上岳阳楼。吴楚东南坼,乾坤日夜浮。亲朋无一字,老病有孤舟。戎马关山北,凭轩涕泗流。’此岂可以出处求哉?纵使字字寻得出处,去少陵之意益远矣。盖后人元不知杜诗之所以妙绝古今者在何处,但以一字亦有出处为工。如《西昆酬唱集》中诗,何曾有一字无出处者,便以为追配少陵可乎?且今人作诗,亦未尝无出处,渠自不知;若为之笺注,亦字字有出处,但不妨其为恶诗耳。”见陆游著,李剑雄、刘德权点校《老学庵笔记》卷七,中华书局1979年版,第95页。

② 刘克庄《江西诗派小序》引吕本中之言,刘克庄按谓:“近时学者误认弹丸之喻,而趋于易;故放翁诗云‘弹丸之论方误人’。”见《历代诗话续编》,第485页。钱钟书先生在《谈艺录》“说圆”、论“剑南与宛陵”两则中,精辟地指出吕本中论诗讲“活法”、以弹丸为譬,乃取其“圆”与“活”:圆言其体,非仅“音节条顺,字句光致”,更要“词意周妥、完善无缺”。活言其用,指作诗能“越规矩而有冲天破壁之奇,守规矩而无束手缚脚之窘”。见第114—115页、第438—439页。而陆游以为“圆活”仅指音节、字句之畅顺光致,故曰“区区圆美非绝伦”。参阅王水照、熊海英《陆游诗歌取法途径探源——钱钟书论陆游诗之一》,《中国韵文学刊》2006年第1期。

③ 贺裳《载酒园诗话》卷一“末流之变”条云:“诗家宗派,虽有渊源,然推迁既多,往往耳孙不符鼻祖。……宋陆务观本于曾茶山,茶山生硬粗鄙,务观逸韵翩翩,此鹳巢之出鸾凤也。”见《清诗话续编》,第215页。

④ 钱钟书指出陆诗“往往八句之中,啼笑杂罗,两联之内,典实从叠;于首击尾应,尺接寸附之旨相去殊远,有的文气不接,字面相犯”。见《谈艺录》,第125页。

⑤ 《题意可诗后》,见《豫章黄先生文集》卷二六,四部丛刊本。

幽居自喜浑无事，又向湖阴坐钓矶。①

语自风华而不免甜熟，无深刻立意，亦全无顿挫渟蓄之致，与江西派风味大相径庭，所以陆游之友姜特立指出他“源流不嗣江西祖”。② 朱熹论诗力排江西，诋为“狂怪雕锼”，“酸咸苦涩”，③而独称放翁诗“读之爽然，近代惟见此人为有诗人风致”。④

相较于宋诗的理胜于情，毋宁说陆游受唐诗影响更大。他有《读李杜诗》、《读岑嘉州诗》、《读王摩诘诗》、《读乐天诗》、《读韩致光诗》、《读许浑诗》、《效香奁集体》等诗，可以表明他对唐诗的注意和喜爱。陆游对唐诗的取法范围非常广泛，包括盛、中、晚唐的许多诗人。陆游参学诸家诗的情形可略分为两类：或是因为性格、天分相近，心境、经历相似，大概就某一相契之处，因势利导，再加渲染发挥，而风格自然趋近，如陆游之于李白、岑参、白居易等。对于杜甫、晚唐诸人的学习则重在诗法技巧方面。

陆游在南宋朝即有“小太白”之称，⑤其诗如《池上醉歌》、《对酒歌》、《饮酒》、《日出入行》、《草书歌》等篇，豪放飘逸。而《舟中对月》：

百壶载酒游凌云，醉中挥袖别故人。依依向我不忍别，
谁似峨嵋半轮月？月窥船窗挂凄冷，欲到渝州酒初醒。
江空袅袅钓丝风，人静翩翩葛巾影。哦诗不睡月满船，
清寒入骨我欲仙。人间更漏不到处，时有沙禽背船去。⑥

更将李白飘逸之气、东坡清旷之格融于一体，不仅是字面、意象相似而已。

---

① 《剑南诗稿》卷二二，第1659页。

② 姜特立：《应致远谒放翁》，见《梅山续稿》卷五，文渊阁四库全书本。

③ 朱熹《答巩仲至》云：“但余诋江西而进宛陵，不能不骇俗听耳。少时尝读梅诗，亦知爱之，而于一时诸公所称道，如《河豚》等篇，有所未喻；至于寂寥短章，闲暇萧散，犹有魏晋以前高风余韵，而不极力于当世之轨辙者。夫古人之诗，本岂有意于平淡哉？但对今之狂怪雕锼，神头鬼面，则见其平；对今之肥腻腥臊，酸咸苦涩，则见其淡耳。……”《晦庵先生朱文公文集》卷六四，四部丛刊初编本。

④ 朱熹：《答徐载叔赓》，见《晦庵先生朱文公文集》卷五六。

⑤ 毛晋《剑南诗稿跋》：“孝宗一日御文华阁，问周益公（必大）曰：‘今代诗人，亦有如唐李太白者乎’，益公以放翁对，由是人竞呼为小太白。”

⑥ 《剑南诗稿》卷〇，第778页。

陆游作诗不仅富于想象,激情洋溢,尤以诗中自我形象的豪放自信气质与李白最肖。他自称能“上马击狂胡,下马草军书”(《观大散关图有感》),往往自比为伊尹、吕望等历史名臣,而“腹容王导辈数百”(《放翁自赞》),“起倾斗酒歌出塞,弹压胸中十万兵”(《弋阳道中遇大雪》)的气概更是前无古人。

陆游自云少时即绝好岑参之诗,以为太白、子美之后一人而已。岑参尝从军边塞,其诗伟丽雄阔,而陆游亦经历南郑之行,故所作诗“言征战恢复事者”多似岑参。《九月十六日夜梦驻军河外遣使招降诸城觉而有作》这首诗“内容、风格都极像岑参的《白雪歌》、《轮台歌》、《天山雪歌》、《走马川行》等等”,《五月十一日夜且半梦从大驾亲征尽复汉唐故地见城邑人物繁丽云西凉府也喜甚马上作长句未终篇而觉乃足成之》中边塞地名“苜蓿峰”亦从岑参诗里来。①

前人评诗以陆游拟杜甫,往往着眼其爱国忠君,表彰他“寤寐不忘中原,与拜鹃心事实同”。② 而陆游学杜甫七律亦有得,其哀时吊古之作常效仿杜甫那一类雄伟苍凉之作。如《登赏心亭》之“蜀栈秦关岁月遒,今年乘兴却东游。全家稳下黄牛峡,半醉来寻白鹭洲。黯黯江云瓜步雨,萧萧木叶石城秋。孤臣老抱忧时意,欲请迁都涕已流”。《雪夜感旧》之“江月亭前桦烛香,龙门阁上驮声长。乱山古驿经三折,小市孤城宿两当。晚岁犹思事鞍马,当时那信老耕桑。绿沉金锁俱尘委,雪撒寒灯泪数行”等等,刻画景物伟丽,而有苍茫激楚之致,这又不同于江西派黄庭坚、陈师道学杜得“细筋健骨、瘦硬通神”之体。③

陆游晚年的生活平静优游,往往以诗描绘田园山水,吟咏日常琐事,表达细微心理感受,诗风渐渐平淡乃至琐碎浅直,与白居易晚年闲适诗相近。其诗如“百钱浊酒浑家醉,六月飞虫彻晓无。美睡不愁闲客搅,出游自有小儿扶”(《上章纳禄恩畀外祠遂以五月初东归》,《剑南诗稿》卷五三);“桃符呵笔写,椒酒过花斟。巷柳摇风早,街泥溅马深”(《己酉元日》,《剑南诗稿》

① 见钱钟书《宋诗选注》,第282页、第290页。

② 林景熙:《王修竹诗集序》,见《霁山先生集》卷五,文渊阁四库全书本。

③ 参阅钱钟书《谈艺录》“七律杜样”,第172—175页。

卷二〇）；“东篱深僻懒衣裳，书卷纵横杂药囊。无吏征租终日睡，得钱沽酒一春狂”（《东篱》，《剑南诗稿》卷六五），诸如此类，诗句光润清圆，格致稳适甜熟，情调闲雅快活，益开浅直路径，往往伸纸便得，与白居易晚年诗风非常相近，根本原因还在老年心态相似。

陆游论诗对晚唐极为轻视。或曰“欧曾不生二苏死，我欲痛哭天茫茫！文章光焰伏不起，甚者自谓宗晚唐”（《追感往事》其四，《剑南诗稿》卷四五）；或谓“晚唐诸人战虽鏖，眼暗头白真徒劳”（《记梦》，《剑南诗稿》卷一五）；又说“数仞李杜墙，常恨欠领会。元白才倚门，温李真自郐”（《示子聿》，《剑南诗稿》卷七八）；甚至说“陵迟至元白，固已可愤激。及观晚唐作，令人欲焚笔”（《宋都漕屡寄诗作此示之》，《剑南诗稿》卷七九），虽极表鄙视，其实于晚唐诗多所师法。[①] 陆游个性不耐沉潜，“专务眼处生心”，[②]其诗工于写景叙事，用力于锤炼字句、组织对偶，佳者自然清疏婉丽，浅而有韵。这与晚唐诗“惟搜眼前景而深刻思之”，[③]琢句清好，尤用力于中间两联的作法相似，其诗歌清新刻露、灵动婉转的一面也更近于晚唐诗的风格情调。晚唐体诗存在的“浅薄”、“俚犷”、“尖薄”、“格卑”等弱点，[④]是不逞书卷、不矜气格、不尚深思以炼意的负面效应，放翁诗于此也有所不免。如《雪》诗云：“花壶夜冻先除水，衣焙朝寒久覆炉。松顶积高时自堕，竹枝压重欲相扶”（《剑南诗稿》卷十九），写状甚肖而格不高。《村居秋日》云：“亭皋草木犹葱倩，天上风云已惨凄。逋负如山炊米尽，终年枉是把锄犁”（《诗稿》卷三五），写景质拙而结语俚俗。又如“石研不容留宿墨，瓦瓶随意插新花”，“林声鸟雀来无数，草茂锄耰去即生”之类，嫌于平浅流滑，贺裳也曾指出陆游诗有“意境不远”的缺憾。[⑤] 就具体的创作而言，陆游对晚唐诸家诗歌艺术技巧多

---

① 参阅莫砺峰《论陆游对晚唐诗的态度》，见《文学遗产》1991 年第 4 期，他认为陆游反对晚唐体，不是站在江西派立场，指责晚唐诗的观点与他在具体技巧上借鉴晚唐并不矛盾，绝不是“违心作高论”。

② 参阅钱钟书《谈艺录》，第 130—131 页。

③ 杨慎：《升庵诗话》卷一一，转引自贺裳《载酒园诗话》卷一，见《清诗话续编》，第 262 页。

④ 参阅王水照《〈宋诗选注〉删落左纬之因及其他》，《文学遗产》2005 年第 2 期。

⑤ 贺裳：《载酒园诗话》“宋·陆游”，见《清诗话续编》，第 451 页。

所借鉴，如袭用晚唐诗歌成句，[①]化用晚唐人诗意，[②]或是仿其体格。[③] 经过对陆游诗风与技巧的精细辨析比较，钱钟书进一步指出其“五七律写景叙事之工细圆匀者，与中晚唐人如香山（白居易）、浪仙（贾岛）、飞卿（温庭筠）、表圣（司空图）、武功（姚合）、玄英（方干）格调皆极相似，又不特近丁卯（许浑）而已”。[④] 故曰陆游虽严斥晚唐诗，其诗得力于晚唐处实甚多。

陆游的诗歌虽然以豪放气质、膏腴情味令人印象深刻，但他“于古今诗家，仿作称道最多者，偏为古质之梅宛陵”。[⑤] 不但在《读宛陵诗》、《书宛陵集后》、《李虞部诗序》、《梅圣俞别集序》等诗文中对梅尧臣唱叹备至，还有不少仿梅尧臣的诗句，拟“宛陵体”的诗歌，[⑥]主要推崇梅尧臣诗的“平淡”。这一诗法取向主要归结为两点：一，在具体诗法上，指出“大巧谢雕琢”（《夜坐示桑甥十韵》，《剑南诗稿》卷一九）；二，在评价标准上，认为“诗到无人爱处工”（《明日复理梦中意作》，《剑南诗稿》卷五八）。总之对讲出处示学问、安排章法、力求律吕、偶俪的精致工稳等一切诗歌形式上的刻意追求持否定意见，其内在心理机制则或因雅好异量之美，也是“自病其诗之流易工秀，而欲取宛陵之深心淡貌为对症之药”。[⑦] 不过陆游对于“平淡”诗美的本质及其

---

① 参阅《谈艺录》，第120页、第443页。如贾岛《山中道士》：“养雏成大鹤，种子作高松。”放翁《开东园路》其三云：“鹤雏养得冲霄汉，松树看成任栋梁。”《书斋壁》云：“买雏养得冲霄鹤，拾子栽成偃盖松。”《江楼醉中作》：“死慕刘伶赠醉侯”。用皮日休《夏景冲澹偶然作》：“他年谒帝言何事，请赠刘伶作醉侯”。等等。

② 参阅《谈艺录》，第443页。如陆游《记梦》：“不知尽挽银河水，洗得平生习气无。”乃仿杜牧之《寄杜子二首》：“狂风烈焰虽千尺，豁得平生俊气无。”《幽居书事》：“正欲清言闻客至，忽逢美酒报花开”，本司空图“客来当意惬，花发遇歌成”。许浑《陵阳初春日寄汝洛旧游》：“万里绿波鱼恋钓，九重霄汉鹤愁笼”，陆游《寄赠湖中隐者》仿其意曰“万顷烟波鸥境界，九天风露鹤精神”。等等。

③ 参阅《谈艺录》，第443页。如陆诗《幽居夏日》“子母瓜新间奠俎，公孙竹长映帘栊”，仿许浑《赠王山人》“君臣药在宁忧病，子母钱成岂患贫”；陆游《到严州十五晦朔》之“名酒过于求赵璧，异书浑似借荆州”与司空图“得剑乍如添健仆，亡书久似忆良朋”。机杼如一。《书房杂书》之“世外乾坤大，林间日月迟”，似杜荀鹤之“日月浮生外，乾坤大醉间”。《荷锄》之“胆怯沽官酿，瞳昏读监书”似杜荀鹤之“欺春只爱和醅酒，讳老犹看夹注书”等，“或反语以见奇，或循蹊而别悟”。

④ 《谈艺录》，第124页。

⑤ 《谈艺录》，第115页。

⑥ 如《过林黄中食柑子有感学宛陵先生体》、《致斋监中夜与同官纵谈鬼神效宛陵先生体》、《送苏召叟秀才入蜀效宛陵先生体》等共十二首。均为五古，亦取材不嫌平常琐细，意象不避丑恶，笔触至于虱蚊、饥鸦、老巫、骷髅；写景以白描手法，色彩清简，酷似梅诗简古朴质风调。

⑦ 《谈艺录》，第117页。

多重意蕴、多重指向的认识不够深入，遂不免以琐屑题材、庸常情感入诗，少深思炼意，而放笔为之，尤其是晚年作诗以适情遣兴为主，虽然颇有情怀淡泊闲肆，写景清空质朴的佳篇，而“失之平熟，近乎粗率”的作品更多一些。

3. 陆游各体诗歌的成就

陆游最擅长的体式是七言诗，其于七古、七律、七绝都有很高的造诣，人谓“工妙宏肆，可称观止”。①

七古诗如淳熙元年(1174)所作《同何元立赏荷花，追怀镜湖旧游》：

少狂欺酒气吐虹，一笑未了千觞空。凉堂下帘人似玉，
月色泠泠透湘竹。三更画船穿藕花，花为四壁船为家。
不须更踏花底藕，但嗅花香已无酒。花深不见画船行，
天风空吹白纻声。双桨归来弄湖水，往往湖边人已起。
即今憔悴不堪论，赖有何郎共此尊。红绿疏疏君勿叹，
汉嘉去岁无荷看。②

写在蜀州西湖赏荷忆及年轻时游镜湖的情景，诗歌有李白诗的俊逸，也有温庭筠的清丽。句意层层转折，而好语如贯珠，极富情韵。

《长歌行》：

人生不作安期生，醉入东海骑长鲸；犹当出作李西平，
手枭逆贼清旧京。金印煌煌未入手，白发种种来无情。
成都古寺卧秋晚，落日偏傍僧窗明。岂其马上破贼手，
哦诗长作寒螀鸣？兴来买尽市桥酒，大车磊落堆长瓶；
豪竹哀丝助剧饮，如巨野受黄河倾。平时一滴不入口，
意气顿使千人惊。国仇未报壮士老，匣中宝剑夜有声。
何当凯旋宴将士，三更雪压飞狐城！③

---

① 陈衍认为：“放翁七言体，工妙宏肆，可称观止。古诗亦有极工者，盖荟萃众长以为长也。”称道“剑南七绝，宋人中最占上峰”(《石遗室诗话》卷二七，《石遗室文集》三集)。又谓：“剑南最工七律、七言绝句。略分三种：雄健者不空，隽异者不涩，新颖者不纤。”(《宋诗精华录》卷三)

② 《剑南诗稿》卷五，第416页。

③ 《剑南诗稿》卷五，第467页。

诗人刻画了一个意气豪迈的自我形象，极尽夸张想象。诗意跌宕转折，笔力顿挫，语言朗畅，气势奔放，诗风近于李白，后人推为陆游诗歌的压卷之作。《金错刀行》、《书志》、《秋声》、《晓叹》、《醉歌》、《大将出师歌》等也都是典型的陆游七古名篇。七古形式似乎更适合陆游抒发他那种豪迈健放、奋扬踔厉的思想情感，也极富感染力，读之足可起痿兴痹。

陆游集中七律数量最多，题材广泛，如《书愤》、《夜泊水村》等抒发恢复之志，爱国热忱；《临安春雨初霁》、《病起》等则感慨身世际遇；《游山西村》、《村居初夏》等则描写田园闲适生活。风格多样，有的雄浑悲壮，有的清新俊逸，有的闲适淡泊。陆游七律有意学老杜，而偏于清新刻露，圆熟巧密，尤长于对仗，刘克庄至谓"古人好对偶被放翁用尽"。如《曳策》：

慈竹萧森拱废台，醉归曳策一徘徊。
纷纷落日牛羊下，黯黯长空霰雪来。
三峡猿催清泪落，两京梅傍战尘开。
客怀已是凄凉甚，更听城头画角哀。①

是淳熙四年(1177)游房季可园作，传杜甫在成都曾居此处。诗人将忧国自伤之情一寓于衰飒苍凉之景，情景交融无间。又化用诗经"日之夕矣，牛羊下来"、民歌"巴东三峡巫峡长，猿鸣三声泪沾裳"，以及岑参《九日思长安故园》"遥怜故园菊，应傍战场开"入诗，而对仗工整，颇得杜律之神味。

又《六月十四日宿东林寺》：

看尽江湖千万峰，不嫌云梦芥吾胸。
戏招西塞山前月，来听东林寺里钟。
远客岂知今再到，老僧能记昔相逢？
虚窗熟睡谁惊觉？野碓无人夜自舂。②

是淳熙五年(1178)东归途经江西九江时所作。诗境阔大，诗意一气舒卷，流

① 《剑南诗稿》卷九，第707页。
② 《剑南诗稿》卷一〇，第813页。

动不滞，偶对精练而若不经意，姚鼐以为最似东坡诗。

《初夏行平水道中》云：

老去人间乐事稀，一年容易又春归。
市桥压担莼丝滑，村店堆盘豆荚肥。
傍水风林莺语语，满园烟草蝶飞飞。
郊行已觉侵微暑，小立桐阴换夹衣。①

《西村》：

乱山深处小桃源，往岁求浆忆叩门。
高柳簇桥初转马，数家临水自成村。
茂林风送幽禽语，坏壁苔侵醉墨痕。
一首清诗记今夕，细云新月耿黄昏。②

皆是老年退居山阴诗作，写日常生活趣味，诗意清浅，诗情清和，笔调雅致清华，诗境很美。其他名章俊句层出不穷，如"细雨春芜上林苑，颓垣夜月洛阳宫"（《书愤》，《诗稿》卷三五）；"一身报国有万死，双鬓向人无再青"（《夜泊水村》，《诗稿》卷一四）；"楼船夜雪瓜州渡，铁马秋风大散关"（《书愤》，《诗稿》卷一七）；"十月风霜欺客枕，五更鼓角满江天"（《幽居感怀》，《诗稿》卷一五）；"三万里天供醉眼，二千年事入悲歌"（《览镜》，《诗稿》卷二三）。等等。皆精警遒丽，堪受揣摩欣赏。不过陆游在章法安排上并不特别经意，所以七律也存在有句无篇的缺陷。

陆游的七绝往往笔致清隽，情味深永，如《采莲》其二：

云散青天挂玉钩，石城艇子近新秋。
风鬟雾鬓归来晚，忘却荷花记得愁。③

写景细腻清丽，抒情则蕴藉风流，极富情韵。《剑门道中遇微雨》是其代表

① 《剑南诗稿》卷三二，第 2141 页。
② 《剑南诗稿》卷四六，第 2812 页。
③ 《剑南诗稿》卷一一，第 882 页。

作,“衣上征尘杂酒痕”简笔勾勒出游子的落拓不羁,“此身合是诗人未”?反躬自问中有一缕淡淡的怅惘之情涵咏不尽。《看镜》、《太息》、《十一月四日风雨大作》、《和高子长参议道中两绝》、《秋夜将晓出篱门迎凉有感》、《示儿》等则是或直抒胸臆,或情寓景中,将爱国热忱寓于尺幅短章,发人深慨。

陆游的爱情诗多达几二十首,这在宋诗中是很少见,非常特别的。其《禹迹寺南有沈氏小园,四十年前尝题小阕壁间,偶复一到,而园已易主,刻小阕于石,读之怅然》是光宗绍熙三年(1192)重阳后感念前妻唐氏而作,云:

枫叶初丹槲叶黄,河阳愁鬓怯新霜。
林亭感旧空回首,泉路凭谁说断肠。
坏壁醉题尘漠漠,断云幽梦事茫茫。
年来妄念消除尽,回向禅龛一炷香。①

二人早岁仳离,至此几四十年。诗中写出孤寂、衰颓的老人心境,意中前事茫茫,虽不能胜情,而终无可奈何,只能向佛家说的“空”去消释憾念。

总的来看,无论是古体还是近体,陆游的诗歌都显示出他才力宏富、感情诚挚的艺术个性。其诗在平易晓畅之中涵蕴着恢宏踔厉、从容滂沛的气象,这种气象是博采众家,尤其是唐代大家、名家之长“混成”而得之。②

陆游因为作诗太多,失于汰择,不免也有很多不成功的作品存世,尤其是步入老境后的二十年,更有不少率易之作,“写村林茅舍,农田耕渔,花石琴酒事,每逐日月,计寒暑,读其诗如读其年谱也”,③其立意、句法的因循蹈袭,令人读之生倦。有些诗歌讲陈道理,但议论肤浅空泛;有些关怀国事的诗歌,因为对于宋金双方的形势并不真切了解,④读之不免有肤廓和夸张之

---

① 《剑南诗稿》卷二五,第1809页。

② 参阅沈家庄《论放翁气象》,《文学遗产》1999年第2期。

③ 王士禛著,张宗柟纂集、戴鸿森校点:《带经堂诗话》卷一,“品藻类”一八,人民文学出版社1998年版,第43页。

④ 淳熙十一年(1184)所作的题为《闻虏酋遁归漠北》,《闻虏政衰乱扫荡有期喜成口号》等诗,是根据道听途说想当然而作。开禧二年秋,韩侂胄的“北伐”已经败运铸定,陆游听到的仍是捷报频传,他为此作了《书几试笔》,篇末四句云:“解梁已报偏师入,上谷方看大盗除。药笈箸囊幸无恙,莲峰吾亦葺吾庐。”乐观得甚至有卜居条华,葺庐莲峰的梦想。这样的诗歌篇数不少。

感。

4. 诗中“三昧”与诗外工夫

陆游曾在三首诗中对自己一生的诗歌创作历程进行回顾与总结，其中两次提到诗中“三昧”，并提出“工夫在诗外”的观点，这引起了研究者的极大注意。这三首诗是《九月一日夜读诗稿有感走笔作歌》、《入秋游山赋诗略无阙日戏作五字七首识之以野店山桥送马蹄为韵》和《示子聿》。① 陆游所言“三昧”指何？诗中“三昧”与“诗外工夫”是否为一事？论诗者各有解说，观点不尽一致。② 钱钟书认为陆游《九月一日夜读诗稿有感走笔作歌》所言诗家“三昧”指一种“豪”、“捷”的艺术风格，③概括得非常准确。对“诗外工夫”的理解，研究者基本都认为强调了诗歌创作与现实的关系。

从陆游的实际创作情形来看，生活经历、客观世界对陆诗影响的确很大。赵翼总结陆游的诗歌有“三境”，④其中年、晚年诗歌境界的变化，都与其所处境地密切相关。陆游诗歌对“现实之境”的表现是很有特点的。他善于以“入画之景作画，宜诗之事赋诗，如铺锦增华，事半而功则倍”。⑤ 如其诗中所云：“山光染黛朝如湿，川气熔银暮不收。诗料满前谁领略，时时来倚水边楼”(《杂题》，《诗稿》卷二二)；“眼边处处皆新句，尘务经心苦自迷。今日偶然亲拾得，乱松深处石桥西”(《山行》，《诗稿》卷三三)，等等。正是由于选择了宜诗之“境”，所以写起来易工又省力。

在去世前一年，总结六十年作诗心得时，陆游谈到“工夫在诗外”。诗外工夫的涵义不应限定于“现实对于诗歌创作的重要性”或是“江山助诗”。陆游曾在《感兴》一诗中高度赞扬司马迁、李白等前人的文学成就，云：“饱以五车读，劳以万里行，险艰外倍尝，愤郁中不平。山川与风俗，杂错而交并，邦

① 分别见于《剑南诗稿》卷二五、卷五四、卷七八。

② 参阅朱东润《陆游传》，中华书局 1960 年版；游国恩等《中国文学史》，人民文学出版社 1963 年；顾易生等《宋金元文学批评史》，上海古籍出版社 1996 年。

③ 钱钟书先生云：“自羯鼓手疾、琵琶弦急而悟诗法，大可着眼。二者太豪太捷，略欠渟蓄顿挫；渔阳之掺、浔阳之弹，似不尽如是。若磬、笛、琴、笙，声幽韵曼、引绪荡气，放翁诗境中，宜不常逢矣。”见《谈艺录》三六则，第 131 页。

④ 《瓯北诗话》卷六，见《清诗话续编》，第 1220—1221 页。

⑤ 钱钟书：《谈艺录》，第 118 页。

家志忠孝，人鬼参幽明，感慨发奇节，涵养出正声，故其所述作，浩浩河流倾”(《诗稿》卷一八)；也说过“谁能养气塞天地，吐出自足成虹霓”(《次韵杨伯子主簿见赠》，《诗稿》卷二〇)；又说“文能换骨无余法，学但穷源自不疑”(《示儿》，《诗稿》卷二四)，故陆游所指的“诗外工夫”，应当包括养气、读书等精神和学识上的修养在内。

南宋以后至今，一般都认为陆游是南宋最伟大的诗人，主要原因是其诗歌作品存世最多，艺术成就很高很全面，而且诗中爱国精神的影响也极大。①

(二)独辟蹊径的“诚斋体”

杨万里(1127—1206)，字廷秀，吉州吉水人(今属江西)，绍兴二十四年(1154)进士，张浚教以“正心诚意”，遂号诚斋。仕孝光两朝，有《诚斋集》。杨万里深于易学，有《诚斋易传》，全祖望称为“卓然不惑”，“尤为洞邃”。②

1.“诚斋体”的审美特征

杨万里的诗歌“始学江西诸君子，既又学后山五字律，既又学半山老人七字绝句，晚乃学绝句于唐人”，③最终“忽若有悟”，“于是辞谢唐人及王、陈、江西诸君子”，自创了一种“新鲜泼辣”的写法，④称为“诚斋体”，发展出与传统诗歌相对的一组审美特征。

第一，“诚斋体”诗歌在语言、题材和情趣方面表现出不避俗、不求雅的特点。杨万里大量以新鲜贴切的口语、白话入诗，既有“数尺强”、“难禁当”这样一些杜甫用过或者在书史典籍中有来历的口语，但更多的则是如“穷忙”、“等得”、“簸弄”、“探支”、“劈面”、“打头”、“崭新”、“死命”、“劣相”、“一丝不挂”、“拖泥带水”、“手忙脚乱”、“连吃数刀”、“跳来跳去”、“绿崭崭”、“钗子”、“汗脚”等等——从来没有在诗中出现过的日常生活语言。从语言发展历史来看，南宋正是白话发展的重要阶段，宋元以后的语法系统已

---

① 最先将陆游推为南宋诗人之首的是清乾隆帝，他在《唐宋诗醇》综论中指出“宋自南渡以后，必以陆游为冠”，还下了“感激悲愤，忠君爱国”的八字定评。赵翼最崇拜陆游，在他眼里陆游的诗不但是南宋之冠，而且还超过了北宋的苏轼。

② 《赵张诸儒学案序录》，见《宋元学案》卷四四。

③ 杨万里：《诚斋荆溪集序》，《诚斋集》卷八〇，四部丛刊本。

④ 钱钟书：《宋诗选注》“杨万里小传”，第252页。

经同现代汉语相差不远，①处在这样一个口语词汇迅速扩展的潮流中，诗歌语言受到一些影响是很自然的。不过与其他诗人面对许多新鲜词汇相对谨慎、保守的表现相比，杨万里则显示出对新事物的大胆接受和敢于尝试。

"诚斋体"诗也接受了民歌句法的影响。杨万里作了许多竹枝词和民歌风格的诗歌，如《峡山寺竹枝词五首》、《竹枝歌七首》、《和王道父山歌》（题下注"夜卧舟中闻有唱山歌者倚其声作二首"），等等。诚斋诗中也常常使用民歌中常见的重复、顶针、连环句式以及叠字叠词，造就一种错落爽利、活泼明快的民歌风味。如"白白茅柴强作春，青青灯火夜相亲"（《送曾秀才归永丰》）；"小小楼临短短墙，长春半架动红香。杨花知得人孤寂，故故飞来入竹窗"（《题青山市汪家店》）；"淡着烟云轻着雨，近遮草树远遮山"（《社日南康道中》）；"鸂鶒娇红野鸭青，为人浮没为人鸣。忽闻风起仍波起，乃是飞声与落声"（《净远亭晚望》），等等。诗语回环婉曲，前后呼应，如珠走玉盘，玲珑圆转。诗歌语言突破书面语与口头语、文雅语与常俗语的界限，②使得杨万里的表达得到了更大自由，能更亲切妥帖、生动细致地描刻出眼前、意中的情景与事理。

"诚斋体"诗歌中意象琐碎细小的特点非常突出，③题材大量来自于常俗生活与自然景物；杨万里虽然是个刚毅狷介、关心国事民瘼的士大夫，但很少在诗中表达对政治社会的感慨或意见，现存的四千二百余首诗歌中，以"恢复"或杀敌为主题的屈指可数，④显示出对重大庄严题材的回避倾向。

"诚斋体"诗抒写的情趣也多谐俗轻浅，如"田夫抛秧田妇接，小儿拔秧

---

① 参阅《汉语历代书面语和口语的关系》，郭锡良《汉语史论集》，商务印书馆 2005 年版，第 606—617 页。

② 杨万里自陈诗歌用语要遵守一定的规则，曰："诗固有以俗为雅，然亦须经前辈取熔，乃可因承"（见《鹤林玉露》丙编卷三，第 285 页），从实际情况看，杨万里的诗歌用语大大超过了自己设下的界限。

③ 参阅陈植锷《诗歌意象论》，中国社会科学出版社 1990 年版。王守国：《诚斋诗研究》，中州古籍出版社 1992 年版。王守国统计诚斋诗中特称意象十倍于泛称意象，且多为单纯意象。

④ 清代光聪谐已经注意到这一点，他指出"诚斋诗不感慨国事"，"诚斋与放翁同在南宋，其诗绝不感慨国事，惟《朝天续集》中《人淮河四绝句》、《题盱眙军东南第一山》二律、《跋丘宗卿使北诗轴》少见其意，与放翁大不侔"。（光聪谐《有不为斋随笔》庚卷，转引自《杨万里范成大资料汇编》，第 92 页）。此外还有如《嘲淮风进退格》、《过扬子江》、《雪霁晓登金山》等几首诗流露了忧国之念。

大儿插。笠是兜鍪蓑是甲，雨从头上湿到胛。唤取朝餐歇半霎，低头折腰只不答，秧根未牢莳未匝，照管鹅儿与鸡鸭"（《插秧歌》），用白话口语生动描写田间活计。又如"稚子金盆脱晓冰，彩丝穿取当银钲"（《稚子弄冰》）；"童子柳阴眠正着，一牛吃过柳阴西"（《桑茶坑道中》其七），写孩子的天真、田间野趣，都令人会心而笑；再如《道旁店》：

> 路旁野店两三家，清晓无汤况有茶。
> 道是渠侬不好事，瓷瓶瓶插紫薇花。①

《溪边回望东园桃李》：

> 看花不合在花间，外面看来锦一般。
> 每一团花三丈许，红花团绕白花团。②

诗人表现的不是文人雅致，而是平民世俗的爱美情趣。对于文人们不在意的一些琐事常情，杨万里总是兴致勃勃地关注、体会，用诗来抒写。只要有助于思致的表达，能妥帖地传递所感受到的情味，则无论语言的雅俗，意象、题材的大小，趣味的庄谐，他都加以灵活运用和表现。

第二，"诚斋体"诗的情感基调以乐为主，"不笑不足以为诚斋之诗"。③如"秧才束发幼相依，麦已掀髯喜可知。笑煞槿篱能耐事，东扶西倒野荼蘼"（《过南荡》）；"薰笼供药较香些，引得蜂儿绕室哗。笑死老夫缘底事，蜂儿专用鼻看花"（《嘲蜂》），等等。传统诗歌常常以文字游戏造成谐趣，"诚斋体"诗中幽默风趣的构成不在于表达方式，而主要在于其与万物俳谐打诨的态度；有些诗歌对所表现对象加以比拟、夸张、变形、对比，造成一种滑稽的效果，令人哑然失笑。如"沙鸥数个点山腰，一足如钩一足翘。乃是山农垦斜崦，倚锄无力正无聊"（《桑茶坑道中》其三）；又如"梅兄冲雪来相见，雪片满须仍满面。一生梅瘦今却肥，是梅是雪浑不辨。唤来灯下细看渠，不知真个有雪无？只看玉颜流汗珠，汗珠满面滴到须"（《烛下和雪折梅》），等等，皆是

---

① 《诚斋集》卷三二。
② 《诚斋集》卷三九。
③ 吴之振编：《宋诗钞》卷七一，见《诚斋诗钞》，上海古籍出版社 1993 年版，第 360 页。

如此。此外,"诚斋体"诗中快乐的情感表达比例最大,当诗人置身于大自然时,"千峰为我旋生妍,我为千峰一洒然",客观美景与自我心境互动,总是兴味盎然。杨万里性情通达,不为春愁、不为秋悲,诗中"笑"字满眼,且加以程度修饰,如"笑杀"、"笑死"、"笑煞"、"喜"、"颠"等词语时时可见,快乐的情感很饱满。

第三,"诚斋体"诗动感强烈、节奏轻快,张镃形容为"跳腾踔厉",①方回评为"飞动驰掷"。② 杨万里不仅善于捕捉那"忽"生眼底的情态变幻,而且能将它精到地刻画在诗中。"诚斋体"诗很少先描写全景作气氛的烘托和渲染,而是直接描摹事物的瞬间动态特征,诗中往往多个动作齐发,又以动态来比拟、形容动态,即使是一句一联中,也呈现出声色视听的多维效果,令人耳目为之应接不暇。如写舟上看山:"上得船来恰对山,一山顷刻变多般。初堆翠被百千折,忽拔青瑶三两竿"(《阊门外登溪船》);写水上行舟:"风头才北忽成南,转眼黄田到谢潭。仿佛一峰船外影,褰帏急看紫巉岩"(《舟过谢潭》三首之一);杨万里还善于化静为动,如《晓过花桥入宣州界》其一:"路入宣城山便奇,苍虬活走绿鸾飞。诗人眼毒已先见,却入褰云作翠帷。"如《晚日二首》:"日影穿波跳碎银,波光弄日走寒星。一时飞入船窗里,万草千花变未停";在林逋诗中暗香浮动的花气,在杨万里笔下则强烈而躁动,是"推门欲开犹未开,猛香排门扑我怀"。诚如钱钟书比较杨万里与陆游的写景诗后所言:"放翁善写景,诚斋善写生;放翁如画图之工笔,诚斋则如摄影之快镜;兔起鹘落,鸢飞鱼跃,稍纵即逝而未及其逝,转瞬即改而当其未改;眼明手捷,踪矢蹑风:此诚斋之所独也。"③与放翁代表的传统诗美比起来,杨万里以"跳腾踔厉"的笔法,写出一个喧嚷热闹、生机涌动的世界,它决然不同于传统诗歌意境的圆融静美、清高绝俗,而具有为传统诗歌所缺少的"新鲜泼辣"的味道,故钱钟书誉其有"拓境宇、启山林"之功。

第四,唐音和宋调作为两种诗歌审美范式,对自然与人文世界各有偏

---

① 张镃:《携杨秘监诗一编登舟因成二绝》,见《南湖集》卷七,文渊阁四库全书本。

② 方回:《读张功父 <南湖集> 并序》,见《桐江续集》卷八,文渊阁四库全书本。

③ 钱钟书:《谈艺录》第118页。

重。"诚斋体"也是以自然为师,但是与唐音、宋调为代表的传统诗歌比较又有很大不同,其"自然"特质有独特的涵义。首先是诗人的注意力由内心转向外界自然,着重写眼前景、身边事。在《荆溪集》四百九十二首诗中,写景咏物之作占总数的六分之五。在杨万里全部四千两百余首诗中,写江山风月美景、日常生活的也占了绝大多数。诗人敏锐体察,细腻描画,正如姜夔评论,杨万里的诗歌令"年年花月无闲日,处处山川怕见君"。①

其次,杨万里不但以诗歌生动逼真地再现客观自然,其创作亦显现了他性灵的天真自然。一般诗歌中较多移情于物的写法,杨万里笔下的山水云月、花草树木则不光有情感,有独特的灵性,还能与诗人互动,产生思想和情感的交流和沟通:"欲借微凉问万松,万松自诉热无风"(《中元日早起》);"细草摇头忽报侬,披襟拦得一西风"(《暮热游荷池上》);它们那样调皮,竟然与诗人谑戏:"溪边小立苦待月,月知人意偏迟出。归来闭门闷不看,忽然飞上千峰端"(《钓雪舟中霜夜望月》);"两朵三枝梅正新,不疏不密最欢人。花枝夹路嗔人过,径脱老夫头上巾"(《至后与履常探梅东园》);它们也有嫉妒之情,争胜之心:"雨来细细复疏疏,纵不能多不肯无。似妒诗人山入眼,千峰故隔一帘珠"(《小雨》);"岭下看山似波涛,见人上岭旋争豪。一登一陟一回顾,我脚高时他更高"(《过上湖岭望招贤江南北山》)。在诗人眼中笔下,鹭鸶闲雅,小蜂狡黠,蜘蛛勤于家计,各具性情,活灵活现。② 杨万里的诗中不仅有物与"我"的互动,也写出万物之间的情意交融。如"泉眼无声惜细流,树阴照水爱晴柔"(《小池》);"青山自负无尘色,尽日殷勤照碧溪"(《玉山道中》);……诗例甚多,无须一一枚举。

诗人用一颗初心去体悟、感受,与万物嬉戏相亲,诗人的生命律动与万物相通,泯灭了大小、主客界限,在再现大自然的同时也表现了其性灵的本真。刘过称扬杨万里云:"达人胸次元无翳,芥子须弥我独知",③可谓的当。

再次是表达方式的返朴归真。诗歌发展到宋代,传统古典诗歌已经变

---

① 姜夔:《送〈朝天续集〉归诚斋时在金陵》,见《白石道人诗集》卷下,四部丛刊本。

② 见《壕上书事》、《南溪山居秋日睡起》、《蛛网》等诗。

③ 刘过:《投诚斋》其六,见《龙洲集》卷八,文渊阁四库全书本。

得味醇句雅，语言精粹，一些意象的涵蕴已经凝定，因为习用而不能给读者新鲜的感受。江西派诗人以“搜猎奇书、穿穴异闻”来求得审美感受的“陌生化”，而杨万里说“平生刺头钻故纸，晚知此道无多子”（《题唐德明建一斋》），说“春花秋月冬冰雪，不听陈言只听天”（《读张文潜诗》），他彻底摒弃前代写作成式、惯用成语及传统意象的固有内涵，用性灵之本真去感受，用自己独有的语言和方式去表达对自然的直接印象，描画和传递出多种多样的未经人道和难以言传的新鲜情景与趣味。如《腊梅》云：

江梅珍重雪衣裳，薄相红梅学杏装。
渠独小参黄面老，额间艳艳发金光。①

诗歌采用对比衬托之法，让江梅、红梅、腊梅在同一画面里绽放，惟独腊梅金光艳艳，风采独占。梅花本因其傲雪凌霜被赋予高洁的人格特征，成为古代士大夫喜爱的人文意象。杜甫写白梅有“雪树原同色”（《江梅》）的佳句，王安石对红梅有“北人初不识，浑作杏花看”（《红梅》）的感叹，吕本中描写腊梅则云“学得汉宫妆，偷传半额黄”。杨万里信手将以上三人的诗境纳入己诗，却不沿袭传统诗歌咏梅着眼于其清雅高傲的立意，而是切实写出眼前腊梅的勃勃生气，光彩照人。

在“诚斋体”诗中，大批传统意象固有的涵义、固定的感情色彩被尽行剥除，而赋予当下最真切、最朴实的感受，得到新鲜的内涵。这些具有新鲜内涵的意象扰乱了读者早已形成的固定感觉和印象，但又给人亲近、切肤的感受，增强了现实世界的明晰度。如写雨落林中：“莫信秦人五大夫，一生清苦不敷腴。也将青玉雕钗子，一一钗头缀雨珠”（《道旁雨中松》）；写清晨的日光：“金篦落地拾不得，却是穿窗晓日痕”（《晓起》）；写闷热蒸人：“也无半点爽风吹，坐轿分明是甑炊”（《午热》）；写“早行”，温庭筠的“鸡声茅店月，人迹板桥霜”（《商山早行》）静谧清冷如画；杨万里则说：“雾外江山看不真，只凭鸡犬认前村。渡船满板霜如雪，印我青鞋第一痕”（《庚子正月五日晓过大皋渡》），完全是人间烟火。钱钟书说杨万里善于以“创辟”的语言表达自己

① 《诚斋集》卷一一。

的耳目观感,①如果了解古典诗歌传统的力量有多强大,就能了解身为宋人的杨万里做到这一点是多么了不起。

总而言之,诗歌发展到南宋,能入诗的题材差不多已吟咏殆遍;从表达形式上看,无论是语言还是意象,都承载着深厚的传统意涵,这固然是可供后人学习的丰富遗产,同时也极大地挤压了后人创作的空间。杨万里的"诚斋体"诗歌创作却突破以文饰为美、以静为美、以悲为美的雅文学传统,独辟蹊径,创造了一种全新的通俗自然、活泼诙谐的诗美,形成一组与传统诗歌相对的艺术特征,正如同时人项安世所赞:"雄吞诗界前无古,新创文机独有今"(《题刘都监所藏杨秘监诗卷》,《平庵悔稿》卷五),在诗歌发展史上堪称异数。

2."诚斋体"以"趣"为核心的审美范畴和"兴"诗法

"诚斋体"的审美范畴不同于惯常所说的唐诗主情或宋诗主理,而以"趣"为诗美核心,"趣"包容雅、俗,其情感内涵是轻松愉快的,"趣"往往产生于动态,并且是自然感发,出于直觉的,所以"诚斋体"也呈现出相应的艺术特征。

杨万里提倡"兴"的诗法,曰"大抵诗之作也,兴上也,赋次之,赓和不得已也。我初无意于作是诗,而是物是事适然触乎我,我之意亦适然感乎是物是事。触先焉,感随焉,而是诗出焉。我何与哉?天也。斯为之兴"。② 他认为"兴"、"赋"、"赓和"这三种创作状态的区别是:"兴"出于直觉、灵感或者说是妙悟,"赋"经过意识的安排,属于逻辑思维;而"赓和"则不但经过显意识安排,并且还要受制于人。杨万里与作为宋诗典型的江西诗派分道扬镳的关键就正在于此。作为典型宋诗,江西诗体基本是以"意"、"理"为诗歌本体,故宋诗中"赋、比"的比例较大,不同于唐诗主情,"兴"的比度为多。③"诚斋体"诗并不以情动人,而重在触景得趣,"趣"亦是自然感发,故杨万里

---

① 《宋诗选注》"杨万里小传",第255页。

② 杨万里:《答建康府大军库监门徐达书》,见《诚斋集》卷六七。

③ 参阅徐复观《释诗的比兴——重新奠定中国诗的欣赏基础》,见《中国文学论集》,台湾学生书局1976年版。

重提“兴”诗法。不过相较于唐代及唐前诗歌“情以物迁,词以情发”来说,宋人本身具有重学、有“学”的基础,而杨万里着力表现的“趣”正介于“情”与“理”的中间层次,它不离感性体验,也需要理性感悟。这种以“趣”为核心的独特诗美中,可以找到理学家的活处观理,禅家于万法中悟道的思想根源,与后天学养也有关,所以杨万里所说的“兴”与之前传统诗学中的“兴”的内涵也不全然相同。

诚斋体以“趣”为美,表现手法相应具有“曲”与“奇”的特点。对“诚斋体”的“曲”,陈衍概括得最为确切,谓“宋诗人工于七言绝句而能不袭用唐人旧调者,以放翁、诚斋、后村为最:大抵浅意深一层说,直意曲一层说,正意反一层、侧一层说”,①如《惠山云开复合》云:

> 二年常州不识山,惠山一见开心颜。只嫌雨里不仔细,
> 仿佛隔帘青云鬟。天风忽吹白云坼,翡翠屏开倚南极。
> 正缘一雨染山色,未必雨前如此碧。看山未了云复还,
> 云与诗人偏作难。我船自向苏州去,白云稳向山头住。②

首言二年不见山而今见之,乐之如何;随生不足,以为是雨中山。顷刻雨停,又喜雨洗山碧;未顷云又来遮山,诗人遂离去,云则住于山头。不但诗境曲折,且写出心境跌宕。正是这种“曲”的表现手法,使得诗意不直露,诗境富于变化。

所谓“奇”,就是思出常格,如赵翼所言,“其(杨万里)争新也在意不在词”。③ 因为诗人胸怀透脱,晤对自然风物和日常生活时,有特殊的观察角度与认识理解,创作时摆脱思维定势,逗引出新巧思致。诗中又常有奇特想象、新颖比拟,给人新奇的感觉。如《夏夜追凉》诗云:“夜热依然午热同,开门小立月明中。竹深树密虫鸣处,时有微凉不是风”,正如《宋诗精华录》所云:“若将末三字掩了,必猜是说什么风矣,岂知其不是哉”,④这结尾颇见匠

① 陈衍:《石遗室诗话》卷一六,人民文学出版社2004年版。
② 《诚斋集》卷一三。
③ 赵翼:《杨诚斋诗集序》,见《诚斋诗集》卷首,徐达源校刊本。
④ 陈衍:《宋诗精华录》卷三,见《夏夜追凉》评语,第180页。

心。《明发房溪》其二云:“青天白日十分晴,轿上萧萧忽雨声。却是松梢霜水落,雨声哪得此声清”;《新柳》云:“柳条百尺拂银塘,且莫深青只浅黄。未必柳条能蘸水,水中柳影引他长”,皆是先写错觉,以其为衬托,情致倍添。再如《过松源晨炊漆公店》曰:“莫言下岭便无难,赚得行人错喜欢。正入万山圈子里,一山放出一山拦”;《宿灵鹫禅寺》曰:“初疑夜雨忽朝晴,乃是山泉终夜鸣。流到溪前无半语,在山做得许多声”,两首诗写出眼前景,其中似乎又涵蕴着某种的理趣惹人深思。《促织》诗云:“一声能遣一人愁,终夕声声晓未休。不解缫丝替人织,强来出口促衣裘”,诗歌避实就虚,摆脱借物咏怀、借景抒情的老调子,句句写“促”与“织”,亦是《诚斋诗话》所谓“句中无其词而句外有其意”者。

为求诗意新奇,杨万里还“爱讲翻案法,称东坡‘与君盖亦不须倾’,‘有鞭不使安用蒲’,‘何须更待秋井塌,见人白骨方衔杯’诸句,以为诗法”。①“翻案法”这个术语由杨万里在《诚斋诗话》中首次提出,“翻案法”写作实质是一种逆向思维,它以活求生、化直为曲,以命意的新奇校正读者的审美惯性,与禅宗的“翻案法”语言形式、思维方式相似,北宋王安石、苏轼、黄庭坚等都十分擅长。杨万里在诗中往往用翻案法,《诚斋诗话》称赏杜甫“‘羞将短发还吹帽,笑倩旁人为正冠’。将一事翻腾作一联,又孟嘉以落帽为风流,少陵以不落为风流,翻尽古人公案,最为妙法”,②杨万里则写诗再翻案曰:“节里且追千载事,鬓边管得几茎霜。正冠落帽都儿态,自笑狂夫老不狂”;又如“闭门幸免吹乌帽,有酒何须望白衣。正坐满城风雨句,平生不喜老潘诗”(《重九日雨仍菊花未开用辘轳体》),亦是给以往的重阳诗做翻案文章。

杨万里的写作正是以立意新颖,构思巧妙为前提与基础,故其诗读来令人有“用心而不吃力”之感。③

3.“诚斋体”的发展过程

诗歌史上几乎没有另外一位诗人的创作像杨万里的一样变化频繁而且

① 潘德舆:《养一斋诗话》卷一,见《清诗话续编》,第2014页。

② 杨万里:《诚斋诗话》,见《历代诗话续编》,第140页。

③ 见陈衍《宋诗精华录》卷三,《新柳》下评语,第181页。

自觉。杨万里共有九部诗集，分别是《江湖集》、《荆溪集》、《西归集》、《南海集》、《朝天集》、《江西道院集》、《朝天续集》、《江东集》和《退休集》，方回说“杨诚斋诗一官一集，每一集必一变”，①杨万里在为诗集所作的自序中，谈到其诗风变化一共有四次。② 虽然如钱钟书所言，杨万里“把自己的创作讲得来层次过于整齐划一，跟实际有点儿参差不合”，③但至少说明在淳熙十三年(1187)作《南海集》自序时，杨万里对过往创作历程、诗歌风貌的主要变化以及自己求进的目标、求变的取径已经是自觉的。从其诗歌创作的实际情形来看：绍兴壬午(1162年)，诗人三十六岁，弃绝江西体，这是第一次变化；从1162年到1177年“涣然自悟”，这是学后山、学半山、学晚唐，多方借镜的探索时期，乾道庚寅(1170年)正处于当中。这段时期的诗歌收入《江湖集》，五律、七绝作得相当多，这是第二次变化。淳熙丁酉(1177年)、淳熙戊戌(1178年)之间，就是“无法无衣”，谁也不学的《荆溪集》创作期，是第三次变化，七绝占其间全部创作数量的四分之三，“诚斋体”特质稳定、鲜明地显现。第四变发生在绍熙元年(1190)，诗友皆谓杨万里的诗风又变，而杨不自觉。④

后来的研究者一般都接受杨万里的自我总结，如南宋后期王应麟、清代黄宗羲等，⑤都认为“诚斋体”形成于淳熙四年(1178)之后。说《荆溪集》“收诗四百九十二首，作于淳熙四年至六年知常州期间，这是他诗风大转变时期，他改变过去的模仿作法，开始步入独创阶段”，⑥笼统言之是不错的，但具有“诚斋体”特征的诗歌，“在杨万里现存的诗里一开头就很多，也正像江西

---

① 方回选评，李庆甲集评校点：《瀛奎律髓汇评》卷一“登览类”，杨万里《过杨子江》下批注，第44页。

② 参见杨万里《江湖集》、《荆溪集》、《南海集》、《朝天续集》诸序。

③ 钱钟书：《宋诗选注》“杨万里小传”，第256页。

④ 当代对《朝天续集》创作时期的研究不太重视，解释此期诗风变化倾向从题材内容方面着眼，如莫砺峰《论杨万里诗风的转变过程》，《求索》2001年第4期。

⑤ 王应麟《困学纪闻》卷一八《评诗》云：“诚斋诗始学江西，继而学五字律于后山，学七字绝句于半山，最后学绝句于唐人。”黄宗羲《安邑马义云诗序》云：“昔诚斋自序，始学江西，既学后山五字律，既又学半山老人，晚乃学唐人绝句。后官荆溪，忽若有悟，遂谢去前学，而后涣然自得。”

⑥ 参阅程千帆、吴新雷《两宋文学史》“杨万里的诚斋体”一节，上海古籍出版社1991年版，第325页。

体在他晚年的诗里还出现一样”,①“诚斋体”的成型及其发展的实际情形还是比较复杂的。

从杨万里诗歌创作的全过程来看,“诚斋体”的艺术特质首先表现在七言诗上,尤其是七绝、七古。五言体式受到的影响相对滞后,程度也浅。七绝是“诚斋体”最合适的载体,七绝体式本以简捷明快或蕴藉流丽见长,这与“诚斋体”写景清新、思致灵动的特质相得益彰。七古长篇讲究气脉章法,而杨万里神意畅旺,足以运转指挥,令意脉流转贯通,也能较好地传达“诚斋体”的美感。而七律对仗工整、语言典雅,题材和情感方面也有相应要求,将其改造成“诚斋体”就相对复杂和困难一些。杨万里的七律还是较多地存有正体风格,如《过扬子江二首》:“千载英雄鸿去外,六朝形胜雪晴中。携瓶自汲江心水,要试煎茶第一功”;《过瓜州镇》:“佛狸马死无遗骨,阿亮台倾只野田。南北休兵三十载,桑畴麦垅正连天”;《题盱眙军东南第一山》二首:“万里中原青未了,半篙淮水碧无情。登临不觉风烟暮,肠断渔灯隔岸明”等诗句,皆风格雄浑,境界阔大,感物伤时,叹慨深长,故深得其子杨长孺和尤袤、范成大赞赏。

4. 杨万里的“活法”与接受问题

与杨万里同时的周必大、张镃等人都称道杨万里作诗的“活法”。这个“活法”包含两方面的意思,一是写作时能不为成法所拘束,而以自由表意为先;一是指他能面对和融入现实之境——主要是自然界,写出自然界的真实情景,传递自身的真切感受。在这层意义上,正如他所说的“不听陈言只听天”,“无法无盂也无衣”。杨万里在南宋当时被推为诗坛盟主,②诗歌影响很大,受“诚斋体”影响的有张镃、徐似道、刘克庄等,还包括一些江湖诗人。自杨万里倡扬晚唐诗歌开始,南宋中后期学晚唐体的风潮影响愈来愈大,最后竟形成与江西体诗并立之势。正是看到了“诚斋体”的新质,陈傅良在《杨

① 钱钟书:《宋诗选注》,第255页。

② 姜特立《梅山续稿》卷一《谢杨诚斋惠长句》云:“今日诗坛谁是主?诚斋诗律正施行。”袁说友《东塘集》卷五《和诚斋韵谢惠南海诗三首》云:“斯文宗主赖公归,不使他杨僭等夷。四海声名今大手,万人辟易几降旗。”等等。

伯子以其尊人诚斋南海集为赠以诗奉酬》一诗中说："文从嘉祐今三变"，视"诚斋体"为诗史上继北宋嘉祐、元祐诗风变化之后的第三次大变。

不过从元代开始，直到清代，杨万里的诗集数百年来孤行天壤间，渐遭冷落，其不避俚俗的语言、尖新诙谐的风格难归为唐音，也不是典型的宋调，以此屡被指为轻儇佻巧、伧俚粗俗。比较特别的是晚明时期，公安"三袁"和竟陵钟谭等人在二百余年复古诗潮的重压之后，意欲挣脱古典诗学传统规范，提出"独抒性灵"、"文以自娱"和"文章代口舌"等种种观点，可算是"诚斋体"在后世的遥响与回音。

（三）范成大和尤袤

1. 范成大

范成大（1126—1193），字致能，号石湖居士，吴郡（今江苏苏州人）。绍兴二十四年（1154）进士。孝宗朝累迁至参知政事，晚年退居石湖。有《石湖诗集》。

范成大早年作诗颇受中晚唐诗影响，他仿效的对象包括李贺、王建、张籍等。有的诗接近"长庆体"，如《嘲里人新婚》诗、《春晚》三首、《题汤致远运使所藏隆师四图欠伸》诸作则全为晚唐五代之音。如《春晚》其一、三云：

阴阴垂柳闭朱门，一曲栏杆一断魂。
手把青梅春已去，满城风雨怕黄昏。

夕阳槐影上帘钩，一枕清风梦昔游。
梦见钱塘春尽处，碧桃花谢水西流。①

写景清艳，声情幽婉，有晚唐温、李之风。

范成大"自官新安掾以后，骨力乃以渐而遒，盖追溯苏、黄遗法，而约以婉峭"，②开始学习江西派的诗法。他既得味之幽隽于晚唐，复得笔之峭秀于西江，中年以后熔铸众长，形成轻巧婉峭、槎枒清瘦的风格，而喜用释语禅

---

① 范成大著，富寿荪标校：《范石湖集》卷二，上海古籍出版社2006年版，第20页。

② 《钦定四库全书总目》卷一六〇，《石湖诗集》提要，第2142页。

语、冷僻典故。与陆游和杨万里比较起来，范成大的诗“圆妥不如务观，活泼不如廷秀，而折衷两家，较杨为温润，较陆为尖新，自足成龙尾。偶用江西法，亦模仿东坡，而得力处则在晚唐皮陆辈”。①

范成大早年有《催租行》、《后催租行》、《荆渚堤上》、《夔州竹枝歌》等不少反映民生疾苦的诗歌，晚年又有《四时田园杂兴》六十首、《腊月村田乐府》十首这样一些描写农村生活的组诗。《四时田园杂兴》“于陶、柳、王、储之外，别设樊篱”，不仅写出田园景色之清新可爱、农家生活清平之乐，也照实写出了农民面临的痛苦现实，不讳言、不修饰，真是“纤悉毕登，鄙俚尽录，曲尽田家况味”。② 如《春日田园杂兴》其一：

柳花深巷午鸡声，桑叶尖新绿未成。
坐睡觉来无一事，满窗晴日看蚕生。

《夏日田园杂兴》其十一：

采菱辛苦废犁锄，血指流丹鬼质枯。
无力买田聊种水，近来湖面亦收租。③

范成大把陶、谢、王、孟的田园诗与中唐新乐府的传统很好地结合起来，为田园诗的创作开辟了一条新路。

范成大四任封疆大吏，孝宗乾道六年(1170)出使金国，写下七十二首纪行绝句，名为《北征小集》。他感事伤怀，在诗中叙写山川形势、故土人情，抒发黍离之悲，如《州桥》：

州桥南北是天街，父老年年等驾回。
忍泪失声询使者，几时真有六军来？④

诗歌写出自己和遗民百姓渴望宋朝军队收复故土的一片衷心和深情。以问作结，余意不尽，耐人寻味。《北征集》是历来写出使和边塞题材的诗歌中的

---

① 钱钟书：《手稿集》第443则，第1005页。
② 宋长白：《柳亭诗话》卷二二：丛书集成续编本，上海书店出版社1994年版。
③ 《范石湖诗集》卷二七，第374—375页。
④ 《范石湖诗集》卷一二，第174页。

典范之作。

2. 尤袤

尤袤(1127—1294),①字延之,常州无锡(今江苏无锡)人。高宗绍兴十八年(1148)进士,仕三朝,绍熙初累官至礼部尚书。集已散佚。后人辑有《梁溪遗稿》。现存诗作不多,风格清淡疏宕。如《雪》诗云:

睡觉不知雪,但惊窗户明。飞花厚一尺,和月照三更。
草木浅深白,丘塍高下平。饥民莫咨怨,第一念边兵。②

写雪景真切。诗人见雪而念边卒、民生,仁厚之心可感。语言平淡,与江西派诗歌的作意奇崛不同,尤袤诗语熟意到,平淡中自饶蕴藉和婉之美。

江西派注重字法、句法,尤袤的诗中也有极尽巧思的奇句,如《次韵德翁苦雨》中"禾头昨夜忧生耳,木德何时却守心"一联,"禾头生耳"本是俗语,用"木德守心"为对,传统认为天象"岁星守心"是大吉之兆,③用事对偶可谓精深神妙,犹见江西余习。《梅花》诗云:

竹外篱边一树斜,可怜芳意自萌芽。
也知春到先舒蕊,又被寒欺不放花。
索笑几回惊岁晚,相思一夜绕天涯。
直须待得垂垂发,踏月相携过酒家。④

写梅花清秀疏淡,字工律熟,意脉流畅,无刻意之痕,正是方回所谓"语不警人,细咀有味"。

(四)中兴大家诗风转变的途径

1. 疏离江西派诗风

"中兴四大诗人"才力丰沛、艺术修养深厚,能充分体验、领会自然和

---

① 关于尤袤生卒年,吴洪泽《尤袤诗名及其生卒年解析》一文经考证定为生于靖康二年丁未,卒于绍熙四年癸丑,享年六十七岁,见《文学遗产》2004 年第 3 期。

② 《梁溪遗稿》卷一,文渊阁四库全书本。

③ 参见方回选评,李庆甲集评校点《瀛奎律髓汇评》卷一七"晴雨类",《次韵德翁苦雨》下方回评注,第 704 页。

④ 《梁溪遗稿》卷一,文渊阁四库全书本。

生活中的诗意，不为既有的江西诗歌体式所束缚而转益多师、兼采众长，妥帖自如地言情、说理、达意，以其旺盛的创作能量与全新的艺术视角形成一股强大的合力，使南宋中期诗歌呈现新的局面，四家诗歌风貌也各具特色。

与江西派相比，中兴大诗人的审美趣味与创作倾向显示出某种程度的转向。他们在选取诗材时都偏爱自然景物，在征行途中或是村居野处之际，总是敏锐细致地观察、真切地感受大自然的生动优美，进而将其摄照在诗中。陆游善于以眼前美景为诗料，称赞他人诗句也说："君诗妙处吾能识，正在山程水驿中。"①杨万里的"诚斋体"正是走出书本，师法自然的产物，他说"闭门觅句非诗法，只是征行自有诗"（《下横山滩头望金华山》）；"此行诗句何须觅，满路春光总是题"（《送文黼叔主簿之官松溪》）；在喜欢以自然景色为诗材，重视现实给诗人带来的新鲜感受这一方面，同时代诗人颇有共通之处。可知此期诗歌表达的重点已经由主体内在转向客观外界，诗意主要由于亲切感受而不是出自深刻思索。

从诗歌的艺术表征来看，中兴诗人的诗意表达明显趋于酣肆平熟，不像江西诗体着意技巧学问、追求语意深折。中兴诗人或者温润、痛快，或者高古、清俊的诗风不同于江西诗体的瘦劲拗峭。杨万里以其透脱的胸襟、敏捷的思维写出气机生动、新鲜灵活的诗歌，弹丸的流转圆美已不足以形容；陆游诗歌气象雄阔、俊逸流丽，迥异江西诗的细筋健骨；范成大的诗取境清雅，气韵高峭，虽一定程度留有"槎枒之病"，但意脉婉曲流动而不滞塞。中兴诗人诗歌创作中的这些变异因素实质意味着对以筋骨思理见胜的江西诗风的疏离，中兴诗人创作的成功在当时是有转折江西风气的意义的。

2. 取法晚唐诗

对于以江西派为典型的北宋诗，早在南宋初期，诗坛就酝酿着一种反拨的意识，陈与义、刘子翚、朱松等人对唐诗的推崇，可以说正是这种反拨

① 陆游：《题庐陵萧彦毓秀才诗卷后》，见《剑南诗稿校注》卷五〇，第3023页。

意识的表现。陆游以其热情性格及丰沛情感更倾向于接受诗歌的抒情传统,并且结出了硕果,[①]虽然对这一点他并没有自觉。“诚斋体”与江西派最大的不同是他“努力要跟事物——主要是自然界——重新建立嫡亲母子的骨肉关系,要恢复耳目观感的天真状态”。[②] 晚唐诗因为常以清新的笔法描写山水景致,重视情韵兴味,就成为中兴诗人针砭江西诗病时援引、取法的对象。

陆游对晚唐诗非常不以为然,但实际上中晚唐时期很多诗人他都喜欢,在创作上也有不少具体的借鉴。杨万里特别欣赏“晚唐异味”,“诚斋体”中大量是清新活泼的山水自然诗,钱钟书说他“显然是想把空灵轻快的晚唐绝句作为医救填饱塞满的江西体的药”。[③] 晚唐人作诗“惟搜眼前景深刻思之”,“虽无复李杜豪放之格,然亦务以精意相高”。[④] 境界不大而精心雕镂,意新语工,往往使人不测。如杜牧《送隐者》云:“无媒径路草萧萧,自古云林远市朝。公道世间惟白发,贵人头上不曾饶”;罗邺《赏春》云:“芳草和烟暖更青,闲门要路一时生。年年检点人间事,唯有春风不世情”;等等。杨万里欣赏晚唐诗,与他强调“兴”诗法,和在诗意方面求新求奇的趋向密切相关。南宋后期诗歌“晚唐体”与江西派几乎分庭抗礼,[⑤]可以说其势正从杨万里处发端。

“一个学江西体的诗人先得反对晚唐诗,不过,假如他学腻了江西体而要另找门路,他就很容易按照钟摆运动的规律,趋向于晚唐诗人。”[⑥]中兴大诗人的创作取法晚唐,既改造了江西派的生硬粗率,又不蹈袭晚唐纤仄。但这个诗风的突破与转换不是一蹴而就的。陆游六十年的创作生涯中,其诗凡三变。杨万里从绍兴壬午焚少作,到淳熙五年(1178)感到创作境界豁然

---

① 参见吉川幸次郎著,郑茂清译《宋诗概说》,第203—209页。

② 《宋诗选注》,第255页。

③ 《宋诗选注》,第254页。

④ 欧阳修:《六一诗话》,见《历代诗话》,第267页。

⑤ 详见《谈艺录》,第124页。钱钟书指出其实诗人:“分茅设蕝,一时作者几乎不归杨则归墨。”

⑥ 钱钟书:《宋诗选注》“杨万里小传”,第254页。

开朗,①其蜕变经历了十七年。中兴诗人诗风的转变是南宋诗风嬗递的标志和缩影,时代诗风转变的背景则是更长的一段时间。

二 "莫不濡染晚唐"——后中兴时期的诗人

在中兴四大诗人之外,南宋中期还有很多后进诗人,在光宗、宁宗朝的创作活动也很活跃,与中兴大诗人共同构成了南宋中期诗歌创作的繁荣局面。在江西派末流"以生硬为高格,以枯槁为老境,以鄙俚粗率为雅音"的背景下,②经杨万里、叶适等人的大力倡扬,晚唐诗歌的影响逐渐大了起来,中兴以后的诗人皆在创作中或多或少参融晚唐诗歌,正如钱钟书所言说"南宋诗流之不墨守江西派者,莫不濡染晚唐"。③

(一)"上饶二泉":赵蕃和韩淲

南宋中期的两位诗人赵蕃和韩淲,因二人的号中都有"泉",且都隐居上饶,合称为"上饶二泉",他们被认为是江西派嫡传,④但都已"不守江西密栗之体,而傍江湖疏野之格",⑤这是因为他们的创作参融了中晚唐诗风,不过其指导思想仍是江西派的"活法"。

赵蕃(1143—1229),字昌父,号章泉,原籍郑州(今属河南),侨居信州玉山(今属江西)。早岁从刘清之学,以祖父旸致仕恩补官,皆不赴。初任为太和簿,在官清苦,唯以赋咏自娱。⑥ 短期为官后即奉祠家居,年五十犹问学于朱熹。著作已佚,清四库馆臣据《永乐大典》辑为《乾道稿》二卷、《淳熙稿》

---

① 杨万里《荆溪集序》中记叙自己在淳熙五年(1178)顿悟,作诗四百余首,与前数年作诗三十首相比乃有天壤之别。

② 纪昀:《瀛奎律髓刊误序》,见《纪文达公遗集》卷九。

③ "晚唐"、"晚唐诗"、"晚唐体"是宋人提出来的诗学术语,与整个宋代诗歌有千丝万缕的联系。关于"晚唐体"的时间内涵、艺术风格内涵、师法渊源等在有宋一代并无一致的界定。参阅李定广《论"晚唐体"》,《文学遗产》2006 年第 3 期。张海鸥《宋诗"晚唐体"辨》,《中山大学学报》2003 年第 3 期。

④ 宋末谢枋得《叠山集》卷九《萧冰崖诗卷跋》中说:"诗有江西派,而文清昌之。传至章泉、涧泉二先生,诗与道俱隆。"方回《次韵赠上饶郑圣予》诗序云:"上饶自南渡以来,寓公曾茶山得吕紫微诗法,传至嘉定中,赵章泉、韩涧泉,正脉不绝。"认为吕本中到曾几到赵蕃和韩淲,是一脉相传。

⑤ 钱钟书:《手稿集——容安馆札记》第 530 则,见卷二,第 881 页。

⑥ 事见刘宰《章泉赵先生墓表》,《漫塘集》卷三二,文渊阁四库全书本。

二十卷、《章泉稿》五卷(其中诗四卷)。

赵蕃作诗守江西诗法,在炼字琢句方面下苦功夫,自云"只有徘徊与搜句,老无笔力愧传衣"(《余干登眺有怀二首》,《乾道稿—章泉稿》卷四)。诗如《饭后独立寺门颇见摇落之境欲收以诗大费弹压仅得二首》其二云:"起望若有得,欲言殊费辞。冥收累肝肾,凝想见须眉",苦吟近于晚唐人。此外《孤寡》、《山居》、《送赵成都》、《雨后赠斯远》等诗皆清淡孤瘦。杨万里赠诗云:"西昌主簿如禅僧,日餐秋菊嚼春冰","诗人与竹一样瘦,诗句与竹一样秀",①传赵蕃作意咏吟之神。

刘克庄称赵蕃"五言有陶、阮意",②如《小园早步》:"今朝欣雨止,天气渐清和。篱落小桃破,阶除驯雀多。占方移果树,带雨数蔬科。农务侵寻及,吾宁久卧疴。"③诗句清新自然,颇有生趣。

韩淲(1159—1224),字仲止,号涧泉,祖籍开封,南渡后寓居上饶(今属江西)。韩元吉子。早年以父荫入仕,后辗转为小官,宁宗庆元六年(1200)官满后曾短期入吴,终家居二十年。与同时知名诗人多有交游,清四库馆臣称其"恬于荣利,一意以吟咏为事,平生精力具在于斯",④据《永乐大典》辑有《涧泉集》二十卷、《涧泉日记》三卷。

韩淲有题为《晚唐体》的七绝:"一撮新愁懒放眉,小庭疏树晚凉低。牵牛织女明河外,纵有诗成无处题"(《涧泉集》卷一六),风调闲雅、诗思新巧,这应该代表了诗人对晚唐体艺术风味的认知。《涧泉集》中的诗笔力古淡,有清远之趣,可称"稍趋于唐而有获焉"。⑤ 如《明月》:"明月度窗棂,荷香逼酒醒。水声鸣涧壑,风影散林坰。暑雨收微眇,晴云动杳冥。小轩清坐久,高下数飞萤"(《涧泉集》卷七),造境幽清,写景精细,对仗工致,有晚唐风味。

作为江西派的正传,赵蕃、韩淲很重视诗法,《诗人玉屑》卷一"诗法"篇中载有"赵章泉诗法"、"赵章泉谓规模既大波澜自阔"、"赵章泉论诗贵乎

---

① 杨万里:《题太和主簿赵昌父思隐堂》,见《诚斋集》卷十五。
② 刘克庄:《瓜圃集序》,见《后村先生大全集》卷九四。
③ 赵蕃:《乾道稿》卷下,文渊阁四库全书本。
④ 《钦定四库全书总目》卷一六三,《涧泉集》提要,第2171页。
⑤ 叶适:《徐斯远文集序》,《水心先生文集》卷一二。

似”等六篇。赵蕃在诗中多次称道吕本中所言“活法”,[①]如《琛卿论诗用前韵示之》:“活法端知自结融,可须琢刻见玲珑。涪翁不作东莱死,安得斯文日再中”(《淳熙稿》卷一七)。韩淲的《弈棋》诗云:“水竹光中戏弈棋,棋中妙处有谁知。对人不到一盘满,信手拈来几着奇。活法要须能自悟,危机何用苦寻思。此心虚静元无物,莫使颠冥胜负时”(《涧泉集》卷一四),讲弈棋的“活法”和参悟,与作诗之道是相通的。

南宋江西派后劲对晚唐诗的态度已不像北宋黄庭坚、陈师道那样激烈。赵蕃和韩淲曾合选唐诗,谢枋得为注释、编为《注解章泉涧泉二先生选唐诗》。其中中晚唐诗人的七绝作品占大多数,如刘禹锡入选十四首、杜牧八首、许浑五首、李商隐四首、韦庄四首等,风格“惟取中正温厚,闲雅平易。若夫雄浑悲壮,奇特沉郁,皆不之取”。[②]

与赵蕃、韩淲同时而齐名的还有徐文卿,彼此交游唱和。徐文卿是朱熹弟子,字斯远,号樟丘,嘉定四年(1212)第进士,未授官而卒。其诗叶适评为“情瘦而意润,貌枯而神泽”。[③] 如《雨后到南山村家》:“冲雨入穷山,山民犹闭关。橘垂茅屋畔,梅映竹篱间。奇石依林立,清泉绕舍湾。吾思隐兹地,凝立未知还”,[④]很有唐律风味。

(二)姜夔与张镃:

杨万里有诗云“尤萧范陆四诗翁,此后谁当第一功,新拜南湖为上将,更推白石作先锋”,[⑤]推举姜夔、张镃为“中兴四家”的后起之秀。

姜夔学诗从江西派入手,自云“三薰三沐师黄太史氏;居数年,一语噤不敢吐,始悟学即病,顾不若无所学之为得,虽黄诗亦偃然高阁矣”,[⑥]可见他后

---

① 如《论诗寄硕父五首》其四:“东莱老先生,曾作江西派。平生论活法,到底无窒碍。微言虽可想,恨不床下拜。预收一日功,要出文字外”(《淳熙稿》卷四)。又《以旧诗寄投谢昌国三首》其三:“活法公家论,东莱盖有承”(《淳熙稿》卷一〇)。《遂初泉》:“诗传活法付乃兄,酒有名方属吾弟”(《淳熙稿》卷六)。等等。

② 谢榛:《四溟诗话》卷二,见《历代诗话续编》,第1161页。

③ 叶适:《徐斯远文集序》。

④ 厉鹗:《宋诗纪事》卷六一“徐文卿”条,上海古籍出版社1983年版,第1537页。

⑤ 杨万里:《进退格寄张功甫姜尧章》,见《诚斋集》卷四一。

⑥ 姜夔:《白石道人诗集自叙》,见《白石道人诗集》卷首,四部丛刊本。

来力图摆脱江西派的束缚。姜夔古体仍存江西体格,绝句则主要取法晚唐,故项安世称其"古体黄陈家格律,短章温李氏才情"①(《谢姜夔秀才示试卷》,《平庵悔稿》卷七)。晚唐诗人中,姜夔对陆龟蒙尤表倾慕,于诗词中屡屡提及,诗风亦有近似陆龟蒙者,如《湖上寓居杂咏》十四首颇近陆龟蒙的《自遣诗》三十绝,《昔游》诗里写洞庭湖的五古,也像陆龟蒙和皮日休的三十首《太湖》诗。《除夜自石湖归苕溪》云:

其一

细草穿沙雪半销,吴宫烟冷水迢迢。
梅花竹里无人见,一夜吹香过石桥。

其七

笠泽茫茫雁影微,玉峰重叠护云衣。
长桥寂寞春寒夜,只有诗人一舸归。

绍熙二年(1191)冬,诗人到石湖访范成大,逗留月余始归,雪夜舟行,写得声清韵冷,颇具画意。又如《姑苏怀古》:

夜暗归云绕柁牙,江涵星影鹭眠沙。
行人怅望苏台柳,曾与吴王扫落花。②

此外《萧山》三首、《钓雪亭》、《过垂虹》等诗,皆意境空灵,笔法清峭,格调高雅,情致隽永之作。

姜夔的诗受到中兴大家范成大、杨万里等的爱赏,以为"有裁云缝月之妙思,敲金戛玉之奇声"。③ 其诗气格清奇、意境隽澹、韵致深美,这些艺术特质一方面是本于襟抱、发乎才情,另一方面也得自于姜夔创作中的精思。他说:"诗有四种高妙:一曰理高妙;二曰意高妙;三曰想高妙;四曰自然高妙。碍而实通,曰理高妙。出于意外,曰意高妙。写出幽微,如清潭见底,曰想高

① 项安世:《谢姜夔秀才示试卷》,见《平庵悔稿》卷七,宛委别藏本。
② 以上两首皆出于姜夔《白石道人诗集》卷下。
③ 陈振孙:《直斋书录解题》卷二〇"白石道人集三卷"条。

妙。非奇非怪,剥落文采,知其妙而不知其所以妙曰自然高妙。"①为写出"高妙"之诗,自云"我如切切秋虫语,自诡平生用心苦"(《送项平甫倅池阳》),《白石道人诗说》也明言"诗之不工,只是不精思耳"。"重精思"的创作取向可能受到"务以精意相高"的晚唐诗影响,也有江西派重视立意、避熟求新的诗法渊源。《白石道人诗说》中论作诗技巧颇细密,如"难说处一语而尽,易说处莫便放过。僻事实用,熟事虚用,说理要简易,说事要圆活,说景要微妙";又谓"学有余而约以用之,善用事者也。意有余而约以尽之,善措辞者也。乍叙事而间以理言,得活法者也"。又认为若"思有窒碍",乃是"涵养未至,当益以学"。这些论诗见解还是受江西派诗法的启发比较多。

张镃(1153—1211),字功父,一字时可,号约斋居士,循王张俊曾孙。张镃曾向陆游学诗,又与杨万里交好,自谓为诗"得活法于诚斋"。② 正如钱钟书指出的,"知诚斋诗之妙而学之者,以张功甫为最早"。③ 以其闻见亲切,张镃于诚斋之诗首先拈出其"活法"与"妙悟"④的可谓"能道着手眼所在"。其自作诗如《五家林四首》之四:

散乱飞鸿掠快晴,嗢嗢那复苦寒声。
定知已入新诗了,才过余舟便不鸣。⑤

《夜赋》:

月黑林间亦自奇,莲花两朵白如衣。
初疑野鹭池中立,试拍栏干吓不飞。⑥

亦具奇、快、活、趣的艺术特质,置于诚斋集中,几可乱之楮叶。"诚斋体"的

---

① 姜夔:《白石道人诗说》,见魏庆之《诗人玉屑》卷一"诗法"条下"白石诗说",第14—15页。

② 方回《读张功父南湖集并序》云:"嘉定庚午自序,盖谓得活法于诚斋者。"

③ 参见钱钟书《谈艺录》,第121页。方回亦称其"端能活法参诚叟",见《读张功父〈南湖集〉并序》。

④ 张镃《诚斋以南海朝天两集诗见惠,因书卷末》:"笔端有口古来稀,妙悟奚烦用力追。后山格律非穷苦,白傅风流造坦夷。"(《南湖集》卷四);《携杨秘监诗一编登舟因成二绝》:"造化精神无尽期,跳腾踔厉即时追。目前言句知多少,罕有先生活法诗"(《南湖集》卷七)。

⑤ 《南湖集》卷七,文渊阁四库全书本。

⑥ 《南湖集》卷八。

短处，张镃亦不能避免，或者又系受陆游“信笔题诗”的观点影响，《南湖集》中如“春情缘雨复缘晴，晴即闲行雨即吟。花好满园看未过，出墙邻树又关心”（《清明日书亦庵壁二首》其一）；“扁舟初上一声雷，两岸浓云乱欲堆。堪笑此时晴太早，篷遮未定雨先来”（《出城二首》其二）之类，率意滑俚之作甚多。

在南宋后中兴时期，诗人的创作面貌各异，如徐似道的诗近“诚斋体”，巩丰学汉魏古诗，敖陶孙古体是江西风味，与姜夔、韩淲、葛天民等酬唱交游的周文璞（生卒年不详）则以“野人无事时，常诵极玄诗，写遍千山寺，吟行九曲溪”（《辘轳体》）自得，而潘柽宗晚唐还在“四灵”诗人之前。

总的来说，自中兴大诗人冲破江西派藩篱，后中兴时期的诗人皆游走于江西与晚唐间，大概古体多宗法江西，而律绝往往近似晚唐，他们丰富多彩的创作共同构成了南宋诗歌的中兴大潮。

三　理学家的诗歌

南渡以后，理学学术日臻精深细密，到乾道、淳熙年间始大行。“能发明先贤旨意，溯流徂源，论著讲解卓然自为一家者，惟广汉张氏敬夫、东莱吕氏伯恭、新安朱氏元晦而已”，①“伊、洛之学”至朱、陆、张、吕诸公而始无余蕴，是所谓道学派。浙东则有陈傅良和叶适为领袖的永嘉之学和陈亮的永康之学，影响极大。

这些理学家在格物致知、穷理尽性之余，亦不废文学创作。朱熹、张栻等道学家很强调诗旨的雅正，浙东学者相对而言较为重视文辞。总的来说，这些理学家的创作仍从属于文人士大夫文学范畴，不过他们的诗歌或抒写性情，因身心修养之真淳而气格平淡雅正；或陈述义理，因体道有得而滋味深厚，有独特的风貌。

（一）最有代表性的理学家诗人朱熹

朱熹（1130—1200），字元晦，一字仲晦，晚号晦翁，江西婺源人。绍兴十

① 周密：《齐东野语》卷一一“道学”，第202页。

八年(1148)进士。孝宗即位,诏求直言,朱熹上封事首言格物致知、正心诚意之学。宁宗庆元初年实行"党禁",朱熹被劾为"伪学"之魁,入党籍。① 嘉定二年(1210)诏赐谥曰"文",累赠太师,追封信国公,后改徽国公,从祀孔子庙。朱熹幼从胡宪、刘勉之、刘子翚学;绍兴二十三年(1153)见李侗,为学始就平实。四十岁以后,拈出程颐"涵养须用敬,进学用致知"为自身学术之基础,而博观近思、践履密察,把"二程"以"理"为本体的天理论发展为完整形态的理气论,上极于性命天下之妙,而下至于训诂名数之末,皆渊洽精诣,遂成为道学的集大成者。

朱熹的学术著作和编撰注解之作遍及经史典籍,极其丰富。他著有《孝经刊误》、《四书章句集注》、《四书或问》、《通鉴纲目》,还有《八朝名臣言行录》、《伊洛渊源录》;编辑了《程氏遗书》、《程氏外书》、《上蔡语录》、《近思录》;《太极通书解》、《西铭解》等是对北宋重要理学著作的注解。又写了《杂学辨》,攻击苏轼、张九成、尹焞等人的学说,这些都是正本清源,确立统绪的工作;朱熹还建立精舍,广收门徒,长期讲学,以此扩大了伊洛正传、程朱一系的思想影响。到理宗时,道学确立了官方哲学地位;从元朝起,朱熹的《四书集注》及其他经学注释便成为科举考试的依据。朱熹有《朱文公文集》一百卷,《续集》十一卷,《别集》十卷传世,内容包括学术论著、讲义、文章、书信、诗词等;后人又把朱熹讲学问答之语录编为《朱子语类大全》一百四十卷。

1. 朱熹的诗歌观念

道学至宋始盛,对文学影响很大。在文道关系的认识上,北宋周敦颐有"文所以载道"说,程颐则认为"作文害道",谓诗歌为"闲言语",②根本否定了诗歌的存在价值。朱熹承"二程"学术正统,亦轻视文辞。不过,他对于文道关系的看法与周敦颐、程颐等有所不同,也不同意古文家如韩愈"文以贯道"、或欧阳修"文与道俱"之说。基于"理一分殊"的哲学思想,朱熹认为文

① 参阅黄榦《朝奉大夫文华阁侍制赠宝谟阁直学士通议大夫谥文朱先生行状》,见《勉斋集》卷三六,文渊阁四库全书本。

② 《二程遗书》卷一八,文渊阁四库全书本。

道一体，而文自道出。他说："道者，文之根本；文者，道之枝叶。惟其根本乎道，所以发之于文，皆道也。三代圣贤文章，皆从此心写出，文便是道。"①意指"道"在自身自主性地扩充过程中，亦可以"文"的面目出现，由此赋予了文学存在的合理性，相应地，诗歌在某种情况下也有存在的价值："作诗间以数句适怀亦不妨，但不用多作，盖便是陷溺尔。当其不应事时，平淡自摄，岂不胜如思量诗句？至如真味发溢，又却与寻常好吟者不同。"②

在《诗集传》、《楚辞集注》、《楚辞辩证》、《韩文考异》以及《朱子语类》等著述中，有不少内容涉及到文学批评，朱熹的见解较一般道学家高明。不过他终究以义理、道德为第一义，对于纯粹的文学艺术讲求是轻视和贬低的。这样就不可避免地有时会以评判作品的思想内容和创作主体的道德修养代替真正的文艺批评。他认为："诗者，志之所之，在心为志，发言为诗。然则诗者岂复有工拙哉，亦视其志之所向者高下如何耳。是以古之君子德足以求，其志必出于高明纯一之地，其于诗固不学而能之。"③以此为前提和标准，朱熹批评杜甫的《同谷七歌》曰："叹老嗟卑，则志亦陋矣，人可以不闻道哉"；④又认为苏轼"文字也多是信笔胡说，全不看道理"，⑤等等，不少批评之辞显得荒谬。但朱熹毕竟学养深厚，自有才气，对优秀的文学艺术作品能够精到地赏析。尽管他否定苏轼的学术，却也承认："东坡文字明快。老苏文雄浑，尽有好处。如欧公、曾南丰、韩昌黎之文，岂可不看？"⑥对诗的态度也陷入矛盾，一面说"今人不去讲义理，只去学诗文，已落得第二义"，⑦"多言害道，绝不作诗"；⑧一面又承认"闲隙之时，感事触物，又有不能无言者，则亦未免以诗发之"。⑨

---

① 《朱子语类》卷一三九，第3319页。
② 《朱子语类》卷一四〇，第3333页。
③ 朱熹：《答杨宋卿》，见《晦庵先生朱文公文集》卷三九，四部丛刊本。
④ 《跋杜工部同谷七歌》，见《晦庵先生朱文公文集》卷八四。
⑤ 《朱子语类》卷一四〇，第3326页。
⑥ 《朱子语类》卷一三九，第3306页。
⑦ 《朱子语类》卷一四〇，第3334页。
⑧ 朱熹：《挽范直阁二首》诗后注，见《晦庵先生朱文公文集》卷二。
⑨ 朱熹：《东归乱稿序》，见《南岳倡酬集》附录，文渊阁四库全书本。

朱熹论诗推崇汉魏以上古诗，他重古体、轻律诗，尚平淡、自然之风。在与巩丰的几封信札中，朱熹比较系统地阐述了他的诗学观点：

> 古今之诗凡有三变。盖自书传所记，虞夏以来，下及魏、晋，自为一等；自晋、宋间颜、谢以后，下及唐初，自为一等；自沈、宋以后，定著律诗，下及今日，又为一等。然自唐初以前，其为诗者固有高下，而法犹未变。至律诗出，而后诗之与法始皆大变，以至今日，益巧益密，而无复古人之风矣。故尝妄欲抄取经史诸书所载韵语，下及《文选》、汉魏古辞，以尽乎郭景纯、陶渊明之所作，自为一编，而附于《三百篇》、《楚辞》之后，以为诗之根本准则；又于其下二等之中，择其近于古者，各为一编，以为之羽翼舆卫。（注：且以李、杜言之，则如李之《古风》五十首，杜之《秦蜀纪行》、《遣兴》、《出塞》、《潼关》、《石壕》、《夏日》、《夏夜》诸篇，律诗则如王维、韦应物辈，亦自有萧散之趣，未至如今日之细碎卑冗无余味也。）其不合者则悉去之，不使其接于吾之耳目，而入于吾之胸次，要使方寸之中无一字世俗言语意思，则其为诗，不期于高远而自高远矣。①

朱熹对江西派的作意安排、生新好奇很不满意，批评道："夫古人之诗，本岂有意于平淡哉？但对今之狂怪雕锼、神头鬼面，则见其平；对今之肥腻腥臊、酸咸苦涩，则见其淡耳。"②他提出写作平淡自然的诗歌应该师法的典范："作诗须从陶柳门庭中来，乃佳。不如是，无以发萧散冲淡之趣，不免于局促尘埃，无由到古人佳处也。如《选》诗及韦苏州，亦不可不熟读。"③

2. 朱熹的诗歌

朱熹今存诗达一千三百首，算是多产的诗人。朱熹的诗歌风格雅正明洁，不事雕琢，平淡而晓畅，系受其学术观念和刚直个性影响。朱熹写山水题材的诗较多。他"每经行处，闻有佳山水，虽迂途数十里，必往游焉"。观

---

① 《答巩仲至》第四书，见《晦庵先生朱文公文集》卷六四。

② 《答巩仲至》第五书，见《晦庵先生朱文公文集》卷六四。

③ 见《诗人玉屑》卷五"晦庵诲人学陶柳选诗韦苏州"条，第153页。

物之理而体悟天理，是道学家“格物致知”的修养方法，而登山临水“足以触发道机，开豁心志，为益不少”，①在那样的情景下赋诗也是自然而然的事了。

乾道三年(1167)，朱熹携弟子赴长沙与张栻论学，在衡山之游中产生一部唱和诗集《南岳酬唱集》，收诗一百四十九首，②朱熹二十天作诗近五十首。在《南岳游山后记》中，朱熹自辩：“诗之作，本非有不善也。而善人之所以深惩而痛绝之者，惧其流而生患耳，初亦岂有咎于诗哉！”③认为以诗寄意并无不可，重点是不能沉溺于其中。衡山之游后，朱熹与弟子林用中、范念德东归，一路讲论问辩之余，感事触物，发之吟咏，二十八天积诗二百多首，结集为《东归乱稿》。朱熹共作诗九十三首，词二首，林、范二人之作今已不存。《东归乱稿》中既有山川景物的描绘，也有旅途体验的抒写，而交规自警之辞也较《南岳酬唱集》增多。

淳熙三年(1177)，朱熹辞秘书省秘书郎，差管武夷山冲祐观。十年(1183)在武夷九曲溪第五曲筑精舍，次年作《淳熙甲辰中春精舍闲居戏作武夷棹歌十首呈诸同游相与一笑》，④这是朱熹山水诗中的名篇。组诗吟咏武夷山独特的山水风景、神话传说，笔法灵活错落，兴味盎然。如其二：

二曲亭亭玉女峰，插花临水为谁容？
道人不复阳台梦，兴入前山翠几重。

---

① 罗大经：《鹤林玉露》丙编卷三，第282页。

② 关于《南岳酬唱集》：束景南《朱熹南岳唱酬诗考》(载《朱熹佚文辑考》，江苏古籍出版社1991年版)一文云：“将朱熹、张栻文集与单行本《南岳唱酬集》比勘，大有差异，所收诗作及其篇数多不同，有朱熹集中有而《南岳唱酬集》中无者，也有朱熹集中无而《南岳唱酬集》中有者，篇数迥别，真伪莫辨。”他利用朱、张二集对《唱酬集》列表进行复原，发现今本《唱酬集》有诗161首，其中15首为伪作，而《朱文公文集》卷五《感尚子平事》、《过高台携信老诗集夜读上封方丈次敬夫韵》两首为唱酬诗，为今本《唱酬集》所无，张栻唱酬诗亦亡佚一首(《自上封登祝融峰绝顶》)。结论为：“是书乃林氏后人据家藏散乱残缺稿本窜伪而成”，并推测窜伪时间“盖或已在元时也”。

祝尚书《〈南岳酬唱集〉天顺本质疑》(《中国典籍与文化》2005年第2期)在束文基础上指出：现传《唱酬集》不仅有伪作，张冠李戴亦复不少。原因在于现传《南岳唱酬集》是明弘治时邓淮重辑本。认为该本是邓淮“考绩赴京，舟居无事”的情形下，从朱熹、张栻集子中“摘”出来的，到底哪些是唱酬诗，完全出于一时、一己的理解，遂草草成书，并未深下功夫，又限于条件和学力，必然出现失误。

③ 《晦庵先生朱文公文集》卷七七。

④ 《晦庵先生朱文公文集》卷九。

其六：

五曲山高云气深，长时烟雨暗平林。
林间有客无人识，欸乃声中万古心。

其辞自然流畅，借鉴了民歌的形式。朱熹以白描手法写景，诗情清新，传递出他性情中活泼风趣的一面。历代和韵和仿作者多达二十余家。

描写山水的诗歌之外，朱熹颇有一些“寓物说理而不腐之作”，①读来很有兴味。如《春日》：

胜日寻芳泗水滨，无边光景一时新。
等闲识得东风面，万紫千红总是春。

写春游者所见之景和愉悦之情。诗人在春天感受到万物生生不息之乐，与周敦颐、程颢的体验一脉相承，是对“孔颜乐处”和“曾点意思”的悟证。又如《观书有感》其二：

昨夜江边春水生，蒙冲巨舰一毛轻。
向来枉费推移力，此日中流自在行。②

朱子自云为学，曰：“用力之久，而一旦豁然贯通焉，则众物之表里精粗无不到，而吾心之全体大用无不明矣。”③此诗即以形象说明致知需循序渐进，待积累宏富，自然如顺水行舟，左右逢源。这些理学诗皆“以诗人比兴手法，发圣人义理之秘”，不但有形象、有意境，富于理趣，还曲传出诗人的性情和精神，别具美感。

朱熹的《斋居感兴二十首》是读陈子昂《感遇》诗后，“爱其词旨幽邃，音节豪宕”，“然亦恨其不精于理，而自托于仙佛之间以为高”，故效其体，“既以自警，且以贻诸同志”，乃纯粹抽象言理之作，如其二云：

吾观阴阳化，升降八紘中。前瞻既无始，后继那有终。

---

① 陈衍：《宋诗精华录》卷三，见《武夷棹歌》其五下评语，第169页。
② 以上见《晦庵先生朱文公文集》卷二。
③ 朱熹：《四书章句集注·大学章句》，中华书局1983年版，第7页。

至理谅斯存，万世与今同。谁言混沌死，幻语惊盲聋。[①]

黄榦释曰："两篇（按上篇为"昆仑大无外"）皆是言阴阳，但前篇是说横看底，此篇是说直看底。……所谓直看者，是上自开辟以来，下至千万世之后，只是这个物事流行不息。"[②]尽管这组诗历来颇受诗论家的好评，但以诗"言阴阳"之理，也是近于东晋玄言诗一类。此外《训蒙诗》一百首解释理学奥义，不过是"语录讲义之押韵者"而已。

（二）其他理学诗人

1. 陆九渊

陆九渊（1139—1192），字子静，学者称象山先生，抚州金溪（今江西金溪）人。陆九渊的学术称为心学或称陆学，他以"心"为本体，曰"心即是理"，"道未有外乎其心者"；[③]在修养方法上主张体认、发明本心之善，曰"学苟知本，六经皆我注脚"。[④] 虽与朱熹同传伊洛之学，而主张不同。

淳熙二年（1175），吕祖谦约请朱熹和陆九龄、陆九渊诸人于信州鹅湖寺聚会，希望通过讨论，令学术会归于一，[⑤]这就是学术史上著名的"鹅湖之会"。会见中，双方就本体论和为学之法展开辩论，文学史上则因此留下了三首诗歌。陆九龄赋诗云：

孩提知爱长知钦，古圣相传只此心。
大抵有基方筑室，未闻无址忽成岑。
留情传注翻榛塞，着意精微转陆沉。
珍重友朋相切磋，须知至乐在于今。

陆九渊赋诗云：

---

① 《晦庵先生朱文公文集》卷四。

② 金履祥：《濂洛风雅》卷三，中华书局1985年版。

③ 陆九渊：《敬斋记》，《象山先生全集》卷一九，四部丛刊本。

④ 见《象山先生全集》卷三四，《语录》上。

⑤ 《宋元学案》卷七七《槐堂诸儒学案》记载："伯恭虑陆朱议论犹有异同，欲会归于一，其意甚善。"《象山年谱》记象山37岁鹅湖之会引朱亨道书云："……鹅湖之会，论及教人，元晦之意欲令人泛观博览而后归之约；二陆之意欲先发明人之本心，而后使之博览。朱以陆之教人为太简，陆以朱之教人为支离。"

墟墓兴衰宗庙钦，斯人千古不磨心。
浊流滴到沧溟水，拳石崇成太华岑。
易简功夫终究大，支离事业竟浮沉。
欲知自下升高处，真伪先须辨只今。

三年后，朱熹和诗云：

德业风流素所钦，别离三载更关心。
偶携枕藜出寒谷，又枉篮舆度远岑。
旧学商量加邃密，新知培养转深沉。
只愁说到无言处，不信人间有古今。

二陆之诗皆以《孟子》措辞为本。陆九渊诗意谓修养路径的真伪只在能否首先辨明、体认“仁”的本心。若不知道德践履之本性为何物，而以外在知解为平实，则是误入歧途。朱熹的答诗针对陆九渊的“支离”之评，认为陆九渊一味说发明本心，而没有切实的修养途径，此“心”也就虚幻无托了。① 三位道学家皆以诗为辨陈义理的工具，这正是宋调以思理见胜、好议论的极端表现。

2. 张栻

张栻（1133—1180），字敬夫，又字乐斋，号南轩。汉州绵竹（今属四川）人。南渡名臣张浚之子。也有一些登山临水之作，常将游历中触发的某种哲理感悟一寓于诗，而能情、景、理兼备。如《桃花坞》：“花开山与明，花落水流去。行人欲寻源，只在山深处”（《南轩集》卷七），诗意写自然界的寻幽探胜，其中隐喻着为学之道应当穷尽源流的深意。《题城南书院》之十四云：“和风习习禽声乐，晴日迟迟花气深。妙理冲融无间断，湖边伫立此时心”（《南轩集》卷六），诗人置身于生机勃勃的自然，感受到自己对大化中流行的天理的领悟，写的是一种证道的状态，也是一首理学诗。

永嘉学派的学者对文辞本身比较重视，诗歌创作与道学家的倾向于言

① 参见牟宗三著《从陆象山到刘蕺山》中对诗意的解析，上海古籍出版社2007年版，第57页。

理也不大相同。薛季宣赞扬韩偓“为诗有情致，形容能出人意表”，[①]也称李贺诗“轻飏纤丽，盖能自成一家，如金玉锦绣，辉焕白日”，[②]可见他的诗学主张与一般道学家不同，也不同于江西派。薛季宣的诗歌重情任性，尚气势，七言歌行与五古近于中唐风格，如《孙元可赋张公石室，诗句险怪，辞锋秀拔，读之如神游洞府而陵果为之奔属也，非身行此洞，不知此诗之工，盖其质似卢仝，而文丽多之，如又加鞭，当千里一瞬，其视刘叉、马异，得名浪矣》、《春愁诗效玉川子》、《贵游行》、《谷里章》等诗，皆效仿卢仝狂放险怪、纵横排奡之体。

陈傅良长于七律，如《用前韵召蕃叟弟仍和蕃叟癸卯二绝》：

细看物理愁如海，遥想朋从眼欲花。
逆水鱼儿冲断岸，贪泥燕子堕危沙。
百年乔木参天上，一昔平芜着处佳。
行乐不妨随邂逅，我无官守似蚳蛙。[③]

其诗意深义精、骨骼健朗苍劲，词句生新洗练，是鲜明的江西派诗风。

3. 叶适

叶适才学富赡，又刻意研炼字句，讲究技法，其诗遒雅精严，在南宋当时有盛名。《中塘梅林天下之盛也聊伸鄙述启好游者》、《余顷为中塘梅林诗他日来游复作》两首五古长篇，刘克庄称为“兼阮、陶之高雅，沈、谢之丽密，韦、柳之精深，一洗古今诗人寒俭之态”。[④] 叶适的诗善于寓物说理，其近体成联者如“花传春色枝枝到，雨递秋声点点分”；“江当阔处水新涨，春到枝头花倍添”；“万卉有情风暖后，一邛无伴月明边”；“包容花竹春留卷，谢遣蒲荷雪满涯”；“隔垣孤响度，别井暗泉通”；“峙岩桥畔船辞柁，冷水观边花发枝”；“此日深探应彻底，他时直上自摩空”等等，吴子良曾为分说诗中所蕴义理，以为

① 薛季宣：《香奁集叙》，见《浪语集》卷三〇，文渊阁四库全书本。

② 薛季宣：《李长吉诗集序》，见《浪语集》卷三〇。

③ 陈傅良：《止斋集》卷五，文渊阁四库全书本。

④ 刘克庄：《诗话后集》，见《后村先生大全集》卷一七六。

“虽少陵未必能追攀”。[①] 叶适“拈形而下，以明形而上”，以理入诗而含蓄浑成，“既非‘太极圈儿’，‘先生帽子’，亦非子才所举之修齐格言”，[②]钱钟书认为其言理诗成就超过朱熹。

叶适的诗学见解高明而切实，他一度推崇“永嘉四灵”之学晚唐诗，能“摆落近世诗律，敛情约性，因狭出奇”，[③]但这并非他真正的诗学宗旨所在。叶适认为与其沿袭江西诗风，“以夫汗漫广漠，徒枵然从之而不足充其所求，曾不如脰鸣吻决，出豪芒之奇，可以运转而无极也”。[④] 他的主张实际是取径晚唐，进而“臻乎开元、元和之盛”，[⑤]“参雅颂、轶风骚”，[⑥]从而摆脱当下诗歌创作的困境，找到向上一路。从宋代诗歌史来看，“四灵”倡扬晚唐诗风是对宋调的反拨，但“四灵”自身还没有明确的自觉与反思，真正认识到他们创作的诗歌史价值的正是具有广阔诗学视野的叶适。

从整体看，南宋中期理学家们的诗歌仍然保留文士气，尽管理智上有所克制，但抒情寄意、写景咏物，酬应唱和甚或游戏文字等各类题材的“闲言语”仍然大量存在，其中不乏精妙之作。例如朱熹的全部诗作中，有明显理学色彩的只不过百余篇，从总体看，他的诗歌根本就是地道的文人诗，其他理学家的诗歌也与一般文人士大夫的诗歌并没有明显的区别。

不过南宋中期是理学发展的鼎盛时期，这种富于原创性的学术和新思想，代表着民族文化和国人理性思维达到的最高水准，时代精英皆受其吸引，包括周必大、杨万里、陆游、辛弃疾等文学大家。在这样的背景下，理学诗于是成为宋代人文精神的一道风景。理学家写诗常常既不措意于艺术形式，又力图不沾滞情性，主要表达他们对人生、对学理的某种境界的体认。有些理学诗传达的义理不陈腐、不枯燥，表现方式则既含蓄又活泼，富于理

---

① 吴子良：《荆溪林下偶谈》卷四“水心诗”，见《历代文话》，第579页。

② 参阅钱钟书《谈艺录》论诗中理语，第228—229页。

③ 叶适：《题刘潜夫南岳诗稿》，见《水心先生文集》卷二九。

④ 《徐斯远文集序》。

⑤ 《徐道晖墓志铭》，见《水心先生文集》卷一七。

⑥ 《题刘潜夫南岳诗稿》。

趣，是说理诗之极致。有的则成了演绎道理的论著或宣扬教化的讲义，全无诗味。

受理学思想影响，人们在欣赏理学家的诗歌，甚至是欣赏一般诗人的诗歌时，往往注意领悟诗中蕴涵的道理。罗大经云：

> 杜少陵绝句云："'迟日江山丽，春风花草香，泥融飞燕子，沙暖睡鸳鸯'，或谓此与儿童之属对何异？余曰不然。上二句见两间莫非生意，下二句见万物莫不适性。于此而涵泳之，体认之，岂不足以感发吾心之真乐乎！大抵古人好诗，在人如何看，在人把做甚么用。如'水流心不竞，云在意俱迟'，'野色更无山隔断，天光直与水相通'，'乐意相关禽对语，生香不断树交花'等句，只把做景物看亦可，把做道理看，其中亦尽有可玩索处。"①

这样欣赏诗歌正是以道眼观诗，则天地万物皆为道体之显现，相应地，创作中也可以以自然景物来喻道。《鹤林玉露》记载：

> 杜陵诗云："雨晴山不改，晴罢峡如新。"言或雨或晴，山之体本无改变，然既雨初晴，则山之精神焕然乃如新焉。朱文公《寄籍溪胡原仲》诗云："瓮牖前头翠作屏，晚来相对静仪刑。浮云一任闲舒卷，万古青山只么青。"胡五峰见之，以为有体而无用，乃赓之曰："幽人偏爱青山好，为是青山青不老。山中云出雨乾坤，洗出一番青更好。"文公用杜上句意，五峰用杜下句意，然杜只是写物，二公则以喻道。②

所以理学家作诗多选择山水题材，因为在野山静水中体验道之本意，于花香鸟语里领悟生命的圆满自足，正是所谓"拈形而下者，以明明形而上，使寥阔无象者，托物以起兴"，③能最大限度地达到道与文契合。理学家对诗歌的阐释更自觉从义理着眼，朱熹有诗曰："川源红绿一时新，暮雨朝晴更可人。书册埋头何日了，不如抛却去寻春。"陆九渊"闻之色喜，曰：'元晦至此，有觉

① 罗大经：《鹤林玉露》乙编卷二，第149页。
② 罗大经：《鹤林玉露》乙编卷六，第221页。
③ 钱钟书：《谈艺录》六九，第228页。

矣。斯可喜也'"。[①] 陆九渊竟从这首咏春的诗中解读出朱熹将放弃"道问学"之主张，而转向"发明本心"的意旨。这样看来，理学家对诗歌的鉴赏、解读途径虽然比较狭窄，但以接受美学的观点而言，仍为诗歌的阐释提供了一种全新角度。

第四节　笙箫钟鼓不同音[②]

——辛弃疾与姜夔的词

苏轼的词在北宋被视为"非本色"，影响其实不是很大。在南宋初期的词坛，词人们并未有意效仿苏词豪迈旷达的风格，但当他们将辗转流离的经历、动荡不安的心境以及由此激发的苍凉悲郁之情、雄壮慷慨之气一寓之于词时，就自然而然地远离了富艳精工的大晟词风而接近于苏词的豪放。到了南宋中期，随着张孝祥、陆游、辛弃疾、刘过等人登上词坛，雄放劲健地抒写怀抱志意的词作增多，才造成一种风潮。辛弃疾以及辛派词人因为自身的性情、襟抱与平生遭际而造就"慷慨纵横，有不可一世之慨"的阳刚词风，"于剪红刻翠之外，屹然别立一宗"，给人耳目一新的美感。向来辛词被视为是苏词之一脉相承，虽"于倚声家为变调"，而"迄今不废"，[③]对词体的发展道路实有开辟改造之功。就苏、辛二人来说，他们各具开创之才情，而各有臻于极至的成就，可称双峰并峙。

正统词学观念极其重视乐曲与字声的和谐配合，因为词本为声学，悦耳动听乃是第一义。以合乐为前提，讲究声律和谐，追求词的形式美与音乐美，才能确保词体"别是一家"的独立地位。《词律·发凡》曰："自沈吴兴分四声以来，凡用韵乐府，无不调平仄者。至唐律以后，浸淫而为词，尤以谐声

---

① 《象山先生全集》卷三六，系于《象山年谱》五十岁十二月十四日下。

② 缪钺《论词绝句》之《论姜夔词》："窥江胡马伤离黍，金鼓长淮寓壮心。若比稼轩豪宕作，笙箫钟鼓不同音。"见缪钺、叶嘉莹：《灵谿词说》，上海古籍出版社 1987 年版。

③ 《钦定四库全书总目》卷一九八，《稼轩词》提要，第 2793 页。

为主，倘平仄失调则不可入调。周、柳、万俟等之制腔造谱，皆按宫调，故协于歌喉、播诸管弦；以迨白石、梦窗辈，各有所创，未有不悉音理而可造格律者。”①南宋中期一面有辛弃疾及辛派词人在题材和风格方面的大力开拓，极尽变态，甚至出现了词乐分离的态势；另一面则是姜夔及其羽翼“嗟古音之寥寥，虑雅词之落落”，企图“独振戛乎丧乱之余”，②精心制作音律和谐、格调骚雅的正体词作。南宋词作风貌也因此愈加丰富多彩，辛、姜两家对南宋中叶以后的词人影响很大。

一　辛弃疾与辛派词人

（一）辛弃疾的词

辛弃疾（1140—1207），字幼安，号稼轩居士，济南历城（今山东济南）人。他出生于沦陷区，小时，祖父辛赞每退食，辄携辛弃疾“登高望远，指画山河，思投衅而起，以纾君父所不共戴天之愤”。③ 绍兴三十一年（1161），辛弃疾聚众二千投奔山东耿京义军，为掌书记。次年奉命南归，联络朝廷。张安国杀耿京降金，辛弃疾“赤手领五十骑，缚取于五万众中，如挟毚兔”，归献朝廷。其“壮声英慨，懦士为之兴起，圣天子一见三叹息”。④ 辛弃疾入南宋后，累官湖北安抚、知隆兴府兼江西安抚、福建安抚等职，而前后闲居几达二十年。嘉泰三年（1203）起知绍兴府兼浙东安抚使，进枢密都承旨。开禧元年（1205）罢归铅山。辛弃疾有《稼轩词》，今存词六百二十余首，数量为唐宋词人之最。

辛弃疾平生以气节自负，以功业自许，南归后的头十年，他积极进取，不断上书进献谋略，为朝廷“宽征薄赋，招流散，教民兵，议屯田”，⑤兴学校；还“节制诸军，讨捕茶寇”，⑥创设飞虎军以防盗贼，一展文韬武略。然在高唱“袖

① 万树：《词律·发凡》，中华书局1957年版，第1页。

② 殷重：《山中白云词序》，见《山中白云词》卷首，文渊阁四库全书本。

③ 辛弃疾：《美芹十论》，见邓广铭辑校《辛稼轩诗文钞存》，古典文学出版社1957年版。

④ 洪迈：《稼轩记》，引自（宋）祝穆《古今事文类聚》前集卷三六。

⑤ 《宋史》卷四〇一，列传一六〇“辛弃疾传”，第12162页。

⑥ 《宋史》卷三四《孝宗二》，第659页。

里珍奇光五色，他年要补天西北”（《满江红》），满望“了却君王天下事，赢得生前身后名”（《破阵子》）之际，他遭到排斥而被投闲置散，内心极为牢骚不平，虽试图以庄、陶之达观开解，而终于激成一股沉雄悲郁之气。总的看来，辛弃疾的生活经历和心路历程很曲折，其词之创作风貌与神理也是变化多样的。

1. 随所变态，词风多样

辛弃疾全力为词，而尤以豪放词风为世所称。如《水龙吟·甲辰岁寿韩南涧尚书》：

> 渡江天马南来，几人真是经纶手？长安父老，新亭风景，可怜依旧！夷甫诸人，神州沉陆，几曾回首！算平戎万里，功名本是，真儒事、君知否？　况有文章山斗，对桐阴、满庭清昼。当年堕地，而今试看，风云奔走。绿野风烟，平章草木，东山歌酒。待他年、整顿乾坤事了，为先生寿。①

寿词本是应酬之体，辛弃疾却借寿词议论国家大事，抒发理想抱负，变善祷善颂为激励之词，格调颇高，亦体现其英雄本色。

《菩萨蛮·书江西造口壁》则是沉郁悲凉之作：

> 郁孤台下清江水，中间多少行人泪。西北望长安，可怜无数山。
> 青山遮不住，毕竟东流去。江晚正愁余，山深闻鹧鸪。②

孝宗淳熙二年（1175），辛弃疾出任江西提点刑狱，驻节赣州，行经造口时，他忆及南渡之际，隆祐太后为金人一路追赶，至此地舍舟登岸。词人慨叹滚滚东流的江水中，洒下多少颠沛流离者的清泪。而骤然听到鹧鸪“但南不北”的凄鸣，令流落异乡而思念故土之人备添痛苦。

在惯于低吟浅唱的词坛上，这类气魄雄放、意境沉郁的词风给人们留下深刻印象，故人谓“稼轩率多抚时感事之作，磊落英多，绝不作妮子态”。③ 然

---

① 《全宋词》，第1868页。

② 《全宋词》，第1880页。“青山遮不住，毕竟东流去”一句，很多地方解释为：以江流的势不可当喻抗金力量的坚韧不屈，但这一解释与“江晚正愁余”词意不相衔接。参阅王水照《我读辛词菩萨蛮》，见《鳞爪文集》，陕西人民出版社2008年版，第239页。

③ 毛晋：《稼轩词跋》，见汲古阁《宋六十名家词》本。

辛弃疾词风也并非只一味豪放。《临江仙》写恋情秾丽绵密：

金谷无烟宫树绿，嫩寒生怕春风。博山微透暖熏笼。小楼春色里，幽梦雨声中。　别浦鲤鱼何日到？锦书封恨重重。海棠花下去年逢。也应随分瘦，忍泪觅残红。①

上片写景幽艳。下片想象对方的离恨重重以烘托自己的相思之情，极为柔厚深挚。《祝英台近·晚春》写闺怨，闺中人“把花卜归期”，“才簪又重数”，思念至于痴迷，到“哽咽梦中语”，词笔之“昵狎温柔，魂销意尽”，②臻于极致。此外如《汉宫春·立春日》之“春已归来，看美人头上，袅袅春幡”；《摸鱼儿》之“惜春长怕花开早，更何况落红无数”；《满江红·暮春》之“尺素如今何处也，彩云依旧无踪迹”；《念奴娇·书东流村壁》之“旧恨春江流不尽，新恨云山千叠。料得明朝，尊前重见，镜里花难折”，等等，皆词情幽深绵邈，一唱三叹，的可谓平欺周、柳，不在小晏、秦观之下。辛弃疾的词有以田园风光和农村生活为题材的，如《西江月·夜行黄沙道中》、《清平乐·村居》等，词风爽利清朗。他还有嬉笑怒骂、诙谐幽默的词作，如《千年调·卮酒向人时》咏酒器，实则借形容酒器的双关之语，对一班巧言令色的势利小人极尽讽骂，极见爱憎之情。又如《卜算子·齿落》：

刚者不坚牢，柔者难摧挫。不信张开口角看，舌在牙先堕。

已阙两边厢，又豁中间个。说与儿曹莫笑翁，狗窦从君过。③

全用俗语白话，寓庄于谐地说明一个处世之道。

辛弃疾还曾仿效各体词作，如效“花间”体的有《唐河传》（春水，千里），《河渎神》（芳草绿萋萋），效朱希真体《念奴娇》（近来何处），效易安体《丑奴儿近》（千峰云起），以及和东坡韵的《念奴娇》（倘来轩冕）、《水调歌头》（我志在寥阔），等等，皆能得其神味，由此也可见辛弃疾词风的丰富多样，所以他门下的范开这样形容：“其词之为体，如张乐洞庭之野，无首无尾，不主故

① 《全宋词》，第1959页。

② 沈谦：《填词杂说》，见《词话丛编》，第630页。

③ 《全宋词》，第1945页。

常；又如春云浮空，卷舒起灭，随所变态，无非可观。"①

2. 辛弃疾的"以文为词"

苏轼在词中抒发自我性情、理想怀抱和人生感悟，是"以诗为词"，提高了词体的地位，不再仅为"艳科"。在这个基础上，辛弃疾更进一步打破词与文之界限，"以文为词"，令词体的表达更加自由，真正"无意不可入，无事不可言"。

辛词在语言的运用方面真是横绝古今、别开天地。其词不仅密集地用事用典，熔铸诗语，更拉杂运用经、史之文入词，②虽然受"掉书袋"之讥，然气魄足可驱驾，才情善于安排，故被誉为"稼轩词龙腾虎掷，任古书中理语、廋语，一经运用，便得风流"。③ 如《最高楼·吾拟乞归，犬子以田产未置止我，赋此骂之》：

> 吾衰矣，须富贵何时。富贵是危机。暂忘设醴抽身去，未曾得米弃官归。穆先生，陶县令，是吾师。　　待葺个、园儿名佚老。更作个、亭儿名亦好。闲饮酒，醉吟诗。千年田换八百主，一人口插几张匙。休休休，更说甚，是和非。④

词中用《论语·述而》、《晋书·诸葛长民传》、《汉书·楚元王传》、萧统《陶渊明传》事，又用《庄子·大宗师》、戎昱《中秋感怀》、《景德传灯录》、范成大《丙午新正书怀》、《三国志·孙权传》裴松之注引《吴历》等诗文中语，雅言、俗语杂糅，又议论风生，如黄河九曲，挟泥沙俱下而不害其浑灏流转之势。

辛弃疾的"以文为词"还表现在其词在章法、句法上向文体借鉴，且往往在词中驰骋议论，造成一种纵横恣肆的美感。如《沁园春·将止酒，戒酒杯使勿近》：

> 杯汝来前，老子今朝，点检形骸。甚长年抱渴，咽如焦釜，于今喜

---

① 范开：《稼轩词序》。

② 吴衡照指辛弃疾"别开天地，横绝古今。《论》、《孟》、《诗小序》、《左氏春秋》、《南华》、《离骚》、《史》、《汉》、《世说》、《选》学、李杜诗，拉杂并用，弥见其笔力之峭"。《莲子居词话》卷一，见《词话丛编》，第2408页。

③ 刘熙载：《艺概·词概》，见《词话丛编》，第3693页。

④ 《全宋词》，第1894页。

睡，气似奔雷。漫说刘伶，古今达者，醉后何妨死便埋。浑如此，叹汝于知己，真少恩哉！　更凭歌舞为媒。算合作平居鸩毒猜。况怨无大小，生于所爱；物无美恶，过则为灾。与汝成言："勿留亟退，吾力犹能肆汝杯。"杯再拜，道"麾之即去，招则须来"。①

这首词不但将《晋书·刘伶传》，韩愈《毛颖传》、《赠刘师服》诗、《论语·宪问》、《史记·汲黯传》等经、史、子、集语熔于一炉，更突出的特点是词中虚拟主客问答，用散文句式大发议论，冷嘲热讽，富有理趣和谐趣。南宋时陈模就认为此词章法与班固《答宾戏》、扬雄《解嘲》等相似，"乃是把做古文手段寓之于词"。而《贺新郎·别茂嘉十二弟》"尽是集许多怨事，全与李太白《拟恨赋》手段相似"。②

辛弃疾在词中适当融入散文手法，确实增强了词的表现力，带来新鲜的艺术感受。不过"破体"创作毕竟还是有限度的，过犹不及。他的《哨遍·秋水观》中云："于是焉河伯欣然喜，以天下之美尽在已。渺沧溟、望洋东视，逡巡向若惊叹，谓我非逢子，大方达观之家未免、长见悠然笑耳"；《六州歌头》中有"删竹去，吾乍可，食无鱼。爱扶疏。又欲为山计，千百虑，累吾躯"的句子，这种以文为词，破坏了词的音律和词意的流畅，全然丧失了词体特有的声情之美。

辛弃疾才气俊迈，其词令慢皆工，但他往往刻意苦思，《贺新郎》（甚矣吾衰矣）、《永遇乐》（千古江山）二词竟"味改其语，日数十易，累月犹未竟"。③《水龙吟》（楚天千里清秋）将纵横豪宕之气潜藏掩抑，千回百转而出之，陈洵认为辛词能不流于悍疾，正在于深谙能"留"之词法。④

辛弃疾以文为词，语有出典，长于议论，留心词法，从个人经历来看，他退隐之际居江西时间很长，也许受到江西派风气熏染。从文学自身的发展

① 《全宋词》，第1915页。

② 陈模撰，郑必俊校注：《怀古录》卷中，中华书局1993年版。

③ 岳珂撰，吴企明点校：《桯史》卷三，中华书局1981年版，第39页。

④ 参阅陈洵《海绡说词》"贵留"条："词笔莫妙于留。盖能留则不尽而有余味。离合顺逆皆可随意指挥，而沉深浑厚，皆由此得。虽以稼轩之纵横而不流于悍疾，则能留故也。"另参"以留求梦窗"条。见《词话丛编》，第4840—4841页。

规律来看，也许可视为宋词步趋宋诗的雅化进程的一种表现。

刘辰翁谓“词至东坡，倾荡磊落，如诗如文，如天地奇观，岂与群儿雌声学语较工拙；然犹未至用经用史，牵《雅》《颂》入郑、卫也。自稼轩前，用一语如此者必且掩口。及稼轩横竖烂漫，乃如禅宗棒喝，头头皆是”，[①]辛弃疾倾力作词人，在艺术上极力锤炼，将豪放风格词作的形式与词境、意旨结合得非常妥帖，令词中“关西大汉抱铜琵琶、执铁绰板，唱‘大江东去’”的美学风格为人接受和欣赏，形成潮流。辛弃疾的六百二十多首词中，多数以自身的真面貌、真性情示人，以女性为主角的只有二十多首。从这个角度来看，可以说自辛弃疾出，男性词人才彻底得到解放，不须作闺音，而可以像李清照一样以本色抒情言志了。

3. 辛弃疾词情的“狂”与“怨”

苏、辛并称，主要是因为在词体的扩大题材、深化内涵和创造词风的阳刚之美等方面，二人有一致性和继承、发展的关系。除此之外，苏轼与辛弃疾个性气质和词情的相异处极为鲜明。苏轼基于其对人生和历史的哲学感悟，其词情往往放旷超脱，不滞于物。辛弃疾则平生刚拙自信，深怀济时远略，具有九死不悔的进取精神和执着信念，词情主要表现为“狂”和“怨”。

辛词中有不少直接描写自己的狂态，如“说剑论诗余事，醉舞狂歌欲倒，老子颇堪哀”（《水调歌头》）；“夜半狂歌悲风起，听铮铮、阵马檐间铁”（《贺新郎》）；“狂歌击碎村醪盏，欲舞还怜衫袖短”（《玉楼春》）；“酒兵昨夜压愁城，太狂生。转关情，写尽胸中块磊未全平”（《江神子》）；更直言其狂曰：“不恨古人吾不见，恨古人不见吾狂耳”（《贺新郎》）。之所以“狂”，与辛弃疾的自我期许密切相关。他推崇古代的英雄豪杰，如“破敌金城雷过耳，谈兵玉帐冰生颊”的李广（《满江红》），如“年少万兜鍪，坐断东南战未休（《南乡子·登京口北固亭有怀》）”的孙权。自许“诗书万卷，致身须到古伊周”（《水调歌头》），身入老境仍雄心勃勃：“凭谁问、廉颇老矣，尚能饭否”（《永遇乐·京口北固亭怀古》）。辛弃疾词中大量的英雄意象和故事，传递出词

① 刘辰翁：《辛稼轩词序》，见《须溪集》卷六，文渊阁四库全书本。

人的强烈自信。他自谓天生雄才，深信富贵唾手可取，平生功业可期，曰"不龟手药，或一朝兮取封"（《醉翁操》）；"男儿事业，看一日，须有致君时"（《婆罗门引》）；"莫信蓬莱风浪隔，垂天自有扶摇力"（《满江红》）；"不念英雄江左老，用之可以尊中国"（《满江红》）；等等。陈廷焯认为"稼轩词仿佛魏武诗，自是有大本领、大作用人语"，①正是从辛词狂放豪纵的抒情言志中感受到了他的英豪气质和进取精神。

辛弃疾是真足办天下之事，而不肯以身就人者，狂傲之极而屡遭压抑排斥，一旦英雄失路，则"其悲歌慷慨、抑郁无聊之气，一寄之于词"，②词情怨怒。辛弃疾第一次遭弹劾被迫退居带湖，是"而今识尽愁滋味，欲说还休"（《丑奴儿》）。此后积愁成怨，积怨成恨："幽径无人独自芳，此恨知无数"（《卜算子》）；"恨如新，新恨了，又重新"（《上西平》）；《贺新郎·别茂嘉十二弟》写别情，直是一篇"恨赋"；《兰陵王》（恨之极，恨极销磨不得）集苌弘、郑人缓、古贞妇、禹之妻四个怨气化石的典故，正如梁启超所言，"词文恢诡冤愤，盖借以摅其积年胸中块磊不平之气"。③

虽然在退居山林时期也曾学庄慕陶，④辛弃疾却始终难于效仿"古来贤者，进亦乐，退亦乐"（《兰陵王》），反而是对于"自怨生"之屈原辞赋深有会心。如《摸鱼儿·淳熙己亥自湖北漕移湖南同官王正之置酒小山亭赋》"长门事，准拟佳期又误。娥眉曾有人妒。千金纵买相如赋，脉脉此情谁诉"，是敛雄心、抗高调，变温婉、成悲凉之作，将满怀感慨深寓于美人香草之词。《喜迁莺》（暑风凉月）化用《离骚》成句，称赞"千古离骚文字，芳至今犹未歇"；《水调歌头·壬子三山被召，陈端仁给事饮饯席上作》亦熔铸《离骚》、《渔父》旨意，抒心中"长恨复长恨"，云"何人为我楚舞，听我楚狂声"，千古间惟引屈子为知己，可堪共鸣。

无论是正向的"狂"，还是负向的"怨"，皆超出感情的常态，正是因为辛

① 陈廷焯：《白雨斋词话》卷一，见《词话丛编》，第3792页。

② 周在浚：《借荆堂词话》，见《词苑丛谈》卷四引，第79页。

③ 梁启超：《稼轩年谱》。

④ 参阅王水照《苏辛退居时期的心态平议》，见《苏轼研究》，河北教育出版社1999年版。

弃疾的心念坚凝执着，往而不返，故其词情无论是豪迈雄放、悲恨怨愤，其深厚激烈皆过于常人，百折千回而出之，遂生沉郁顿宕之姿。如《水龙吟·过南涧双溪楼》：

举头西北浮云，倚天万里须长剑。人言此地，夜深长见，斗牛光焰。我觉山高，潭空水冷，月明星淡。待燃犀下看，凭栏却怕，风雷怒，鱼龙惨。　　峡束沧江对起，过危楼、欲飞还敛。元龙老矣，不妨高卧，冰壶凉簟。千古兴亡，百年悲笑，一时登览。问何人又卸、片帆沙岸，系斜阳缆。①

词中造境雄深幽奇，亦是心境。词人壮志难酬、投闲置散的怨怒不平之情，真如词中所言"风雷怒，鱼龙惨"，而勉强压抑，故作达观，终化为一股沉郁悲凉之意。

又如《贺新郎》：

邑中园亭，仆皆为赋此调。一日独坐停云，水声山色，竞来相娱，意溪山欲援例者，遂作数语，庶几仿佛渊明思亲友之意云。

甚矣吾衰矣。怅平生、交游零落，只今余几。白发空垂三千丈，一笑人间万事。问何物、能令公喜。我见青山多妩媚，料青山、见我应如是。情与貌，略相似。　　一尊搔首东窗里。想渊明、停云诗就，此时风味。江左沈酣求名者，岂识浊醪妙理。回首叫、云飞风起。不恨古人吾不见，恨古人、不见吾狂耳。知我者，二三子。②

此词乃平生得意之作，时辛弃疾在瓢泉，年六十二。其中警句"我见青山多妩媚，料青山、见我应如是"，"不恨古人吾不见，恨古人、不见吾狂耳"，尤见其顾盼自雄、狂傲不羁的豪杰之气。词人极力以放达的态度面对现实，去寻求陶渊明隐逸田园的闲适情味，而英雄气概、不平心绪，却在"回首叫、云飞风起"一语里凸显出来。

---

① 《全宋词》，第1896页。
② 《全宋词》，第1915页。

陈廷焯比较苏辛两家的性情与其词作的艺术个性，云“东坡心地光明磊落，忠爱根于性生，故词极超旷，而意极和平。稼轩有吞吐八荒之概，而机会不来。正则可以为郭、李，为岳、韩，变则即桓温之流亚。故词极豪雄，而意极悲郁。苏、辛两家，各自不同”，①此言确切。在开辟和发展豪放词风方面，苏、辛一脉，有承继关系，而就词作的艺术个性而言，苏词“雅正”，而辛弃疾之词情的“狂”与“怨”则是对以婉约柔厚为正体的传统词学观念的反动，是变风、变雅之作。

（二）辛派词人

辛弃疾“豪爽尚气节，识拔英俊，所交多海内知名士”，②同时代的陆游、陈亮、刘过等皆曾与他交游，这些人或与稼轩人才相若、性情相近而词风相似，或是有意效法，词多壮语而甚于稼轩，可称为辛之同调或者附庸。张孝祥则稍微例外，以苏、辛一脉而言，其人才与词风更近苏轼。

1. 张孝祥

张孝祥（1132—1170），字安国，号于湖居士，历阳乌江（今安徽和县东北）人。绍兴二十四年（1154）进士第一。孝宗朝累迁中书舍人，直学士院，领建康留守。张孝祥力主抗金，指斥“朝廷狃于和议将二十年，小大之臣以兵为讳，军政不修，边备缺然，长淮千里，东南恃以为藩屏者，一切置之度外”，③所作诗文皆寓爱国恢复之旨，尤长于词。有《于湖居士文集》。

张孝祥天才超逸，其诗词之笔力、气韵与苏轼最为接近，虽有性分相近的缘故，亦因心向往之。谢尧仁称“先生（孝祥）诗文与东坡相先后者已十之六七，而乐府之作，虽但得于一时燕笑咳唾之顷，而先生之胸次笔力皆在焉，今人皆以为胜东坡，但先生当时意尚未能自肯，因又问尧仁曰：‘使某更读书十年何如？’尧仁对曰：‘他人虽更读百世书，尚未必梦见东坡，但以先生来势如此之可畏，度亦不消十年，吞此老有余矣’”。谢尧仁称其《水车》诗“活脱

---

① 陈廷焯：《白雨斋词话》卷六，见《词话丛编》，第3925页。
② 《宋史》卷四〇一，列传一六〇“辛弃疾传”，第12165页。
③ 张孝祥：《代揔得居士与叶参政书》，见《于湖集》卷三九，文渊阁四库全书本。

是东坡诗"。[①] 汤衡谓其词曰:"自仇池仙去,能继其轨者,非公其谁与哉?"[②]惜乎天不假年,未四十而卒。

除《念奴娇》(洞庭青草)以外,《水调歌头·金山观月》亦有苏轼《水调歌头·中秋》之超迈高逸:

> 江山自雄丽,风露与高寒。寄声月姊,借我玉鉴此中看。幽壑鱼龙悲啸,倒影星辰摇动,海气夜漫漫。涌起白银阙,危驻紫金山。　表独立,飞霞佩,切云冠。漱冰濯雪,眇视万里一毫端。回首三山何处,闻道群仙笑我,要我欲俱还。挥手从此去,翳凤更骖鸾。[③]

是金山寺观月之作。上片写登临所见清奇缥缈之景,见月明如镜,星影动摇,海气迷漫,鱼龙悲啸;下片写月下奇想,其情怀高华浪漫,诚非食烟火人语。

又如《西江月》:

> 问讯湖边春色,重来又是三年。东风吹我过湖船,杨柳丝丝拂面。
> 世路如今已惯,此心到处悠然。寒光亭下水如天,飞起沙鸥一片。[④]

词人襟抱开朗,词境悠然适意,与东坡词之清旷相近。较之于其他辛派词人,张孝祥生年略早,且英年早逝,交游较少。他的词则是举首浩歌,犹有诗情,不同于辛弃疾之恣意纵横,直是以文为词。不过张孝祥的名作《六州歌头》(长淮望断)倒可视为辛词之先声,其感叹英雄易老、恢复无成,一种慷慨悲凉、郁塞不平之气曾令张浚为之罢席。

2. 陆游

陆游年辈较张孝祥更早,其词风格多样,无论是婉丽缠绵、还是闲适疏

---

① 谢尧仁:《张于湖先生集序》,见《于湖集》卷首。

② 汤衡《张紫微雅词序》云:"尝获从公游,见公平昔为词,未尝著稿,笔酣兴健,顷刻即成,初若不经意,反复究观,未有一字无来处。如《歌头》、《凯歌》、《登无尽藏》、《岳阳楼》诸曲,所谓骏发踔厉,寓以诗人句法者也。自仇池仙去,能继其轨者,非公其谁与哉?"见《于湖词》卷首,文渊阁四库全书本。

③ 《全宋词》,第1686页。

④ 《全宋词》,第1708页。

淡的皆有佳作。陆游喜言恢复，希望建立功业，因为情感激昂豪迈和选用边塞题材的关系，一些词作因而写得气韵沉雄，境界苍凉，如《诉衷情》：

当年万里觅封侯，匹马戍梁州。关河梦断何处？尘暗旧貂裘。胡未灭，鬓先秋，泪空流。此生谁料，心在天山，身老沧洲。①

《夜游宫・记梦寄师伯浑》云：

雪晓清笳乱起，梦游处、不知何地？铁骑无声望似水。想关河，雁门西，青海际。　　睡觉寒灯里，漏声断、月斜窗纸。自许封侯在万里。有谁知？鬓虽残，心未死。②

与辛弃疾相比，陆游词情之悲壮相近。王国维贬称“剑南有气而乏韵”，③叶嘉莹认为陆游对词这一文体的“性质”“似乎并未曾有深刻的体认”，④都指出陆游词能放旷而不能盘旋曲折，能悲壮而不能沉咽顿挫的短处，由于气盛词直，不能很好地发挥词体要眇宜修的美感。

3. 刘过

刘过(1154—1206)，字改之，号龙洲道人，吉州太和(今江西省太和县)人，四举未中，流落江湖，有《龙洲词》一卷。陆游、陈亮皆赞美其才气不凡，⑤晚年与辛弃疾过往，惺惺相惜，交游甚欢。

刘过的词无论是感时伤世，还是抒写个人的牢骚不平，往往交织杂糅着山河破碎的深恨和恢复热望，意气感激，词风纵横跌宕，黄昇谓“词多壮语，盖学稼轩”。⑥ 刘过曾刻意效辛弃疾词风与之赠答，《沁园春》(斗酒彘肩)即以对话体组织白居易、林逋、苏轼的诗句成词篇，其潇洒狂放的风格令辛弃疾读之大喜。又如《沁园春・寄辛稼轩》：

---

① 《全宋词》，第1596页。

② 《全宋词》，第1590页。

③ 王国维：《人间词话》卷上，上海古籍出版社1998年版，第10页。

④ 叶嘉莹：《论陆游词》，见《唐宋词名家论稿》，北京大学出版社2008年版，第192页。

⑤ 陆游：《赠刘改之秀才》：“放翁七十病欲死，相逢尚能刮眼看。李广不生楚汉间，封侯万户宜其难！”见《剑南诗稿》卷二七。陈亮赠诗云：“刘郎吟诗如饮酒，淋漓醉墨龙蛇走，笑鞭列缺起丰隆，变化风雷一挥手”。见《龙洲集》卷一五《陈状元同父诗》。

⑥ 黄昇：《花庵词选续集》卷五，文渊阁四库全书本。

古岂无人，可以似吾，稼轩者谁。拥七州都督，虽然陶侃，机明神鉴，未必能诗。常衮何如？羊公聊尔，千骑东方侯会稽。中原事，纵匈奴未灭，毕竟男儿。　　平生出处天知。算整顿乾坤终有时。问湖南宾客，侵寻老矣；江西户口，流落何之。尽日楼台，四边屏幛，目断江山魂欲飞。长安道，奈世无刘表，王粲畴依？①

其词使事用典熟稔妥帖，风格劲健，近似稼轩。词中极表对辛弃疾的推崇之情，惜词意切直，不复含蕴，冯煦谓“龙洲自是稼轩附庸，然得其豪放，未得其宛转”，②即指此而言。

毕竟不同于辛弃疾的英雄气象，刘过乃是漂泊江湖、疏狂不羁的浪子，其词亦能道自家性情，如《贺新郎》：

弹铗西来路。记匆匆、经行十日，几番风雨。梦里寻秋秋不见，秋在平芜远树。雁信落、家山何处。万里西风吹客鬓，把菱花、自笑人如许。留不住，少年去。　　男儿事业无凭据。记当年、悲歌击楫，酒酣箕踞。腰下光芒三尺剑，时解挑灯夜语。谁更识、此时情绪。唤起杜陵风月手，写江东渭北相思句。歌此恨，慰羁旅。③

又如《唐多令》（重过武昌）：“旧江山浑是新愁。欲买桂花同载酒，终不似，少年游”，回忆旧游，感慨国事，词意凄怆而含蓄隽永，这类词作反如刘熙载所言：“狂逸之中自饶俊致，虽沉着不及稼轩，足以自成一家。”④此外尚有咏物赠妓之作，皆是纤丽清俊之词。

陈亮与辛弃疾堪称知己，两者人才相若，抱负相同，故辛弃疾赠词云“我最怜君中宵舞，道‘男儿到死心如铁’。看试手，补天裂”（《贺新郎·同甫见和再用韵答之》），陈亮则云：“只使君、从来与我，话头多合”，“但莫使、伯牙弦绝”（《贺新郎·寄辛幼安和见怀韵》）。而两者词作之意气纵横、风格豪迈

---

① 《全宋词》，第2142页。

② 冯煦：《蒿庵论词》之“论刘过词”，见唐圭璋《词话丛编》，第3592页。

③ 《全宋词》，第2150页。

④ 刘熙载：《艺概·词概》“刘改之沉着不及稼轩”条，见《词话丛编》，第3695页。

也非常相似，如陈亮《念奴娇·登多景楼》：

危楼还望，叹此意，今古几人曾会。鬼设神施，浑认作、天限南疆北界。一水横陈，连岗三面，做出争雄势。六朝何事，只成门户私计。　因笑王谢诸人，登高怀远，也学英雄涕。凭却江山管不到，河洛腥膻无际。正好长驱，不须反顾，寻取中流誓。小儿破贼，势成宁问疆场。①

词人指点江山，借古论今，破长江乃天限南北的旧说，发京口可争雄中原的宏论，嗟六朝只经营门户之私计，笑庸人空效英雄之挥涕，进而大声疾呼，鼓吹北伐。全篇议论纵横，痛快淋漓，充分展现了词人胸中的谋略与豪气。

《水调歌头·送章德茂大卿使虏》：

不见南师久，谩说北群空。当场只手，毕竟还我万夫雄。自笑堂堂汉使，得似洋洋河水，依旧只流东。且复穹庐拜，会向藁街逢。　尧之都，舜之壤，禹之封。于中应有，一个半个耻臣戎。万里腥膻如许，千古英灵安在，磅礴几时通。胡运何须问，赫日自当中。②

淳熙十二年(1185)十一月，章森奉命出使为金主完颜雍祝寿。陈亮深感耻辱，慨然以词相赠。词情激切，气豪声壮，陈廷焯说换头五句“精警奇肆，几于握拳透爪。可作中兴露布读”，③然其词意直露，但觉剑拔弩张，不如辛弃疾词往往在豪迈雄放中深寓沉郁盘结之情，读之能令人回肠荡气。陈亮在《上孝宗皇帝第一书》中说：“南师之不出，于今几年矣！河洛腥膻，而天地之正气抑郁而不得泄，岂以堂堂中国，而五十年之间无一豪杰之能自奋哉？”④在《与章德茂侍郎》信中说：“主上有北向争天下之志，而群臣不足以望清光。使此恨磊块而未释，庸非天下士之耻乎？世之知此耻者少矣。愿侍郎为君

---

① 《全宋词》，第 2099 页。

② 《全宋词》，第 2097 页。

③ 陈廷焯：《白雨斋词话》卷一，见《词话丛编》，第 3794 页。

④ 陈亮著，邓广铭点校：《陈亮集》(增订本)卷一，中华书局 1987 年版，第 3 页。

父自厚,为四海自振!”[1]这首《水调歌头》就是他的这类政治主张的概括。而《上孝宗皇帝第一书》中又言“常以江淮之师为虏人侵轶之备,而精择一人之沈鸷有谋,开豁无他者,委以荆襄之任,宽其文法,听其废置,抚摩振厉于三数年之间,则国家之势成矣”,《念奴娇·登多景楼》中之“势成”亦同此意。叶适记陈亮“有长短句四卷,每一章就,辄自叹曰:平生经济之怀,略已陈矣”,[2]应当就是指这类近乎“论”的词。

此外还有韩元吉、杨炎正、黄机、岳珂等人皆与辛弃疾交游唱和,词风也与辛氏相近,也属于辛派词人。

辛派词人的创作风格大致与辛弃疾相似,但也许是人格、性情和平生遭际毕竟不同,于辛词情思之沉郁萦回、笔法之曲折顿挫似未全然会心,虽然语豪声壮似之,往往过于明白切直,其末流更渐至粗豪叫嚣,则是皮相之似了。辛派词人都有这方面的不足。

二 姜夔与骚雅词风

(一)南宋词复雅风气的兴起

词的发展,向来分雅、俗两途,并行不悖。北南宋之际,一面是张山人、王彦龄、曹组、张衮臣等人侧艳无赖、调笑俚滑的俗词盛行,“祖述者益众,嫚戏汙贱,古所未有”,[3]“今少年……十有八九,不学柳耆卿则学曹元宠”。[4]一面是徽宗设立大晟府整理乐曲,规定当代大乐必须符合“古制”,“不应杂以郑、卫”,以为“焦急之声不可用于隆盛之世”,[5]取缔俗乐、俗曲及俗唱歌词等一切“淫哇之声”,南渡后高宗下诏毁曹组词版。

自从北宋末年万俟咏把他的一部分词作归类名为“雅词”,南渡以后,尚“雅”的选词和创作风气开始兴起。如赵万里所言,“考宋人乐章,辄以雅相尚。传世有张安国《紫微雅词》、赵彦端《宝文雅词》、曾慥《乐府雅词》、《宋

---

① 《陈亮集》卷一九。
② 叶适:《书龙川集后》,见《水心先生文集》卷二九。
③ 王灼:《碧鸡漫志》卷二“各家词短长”条,见《词话丛编》,第84页。
④ 王灼:《碧鸡漫志》卷二“东坡指出向上一路”条,见《词话丛编》,第85页。
⑤ 《宋史》卷一二九,乐志第八二“乐四”,第3004页。

史·艺文志》有《书舟雅词》,《岁时广记》引《复雅歌词》",[①]还有鲖阳居士编纂词集名为《复雅歌词》,佚名编刊的南渡后诸家词名为《典雅词》等等,由此足觇南渡后风尚。

绍兴十六年(1146)曾慥所编《乐府雅词》是目前已知最早的宋人选宋词的选本,他明示选词标准是"涉谐谑则去之";同一时期出现《复雅歌词》,编者鲖阳居士在序中把词的源头推溯至《诗》三百零五篇,指斥温、李之词"淫艳猥亵不可闻"。慨叹北宋词人即使是"宗工巨儒,文力妙于天下者",犹祖"花间"遗风,"荡而不知所止",北宋词"其韫骚雅之趣者,百一二而已",[②]因而倡为"复雅"之说。王灼和胡寅都推崇苏轼的词,王灼提出"雅郑所分"乃"中正则雅,多哇则郑"。[③] 胡寅认为苏词以其逸怀豪气超然尘垢之外,"于是《花间》为皂隶而柳氏为舆台矣"。[④] 也就是说,南渡以后,出现了一种以"雅"相尚的词学观念。不同于北宋论词以"花间"为正体,[⑤]南渡以后的"复雅"观念的提出正是针对《花间集》以及其后的侧艳之辞,实际主要针对北宋徽宗朝后期的浮艳靡丽词风,是有鉴于靖康之变而后提出来的。[⑥]

如沈曾植所言,"宋人所称'雅词',亦有二义。此《典雅词》,意取大雅;若张叔夏所谓'雅词协音,一字不放过者,则以协大晟音律为雅也'。曾端伯(曾慥)盖兼二义"。[⑦] 可见协律和词旨雅正是"雅"词的必要条件。以"雅"名集,就意味着其词之创作严守词体的格律规范,对音韵和谐精益求精,不仅讲求形式美感,还应"乐而不淫,哀而不伤",词旨雅正,格调高雅。

经过高宗朝三十余年的休养,到南宋中期,国势渐渐安定,创作骚雅之词的风气才渐渐扩散起来。尤其是绍兴中期乐禁复开,随"大晟曲谱"流传

---

① 赵万里:《校辑宋金元人词·自序》,中央研究院历史语言研究所排印73卷本,1931年。

② 鲖阳居士:《复雅歌词序》。

③ 《碧鸡漫志》卷一"论雅郑所分"条,见《词话丛编》第80页。

④ 胡寅:《酒边词序》,见《酒边词》卷首,文渊阁四库全书本。

⑤ 李之仪《跋吴师道小词》称赞吴师道作词"专以《花间》所集为准"。见《姑溪居士前集》卷四〇。

⑥ 参阅吴熊和著《吴熊和词学论集》中"关于鲖阳居士《复雅歌词序》"章节,浙江大学出版社1999年版,第96页。

⑦ 沈曾植:《全拙庵温故录》,附于《菌阁琐谈》,见《词话丛编》,第3622页。

而兴起的"校谱"之风，很可能直接刺激了南宋雅词派的诞生。[①] 据研究者考证，"校谱"之风约始于南宋孝、光年间。据袁桷记载，四明史浩父子曾对传世"旧谱"进行"删正"。[②] 在四明史家"删正"宫廷曲谱的同时，临安张家亦曾对《行在谱》作过校订，[③]其门客姜夔即据"旧谱"创制"角招"、"徵招"二曲。尽管两家"校谱"时间与宗旨或有异同，然所校之"谱"均可能是"大晟曲谱"之遗。四明史家又尝命周邦彦曾孙周铸"谱《清真词》"，随着史弥远入相，清真词也受到前所未有的推崇，人们主要着眼于周词的音律和谐和典雅风格。而庆元三年(1197)，姜夔将所著《大乐议》和《琴瑟考古图》各一卷呈献朝廷，以议正乐典，意在复古。他对于传统诗教原则有所发挥，曰"喜辞锐，怒辞戾，哀辞伤，乐辞荒，爱辞结，恶辞绝，欲辞屑。乐而不淫，哀而不伤，其惟《关雎》乎"，"吟咏情性，如印印泥，止乎礼义，贵涵养也"，[④]主张将所言之情归于"醇雅"。所有这些，皆为南宋中期骚雅词风的自成一派创造了外部条件。

（二）姜夔的词

姜夔(1155—1209)，[⑤]字尧章，号白石道人，鄱阳(今江西波阳)人，与辛弃疾、叶适、刘过生活年代相先后。自幼随父宦游，往来汉阳二十年。诗人萧德藻以侄女妻之，遂寓居湖州。他一生未仕，流落江湖，为名公巨卿如范成大、张鉴等人之清客，在相对安宁闲适的环境中，尽心力于文学艺术的创作。姜夔能诗擅词，兼通音乐和书法，为人狷介清高，"翰墨人品，皆似晋宋之雅士"。[⑥] 有《白石道人歌曲》，存词八十多首，《白石道人诗集》一卷等。

---

① 关于"大晟曲谱"在南宋的存留问题，词学大师郑文焯认为"南渡后乐部放失，古曲坠佚"(《大鹤山人词话》)。龙榆生、蔡嵩云都持相同看法。张春义考证，学界长期以来一致认为南宋已经失传的"大晟燕乐谱"，其实仍保存到了脱脱主编《宋史》时的元朝末期。南宋一代之乐制仍是用"大晟乐"。参阅《"大晟曲谱"南宋流传考》，《文学遗产》2008年第2期。

② 袁桷：《外祖母张氏墓记》，见《清容居士集》卷三三，四部丛刊初编本。

③ 参见《朱子语类》卷九二"乐"，第2343页。

④ 姜夔：《白石诗说》，见《诗人玉屑》第14页所引。

⑤ 姜夔的生卒年，夏承焘《姜白石系年》及《白石道人行实考》约定其生卒年为1155—1221。陈尚君《姜夔卒年考》(《复旦学报》1983年第2期)、束景南《白石姜夔卒年确考》(《古籍整理研究学刊》1992年第4期)考订为1209年，依其说。

⑥ 周密《齐东野语》卷一二载姜夔自述范成大评语，中华书局1983版，第211页。

生平事迹详见夏承焘《唐宋词人年谱·姜白石系年》及其《姜白石词编年笺校·行实考》。

1. 情、辞、曲俱雅——姜词的艺术特征

姜夔精通乐律，所作《白石道人歌曲》不但在“周律”的基础上于选调制腔有所创造，而且创制了不少“自度曲”、“自制曲”。他的集中有十七首自注工尺旁谱，是研究宋代词乐的珍贵资料。姜夔对音律的斟酌相当仔细，从他所作《平韵满江红》、《徵招》、《凄凉犯》、《湘月》诸词序中可概见。不过他虽守律谨严，却“颇喜自制曲，初率意为长短句，然后协以律”，①是以乐就词，所以他的词作能够达到辞与曲的完美结合。

姜夔词多写羁旅行役之愁、身世之感与怀人之情，发江湖游士沦落不偶的悲吟，时亦抒孤高狷介之文人情怀。如《一萼红》(古城阴)、《惜春慢》(衰草愁烟)、《八归·湘中送胡德华》、《玲珑四犯·越中岁暮闻箫鼓感怀》等，或抒发“南去北来何事，荡湘云楚水”的悲感，或叹息“文章信美知何用，漫赢得天涯羁旅”的际遇，或倾吐“长恨相从未款，而今何事，又对西风离别”的惆怅。因此既有骚人之辞，又不违风人之旨，形成不同于婉约或豪放的一种骚雅词风。

就词情的抒发而言，姜夔不重情节描画，而是着意表现内心情愫，深情以淡语出之，情辞皆不同于传统婉约之作的婉媚绸缪。如怀念合肥旧欢之作《踏莎行·自沔东来，丁未元日，至金陵，江上感梦而作》：

> 燕燕轻盈，莺莺娇软，分明梦向华胥见。夜长争得薄情知？春初早被相思染。　　别后书辞，别时针线，离魂暗逐郎行远。淮南皓月冷千山，冥冥归去无人管。②

又《鹧鸪天·元夕有所梦》：

> 肥水东流无尽期，当年不合种相思。梦中未比丹青见，暗里忽惊山

① 姜夔：《长亭怨慢》小序，见姜夔著，夏承焘笺校《姜白石词编年笺校》，上海古籍出版社1981年版，第37页。

② 《姜白石词编年笺校》，第20页。

鸟啼。　春未绿，鬓先丝，人间别久不成悲。谁教岁岁红莲夜，两处沉吟各自知。①

于恋人的情态面貌皆未有细笔勾勒，写景亦以写意之笔，淡化虚化之极，而词人内心怅恨痛楚得于言外。

姜夔擅长咏物，他对物的审美是非常个性化的，②吟咏的对象常与自己的人格精神、人生体验和个体感受相契合。正如刘熙载所体会的："姜白石词幽韵冷香，令人挹之无尽，拟诸形容，在乐则琴，在花则梅也。"③梅与琴音所象征的高洁清雅是姜夔隽澹襟抱的投射，也是姜词所呈现的风貌特征。姜夔常写梅花和荷花，咏梅之词有《玉梅令》(疏疏雪片)、《一萼红》(古城阴)、《暗香》、《疏影》等；咏荷花的有《念奴娇》(闹红一舸)、《惜红衣》(簟枕邀凉)等。在这些词中，词人都不具体描写花的形态，而是遗貌取神，将自己的个性襟怀与花的特性融为一体，某种程度写花也就是写自己，物我难分。而姜夔与张镃同赋蟋蟀之《齐天乐》词历来为人所称，认为蕴涵比兴之旨，而笔触空灵不滞，令人涵咏不尽。

丙辰岁，与张功父会饮张达可之堂。闻屋壁间蟋蟀有声，功父约予同赋，以授歌者；功父先成，辞甚美；予徘徊茉莉花间，仰见秋月，顿起幽思，寻亦得此。蟋蟀中都呼为促织，善斗，好事者或以三、二十万钱致一枚，镂象齿为楼观以贮之。

庾郎先自吟愁赋，凄凄更闻私语。露湿铜铺，苔侵石井，都是曾听伊处。哀音似诉。正思妇无眠，起寻机杼。曲曲屏山，夜凉独自甚情绪？　西窗又吹暗雨。为谁频断续，相和砧杵。候馆迎秋，离宫吊月，别有伤心无数。豳诗漫与，笑篱落呼灯，世间儿女。写入琴丝，一声

① 《姜白石词编年笺校》，第69页。

② 王兆鹏从审美主体与审美对象的关系这个角度出发，把宋代咏物词分为三种审美范型，即非我化型、情感化型和个性化型。参阅王兆鹏著《唐宋词史论》，人民文学出版社2001年版，第169页、第183页。

③ 刘熙载：《词概》，见唐圭璋《词话丛编》，第3694页。

声更苦。①

张镃词之写景状物"心细如丝发"，姜夔此词则另辟蹊径，略形重情，由蟋蟀之声生发联想，在蟋蟀的悲吟中，词境由室内渐推开去，直至词终思妇、逐臣、游子乃至亡国破家之人的凄楚幽怨之情与蟋蟀的悲吟融织为一片，浑茫莫辨。

姜夔虽然身为江湖游子，布衣之士，却也不乏伤时忧国之情怀。如《扬州慢》写兵火之后城市的荒凉败落，写黍离之悲。《点绛唇·丁未冬过吴淞作》写对国运不振的怅惘失落之情。《永遇乐·次稼轩北固楼词韵》（云隔迷楼）抒发澄清中原的理想，其"中原生聚，神京耆老，南望长淮金鼓"句与张孝祥《六州歌头》中的"闻道中原遗老，常南望翠葆霓旌"同其沉痛悲愤。如《翠楼吟》：

淳熙丙午冬，武昌安远楼成，与刘去非诸友落之，度曲见志。予去武昌十年，故人有泊舟鹦鹉洲者，闻小姬歌此词，问之，颇能道其事，还吴为予言之；兴怀昔游，且伤今之离索也。

月冷龙沙，尘清虎落，今年汉酺初赐。新翻胡部曲，听毡幕元戎歌吹。层楼高峙，看槛曲萦红，檐牙飞翠。人姝丽，粉香吹下，夜寒风细。

此地，宜有词仙，拥素云黄鹤，与君游戏。玉梯凝望久，叹芳草萋萋千里。天涯情味，仗酒祓清愁，花销英气。西山外，晚来还卷、一帘秋霁。②

这是淳熙十三年（1186）姜夔往湖州经武昌时所作。词中对楼成一事多方铺陈，而在一片富丽繁华、嬉恬宴安的光景外，更见此楼之空名"安远"——无意安远也无能安远。满怀英气与清愁，惟赖花与酒消除，是词人百般无奈之语。结句与辛弃疾的"斜阳正在，烟柳断肠处"同一机杼。宋翔凤认为姜夔的忧国伤时之词，大都用比兴之法，"《齐天乐》，伤二帝北狩也；《扬州慢》，惜无意恢复也；《暗香》、《疏影》，恨偏安也。盖意愈切，则辞愈微，屈宋之心，谁能见之，乃长短句中复有白石道人也"。③ 这样一来，感今悼往之思，托物寄

① 《姜白石词编年笺校》，第59页。

② 《姜白石词编年笺校》，第18页。

③ 宋翔凤：《乐府余论》，见《词话丛编》，第2503页。

兴之慨也就“全在虚处，无迹可寻”。①

就词境之构造而言，词人情怀孤洁狷介，词中选择意象也往往具清冷高旷之质素，词境则涂之以绿、青、碧、紫、翠等冷色调，营造幽、寒、疏、淡、清、空之氛围，如月是“冷月”：“波心荡，冷月无声”；香是“冷香”：“冷香飞上诗句”；云是“冷云”：“冷云迷浦”；此外如寒烟、幽梦、暗水等意象皆给人凄清幽远的印象。蕴涵于清冷意境中的深幽意绪再以淡雅语言来表达传递，便呈现出独特的“清空骚雅”②的风格，南宋末张炎的这个概括在后世成了姜词的定评。

姜夔没有专门的论词著作，《白石道人诗说》表述了他的诗学主张，曰：“大凡诗，自有气象、体面、血脉、韵度。气象欲其浑厚，其失也俗；体面欲其宏大，其失也狂；血脉欲其贯穿，其失也露；韵度欲其飘逸，其失也轻。”③因此创作要力避“俗”、“狂”、“露”、“轻”。这种尚“骚雅”的艺术追求在他的诗、词创作中是一以贯之的。姜夔论诗主张“精思”，对创作技法很留意，《白石道人诗说》中提出“句意欲深、欲远，句调欲清、欲古、欲和”，“短章蕴藉，大篇有开阖，乃妙”，“体物不欲寒乞”，以及“僻事实用，熟事虚用”等具体的章法、句法和用典用事技巧，姜词“句琢字炼，归于醇雅”，④皆显示出江西派诗法的影响。姜夔词字面冷峭瘦硬而气格清奇，沈义父评姜词“清劲知音，亦未免有生硬处”，⑤这既不同于周秦一脉的富艳精工，亦不同于苏辛一派的豪壮放旷，⑥其实是援江西诗派的劲健，再融入晚唐诗的绵邈风神，形成笔致清峭，情韵幽远的艺术特质，自成一体。姜夔《白石道人诗集自叙》尝言：“作诗求

① 陈廷焯：《白雨斋词话》，见唐圭璋《词话丛编》第3797页。

② 张炎《词源》卷下“清空”条：“词要清空，不要质实。清空则古雅峭拔，质实则凝涩晦昧。姜白石如野云孤飞，去留无迹。”“不惟清空，且又骚雅，读之使人神观飞越”。见《词话丛编》，第259页。

③ 姜夔：《白石道人诗说》，见《诗人玉屑》，第12—15页。

④ 汪森：《词综序》，见《词综》卷首，中华书局1975年版。

⑤ 《乐府指迷》，见《词话丛编》，第276页。

⑥ 宁宗嘉泰三年(1203)，姜夔作《汉宫春》二首与辛弃疾唱和，是次韵之作。两词豪健、疏宕、明快，如“知公爱山入剡，若南寻李白，问讯何如。年年雁飞波上，愁亦关予。临皋领客，向月边、携酒携鲈。今但借秋风一榻，公歌我亦能书”。盖有意效“稼轩体”者。嘉泰四年(1204)，姜夔有《永遇乐》(次稼轩北固楼词韵)，词气豪宕，以诸葛亮、桓温比拟稼轩，激励他建立不世功业。这在《白石道人歌曲》中是所仅见的。

与古人合，不若求与古人异。求与古人异，不若不求与古人合而不能不合，不求与古人异而不能不异”，正是基于这一观念，姜夔词才能在保持词体本色的基础上有所变化出新。

2. 姜夔的词序

词的小序，总体上呈现出随着词的发展而数量渐增、篇幅渐长、艺术上愈加讲求的趋势。北宋张先和苏轼堪称写作词序的先行者，南宋则有辛弃疾和姜夔愈将词序一体发扬光大。姜夔的八十多首词大部分有题序，一般用于交代作词背景缘起，有时涉及词调的声韵乐律问题，往往是极精致的小品文字，不过也有一种意见认为姜夔的有些词序与词的正文措辞意度相近，稍嫌重复。《念奴娇》（闹红一舸）序云：

> 予客武陵，湖北宪治在焉。古城野水，乔木参天。予与二三友日荡舟其间，薄荷花而饮，意象幽闲，不类人境。秋水且涸，荷叶出地寻丈，因列坐其下。上不见日，清风徐来，绿云自动，间于疏处窥见游人画船，亦一乐也。揭来吴兴，数得相羊荷花中。又夜泛西湖，光景奇绝，故以此句写之。①

序文意与词旨珠联璧合，互为映衬，倍添美感。此外自度曲《角招》序记前后两次游西湖，因念商卿，见“山横春烟，新柳被水，游人容与飞花中，怅然有怀，作此寄之”。《扬州慢》（淮左名都）的小序亦在点明作词缘由的同时，寥寥数笔点染出一幅小景，而情寓其中。

《庆宫春》（双桨莼波）的序为周密收入《澄怀录》，直可视为一篇上乘之记游小品：

> 绍熙辛亥除夕，予别石湖归吴兴，雪后夜过垂虹，尝赋诗云：“笠泽茫茫雁影微，玉峰重叠护云衣；长桥寂寞春寒夜，只有诗人一舸归。”后五年冬，复与俞商卿、张平甫、銛朴翁自封禺同载诣梁溪，道经吴松，山寒天迥，云浪四合，中夕相呼步垂虹，星斗下垂，错杂渔火，朔风凛凛，厄

① 《姜白石词编年笺校》，第30页。

酒不能支,朴翁以衾自缠,犹相与行吟,因赋此阕,盖过旬涂稿乃定;朴翁咎予无益,然意所耽,不能自已也。平甫、商卿、朴翁皆工于诗,所出奇诡,予亦强追逐之;此行既归,各得五十余解。①

词人记两次夜过垂虹,一略一详,一诗一文,错落对照;叙事写景极精炼简洁。"朴翁以衾自缠,犹相与行吟"的细节十分生动。结尾处亦非闲笔,正说明此行之兴味不浅。

姜夔的一些词序着重讲词的声调乐律,成为此后研究词乐的重要文献资料。《湘月》(五湖旧约)小序指明:"予度此曲即《念奴娇》之鬲指声也,于双调中吹之。鬲指亦谓之过腔,见晁无咎集。凡能吹竹者,便能过腔也。"②据此可知"鬲指"所指,《湘月》与《念奴娇》,《消息》与《永遇乐》只是音调的差异而文字格律相同。《徵招》(潮回却过西陵浦)小序考证徵调声韵,指出大晟府徵调旧曲音节驳杂之病,提出补救方法。《凄凉犯》(绿杨巷陌)小序阐析乐曲中的"犯调"概念,指正唐人乐书中对于"犯调"的错误解说。《满江红》(仙姥来时)小序叙《满江红》旧调用仄韵不协律,此词改作平韵,方与音律和谐的尝试。《长亭怨慢》(渐吹尽、枝头香絮)小序记叙了自己以音律就文辞的"自度曲"创作方式,等等。南宋末年张炎著《词源》,其《律吕四犯》篇论述犯调问题就引用姜夔《凄凉犯》小序作为说明。

(三)骚雅词风与姜派词人

姜夔词音律和谐,文辞精雅,论者往往以之与周邦彦比并。不过周词丰艳华赡如春花,姜词清隽劲折、格澹神寒,风格差异很大。黄昇谓姜夔"词极精妙,不减清真乐府,其间高处有美成所不能及";③张炎还主张以"白石骚雅句法"来救正周邦彦词的"意趣却不高远",④可见南宋人已经清楚地意识到周、姜词风不同。南宋晚期的柴望(1212—1280)在《凉州鼓吹》的自序提出词可分为三等,"大抵词以隽永委婉为尚,组织涂泽次之,呼嗥叫啸抑末也"。

---

① 《姜白石词编年笺校》,第61页。

② 晁无咎《消息》词小序云:"自过腔,即越调永遇乐。"见《全宋词》,第554页。

③ 黄昇:《花庵词选续集》卷六,文渊阁四库全书本。

④ 张炎:《词源》,见《词话丛编》,第266页。

他欣赏姜夔词的“登高眺远，慨然感今悼往之趣，悠然托物寄兴之思”，认为是对宣靖间周(美成)康(伯可)词风的“一洗而更之”，乃是“别家数”。① 尽管柴望的概括、分类并不十分准确、妥当，但他视姜词自成一派的观点，在词史上还是很值得注意的。后世论者普遍认为姜词自为一家，蔡宗茂认为：“词盛于宋代，自姜、张以格胜，苏、辛以气胜，秦、柳以情胜，而其派乃分。”并且用清隽、豪宕、妍丽来概括三派的主要风格，②他的观点很有代表性。

清代对姜夔词的评价愈来愈高。清初朱彝尊编选《词综》，推举姜夔为南宋词之最为杰出者，又列举师法姜词者如“张辑、卢祖皋、史达祖、吴文英、蒋捷、王沂孙、张炎、周密、陈允平、张翥、杨基”等，以为“皆具夔之一体”。③汪森更详言：“史达祖、高观国羽翼之，张辑、吴文英师之于前，赵以夫、蒋捷、周密、陈允衡、王沂孙、张炎、张翥效之于后。”④把词人不归辛、则归姜，这样的区分法虽然为姜夔的骚雅一派壮大了声势，却又轻视了周邦彦与姜夔词二水分流，审美追求和风格蕲向有明显的差异。陈廷焯曾对南宋后期词人词风详加分辨，曰：

> 窃谓白石一家，如闲云野鹤，超然物外，未易学步；竹屋所造之境不见高妙，乌能为之羽翼。至梅溪则全祖清真，与白石分道扬镳，判然两途；东泽得诗法于白石，却有似处。词则取径狭小，去白石甚远；梦窗才情横逸，斟酌于周、秦、姜、史之外，自树一帜，亦不专师白石也，虚斋乐府较之小山、淮海则嫌平浅，方之美成、梅溪则嫌伉坠，似郁不纡，亦是一病，绝非取径于白石；竹山则全袭辛、刘之貌而益以疏快，直率无味，与白石尤属歧途，草窗、西麓两家则皆以清真为宗，而草窗得其姿态，西麓得其意趣；草窗间有与白石相似处，而亦十难获一，碧山则源出风骚，

---

① 柴望：《凉州鼓吹诗余自序》，见《柴氏四隐集》卷一，文渊阁四库全书本。

② 蔡宗茂：《拜石山房词钞序》。此外如谢章铤《赌棋山庄词话》亦分宋词为婉丽、豪宕、醇雅三派，以姜夔为醇雅派的代表。谢章铤还引用了王鸣盛的观点，认为“北宋词人原只有艳冶、豪荡两派，自姜夔、张炎、周密、王沂孙方开清空一派”。许赓飏《双白词序》亦指南宋词“好为纤秾者不出乎秦、柳，力矫靡曼者自比于苏、辛”，而“并有中原、后先特立，尧章、叔夏实为正宗”。

③ 朱彝尊：《黑蝶斋诗余序》，见《曝书亭集》卷四〇，四部丛刊本。

④ 汪森：《词综序》，见陈廷焯《白雨斋词话》“汪森词综序”条，《词话丛编》，第3962页。

兼采众美，托体最高，与白石亦最异；至玉田乃全祖白石，面目虽变，托根有归，可为白石羽翼；仲举则规模于南宋诸家，而意味渐失，亦非专师白石。总之，谓白石拔帜于周、秦之外，与之各有千古则可，谓南宋名家以迄仲举，皆取于白石，则吾不谓然也。①

陈廷焯的这篇议论辨析了南宋中后期众多词人的师承渊源、艺术特质和词风取向，是切实之说。实际上专学姜夔，真正可称是姜派词人的并不很多，宁宗、理宗时期有卢祖皋、张辑、赵以夫、柴望等，以南宋末的张炎成就最高。

在复雅之风兴起的背景下，南宋中期词的创作，有辛弃疾和姜夔两位大家如双峰并峙。稼轩和辛派词人"以文为词"，抒爱国激情、恢复壮志，激昂呼啸，其词如钟鼓镗鞳之声；姜夔则极为重视音调格律，写高情雅意如萧笛之音，韵远声清，此事自关性分。而就推尊词体的成效而言，则实为相反相成，殊途同归。

① 陈廷焯：《白雨斋词话》，见《词话丛编》，第3963页。

第三章　国运衰颓与文运潜转

第一节　怠惰偷安的政治与文学的深化发展

一　“嘉定和议”后积重难返的政局

韩侂胄在宁宗朝掌握军国大权，权势之盛可比秦桧当年。他意欲北伐以建不世之功，遂积极任用主战官员，如辛弃疾、薛叔似、陈谦、陆游以及曾列名于“伪学”“逆党”籍中的叶适、项安世等；开禧元年（1205）表彰岳飞、韩世忠等抗金将领，削秦桧王爵，改谥“谬丑”。开禧二年（1206）五月宁宗下诏出师北伐。然南宋终因军政腐败，将帅乏人，战斗力羸弱。前线进攻接连挫败之际，四川又发生吴曦叛变，遂腹背受敌。开禧三年（1207）夏，失去宫中奥援的韩侂胄又遭政敌猛烈弹劾，竟被史弥远等伪造密旨，为禁军所杀。朝廷不顾尚有可为的抗金形势，函韩侂胄之首向金乞和。① 嘉定元年（1208）

---

① 《齐东野语》卷三《诛韩本末》载：“至是，林枢密大中（浙东学）、楼吏书钥（晦翁私淑）、倪兵书思（倪氏家学，横浦再传），皆以为和议重事，待此而决，奸凶已毙之首，又何足惜。与其亡国，宁若辱国。当时识者，殊不谓然。且当时金虏实已衰弱，初非阿骨打、吴乞买之比，淮、襄皆受兵，凡守城者，皆不能下。次年遂不复能出师，其弱可知矣。倘能稍自坚忍，不患不和，且礼秩岁币皆可以杀。而当路者畏懦，唯恐稍失其意，乃听其恐喝，一切从之。且吾自诛权奸耳，而函首以遗之，则是虏之县鄙也，何国之为？惜哉！……至有题诗于师从宅曰：‘平生只说楼攻媿，此媿终身不可攻。’”第45页。

“嘉定和议”成,宋对金称侄,增岁币至银绢三十万两、匹;赔款银三百万两;两国疆界与绍兴时同。时有太学生以诗讽谏:“岁币顿增三百万,和亲又送一于期。无人说与王柟道,莫遣当年寇准知。”①开禧北伐失败和和议的签订给宋朝士气民心以沉重打击,巨额赔款更令宋朝财政坠入深渊,此后朝廷但苟且度日,恢复之事基本被搁置起来。

回顾绍兴、隆兴以及嘉定三次和议,皆在当力战以促和之际不战而求和,国家之风气又因议和得成而怠惰偷安,一次更甚于一次。宁宗在位时间长达三十年,政治上无所作为,朝中大臣擅权,皇后干政,投降派与奸细层出不穷,而能人才士喑弱无闻。以“嘉定和议”的签订为起点,南宋由中兴走向衰落,进入后期。

在与南宋对峙的十几年间,金朝的外忧内患也日益严重,内有贵族叛乱,北方又面临强大蒙古的入侵。金贞祐二年(1214,南宋嘉定七年),金宣宗迁都汴京,北方地区沦为蒙古属地。在金自顾不暇之际,自嘉定四年(1211)始,宋金停止了互派使节通问。其后朝廷又接受真德秀的建议,停止向金纳岁币。嘉定十年(1217)四月,金以南宋不纳岁币为由举兵侵宋,战争断续进行了六年多,直至嘉定十六年(1223)金哀宗继位,诏谕“更不南伐”,双方都损失惨重。此后蒙古大汗窝阔台决意灭金,假道于宋,南宋亦欲雪百年国耻,遂联蒙灭金,端平元年(1234)金亡,局势演变为宋蒙对峙。

理宗在位甚久,他亲政前期尚有志向,在勉力抵抗蒙古入侵的同时,也力图整顿内政。理宗朝后期风气衰颓,“朝廷之上,百辟晏然,言论多于施行,浮文妨于实务。后族王宫之冗费,列曹坐局之常程,群工闲慢之差除,诸道非泛之申请,以至土木经营,时节宴游,神霄祈禳,大礼锡赉,藻饰治具,无异平时。至于治兵足食之方,修车备马之事,乃缺略不讲”,②大臣以为“近类宣、靖之时,安危乐亡,直可凛凛”。宝祐六年(1258)蒙古对南宋发动大规模进攻,开庆元年(1259)鄂州被围。此时蒙古内部发生了争夺汗位的事变,领军的忽必烈匆忙北返,直到元至元元年(1264)获得汗位争夺战的胜利,其间

① 《齐东野语》卷三《诛韩本末》。

② 引自《宋史》卷四〇八,列传一六七“吴昌裔传”,第12303页。

无暇它顾，因此南宋政权虽摇摇欲坠而尚能维持。

开禧北伐的失败使主战一派官员受到很大打击，学术上的重视事功的一派也由此消沉。而道学在经过庆元至开禧十几年的禁锢和压抑之后，因为史弥远获取和巩固权力的需要，成为被借助的力量而重新兴起。宁宗嘉定元年（1208）史弥远拜相，①在嘉定初的四五年之内，他大肆贬黜韩侂胄的亲信和主战派，而赵汝愚、朱熹及其追随者则被平反昭雪，著名的“伪学”党人黄度、楼钥、袁燮、蔡幼学等得到起用，又召用后起之秀如真德秀、魏了翁、廖德明、陈宓等，一时中外气象一新，号称“嘉定更化”。不过在嘉定前期争论和战之策和嘉定后期皇帝废立过程中，道学人士又因论事与权相不合相继遭到贬斥。

理宗即位前已深受理学思想熏陶。宝庆三年（1227），他诏赠朱熹为太师，追赠徽国公，对《四书集注》推崇备至。绍定三年（1230）理宗亲自撰写《道统十三赞》，以伏羲、尧、舜至孟子的十三位圣贤为道统一脉，作赞辞。端平元年（1234）理宗亲政，他以郑清之为相，又相继“诏还真德秀、魏了翁、崔与之、李埴、徐侨、赵汝谈、尤焴、游似、洪咨夔、王遂、李宗勉、杜范、徐清叟、袁甫、李韶，时号‘小元祐’”，②史称“端平更化”。淳祐元年（1241）正月十五日，理宗下诏表彰周敦颐、张载、程颢、程颐、朱熹，将五人从祀孔子庙廷，肯定“二程”、朱熹是孔孟以来道统的继承人，由此奠定了“程朱”理学的官方哲学正统地位。这对南宋后期及后世的政治和学术思想都产生了重大影响。

宁宗嘉定以后和整个理宗朝的近六十年，随着南宋与金、蒙关系的变化，和战争论同样是朝廷政争的重要内容。而相较于南宋初期和中期的党争来讲，此期的政争中不再缠夹学术的争论，绍兴年间“党元祐”的赵鼎、胡安国以及孝宗朝“道学朋党”中的张栻、吕祖谦、朱熹等所张扬的道学，尽管无法真正落实到治国方略中，未能有效改善国事危乱之情形，却被推上了不可动摇的正宗地位，一统天下。在南宋前期，学术思想是比较活跃的，士大

① 史弥远（1164—1233）字同叔，鄞县（浙江宁波）人，是陆九渊门下“甬上四先生”之一杨简之门人。

② 《宋史》卷四一四，列传一七三“郑清之传”，第12420页。

夫中有继承伊、洛之学者，也有发明王氏学术者。在民族危机的刺激下，南宋中期又出现吕祖谦的金华学派，陈亮的永康学派，陈傅良、叶适的永嘉学派等重视事功的学术派别，亦各言其志，争鸣于时。自理宗朝道学取得独尊地位，道学家把持仕途要津，入朝为官者往往"弊衣菲食，高巾破履"，①或是只知拱手高谈性命道德，不近人情，不切实务，甚至是口中标榜道学，实际却言行了不相顾、欺世盗名。他们所读不过朱熹的《四书集注》以及语录，而目治财者为聚敛，视主战立功者为粗材，谓读书作文乃玩物丧志，留心政事则斥为俗吏。一时风气正如叶适所言："天下之士，虽五尺童子无不自谓知经，传写诵习，坐论圣贤，其高者谈天人，语性命，以为尧舜周孔之道技尽于此。"②理宗将真德秀、魏了翁、洪咨夔、王遂等召回朝廷，委以重任，本望他们一展治国才能，真德秀身为理学大家，负一时重望，然在国家安危、世道升降之紧要关头，进见理宗时却不及实务，而是进呈其《大学衍义》，宣讲正心诚意的道理。魏了翁为礼部尚书兼直学士院，其入对时首进"明君子小臣之辨"，又及"修身、齐家"之事，还朝半年上疏二十余道，所论不免迂阔，亦非真正"知兵体国"者。再加上南宋晚期史嵩之、丁大全、贾似道等相继为权相，在稳固的相党政治下，文人士大夫渐渐丧失了建立功业的进取心和实干才能，最终导致国事不可收拾。

二　南宋后期文学的嬗变

经历了中兴时期的文学高潮，在开禧北伐的前后十年间，一时英彦凋谢殆尽：范成大卒于 1193 年，陈亮卒于 1194 年，朱熹卒于 1200 年，洪迈卒于 1202 年，周必大卒于 1204 年，杨万里、刘过卒于 1206 年，辛弃疾卒于 1207 年，嘉定二年（1209）十二月，陆游临终绝笔《示儿》："死去元知万事空，但悲不见九州同。王师北定中原日，家祭勿忘告乃翁"，南宋政治和文学的"中兴"之局就此结束，南宋后期国运衰颓，积重难返，文学则延续自身的发展轨道，在文学观念与创作实践两方面显现出融合和深化的态势。这一时期最

① 周密：《癸辛杂识》续集下，"道学"条，第 169 页。

② 《水心别集》卷三《进卷·士学下》。

应注意的外在影响因素之一是道学的独尊地位确立，其次是城市和商业经济的发展，以及科举考试和其他相关条件的变化。这些外因通过文人——文学创作主体——影响了南宋后期文学创作风貌。在文学内部，雅文学的各种体式，如诗、词、四六、散文等都已发展到非常成熟的阶段，在南宋后期相继面临着文体典范的选择与超越，文学规律的探寻与总结问题。

（一）道学与文学

从宁宗朝后期开始，道学思想的影响力就不断扩大。理宗皇帝对道学情有独钟，即位之初就对朱熹的《四书集注》大加赞扬，自称“读之不释手，恨不与同时”。[①] 随着道学的官方哲学地位最终确立，道学家的政治地位提高，道学的传播途径由书院为主的私学转变为官学，道学成为社会主流思潮，影响之大如其时吴兴儒生沈仲固所言：

> 其所读者，止《四书》、《近思录》、《通书》、《太极图》、东西铭、语录之类。自诡其学为“正心、修身、齐家、治国、平天下”，故为之说曰：“为生民立极，为天地立心，为万世开太平，为前圣继绝学。”其为太守、为监司，必须建立书院，立诸贤之祠，或刊注《四书》，衍辑语录，然后号为贤者，则可以钓声名，致膴仕。而士子场屋之文，必须引用以为文，则可以擢巍科，为名士。否则，立身如温国，文章气节如坡仙，亦非本色也。于是天下竞趋之，稍有议及，其党必挤之为小人，虽时君亦不得而辨之矣，其气焰可畏如此。[②]

道学思想首先通过科举考试促使太学、场屋文风发生了转变。孝、光朝和宁宗朝前期，时文风气主要受到浙东学者的影响，论、策、经义往往各抒新见，注重实事，以欧阳修和苏轼为代表的元祐之文为文体典范。朱熹对此曾极表不满，谓：“今人为经义者，全不顾经文，务自立说，心粗胆大，敢为新奇诡异之论。方试官命此题，已欲其立奇说矣。……遂使后生辈违背经旨，争为

① 《宋史》卷四一《理宗纪一》，第789页。

② 周密：《癸辛杂识续集》卷下“道学”条，第169页。

新奇,迎合主司之意,长浮竞薄,终将若何,可虑!可虑!"①自来科场所重,便是士子所习,理宗朝道学思想取得独尊地位,道学家把持了仕途要津,性理之文可钓致科第功名,于是时竞趋之,"士非尧、舜、文王、周、孔不谈,非《语》、《孟》、《中庸》、《大学》不观,言必称周、程、张、朱,学必曰'致知格物'",②其盛况自三代以来未曾有过。

道学家们秉持伊洛道统的文学观,编选了不少文学总集,与其主张"不合者则悉去之",③如《文章正宗》、《诗准》、《诗翼》、《濂洛风雅》等皆如是,通过对传统文学的清理和整合,构建一个道学家阐释的"新文统"。④ 这个时期掌握了话语权的道学势力不仅相当程度影响了此期的各体文学创作,伊洛道统的文学史观、文学价值观和审美观对其后各朝文学创作与批评的影响也至为深远。在道学家看来,文学的价值在于载道明理,诗、文以意旨雅正为美,忌雕琢而贵平淡,因此南宋后期诗文中存在一种倾向,即以儒家经典为写作材料,⑤诗歌比兴之体成为"发圣门理义之秘"的工具。⑥ 而"道理往往粗浅,议论往往陈旧,也煞费笔墨去发挥申说",⑦这种诗歌创作风气因为道学的兴盛而普遍流传。中兴时期的道学宗师如朱熹、张栻等尚有日常生活题材的感怀遣兴之作,也能欣赏如陶渊明、李白、王维等古代大诗人的优秀篇什,而真德秀虽然也重视"兴寄高远",却归结于对"君亲臣子大义亦时有发焉"。⑧ 在伦理道德的议论说教中,诗的趣味也就无从寻绎了。真德秀在《文章正宗》中分"辞命"、"议论"、"叙事"三类收录前代文章,提出"学者之议论,一以圣贤为准的"的选录标准,⑨内容主要是发明义理、敷析治道、

---

① 《论取士》,见《朱子语类》卷一〇九,第2693—2694页。

② 罗大经:《鹤林玉露》丙编卷五"读书",第314页。

③ 真德秀:《文章正宗·纲目》,文渊阁四库全书本。

④ 参阅祝尚书《论宋代理学家的"新文统"》,《文学遗产》2006年第4期。

⑤ 如林同(?—1276)有《孝诗》一卷,直接取材于《孝经》。另参阅祝尚书《论"击壤派"》,《文学遗产》2001年第2期。

⑥ 真德秀:《咏古诗序》,见《西山先生真文忠公文集》卷二七,四部丛刊本。

⑦ 钱钟书:《宋诗选注·序》,第7页。

⑧ 《文章正宗·纲目》。

⑨ 《文章正宗·纲目》。

褒贬人物，为晚宋士人规定了学习的范本，韩、柳、欧、苏一脉的文学性古文传统则被摒弃。

道学家对文艺创作技巧的态度是排斥的。朱熹将自沈、宋"定著律诗"以后的作品判为末等，[①]称诗之"格律之精粗，用韵、属对、比事、遣辞之善否"都不必讲。[②] 真德秀与之一脉相承，编选《文章正宗》时规定"律诗虽工，亦不得与"，[③]王柏所作《诗准诗翼序》也称该书"放黜唐律"。慈湖先生杨简是陆九渊的弟子，他认为"文士之言止可谓之巧言，非文章"，[④]诫人"勿学唐人李杜痴，作诗唯作古人诗"。[⑤] 道学家自己的诗歌往往像有韵的语录，"古文"则多是阐发性命天道的讲义，甚至最宜言情、要眇婉丽的词体中也出现了谈论义理的内容。理学家的文艺观念不只是影响他们的弟子、朋友，而是受到相当广泛的重视，[⑥]这导致南宋后期的诗文创作普遍趋于粗制滥造，效邵雍诗的"击壤派"流行就是典型现象之一。故刘克庄批评说："近世理学兴而诗律坏。"[⑦]根源就在于理学家所谓的"志道忘艺"。

南宋中后期已经有人指出理学对宋代文学发展的负面影响。叶适认为"洛学兴而文字坏"，刘克庄则称本朝"三百年间，虽人各有集，集各有诗，诗各自为体，或尚理致，或负材力，或呈辨博，少者千篇，多者万首，要皆经义策论之有韵者尔，非诗也。自二三巨儒及十数大作家，俱未免此病"。[⑧] 宋末吴渊回顾两宋文运，谓"无虑三变"，第一变是变五代为昆体，代表人物是杨亿、晏殊；第二变是黜巧返朴，以欧、苏为宗。将周敦颐以后直至南宋接受理学影响的文学风貌，统归为第三变：

---

① 见朱熹《答巩仲至书》。

② 朱熹：《答杨宋卿》，见《晦庵先生朱文公文集》卷三九。

③ 《文章正宗·纲目》。

④ 杨简：见《慈湖遗书》卷一五，文渊阁四库全书本。

⑤ 杨简：《偶作》，见《慈湖遗书》卷六。

⑥ 如蔡正孙《诗林广记》以诗人为序录其诗，然后辑录诸家诗话有关评语，对各位诗人的评论每以朱熹语为先。魏庆之《诗人玉屑》也多引朱熹、杨时等理学家的论诗之语，对于有理学倾向的诗话也多加采录。而从魏庆之本人行止来看，乃一隐人雅士，并非理学中人，则更可见出理学在当时诗学中的影响之大了。

⑦ 《林子显诗》，见《后村先生大全集》卷九八。

⑧ 刘克庄：《竹溪诗》，见《后村先生大全集》卷九四。

已而濂溪周子出焉，其言重道德忝务而惟文之能艺焉耳。作《通书》，著《极图》，大本立矣。余乃所及，虽不多见，味其言蔼如也。由是先哲辈出，《易传》探天根，《西铭》见仁体，《通鉴》精纂述，《击壤》豪诗歌，论奏王、朱，而讲说吕、范，可谓和顺积中，而英华发外矣。后生接响，谓性外无余学，其弊至于志道忘艺，知有语录，而无古今。始欲由精达粗，终焉本末俱舛。然则言之无文，行之不远，亦岂周子之所尚哉。①

吴渊所言，可谓鞭辟入里。

(二)城市文化和商业经济的发展与江湖文人的边缘化

南渡以后，城市中的商业交易愈来愈兴旺，如杭州“为都会之地，人烟稠密，户口浩繁”，“杭城大街，买卖昼夜不绝，夜交三、四鼓，游人始稀；五更钟鸣，卖早市者又开店矣”。② 随着城市和商业的繁荣，由于经济的发展和现实需求，社会观念也随之发生很大变化，政府对商业的态度越来越宽容，文人士大夫也不耻言利，参与经商。南渡以后，“行朝士子，多鬻酒醋为生。故谚云：‘若要富，守定行在卖酒醋。’”③在理宗朝，“凡廷试唯蜀士到杭最迟”，导致必须延期等待，迟到原因却是“蜀士嗜利，多引商货押船，致留滞关津”。④儒家传统将利与义对立，在新的历史条件下，浙东学者开始寻求对传统“义利观”进行修正。吕祖谦教授诸生说“天下事，何尝一件不是学，如百工技艺，皆是学”，⑤是对工商业及其从事者的间接肯定。叶适则正面评价工商业对社会发展的作用，谓“四民交致其用，而后治化兴，抑末厚本，非正论也”。⑥提出“以利和义，不以义抑利”的新观点。⑦

城市商业发展的同时，都市民众的文化娱乐需求也更旺盛。瓦子、勾栏等市民娱乐场所以及各种说唱表演活动在北宋的城市中已经出现，到南宋，

---

① 吴渊：《鹤山集序》，见《鹤山先生大全文集》卷首，四部丛刊本。

② 吴自牧：《梦粱录》卷一三“夜市”条，中国商业出版社 1982 年版，第 108 页。

③ 张知甫：《张氏可书》，文渊阁四库全书本。

④ 《宋史》卷一五六，选举志一〇九“选举二”，第 3638 页。

⑤ 吕祖谦：《东莱集》外集卷六“己亥秋所记”，文渊阁四库全书本。

⑥ 叶适：《平准书》，《习学记言》卷一九，文渊阁四库全书本。

⑦ 叶适：《三国志·魏志》，《习学记言》卷二七。

市民文艺的样式更丰富了，而市民文艺与商业经济的紧密联系，一方面强力推动文学的世俗化、商品化，也为一些文人提供了生存空间。因为文人要面对的现实是：南渡之后，疆域减少了五分之二，而读书人的数量却大幅增加，江西许多州府出现“或五六百人解送一人”的现象。① 浙江、福建等地也是教育非常发达的地方，当时温州所属永、乐、瑞、平四县，总人口不到一百万，②读书人却有数万人之多。③ 而据南宋刘宰(1165—1239)《上钱丞相论罢漕试太学补试札子》云：“顾今天下士子多而解额窄者，莫甚于温、福二州。……温州终场八千人，合解四十名，旧额十七名，与增二十三名。”④即便幸运中选，官职也越来越紧缺，理宗时，竟至六七人共守一缺。文人通过科举考试入仕，以官禄资身奉家已经越来越难。对那些习举业不成，又身无长物的文人来说，为了生活，他们只能浮沉都市，游食江湖。徐玑在外漫游时，惊叹“相逢行路客，半是永嘉人”(《黄碧》,《二薇亭诗集》)，这其中应该有科举失意、出外谋生的士子。他们或为瓦舍勾栏创作曲艺表演的话本，⑤或是为人代写文字、书信，或是做塾师，或行谒权门换取馈赠，以出卖文学才能换取生活所需，用精神产品交换物质产品。⑥ 这样的人越来越多，形成文人阶层中层级较低的群体，江湖诗人就是典型，而江湖诗人中，亦以浙东、江西和福建籍的最多。

在江湖诗人的诗歌和多部宋元笔记中，对江湖诗人群体的多样生存状态和写作状态都有所反映。方回则着重指斥了江湖谒客放弃了文人士大夫的高雅情操：“庆元、嘉定以来，乃有诗人为谒客者，龙洲刘过改之之徒不一

---

① 《朱子语类》卷一〇九，第2703页。

② 南宋前期温州四县人口为九十一万多，参见《宋史·地理志》和清同治《温州府志·户口》。

③ 叶适《包颙叟墓记》：“温之士几万人，其解选拘于旧额，最号狭少，以幸为得尔。”见《水心先生文集》卷二三。

④ 刘宰：《漫塘文集》卷一三，文渊阁四库全书本。

⑤ 南戏《张协状元》的创作者署名为“九山书会”，剧中有言“诗书饱学经岁时，此来指望登云梯”(第三十五出)；“教六艺通文通武，直欲更换门户”(第七出)；“愿得一跃过龙门，荣归故里”(第九出)，这些话宣泄了读书人的心声，而写这些的书会先生正是下层读书人，包括落榜士子。

⑥ 参阅王水照《作品、产品与商品——古代文学作品商品化的一点考察》,《文学遗产》2007年第3期。

人,石屏亦其一也。相率成风,至不务举子业,干求一二要路之书为介,谓之'阔匾',副以诗篇,动获数千缗以至万缗。如壶山宋谦父自逊,一谒贾似道,获楮币二十万缗以造华居是也。钱塘湖山,此曹什佰为群。"①这些诗人主动疏离传统士人的"仕——隐"传统和价值观念,他们以文谋生,甚至追求经济的富足,而不介意"士"的政治地位丧失,放弃精英意识,也放弃了传统的君子固穷、舍利取义的价值观,而满足于做一个"职业诗人"。② 他们的文学观念——诗歌观念也发生相应的变化,过去"可以兴、可以观、可以群、可以怨。迩之事父,远之事君"的诗歌创作变成了实在的谋生手段,诗歌客观上进入市场,文学作为商品的性质越来越明晰。

北宋文人群体具有官僚、学者、文人三位一体的复合型特质,到南宋中期,这一特质只在少数名公巨卿身上保留,更普遍的情形是在社会分工日益细密的背景下,学者、官僚和文人(诗人)各自术业有专攻,"三位一体"开始分化。在政治、经济、文化思想等发生了较大变化的背景下,纯文学被政治和道学边缘化了。"长老"谓诗为"外学","乃致穷之道",求上进只能依赖"稍进于时文尔"。③ 在分化后的文人阶层中,游离于科举制度之外的诗人群体又被官僚和学者群体边缘化了。例如稍晚于姜夔和刘过的史达祖以词闻名,他也是位出色的诗人,④但正如清代楼敬思的感慨:

> 史达祖南渡名士,不得进士出身。以彼文采,岂无论荐,乃甘作权相堂吏,至被弹章,不亦屈志辱身之至耶!……乃以词客终其身,史臣亦不屑道其姓氏,科目之困人如此,不禁三叹。⑤

处于边缘地位的文人群体由于社会地位的下降导致自我身份意识发生变

---

① 《瀛奎律髓汇评》卷二〇,见戴复古《寄寻梅》下方回评注,第 840 页。

② 如方回所评戴复古:"早年不甚读书,中年以诗游诸公间,颇有声。寿至八十余。以诗为生涯而成家。"见《瀛奎律髓汇评》,第 840 页。

③ 叶适:《题周简之文集》,见《水心先生文集》卷二九。

④ 《浩然斋雅谈》卷中载史达祖《清明》诗二首,其一云:"一百六朝花雨过,柳梢犹尔病春寒。晋官今日炊烟断,并著新晴看牡丹。"其二云:"宫烛分烟眩晓霞,惊心知又度年华。榆羹杏粥谁能办,自采庭前荠菜花。"

⑤ 见张宗橚编、杨宝霖补正《词林纪事补正》所引,上海古籍出版社 1998 年版,第 796 页。

化,其诗歌作品的性质也相应改变。传统文人对国家、社会、民生抱着强烈的责任感,所谓“位卑未敢忘忧国”,与政权的依附关系比较紧密。而江湖诗人不在其位,不谋其政,对国事的关心跟普通平民一样。他们不倾向于表现干预时政、社会的重大题材,创作中涉及重大事件时,感慨也没有那么深刻,情感力度也不那么强烈,他们喜欢有关个人经历和情感、趣味的“小”诗词创作。江湖诗人群体的出现和他们写的诗歌反映了城市文化和商业繁荣对读书人的影响,不仅仅是一种文学现象,也是一种社会现象。

在城市和商业繁荣发展,都市文艺娱乐活动频繁而普遍,出现了很多新兴市井伎艺表演形式的背景下,词似乎已经难以保持大众文艺的主流地位,骚雅之词尤其受冷落。市井之词为了市民趣味,往往“批风抹月”,内容香艳。“易唱”、“合律”关乎听觉效果,也极受重视。正如沈义父所言:“如秦楼楚馆所歌之词,多是教坊乐工及市井做赚人所作,只缘音律不差,故多唱之。求其下语用字,全不可读。”①而如“晁次膺《绿头鸭》一词殊清婉,但樽俎间歌喉,以其篇长惮唱,故湮灭无闻焉”。② 周邦彦、史达祖等人所作咏节序的“妙词”,“不独措辞精粹,又见时序风物之盛,人家宴乐之同,则绝无歌者”,③放翁长短句“歌之者绝少”,④原因就在于文人雅词下字造语力求精深华妙,内容雅正,适合案头欣赏,而不足以在歌场悦人耳目。尽管雅词与俗词艺术水准的高下不可同日而语,但仍然不受市井大众欢迎,故到宋末元初,张炎无奈地叹喟道:“今老矣,嗟古音之寥寥,虑雅词之落落。”⑤

相对而言,南宋作词的风气是“文士不重律,乐工不重文”,辞与乐渐趋分离。一般文士不尽通乐律,作词往往侧重抒情达意,“言顺律舛者”多;尤其是南宋中期以后,辛派末流学辛词不至,但学其不协律;市井传唱的俗词则“律协言谬”者居多。文人的骚雅之词可传而人不欲歌,俗词可歌而不足传世。雅词与俗词分道扬镳,俗词在民间渐渐融合在其他更综合的曲艺形

---

① 沈义父:《乐府指迷》,见《词话丛编》,第281页。
② 胡仔:《苕溪渔隐丛话》后集卷三九“长短句”条,第321页。
③ 张炎:《词源》卷下“节序”条,见《词话丛编》,第263页。
④ 刘克庄:《诗话续集》,见《后村先生大全集》卷一八〇。
⑤ 张炎:《词源》卷下,见《词话丛编》,第255页。

式中，而雅词在南宋后期奏出绝响，之后就彻底成为案头文学了。

（三）永嘉地域文学的繁荣

宋代江南西路最称人杰地灵，是文学之渊薮。而温州在宋室南渡之前，一直处于中原文化圈的边缘。北宋灭亡之后，大批中原士大夫之家的移民随宋室南渡，以永嘉山水风物之美，气候温适，卜居于此。由于与政治中心的距离接近，加之江南经济的发展与繁荣，温州地方的文化也迅速发展起来，带来学术思想与文学创作的繁荣，成为江左名郡。

清杨兆鹤云："温州治永嘉。永嘉，晋名郡，至唐籍为县。其山川灵气，积古未泄，直蜿蜒于晋、宋、齐、梁、陈、隋、唐、五代，至宋而始一发。其时礼乐辈起，号称永嘉，关、闽、濂、洛，视若济辈。"①南宋孝宗乾、淳之际，永嘉学派挺然杰出，与朱、陆、吕、张的学术比肩而立。永嘉学术的源头可以追溯到北宋后期"永嘉九先生"传承"二程"洛学，继之以薛季宣、陈傅良、叶适师弟相传，以事功经制之学自立。楼钥曾在为陈傅良所作《陈公神道碑》中述及永嘉学术的衍变：

> 伊洛之学，东南之士，自龟山杨公时，建安游公酢之外，惟永嘉许公景衡，周公行己，数公亲见伊川先生，得其传以归。中兴以来言理性之学者宗永嘉。惟薛氏后出，加以考订千载，自井田、王制、司马法、八阵图之属，该通委曲，真可施之实用。凡今名士，得其说者，小之则擅场屋之名，大可以行于临民治军之际。惟公游从最久，造诣最深。以之研精经史，贯穿百氏，以斯文为己任。综理当世之务，考核旧闻，于治道可以兴滞补敝，复古至道，条画本末，粲如也。②

与学术繁荣并行的还有文人数目的增加和文学创作的繁荣。北宋时的温州，由于距离京城较远，读书游学的人还不多。"元丰作新太学，四方游士，岁常数千百人。温，海郡，去京师远，居太学不满十人"。③ 南渡以后，因为中

---

① 杨兆鹤：《重修永嘉县学记》，见光绪《永嘉县志》卷七。

② 楼钥：《宝谟阁待制赠通议大夫陈公神道碑》，见《攻媿集》卷九五，四部丛刊本。

③ 周行己：《赵彦昭墓志铭》，见《周行己集》卷七，上海社会科学院出版社 2002 年版。

原士大夫移民和政治地理位置的提升，温州地方读书应举的人数迅速增加，学风极盛。[①] 楼钥在孝宗隆兴初任温州教授时，曾作《温州进士题名序》，感慨温州进士登第之盛："魁南宫者四，冠大庭者再。"他将原因归于永嘉学术的繁荣，说："河南二先生起千载之绝学以倡学者，此邦之士渐被为多，议论词篇类有旨趣，进士之盛，岂其是欤！"[②]某种程度而言是不错的。永嘉学者由性命天道之学趋向经制事功，向来不废文辞。永嘉学者都擅长文章的写作，陈傅良、叶适的时文、论策成为科场范本，以至于"永嘉文体"风靡场屋。[③]故盛如梓《庶斋老学丛谈》云："汉唐盛时，文章之秀，萃于中原。其次淮汉，其次偏方。且如广陵，建安七子始有陈琳，晋五俊始有闵鸿。张华见而奇之曰：'皆南金也。'唐有李邕、章彝，宋有秦观、孙觉、孙洙，是皆昭昭然人之耳目者。南渡后专尚时文，称闽、越、东瓯之士，山川之气，随时而为衰盛。"[④]叶适在南宋中兴后期岿然独立，为一代宗师，其弟子周南、戴栩、陈耆卿、吴子良等文、学并传，渐至于文胜于学，形成一个文章流派。

正是永嘉事功之学与科举制度的相互推激，使永嘉成为南宋中期以后学术和文学风气最盛的地域。在当时的永嘉地区，除了王十朋、陈傅良、叶适这样一些名公巨卿、知名学者外，还有一大批地方知名诗人，[⑤]他们有的曾经做过州县小官，有的从未出仕，或隐居，或宦游、漫游，其生活方式与创作风貌与后来的"四灵"诗人、江湖诗人相近，这些共同构成了"四灵"诗人倡扬晚唐诗风的地域背景。

---

① 参见第二章相应章节。

② 楼钥：《攻媿集》卷五三。

③ 孙衣言云："当时永嘉诸先生如士龙、止斋、正则、道甫皆喜事功，好议论，故场屋趋时之文，遂以为永嘉体矣。"见孙衣言《瓯海轶闻》卷一，温州市文物管理委员会藏瑞安孙氏原刻版，1963 年杭州古籍书店重印。"永嘉文体"参见第二章第二节相应叙述。

④ 盛如梓：《庶斋老学丛谈》卷中上，文渊阁四库全书本。

⑤ 较早的有刘光、诗僧严阇梨（分别见于王十朋《梅溪集》卷一二《南浦老人诗集序》、《潜涧严阇梨文集序》），王十朋的早年诗友季仲默（见《梅溪集》卷二二《跋季仲默诗》）。与四灵同时或稍早的地方知名诗人除潘柽外，尚有周会卿、翁诚之等人。叶适《周会卿诗序》云："周会卿诗，本与潘德久齐称，盘折生语有若天设，德久甚畏之。德久漫浪江湖，吟号不择地，故所至有声。会卿常闭门，里巷不相识，居谢池坊，窟山宅水，自成深致，知者独辈行旧人尔。宗夷遗余家什零落十数纸，恨早失怙，收次不多，一幹之兰，芳香出林，岂纷然桃李能限断哉！"见《水心先生文集》卷一二。

永嘉自古是山水名胜之地，历史上谢灵运、孟浩然等著名诗人曾与它结下渊源，有诗篇传世，这些都是当地重要的文学资源。[1] 因为政治地位、身份意识、审美观念的认同，“四灵”为代表的永嘉诗人选择贾岛、姚合等中晚唐苦吟诗人为典范，敛情约性、苦心孤诣地创作诗歌，专写本地山水美景与闲逸生活情趣，他们的诗歌内容风格具有很鲜明的地域色彩。王绰在《薛瓜庐墓志铭》中列举了受“四灵”影响的永嘉诗人：“永嘉之作唐诗者，首四灵，继四灵之后则有刘咏道、戴文子、张直翁、潘幼明、赵几道、刘成道、卢次夔、赵叔鲁、赵端行、陈叔方者作，继诸家之后，又有徐太古、陈居端、胡象德、高竹友之徒，风流相沿，用意益笃，永嘉视昔之江西几似矣，岂不盛哉。”[2]这段话勾勒出了以“四灵”诗人为首的永嘉诗人风流“相沿”的盛况。与此同时，在杨万里、叶适的大力揄扬下，以姚、贾为宗的“晚唐体”不仅为永嘉诗人效法，更风行天下，在诗坛上形成“不归杨，则归墨”的局面，取得与江西诗派分庭抗礼的诗歌史地位。

在诗、文等雅文学样式发展的同时，永嘉地区因为文化水准较高，经济较为发达，富有商业气息，也成为南戏等通俗文艺样式繁荣发展的地区。

(四)书籍刊印业的发展

国家危殆的形势，抵御外侮的压力，仍然在各体文学创作风貌中广泛地反映出来。书籍刊刻印刷业也愈来愈繁荣，浙、闽、蜀三地书坊的发展尤为迅速。此时不但历代经典和许多北宋文人的文集得到刊刻或是重刻，南宋前期文人的作品也通过家刻、坊刻或官刻等各种渠道刊印，尤其突出的是时人诗文集的刊刻。永嘉学派叶适的《水心文集》二十八卷，在叶适去世后由其门人赵汝谠编次刊行。陈亮之子陈沆编定《龙川先生文集》，嘉定七年(1214)由“太守丘侯真长刻于州学”。[3] 这些文学总集或别集的大量刊刻，为各体文学的创作和批评提供了物质基础，甚至直接催生并维系着文学体派。如叶适曾在嘉定年间编选《四灵诗选》，收入赵师秀、徐玑、徐照、翁卷四

---

① 参见钱志熙《试论“四灵”诗风与宋代温州地域文化的关系》，《文学遗产》2007 年第 2 期。

② 王绰：《薛瓜庐墓志铭》，见《瓜庐集》附录。

③ 叶适：《书龙川集后》，见《水心先生文集》卷二九。

人的晚唐体的诗作五百首，书商陈起“刊遗天下”，使“永嘉四灵”在诗坛声名鹊起。陈起是杭州书商，也作诗，他“鬻书以自给，刊唐宋以来诸家诗，颇详备。亦有《芸居吟稿》版行”。① 陈起从理宗宝庆初年(1225)开始刻《江湖集》，“取中兴以来江湖之士以诗驰誉者”刊之，“士之不能自暴白于世者，或赖此以有传”，②故蒋廷玉《赠陈宗之》诗中有“南渡好诗都刻尽”之语。陈起与许多江湖诗人往来酬赠，如赵师秀、许棐、叶绍翁、郑立之、黄佑甫、周晋仙、黄元、周端臣等，《江湖集》中的诗稿，有的是诗人应陈起索求而“倒箧”付之，如黄文雷的《看云小集》；③危稹也说：“巽斋幸自少人知，饭饱官闲睡转宜。刚被旁人去饶舌，刺桐花下客求诗。”④赵师秀亦云：陈起“每留名士饮，屡索老夫吟。”⑤有的是诗人向陈起投献求刊，如许棐《梅屋稿》，⑥张至龙的《雪林删余》则经陈起挑选和删改。⑦ 书商兼诗人的陈起成为一个枢纽，通过《江湖集》的编刊，把一群下层文人及诗作维系起来，人们发现这些诗人及其诗歌具有某种共同性质，于是称之为江湖诗人群体。⑧

由于刻书业的繁荣，不但南宋士人的读书条件较历代士人更为优越，全社会的文化素养普遍提高，为宋代文明发展达到新的高度提供了条件，这是毋庸赘言的。

从文学发展态势来看，南宋后期的创作中，国难意识逐渐淡出，不再有陆游、辛弃疾那样的激昂呼啸，陈亮、叶适那样的慷慨陈词，而往往表现出一种感喟和无奈之意。诗坛上先是因为对江西派家的逆反，师法晚唐姚合、贾

---

① 韦居安：《梅磵诗话》卷中，见《历代诗话续编》，第556页。

② 《直斋书录解题》卷一五。

③ 黄文雷《看云小集》自序说：“芸居见索，倒箧出之，料简仅止此。自《昭君曲》而上，盖经先生印正云。”见《江湖小集》卷五〇，文渊阁四库全书本。

④ 危稹：《赠书肆陈解元》二首之一，见《巽斋小集》，《江湖小集》卷六〇。

⑤ 赵师秀：《赠陈宗之》，见《清苑斋诗集》，文渊阁四库全书本。

⑥ 许棐《梅屋稿》自跋说：“甲辰一春诗，诗共四十余篇，录求芸居吟友印可。”见《江湖小集》卷七七。

⑦ 张至龙《雪林删余》自序说：“予自髫龀癖吟，所积稿四十年，凡删改者数四。比承芸居先生又为摘为小编，特不过十四之一耳。……予遂再浼芸居先生就摘稿中拈出律绝各数首，名曰《删余》。”见上海古书流通处影印《南宋群贤六十家小集》本。

⑧ 可参阅张宏生《江湖诗派研究》，中华书局1995年版。

岛的“四灵”诗人得名天下，他们着意精炼字句，描写轻浅清逸的情趣，这种格局纤巧、意境狭细的诗体一度风靡，而与江西诗派分茅设蕝，分庭抗礼。渐渐地人们看清了晚唐诗固有的缺陷，伴随着对唐音宋调风格的自觉、对诗歌本质的思考，又出现取法盛唐并进一步上攀风、骚、雅颂的主张。不过在创作实践层面，诗人们始终依违于晚唐体与江西派之间不能自拔，有的学江西，有的学晚唐，有人折衷江西与唐律，有人二者都不学。这个时期的诗人很多流落江湖，失去了社会精英的身份和意识，又受才华和格调所限，既没有杨万里的识见自我作古，也不能如其他中兴诗人一样有才力平衡处理江西体与晚唐诗的体用关系，兼取二者之长。他们的诗歌艺术成就与各自才气大小、性情深浅、悟性高低、气魄强弱相关，各以所能，各取所需，高者取法乎上，成一家之言，下者得乎其下，成一偏之体，汇成江湖混混之流。

刘克庄、戴复古、方岳是江湖诗人中的佼佼者，都有生前身后名，他们富于才力，广泛取法，诗歌理念和创作实践都呈现出折衷调和唐宋诗歌的意图和特征。也许又正因如此而“转若无所见其长”，与前辈大家比起来，个人风格稍嫌不够突出，且都有不少贪多率意、粗制滥造之作。此外如林希逸、叶绍翁、高翥、利登、乐雷发等皆可名家。江湖诗从整体上来说艺术水准不高，其题材内容、风格情调有平、浅、熟、俗之弊，这是因为江湖诗人在文人阶层中地位低落，与传统文人雅士相比，他们的生活环境、生存方式与精神风貌已经不同。而正因为江湖诗折射出了这个变化，才在诗歌史上获得了存在的价值。

除了江湖诗人群体以外，南宋后期还出现了一种深受道学思想影响的诗歌创作现象，后世称之为“击壤派”。清人郭绥之概括南宋后期诗歌发展形势曰：“诗道之坏坏于宋，击壤、江湖两派分”（《偶述六绝句》）。“击壤”一派主要受道学家诗学观念以及《文章正宗》、《濂洛风雅》等文学总集影响，创作上效仿北宋邵雍诗风，作品正如刘克庄所批评的，“间有篇咏，率是语录、讲义之押韵者耳”，①全然丧失了诗的趣味。

---

① 刘克庄《跋恕斋诗存稿》，见《后村先生大全集》卷一一一。

总之到南宋后期，古典诗歌之树已经走完了由萌芽到开花的全过程，可谓能事已毕，以后的诗歌则如叶燮《原诗·内篇》所言，不过花开而谢，花谢复开。①

南宋后期词坛繁声竞作，刘克庄与陈人杰等为辛派词人之后劲，然而从壮怀高唱的余音中，不免听出一种焦灼之意，颓放之感，有一些词作过于率意直致，词情缺乏抑扬顿宕，艺术上也稍嫌粗糙。学姜夔的词人则有卢祖皋、张辑、赵以夫、柴望等，格调骚雅。上承周邦彦词风的有史达祖、高观国，尤以咏物穷极工巧，笔致清丽而出色。吴文英成就最高，其词绵密绮丽、晦涩幽深，风味独特，得清真之妙而自成一家。

南宋后期的四六文渐趋衰落。嘉定间一度罢词科，到端平初复重开，②然中选者仅除教官，名实既轻，习之者亦少。③ 此期仍有赵汝谈、真德秀、李刘、王迈、方大琮、刘克庄等堪称作手。然其时风会转变，由重流丽稳贴渐至沿波不返，雕琢过甚，转伤繁冗。散文方面，此期编选文集的风气更盛，最有代表性的选本为真德秀所编的《文章正宗》和《续文章正宗》各二十卷。真德秀以文载道穷理、轻视文辞的文章观与朱熹一脉相承，这对散文创作的趋向还是颇有影响的。其时不但古文中常常论道说理，场屋所作亦充斥性命道德之谈，淳祐间“全尚性理，时竞趋之，即可以钓致科第功名。自此非《四书》、《东西铭》、《太极图》、《通书》、《语录》不复道矣”。④ 太学文风为之一变。唯有永嘉学派的叶适通过师门授受，其学术传人如陈耆卿、吴子良等皆文胜于学，自成一派。

---

① 叶燮《原诗·内篇》以“地之生木”喻诗歌发展，自《三百篇》为根，唐诗则枝叶垂荫，宋诗则能开花，“而木之能事方毕”。

② 重开词科一说为理宗嘉熙三年(1239)，据《宋史》志第一〇九，“选举二”所记，云：理宗嘉熙三年，臣僚奏：“词科实代王言，久不取人，日就废弛。盖试之太严，故习之者少。今欲除博学宏词科从旧三岁一试外，更降等立科。止试文辞，不贵记问。命题止分两场，引试须有出身人就礼部投状，献所业，如试教官例。每一岁附铨闱引试，惟取合格，不必拘额，中选者与堂除教授，已系教官资序及京官不愿就教授者，京官减磨勘，选人循一资。他时北门、西掖、南宫舍人之任，则择文墨超卓者用之。其科目，则去‘宏博’二字，止称词学科。”从之。

③ 见《鹤林玉露》甲编卷四“词科”条，云：端平初，患代言乏人，乃略更其制，出题明注出何书，乃许上请。中选者堂除教官。然名实既轻，习者亦少。第59页。

④ 周密：《癸辛杂识》后集“太学文变”条，第65页。

总的来看，这个时期是南宋文学潜移默化的嬗递期，是各体文学观念的反思、整合、探索，创作上相应调整的阶段，本期文学虽然不乏名家，但与中兴时期相比，还是觉得光芒黯淡了许多。文学风貌的变化既与创作主体自身精神境界的雅俗、才华资质的高低等息息相关，同时也是文学内部发展规律的反映。

第二节　道统盛而文脉衰
——南宋后期的文章

一　风会转变——南宋后期四六

四六在南渡以后，主要继承北宋欧阳修、苏轼、王安石三种文风继续发展，语言方面则愈加追求新巧，踵事增华，“虽新格别成，而古意尽失”，发展到孝、光朝，形成南宋四六的高峰。“嘉定间，当国者惮真西山刚正，遂谓词科人每挟文章科目以轻朝廷，自后词科不取人。虽以徐子仪之文，亦以巫咸一字之误而黜之，由是无复习者”。① 此后内外制诏，寻常能为四六者即入选，然而往往失却王言雅正之体。② 四六创作在南宋后期渐呈衰落之势。虽然如此，但此时四六文的应用范围却已极其普及，内外两制以外，诚如四库馆臣所言，“岁时通候、仕宦迁除、吉凶庆吊，无一事不用启，无一人不用启，其启必以四六”，③既然“四方一律，可不习知?”④为指导这一应用性极强的文体写作，南宋后期出现了不少四六文集和四六话。《直斋书录解题》著录

① 罗大经：《鹤林玉露》甲编卷四“词科”条，第59页。

② 《鹤林玉露》甲编卷四“词科”记载：胡卫、卢祖皋在翰苑，草明堂赦文云“江淮尽扫于胡尘”，被太学诸生嘲笑，曰：“胡尘已被江淮扫，却道江淮尽扫于”，又曰：“传语胡、卢两学士，不如依样画胡卢。”

③ 《钦定四库全书总目》卷一六二，《四六标准》提要，第2165页。

④ 谢伋：《四六谈麈序》，见《历代文话》，第33页。

了宋人陆时雍所编《宏词总类》四十一卷，后人又续编《后集》、《三集》、《四集》共五十四卷，汇集绍圣至嘉定年间的词科文卷，今已佚失。宝祐四年（1256）词科进士王应麟编成大型类书《玉海》二百卷附《辞学指南》四卷，专为词科应用而设，书中将古今典故分类排比，聚为一帙，“其贯串奥博，唐宋诸大类书，未有能过之者”。① 南宋后期还刊刻有《三家四六》、《四家四六》等四六文集，大概是用于学习应试的范文。《三家四六》所存为南塘（赵汝谈）、格斋（王子俊）、梅亭（李刘）三家，②《四家四六》选壶山（方大琮）、臞轩（王迈）、后村（刘克庄）、巽斋（危稹）四六各一卷。现存清钞本《五家四六》也从宋刻宋人四六而来，选编、汇刊总集的编纂者名氏不详，清以前书目也都未见著录。所选为格斋、壶山、臞轩、南塘、巽斋五家四六各一卷，③以上各家皆为南宋后期四六作手。其中李刘专以“四六”著称，他的创作标志着南宋四六风会的转变。

南宋后期的四六名家首推真德秀。真德秀出身词科，其四六文势流畅，能效苏轼。尝言：“某掌内制六年，每觉文思迟滞，即看东坡汗漫，则有曲阜。”④所为制诰如《夏震特授武信军节度使殿前都指挥使进封加食邑实对》，温润闳整有唐风；《皇伯师垂特授少保依前定江军节度使致仕天水郡开国公加食邑食实封令所司择日备礼册命制》华丽典重；《置使黄度乞检会前奏许令致仕不允诏》音节流美；《原贷盗贼诏》云：“弄潢池之兵，谅非尔志；烈昆冈之火，亦岂予心?”又云：“自有宇宙至于今日，未闻盗贼得以全躯”，其言足以感动人心。俱得王言之体。赵汝谈（？—1237），字履常，号南塘，淳熙十一年（1184）进士。端平初为秘书少监兼权直学士院，与真德秀并当制。有《南塘四六》一卷传世，他的四六文承王安石一路，其嘉定《贺玉玺表》有“函封远致，不知何国之白环；瑑刻孔璋，咸曰宁王之大宝”之语，上句用《竹书纪年》卷上：“六年，西王母之来朝，献白环玉玦”，和唐杜甫《洗兵马》诗：

---

① 《钦定四库全书总目》卷一三五，《玉海》提要，第1786页。

② 《南塘先生四六》一卷一册、《格斋先生三松集》一卷三册、《梅亭先生四六》一卷一册。

③ 参阅施懿超《宋四六论稿》第五章第三节“《三家四六》、《四家四六》、《五家四六》”。

④ 刘克庄：《跋张天定四六》，见《后村先生大全集》卷一〇六，四部丛刊本。

“不知何国致白环，复道诸山得银瓮。”下句用《周书·大诰》：“用宁王遗我大宝龟，绍天明”，出语典雅谨严而融裁妥帖，极为王应麟所称。[①] 陈耆卿(1180—1236)也擅长四六。他三十五岁中举后，力图摆脱时文格套，尤厌四六，曰“四六之浮，至于‘家皋夔而人稷契’，读之欲哕，予心病焉”。然入仕后，公文尺牍以四六应用，“会四五郡侯连以笺翰为嘱，辞不或命，涉笔无休时”，[②]所作不啻千百之数。吴子良称其作如《代谢希孟上钱相》、《贺石察院启》等深得叶适欣赏，以为“理趣深而光焰长，以文人之华藻，立儒者之典刑，合欧苏王为一家者也”。[③] 筼窗四六行文不迫，议论从容，语言淡净有味而用典精切，自是一家。此外方大琮、[④]王迈[⑤]的四六皆以善于剪裁，属对工稳，典严精丽有名于时。

“莆士多能赋”，莆田刘氏向以四六为家业，刘克庄(1187—1269)在当时亦以擅表启制诰见称。[⑥] 刘克庄早期四六颇好雕琢，后期渐趋雅淡清新。集中如《代西山辞资政殿学士京师侍读表》云：

> 疲瘁弗任，乞投闲于田里，眷留未替，俾养疾于京师。待遇过优，兢危愈甚。伏念臣才能素薄，分量易盈，累载退藏，颇健顽之自若；一朝进擢，乃衰病之交攻。无所归尤，可以言命。惟力求于闲廪，庶少假于馀龄。至于秘殿经筵已处旧臣宿老，臣未尝就职，于忝窃以非宜。既已乞身，又徘徊而不去，非独有徼君之罪，抑将遗固位之讥。……[⑦]

言词恳切朴素，而简淡流畅。与王迈启曰：“声名早著，不数黄香之无双。科目小低，犹压杜牧之第五。元化孕此五百年之间气，同辈立于九万里之下

---

① 见《困学纪闻》卷一九“评文”，四部丛刊本。

② 陈耆卿：《筼窗集自序》，文渊阁四库全书本。

③ 《荆溪林下偶谈》卷二“四六与古文同一关键”条，见《历代文话》，第554页。

④ 方大琮(1183—1247)，字德润，号铁庵，又号壶山，莆田(今属福建)人。开禧元年(1205)进士，著有《铁庵遗稿》，已佚。

⑤ 王迈(1184—1248)，字实之，自号臞轩居士，仙游(今属福建)人，宁宗嘉定十年(1217)进士第四人。有《臞轩集》。

⑥ 林希逸：《后村先生刘公行状》，见《后村先生大全集》卷一九四。

⑦ 《后村先生大全集》卷一一五。

风”，又云：“朱云折槛，诸公惭请剑之言。阳子哭庭，千载壮裂麻之语。一叶身轻，何去之勇。六丁力尽，而挽不回。有谪仙人骏马名姬之风，无杜少陵冷炙残杯之态。丽人歌陶秀实邮亭之曲，好事绘韩熙载夜宴之图。拥通德而著书，命便了以沽酒”，①俪偶工致，用典帖切，又流丽清新，活画出王迈的忠鲠之气，豪侠风度。四库馆臣贬斥刘克庄作《贺贾相启》、《贺贾太师复相启》、《再贺平章启》“谀词谄语，连章累牍”，②亦可见其运笔如舌，无不如意。刘克庄曾言：“四六家以书为料。料少而徒恃才思，未免轻疏；料多而不善融化，流为重浊。二者胥失之”，③他的观点是：对于四六的写作来说，才思和书本不可或缺，要善于征引典籍而以巧思运化，达到典雅又妥帖的程度。

此期四六以李刘之作最为典型。李刘（1175—1245），字公甫，号梅亭，抚州崇仁（今属江西）人。嘉定七年（1214）进士，④专工四六。宁、理两朝两为中书舍人，三入翰林直学士院，“内外制最多，而乔行简、李宗勉、史嵩之三相之制，尤为世所称道”。⑤ 所著《梅亭类稿》、《续类稿》皆佚。⑥ 门人罗逢吉编辑《梅亭先生四六标准》四十卷，以李刘初年馆宰相何异家、及在湖南、蜀中任上所作汇为一集，其中大量为代拟之作，又多数为代何异、卫泾、董居谊所作。其文分“言时政”、“贽见”、“论事”、“荐举”、“谢除授”等六十五目，全部为启文，多达一千二百余篇。明人孙云翼依罗逢吉辑《四六标准》作笺释本——《笺释梅亭先生四六标准》。李刘存世之文还有南宋末年作为宋刻宋人四六之一种的《梅亭先生四六》，收入六十九篇表文。⑦

---

① 转引自杨慎《词品》卷四“王实之”条，见《词话丛编》，第500—501页。

② 《钦定四库全书总目》卷一六三，《后村集》提要，第2171页。

③ 刘克庄：《跋方汝玉行卷》，《后村先生大全集》卷一〇六。

④ 一说为嘉定元年（1208）进士，见《江西通志》卷五〇“选举”之“宋”：“嘉定元年戊辰郑自诚榜，李刘”；又见《江西通志》卷八〇“抚州府”之“人物”。

⑤ 虞集：《李梅亭续类稿序》，见《道园学古录》卷三三，四部丛刊本。

⑥ 据元虞集《李梅亭续类稿序》：“先有《梅亭类稿》三十卷，其家既锓梓而传之。”后子孙又编得《续类稿》三十卷。明代书目有著录，皆散佚不传。

⑦ 《梅亭四六》所收六十九篇表文中，有三十四篇被收入宋代四六类类书《翰苑新书》后集。参见施懿超《李刘著述考》。但历来由于材料的局限和认识的偏差，对李刘四六文的认识仅限于大量的启文，研究并不全面，评价存在偏差。施懿超《宋四六论稿》认为李刘最好的继承了汪藻以来的四六文文风。

四六之中，启疏杂著、笺表制诰等分为专门，各有特定的体式风格要求，如《云庄四六余话》所概括的："大抵制诰笺表，贵乎谨严；启疏杂著，不妨宏肆。"启疏杂著多应用于日常，行文相对自由，表达上较为个性化。制诰笺表是代位尊者或者对位尊者发言，则以谨严典重为得体。笔记记载李刘在真德秀座上曾戏为竹夫人作《蕲春县君祝氏封卫国夫人制》。其中有警句如："保抱携持，朕不安两夜之枕；展转反侧，尔尚形四方之风。""保抱携持"典出《尚书·召诰》，"展转反侧"典出《诗·关雎》，"盖八字用《诗》、《书》全语，皆妇人事，而形四方之风，又见竹夫人玲珑之意。其中颂德云：'常居大厦之间，多为凉德之助。剖心析肝，陈数条之风刺；自顶至踵，无一节之瑕疵。'"① 其意雅正，其语精严，深获真德秀赞赏。从现存《梅亭四六》中有六十九篇各类表文来看，如《宁宗皇帝升遐慰皇帝》中"出而承祧，总一日万机之寄；入则御恤，同三载四海之悲"一联，以数字对，极见巧思而不失叙事庄重正大。运用虚字，令语气委婉亲切。而李刘入蜀所作《知荣州谢到任》表叙述入蜀之辛苦经历、地方之偏僻贫苦，则流露个人真实情感，文字较为坦易。其他代人拟谢表，大抵皆能"使温恭之美，着于黼裳；笃棐之忱，形诸简墨。以之陈谢，则句随寸草偕春；以之请乞，则字与倾葵共转；以之荐达，则好贤如'缁衣'，不啻口出；以之进奉，则宫廷绘《无逸》，曲牖渊衷；义等格心，功同造膝矣。……又或事有难言，情弥疾首，冀微言以觉寤，匪谐隐以为侪"。② 既体现出李刘四六精于用典及偶对工整的一贯风格，又不乏谨严典重。

李刘四六的典型特质在启文中表现最鲜明，其祝贺平定叛将李全的《贺丞相明堂庆寿并册皇后礼成平淮寇奏捷启》，高步瀛以为"运古入化，文亦极飞动之致"，③传为名篇。

> 南方之强欤，北方之强欤，风移俗易；东夷之人也，西夷之人也，气夺胆寒。风声鹤唳，不但平淮；雪夜鹅鸣，更观擒蔡。信君子不战，战必胜；知人臣无将，将则诛。

① 罗大经：《鹤林玉露》甲编卷四"竹夫人制"条，第 65 页。

② 孙梅：《四六丛话》卷一〇"表五"，见《历代文话》，第 4447 页。

③ 高步瀛：《唐宋文举要》乙编卷四《贺丞相明堂庆寿并册皇后礼成平淮寇奏捷启》。

"南方之强欤,北方之强欤"用《礼记·中庸》全句,"东夷之人也,西夷之人也"用《孟子·离娄》全句,"风声鹤唳"典出《晋书·载记·苻坚》,"雪夜鹅鸣"典出《新唐书·李愬传》,此两典故正切合讨伐李全之事,用典精切。"信君子不战,战必胜"出自《孟子·公孙丑》,"知人臣无将,将则诛"则化用《公羊传》及《汉书·孙叔通传》之语。虽然累用经语全句,而不害文意明畅。对仗极为工稳妥帖,而风格典重浑成。

又如《贺俞签书枢密》:

> 春秋九世之仇,固将必报;匈奴百年之运,未有不亡。今犬羊交噬之已深,计蚌鹬相持之不久。下策莫危于浪战,上兵实贵于伐谋。在帝王之万举万全,固求耆定;然疆场之一彼一此,正欠坚凝。幸而及闲暇之时,亟宜定修攘之计。取乱侮亡兼弱也,时则易然;同寅协恭和衷哉,政将焉往?①

气调磊落,议论跌宕昭彰,不同于寻常酬应之词。

李刘善于运用数字结构成句,如《贺史丞相除太傅》中"千载君臣,聚见四十年之内;一家父子,并成二万石之荣"(《梅亭先生四六标准》卷一五)。又《代回浙西王提举某》中"送之礼乐,不离尺五之天;任以公卿,即近丈三之日"(《梅亭先生四六标准》卷四〇)一联,被明人杨慎推为宋四六名联。② 李刘不但善用故典,也善融裁今事,如《贺虞大参帅蜀启》云:"小范有胸中百万兵,西贼闻之胆惊破;富弼上河朔十二策,北边皆其手抚摩。"《上卫参帅启》曰:"夷狄问潞公之年,幸其未老;儿童诵君实之字,持此安归。"皆用本朝名相事迹为对,平易晓畅中见其巧思。③ 李刘四六文"隶事亲切,措词明畅",④ 刘克庄尤其推崇他善于征引经史典籍中的全句而不累文气阻滞,用典用事精切而善于融裁,因难见巧,而能避免"清疏"或者"重浊"的毛病,故当时"学

---

① 《梅亭先生四六标准》卷一六,四部丛刊本。

② 杨慎:《升庵集》卷六五"四六妙句",文渊阁四库全书本。

③ 参见程千帆、吴新雷著《两宋文学史》第十一章第三节,第556页。

④ 《钦定四库全书总目》卷一六三,《四六标准》提要,第2165页。

者多宗梅亭”。[①] 不过刘克庄也指出：“四六家必用全句，必使故事，然鸿庆欠融化，梅亭稍堆垛，要是文字之病。”[②]如《贺史丞相除太傅启》迭用选官用人典故，几近繁缛。《上任中书》中“玉堂草罢，又吟红药之翻；金匮紬余，还对紫薇之伴”、“幽桂遗榛菅，底敢累犯严之口；江梅托桃李，但欲熏自洁之香”等句，遣词造句极工整流丽而失却典重高华之姿。据《齐东野语》记载：“嘉熙己亥四月，诞皇子，告庙祀文，学士李刘功甫当笔，内用四柱作一联云：‘亥年巳月，无长蛇封豕之虞；午日丑时，有归马牧牛之喜。’盖时方有蜀扰。其用事可谓中的，然或者则谓失之俳耳。”[③]李刘用皇子生辰的年、月、日、时四柱组织成联，可谓新巧之极，但相对于事件的重大和皇子的身份而言，就不免有俳谐之失了。

综上所述，在南宋四六发展史上，李刘是风会转变的标志。他一方面较好地承继了宋四六叙事委备、议论畅达的特质，又更讲求行文的思致、文辞的新巧华赡，然雕琢过甚，气骨渐弱。四库馆臣认为：“南渡之始，古法犹存，孙觌、汪藻诸人，名篇不乏。迨刘晚出，惟以流丽稳贴为宗，无复前人之典重。沿波不返，遂变为类书之外编，公牍之副本，而冗滥极矣。”[④]这一观点历来为研究者沿袭。有学者进一步指出李刘四六是南宋四六由原来的纵横慷慨向纤巧靡丽转变的标志，[⑤]评价也很确切。

二　文道分离——南宋后期散文

从嘉定到淳祐，随着道学地位的逐渐上升，三十年间文风渐趋转变，文辞与性理终裂分为二途。永嘉学派宗主叶适门下戴栩、陈耆卿、吴子良、舒岳祥一脉师弟相承，由“文”、“学”并重，到但以“文”传。理宗朝的道学名臣真德秀和魏了翁的文学观念和创作影响很大，性理之文兴起，太学文体堪称风向标。

---

① 刘克庄：《跋方汝玉行卷》。

② 刘克庄：《林大渊稿》，《后村先生大全集》卷九八。

③ 周密：《齐东野语》卷四“用事切当”条，第68页。

④ 《钦定四库全书总目》卷一六三，《四六标准》提要。

⑤ 参见程千帆、吴新雷《两宋文学史》第十一章第三节，上海古籍出版社1991年版。

(一)理学名臣的文学观念与散文创作

真德秀、魏了翁二人同生于淳熙五年(1178),同为庆元五年(1199)进士,同显仕于朝。他们立朝有直声,游宦有民誉,以学术、政事、文章享有盛名,并称"真、魏"。然而道学家往往长于谈论性命道德,不擅长处理实政,国家正值外患内忧,积弱积弊,二人于治乱安危、经济时务则无所建置,惟以尊崇道学、"正心诚意"为第一要义。

真德秀(1178—1235),字景元,又字希元,号西山,浦城(今属福建)人。早年从游朱熹弟子詹体仁,学者称为西山先生。仕宁宗、理宗两朝,理宗即位诏为中书舍人兼侍读,端平元年(1234)除翰林学士知制诰,拜参知政事。有《西山先生真文忠公文集》五十一卷、《文章正宗》等传世。《宋史》本传谓"自侂胄立伪学之名以锢善类,凡近世大儒之书,皆显禁以绝之。德秀晚出,独慨然以斯文自任,讲习而服行之。党禁既开,而正学遂明于天下后世,多其力也"。他与魏了翁一起发挥阐释朱熹的理学思想,最终使朱熹的理学宗师地位得以确立。真德秀是南宋后期的大儒,又曾登台阁要地,他不仅是思想学术的权威,其具鲜明道学色彩的文学观念影响也很大。

1.《文章正宗》与真德秀的文学观

道学家一般重义理轻文辞,真德秀也不例外,他提出"以诗人比兴之体,发圣门理义之秘"的创作理论,①将圣门理义视为本体,文学艺术则只在"用"的层面具有价值。在文学批评中,真德秀往往以对作者的道德评判代替艺术评价,因为否定宋玉和司马相如的道德,他便认为其文学创作不过是"饰奸之具"。② 他提出诗人应当养心以养正气,最后达到"温然而仁,天地之春;肃然而义,天地之秋。收敛而凝,与元气俱贞;泮奂而休,与和气同游。则诗与文有不足言者矣"。③

真德秀评论历代文章得失,主于论理而不论文。他认为汉唐两代文章虽盛,而能够"发挥义理,有补世教者",只有董仲舒和韩愈二人。又说宋文

---

① 真德秀:《咏古诗序》,见《西山先生真文忠公文集》卷二七,四部丛刊本。

② 《跋欧阳四门集》,见《西山先生真文忠公文集》卷三四。

③ 《跋豫章黄量诗卷》,见《西山先生真文忠公文集》卷三四。

之盛过于汉唐,濂洛诸公之文如《太极》、《西铭》,"又非董、韩之可匹"。[①] 论诗赋则曰:"三百五篇之诗,其正言义理者盖无几,而讽咏之间,悠然得其性情之正,即所谓义理也。后世之作,虽未可同日而语,然其间兴寄高远,读之使人忘宠辱、去係吝,翕然有自得之趣。而于君亲臣子大义亦时有发焉,其为性情心术之助,反有过于他文者。"[②]真德秀注意到诗歌的文体特质,不反对在诗中发抒性情,但强调性情必须"雅正",相应地他也很重视诗歌对心性涵养的陶冶。

宝庆元年(1225),真德秀以忤史弥远落职居家,着手编纂《文章正宗》,分辞命、议论、叙事、诗赋四门,录《左传》、《国语》以下至于唐末之作,其自言编纂宗旨和标准曰:

> 正宗云者,以后世文辞之多变,欲学者识其源流之正也。……夫士之于学,所以穷理而致用也;文虽学之一事,要亦不外乎此。故今所辑以明义理、切世用为主。其体本乎古,其指近乎经者,然后取焉。否则辞虽工不录。[③]

在编纂过程中,真德秀曾将诗歌一门委托于刘克庄,"约以世教民彝为主,如仙释、闺情、宫怨之类皆弗取",然"凡余(刘克庄)所取,而西山去之者太半。又增入陶诗甚多。如三谢之类多不入"。[④] 可见其去取之严苛,也正体现了道学家与文学家文学观念的差异。对于《文章正宗》二十卷和《续集》二十卷,四库馆臣引用《日知录》中的评论:"《文章正宗》所选诗,一扫千古之陋,归之正旨。然病其以理为宗,不得诗人之趣。……《古诗十九首》……必以防淫正俗之旨严为绳削,虽矫昭明之枉,恐失《国风》之义。六代浮华固当刊落,必使徐、庾不得为人,陈、隋不得为代,毋乃太甚,岂非执理之过乎?"认为顾炎武所论"至为平允,深中其失"。其实真德秀无视文学的审美特质而一味强调其明理载道、裨补世教的功能的偏颇观念,在南宋后期已经遭到批

---

① 《跋彭忠肃文集》,见《西山先生真文忠公文集》卷三六。

② 真德秀:《文章正宗纲目》"诗赋",文渊阁四库全书本。

③ 《文章正宗纲目》。

④ 刘克庄:《诗话前集》,见《后村先生大全集》卷一七三。

评，赵文（1239—1315）尝讥讽道："必关风教云乎，何不取六经端坐而诵之，而必于诗？诗之妙正在艳冶跌宕。"①《文章正宗》这个文学选本在南宋以后逐渐丧失了影响力，"四五百年以来，自讲学家以外，未有尊而用之者"，正是"不近人情之事，终不能强行于天下"。②

2. 真德秀的古文

真德秀重道轻文，但其文章颇有可读者。真德秀的奏疏极多，史称其"立朝不满十年，奏疏无虑数十万言，皆切当世要务，直声震朝廷。四方人士诵其文，想见其风采"。③ 这些疏奏之作不以文采见长，但无论是明辨性理、弘扬教化之作，还是言事论政之文，皆为修辞立诚、详尽平实的儒者之言。如《戊辰四月上殿奏札》云：

> 伏观庆元以来，柄臣专制，立为名字，以沮天下之善者有二：曰好异，曰好名。士大夫志于爵禄，靡然从之者有年矣。吁，是岂非蠹坏人心之大原乎？是岂非更新圣化之首务乎？臣尝敬观国史，窃见祖宗盛时，以宽弘博大养士气，以廉耻节礼淑人心，国有大政事、大议论，天子曰可，大臣曰否；宰相曰是，台谏曰非，而不以为嫌。布衣陈时政，草茅议廊庙，而不以为僭。盖唯恐人之不尽忠而未尝恶其立异也。④

他提议效仿北宋盛时，广开言路，更新朝政。文字平正，议论精粹，条理秩秩。又如《直前奏札》分疏六事，极意发明，文势流畅充裕。《对越甲乙稿》中有不少正心诚意等"高远之论"，论及时事则又能沉实稳健。魏了翁称美曰："大抵公前后论奏，诚积而气和，辞平而理畅。其于是非邪正之辨，言人所难，而闻者不敢怨；至于敌情之真伪、疆场之虚实，盖出于素讲夙定，非剽袭流闻之比。故自嘉定以来，凡所论建，至端平后，炳如蓍蔡之先几，故一言之出，天下望而信之。"⑤不过正如四库馆臣所言，"宋人奏议多浮文妨要，动至

---

① 转引自明曹安《谰言长语》，文渊阁四库全书本。

② 《钦定四库全书总目》卷一八七，《文章正宗》提要，第2620页。

③ 《宋史》卷四三七，列传一九六，儒林七"真德秀传"，第12964页。

④ 见《西山先生真文忠公文集》卷二，四部丛刊本。

⑤ 魏了翁：《参知政事资政殿学士真公神道碑》，见《鹤山先生大全集》卷六九，四部丛刊本。

万言,往往晦蚀其本意”,①真德秀的疏奏亦不免此弊,如《江东奏论边事状》等冗长繁复,令人几乎不能卒读。

真德秀的序记、题跋文字不少。其《赠萧长夫序》(《西山先生真文忠公文集》卷二七)一文,先引六一居士琴序,赞叹琴为声之高雅淡泊。继言当今琴音之恶俗,近于郑卫。再言萧长夫琴音近古,最后揭出旨归:萧长夫从学于理学家紫阳先生之门,习闻君子之义,故其音穷而不变。其行文井然有法,言简意深。《大学衍义序》(同上卷二九)只叙作书大意,能以平正胜人。其他多为祠堂记、书院记、学田记、厅壁记之类,文字大都平实,叙事说理不离修养心性之旨,《溪山伟观记》(卷二五)、《观莳园记》(卷二六)等是少数有文采者。真德秀的题跋文字中不乏清新自然、平顺可读之作,往往寥寥数语,戛然而止,意味隽永。如《跋东坡书〈归去来辞〉文后补录》云:

> 近岁有尝登大儒先生之门者,既而党未论起,其人畏祸匿迹,过门不敢见,则以书谢曰:“非不愿见也,惧为先生累耳。”先生答曰:“予比得一疾,奇甚,相见则能染人,不来甚善。”闻者代为汗下。吁,之人也,盖以通经学古自名,而其行义顾出一浮屠下,昌黎墨名儒行之说,渠不信然!因戏书于后,以发千古一笑。②

借题发挥,暗寓讥讽,行文生动,富于感情。

魏了翁(1178—1237),字华父,号鹤山,邛州蒲江(今属四川)人。嘉泰二年(1202)为国子正。史弥远入相后,魏了翁力辞召命,筑室白鹤山下,开门授徒,教以义理之学,学者称鹤山先生。端平元年(1234)召为权礼部尚书兼直学士院,晚知漳州、福州等地,每到地方即亲诣学官,亲为讲撰,为士论所服。今存《鹤山先生大全文集》一百一十卷。

3. 魏了翁的文学观念

魏了翁私淑朱熹、张栻之学,又兼取陆九渊心学与永嘉经制之学,“参酌

---

① 《钦定四库全书总目》卷一百六〇,《应斋杂著》提要,第2141页。

② 《西山先生真文忠公文集》卷三四。

诸经，不一一袭其说，惟是之从”。[①] 此外也接受乡贤苏轼学术的影响，从而“会同”蜀学与洛学。他不欲盲目依从传注，而重视“自得”，自言“不欲于卖花担上看桃李，须树头枝底方见活精神也”。[②] 其时真、魏并称，黄宗羲认为：“两家学术虽同出于考亭，而鹤山识力横绝，真所谓卓荦观群书者。西山则依门傍户，不敢自出一头地，盖墨守之而已。”[③]

魏了翁的文学观念较真德秀通达，他论文不悖理学宗旨，但也不轻视辞章之学。曾谓：“人之言曰：尚辞章者乏风骨，尚气节者窘辞令。某谓不然。辞虽末技，然根于性，命于气，发于情，止于道，非无本者能之。”[④]可见他并不认为“作文害道”，而是肯定优秀的文学作品正是文学家良好性情道德的自然发溢。又言：“夫才命于气，气禀于志，志立于学者也。”[⑤]认为文学创作以学为本，通过明辨义理、涵养道德改变气质之性，发而为自然中节之文。魏了翁称赞韩愈“为文法度劲正，迫近盘诰，宛然有王者之法”，[⑥]称赞陶渊明“有谢康之忠而勇退过之，有阮嗣宗之达而不至于放，有元次山之漫而不著其迹。此岂小小进退所能窥其际邪？先儒所谓‘经道之余，因闲观时，因静照物，因时起志，因物寓言，因志发咏，因言成诗，因咏成声，因诗成音’者，陶公有焉”[⑦]等，皆受其文学观念指导。

4. 魏了翁的古文

作为一代理学名臣，魏了翁论政章奏和说理之文甚多。元人唐元读魏了翁疏奏之作，称“奏议二大册，拳拳以理义忠恳补衮阙、格君心，岂止词章

---

① 魏了翁：《答夔路赵运判》，见《鹤山先生大全文集》卷三六，四部丛刊本。

② 《答周监酒》，见《鹤山先生大全文集》卷三六。

③ 《西山真氏学案序录》，黄百家案语引，见《宋元学案》卷八一。

④ 《杨少逸不欺集序》，见《鹤山先生大全文集》卷五五。

⑤ 《浦城梦笔山房记》，见《鹤山先生大全文集》卷四九。

⑥ 见《浦城梦笔山房记》。魏了翁再三陈说文学与“气”、“志”、“学”的关系。曰“文乎文乎，其根诸气，命于志，成于学乎？性寓于气为柔为刚，此阴阳之大分也，而柔刚之中有正有偏，威仪文词之分常必由之。昔人所谓昭晰者无疑，优游者有余，其根若是，其发也必不可掩。然而气命于志，志不立则气随之。志成于学，学不讲则志亦安能以立。是故威仪文词，古人所以立诚定命莫要焉”（卷五四，《游诚之默斋集序》）；曰“盖辞根于气，气命于志，志立于学，气之薄厚，志之小大，学之粹驳，则辞之险易正邪从之”（卷五六，《攻媿楼宣献公文集序》）。

⑦ 《费元甫〈陶靖节诗〉序》，见《鹤山先生大全文集》卷五二。

而已哉”。[1] 四库馆臣亦称魏了翁“所上奏议，亦多秉义切劘，诚意恳到，盖载道之言与穷经之旨酝酿而成，卓然不愧大家之目”。[2]

魏了翁的奏疏如《应诏封事》、《论士大夫风俗》、《论州郡消弱之弊》、《奏论蜀边垦田事》、《论事变倚伏、人心向背、疆场安危、邻寇动静、远夷利害五几》等，皆能陈风俗之弊，论救世之术，往往直述事情，明达不晦，透出豪迈慷慨之气，体现出鲜明的个性，虽数千言而结构清晰，论述缜密，是奏疏之佳篇。如《论士大夫风俗》云：

> 故论今日风俗之弊者，莫不议其尚同也，而臣则疑其未尝有同也。进焉而柔良，退焉而刚方；面焉而唯唯否否，背焉而戚戚嗟嗟。成焉而挟其所尝言以夸于人，不成焉而托于所尝料以议其上。省曹之勘当，掾属之书拟，有司之按示，长吏之举贤，恩焉则敛而归己，怨焉则委之曰此安能以自由。天象之妖祥，时政之得失，除授之当否，疆场之缓急，言焉而得，则矜以为功；否焉则讪之曰此徒言而无益。呜呼，垄断而望，可左可右，踦闾而语，可出可入。盖耆利亡耻之人，贪前虑后者之为耳。士大夫而若此，则其心岂复以国事为饥渴休戚者哉！踪迹诡秘，朋友有不及知；情态横生，父子有不相悉。使此习也而日长月益，见利则逝，见便则夺，陛下亦何赖于此也！[3]

运用排比句式描述朝中臣僚惯于两面示人，对上则温良柔顺、对下则刚愎自用，成则邀功、败则推诿等不良风习，针砭情伪淋漓尽致。直言皇帝当省察邪正，远离小人，语言省净遒劲，气势开张抑扬。

《论敷求硕儒开阐正学》回顾乾、淳以来，正学为“伪学”遮蔽混淆，士风日益颓坏，云：

> 自学禁既密，士习日浮，……自嘉定以来，虽曰亟更曩辙，然老师宿儒，零替殆尽；后生晚学，散漫亡依。其有小慧纤能者，仅于经解语录，

① 唐元：《读魏公辅诗稿跋》，见《筠轩集》卷一一，文渊阁四库全书本。

② 《钦定四库全书总目》，《鹤山集》提要，文渊阁四库全书本。

③ 《鹤山先生大全文集》卷一六。

诸生揣摩剽窃以应时用，文词浮浅，名节隳顿。盖自其始学，父师之所闻导，子弟之所课习，不过以哗众取宠，惟官资、宫室、妻妾是计尔；及其从仕，则又上之所以轩轾，下之所以喜愠，亦不出诸此。古人所谓为己之学，成物之本故不及知也。一旦临小小利害，周章错愕，已昧所择，脱不幸而死生临乎其前，则全躯保妻子之是务，虽乱常干纪，有不遑恤。①

对士风颓败之忧心溢于言表，其针砭亦入骨三分。文字则骈散相间，音节铿锵可诵。

魏了翁的记体文如《雅州振文堂記》述雅安兴学以得人文之正；《彭节斋記》叙彭君守节抗叛，誓死不渝；《眉州载英堂記》颂眉州群英流芳后世等，或平易畅达，或纡徐含蓄。《眉州新开环湖记》是魏了翁任眉山太守时所写，颇参用欧阳修《丰乐亭记》和苏轼《赤壁赋》的笔法，"在叙事写景之中，始终夹带着坐而论道的内容"，以游憩之乐能服务于讲道进德为主旨"，②"程、张之问学而发以欧、苏之体法"，③是道学与辞章有机结合的代表作。

魏了翁的题跋文字尤为后人称道，清人李慈铭列举《鹤山集》中题跋四十五篇，认为这些文章"足以考证宋事，深裨史学。其文亦多慷慨激昂，往往引《诗》以咏叹之，有周秦诸子之遗风，其议论亦甚平允"。④ 如《跋房氏清白堂记》：

吾友张季可袖房氏《清白堂记》过余于里舍曰：房君纳粟得官，辞而后受。诸贤尝为题识矣；更欲得余一言，余罔然不知所对。则谓曰：输财辞爵，卜式尝为之矣，而论者谓非人情；输财受爵，崔烈尝为之矣，而论者反嫌铜臭。是非混然，则将何以处此？季可其为我以此复于清白堂主人，而复以语我！⑤

---

① 《鹤山先生大全文集》卷一六。

② 参阅程千帆、吴新雷撰《两宋文学史》，第503页。

③ 吴渊：《鹤山先生大全文集序》，见《鹤山先生大全文集》卷首。

④ 李慈铭：《越缦堂读书记》别集类"光绪戊子（一八八八）二月十五日，魏鹤山集"条，上海书店出版社2000年版。

⑤ 《鹤山先生大全文集》卷五九。

针砭之意随事而发，文笔凝练，简而有法，余味不尽。魏了翁的一些诗文序跋往往涉及辞章与义理的关系，评论作者及作品而不乏独特解会。如《侯氏少陵诗注序》（卷五五）中，魏了翁认为杜诗之妙在于陶写性情，着眼于杜诗对自我内心世界的反映，这不同于此前人们主要推尊杜甫诗歌的忠君忧国之情，可见他对杜诗的别具心解。又如《跋康节诗》云：

> 理明义精，则肆笔脱口之余，文从字顺，不烦绳削而合。彼月锻季炼于词章，而不知进焉者，特秋虫之吟，朝菌之媚尔。①

文字简短，而理透意明。作者妙用比喻，说明那些没有深厚的内在修养，只知雕琢字句的创作没有长久的生命力。在称赏康节诗的同时，通过对比说明明义理对于文学创作的重要性。

魏了翁以卫道自任，“故作为文章，深衍宏畅，微一物不推二气五行之所以运，微一事不述三纲九法之所以尊。言己必致知力行，言人必均气同体。神怪必不语，老佛必斥攘。以致一记述、一咏歌，必劝少讽多，必情发礼止，千变万态，卒归于正”。② 其文以讲学固本为重，不失道学家之迂阔，但与真德秀相比，则如吴渊所言：“理致同，醇丽有体同，而豪赡雅健则所自得。”③魏了翁散文特具一种慷慨豪迈之气，可能来自禀赋，他“年十五时为《韩愈论》，抑扬顿挫，已有作者之风”；④一定程度也因为对乡贤苏轼气节、人品和文学的推崇，⑤而继承北宋欧阳修、苏轼一脉散文传统，故其文章能“醇正有法，而纡徐宕折，出乎自然。绝不染江湖游士叫嚣狂诞之风，亦不染讲学诸儒空疏拘腐之病，在南宋中叶，翛然于流俗之外”。⑥

总的来说，以真德秀和魏了翁为代表的道学家的文学观念中，文学首先

---

① 《鹤山先生大全文集》卷六二。

② 吴渊：《鹤山先生大全文集序》。

③ 吴渊：《鹤山先生大全文集序》。

④ 《钦定四库全书总目》卷一六二，《鹤山集》提要，第2158页。

⑤ 魏了翁《跋公安张氏所藏东坡帖》谓：“乃若苏子始终进德之序，人或未尽知也。方嘉祐、治平间，年盛气强；熙宁以后，婴祸触患，靡所回挠；元祐再出，益趋平实，片言只词，风动四方。追绍圣后，则消释贯融，沈毅诚悫，又非中身以前比矣。”可谓知者言。见《鹤山先生大全集》卷六三。

⑥ 《钦定四库全书总目》卷一六二，《鹤山全集》提要，第2158页。

是阐发理学义理的工具，文学的价值在于经世致用，有俾世教。他们虽然也承认文学抒发情性的功能，但对所抒性情的性质和表现方式作了限制，对文学的审美价值则是轻视的。就理学成就而言，西山、鹤山可谓双峰并峙；就文学成就而言，则真、魏如二水分流，各有渊源，魏了翁更具个性。

（二）古文家的散文与古文选本

1. 叶适一派的辞章之学与刘克庄

由于性理之学盛行、道学家轻视文辞的观念极大地影响了南宋中期以后的文学风貌，不过浙东地方本有吕氏和永嘉、永康诸子重文、工文之传统与风气，尤其是永嘉一派文、学并传，自叶适之后，其师弟相承，甚至传文甚于学术，永嘉一派甚至被视为辞章之学，叶适门下文章翘楚主要有戴栩、陈耆卿、吴明辅诸人。

戴栩（生卒年不详），字文子（一说作立子），永嘉人。嘉定元年（1208）进士，历官定海主簿、太学博士、秘书郎等职，后起为湖南安抚司参议官，有《浣花集》、《五经说》、《续文献通考》、《诸子辨论》、《东都要略》等书。诗风近"四灵"。戴栩是叶适好友戴溪（《宋史·儒林》有传）的族侄，自少师叶适，自云"颇忆从水心游，每遇佳题，即令同赋"。① 其文章法度，四库馆臣称为"一一守其师传。故研炼生新，与《水心集》尤酷似。中如论圣学、论边备诸札子，亦复敷陈剀切，在永嘉末派可云尚有典型"。② 孙诒让也认为《浣川集》所存文章，奇警恣肆，"杂之《水心集》中，几不可辨"。③

陈耆卿（1180—1236），字寿老，号筼窗，临海（今属浙江）人，登嘉定七年（1215）进士第。宝庆二年（1226）召试馆职，历校书郎、著作郎，端平元年（1234）兼国史院编修官，后官至国子司业。有《论孟纪蒙》、《筼窗集》初集三十卷、续集三十八卷皆佚，清四库馆臣从《永乐大典》中辑出诗、文、词百余篇，编为《筼窗集》十卷。陈耆卿嘉定十一年（1219）任青田县主簿时，来温州向叶适问学，吴子良《荆溪林下偶谈》中有叶适与陈耆卿讲论诗文的记载多

① 戴栩《题吴明辅文集后》，见《浣川集》卷二，文渊阁四库全书本。

② 《钦定四库全书总目》卷一六二，《浣川集》提要，第2163页。

③ 孙诒让：《温州经籍志》卷二二。

条。

耆卿之文深为叶适推重，今《水心文集》中存有《送陈寿老》、《题陈寿老论孟记蒙》等诗文诸篇。叶适认为耆卿之作“驰骤群言，特立新意，险不流怪，巧不入浮，建安、元祐，恍焉再睹，盖未易以常情限也”。① 陈耆卿尤长于史论，如《张耳陈余论》、《韩信论》、《郦食其论》、《陈平周勃王陵论》等，皆驰骋论议，有灏气行乎其间，而脉络井然。序记之文如《浩斋记》、《暗室记》、《植松记》等，说理细密，娓娓而谈，合周、程旨趣与欧、曾法度于一体。叶适晚岁更付与斯文，《林下偶谈》载：“往时水心先生汲引后进，如饥渴然。自周南仲死，文字之传未有所属，晚得筼窗陈寿老，即倾倒付嘱之。……今才十数年，世上文字日益衰落，而筼窗卓然为学者所宗。”②

吴子良(1197—1256)，字明辅，号荆溪，台州临海(今属浙江)人。宝庆二年(1226)进士。历秘书丞，太府少卿，两浙转运使等职，官终司农少卿，宝祐四年(1256)致仕，寻卒。有《荆溪集》、《荆溪讲义》，已佚。有《荆溪林下偶谈》存世，中多掌故与评诗论文之语，其识见之精准高出同时侪辈。子良与陈耆卿为中表，初从耆卿学，后亦师事叶适。叶适称其诗文“意特新，语特工，韵趣特高远”。③

吴子良还是水心一派辞章之学的理论总结者。他说：“自元祐后，谈理者祖程，论文者宗苏，而理与文分为二。吕公病其然，思融会之，故吕公之文早葩而晚实。逮至叶公，穷高极深，精妙卓特，备天地之奇变，而只字半简无虚设者。寿老(陈耆卿)一见亦奋跃，策而追之，几及焉，则所谓统绪正而气脉厚也，又岂只文而已。”④吴子良认为水心辞章之学融会了“文”和“理”，与吕祖谦一脉相承，陈耆卿追步其后，纠正了“洛学起而文字坏”的流弊，回到“文以载道”的道路来。基于这一前提，他提出六经不仅载义理，“其文章皆有法度”的观点，⑤从文学的角度强调六经的价值。吴子良还对作文之法进

---

① 叶适：《题陈寿老文集后》，见《水心先生文集》卷二九，四部丛刊本。

② 《荆溪林下偶谈》卷二“知文难”，见《历代文话》，第550页。

③ 叶适：《答吴明辅书》，见《水心文集》卷二七。

④ 吴子良：《筼窗集续集序》，见《筼窗集》卷首，文渊阁四库全书本。

⑤ 《荆溪林下偶谈》卷四“《尚书》文法”，见《历代文话》，第587页。

行了总结，认为应该“主之以理，张之以气，束之以法”，[①]将义理、文气、法度并列为散文创作的要素。时人认为吴子良是水心辞章的正统传人，赵孟坚赠诗云：“孔孟至皇朝，文与道相属。溯自熙丰后，专门始分目。欧苏以文雄，周程义理熟。从此判为二，流派各异躅。伟哉水心叶，同轨混列辐。粲粲云锦章，理义仍炳烛。筼窗一传后，人已沾膏馥。正统的属任，非公绍者孰？”[②]刘克庄更称之青出于蓝。[③]

舒岳祥（1219—1298），字舜侯，宁海（今属浙江）阆风人，学者称阆风先生。弱冠从吴子良游，宝祐四年（1257）进士。舒岳祥是水心辞章之学的嫡传，也是绝响，其文名在南宋末与王应麟并称。如《跋陈莲自画梅作诗》云：

> 见梅山此轴，忽忆承平盛时，行孤山之麓，沿马塍之隅，朝触雪而往，暮踏月而还。所见梅往往联附叠袂，拗枝摺干，嫣然入宫苑标律，非三家市上篱落间物也。又移百梅于平皋之上，桥断岸绝，蹇驴策风，戟戟吹面，翕然独往，香低影压，自有一种瘦硬风格。迩来避地芗岩石磴，数梅出于潇风晦雨，摧剥之余，泯默相唁，意趣惨淡，非前时比矣。[④]

文辞雅洁，情景交融，追昔抚今，在对比中衬托出国破家亡之际遗民的凄凉心境，堪称佳作。

水心门下还有车若水（1210—1275），他本从陈耆卿学，最终脱离师门，成为道学影响古文创作的一大明证。车若水曾回顾自己的习文经历，云：

> 予登筼窗先生门，方逾弱冠，荆溪吴明辅先生从筼窗，已登科，声誉甚振。……筼窗一旦于人前见誉过当，同门初不平，久方浃洽。相与作为新样古文。每一篇出，交相谀佞，以为文章有格。归呈先祖，乃不悦。私意谓先祖八十有余，必是老拙，晓不得文字顾首顾尾、有间有架，且造

---

① 《荆溪林下偶谈》卷二“为文大概有三”，见《历代文话》，第558页。

② 赵孟坚：《为仓使吴荆溪先生寿》，见《彝斋文编》卷一，文渊阁四库全书本。

③ 刘克庄《哭吴卿明辅》诗云：“水心文印虽传嫡，青出于蓝自一家。”见《后山先生大全集》卷二四。

④ 《阆风集》卷一二，文渊阁四库全书本。

> 语俊爽，皆与老拙不合也。继而先祖与篔窗皆即世，吾始思六经不如此，韩文不如此，欧苏不如此，始知其非。继而见立斋先生，见教尤切，后以所作数篇呈之，忽贻书四五百言，痛说水心之文。是时立斋已登侍从，其意盖欲痛改旧习，不止如前时之所诲也。予此时文字已自平了，但犹有作文之意，而自家讲习多为外物所夺，然未尝不自知。……予后来少作文字，而旧习却都忘矣。明辅终身守此一格。①

当吴子良登科之际（绍定年间），叶适一派文风尚流行场屋，为士子攀附。而端平嘉熙之际，随着道学地位的确立，受其影响，水心之文亦遭“痛说”。在这样的背景下，车若水对水心辞章之学进行了反思。叶适一派为文注重技巧，讲究章法格调，工于造语，从道学家的角度看，正是“作文害道”，车若水认同这一点，认为因此“自家讲习多为外物所夺”。对水心之文从信服终至反感的还有南宋末的刘壎（1240—1319），他说：“近世铭笔推永嘉叶氏为宗。某少之时，因诸公宗尚，尝熟复焉。十数年来，深味其文，乃有不大惬于予心者，往往崇华藻而乏高古，不免止是近世文章尔。”②可见永嘉学术、水心文体影响本极深广，但随着道学占据思想学术主流，那种不饰文辞，专讲性理，平典无味的文章最终取代了水心一派合文理于一的努力，主导了散文的创作潮流。

水心一派以外，刘克庄在南宋后期也是文章大家，尤长于题跋。③《后村先生大全集》中有题跋文十三卷四百余首，近人张钧衡称其题跋“考据精详，文词尔雅，在宋人中不在楼攻媿、周益公之下，实为宋末一大家”。④

2. 南宋后期的古文选本

南宋后期也出现了不少古文评注选本，以楼昉的《崇古文诀》、王霆震的《古文集成》、汤汉的《妙绝古今》等为代表。较之中期的古文选本，《崇古文

---

① 车若水：《脚气集》，文渊阁四库全书。

② 刘壎：《答谌桂舟论铭文书》，见《水云村集》卷一一，文渊阁四库全书本。

③ 林希逸在《后村集序》中曾指出刘克庄文章兼备众体，融贯诸家的特点，错综、兴寄的笔法和洁、幽、丽、正等美学范畴，凸显刘克庄文章的价值与地位。《钦定四库全书总目》卷一六三，《后村集》提要谓其“文体雅洁，较胜其诗，题跋诸篇，尤为独擅”，第2171页。

④ 张钧衡：《跋后村先生题跋》，见《适园丛书》第三集，民国乌程张氏刊本。

诀》等所选古文范围扩大，上迄先秦，下至本朝，除了策、论文以外，增加了一些艺术性的散文。

楼昉(生卒年不详)，字旸叔，号迂斋，鄞县人，绍熙四年(1193)进士，历官守兴化军，卒追赠直龙阁。楼昉曾受业于吕祖谦。《崇古文诀》本名《迂斋古文标注》，其书体制“大略如吕氏《关键》，而所取自史汉而下至于本朝，篇目增多，发明尤精，当学者便之”。[1] 不同于《古文关键》只选唐宋文章，《崇古文诀》选录了先秦两汉至宋代的二百多篇古文，“逐章逐句，原其意脉，发其秘藏，……尊先秦而不陋汉唐，尚欧曾而并取伊洛”，[2]“凡其用意之精深，立言之警拔，皆探索而表章之，盖昔人所以为文之法备矣”。[3] 嘉定间，楼昉守兴化军，以古文倡莆东，经指授成进士者甚众。《崇古文诀》选目较备，繁简得中，推阐加密，尤有裨于教学，故得与吕祖谦《古文关键》、谢枋得《文章轨范》等少数宋代选本一同流传至今。各家著录此书卷数、篇数都有出入，[4] 可见其版本甚多。

不同于吕祖谦《古文关键》主要选编议论文，《崇古文诀》选了大量的记叙文、抒情文和滑稽小品文，如韩愈的《祭兄子老成文》、《毛颖传》、《送穷文》，柳宗元的《东池戴氏堂记》、《种树郭橐驼传》、《梓人传》、《段太尉逸事状》、《乞巧文》，苏洵的《木假山记》、苏轼的《喜雨亭记》等皆入选。楼昉对这些入选古文的评点也能抓住其叙事、抒情特征，注重文字的艺术感染力。如评司马迁《报任安书》曰：“反覆曲折，首尾相续，叙事明白，读之令人感激悲痛，然看得豪气犹未尽除”(卷四)；评范仲淹《岳阳楼记》曰：“首尾布置与中间状物之妙不可及矣，然最妙处在临了断遣一转语，乃知此老胸襟宇量直与岳阳洞庭同其广大”(卷一六)；评欧阳修《醉翁亭记》：“此文所谓笔端有画，又如累叠阶级一层高一层，逐旋上去都不觉”(卷一八)；等等。

---

① 陈振孙：《直斋书录解题》卷一五“迂斋古文标注五卷”，文渊阁四库全书本。

② 刘克庄：《迂斋标注古文序》，见《后村先生大全集》卷九六。

③ 《皕宋楼藏书志》卷一一四载宋刊本《迂斋先生标注‘崇古文诀’》二十卷，宝庆丙戌永嘉陈振孙序言。

④ 参考余嘉锡著《四库提要辨证》卷二四“集部五，总集类二《崇古文诀》”条，云南人民出版社2004年版，第1337页。

受吕祖谦启发，楼昉也很注重辨析散文的不同文体特征，①如卷七评刘歆《让太常博士书》云："辨难攻击之体，峻洁有力"；卷一三评柳宗元《与韩愈论史官书》："掊击辩难之体，沉著痛快"，卷二三评苏轼《上神宗皇帝书》云："一篇之文几万余言，精采处都在闲语上。有忧深思远之意，有柔行巽入之态。当深切著明则深切著明，当委曲含蓄则委曲含蓄，真得告君之体，廷对当仿此"；卷二五评苏轼《代张方平谏用兵书》云："说利害深切，得老臣谏君之体"；卷三三评胡寅《上皇帝万言书》云："贯穿百代之兴亡，晓畅当今之事势，气完力壮，论正词确，当为中兴以来奏疏第一"。楼昉指出辩难、讽谏、奏论等文章体格特点，一一分析得体之妙，这表明南宋后期对文体特征的认识更加深入。楼昉对古文的评点精细到遣词造句，尤其重视虚字运用的效果，认为甚至可以影响文章展开节奏的轻重缓急。如卷一评李斯《上秦皇逐客书》："中间两三节一反一复，一起一伏，略加转换数个字而精神愈出、意思愈明，无限曲折变态，谁谓文章之妙不在虚字助词乎"；卷七评孔稚圭《北山移文》云："此篇当看节奏纡徐、虚字转折处，然造语骈俪，下字新奇，所当详味"。因此从某种角度可以说，较之吕祖谦，楼昉对文章的选评更注重艺术形式，不但评点更为具体深入，批评语言也更有文学性。批评中带有一种审美态度，而非仅着眼于文法。这应该说也属于散文批评的进步。

王霆震《古文集成》分十集七十八卷，所录文章上自春秋下至南宋，比《崇古文诀》数量更多，还包括同时代作家如马存、曾丰、程大昌、陈谦、方恬、郑景望诸人的文章，一共五百二十二篇。现仅有前集，未见后集。《古文集成》把古文分序、记、书、论等体编录，有编者的夹批与题辞，大量引用了吕祖谦、楼昉的有关古文评点，表明他颇为接受吕祖谦、楼昉的古文理论，自己的创见较少。此外，汤汉选编《妙绝古今》四卷，选《左传》以迄三苏文，共二十一家七十九篇，篇目少而精，间有评注。汤汉的评注中贯穿着惩恶扬善、忧国忧民之情，元代赵汸甚至认为此书的编纂意在讽劝，篇篇俱有深义，②不为

---

① 吕祖谦很注重辨析散文的不同文体特征，如评韩愈《谏臣论》曰："意胜反题格。此篇是箴规攻击体，是反题难文字之祖。"评柳宗元《捕蛇者说》曰："感慨讥讽体。"等等。

② 《钦定四库全书总目》卷一八七，《妙绝古今》提要，第2621页。

无因。

（三）道学主导的时文写作

伊洛之学经北宋以来数代承传发展，到南宋至朱熹集其大成，最终在理宗朝获得官方确认的正统学术地位，其力量随即介入关系人才选拔的科举。道学势力和影响扩张到场屋的一个显著标志就是时文风貌发生了变化。

宁宗后期已渐驰“伪学”之禁，不但庆元党禁时遭受打压的理学家都授赠官职或得到褒奖，科场评文的标准，也随之改变。嘉定十二年（1220）九月二十七日，国子司业王棐木进言，曰：“南渡以来，嘉尚正学，中间诸老先生虽所得源委不能尽同，究析义理，昭若日星。……权臣误国，立为标榜，痛禁绝之，以《中庸》、《大学》为讳，所趋者惟时文，前后相袭，陈腐愈甚。夫积渐于数十年之久，其说之方行；大坏于数年之间，其论几熄。更化以来，崇奖虽至，丕变未能。……臣谓当此大比，戒谕考官，悉心选取，必据经考古、浑厚典实、理致深纯、辨析该通、出于胸臆、有气概者，理胜文简为上，文繁理寡为下。”①嘉定十三年（1221）九月二十八日，殿中侍御史胡卫进言：“乞明诏四方，一新文体，俾小大试闱，自今以往，精于取士，其有六经之背于章旨，词赋之乏讽咏，议论之昧于趋向，答策之专于套类，芟夷蕴崇，望而屏去。则真才实学，或得于词语之间。”②他们希望扭转“伪学”之禁造成的场屋风气，用道学思想的纯正与否作为评判程文的标准。真德秀曾拟草《科举诏》，曰：“前者权臣崇饰私意，渊源纯正之学斥之为伪，忠亮鲠切之言嫉之若仇。繇是士气郁而弗伸，文体浸以不古。肆朕更化之后，息邪说以距诐行，辟正路而徕忠规。四海之士，闻风兴起，既有日矣。今兹大比，尔多士各抒所蕴，试于有司。贤书来上，朕将亲策于廷，以备器使。”③可见道学家的这些意见得到了朝廷的采纳。

端平二年（1235）省试，真德秀采纳预考校的王迈的建议，拟题为《圣人

---

① 徐松辑录《宋会要辑稿》“选举”六之三二。关于南宋理学与科举时文的关系可另参祝尚书《宋代科举与理学——兼论理学对科场时文的影响》一文，见《社会科学研究》2005 年第 3 期。

② 《宋会要辑稿》“选举”六之四〇。

③ 真德秀：《科举诏》，见《西山先生真文忠公文集》卷一九。

以天下为一家》,“题韵之意大略”为:“要以《西铭》为主意”,“首韵用三极一家,次韵云‘大圣人之立极,合天下为一家’,四韵尧宅禹宫,大铺叙《西铭》”。①《西铭》是张载阐发道学“理一分殊”的一篇短论,以之为律赋考题之“主意”,不难想象此科进士文的主要内容。真德秀尝诏学者:“且将朱文公《四书》涵泳;既深达其旨矣,然后以次及于《太极》、《西铭解》、《近思录》诸书,如此数年,则于义理之精微,不患无所见矣。”②真德秀此次知贡举,必令场屋风气转变。

周密《癸辛杂识》曾记“吴兴老儒”沈仲固之言,曰道学兴盛以后,其徒“所读止四书、近思录、通书、太极图说、东西铭、语录之类。自诡其学为正心、修身、齐家、治国、平天下”。“其为太守,为监司,必须建立书院,立诸贤之祠,或刊注四书,衍辑语录。然后号为贤者,则可以钓声名,致膴仕,而上子场屋之文,必须引用以为文,则可以擢巍科,为名士”。这当是自解党禁到理宗嘉熙年间的情形。淳祐元年(1241)正月,“理宗幸太学,诏以周敦颐、张载、程颢、程颐、朱熹从祀(孔子),黜王安石”。③ 淳祐四年,徐霖试礼部第一,其文全尚性理。“知贡举官入见,理宗曰:‘第一名得人。’嘉奖再三”。④周密回顾南渡以来太学文体,曰凡三变:“乾淳之文师淳厚,时人谓之乾淳体。人才淳古亦如其文。至端平,江万里习易自成一家;文体几于中复。淳祐甲辰(四年,1244年),徐霖以书学魁南省,全尚性理,时竟趋之,即可以钓至科第功名。自此非四书、东西铭、太极图、通书、语录,不复道矣。”⑤魏天应编《论学绳尺》十卷所收皆“南渡以降场屋得隽之文”,⑥卷一“贯二为一格”中第二篇彭迥方《帝王要经大略论》“全篇本《中庸》、九经为说”。卷二方岳《圣人道出乎一论》云:

---

① 周密:《癸辛杂识后集》“私取林竹溪”条,第107页。

② 转引自钱基博《中国文学史》第四章“南宋”,第二节“朱熹、陆九渊、吕祖谦附陈亮、薛季宣、陈傅良、叶适附真德秀”,中华书局1993年版,第651页。

③ 《宋史》卷一〇五,礼志第五八“礼八”,诏文详见同书卷四二(1244),本纪第四二,“理宗”二。

④ 《宋史》卷四二五,列传一八四“徐霖传”,第12678页。

⑤ 《癸辛杂识后集》“太学文变”条,第65页。

⑥ 何乔新:《论学绳尺序》,见《椒邱文集》卷九,文渊阁四库全书本。

天下之事，自其变者观之，则其分殊；自其不变者观之，则其性一。至于一，则所谓殊者化矣。盖道之所在，一则真，二则变；一则纯，二则杂。圣人之一，其圣人之天乎！①

这无疑是对张载、二程所谓“理一分殊”之道的复述。

时代思想学术导向和场屋文风的巨大变化，驱使士子争诵周、程、张、朱之书，高谈天人性命以文饰口耳，猎取功名。周密自言淳祐间“所谓达官朝士者，必愦愦冬烘，弊衣菲食，高巾破履，人望之知为道学君子也”。② 道学地位日益崇隆，对古文写作也产生影响，前述叶适的再传弟子车若水对陈耆卿所授、吴子良所作之“新样古文”逐渐不满终至改弦更张，即是明证。《庆元党禁》论朱熹一派文章曰“对偶偏枯，亦如道家之科仪；语言险怪，亦如释氏之语录”，③主要疵病道学文章因为不屑修饰文辞，导致语言质实俚俗，无所润泽。当道学主导科举时，语录体更呈泛滥之势。罗大经感叹：“近时讲性理者，亦几于舍六经而观语录，甚者将程、朱语录而编之若策括策套，此其于吾身心不知果何益乎！”④欧阳守道在《送黄信叔序》中提到：“前日邻邑有某氏子过予，坐甫定则谈理学，出入乎儒先语录者盖数十氏”，他感慨“今书肆之书易得，有铜钱数百，即可得语录若干家。取视之，编类整整。欲言性，性之言万千；欲言仁，仁之言万千。而又风气日薄，机警巧慧之子，所在不绝产。被以学子之服，而读《四书》数叶之书，则相逢语太极矣。自先圣删定《诗》、《书》，已有置之不读，盖无问其他。……呜呼，其不为俗化一大厄欤”！⑤

明初宋濂回顾宋季文坛，认为已衰敝至极，“公卿大夫视应用为急，俳偕以为体，偶俪以为奇，靦然自负其名高。稍上之，则穿凿经义，隐括声律，孳孳为哗世取宠之具。又稍上之，剽掠前修语录，佐以方言，累十百而弗休。

① 魏天应编，林子长注：《论学绳尺》，文渊阁四库全书本。
② 《癸辛杂识续集》卷下“道学”条，第169页。
③ 沧州樵叟：《庆元党禁》，文渊阁四库全书本。
④ 罗大经：《鹤林玉露》丙编卷六“文章性理”条，第333页。
⑤ 欧阳守道：《巽斋文集》卷七，文渊阁四库全书本。

且曰:我将以明道,奚文之为"?[①] 从宁宗后期到理宗朝,道学逐渐占据了思想学术的主流地位,对时文和古文的创作发生强力影响,终而导致文脉的衰弱。

第三节 江湖体与濂洛风雅
——南宋后期的诗歌

南宋中兴时期诗人辈出,陆游、范成大、姜夔、张镃等明学暗取,引晚唐诗风以济江西体,不同程度地冲破了江西诗风的笼罩,形成各自独特的风格。孝宗喜爱唐诗,淳熙年间,洪迈编纂唐人绝句五千多首进览,后于绍熙三年(1192)又补辑得满万首呈献朝廷,获得降敕褒奖;[②]杨万里、叶适先后为文坛宗主,对晚唐诗之"异味"(杨万里《读笠泽丛书》)极表称赏。在这样的背景下,晚唐诗风遂复炽了。宁宗、理宗之世,国势日益衰弱,文人敛情约性,诗坛上激昂悲壮的声音渐渐减弱。先是永嘉"四灵"专效姚合、贾岛,描山绘水、吟风弄月,叶适作为朱熹、陆九渊去世后岿然独存的大儒和文宗,或许因其文"富赡雄伟,欲为清空而不可得",故心好异质之美,而"以抉云汉分天章之才,未尝轻可一世,乃于'四灵',若自以为不及",[③]不仅极力称叹,更为编纂《四灵诗选》,于是造成"旧止四人为律体,今通天下话头行"的局面,[④]使"晚唐体"与江西诗形成几乎分庭抗礼之势,而在二者的交错影响之下,形成所谓的"江湖体"诗风。江湖诗人多名位不显,流落各地,诗歌不仅抒山水闲适之情、羁旅漂泊之感,还常常描写民俗风习、日常情趣,投谒应酬之作亦多,题材十分广泛,而创作上或宗晚唐,或宗江西,或兼取二者,有的则谁也不学。总之江湖诗风格杂糅,难以一言蔽之。

---

① 宋濂:《剡源文集序》,见《剡源文集》卷首,文渊阁四库全书本。

② 参阅洪迈《万首唐人绝句诗序》,见《万首唐人绝句》卷首,文渊阁四库全书本。

③ 周密:《浩然斋雅谈》评文,见《历代文话》第1114页。

④ 刘克庄:《题蔡炷主簿诗卷》,见《后村先生大全集》卷一六。

在江湖诗盛行的同时，道学思想对于诗歌创作的影响也越来越大。由于道学思想成为科举取士过程中具有主导力的因素，导致一部分士人为了仕途，不得不放弃诗歌。而一般的诗人耳濡目染，也不免写出陈述性命道德的迂腐熟滥之作。江湖诗人也有以理学语入诗的，像“山如仁者寿，水似圣之清”这样诗句，很明显地显示出道学的广泛影响。① 一些道学家进而以道学思想为准则来评诗，模仿邵雍的《击壤集》作诗，称为“击壤派”，他们完全摒弃诗歌艺术技巧的讲求，是所谓“志道忘艺”。

一 江湖诗人与江湖体诗

（一）江湖诗人群体的全新性质

中国士人的人生，在宋代以前表现为一种以政治为中心的“仕——隐”模式。从宋代开始，文人开始有了仕、隐之外的第三种选择：出卖文学才能以谋生。这样一种新的生存模式的成立，与多方面的因素有关，这种新的生存模式造成了文人群体社会性质和自我意识的变化，这一变化也投射到文学创作的风貌上。

本章第一节谈到，南渡以后，尤其是南宋中期以后，读书人入仕越来越困难。无论是出于主观选择，还是受客观条件限制，一部分文人游离于科举制度之外，失去了入仕的资格，与政权也疏远了。且南渡以后随着城市和商业的发展、分工愈来愈细密和专门，社会为这一文人群体提供了以文谋生的可能性和多种方式，如干谒、卖文、教书、作书会才人等等。文人一旦走出象牙塔，就不再是传统意义上的作为“四民之首”的士大夫文人，而只是具有文学才能和知识的自由从业者。文人阶层“三位一体”的性质发生了分化，这些以文学创作为职业的文人群体被官僚文人和学者文人边缘化，愈来愈远离士大夫的主流社会。这个群体内的文人可能有短暂入仕经历，但只视之为糊口养家的职业；可能以隐士面貌出现，但不过是为了谋生所作的包装。对于他们来说，不仅是社会地位降低了，其自我期许、对国家和社会的承担

① 钱钟书谈到“江湖诗派与理学”时云“山谷虽偶有此类句，江西社中人只作禅语，放翁则喜为之，江湖派遂成习气”。见《容安馆札记》第302则，卷一，第508页。

意识也普遍降低。江湖诗人群体正是这样一种性质的文人群体，他们中的大多数人、一生的多数时候是漂泊江湖，以干谒或者卖文为生。较早期的江湖诗人以姜夔和刘过比较典型。① 而以“四灵”为标志，江湖诗人作为群体的生存状态及创作更加引人注目。

作为一个群体来讲，江湖诗人的社会地位已经降低；不过就个别而言，也有相当一部分并非平民百姓，如赵善扛、赵师秀、赵汝鐩、赵汝回等都是赵氏宗室，尽管家道已衰，与皇室关系比较疏远。有些诗人曾做过小官，如俞桂。也有仕途显达的，如刘克庄。更多江湖诗人则以诗易钱为生。如戴复古自道“七十老翁头雪白，落在江湖卖诗册”。② 其友邹登龙赠诗云：“诗翁香价满江湖，肯访西郊隐者居。瘦似杜陵常戴笠，狂如贾岛少骑驴。但存一路征行稿，安用诸公介绍书。篇易百金宁不售，全编遗我定交初。”③戴表元的《石屏戴式之孙求刊诗板疏》则曰：“其吟篇朝出，镂板暮传。悬咸阳市上之金，咄嗟众口；通鸡林海外之舶，贵重一时。”④可见戴复古的诗在市场上价格不菲。又如徐集孙“每作一诗，甫

---

① 姜夔曾上书论雅乐，进《大乐议》、《琴瑟考古图》等，未被采纳。又进《铙歌·鼓吹十二章》，诏试礼部，也未被录取，此后就绝了仕进之念，布衣终老，先后依其叔岳父千岩老人萧德藻和张鉴生活。他非仕非隐，而依赖文字为生，尽管并不像晚宋有些江湖诗人那样卖诗鬻文。姜夔的生存方式类似近现代以后的职业文人，这具有一种标志性意义——文人阶层的某一群体的社会性质发生了改变。《姜尧章自叙》述说了江湖游士的生活经历与感受：

某早孤不振，幸不坠先人之绪业。少日奔走，凡世之所谓名公钜儒，皆尝受其知矣。内翰梁公于某为乡曲，爱其诗似唐人，谓长短句妙天下。枢使郑公爱其文，使坐上为之，因击节称赏。参政范公以为翰墨人品皆似晋宋之雅士。待制杨公以为于文无所不工，甚似陆天随，于是为忘年友。复州萧公，世所谓千岩先生者也，以为四十年作诗，始得此友。待制朱公既爱其文，又爱其深于礼乐。丞相京公不特称其礼乐之书，又爱其骈俪之文。丞相谢公爱其乐书，使次子来谒焉。稼轩辛公，深服其长短句。如二卿孙公从之，胡氏应期，江陵杨公，南州张公，金陵吴公，及吴德夫、项平甫、徐子渊、曾幼度、商翚仲、王晦叔、易彦章之徒，皆当世俊士，不可悉数，或爱其人，或爱其诗，或爱其文，或爱其字，或折节交之。若东州之士则楼公大防、叶公正则，则尤所赏激者。嗟乎！四海之内，知己者不为少矣，而未有能振之于窭困无聊之地者。旧所依倚，惟有张兄平甫，其人甚贤。十年相处，情甚骨肉。而某亦竭诚尽力，忧乐同念。平甫念其困踬场屋，至欲输资以拜爵，某辞谢不愿；又欲割锡山之膏腴以养其山林无用之身。惜乎平甫下世，今惘惘然若有所失。见《齐东野语》卷一二，第211页。

② 戴复古：《市舶提举管仲登饮于万贡堂有诗》，见《石屏诗集》卷一，四部丛刊本。

③ 邹登龙：《戴式之来访惠石屏小集》，见《江湖小集》卷六九。

④ 戴表元：《石屏戴式之孙求刊诗版疏》，见《剡源文集》卷二四。

脱稿，人即争购，相为传诵"。[①] 也有许多诗人四处干谒，如前有葛天民、刘过、刘仙伦等，后有宋自逊、阮秀实、林洪、孙季蕃、高九万之徒，或者表面仍维持名士姿态，或者竟是诉穷乞怜、阿谀臧否，从权门索获金钱馈赠。[②] 江湖游士们尘俗的生存方式与传统文人的清雅高洁落差太大，故屡遭后世文人士大夫的诟病厌恶。

总之，江湖诗人群体是特定时代背景下的产物，其社会性质、自我意识、生存方式等等与之前的诗人相比，已经发生巨大的变化，这些变化投射在江湖诗人的创作中，使得江湖诗在诗歌史上具有特殊的价值和意义。

（二）"江湖"集、"江湖派"、"江湖体"与江湖诗人

1."江湖"诸集与"江湖派"

江湖诗人群体蜚声于当时诗坛，与书商陈起竭尽全力、系统编刻《江湖集》息息相关。陈起（？—1256？），字宗之，号芸居，又号陈道人，钱塘（今浙江杭州）人，宁宗时乡贡第一，今存《芸居乙稿》一卷。陈起在临安为书肆商人，曾刊刻《江湖集》，酿成"江湖诗祸"。方回在《瀛奎律髓》中记载了此事。

> 当宝庆初，史弥远废立之际，钱唐书肆陈起宗之能诗，凡江湖诗人皆与之善。宗之刊《江湖集》以售，《南岳稿》与焉。宗之赋诗有云："秋雨梧桐皇子府，春风杨柳相公桥。"哀济邸而诮弥远，本改刘屏山句也。……或嫁"秋雨"、"春风"之句为器之所作。言者并潜夫梅诗论列，劈《江湖集》板。二人皆坐罪，……而宗之流配。于是诏禁士大夫作诗。如孙花翁季蕃之徒，寓在所，改业为长短句。绍定癸巳，弥远死，诗禁解。[③]

史弥远为相二十六年，权倾海内。宋宁宗死后，他立理宗，杀济王，专擅朝

---

① 陈思编，陈世隆补：《两宋名贤小集》卷二九九，文渊阁四库全书本。

② 参见《瀛奎律髓汇评》卷二〇戴复古《寄寻梅》诗下方回批注，第 840 页。另可参阅费君清《南宋江湖诗人的谋生方式》，《文学遗产》2005 年第 6 期。

③ 《瀛奎律髓汇评》卷二〇刘克庄《落梅》诗下方回批注，第 843 页。

政,引起朝野议论。有人告发《江湖集》中有诗句影射时政,除“秋雨”、“春风”之句外,还有“未必朱三能跋扈,都缘郑五欠经纶”;“春风谬掌花权柄,却忌孤高不主张”(出自刘克庄《黄巢战场》、《落梅》);“九十日春晴景少,百千年事乱时多”(曾极《咏春》)等,于是《江湖集》遭劈板被禁。刘克庄、曾极、敖陶孙、周文璞等皆罪涉谤讪,陈起被黥面流放。端平元年(1234),“江湖诗祸”平息,后陈起赦还临安,继续经营书肆,与江湖诗人往来酬答,替他们刊刻小集。在《武林往哲遗著》所收的《芸居乙稿》附录中,还保存着不少这方面的记载。宝祐四年(1256)前后陈起去世。

历代出现的南宋江湖诗集本子很多,今可考知者大致分为三种:第一种是南宋书商陈起在宝庆初年编刻的《江湖集》,早已亡佚;第二种是明代《永乐大典》引录的江湖诸集,去宋代最近,是无可争议的善本而弥足珍贵;①第三种是清乾隆年间两淮盐政采进的《江湖小集》六十二家九十五卷和四库馆臣从《永乐大典》中辑出的《江湖后集》二十四卷。不过《江湖小集》采集自民间,其确切来源尚不清楚。而《江湖后集》的搜集过程中则存在着严重的缺漏和失真等问题。②

四库馆臣提出“江湖末派”之说,谓“大抵以赵紫芝等为矩镬,……以高翥等为羽翼,……以书贾陈起为声气之联络,……以刘克庄为领袖”。③ 宗师、羽翼、组织者、领袖齐备,堪称诗派。近、今代很多研究者从其说,依据四库辑本《江湖小集》和《江湖后集》,钩稽江湖派诗人名单。但随即发现存在许多问题,例如四库本《江湖小集》非陈起宋刻,也不是江湖派最有代表性的

---

① 《永乐大典》残卷引录的不同名称的江湖集共有八种之多:即《江湖前贤小集》、《江湖前贤小集拾遗》、《中兴江湖集》、《江湖集》、《江湖诗集》、《江湖前集》、《江湖后集》和《江湖续集》。这八种诗集除了《江湖集》和《中兴江湖集》两种在宋元人的记载中可见之外,其他六种都是首次露面;八种诗集中只有《江湖后集》一种与四库本《江湖后集》的名称相同,但内容不同,另外七种都没有在后代再次出现,尽管在明代的一些书目著作中还曾经见到过关于《中兴江湖集》和《江湖前后续集》的记载,但这些书籍本身都没有完好地流传下来。这意味着就目前情况而言,这些诗集都只见于《永乐大典》。参见费君清《〈永乐大典〉中发现的江湖集资料论析》,《杭州大学学报》1988 年第 1 期。

② 据费君清《〈永乐大典〉中发现的江湖集资料论析》考知,四库馆臣所编《江湖后集》漏辑现象相当严重且编排杂乱,未能保存《永乐大典》中江湖诸集原貌。

③ 《钦定四库全书总目》卷一六四,《梅屋集》提要,第 2178 页。

作品集,[①]它可能不足以倚重去说明“江湖派”的基本情况。如果扩大到以“江湖”诸集作为鉴定江湖派成员的标准,[②]还必须先厘清“江湖”诸集的具体编纂情形及相互关系,[③]方能就相关概念予以准确清晰的界定。总之现今的相关研究仍在进行中,关于“江湖派”的形成和“江湖派”成员的构成尚未有定论。[④]

如果不拘泥于“江湖派”的概念,对南宋后期群体出现的这种具有新性质的江湖诗人作总体观察,发现其滥觞可以上溯到南渡之初,其鼎盛期在宁宗嘉定、理宗宝庆年间,它一直延续到南宋灭亡。而如前所述,江湖诗人群体的生存方式和状态、社会性质和自我意识的变化都发生了巨大的变化,与其从纯粹的文学角度对江湖诗歌艺术作研究和评价,引入更多社会、经济和文化角度的观照应该对理解江湖诗人和诗歌更有帮助。

2.“江湖体”

江湖诗人大多经历了南宋光、宁、理宗三朝,较早的有生活于高宗、孝宗时期的,也包括宋亡后的遗民。江湖诗人的创作活动几乎贯穿了整个南宋历史。这是一个庞杂的诗人群,诗人各自诗风不同。如刘过“跌宕纵横,才气坌溢”,“诗文亦多粗豪抗厉,不甚协於雅音”;[⑤]姜夔则以江西诗派清峭笔法写晚唐之绵渺风神;敖陶孙的古诗歌行颇有盛时江西风气;戴复古诗之“天然不费斧凿处,大似高三十五(高适)辈,晚唐诸子,当让一面”。[⑥]大概江湖诗人中,永嘉地域诗人如薛嵎、姚镛、许棐、叶茵、叶绍翁、林尚仁、程垣、张戈、戴埴、赵汝鐩、葛天民、俞桂、徐集孙等人诗风与“四灵”相近,偏于晚唐

---

① 参见费君清《论〈江湖小集〉非陈刻〈江湖集〉》,论者通过比较,发现二书在所录作品内容、刊行时间、取舍标准和诗集卷帙以及刊刻者等问题上颇多歧异,见《文学遗产》1989年第4期。

② 江湖诗派成员先有一百一十九家之说。研究者又不断补充漏检的作品和诗人。胡益民《〈江湖〉诸总集“名录”新考》认为即使以《四库全书总目提要》为据,凡有诗人《江湖》诸集即为“江湖派”成员,其所漏辑也在三十五家之上,见《复旦学报》(社会科学版)2000年第2期。

③ “江湖”诸集所收诗人时间跨度很长,包括北宋和南宋前期诗人的作品。可参阅费君清《〈永乐大典〉中发现的江湖集资料论析》,《杭州大学学报》1988年第1期。

④ 可参阅季品锋《江湖派江湖体及其他》,《文学遗产》2006年4期。

⑤ 《钦定四库全书总目》卷一六二,《龙洲集》提要,第2158页。

⑥ 《钦定四库全书总目》卷一六一,《石屏集》提要,第2148页。

体。而江湖诗人之翘楚如姜夔、戴复古、刘克庄等多以中兴四大诗人为师承,中兴四家虽有以自立,又均与江西诗派存有渊源。① 此外刘过、刘翰、黄文雷等诗人则隶籍江西,因为地缘,诗歌亦不能与江西诗派脱尽干系。② 尽管“四灵”之后迄今,人们论南宋后期诗歌每以“江湖”与“江西”对举,而从诗作和相关议论来看,不少江湖诗人已经有意调和江西派与晚唐体,希望兼容二者之长。③ 总之,江湖诗人的创作风貌极为复杂,但也呈现出某些层面的共同特征,其美学风格若以一言蔽之,可称为“江湖体”。

“江湖体”的师法渊源很广泛,最重要的一端即是晚唐诗。诗人学晚唐者主要是不满江西派汗漫槎枒、资书为诗的风气,以“永嘉四灵”最为典型。④ 严羽云:“近世赵紫芝、翁灵舒辈,独喜贾岛、姚合之诗,稍稍复就清苦之风,江湖诗人多效其体,一时自谓之唐宗。”⑤“四灵”专学姚合、贾岛,由于叶适的奖掖而诗声大振,出现了“今通天下话头行”的局面,不少江湖诗人步趋“四灵”,师承贾、姚。方回云:“嘉定中,忽有祖许浑、姚合而为派者,五七言古体并不能为,不读书亦作诗,曰学四灵,江湖晚生皆是也。”⑥这些“江湖晚生”以陈必复、林尚仁、张弋等为代表。陈必复自序《山居存稿》说:“余爱晚唐诸子,其诗清深闲雅,如幽人野士,冲淡自赏,要皆自成一家。”⑦他为林尚仁的《端隐吟稿》作序时亦指出林诗“专以姚合、贾岛为法,而精妥深润则过

① 如姜夔《白石道人诗集》自序谓:“近过梁溪,见尤延之(袤)先生,问余师自谁氏,余对以异时泛阅众作,已而病其驳如也,三薰三沐,师黄太史。”刘克庄《刻楮集》序云:“初余由放翁入,后喜诚斋,又兼取东都、南渡、江西诸老……”;戴复古则师承陆游。

② 参阅王次澄《宋遗民诗歌与江湖诗风》一文,见《首届宋代文学国际研讨会论文集》,复旦大学出版社 2001 年版。论者根据《两宋名贤小集》、《江湖后集》、《宋诗钞》、《宋诗钞补》、《宋诗纪事》、《宋诗纪事补遗》、《全宋词》等书收录的诗人作出的统计,列名于江湖诗派的诗人约一百一十位,其中隶籍浙江的二十八人,隶籍江西的二十七人,隶籍福建的二十三人,地域因素对诗歌风会、习尚的影响不应忽视,此亦可为江湖诗风的混杂状态作一助证。

③ 可参考钱钟书《谈艺录》、《宋诗选注》、《手稿集》中对相关诗人、作品的辨析。

④ 方回《罗寿可诗集序》:“嘉定而降,稍厌江西,永嘉四灵复为九僧晚唐体”,见《桐江续集》卷三二。

⑤ 《沧浪诗话》“诗辨”,见《历代诗话》,第 688 页。

⑥ 方回:《恢大山西山小稿序》,见《桐江续集》卷三三。

⑦ 陈必复:《山居存稿自序》,陈起编《江湖小集》卷三四,文渊阁四库全书本。

之”。[①] 张弋与赵紫芝最善，为诗刻意守“二妙”、“四灵”家法，如《江楼饮客》云：“老莱羹迟熟，冻油灯屡昏。”《移菊》云“稍觉微根损，须迟数日开”，皆寒瘦清深。张至龙的《雪林删余》亦皆姚、贾体，“心思颇巉刻，易成纤佻”。[②] 这些诗人专宗姚、贾和“四灵”，所咏不出花草竹石、风云月露，状闲逸之态，发清苦寂寞之思，写作五律、七绝这样的短章。虽冥搜苦吟，极意摹写，而句好意浅，不免淡狭瘦弱。

不过总的来看，江湖诗人对晚唐诗风的取法范围还是比较宽泛的，包含了今天所说的中、晚唐各家诗人。如赵汝鐩、叶茵、乐雷发、毛珝、邓林、刘仙伦等人的有些诗歌倾向中唐韩愈、孟郊一派，有时以谲怪的事物为题材，造语冷僻，诗风瘦硬奇突，如赵汝鐩《虱》诗云：“虱形仅如麻粟微，虱毒过于刀锥惨”（《野谷诗稿》卷三）。俞桂《吟诗》则云：“自古郊岛贫彻骨，诗逢穷处始为奇”（《渔溪诗稿》，《江湖小集》卷五三）。唐末陆龟蒙的绝句空灵恬淡，受杨万里、姜夔推崇以外，张良臣、刘翰、叶绍翁、何应龙等也颇受其熏染，如刘翰《渔父》云：

轻舟一叶一轻篷，上有萧萧鹤发翁。
昨夜不知何处宿，月明都在笛声中。[③]

何应龙《过垂虹》云：

垂虹桥下水连天，一带青山落照边。
三十六陂烟浦冷，鹭鸶飞上钓鱼船。[④]

诗人写明月鸥鹭、烟波钓叟，诗境绝尘，情趣盎然，语言明净，与陆龟蒙的《和袭美春夕酒醒》等诗格调近似。此外许浑、张籍、王建、杜荀鹤等，皆是江湖诗人效法的对象；薛师石与“四灵”为友，而最爱刘长卿诗，曾曰：“某自爱此，何论姚贾。”[⑤]

---

① 陈必复：《林尚仁端隐吟稿序》，见《江湖小集》卷三三。
② 参见钱钟书《容安馆札记》第438则，卷二，第1001页。
③ 刘翰：《小山集》，见《江湖小集》卷九〇。
④ 何应龙：《橘潭诗稿》，见《江湖小集》卷二五。
⑤ 王汶跋：《瓜庐诗》。

“晚唐体”作为特定指称，有其大致稳定的内涵。① 就江湖诗人所学范围来看，包涵中唐后期到唐末的诗歌。这个时间段诗人数量空前庞大，诗坛的纷杂、热闹程度明显超过之前。尤其在唐末四十多年里，名家、小家有数十位之多，诗人们四处漂泊，相与唱和。② 他们广泛师法前辈名家，从具体而微处着手求变、求新、争奇、斗巧，这与南宋后期的江湖诗人有共同之处。南宋人所指晚唐体或者“晚唐诗”，体式一般是五律和七绝，“四灵”更侧重于五律。晚唐体诗的典型艺术特征是题材以写景咏物为主，擅长白描，捐书为诗。苦吟锻炼，造语工致。高者富有“精意”和“兴味”，风格清深闲雅；其下者气弱格卑，风格清浅纤微。江湖诗人学晚唐体的大概皆具此种创作倾向。

江湖诗人中也有不少人的诗风较为接近江西派。如萧立之，其诗虽失之犷狠狭仄，而笔力峭拔，思路新辟，较之向来被称为江西后派的“二泉”和罗椅更具江西风气。③ 危稹有《巽斋小集》，其古体诗风格老健；敖陶孙古体歌行颇有江西风味，如五古《奉寄旌德尉刘申之》近于黄庭坚诗的瘦硬生涩。陈鉴之有《东斋小集》，诗风较为典重，皆参江西法者。

钱钟书认为“南宋江湖派诗，盖出入于晚唐、江西二派之间，然不无偏至”，④对江湖诗人创作风貌的概括是比较切实的。至南宋后期，不少江湖诗人也开始思索究竟以何种诗歌为典范的问题。严羽著《沧浪诗话》，⑤论诗既不赞同苏轼、黄庭坚的使事用典，也不满意当时风靡的晚唐体，认为只入声

---

① 参阅李定广《论“晚唐体”》，见《文学遗产》2006 年第 3 期。张海鸥《宋诗“晚唐体”辨》，见《中山大学学报》2003 年第 3 期。

② 如苏州的“皮陆”唱和，京兆府的“咸通十哲”、李频、薛能唱和，长安的韩偓、吴融、王涣唱和，韦庄、郑谷唱和，隐者司空图、王驾、崔道融、方干唱和，福建一带先后有张为、周朴、李咸用、黄滔、徐寅等唱和，还有“二曹”、“三罗”、“九华四俊”、“芳林十哲”等等。参阅李定广《论“晚唐体”》。

③ 参见钱钟书《容安馆札记》第 530 则（卷二，第 881 页）：“《萧冰崖诗集拾遗》三卷。谢叠山跋谓江西诗派有二泉及涧谷……。夫赵、韩、罗三人已不守江西密栗之体，傍江湖疏野之格，冰崖虽失之犷狠狭仄，而笔力峭拔，思路新辟，在二泉、涧谷之上。顾究其风调，则亦江湖派之近江西者耳。”又第 438 则（卷二，第 996 页）。又《札记》第 438 则（卷二，第 1000 页）。

④ 《容安馆札记》第 346 则，卷一，第 554 页。

⑤ 严羽，字仪卿，一字丹丘，号沧浪浦客，主要活动在理宗朝，曾与戴复古过往酬唱。戴复古《祝二严》云：“前年得严粲，今年得严羽。自我得二严，牛铎谐钟吕。”邵武有严羽、严参、严仁，宋末元初闽人黄公绍《〈沧浪诗话〉序》云：“江湖诗友目为三严。”

闻辟支果，而提倡取法盛唐，不作开元天宝以下人物。其《和上官伟长芜城晚眺》诗云：

平芜古堞暮萧条，归思凭高黯未消。
京口寒烟鸦外灭，历阳秋色雁边遥。
晴江水落长疑雨，暗浦风生欲上潮。
惆怅此时频极目，江南江北路迢迢。①

此诗寓情于景，诗意含蓄，诗境寥落凄清，联偶流利工整，也显示出严羽为诗“志在天宝以前，而格实不能超大历之上”的弱点。② 宋伯仁见解通达，他说：“诗如五味，所嗜不同，宗江西流派者则难听四灵之音调，读‘日高花影重’之句，其视‘河畔青青草’即路旁苦李，心使然也。古人以诗陶写性情，随其所长而已，安能一天下之心如一人之心。吁！此诗门之多事也，甚至裂眦怒争，必欲字字浪仙，篇篇荀鹤，殊未思《骚》、《选》，文章于世何用。”③戴复古的侄孙戴昺《有妄论宋唐诗体者答之》诗云：“不用雕锼呕肺肠，词能达意即文章。性情原自无今古，格律何须辨宋唐”，④与宋伯仁持论相近。江湖派中的名家如姜夔、戴复古、刘克庄、方岳等，大都能转益多师，融会贯穿后显示出个人的艺术特质。戴复古有首《望江南》词自嘲云：“贾岛形模原自瘦，杜陵言语不妨村”，“表示他的调停那两个流派的企图。”⑤刘克庄的诗学见解宏深，他看到学晚唐诗或学江西派作诗各有缺陷，批评道：“世之为唐律者胶挛浅易，窘局才思，千篇一体。而为派家者则又驰骛广运，荡弃幅尺，一嗅味尽”；⑥又云“近岁诗人，杂博者堆对仗，空疏者窘材料，出奇者费搜索，缚律者少变化”；⑦他肯定盛唐诗为典范，曰“诗自姚合、贾岛达之于李、杜，……翡翠

① 严羽：《沧浪集》卷二，文渊阁四库全书本。
② 《钦定四库全书总目》卷一六三，《沧浪集》提要，第 2170 页。
③ 宋伯仁：《雪岩吟草西塍集》自序，见《江湖小集》卷七二。
④ 戴昺：《东野农歌集》卷四，文渊阁四库全书本。
⑤ 钱钟书：《宋诗选注》，“戴复古小传”，第 379 页。
⑥ 刘克庄：《刘圻父诗》，见《后村先生大全集》卷九四。
⑦ 刘克庄：《诗话前集》，见《后村先生大全集》卷一七四。

鲸鱼,并归摹写;大鹏尺鷃,咸入把玩,则格力雄而体统全矣”,①但也推崇黄庭坚的诗“荟萃百家句律之长,究极历代体制之变”,其自身创作也兼具江西派和晚唐体的某些特点。

“江湖体”诗歌具有题材丰富,反映面广泛的共同特征。江湖诗人常常奔波道途,山水田园景物是惯写的题材,或抒恬逸情致,或写羁旅愁思。又因为四处干谒,出于交际延誉所需,颂美酬赠之作亦富。如姜夔的诗词都显示他与人频繁交往酬答,夏承焘曾经考证了与之交往的一百零七位人物。②吴文英虽以词名世,也属于江湖文人,他的词也有很大一部分是应酬之作。刘克庄喜欢奖誉江湖诗人,这类诗歌数量不在少数。戴复古的很多诗如《访方子万使君宅有园林之胜》、《题渝江萧氏园亭》等都是作为陪客游历达官园林所作。江湖诗人的题材中也有忧国、伤时、悯农这类传统政治题材,③如较早期的江湖诗人刘过有《夜思中原》、《瓜州歌》、《从军乐》、《题润州多景楼》、《悲淮南》等都是关怀国事、志在恢复,充满热情与雄心的作品,其壮声英慨非同时江湖诸子所及。敖陶孙也有诗讽刺韩侂胄,《题三元楼壁》云:“左手旋乾右转坤,如何群小恣流言。狼胡无地居姬旦,鱼腹终天吊屈原。一死固知公所欠,孤忠籁有史常存。九原若遇韩忠献,休说渠家末代孙。”④陈允平《鄂王墓》吊古伤今,充满爱国之情:“鄂王墓在栖霞岭,一片忠魂万古存。镜里赤心恋日月,剑边英气塞乾坤。苍苔雨暗龙蛇壁,老树烟凝虎豹旛。独倚东风挥客泪,不堪回首望中原”(《西麓诗稿》,见《江湖小集》卷一七)。但勿庸讳言,随着江湖文人群体在文人阶层中逐渐边缘化,诗歌中的严肃、重大题材也呈减少之趋势。与此同时,由于社会地位下降,江湖诗人往往寄身市井或是退居农村,其生活经历和体验较传统文人士大夫不同,因此许多不入传统文人手眼的题材为江湖诗人所注意,举凡城乡风俗、市井百

---

① 刘克庄:《姚鐮县尉文稿》,见《后村先生大全集》卷九九。

② 见《姜白石词编年笺校》中“行实考”之“交游”一节,第246—265页。

③ 参阅张宏生《论江湖派诗的政治内涵及其他》,论者以汲古阁景钞《南宋六十家小集》中收录的江湖诗人作品为依据,论述了江湖派诗的主要政治内容,具体表现在:恢复失地的要求;关注民众疾苦;反映当时所有的与国家安危有关的重大时事,《文学遗产》1991年第1期。

④ 厉鹗辑《宋诗纪事》卷五八。

态、世事人情皆以入诗。江湖诗中描写了大量家僮奴婢、贩夫走卒、媒人倡优、巫医相卜、染人酒媪，甚至乞丐等各种社会底层、尤其是城市中的下层人物。如万俟绍之的《婢态》云："才入园中便折花，厨头坐话是生涯。不时掐数周年限，每事夸称旧主家。迁怒故将瓯碗掷，效颦刚借粉脂搽。隔屏窃听宾朋语，汲汲讹传又妄加"（《江湖后集》卷一一），写奴婢行为态度极为传神。江湖诗人笔下对农村生活也有很丰富和细致的表现。如朱继芳《城市》云："村翁生长在柴门，身有丁男犊有孙。为了官租才出市，归家夸说与乡村"（《静佳龙寻稿》，《江湖小集》卷三一），写村翁难得进城，归来夸耀见闻。叶绍翁《田家三咏》之三云："抱儿更送田头饭，画鬓浓调灶额烟。争信春风红袖女，绿杨庭院正秋千"（《靖逸小集》，《江湖小集》卷一〇），写村妇忙里又忙外。刘克庄《田舍即事十首》之三云："儿女相携看市优，纵谈楚汉割鸿沟。山河不暇为渠惜，听到虞姬直是愁"（《后村先生大全集》卷一〇），写村人拖儿带女，观优听戏。陈鉴之《题村学图》描写老农送儿上学情景："田父龙钟雪色髯，送儿来学尚腰镰。先生莫厌村醪薄，醴酒虽醲有楚钳"（《东斋小集》，《江湖小集》卷一五）。这些诗歌皆传递出新鲜、浓郁的生活气息。村头田间的景致在诗人笔下也写得更加生动真实。如赵汝鐩《途中》诗云："雨中奔走十来程，风卷云开陡顿晴。双燕引雏花下教，一鸠唤妇树梢鸣"（《野谷诗稿》卷六）；《陇首》云："避石牛从斜路转，作陂水自半溪分。农家说县催科急，留我茅檐看引文"（同上）；利登《田家即事》云："小雨初晴岁事新，一犁江上趁初春。豆畦种罢无人守，缚得黄茅更似人"（《骳稿》，《江湖小集》卷八二）；乐雷发《秋日行村路》云："儿童篱落带斜阳，豆荚姜牙社肉香。一路稻花谁是主？红蜻蜓伴绿螳螂"（《雪矶丛稿》卷四）。诗中情景虽不免村陋，却是亲见亲闻，若非身在其中，定难传递出人间田园特具的活泼清新之趣。

"江湖体"诗歌的情感真实而格调不免卑俗。江湖诗人大多是仕途失意，遂漂泊江湖、奔走干求以谋生的下层文人，他们的生活经历与情绪体验不同于传统文人士大夫，其精神境界和诗歌格调也就大不相同。翁卷穷愁潦倒，锐气消尽，哀叹"病骨堪同瘦鹤群"，感慨生不逢时，"有口不须谈时事，无机惟合卧山林"。赵师秀着青衫做小官，自言"无欲自然心似水，有营何止事如毛”，虽然淡泊，也颇有感慨之意。诗人直诉生活的贫困，写出惶惑心酸：“自为贫窭驱，十载九离索”（赵师秀《哭徐玑五首》）；“我无资身策，合守贫贱居”（翁卷《酬友人》）；危稹《上隆兴赵帅》云：“我生兀兀钻蠹简，不肯低头殖资产。缀名虎榜二十年，依旧酸寒广文饭。……更得赵侯钱买屋，便哦诗句谢山神，饮水也胜樽酒绿。”罗与之《商过三首》其一云：“东风满天地，贫家独无春，负薪花下过，燕语似讥人。”而黄文雷《岁晚归自临川》云：“出门偏念母，携策欲干谁”；胡仲弓《寄朱静佳明府》云：“十载江湖叹不遭，识君岁月漫蹉跎”等，皆直抒游士落拓江湖、干谒无门的凄凉悲怨。面对这样的生活现实，江湖诗人也坦然在诗中表达对名、利的艳羡或矜夸。盛烈《送黄吟隐游吴门》云：“行吟荏苒岁欲暮，束装又问吴中路。节翁旧有珠履缘，何况荐书袖无数。此行一句值万钱，十句唾手腰可缠。归来卸却扬州鹤，推敲调度权架阁”；许棐《赠叶靖逸》云：“借得城居一丈宽，五车书向腹中安。声华馥似当风桂，气味清于着露兰。朝士时将余俸赠，铺家传得近诗刊。”诗人们自矜诗名，自命风雅，为能卜居城市，得到官员、朝士的馈赠而沾沾自得。格调虽不高雅，却是江湖诗人真实情感的反映，从某种角度来看，倒成为江湖体诗的特色。

尽管如此，江湖体诗中仍有不少描写隐逸生活、情调孤高的诗歌。江湖诗人屡以梅、菊、竹、鹤等物象入诗，如陈必复写梅花云：“瘦得冰肌骨亦清，诗人于尔独关情。孤高不受尘埃涴，洁白犹嫌缟练轻”（《梅花》，《江湖小集》卷三四《山居存稿》）。诗中也常常表现静坐、读书、饮茶、谈诗等文人雅趣，如“琅然醉读离骚经，一鹤闻之来中庭”；或“山中夜读书，山鬼来相试。隔窗问疑难，颇及尧舜事”；又或“烹茶细话诗”。总之，尽管内心并不超脱，江湖诗人知道“门有诗书气味清”（薛嵎《云泉诗》之《悼》），仍以之作为名士风姿外化和物化的工具，所以这类诗歌往往是境清而格卑。此外由于江湖诗人这一群体性质有所改变，对国家、社会的大事比较淡漠，缺少勇于自任的精英意识，虽然也发慨叹，但不过是当下一时一事之感，不太深入内心。与精神境界和心理状态密切相关，江湖诗人激情消弭，“江湖体”的诗情总体而言也就比较“清淡”。尤其是“嘉定和议”以后，随着江湖诗人对自身处境和心境的逐渐体认,诗中更多传递出一种酸寒之气和清苦之味。①

"江湖体"诗歌体式多为五律和七绝。"四灵"专宗"姚、贾"五律,重在浮声切响、锤炼字句。刘克庄曾批评"四灵"曰:"古人之诗大篇短章皆工,后人不能皆工,始以一联一句擅名。顷赵紫芝诸人尤尚五言律体,紫芝之言曰:一篇幸止有四十字,更增一字,吾未如之何矣!其言如此,以余所见,诗当由丰入约,先约则不能丰矣,自广而趋狭,先狭则不能广矣……顾一切束以四十字乎?"②大概来看,"四灵"所作五律首尾两联往往流于格套,比较肤廓,诗人着力只在颔联和颈联的对仗。姜夔等主要重视晚唐七绝,务以精意相高,强调在小篇短章中写出诗趣、诗味。"江湖体"诗中,五言绝句写得有趣味、有情致的也颇不少见,如叶绍翁《游园不值》云:"应怜屐齿苍苔,小扣柴扉久不开。春色满园关不住,一枝红杏出墙来",即蕴涵有一种理趣。许棐的《秋风辞》云:"飒飒秋风来,一叶两叶坠。燕子动归心,薄情知也未?"写闺情天真动人。赵崇嶓的《闺怨》"恨杀庭前鹊,难凭卜远期。朝朝来报喜,误妾画双局",与唐人金昌绪"打起黄莺儿"一诗有异曲同工之妙。有些江湖诗人也创作较为劲健、奔放的七古和七律,如敖陶孙、刘克庄、方岳、乐雷发、林景熙等。但总的来说,江湖诗人群体受才华和学力的限制,对长篇古体诗歌的驾驭能力有限。

就个体而言,江湖诗人的艺术造诣各自高下不同;从总体来看,"江湖体"诗歌表现出一些共通的弊病,归结起来,即语熟滥,意浅俗,格卑弱。

江湖诗人中学晚唐诗者捐书以为诗,很少用典,诗歌语言清新平淡,但也很容易流为浅俗率易。如贺裳所讥,"戴敏才'引些渠水添池满,移个柴门傍竹开。'二虚字恶甚。其子复古'一心似水惟平好,万事如棋不着高',高菊涧'主人一笑先呼酒,劝客三杯便当茶',王梦弼'三年受用惟栽竹,一日工夫半为梅',……程东夫'荒村三月不肉味,并与瓜茄倚阁休',当时自以为入情切事,不知皆村儿之语,徒供后人捧腹耳"。③ 近于江西派的诗人虽然使事用

---

① 可参阅李越深《论江湖诗人与江湖诗味》,《浙江社会科学》1995年第4期。

② 刘克庄:《野谷集》,见《后村先生大全集》卷九四。

③ 贺裳:《载酒园诗话》卷一"音调",见《清诗话续编》,第237页。

典，然自身学力蓄积不厚，渊源不远，所取往往浅近熟滥。由于这个诗人群体缺乏自铸伟辞的胸襟和“苦吟”、精思的精神，江湖体诗很难做到“意新语工”。无论是捐书还是资书为诗，诗意和语言往往效仿前人，或是率尔道出，给人滑易粗率的感觉，缺乏鲜明的个性。江湖诗人又爱以虚字入诗，文气因之容易变得平弱；有些诗中甚至字眼重复得厉害，如戴复古的五律《秋怀》，四十字中竟有“人、天、到”三字重复，毛珝的七律《甲午江行》，有“百、旧”二字重复；张良臣的七绝《偶题》，竟有“斜、不”二字重复。凡此种皆因缺乏琢炼，遂有熟滥之弊。

从诗歌立意来看，江湖体的诗歌意思比较浅明。诗以写景居多，或是描写日常闲情，唱和酬答。诗中字面不离风云雪月、花鸟楼台、书剑诗酒、僧道渔樵。如周弼《夜深》云：“虚堂人静不闻更，独坐书帷对夜灯。门外不知春雪霁，半峰残月一溪冰。”俞桂《过湖》：“舟移别岸水纹开，日暖风香正落梅。山色蒙蒙横画轴，白鸥飞处带诗来。”施枢《横渎岸边梅花方开》：“雪染梅花倚道旁，亭亭野水弄幽芳。东风似赏孤高意，未许飘零一片香。”等等，皆无深刻立意，但诗境清新，情词淡雅有致而已。

就诗歌格调而言，江湖体有时不免卑陋。江湖游士往往“以诗为干谒乞觅之资。败军之将、亡国之相，尊美之如太公望、郭汾阳”。① 最典型的是高似孙，他在权相韩侂胄生日时献诗九首，每首皆暗用一“锡”字，寓“九锡”之意。诗人阿谀奉承，不知顾藉，诗歌自然格卑气弱，风骨全无。有些诗歌力图表现名士隐逸孤高的情趣，用幽僻之笔造清深之境，但诗中意象无非深山、古庙、斜阳、野水，“寒”、“瘦”、“衰”、“贫”满眼，诗境衰飒。又因为才华学养有限，一些诗人“竭心思搜索，极笔力雕镌，不离唐律，少者二韵，或四十字，增至五十六字而止。……虽穷搜索之功，而不能掩其寒俭刻削之态”。②“极力驰骋，才望见贾岛姚合之藩”。③ 诗歌气象绝难深厚开阔。

“江湖体”诗歌出现在南宋诗歌发展史的最后阶段，其艺术缺陷的形成

---

① 方回：《送胡植芸北行序》，见《桐江集》卷一。
② 刘克庄：《晚觉稿序》，见《后村先生大全集》卷九七。
③ 刘克庄：《瓜圃集序》，见《后村先生大全集》卷九四。

有内在和外在各方面的原因。一方面，其时已是衰世，作为已被边缘化的下层文人，江湖诗人群从精神境界到生活水准都处于下降趋势。再加上自身才力、学养和生活环境等各方面的限制，导致江湖诗人的创作气格卑弱，语言浅俗，情趣难以高雅。另一方面，从诗歌本身的发展进程来看，江湖体诗歌的意俗词滥、和易如流，一定程度也由江西诗和晚唐体的负面特质共同造成。

把江湖诗人的创作放在南宋诗歌史上看，个体诗人的创作风貌与各自才气大小、性情深浅、悟性高低、气魄强弱相关，他们各以所能，各取所需，高者取法乎上，成一家之言，下者得乎其下，成一偏之体，似乎缺少值得大书特书的艺术成就。但把江湖诗人的创作作为一种现象来看，正如翁方纲所言："当时书坊陈起刻江湖小集，自是南渡诗人一段结构，正何必定求如东都大篇，反致力不逮耶？"①它自有其在诗歌史上的存在价值。从宏观的角度来看，南宋经过江西诗派和晚唐体的先后流行，后期江湖诗不拘一格、兼收并蓄的总体风貌很真实地反映了诗人对诗歌本质的思考、对诗歌典范的重新选择和寻求艺术突破的努力。而相应形成"江湖体"这样一种混杂的诗风，也正是江湖诗人才力不足，在实践层面依违摇摆于晚唐诗与江西体之间不能自拔、无法创变的结果。南宋诗歌遂以此混混之流告终。也许我们可以说，到南宋后期，由于盛唐、盛宋诗作为诗歌审美典范的地位已经确立，古典诗歌的发展"能事已毕"，江湖诗人群体的创作有如晚秋开出的花，色、香都已减褪，衰弱而瘦小，无法超越典范，也没有走出新路。

3. 江湖诗人中的佼佼者："永嘉四灵"与戴复古、刘克庄、方岳等

江湖诗人的创作具有一些共性，但其中佼佼者的艺术个性特质也值得重点考察，从而对江湖诗派才能有更全面、深入地了解。

(1)首倡晚唐的永嘉"四灵"②

---

① 《石洲诗话》卷四，见《清诗话续编》，第1440页。

② "四灵"中二人曾做过小官，二人终身布衣，生平事迹难考，惟赵师秀事迹稍显，葛兆光、丁夏、华岩、陈增杰、胡益民等对其生卒年、交游等作了考证（见《文学遗产》1982年第1期、1983年第4期、1984年第3期、1985年第1期，《文献》1991年第2期等），而对"四灵"诗集加以系统整理的则是陈增杰校辑的《永嘉四灵诗集》（浙江古籍出版社1985年版）。

“四灵”指南宋后期的四位诗人徐照、徐玑、翁卷和赵师秀。徐照(?—1211),字灵晖,自号山民,没有科名。有《芳兰轩集》。徐玑(1162—1214),字文渊,号灵渊,以荫入仕,曾为县丞、主簿等官,今存《二薇亭诗集》。翁卷(生卒年不详),字续古,一字灵舒,理宗淳祐三年(1243)举乡荐,以布衣终,有《苇碧轩集》。赵师秀(1170—1220),字紫芝,号灵秀,宋光宗绍熙元年(1190)进士,一生浮沉州县。有《清苑斋集》。其中翁卷是温州乐清人,余三人皆温州永嘉人。以其籍贯相同,字号中皆有“灵”字,诗风相近,旨趣相投,故合称“永嘉四灵”。四灵共倡晚唐诗,主要以姚合、贾岛为法,赵师秀为之编选《二妙集》,又遍选晚唐七十六家编为《众妙集》。四人作诗以“苦吟”冶择淬炼,力求工巧稳妥,其诗“杂之姚、贾中,人不能辨”。①

“四灵”最擅长的诗体是五律,多为赠答送别、山水风景之作,他们非常注意对景物的精细描摹和构造清幽雅逸的意境,如赵师秀的《雁荡宝冠寺》:

行向石栏立,清寒不可云。流来桥下水,半是洞中云。
欲住逢年尽,因吟过夜分。荡阴当绝顶,一雁未曾闻。②

诗写雁荡奇秀风光,字斟句酌,颈联似杜荀鹤的“只应松上鹤,便是洞中人”(《访道者不遇》)。

翁卷《书隐者所居》云:

百事已无机,空林不掩扉。风沾朝露出,鹤带晚云归。
石老苔为貌,松寒薜作衣。山翁与溪叟,相过转依依。③

徐照《山中即事》云:

着屐上崔嵬,呼儿注瓦杯。千岑经雨后,一雁带秋来。
野艇乘湖发,山园逐主开。余生落樵牧,门巷少尘埃。④

徐玑《溪上》云:

---

① 赵汝回:《瓜庐集序》,见《瓜庐集》卷首,文渊阁四库全书本。
② 赵师秀:《清苑斋诗集》。
③ 翁卷:《西岩集》,文渊阁四库全书本。
④ 徐照:《芳兰轩集》,文渊阁四库全书本。

十日清溪上，新春细雨天。绿波随棹起，白鸟近舟眠。

麦秀初如草，云浓半是烟。却愁山路险，明日舍溪船。①

可见四人之诗不但题材、意象和风格近似，即其尖新刻画之辞和清雅精致的意境构思也如出一手。“四灵”“专以炼句为工，而句法又以炼字为要”，②其苦吟所得如“瀑近春风湿，松多晓日清”（赵师秀《桐柏观》）；“梅花分地落，井气隔帘生”（翁卷《晓对》）；“千年流不尽，六月地长寒”（徐照《石门瀑布》）；“流来天际水，截断世间尘”（徐照《题江心寺》）；徐玑的佳句如“寒烟添竹色，疏雪乱梅花”（《孤坐呈客》）；“水风凉远树，河影动疏星”（《夏日怀赵灵秀》）；等等，皆体验精微，字眼醒目，偶对工致，能因狭出奇。

对于南宋人来说，晚唐诗虽是一两百年前的旧体，但在江西诗盛行百年之后，“永嘉四灵”以日常生活和自然界中的小情趣、小景致为诗材，以其小小灵气，写出细腻真切的感受，而意新语工，风格清新，一洗江西诗之重、拙、硬、涩以至于粗、鄙、生、僻之恶气象，又让人觉得不同流俗、耳目一新。不过，“四灵”所推崇的以姚合、贾岛为代表的晚唐诗歌从内容上说止于“陶冶尘思，模写物态”，缺乏风雅精神，从艺术来讲则格局浅狭，意境寒窘，这是固有缺陷。“四灵”等人捐书以为诗，但自身才力实难凭恃。③ 他们为了单纯清澈而排斥错综复杂，所作遂“诗情诗意都枯窘贫薄，全集很少变化，一首也难得完整”，五律“开头两句往往死扣题目，像律赋或时文的破题；而且诗里的警联常常依傍和模仿姚合的诗”。④ “四灵”在小碎篇章、一联一句间镂心铢肾，极意雕琢，虽间有语清意浅、格律工致的好句，总体来看终究难免神寒态削、格瘦骨弱，成就也就有限。

四灵诗人的崛起和晚唐诗的风行，有一定的思想基础和外在条件。南宋中期以后，一方面人们对江西派连篇累牍、汗漫无尽的诗风开始反感，而

① 徐玑：《二薇亭诗集》，文渊阁四库全书本。

② 《钦定四库全书总目》卷一六二，《清苑斋集》提要，第2156页。

③ 四灵中成就较高的赵紫芝尝叹曰：“一篇幸止有四十字，更增一字，吾未如之何矣。”见《后村先生大全集》卷九四《野谷诗序》。

④ 参见钱钟书《宋诗选注》“徐玑”小传，第358页。

且诗坛又因为乾、淳以来“理学兴而诗律坏”,①“诸老类以穷经相尚,时或言志,取足而止,固不暇如昔人体验声病,俾律吕相宣也”②在这样的背景下,文坛盟主杨万里、叶适先后倡言晚唐诗,希望以唐音反拨宋调。“四灵”则极尽心力苦吟,“以浮声切响、单字只句计巧拙”,③找回江西派末流和理学诗中缺失的诗情、诗味。在“四灵”之前,永嘉潘柽(字德久,号转庵)为诗已经效法晚唐。④ 自“四灵”得名天下,晚唐体遂风行,万喙一声,其植根固,其流波漫,在宋光宗绍熙至理宗淳祐五十年间,永嘉之作唐诗者,“继灵之后,则有刘咏道,戴文子、张直翁、潘幼明、赵几道、刘成道、卢次夔、赵叔鲁、赵端行、陈叔方者作,而鼓舞倡率,从容指论,则又有瓜庐隐君薛景石者焉。……继诸家后,又有徐太古、陈居端、胡象德、高竹友之伦”。⑤ 正如薛嵎所谓“四灵诗体变江西”(《徐太古主清江簿》),效“四灵”作晚唐体的诗人在南宋后期俨然与江西派家分庭抗礼了。

(2)戴复古

戴复古(1167—1248?),字式之,号石屏,黄岩(今浙江黄岩)人,从林宪、徐似道游,又登陆游之门,五十年间名满江湖,有《石屏诗集》。戴复古自称“幼孤失学,胸中无千百字书,强课吟笔,如为商贾者乏资本,终不能致奇货也”,⑥人谓其“诗备众体,采本朝前辈理致,而守唐人格律”,⑦可见其创作是以晚唐为体,以“江西”为用。戴复古平生四处漂泊,游踪及于江、浙、湖、湘、闽、赣等地,最多山水景物之作,笔致清新。一些五七言律抒发游子之落拓情怀,真挚可感。如《夜宿田家》云:

簦笠相随走路岐,一春不换旧征衣。

---

① 刘克庄:《林子显诗序》,见《后村先生大全集》卷九八。

② 徐象梅:《两浙名贤录》卷四六之“赵师秀”条。可参程千帆、吴新雷《两宋文学史》注引,第449页。

③ 叶适:《徐文渊墓志铭》,见《水心先生文集》卷二一。

④ 叶适曾谓“永嘉四灵之徒凡言诗者,皆本德久”。见《瀛奎律髓汇评》卷三,潘德久《题钓台》诗下方回批注,第146页。

⑤ 王绰:《薛瓜庐墓志铭》,附《南宋群贤小集·瓜庐诗》卷末。

⑥ 赵汝腾:《石屏诗集序》,见《石屏诗集》卷首,四部丛刊本。

⑦ 赵以夫:《石屏诗集序》,见《石屏诗集》卷首。

雨行山崦黄泥坂,夜扣田家白板扉。
身在乱蛙声里睡,心从化蝶梦中归。
乡书十寄九不达,天北天南雁自飞。①

《题赵庶可山台》二首其二:

天造此一景,趋然圜阓间。坐分台上石,看尽越中山。
松月照古今,樵风送往还。只愁轩冕出,闲却白云关。②

俱能情景交融。《世事》诗中"春水渡旁渡,夕阳山外山"一联传诵人口,诗人写春日容与之景如在目前,而游子的落拓怅惘之情余言外,极为蕴藉。

戴复古亦有不少悯时伤世、忧国忧民之作,如《盱眙北望》、《闻时事》、《庚子荐饥》等皆是。《江阴浮远堂》是感慨国势的愤激之词,云:

横冈下瞰大江流,浮远堂前万里愁。
最苦无山遮望眼,淮南极目尽神州!③

《织妇叹》怜悯织妇的艰辛,所写的情形较晚唐孟郊、杜荀鹤诗中更贫困了:

春蚕成丝复成绢,养得夏蚕重剥茧。
绢未脱轴拟输官,丝未落车图赎典。
一春一夏为蚕忙,织妇布衣仍布裳。
有布得着犹自可,今年无麻愁杀我。④

戴复古有《论诗十绝句》(《石屏诗集》卷六),比较集中地表达了他的诗歌观念。其一云:"文章随世作低昂,变尽风骚到晚唐。举世吟哦推李杜,时人不识有陈黄";其六云:"飘零忧国杜陵老,感寓伤时陈子昂。近日不闻秋鹤唳,乱蝉无数噪斜阳",这表明戴复古兼重盛宋江西诗和盛唐诗,他的诗歌审美取向是"贵雄浑"而不取晚唐诗的"雕锼太过"。从其侄孙戴昺称道其诗"妙

① 《石屏诗集》卷六。
② 《石屏诗集》卷二。
③ 《石屏诗集》卷七。
④ 《石屏诗集》卷一。

似豫章前集语，老于夔府后来诗"，"要洗晚唐还《大雅》，愿扬宗旨破群痴"来看，[①]戴复古的创作理念与其实践的指向是一致的。《论诗绝句》其四云："意匠如神变化生，笔端有力任纵横。须教自我胸中出，切忌随人脚后行"，不欲随人作计，主张自成一家。其八云："欲参诗律似参禅，妙处不由文字传，个里稍关心有悟，发为言句自超然"，以禅论诗，涉及到他对诗歌创作思维特征的体认，与严羽的观点有相通之处。

(3)刘克庄

刘克庄(1187—1269)初名灼，字潜夫，号后村居士，莆田(今福建省)人。他曾受业真德秀，以荫入仕，因作《落梅》诗被指为讪谤而落职。淳祐六年(1246)理宗赏识其"文名久著，史学尤精"，特赐同进士出身，仕孝、光、宁，理、度宗五朝，历官至工部尚书，龙图阁直学士。有《后村先生大全集》二百卷传世。曾编纂《唐宋时贤千家诗选》、《本朝五七言绝句》、《中兴五七言绝句》等诗歌选本。如林希逸所赞："言诗者宗焉，言文者宗焉，言四六者宗焉"，[②]刘克庄主盟南宋后期文坛，存诗四千多首，是江湖诗人群体中成就最大，名位最高者。

受时代风会影响，刘克庄学诗亦由晚唐入手，《南岳稿》被陈起刻入《江湖集》，并以此获得名声。如"山行忘路脉，野坐认天文。字瘦偏题石，诗寒半说云"(《北山作》，《后村先生大全集》卷一)；"山空闻瀑泻，林黑见萤飞"(《夜过瑞香庵》，同上卷一)；"烟含晚市微分塔，日照邻洲近隔沙"(《戏答同游》，同上卷二)等，皆写景精工，刻琢入微，句律严整，而诗境闲寂，不远于"姚贾"、"四灵"。

嘉定十二年(1219)，刘克庄发箧尽焚旧诗，仅存百首，表明他有意求变。[③] 其时叶适对"四灵"诗——实际也是对晚唐诗风的认识和评价已经开始转变，他认识到晚唐诗的局限，曰："夫争妍斗巧，极外物之变态，唐人之所

① 《石屏后集锓梓敬呈屏翁》，见《石屏诗集》卷九。

② 林希逸：《后村先生刘公行状》，见《后村先生大全集》卷一九四。

③ 刘克庄在《〈瓜圃集〉序》中回忆自己曾像永嘉诗人那样极力学贾、姚，而"十年前始自厌之，欲息唐律，专造古体"。

长也；反求于内，不足以定其志之所止，唐人之所短也”，[1]热切期许刘克庄突破晚唐，参向上一关：“进于古人不已，参雅颂、轶风骚可也，何必四灵哉！”[2]刘克庄对专以晚唐为法的诗歌风气也颇有批评之辞，云：“近时小家数不过点对风月花鸟，脱换前人别情闺思，以为天下之美在是。然力量轻，边幅窘，万人一律”；[3]不满“四灵”和其他江湖诗人创作“窘材料”、“费搜索”，感慨“古人之诗，大篇短章皆工，后人不能皆工，始以一联一句擅名”。[4] 对于以江西派为主流的宋诗，刘克庄一方面给予充分肯定，云：“谓诗至唐犹存则可，谓诗至唐而止则不可。本朝诗自有高手。杜、李，唐之集大成者也；梅、陆，本朝之集大成者也。”[5]一方面也指出江西派资书为诗的短处，云：“古诗出于情性，发必善；今诗出于记闻，博而已，自杜子美未免此病。”而自中唐“张籍、王建辈稍束起书袋，划去繁缛，趋于切近。世喜其简便，竟起效颦，遂为晚唐体，益下去古益远。岂非资书以为诗失之腐，捐书以为诗失之野欤”；[6]晚唐诗弊病在于“胶挛浅易，窘局才思，千篇一体；而为派家者，则又驰骛广远，荡弃幅尺，一嗅味尽”。[7] 因此刘克庄论诗以参酌唐宋、调和体派为旨归，意欲寻求两种诗美风格范畴的折衷融合。

刘克庄推崇黄庭坚能“荟萃百家句律之长，究极历代体制之变”；[8]又对吕本中的“活法”理论极为佩服，以为是“天下之至言”；[9]他称赞许晚觉为诗能“贯穿融液，夺胎换骨，不师一家。简缛浓淡，随物赋形，不主一体”。[10] 这些都表明刘克庄主张诗歌创作应遍参百家，广泛取法。他的创作的确是转益多师，自称：“初余由放翁入，后喜诚斋，又兼取东都、南渡、江西诸老，上及

---

① 叶适：《王木叔诗序》，见《水心先生文集》卷一二。
② 叶适：《题刘潜夫南岳诗稿》，见《水心先生文集》卷二九。
③ 刘克庄：《听蛙诗序》，见《后村先生大全集》卷九七。
④ 刘克庄：《野谷集序》，见《后村先生大全集》卷九四。
⑤ 刘克庄：《跋李贾县尉诗卷》，见《后村先生大全集》卷九九。
⑥ 刘克庄：《韩隐君诗》，《后村先生大全集》卷九六。
⑦ 刘克庄：《序刘沂父诗》，《后村先生大全集》卷九四。
⑧ 刘克庄：《江西诗派小序》“山谷”条，见《历代诗话续编》，第478页。
⑨ 《江西诗派小序》“吕紫微”条，见《历代诗话续编》，第485页。
⑩ 刘克庄：《晚觉稿序》。

于唐人,大小家数,手抄口诵”。[①] 刘克庄对唐宋大小家数各自的风格面貌皆细心研磨,汲取其长,模拟融合,因此其诗歌中既可以追溯杜甫、韩愈、张籍、王建乐府、李贺古体、姚贾律诗的影响,放翁的工于对仗,“诚斋体”的俚俗有趣,江西派的善用典、长于议论等特点也皆从中可以发现。其诗歌风格在总体上也就呈现出多样化的特征,或轻清纤丽、或沉着明快、或雄浑奇崛、或平淡自然、或朴直浅近,各极其态,各有千秋。

不同于一般江湖诗惯于流连光景,刘克庄写了很多时事题材的诗歌。他关心国事,常以诗抒发忧国忧民之情、恢复之志。其《筑城行》、《开壕行》、《运粮行》、《苦寒行》等皆感慨现实,或写役夫、征人之艰辛苦痛,或针砭官员将帅的骄堕无能,如《军中乐》云:

> 行营面面设刁斗,帐门深深万人守,将军贵重不据鞍,夜夜发兵防隘口。自言虏畏不敢犯,射麋捕鹿来行酒。更阑酒醒山月落,采缣百段支女乐。谁知营中血战人,无钱得合金疮药![②]

诗人选取将帅与士卒的典型生活场景,加以鲜明对照,不平之情溢于言外,与陆游《关山月》同一机杼。《戊辰即事》则以反语表达自己对国势不振而君臣一味求和苟安的愤激之意,又极见构思精妙,不落旧套。云:

> 诗人安得有青衫?今岁和戎百万缣!
> 从此西湖休插柳,剩栽桑树养吴蚕。[③]

其他如《读崇宁后长编》、《观元党籍碑》、《感昔》二首、《有感》、《题系年录》等,都是抨击北宋末年朝政紊乱,总结亡国的历史教训,寓有警醒朝廷的意图。文学史历来对这类反映社会现实矛盾、表现爱国思想、同情百姓的时事乐府诗评价比较高,[④]但这类诗歌多数感情强烈,议论滔滔,言词劲切,似乎更接近刘克庄所批评的“经义策论之有韵者”,诗歌情味和艺术价值不免有

① 刘克庄:《刻楮集序》,见《后村先生大全集》卷九六。
② 《后村先生大全集》卷八。
③ 《后村先生大全集》卷一。
④ 参阅孙望、常国武著《宋代文学史(下)》,程千帆、吴新雷著《两宋文学史》相应章节。

所欠缺。

作为江湖文人群体的一员，刘克庄的创作也常从世俗生活中取材。他有不少诗歌描写乡下演剧、观傩、讲经风俗，如《闻祥应庙优戏甚盛》、《神启歌》、《观社行》、《即事》、《田舍即事十首》等皆是。《村居书事》写村民百姓对佛家说经的迷狂热烈，读之如目亲睹。其二云：

新剃阇梨顶尚青，满村看说法华经。
安知世有弥天释，万衲如云座下听。①

刘克庄也写自己寒窘的日常生活，如《岁晚书事十首》之六：

细君炊秫婢缫丝，彩胜酥花总不知。
窗下老儒衣露肘，挑灯自捡一年诗。

之八云：

主人晚节治家宽，婢惰奴骄号令难。
圃在屋边慵种菜，井临砌畔怕浇兰。

之十曰：

丐客鹑衣立户前，岂知侬自窘残年。
染人酒媪逋犹缓，且送添丁上学钱。②

诗人所写的情事极为庸常琐碎，全无过往诗中惯见的那种脱俗的文人雅趣，但自有一种真切细腻的人间情味。

刘克庄以学"四灵"、晚唐体入手，作诗很注意景物的刻画和意境的构造，故颇有清新写景之作，如淳祐元年(1241)由岭南归闽所作《潮惠道中》云：

春深绝不见妍华，极目黄茅际白沙。

---

① 《后村先生大全集》卷八。
② 《后村先生大全集》卷三。

几树半天红似染，居人云是木棉花。[①]

《赋西淙瀑布》则脱胎于李白《望庐山瀑布》和苏轼的《百步洪》：

苍山七百亩，主人新买断。于时积雾开，素瀑挂青汉。泠泠瑟初铿，璀璀珠乍贯。久晴雨飘翻，忽暖冰柱泮。恍如白浪涌，翔舞下凫雁。又疑黄河决，荣祭沉玉瓒。不然蟒出穴，或是虹吸涧。客言下有潭，龙伏不可玩。攫拏起云气，喷薄苏岁旱。平生爱奇心，欲此筑飞观。沿流踏浅清，陟巘腾汗漫。低头拜主人，分我华山半。[②]

诗人描摹瀑布的雄姿壮观，连用七个比喻从远、近、颜色、形态、声音等不同角度加以刻画，极尽笔力，潭中有龙之传说又为诗歌平添奇幻浪漫色彩。

刘克庄诗各体俱佳，古体诗歌除上举歌行以外，集中如《齐人少翁招魂歌》、《赵昭仪春浴行》、《东阿王纪梦行》等诗非常接近李贺诗风。刘克庄曾推称“古乐府惟李贺最工”，黄昇谓此三篇“精妙处恐贺集中亦不多见”。[③]刘克庄的近体诗尤其是七律颇有特点。他早期学晚唐体的诗歌比较清新，诗风转变后喜欢用典，还特别擅长组织对仗。叶绍翁谓“南岳集中诗率用事”；[④]刘辰翁也指“刘后村仿《初学记》，骈俪为书，左旋右抽，用之不尽”。[⑤]刘克庄是江湖诗人中颇富书本和才力者，故事典实信手拈来，安排妥帖，尤善于以本朝故实入诗，如“清于坡老游杭市，俭似乖崖在剑州”；“安知李膺挥门外，不觉刘几入彀中”之类。对仗工巧不费力得至于“滑溜”，而诗中“难”对“易”，“如”对“似”，“为”对“因”，“无”对“有”，“觉”对“知”，“疑”对“信”，之类，又不免有机械的感觉。[⑥] 刘克庄的七律中，好的能兼容江西风与晚唐体之长，如《宿千岁庵听泉》云：

因爱庵前一脉泉，襆衾来此借房眠。

---

① 《后村先生大全集》卷一二。

② 《后村先生大全集》卷五。

③ 黄昇：《玉林诗话》，《诗人玉屑》卷一九引，第620页。

④ 叶绍翁：《四朝闻见录》丙编"悼赵忠定诗"条，第97页。

⑤ 刘辰翁：《赵仲江诗序》，见《须溪集》卷六。

⑥ 参阅钱钟书《宋诗选注》“刘克庄小传”，第405页。

骤闻将谓溪当户，久听翻疑屋是船。
变作怒声犹壮伟，滴成细点更清圆。
君看昔日兰亭帖，亦把湍流替管弦。①

颔联和颈联的设想奇特，形容泉声尽致而有雄健之气。

《上巳》云：

樱笋登盘节物新，一筇踏遍九州春。
似曾山阴访修竹，不记水边观丽人。
豪饮自怜非少日，俊游亦恐是前身。
暮归尚有清狂态，乱插山花满角巾。②

诗歌情致流动，尤其颔联出色。江西派后劲赵蕃有"不见山阴兰亭集，况乃长安丽人行"之句，用典精雅切事，刘克庄颔联亦用此两事，对仗更工整，"似曾"、"不记"虚字倍增矫健潇洒之姿。无怪《宋诗钞》谓："论者谓江西苦于丽而冗，莆阳（刘克庄）得其法而能瘦、能淡、能不拘对，又能变化而活动。盖虽会众作，而自为一宗也。"③

不过，在融晚唐与江西于一炉的试验中，刘克庄更多是"在晚唐体那种轻快的诗里大掉书袋，填嵌典故成语，组织为小巧的对偶"，④这样作出来的诗，就不免于"饱满四灵"之讥。⑤ 他还喜欢创作组诗，少的四、五首一组，多的一组达到一、二百首，如《梅花百咏》、《杂咏二百首》等，往往落笔即来，连篇累牍，直至词穷意尽。这些贪多率意之作，自然难免语言、立意上的粗滥或熟滑之弊。方回在《瀛奎律髓》中批评后村之诗"其病有三：曰巧，曰冗，曰俗，而格卑不与焉"，可以说切中肯綮的。

刘克庄的诗歌创作可分为前、后两期，大概以六十岁为界。刘克庄始终追求一种兼容唐宋的诗美，但最终大半还是落在散文化、学问化、模式化的

① 《后村先生大全集》卷二。
② 方回：《瀛奎律髓汇评》卷一六"节序类"，第631页。
③ 《宋诗钞·后村诗钞》。
④ 钱钟书：《宋诗选注》，第405页。
⑤ 参见《瀛奎律髓汇评》卷四二，《赠翁卷》诗后方回批注，第1501页。

熟套中。[①] 他的诗歌惯于议论、说理、述事,表现手法上将用典、对仗、句式变化、字词锤炼等技巧运用到了纯熟的地步,后期风格趋于平实自然。

《后村诗话》是刘克庄老年所作,前集、后集、续集统论汉、魏以下,而唐、宋人诗为多。新集则详论唐人之诗,皆采摘菁华,品题优劣。其持论颇精核,水准在南宋诸家诗话之上。刘克庄对本朝诗歌的概括评点也很准确,论诗俱有条理。除《后村诗话》以外,刘克庄的论诗之语更多散见于各种序记题跋,书信、论诗诗、行状、墓志铭等。见解既精,影响亦大。除了对唐、宋诗美的反思总结、对诗歌本质的认识等相关理论阐述以外,还应注意的一点是:刘克庄从理顺江西诗派承传关系、评述诗派成员诗歌创作成就、阐扬吕本中"活法"理论等三个方面,[②]为江西诗派初步建构了体系。在《江西诗派序》中,刘克庄简明概括了江西派各位成员的诗风特质,尊黄庭坚为"本朝诗家宗祖";[③]又将吕本中增列入江西诗派,视为"山谷而下凡二十六人"的后继者,云:"派中以东莱居后山上,非也。今以继宗派,庶几不失紫微公初意。"[④]指出了吕本中的"活法"诗论早已成为南宋以来江西诗派发展变化的宗旨所在。他点明吕本中、曾几为南渡以来江西派的传灯地位,云:"余既以吕紫微附宗派之后,或曰:'派诗止此乎?'余曰:'非也,曾茶山,赣人;诚斋,吉人,皆中兴大家数。比之禅学,山谷,初祖也;吕、曾,南北二宗也";[⑤]还将赵蕃、韩 并提,定为江西诗派的接绪者。这显然为方回对江西诗派的总结打下了坚实的理论基础,显示了刘克庄作为南宋后期诗学大家所具有的深厚诗学修养和精到识见。

戴复古、刘克庄是江湖诗人中的佼佼者,都有生前身后名,他们才情较富,广泛取法,兼擅众体,诗歌理念和创作实践都呈现出折衷调和唐宋诗歌的意图和特征。也许又正因如此而"转若无所见其长",与前辈大家比起来,

---

① 参阅景红录《刘克庄诗歌研究》,上海古籍出版社2007年版。

② 参阅王锡九《略论刘克庄在江西诗派体系建构中的贡献》,见《南京师范大学文学院学报》,2007年第2期。

③ 刘克庄:《南康赵明府赠予四诗和其首篇二首》其二,《后村先生大全集》卷二七。

④ 刘克庄:《江西诗派序》,《后村先生大全集》卷九五。

⑤ 刘克庄:《茶山诚斋诗选序》,《后村先生大全集》卷九七。

诗歌的个性风格不够突出，且都有不少贪多率意、粗制滥造之作，也难以避免“江湖体”诗普遍存在的诗风腐熟平易、油滑伧鄙的缺陷。

(4)方岳

方岳(1199—1262)，字巨山，号秋崖，祁门(今属安徽)人。绍定五年(1232)进士，历官中外几三十年。有《秋崖先生小稿》三十八卷。其诗、词、文在当时名声很大。

方岳的诗歌从江西派入手，偶对工整，用典新巧精切，但辞不艰涩，意脉流畅，风格较为淡远自然。如《梦寻梅》堪称显例：

野径深藏隐者家，岸沙分路带溪斜。
马蹄残雪六七里，山嘴有梅三四花。
黄叶拥篱埋药草，青灯煨芋话桑麻。
一生烟雨蓬茅底，不梦金貂侍玉华。①

其诗正如方回所言“不江西不晚唐”，②其实也可说是兼具晚唐体的情致，与江西派善于组织故事成语为联偶之长。不过方岳不同于江西派倾向撷取深僻之典，他的联语往往脱胎于近人诗句，如《春思》“小立伫诗风满袖，一双睡鸭占春闲”本之陈与义的《寻诗》；《道中即事》“唤作诗人看得未，两抬笠雪一肩舆”本之陆游的《剑门道中遇微雨》；《农谣》“池塘水满蛙成市，门巷春深燕作家”本之陈师道的《春怀示邻里》；《春日杂兴》之十三“先后笋争滕薛长，东西鸥背晋齐盟”本之杨万里的《看笋》等，③这也显示出方岳作为江湖诗人，其诗歌创亦具“渊源不远，蓄积不厚”的共性。

方岳有些绝句有“诚斋体”风味，如《春思》：“春风多可太忙生，长共花边柳外行；与燕衔泥风酿蜜，才吹小雨又需晴”(《秋崖集》卷二)，诗思极为新鲜活泼。

总而言之，刘克庄、戴复古和方岳堪称陆游、杨万里、范成大之后的三位

① 《全宋诗》第38383页。
② 《瀛奎律髓汇评》卷二七，见《咏杨梅》下方回批语，第1210页。
③ 参见《容安馆札记》第252则，卷一，第410页。

名家。钱钟书概括“三人中后村才最大,学最博;石屏腹笥虽俭,而富于性灵,颇能自战;巨山写景言情,心眼犹人,唯以组织故事成语见长,略近后村而逊其圆润,盖移作四六法作诗者,好使语助,亦缘是也”,①洵为确论。

4. 江湖小家

江湖诗人中也有几位小家的诗歌颇有特点。林希逸(1193—?),字肃翁,号鬳斋,又号竹溪,福清(今属福建)人。端平二年(1235)进士,累官至中书舍人。林希逸以道学名世,善于作理语诗,钱钟书认为“肃翁得艾轩、网山、乐轩性理之传,于庄、列诸子皆著有口义,又熟宗门语录。其为诗也,虽见理未必甚深,而就词藻论,要为善于驱遣者矣”,如“哪知剥落皮毛处,不在流传口耳间”;“划尽念头方近道,扫空注脚始明经”;“但知绝迹无行地,岂羡轻身可御风”;“蛇生弓影心颠倒,马龁萁声梦转移”;“须信风幡元不动,能如水镜却无疵”;“醯鸡瓮中世界,蜘蛛网上天机”;“蚯蚓两头是性,桃花一见不疑”;“非鱼知鱼孰乐,梦鹿得鹿谁诬”;“若与予也皆物,执而我之则愚”;等等,无不精心组织,属对工巧,诗句间的精巧韵致不但超过《濂洛风雅》所列举的理学诗人,较之诗人中写理语诗较多的陆游和刘克庄亦胜出。②

乐雷发(生卒年不详),字声远,自号雪矶先生,舂陵(今湖南宁远县)人。累举不第。宝祐元年(1253)廷对得体赐特科第一,宝祐四年(1256)以病告归。有《雪矶丛稿》。

乐雷发为诗笔力健放,不拘于晚唐体。其七言歌行风骨遒劲,如《乌乌歌》慨叹书生以道学清谈误国,意气排奡激荡。近体如《闻边报寄姚雪篷》:

淮烽蜀燧照边隅,白发忧时我腐儒。
楚客汀洲搴杜若,齐王沮泽索柴胡。
耽吟自爱南游好,久谪曾谋北事无。
拟对祝融扪虱语,何时重捋使君须。③

① 《容安馆札记》第252则,卷一,第410页。
② 参阅《谈艺录》,第234页。
③ 乐雷发撰,萧艾注:《雪矶丛稿》,岳麓书社1986年版,第36页。

寄赠之诗,仍感念国事,诗歌格局开阔高迥,词采声调慷慨响亮,有杜牧、许浑遗意。《读系年录绍兴八年以后事》诗亦如此,其二、三联云"诸贤自抗排云议,宰相方深偃月谋。湘国乍闻悲鹏鸟,秣陵还听唱符鸠",对仗工整熟练,而"自抗"、"方深"、"乍闻"、"还听",虚字运用和易如流,亦是"江湖体"所惯见。

乐雷发也善于描写他的漫游见闻,尤其是田园风光,皆直道眼前景,鲜活真切而不俗。《常宁道中怀许介之》云:

雨过池塘路未干,人家桑柘带春寒。
野巫竖石为神像,稚子搓泥作药丸。
柳下两姝争饷路,花边一犬吠征鞍。
行吟不得东溪听,借砚村庐自写看。①

诗人用白描的手法,数笔勾勒点染出一幅雨后天晴的村行清景,生动明快,情趣盎然。如《秋日行村路》、《下摄市》、《抚州偶题》等皆如此。总而言之,乐雷发的诗歌"实无猥杂粗俚之弊",②钱钟书推许为晚宋江湖小家中才力最大,足以自立者。③

此外江湖诗人中较出色的还有俞德邻(1232—1293,有《佩韦斋稿》)、毛珝(生卒年不详,有《吾竹小稿》)、葛天民(生卒年不详)、许棐(生卒年不详)、黄文雷(生卒年不详)、高翥(1170—1241)、赵庚夫(1173—1219)、孙惟信(1179—1243)、叶茵(1200—?)、林洪(生卒年不详)等,各有可诵之作。

二　道学诗人与"击壤派"

(一)理学诗的盛行

清人郭绥之概括南宋后期诗歌发展趋势,谓"诗道之坏坏于宋,击壤、江湖两派分"(《偶述六绝句》)。随着道学影响的扩张,南宋后期的道学家越来

---

① 《雪矶丛稿》,第63页。
② 《钦定四库全书总目》卷一六四,《雪矶丛稿》提要,第2177页。
③ 《容安馆札记》卷一,第24页。

越多地置喙诗歌，诗人也喜欢引道学饰身，于是理学家邵雍的《击壤集》成为一个焦点，时有人表达推崇之意。如赵与旹的《宾退录》中屡屡称引邵诗，方岳还将其与陶渊明并提，曰“余谓渊明、康节二公之作，辞近指远”。[①] 魏了翁为《击壤集》作序，还称赞宋彦祥所作诗“有《击壤集》中气脉”；[②]林希逸善作理语诗，其《题新稿》自赞“断无子美惊人语，差似尧夫遣兴时”（《江湖后集》卷一〇）。又《题子真人身倡酬集》曰：“删后无诗，固康节言之。然《击壤》诸吟何愧于古。……康节之后，又无诗矣，幸而子真得之。”[③]这些都表明当时颇有一种把《击壤集》树立为诗学楷模的倾向，晚宋诗歌创作也出现了一股效法北宋邵雍《击壤集》作诗的风气，形成一个“击壤派”。

从文学史的角度看，理学诗的盛行与“击壤派”的形成与南宋后期到元初两部以理学思想为主导的文学总集的编纂密切相关。理宗宝庆元年（1225），真德秀编纂《文章正宗》，自陈其编选宗旨是“欲学者识其源流之正也”，“故今所辑，以明义理、切世用为主，其体本乎古，其指近乎经者，然后取焉。否则，辞虽工亦不录”。收宋以前诗文。续集二十卷收宋人作品，是真德秀晚年所选评的，还未及最后成书，他就去世了。《文章正宗》正集和续集比较系统地表达了道学家的文学观，是以道学思想为指导的对文学史的梳理阐释。[④]

宋元之际，得朱熹之学正传的金履祥（1232—1303）编纂了道学诗选本——《濂洛风雅》（传本或六卷、或七卷），书前附其所作《濂洛诗派图》，以周敦颐为祖，其下有二程、张载、邵雍，一直传到宋末，列四十八家。金履祥其时在唐良瑞家做塾师，唐良瑞为作《濂洛风雅序》并叙其体例云：“风雅有正有变，有小有大，虽颂亦有周、鲁之异体，则今日风雅之编不可不以类分也。于是断取诗、铭、箴、诫、赞、诔四言者为风雅之正体，其楚辞、歌、操、乐府、韵语则风雅之变体，其五七言古风则风雅之再变，其绝句、律诗，则又风

---

① 方岳：《深雪偶谈》，见《说郛》卷二〇下，文渊阁四库全书本。

② 魏了翁：《题彭山宋彦祥诗卷》，见《鹤山先生大全文集》卷六五。

③ 林希逸：《竹溪鬳斋十一稿续集》卷一三，文渊阁四库全书本。

④ 可参阅祝尚书《论宋代理学家的“新文统”》，《文学遗产》2006 年第 4 期。

雅之三变也。类聚而观之，条理明整，意味悠长。”这个选本编织了理学诗派的谱系，梳理了理学诗歌的渊源，并且明确其“风雅”正传的地位。但正如四库馆臣所言：

> 昔朱子欲分古诗为两编而不果。朱子于诗学颇邃，殆深知文质之正变，裁取为难。自真德秀《文章正宗》出，始别为谈理之诗。然其时助成其稿者为刘克庄，德秀特因而删润之，故所黜者或稍过，而所录者尚皆未离乎诗。自履祥是编出，而道学之诗与诗人之诗千秋楚越矣。①

道学家论诗多主平淡，又轻文辞，将诗歌亦视为明理载道之具，即使偶然吟咏性情，其旨必归于无邪。受道学思想主导创作的诗歌，和道学家选入集中的诗歌多为意境平庸、淡乎寡味之作。对于这类诗歌，明谢肇淛（1567—1624）在《小草斋诗话》中针砭最为痛切，谓“作诗第一等病是道学。宋时道学诸公，诗无一佳者”。钱钟书也指出：“《濂洛风雅》所载理学家诗，意境既庸，词句尤不讲究。即诗家长于组织如陆放翁、刘后村集中以理学语成篇，虽免于《击壤集》之体，而不脱山谷《次韵郭右曹》、《去贤斋》等诗案臼，亦宽腐不见工巧。”②然而因为道学势力扩张，取得对诗歌的发言权，《文章正宗》与《濂洛风雅》这样以理学思想为主导解读阐释文学诗歌发展史的文学选本强化了理学诗人的宗派意识。因为早期理学家有诗集传世的只有邵雍，而邵雍“因闲观时”、寄意于诗，诗语即理语，正符合南宋后期道学家的诗歌审美标准。魏了翁作《邵氏击壤集序》说：“邵子平生之书，其心术之精微在《皇极经世》，其宣寄情意在《击壤集》”，“若邵子使犹得从游舞雩之下，浴沂咏归，毋宁使曾晳独见与于圣人也与？洙泗已矣，秦汉以来诸儒无此气象，读者当自得之”。③ 他欣赏邵雍诗中体现的人生境界与“舞雩咏归”的曾晳一脉相承，他又欣赏邵雍的诗歌能言义理：“邵康节《首尾吟》第六篇：‘尧夫非是爱吟诗，诗是尧夫默坐时。天欲使闲须有意，人心刚动是无知。烟轻柳叶

---

① 《钦定四库全书总目》卷一九一，《濂洛风雅》提要，第2672页。
② 《谈艺录》，第234页。
③ 魏了翁：《邵氏击壤集序》，见《鹤山先生大全文集》卷五二，四部丛刊本。

眉闲皱，露重花枝泪静垂。从谏如流是难事，尧夫非是爱吟诗。'此诗意甚深远，言人违理而轻动也。"①可见魏了翁作为道学家对邵雍诗歌的称美是着眼于其中"孔颜乐处"的旨趣和深刻的义理。同时邵雍的诗歌往往率意而作，不受格律限制，这也符合道学家以学为本，以文为末，轻视技巧声律的讲求，认为"理明义精，则肆笔脱口之余，文从字顺，不烦绳削而合"的观念。② 因为这些方面的契合，邵雍诗被道学家诗人选为诗歌典范——严羽的《沧浪诗话》称为"康节体"。然正如四库馆臣所言：

> 夫邵子以诗为寄，非以诗立制。履祥乃执为定法，选《濂洛风雅》一编，欲挽千古诗人归此一辙，所谓华之学王，皆在形骸之外，去之愈远。③

道学诗人自成"击壤"一派，遂与诗人之诗成"千秋楚越"。

（二）"击壤派"诗歌的"理障"与"语录体"

"击壤派"诗人主要以诗说理。宋诗本来长于说理，但好诗中的"理"表现为一种妙在不离不即的"理趣"，"击壤派"诗歌说理则往往直切明白、毫无余蕴地议论"性命"、"天理"，表现为"理障"。④ 其渊源所自，正是邵雍《观三皇吟》"初分大道非常道，才有先天未后天"，《首尾吟》"能知同道道亦得，始信先天天勿违"等等，这些"全不似诗体"的诗歌。⑤ 魏了翁的古体诗多言义理，《次韵张太博得余所遗二程先生集辩二程戏邵子》一诗从孔子之前生民蒙昧、孔子出而理察，秦汉之后儒家学说多杂荒谬之言，渐失其正，一直讲到本朝周子、邵子与二程子并世而立，其说虽有不同，其旨归则一。诗歌变成了理学简史，而索然无诗味。其《次德先韵》诗云：

> 二气同一根，本体浩兮渊。可见川上逝，未发心下泉。真机亡停息，果剥根长鲜。定理亡将迎，尘境地自偏。形神既外发，何者操其权。

---

① 魏了翁：《师友雅言》下，见《鹤山先生大全文集》卷一〇九。

② 魏了翁：《跋康节诗》，见《鹤山先生大全文集》卷六二。

③ 《钦定四库全书总目》卷一六五，《仁山集》提要，第2198页。

④ 所谓"理障"，原是佛家语，谓执著文字而见理不真。诗歌中的"理障"，则是指说"理"破坏了诗的意境，妨碍了诗人情感的表达。

⑤ 吴乔《围炉诗话》卷五说："邵尧夫《三皇》、《五帝》等吟，全不似诗体。"见《清诗话续编》，第603页。

芸芸万感通，存处元寂然。一物一太极，不间大小年。随处无亏缺，井居而用迁。至人配天德，知周物之先。学者事何事，省察于眇绵。①

全诗皆为辨析“未发”、“已发”的理学概念，申述“理一分殊”的理学思想，几乎就是哲学讲义。真德秀的《题黄氏贫乐斋》诗其一云：“濂洛相传无别法，孔颜乐处要精求。须凭实学工夫到，莫作闲谈想象休。”其二云：“道乡曾举龙门话，认作玄关透悟机。儒佛差殊真眇忽，请君参取是耶非。”主要是讲明圣门为学之道，亦全为理语。道学家兴之所至，理语甚至溢而入词，如魏了翁的《鹧鸪天·寿范靖州》（谁把璇玑运化工）就有“三三律琯声余亥，九九玄经卦起中”之句，以至于他的弟子吴泳提出异议：“如侍郎歌词内‘重卦三三’、‘后天八八’、‘三三律管’、‘九九玄经’等语，觉得竟非词人之体。是虽胸次义理之富，浇灌于舌本，滂沛于笔端，不自知其然而然，但恐或者见之，乃谓侍郎尽以易玄之妙谱入歌曲，是则可惧也。”②可见其词亦为理所障。

邵雍有《观易》、《观书》、《观诗》、《观春秋》四吟，这又为“击壤派”开启了以经、子入诗，或者说以诗阐发经义的法门。《宾退录》云：“古今咏史之作多矣，以经、子被之声诗者盖鲜。张横渠始为《解诗》十三章。……洪忠宣著《春秋纪咏》三十卷，凡六百余篇。……张无垢亦有《论语绝句》百篇。……近岁尝见《纪孟十诗》，题张孝祥作，《于湖集》中无之，必依托者。……又有黄次伋者，不知何许人，赋《评孟》诗十九篇，极诋孟子，且及子思。”③林同（？—1276）著《孝诗》一卷，④专门题咏《孝经》所记之事。宋元之际陈普（1244—1315）为诗亦多以经书为题材，⑤如咏《论语》、《孟子》的绝句若干。这一类诗歌都如清人陆心源跋《石堂先生遗集》所言，“说经、说理亦浅腐肤

---

① 《鹤山先生大全文集》卷二。

② 吴泳：《与魏鹤山》（第三书），见《鹤林集》卷二八，文渊阁四库全书本。

③ 赵与旹：《宾退录》卷二，文渊阁四库全书本。

④ 林同（？—1276），字子真，号空斋处士，福清（今属福建）人。以荫授官，弃不仕。恭帝德祐二年，元兵破福清，被执，不屈死。

⑤ 陈普（1244—1315），字尚德，号惧斋，福州宁德（今属福建）人，学者称石堂先生。入乡塾，赴浙东从韩翼甫游。入元，三辟为本省教授，不起。

庸”,“诗文至宋季而极弊,此其尤者”。①

“击壤派”以诗说理、排斥言情是为了“防淫正俗”,前述《文章正宗》的选诗标准,凡“闺情、宫怨之类皆勿取”,《古诗十九首》中言及男女之情的都被删削。南宋以后某些理学家的诗,因为窒息人欲、消弭激情,诗中尽是枯燥的理念和干瘪的文字,诗歌也就失去了生命活力。

虽然理胜于辞的弊病不可避免,但理学家作的言理之诗并非一无可取,江湖诗人林希逸用义理语作精致诗,语言本身即具耐人含咀的美感。濂洛一脉如程颢、张栻乃至于朱熹等许多道学家亦有不少有形象,或是深刻思理出于衷心自得,具有感发力量的理学诗。如真德秀的《赠叶子仁》:

花正纷红俄骇绿,月才挂璧又沉钩。
世间万事都如此,莫道双眉浪自愁。②

魏了翁的《二月十九日席上赋》:

野荼蘼发雪堆墙,草牡丹开月照梁。
世眼都随人毁誉,不知底处是真香。③

不过,南宋后期很多道学家已经没有前辈学者那样深厚的学术修养,也没有一定的文学艺术修养和创造力,而是急功近利,如罗大经所言,“放舍六经而观语录。甚者将程、朱语录而编之若策括、策套”,挂在口边以为饰身之具而已。“击壤派”作诗也就向“有韵语录”方向发展。如《濂洛风雅》所载徐侨的《偶书二首》:

有原一本流无穷,有物万殊生不同。
自从太极两仪后,往古来今感应中。

日月东西递往还,四时迁易不曾闲。

---

① 陆心源:《陈石堂集跋》,见《仪顾堂集》卷一五。
② 真德秀:《西山先生真文忠公文集》卷一。
③ 魏了翁:《鹤山先生大全文集》卷九。

要知天地生成妙，只在阴阳进退间。①

不过是粗浅的道学议论，正如刘克庄所批评的："近世贵理学而贱诗，间有篇咏，率是语录、讲义之押韵者耳。"②故郭绥之云"此甚便于俭腹子，五车三箧总宜焚"（《偶述六绝句》，见《万首论诗绝句》），只需背诵得若干道学家的语录就可做"击壤派"的诗人了。

邵雍的《击壤集》多以口语入诗，"击壤派"之末流则变本加厉，诗中本是枯燥言理，语言也以浅俗的"语录体"白话居多。③ 如陆氏心学传人杨简（1141—1226）不留心文字，诗歌"尤平浅，颇仿《击壤》之体，其杂以语录气者，尤类近代语体诗。"④等而下之者，就流为腐儒的打油诗了。

（三）"击壤派"的志道忘艺

理学家论文鄙薄词华，推崇平淡，故真德秀的《文章正宗》推崇陶渊明的诗，又明言若不能"明义理"，则"辞虽工亦不录"。梁椅《续文章正宗跋》曰："文以理为准，理到则辞达。"对于"辞达"和"平淡"，理学家与文学家的理解有云泥之别。⑤ 道学家因主辞达而认为无须文采，同时他们也认为不作任何艺术上的讲求，以率意平浅为平淡。声律是诗歌艺术的要素之一，邵雍在《击壤集序》中自称"所作不限声律"，道学家们也因为反对近体诗在声律方面的讲求而视之为风雅的每况愈下，于是"击壤派"为诗破弃声律，故刘克庄云："近世理学兴而诗律坏。"

邵雍自称"平生无苦吟"（《无苦吟》，《伊川击壤集》卷一七），"未始用雕

① 徐侨：《偶书二首》，见《濂洛风雅》卷五。

② 刘克庄：《跋吴恕斋诗存稿》，见《后村先生大全集》卷一一〇。

③ "语录体"：理学家讲学之言被弟子记录称为"语录"，多是白话。

④ 近人傅增湘《明嘉靖本慈湖先生遗书跋》，见《藏园群书题记》卷一四。

⑤ 苏轼《答谢民师书》云："夫言止于达意，即疑若不文，是大不然。求物之妙，如系风捕影，能使是物了然于心者，盖千万人而不一遇也，而况能使了然于口与手乎？是谓之辞达。辞至于能达，则文不可胜用矣。"（《经进东坡文集事略》卷四六）且可参阅郭绍虞《中国文学批评史上文与道的问题》，见《照隅室古典文学论集》上编，上海古籍出版社1983年版。

苏轼《与侄书》解释"平淡"曰："凡文字，少小时须令气象峥嵘，彩色绚烂。渐老渐熟，乃造平淡。其实不是平淡，绚烂之极也。"宋代文人所谓"平淡"是超越"峥嵘"、"绚烂"后达到的艺术美感的最高境界。在这个意义上推崇陶诗的"平淡"，是因为它"质而实绮，癯而实腴"（苏轼《与苏辙书》）。

镌”(《谈诗吟》,同上卷一八),“击壤派”亦“以修词为末”,“不论工拙”,弃置千余年诗歌艺术传统和经验,创作极为粗糙平庸,还自认为是“志道忘艺”。孙奕对邵雍之诗极表推崇,云:

> 康节先生六言《四贤吟》云:“彦国之言铺陈,晦叔之言简当。君实之言优游,伯淳之言条畅。四贤洛阳之望,是以在人之上。有宋熙宁之间,大为一时之壮。”今尽去其“之”字,为五言亦可,乃见有不为剩,无不为欠。至如“前日之事,今日不行。今日之事,后来必更”,此是又有韵散文也,施之文卷中,人将罔觉。前辈于诗,得《三百篇》微旨盖如此。①

观念的不同正是造成“击壤派”诗歌与传统文人诗歌艺术差距的原因所在。从这段评价中可见“击壤派”的诗歌审美标准已经到了令传统文人匪夷所思的地步。道学之诗与诗人之诗之间的巨大隔阂,诚如千秋吴越了。

“击壤派”是道学势力向文学扩张的产物,它以邵雍的《伊川击壤集》为滥觞,朝着志道忘艺的方向发展,沿波不返,已经失去了文学的特质。四库馆臣的批评十分精到:

> 夫德行、文章,孔门即分为二科;儒林、道学、文苑,《宋史》且别为三传。言岂一端,各有当也。以濂、洛之理责李、杜,李、杜不能争,天下亦不敢代为李、杜争。然而天下学为诗者,终宗李、杜,不宗濂、洛也。此其故可深长思矣。②

这是对整个理学诗派的总结,当然也包括“击壤派”在内。编纂《濂洛风雅》的金履祥,平生著作甚富,现仅存《仁山集》六卷,其诗亦仿佛《击壤集》,而“所作均不入格,固其所矣”。③ 在元、明两代部分理学家诗人的作品中,《击壤集》的影响非常明显而深远。清代张伯行曾再编《濂洛风雅》九卷,选入宋代道学诗人十七家的诗歌。④

---

① 孙奕:《示儿编》卷一〇“康节诗无施不可”,文渊阁四库全书本。

② 《钦定四库全书总目》卷一九一,《濂洛风雅》提要,第2672页。

③ 《钦定四库全书总目》卷一六五,《仁山集》提要,第2198页。

④ 可参阅祝尚书《论“击壤派”》一文,见《文学遗产》2001年第2期。

第四节　繁声竞作　变态百出

——南宋后期的词

宁宗、理宗时期，词沿着中兴时期的线索继续发展。一些词人承继辛派词风，他们痛愤、激切地发抒意气，表白心迹，不着意于字句、韵律的工稳和谐。而相较于辛弃疾词的刚柔并济、沉郁顿挫来说，这些辛派后劲的词作往往缺乏艺术上的精心锻炼，情思不能盘郁深沉，因而不免有粗豪叫嚣之弊，戴复古、刘克庄、陈人杰等属于此类。另一些词人则师法周邦彦和姜夔，他们重视发挥词体独有的美感，谨守格律，极意雕琢，创作上以格调骚雅为根本追求。宗法姜夔的词人有张辑、卢祖皋、赵以夫等，史达祖、高观国和吴文英则上承清真一脉，尤其长于咏物，其词或秀丽隽致，或密丽艳冶，各具特质，皆卓然名家。不过在南宋后期，骚雅之词因为阳春白雪曲高和寡，接受者已经局限于文人雅士群体，姜夔、吴文英的有些词渐渐无人能歌了。①

一　辛、姜二派不绝如缕

（一）辛派后劲：刘克庄、陈人杰等

刘克庄存词约二百六十余首。他主张“词当协律，使雪儿、春莺辈可歌，不可使气为色”，推称“前辈惟耆卿、美成尤工”。② 其《贺新郎·席上闻歌有感》既写身世之感，亦表明了自己对于歌词创作的观点：

妾出于微贱。少年时、朱弦弹绝，玉笙吹遍。粗识国风关睢乱，羞学流莺百啭。总不涉、闺情春怨。谁向西邻公子说，要珠鞍、迎入梨花院。身未动，意先懒。　　主家十二楼连苑。那人人、靓妆按曲，绣帘初卷。道是华堂箫管唱，笑杀鸡坊拍衮。回首望、侯门天远。我有平生

① 刘克庄《后村诗话》和张炎的《西子妆慢》词序都提到这种情形。

② 刘克庄：《刘澜乐府跋》，见《后村先生大全集》卷一〇九。

《离鸾操》，颇哀而不愠微而婉。聊一奏，更三叹。①

从所言“粗识国风关雎乱，羞学流莺百啭。总不涉闺情春怨”，“颇哀而不愠微而婉”来看，刘克庄是以“雅正”作为词的审美标准的，不过他的表达方式则是辛派作风。刘克庄对辛弃疾词最为喜爱，自言“幼皆成诵”，推崇辛词“大声鞺鞳，小声铿鍧，横绝六合，扫空万古，自有苍生以来所无”。② 他也继承了辛弃疾豪迈雄劲的词风，如冯煦所谓“后村词，与放翁、稼轩，犹鼎三足。其生丁南渡，拳拳君国，似放翁；志在有为，不欲以词人自域，似稼轩”，③堪称辛派后劲。

刘克庄词常常涉及现实政治，表达对国家命运的忧念、抒发英雄抱负或是自伤失意。如《沁园春·梦孚若》云：

何处相逢，登宝钗楼，访铜雀台。唤厨人斫就，东溟鲸脍，圉人呈罢，西极龙媒。天下英雄，使君与操，余子谁堪共酒杯。车千辆，载燕南赵北，剑客奇才。　　饮酣画鼓如雷，谁信被晨鸡轻唤回。叹年光过尽，功名未立，书生老去，机会方来。使李将军，遇高皇帝，万户侯何足道哉。披衣起，但凄凉感旧，慷慨生哀。④

上片写梦境，境界极其阔大，意气极为飞扬豪爽；下片以鸡鸣唤回现实，悲老大不遇，有志难申，伤知己已逝，幽明两隔。词人伤时忧国、感旧生哀的悲慨在虚实对照中发泄无余，词情跌宕，笔势纵横。章法与之相似有《满江红·夜雨凉甚，忽动从戎之兴》，是宁宗嘉定十一年(1218)，刘克庄在江淮制置使李珏幕府亲临前线时所作。其词上片激情描绘其境其人之豪壮英伟，下片陡然转入闲淡。“生怕客谈榆塞事，且教儿诵《花间集》”，故作旷达之语；结句“叹臣之壮也不如人，今何及”，以反语发抒牢骚，词人满腔郁怒不平之气充塞字里行间，不言自见，与辛弃疾《鹧鸪天》之“却将万字平戎策，换得东家

① 《全宋词》，第2629页。
② 刘克庄：《辛稼轩集序》，见《后村先生大全集》卷九八。
③ 冯煦：《蒿庵论词》，见《词话丛编》，第3595页。
④ 《全宋词》，第2594页。

种树书”同一机杼。

《贺新郎·九月》云：

> 湛湛长空黑。更那堪、斜风细雨，乱愁如织。老眼平生空四海，赖有高楼百尺。看浩荡、千崖秋色。白发书生神州泪，尽凄凉、不向牛山滴。追往事，去无迹。　　少年自负凌云笔。到而今、春华落尽，满怀萧瑟。常恨世人新意少，爱说南朝狂客。把破帽、年年拈出。若对黄花孤负酒，怕黄花、也笑人岑寂。鸿北去，日西匿。①

词人感叹当年满怀抱负，而今却只余暮年萧瑟，空对风雨江山，抛洒清泪。词情在不遇之深慨中又交织着一种睥睨世俗、眼空四海的狂傲之气，终归为百般无奈，惟有对黄花饮酒以遣愁怀。末以登高之景语作结，景中蕴涵深意：北望中原，平定无期；而日渐西沉，国势亦危殆难以挽回。词中用典实如《三国志》卷七《魏书》七《陈登传》、《史记·司马相如传》、《晋书·孟嘉传》并江淹《恨赋》，极精当妥帖。相较于稼轩，此词可谓毫不逊色。

刘克庄的豪放词作还有很多，如《前调·杜子昕凯歌》感慨敌军“作么一年一来一度，欺得南人技短”，“叹几处、城危如卵”，悲愤莫名；《前调·跋唐伯玉奏稿》云“新来边报犹飞羽，问诸公、可无长策，少宽明主”，对蒙古大军压境的焦虑溢于言表；《贺新郎·实之三和，有忧边之语，走笔答之》云“问长缨、何时入手，缚将戎主?”“快投笔，莫题柱”、《贺新郎·送陈真州子华》云“算事业须由人做”，勉励友人勇于自任，将身许国，意气昂扬激越。总的来说，刘克庄的这类词作与辛派词人的豪气词具有共同的弱点，即情、辞皆较为单一直肆，词风过于高亢雄放，而沉郁顿挫不及。词中大量用典用事，以经史典籍中的成句入词，议论唱叹，行文畅达，效稼轩“以文为词”，但熔铸词句不如辛词精警，相较之下，不免有粗疏之感。

刘克庄有些小令颇有一种通俗的情趣，如《长相思·惜梅》：

> 寒相催。暖相催。催了开时催谢时。丁宁花放迟。　　角声吹。

---

① 《全宋词》，第2625页。

笛声吹。吹了南枝吹北枝。明朝成雪飞。①

《卜算子》：

片片蝶衣轻，点点猩红小。道是天公不惜花，百种千般巧。　朝见树头繁，暮见枝头少。道是天公果惜花，雨洗风吹了。②

皆思致新巧，口角轻俏，呈现一种清浅、流利之美。这种通俗的风格在诗词传统中本有渊源，而出现在南宋后期文人词中，应该从通俗美学趣味对雅文学产生影响的这个角度去加以重视。

必须指出的是，刘克庄有相当多数量的酬应之作，题材以寿词尤多。体式上则屡见次韵唱和，例如《沁园春·和林卿韵》多至十阕。③ 这些词作的主旨已经不是抒发内心情志，而是酬应外在人事，艺术上很难出色，但也表明词的功能已经开拓到与诗歌几乎没有分别了。

陈人杰(1217—1243?)又名陈经国，字伯夫，号龟峰，福建长乐人，青年时浪游江南、两淮之地，有《龟峰词》。陈人杰享年不永，陈容跋《龟峰词》谓其与李贺"俱不尽其才而死"。其词共得三十一首，大都抒写家国之愤和身世之悲，词风感慨英迈，语言典雅凝重，而皆用《沁园春》词调，甚是奇特。如理宗嘉熙四年(1240)作《沁园春》词，前有序曰：

予弱冠之年，随牒江东漕闱，尝与友人暇日命酒层楼。不惟钟阜、石城之胜，班班在目，而平淮如席，亦横陈樽俎间。既而北历淮山，自齐安溯江泛湖，薄游巴陵，又得登岳阳楼，以尽荆州之伟观。孙、刘虎视遗迹依然；山川草木，差强人意。洎回京师，日诣丰乐楼以观西湖。因诵友为"东南妩媚，雌了男儿"之句，叹息者久之。酒酣，大书东壁，以写胸中之勃郁。时嘉熙庚子秋季下澣也。

当时蒙古已然兴起，南宋政权处于风雨飘摇之中。词序交代背景与词旨，而造语遒劲、情感慷慨，写得气魄沉雄。词云：

---

① 《全宋词》，第2611页。

② 《全宋词》，第2642页。

③ 《全宋词》，第2597—2600页。

记上层楼，与岳阳楼，酾酒赋诗。望长山远水，荆州形胜；夕阳枯木，六代兴衰。扶起仲谋，唤回玄德，笑杀景升豚犬儿。归来也，对西湖叹息，是梦耶非？　诸君傅粉涂脂，问南北战争都不知。恨孤山霜重，梅凋老叶；平堤雨急，柳泣残丝。玉垒腾烟，珠淮飞浪，万里腥风吹鼓鼙。原夫辈，算事今如此，安用毛锥！①

上片叙游踪，望荆州形胜，想起三国豪雄之英气，钟山石头城则触发六朝兴亡之感，结句回到眼前景；下片承上，感慨南宋君臣亦对西湖山水，醉生梦死。眼前景凋残动荡、风雨相逼，传递出词人心境、国家所处之困境。以自嘲作结而深寓激愤之情。

陈人杰又有《沁园春》（诗不穷人），以词论诗，辩驳“诗能穷人”的说法。词人认为诗凝聚了“乾坤清气”，诗才较富贵利禄更为珍贵，诗人留名青史又胜于将相贵胄煊赫于一时，议论滔滔，直是一篇词论。

此期还有戴复古、吴潜、李曾伯、方岳等能效稼轩词风。然而在辛弃疾的时代，人们心怀热望，国事犹有可为。此际世易时移，江河日下，词人纵然自负英雄怀抱，也难以再强为悲慨纵横的高音。无论是刘克庄、陈人杰或其他词人，尽管词风犹然豪放，而细品词情，则往往在悲愤莫名中又弥漫着一种焦灼、无奈甚至是颓废之感。况且此期词家胸襟、才力亦有限，以至手不应心。如戴复古《沁园春》（一曲狂歌）发抒平生功业无成、诗酒飘零之深慨，其直抒胸臆、反复倾诉而成“愁叹之声”，缺少叩击心弦的力量。此外由于辛派词风豪放，故如沈义父所云，“近世作词者，不晓音律，乃故为豪放不羁之语，遂借东坡、稼轩诸贤自诿”。② 辛派末流的词作，又如仇远所言：“又怪陋邦腐儒、穷乡村叟，每以词为易事，酒边兴豪，即引纸挥笔，动以东坡、稼轩、龙洲自况，极其至，四字《沁园春》、五字《水调》、七字《鹧鸪天》、《步蟾宫》，抚几击缶，同声附合，如梵呗，如《步虚》，不知宫调为何物，令老伶俊倡面称好而背窃笑。”③辛派末流一方面勉强发为狂歌壮语，“空余豪气峥嵘”，一方

---

① 《全宋词》，第3079页。
② 沈义父：《乐府指迷》，见《词话丛编》，第282页。
③ 仇远：《山中白云词序》，见《山中白云词》卷首，文渊阁四库全书本。

面破弃声律，艺术上失于锻炼，辛派词风就渐趋没落了。

（二）姜派传人：张辑、赵以夫、柴望等

南宋后期也有一些词人师法姜夔。张辑是其中成就较高的。张辑（生卒年不详），字宗瑞，号庐山道人、东泽、东仙等。他是饶州鄱阳人（今江西波阳），与姜夔同乡。张辑一生未入仕途，过着优游闲雅的生活，“家本二千石而瓶不储粟；身本贵游子而癯如不胜衣；举世阿附，而日夜延骚人韵士论说古今。客退吟余，寄趣徽轸，曾不一毫预尘世事，盖所养相似，所吟亦不相违……”。[①] 他倾慕姜夔，为作《白石小传》。姜夔没有专门论词的著作，《白石道人诗说》主要讲诗法，而艺术精神其实与词相通。张辑不但“得诗法于姜尧章”，[②]其词集《东泽绮语债》存词四十一首，皆以篇末三数字另立新名，依贺铸《东山寓声乐府》例，其中不但有“颇用白石歌曲语，如‘象笔鸾笺’、‘高柳晚蝉’之类”在较浅层次上借鉴姜词的，[③]也有一些得姜词精髓又自具面貌的好词，《疏帘淡月·寓〈桂枝香〉·秋思》堪称杰构：

梧桐雨细。渐滴作秋声，被风惊碎。润逼衣篝，线袅蕙炉沉水。悠悠岁月天涯醉，一分秋、一分憔悴。紫箫吟断，素笺恨切，夜寒鸿起。

又何苦、凄凉客里。负草堂春绿，竹溪空翠。落叶西风，吹老几番尘世。从前谙尽江湖味。听商歌、归兴千里。露侵宿酒，疏帘淡月，照人无寐。[④]

词人将凄凉感伤之情一寓于幽远清雅之境。上片写秋窗风雨夕，笔触细腻。如“秋声”“被风惊碎”，“线袅蕙炉”，造语新颖，遣字精工；下片抒情，又虚实对照。以淡雅凄清之景作结，余韵不绝。“一分秋、一分憔悴”，“落叶西风，吹老几番尘世”，感慨尽在虚处，清空颇近白石，而特具一份恬淡而缠绵的情

① 陈郁：《藏一话腴》外编卷下，见《说郛》卷五，中国书店 1986 年据涵芬楼 1927 年版影印。

② 朱湛卢为张辑词集所作序文，谓其“得诗法于姜尧章，其世所传《欸乃集》，皆以为采石月下，谪仙复作，不知其又能词也”。见黄昇《花庵词选续集》卷九“张宗瑞”下简介。《藏一话腴》亦谓之尝“受诀白石”。

③ 可参阅饶宗颐《词籍考》卷五相关评介。

④ 《全宋词》，第 2551 页。

思。

张辑也有风格稍接近辛弃疾的词作，如《如此江山·寓〈齐天乐〉》：

西风扬子江头路。扁舟雨晴呼渡。岸隔瓜洲，津横蒜石，摇尽波声千古。诗仙一去。但对峙金焦，断矶青树。欲下斜阳，长淮渺渺正愁予。　中流笑与客语。把貂裘为浣，半生尘土。品水烹茶，看碑忆鹤，恍似旧曾游处。聊凭陆谞。问八极神游，肯重来否。如此江山，更苍烟白露。①

他如《钓船笛·寓〈好事近〉》"载酒岳阳楼，秋入洞庭深碧"，《月上瓜洲·寓〈乌夜啼〉·南徐多景楼作》"英雄恨，古今泪，水东流"等，皆境界苍凉、风格劲健峭拔，可见南宋后期辛、姜二派的词风实有所交集。

赵以夫（1189—1256），字用父，号虚斋，郓（今属山东）人，居长乐（今福建长乐）。嘉定十年（1217）进士，官终礼部尚书，资政殿学士。有《虚斋乐府》二卷，存词六十七首。前有淳祐九年（1249）自序，自称"芝山老人"。赵以夫久在官场，其词多为咏物及酬应之作，主要抒写士大夫文人的高情雅致以及人生感慨，清代汪森将其归于姜夔一派。② 赵以夫的词虽然不免"平浅"、"伉坠"、"说得太显，不耐寻味"之病，③但也有不少清空雅洁之作，总体风格还是落在姜夔词风的圈子里。如咏琼花的《扬州慢》（十里春风）中"为问竹西风景，长空淡、烟水悠悠。又黄昏，羌管孤城，吹起新愁"。意象和语言都出自姜夔的《扬州慢》（淮左名都）。其《孤鸾·梅》云：

江南春早。问江上寒梅，占春多少。自照疏星冷，祗许春风到。幽香不知甚处，但迢迢、满汀烟草。回首谁家竹外，有一枝斜好。　记当年、曾共花前笑。念玉雪襟期，有谁知道。唤起罗浮梦，正参横月小。凄凉更吹塞管，漫相思，鬓华惊老。待觅西湖半曲，对霜天清晓。④

---

① 《全宋词》，第2552页。

② 汪森《词综序》："鄱阳姜夔出，句琢字炼，归于醇雅。于是史达祖、高观国羽翼之，张辑、吴文英师之于前，赵以夫、蒋捷、周密、陈允衡、王沂孙、张炎、张翥效之于后。"

③ 陈廷焯：《白雨斋词话》卷八，见《词话丛编》，第3966页。

④ 《全宋词》，第2660页。

词境清雅不俗，人谓之“一尘不染”。[①] 咏梅兼寓怀人之意，与姜夔《暗香》(旧时月色)机杼近似。竹外疏花，幽冷梅香，花下玉人，湖边清影等意象也都出自姜词。

柴望(1212—1280)，字仲山，号秋堂，又号归田，衢州江山(今属浙江)人。绍定、嘉熙间为太学上舍生。宋亡后与从弟随亨、元亨、元彪，称“柴氏四隐”。有词集《凉州鼓吹》一卷，原本已佚，今仅存词十三首。柴望推崇姜词“登高眺远，慨然感今悼往之趣，悠然托物寄兴之思，殆与古《西河》、《桂枝香》同风致，视青楼歌、红窗曲万万”。[②] 自谓其词能继承“白石衣钵”，可见他是一位自觉师法姜夔的词人。柴望《桂枝香》云“如今雪上萧萧鬓，更相思、连夜花发。柘枝犹在，春风那似，旧时宋玉”；《摸鱼儿》云“乡心最苦。算只有娟娟，马头皓月，今夜照归路”等，与姜夔词之情味皆颇近似。

叶嘉莹论及词风与词人生命格调具有对应关系时曾说：“我一向以为词虽小道……而其意境风格之异，却往往可以反映出一个作者心性中最幽隐的品质，这实在是非常值得我们玩味的一件事。”姜夔词风之高雅峻洁是其清高狷介个性的反映，从南宋后期效仿姜夔的词作来看，往往能得其清雅，却少了一点孤高傲世的精神。

二 “清真之附庸”、“白石之羽翼”——史达祖、高观国的词

清代浙西词派认为史达祖、高观国是姜夔一派，[③]其实他们的词风并不特别相近。而王士祯认为“南渡后，梅溪、白石、竹屋、梦窗诸子极妍尽态，反有秦、李所未到者”，[④]他指出这几家词人在琢字炼句、审定音律，描写情事尽态极妍等方面的一致之处，却是很有见地的。

(一)史达祖的词

史达祖(生卒年不详)，字邦卿，号梅溪，汴梁(今河南开封)人。正史无

---

① 李调元：《雨村词话》卷三“虚斋梅花词”，见唐圭璋《词话丛编》，第1429页。

② 柴望：《凉州鼓吹自序》，文渊阁四库全书本。

③ 如前所举汪森《词综序》所言。又朱彝尊《黑蝶斋诗余序》云：“词莫善于姜夔，宗之者张辑、卢祖皋、史达祖、吴文英、蒋捷、王沂孙、张炎、周密、陈允平、张翥、杨基，皆具夔之一体。”

④ 王士祯：《花草蒙拾》，见唐圭璋《词话丛编》，第682页。

传,南宋后期叶绍翁的《四朝闻见录》、周密的《浩然斋雅谈》等笔记中记载了他的一些事迹。史达祖未得科名,韩侂胄当国时为其堂吏,颇得宠信。韩败,史亦受黥刑流放。史达祖以词名世,有《梅溪词》一卷。他与张镃、姜夔同时而年辈稍后,张、姜二人都为《梅溪词》作过序,张序称扬其作"辞情俱到,织绡泉底,去尘眼中,妥帖轻圆,特其余事,至于夺苕艳于春景,起悲音于商素,有瑰奇、警迈、清新、闲婉之长而无逸荡、污淫之失,端可以分镳清真,平睨方回,而纷纷三变行辈,几不足比数"。① 姜夔则称其词"奇秀清逸,有李长吉之韵,盖能融情景于一家,会句意于两得"。②

1. 史达祖的咏物词

咏物词在北宋已有,至南宋大盛。柳永、苏轼、周邦彦都擅长作咏物词。如苏轼的《水龙吟》咏杨花妙在不即不离;周邦彦的《花犯》咏梅花"纡徐反覆,道尽三年间事",其词圆美流转如弹丸,③在艺术上都已达到了高妙的境界。南宋姜夔《齐天乐》咏蟋蟀词,刻画工细,寄托遥深。《念奴娇》(闹红一舸)咏荷花,《暗香》、《疏影》咏梅,这些词借物咏怀,大都巧于构思。史达祖生于其后,亦以善于咏物著称词史。不过周邦彦、姜夔咏物词重主观情感之抒发,多有寄托,故言近旨远,其味深厚。史达祖的咏物词近于柳、苏一路,专意体物,少有寄托,但表现技巧极精,很大程度上弥补了其咏物词情志内涵方面的欠缺。

《双双燕·咏燕》是史达祖咏物名篇。其词通篇运用拟人化的手法,生动传神地描摹双燕的意态。以"软语商量不定"形容燕语呢喃,以"快拂花梢"、"分开红影"来形容燕子的轻灵俊捷。"芹泥雨润"、"贴地争飞"写燕子筑巢,"忘了天涯芳信"关合燕子的候鸟习性,更处处扣住燕之为"双"。姜夔极称其"柳昏花暝"之句,④盖因词人渲染双燕饱览春光,沉醉花柳,想象尤其新奇。结尾以思妇凭阑念远照映春燕双飞双栖,更有余韵。王士祯评其词

① 张镃:《梅溪词序》,见《梅溪词》卷首,文渊阁四库全书本。

② 毛晋:《梅溪词跋》引,附《梅溪词》卷末。

③ 黄昇:《花庵词选》卷七《花犯·梅花》下批语,文渊阁四库全书本。

④ 黄昇:《花庵词选续集》卷七《双双燕·咏燕》下批语。

曰:“咏物至此,人巧极天工矣。”①

又如《绮罗香·春雨》:

做冷欺花,将烟困柳,千里偷催春暮。尽日冥迷,愁里欲飞还住。惊粉重、蝶宿西园,喜泥润、燕归南浦。最妨它、佳约风流,钿车不到杜陵路。　沉沉,江上望极,还被春潮晚急,难寻官渡。隐约遥峰,和泪谢娘眉妩。临断岸、新绿生时,是落红、带愁流处。记当日、门掩梨花,剪灯深夜语。②

上片写春雨如烟似梦,下片写春愁缠绵凄迷,通篇不出一个“雨”字,③而句句扣住“春雨”,关合春愁,体物细腻而含思宛转。词人通过描述雨中远近、动静、浓淡不同的景物以及心理感受,用侧面点染与烘托的手法把“春雨”之情态、意味写得淋漓尽致。词人又工于造语炼字,用事精雅。如“偷催春暮”,用“偷”字写出在春雨绵绵中,春光不知不觉地流逝。“临断岸、新绿生时,是落红、带愁流处”一句意境生新优美,最为姜夔所叹赏。④ 结句“记当日门掩梨花,剪灯深夜语”,从“梨花一枝春带雨”和李商隐《夜雨寄北》的“何当共剪西窗烛,却话巴山夜雨时”中化出,不但暗示“雨”意,又兼寓怀人之感。章法上构成今昔对照,又更增缠绵婉转之致。

《东风第一枝·咏春雪》词云:

巧沁兰心,偷黏草甲,东风欲障新暖。谩凝碧瓦难留,信知暮寒轻浅。行天入镜,做弄出、轻松纤软。料故园,不卷重帘,误了乍来双燕。　青未了,柳回白眼。红欲断,杏开素面。旧游忆着山阴,厚盟遂妨上苑。寒炉重暖,便放慢春衫针线。恐凤鞋、挑菜归来,万一灞桥相见。⑤

---

① 王士祯:《花草蒙拾》,见唐圭璋《词话丛编》,第683页。

② 《全宋词》,第2326页。

③ 北宋词人咏物一般都不忌题字,如苏轼《水龙吟·和章质夫杨花词》中便有“不是杨花,点点是离人泪”之句,点出题字。史达祖的咏物词多不出题字,无论是《玉楼春·梨花》、《双双燕·咏燕》等等皆如此,可视为史词的特色之一。

④ 见黄昇《花庵词选续集》卷七《绮罗香·春雨》下批语。

⑤ 《全宋词》,第2327页。

词人上片和下片的前两句皆就春雪落笔，极细腻地描绘春雪轻盈飘舞和雪中草木的姿态。而“料故园”两句和下片“旧游”以下诸句皆宕开，以虚笔衬托。这种虚实相间的手法使得史达祖的咏物词能绘形绘神而不沾滞于物。结尾两句“尤为姜尧章拈出”，①它与《双双燕·咏燕》“愁损翠黛双蛾，日日画栏独凭”，《绮罗香·咏春雨》“记当日门掩梨花，剪灯深夜语”机杼相同，在主意完成之后，凌空一笔曳出人情，遂平添悠然余韵。

周邦彦咏词已经“抚写物态，曲尽其妙”，②南宋词人咏物无论在章法安排还是遣词造句方面都日益精巧。张炎举史达祖《东风第一枝》咏雪，《双双燕》咏燕，姜夔《暗香》、《疏影》及《齐天乐》咏蟋蟀等词为例，谓“皆全章精粹，所咏了然在目，且不留滞于物”。③ 陈廷焯则认为“白石、梅溪皆祖清真，白石化矣，梅溪或稍逊焉，然高者未尝不化”。④ 不同于有意为寄托的姜夔词往往遗貌取神，史达祖的咏物更着力于“尽态极妍”。其词之辞藻工致，笔触细腻传神，构思新警，音律谐美、风格典丽与清真一脉相承，而秀逸清俊过于周词。

正如张炎所言，“诗难于咏物，词为尤难。体认稍真，则拘而不畅，模写差远，则晦而不明”，⑤其妙在不离不即，不沾不脱。姜夔咏物遗形取神以寄托情意，情意蕴涵深厚高远则自然不滞于物。梅溪词单纯咏物，寄托不深，为避免沾滞，词人较少正面描写物象，更多从侧面着笔，以烘托映衬为主，从而达到既写形精工，又摄取神情的目的。梅溪尤其善于运用拟人手法，如《玉楼春·赋梨花》曰“黄昏著了素衣裳，深闭重门听夜雨”；《祝英台近·蔷薇》云“见郎和笑拖裙，匆匆欲去，蓦忽地，罥留芳袖”；《菩萨蛮·赋玉蕊花》云“十五年来凝伫，弹尽胭脂雨”；《瑞鹤仙·赋红梅》云“被高楼横管，一声惊

① 见黄昇《花庵词选续集》卷七《东风第一枝·咏春雪》下批语。

② 强焕：《片玉词序》，见《片玉词》卷首，文渊阁四库全书本。王国维《人间词话》亦称之“言情体物穷极工巧”。

③ 张炎：《词源》卷下“咏物”条，见唐圭璋《词话丛编》，第262页。

④ 《白雨斋词话》卷二“梅溪东风第一枝”条，见唐圭璋《词话丛编》，第3800页。

⑤ 《词源》卷下“咏物”条。吴衡照《莲子居词话》卷一也说：“咏物虽小题，然极难做，贵有不粘不脱之妙，此体南宋诸老尤擅长。”见唐圭璋《词话丛编》，第2417页。

断,却对南枝洒泪”;等等,所拟形象情意丰盈而又关合物象特性,令所咏之物平添了情韵。他又善于在词尾添入人的形象和情思,以人衬物,令词境宕开。这些修辞手法和章法的运用安排,就使得史达祖咏物既能形神俱似又不拘泥沾滞。

史达祖的词在字面和句法方面琢炼极精,张炎称其词“格调不侔,句法挺异”,又盛赞其“临断岸、新绿生时,是落红、带愁流处”,“自怜诗酒瘦,难应接、许多春色”之句。[①] 陆辅之承张炎所教,在《词旨》讲“属对”、“警句”、“词眼”时多引梅溪词句为例。李调元称梅溪词“炼句清新,得未曾有”,[②]作《梅溪摘句图》,分起句、尾句、散句三部分摘录其词中警句。如《绮罗香·咏春雨》中“最妨它、佳约风流,钿车不到杜陵路”与周词《大酺·春雨》中“行人归意速,最先念、流潦妨车毂”同一机杼,“临断岸、新绿生时,是落红、带愁流处”与周词“红糁铺地,门外荆桃如菽”用意相同,皆借“新绿”、“落红”反衬春雨,然较之周词,情辞皆更增妩媚新警之致。梅溪词中遣字亦如张炎所言“深加锻炼,字字敲打得响,歌诵妥溜”,[③]如他“善用‘偷’字”已为周济拈出,[④]《双双燕·咏燕》中无论实字、虚字,皆可谓精炼玲珑。此外史达祖词中用典精切浑融,有含蓄蕴藉之美。

总的看来,史达祖主要继承了周邦彦词的章法技巧,其《东风第一枝》(草脚愁苏)赋立春词,立意用笔神似之。相较于周邦彦和姜夔二者,史达祖的咏物词婉雅似清真而更芳丽,清俊近白石而更灵动,虽然并无深意,亦堪称美词。当然“人工胜则天趣减”,巧思雕琢过甚即有欠自然。《齐天乐·咏白发》通篇累用与“白发”相关的典故,抒发抱负难伸的怨愤,立意显豁而情意不能浑融贯注,就很明显地的印证了周济指出的缺憾:“甚有心思,而用笔多涉尖巧”,“所谓一钩勒即薄者”。[⑤]

---

① 张炎:《词源》,见《词话丛编》,第258页。

② 李调元:《雨村词话》卷三“史梅溪摘句图”,见《词话丛编》,第1427页。

③ 张炎:《词源》卷下“字面”条,见《词话丛编》,第259页。

④ 周济:《介存斋论词杂著》“史达祖词”,见《词话丛编》,第1632页。

⑤ 周济:《介存斋论词杂著》,见《词话丛编》,第1632页。

2. 史达祖的使金词和晚期词作

向来人们对史达祖摹写精工的咏物之作比较重视，但史达祖也有一些抒发报国之志、意气感激的使金纪行词；其晚期词风苍凉凄楚，完全不同于前期词作的清新闲婉，①这些是公正评价史达祖和他的词作必须了解的。

《梅溪词》中的使金纪行词系开禧元年(1205)史达祖随礼部侍郎李壁使金往返道途中所作。② 这次北行大约从八月初出发，到达中都(今北京市)是闰八月，九月初返回，回程经过真定(河北正定)和旧都汴京。在这次旅程中，史达祖作了《龙吟曲·陪节欲行，留别社友》、《鹧鸪天·卫县道中有怀其人》、《齐天乐·中秋宿真定驿》、《惜黄花·九月七日定兴道中》、《满江红·九月二十一日出京怀古》等一系列词章，其故国之思、恢复之志皆自然流露于笔端。前三首乃词人北上时所作，后二首为南返时所作。③ 如《齐天乐·中秋宿真定驿》：

> 西风来劝凉云去，天东放开金镜。照野霜凝，入河桂湿，一一冰壶相映。殊方路永。更分破秋光，尽成悲境。有客踌躇，古庭空自吊孤影。　　江南朋旧在许，也能怜天际，诗思谁领？梦断刀头，书开蛩尾，别有相思随定。忧心耿耿，对风鹊残枝，露蛩荒井。斟酌姮娥，九秋宫殿冷。④

值中秋月圆之夜，想起国家金瓯破缺，不禁悲慨满怀。秋景凄寒，词人耿耿不寐，独吊孤影，怀人之情一并寓于词中。词风苍凉清劲，一改素来予人的“妥帖轻圆”的印象。

---

① 可参阅缪钺《灵溪词说》“史达祖”一节，上海古籍出版社1987年版。

② 据《续资治通鉴》卷一五七：开禧元年(1205)八月李壁权礼部侍郎，为贺金主生辰正使。史达祖随行，或为察看金国虚实以为北伐之准备。

③ 《满江红》一词，缪钺先生认为是“史达祖得罪被贬出京时所作”。这一说法可商榷。词云：“双阙远腾龙凤影，九门空锁鸳鸾翼。更无人，擫笛傍宫墙，苔花碧。”是“黍离”之感。又云：“天相汉，民怀国。天厌虏，臣离德。趁建瓴一举，并收鳌极。”当是史达祖北行“觇国”所见，认为北伐时机已经成熟，一举便可成功。其词表达了爱国恢复之志。可参阅龙建国《史达祖词的创作分期与艺术风貌》，《文学遗产》1995年第6期。

④ 《全宋词》，第2342页。

韩侂胄开禧三年(1207)被杀,史达祖也得罪流放。其晚期词作仅存有十余首,词风由清奇秀逸一变为激楚凄凉。《满江红·书怀》为史达祖被贬废后所作,可作这一时期的代表作,云:

> 好领青衫,全不向、诗书中得。还也费、区区造物,许多心力。未暇买田清颍尾,尚须索米长安陌。有当时、黄卷满前头,多惭德。　　思往事,嗟儿剧。怜牛后,怀鸡肋。奈棱棱虎豹,九重九隔。三径就荒秋自好,一钱不直贫相逼。对黄花、常待不吟诗,诗成癖。①

词人嗟叹一生的际遇,有科目困人的不平,有作吏谋生的无奈。曾经满怀抱负,眼前潦倒贫贱,一腔不平之气如鲠在喉,不吐不快。虽抒悲慨而笔力清劲遒健。此外如《秋霁》写贫士的失志悲秋之感,起笔"江水苍苍,望倦柳愁荷,共感秋色。废阁先凉,古帘空暮,雁程最嫌风力"。写景苍阔清远。词人瘦骨临风,夜闻秋声,牵动激楚悲凉之深慨。然词笔宕开,惟结句用折花赠别、寄远的两个典故写其怀旧衷肠,是虚笔。可见梅溪词笔善于以虚实相生是一以贯之的。此外如《八归》、《湘江静》等,玩味词情,似乎亦是晚期之作。如《湘江静》云:"屐齿厌登临,移灯后,几番凉雨。潘郎渐老,风流顿减,闲居未赋。"以平叙白描之笔,尽写出词人的孤独落寞、兴味索然。

(二)高观国的词

高观国(生卒年不详),字宾王,号竹屋,山阴(浙江绍兴)人。他一生未仕,身世无考。今存《竹屋痴语》一卷。高观国与史达祖为友,二人并称,②且曾结社酬唱。高观国的词笔婉丽清新,词风与史达祖相似。张炎将其与"秦少游、姜白石、史邦卿、吴梦窗"并提,亦称其"格调不凡,句法挺异,俱能特立清新之意,删削靡曼之词,自成一家"。③ 高观国也善于咏物,《竹屋痴语》中咏菊、海棠、水仙、梅、春水、秋叶等物的词作达数十首。他在命意布局、琢句

① 《全宋词》,第2343页。

② 黄昇《花庵词选续集》卷六"高观国"条下,曰:"陈造为序,称其与史邦卿皆秦、周之词,所作要是不经人道语,其妙处少游、美成、若唐诸公亦未及也。"

③ 《词源》卷下,见《词话丛编》,第255页。

炼字上时有巧思，但不免尖纤过甚，格调难高，不及史达祖之作深美。南宋末年的词选本选入高词数量亦多，如黄昇《中兴以来绝妙词选》选高词二十首，周密《绝妙好词》选高词九首。

《贺新郎·赋梅》（月冷霜袍拥）是其名作。其词工笔刻画梅之姿态、颜色、香味，语言婉丽；又用侧笔以冷月、寒波、群花来烘托，还将花拟人，颇见巧思，且用典精切。但缺乏传神之笔与文外曲致，不耐含咀，①且“更没纤毫尘俗态”，“想见那”，“柔酥弄白”等词锤炼未臻精致。《少年游·草》（香风吹碧）不正面写春草之形，而以春风、春云、飞花、流水、阶前、古道来映衬渲染，虽全词未见一“草”字，而句句不离春草。“萋萋多少江南恨，翻忆翠罗裙”化用牛希济《生查子》“记得绿罗裙，处处怜芳草”句意，而情物浑融无迹，饶有远韵。《玉楼春》是怀人之作：

> 春烟澹澹生春水。曾记芳洲兰棹舣。岸花香到舞衣边，汀草色分歌扇底。　　棹沉云去情千里，愁压双鸳飞不起。十年春事十年心，怕说湔裙当日事。②

上片追写从前欢悦旧事，不从正面描写女子的容色，而从“岸花香到舞衣”、“汀萍色分歌扇”着笔，以衬托女子的舞姿歌喉，用笔极灵妙有致；下片写追怀之情沉挚，“愁压双鸳飞不起”意境凄美，句法精警，前事耿耿不忘而结句言“怕说”，情味隽永。

《菩萨蛮》小令云：

> 春风吹绿湖边草，春光依旧湖边道。玉勒锦障泥，少年游冶时。
> 烟明花似绣，且醉旗亭酒。斜日照花西，归鸦花外啼。③

词写春景清绮，饶有花间词之蕴藉风致。有人认为是感事伤时之作，④以“少

---

① 陈廷焯《词则·大雅集》卷三评此词曰：“白石《暗香》、《疏影》，已成绝调，除碧山外，后人无能为继。此作于旁面取势，思深意远，亦可谓工于渲染矣。但冲厚之味不及白石、碧山。”

② 《全宋词》，第2349页。

③ 《竹屋痴语》，第2351页。

④ 陈廷焯《白雨斋词话》卷二评此词云：“竹屋‘春风吹绿湖边草’一章，纯用比意，为集中最纯正最深婉之作。”《词则·大雅集》卷三又评云：“感伤时事，不着力而自胜。”

年游冶”暗喻朝野一片酣嬉,结句“斜日照花西,归鸦花外啼”,系以比体隐喻半壁江山之日趋沉沦,与辛弃疾《摸鱼儿》词结句之“斜阳正在,烟柳断肠处”用意相同。

高观国与史达祖有唱和之作。如《雨中花》(旆拂西风)、《齐天乐·中秋夜怀梅溪》与《八归·重阳前二日怀梅溪》(楚峰翠冷)是史达祖“陪节”北行之际,高观国的送别寄怀唱和之作,皆情思真挚,境界苍凉,气格悲壮,叙事、抒情、议论融为一体,与寻常酬应遣兴之作风格不同。

三 眩人眼目的“七宝楼台”——吴文英的密丽之词

吴文英(1212? —1272?),字君特,号梦窗,晚号觉翁,四明(今浙江宁波)人。本姓翁,出继吴氏。平生久居苏、杭之地,游踪不出江、浙二省。他一生未仕,先后游于尹焕、吴潜、史宅之、贾似道之幕,又与姜夔、冯去非、沈义父等往还,交游极众,词集中有酬赠者达六七十人之多。吴文英以词名世,知音律,能自度曲,有《梦窗词》。存词三百五十余首。除应酬之作外,多为感旧怀人和咏物之词。吴文英是南宋词坛与姜夔、辛弃疾鼎足而立的著名词家。

吴文英的词自其身后至现代,论者褒贬各异,无有定评。贬之者认为其词“如七宝楼台,眩人眼目,碎拆下来不成片段”;①沈义父亦言“梦窗深得清真之妙,其失在用事下语太晦处,人不可晓”;②褒之者则以为“求词于吾宋者,前有清真,后有梦窗。此非焕之言,四海之公言也”;③或云梦窗词“以绵丽为尚,运意深远,用笔幽邃,炼字炼句,迥不犹人。貌观之雕绘满眼,而实有灵气行乎其间。细心吟绎,觉味美于方回,引人入胜,既不病其晦涩,亦不见其堆垛”。④ 其实评论者都已感受到梦窗词在语言和结构方面的特质:即字句精深华艳如七宝璀璨,而词之运意曲折幽深,脉络难寻。所以毁誉不同

① 张炎:《词源》卷下“清空”条,《词话丛编》,第259页。
② 沈义父:《乐府指迷》“吴词得失”,见《词话丛编》,第278页。
③ 黄昇:《花庵词选续集》卷一〇“吴君特”下引尹焕《梦窗词叙》。
④ 戈载:《宋七家词选》卷四。

者，只因为理解有深有浅，且趣味好恶各不相同。

吴文英所生之世，外有强敌为患，内有权臣误国。虽然不过是一介江湖文人，登临之际亦不免触目伤怀，抚事兴悲，不能自己。《八声甘州·灵岩陪庾幕诸公游》即为吊古伤今之作：

渺空烟四远，是何年、青天坠长星。幻苍崖云树，名娃金屋，残霸宫城。箭径酸风射眼，腻水染花腥。时靸双鸳响，廊叶秋声。　宫里吴王沉醉，倩五湖倦客，独钓醒醒。问苍波无语，华发奈山青。水涵空、阑干高处，送乱鸦、斜日落渔汀。连呼酒，上琴台去，秋与云平。①

起句发想无端，极高远寥落之致，“青天坠长星”形容灵岩山势之孤迥。“幻”字将苍崖云树、名娃金屋、繁华霸业化为一段泡影，写出词人面对吴宫旧址的寒烟衰草时生出的大惑深悲。“腻”水与“酸”风，出自杜牧《阿房宫赋》与李贺《金铜仙人辞汉歌》，用字新颖工妙之外，别具深意，尤见梦窗用笔幽邃。落叶作声，恍惚中幻为西子之屐声。下片承上，吴王“沉醉”美色，国事遂不可为。将古喻今，不免伤怀眼前国势岌岌可危，而朝廷宴安如故。唯有山峦览尽千古兴亡，犹自青青，人则感时伤世，华发早生。结句写景极苍茫空旷，融情入景。词境极古今、真幻、虚实之变，设想神奇，托意深切，余味不尽。

《高阳台·丰乐楼分韵得“如”字》是伤春之作：

修竹凝妆，垂杨驻马，凭阑浅画成图。山色谁题？楼前有雁斜书。东风紧送斜阳下，弄旧寒，晚酒醒余。自消凝，能几花前，顿老相如。　伤春不在高楼上，在灯前欹枕，雨外熏炉。怕舣游船，临流可奈清癯？飞红若到西湖底，搅翠澜，总是愁鱼。莫重来，吹尽香绵，泪满平芜。②

词人把春日的湖光山色写得寥落冷清。“东风紧送斜阳下”暗示国事危殆；

① 《全宋词》，第2926页。
② 《全宋词》，第2922页。

“伤春不在高楼上”,则触目皆成愁怀。词人忧生念世,料想万物皆同其悲哀。“飞红若到西湖底,搅翠澜,总是愁鱼”,是心中幻象,亦是主体情感的投射外化。飞红“搅”翠澜,遣字固然新奇艳丽,更暗示内心幽邃处情感波澜涌动。上片词人感伤春暮,结为“顿老相如”的身世之慨;下片触物感时,兴发万端,人生失意与国事日衰的悲哀浑然融汇,终于“吹尽香绵,泪满平芜”,弥漫不可收拾。

《齐天乐·与冯深居登禹陵》是登临感怀之名篇,不同于一般人的吊古之作。其词写景、抒情皆予人寥远苍茫之感。词人感慨三千年之兴亡与自身如梦般的悲欢离合,借下片剪灯夜话作一交结。沧海桑田、世易时移与眼前山色兀自青青、冬去春来又将迎神赛会造成复杂的时空对比。词人又由眼前雁阵如书,联想到大禹藏书的传说,由眼前的“积藓残碑、零圭断璧”,联想到禹庙梁上神龙于风雨中“飞入镜湖与龙斗”,“比复归,水草被其上”的故事,景色苍凉,传说幽眇,词中时空、物我、主客、虚实错综杂糅,而以思绪流程为线索,写出心中恍惝难言的感受,笔法十分奇特。

《踏莎行》是写相思恋情的缠绵之作:

> 润玉笼绡,檀樱倚扇,绣圈犹带脂香浅。榴心空叠舞裙红,艾枝应压愁鬟乱。　　午梦千山,窗阴一箭,香瘢新褪红丝腕。隔江人在雨声中,晚风菰叶生秋怨。①

上片是梦境,然笔致细腻,极为写实。过片方点明。结句是实景,却写得飘渺空幻,“隔江人在雨声中”关合双方。此词意象密集,以秾丽字句写深微窈冥之思,意境极为朦胧凄迷。

吴文英以沉郁之情、顿挫之思,写绵密绮丽之词,以其词境之深远、工力之精致而言,皆迥然非常人可及。而其词之晦涩难解,主要是吴文英作词时独特的运思方式造成的。从前面所举的词作可以看到,吴文英的笔致往往摆脱意识中理性的引导,而任其依联想、想象流动。叶嘉莹很精到地总结了

① 《全宋词》,第2932页。

梦窗词在其独特创作思维方式影响下所表现的两个相应特质：①

一是词境往往时空交错，虚实杂糅，读者不容易找到帮助理解词旨的脉络。如《琐窗寒·咏玉兰》词，本是对花怀人，意念中人花合一，抒发花所触引感发的一段哀怨离思，而胡适难以解读，但觉"这一大串的套语与古典，堆砌起来，中间又没有什么'诗的情绪'或'诗的意境'作个纲领；我们只见他时而说人，时而说花，一会儿说蛮腥和吴苑，一会儿又在咸阳送客了"，②《高阳台·落梅》亦受此讥。又如《霜叶飞·重九》词中"彩扇咽寒蝉，倦梦不知蛮素"，寒蝉是今日所闻，彩扇乃昔日所见，"倦梦"是今日寒蝉声中所感，"蛮素"则是昔日持扇之佳人，词人全凭感性，将今昔二者作无理之融合，意为当年与执彩扇之伊人情事已成为今日寒蝉断续声中的一场倦梦，然又不能循理解释。像这样的词，倘若读入，便觉"沈邃缜密，脉络井井，缒幽扶潜，开径自行"，③其联想及神致之超妙极堪吟味玩赏。否则就会觉得意象光怪陆离，意境迷茫莫辨，又不像柳永、周邦彦的词有领字虚词勾勒提缀，层次因而有迹可寻。

其次，吴文英的词往往凭藉他的敏锐感受和丰富联想，自造新辞，④如《高阳台·丰乐楼》中"飞红若到西湖底，搅翠澜、总是愁鱼"，词人觉鱼"愁"，是移情的结果，而"愁鱼"并无出典，这一生造之词却能给读者新奇陌生的感受。又如《八声甘州·陪庾幕诸公游灵岩》"箭径酸风射眼，腻水染花腥"一句中，"酸"风、"腻水"出自李贺、杜牧诗赋，且切合寒风令眼鼻酸涩之感，以及想象中吴宫的奢华浪漫；而"花腥"则十分醒目，全然不合乎传统对花香的形容，但其中既蕴含了词人此刻对浓烈花气的感受，又令人联想到这荒废宫址的花气中也许蕴有千古兴亡的血腥与怨愁。再如《夜游宫》中"窗外捎溪雨响，映窗里，嚼花灯冷"的"嚼"，《声声慢》中"重阳正隔残照，趁西风，不响云尖"之"云尖"，《花心动》中"酒悭歌涩"，《莺啼序》的"春宽梦

---

① 参阅叶嘉莹《拆碎七宝楼台——谈梦窗词之现代观》，见《迦陵论词丛稿》，河北教育出版社1998年版。

② 胡适：《词选》，中华书局2007年版。

③ 朱祖谋：《梦窗词集补跋》。

④ 参阅陈廷焯《白雨斋词话》卷二"梦窗精于造句"，见《词话丛编》，第3803页。

窄”,《高阳台·丰乐楼》中的“幽云怪雨”,皆出自梦窗一己之独特感受与个性化的生新修辞。吴文英的语言还有一个显著特点,就是特别喜好色彩秾丽、富于装饰性的字眼。如《宴清都》(连理海棠)云:“叙旧期、不负春盟,红朝翠暮”,写闺中之情意旖旎,连“朝”、“暮”亦饰以“红”、“绿”;《齐天乐》写荷花则云“流红池上”。此外如“红深翠窈”(《瑞鹤仙》),“红情绿意”(《解语花》),“粉烟兰雾”(《过秦楼》),“锦温琼腻”(《丁香结》),“娇尘软雾”(《莺啼序》)等皆是,无怪况周颐以兼具嗅觉、视觉、触觉的“芳菲铿丽”称赏梦窗词。有论者发现吴文英词之“取典务出奇丽”,如唐贤诗家之李贺,①其实很可能是吴与李二人的审美趣味相近。

梦窗之词并非全为密丽凝涩之作,如《风入松》是清明怀人之作,即清雅细腻:

> 听风听雨过清明,愁草瘗花铭。楼前绿暗分携路,一丝柳、一寸柔情。料峭春寒中酒,交加晓梦啼莺。　　西园日日扫林亭,依旧赏新晴。黄蜂频扑秋千索,有当时纤手香凝。惆怅双鸳不到,幽阶一夜苔生。②

上片写春寒料峭之景,词人心内的深情如柳丝萌发,缠绕绵长。新晴之日,游赏亦无聊赖之极。见秋千而思纤手,因蜂扑而念香凝,痴望“双鸳”来到,然阶上绿苔上并无屐痕,芳踪难期,惟有惆怅度日。情极深而语纯雅,眼前实景与幻想杂糅仍是梦窗词之特质。

又如《唐多令·惜别》云:

> 何处合成愁?离人心上秋。纵芭蕉、不雨也飕飕。都道晚凉天气好,有明月、怕登楼。　　年事梦中休。花空烟水流。燕辞归、客尚淹留。垂柳不萦裙带住,漫长是,系行舟。③

首句拆解“愁”字,关合秋声,饶有情致。词中抒情蕴藉,景、辞皆疏宕清新,

---

① 郑文焯:《梦窗词跋一》,《大鹤山人词话》“附录”,见《词话丛编》,第4335页。
② 《全宋词》,第2906页。
③ 《全宋词》,第2939页。

不同于他词之朦胧深晦。

概括言之,吴文英之词在遣词、运意方面极费研炼之工,往往精心熔铸而出以艰深华丽之词,以沉挚之情思贯注其间,其实浑成不可拆碎。论者以为"词家之有文英,亦如诗家之有李商隐",①二人皆是在古典文体中超前运用了现代人才理解的创作思维,故历代读者多觉所作晦涩难懂。现在看来,吴文英词正是以其独特的思致与技法准确传达了自身的幽微感受,意境极为蕴蓄深厚,所谓凝涩晦昧亦难谓之为"失",反而因病成妍,正是人所不及的独特艺术美感的体现,不愧卓然为南宋词之一大宗。

吴文英词的审美风貌和艺术表现手法与姜夔迥异,但务求骚雅的审美意识则与姜夔如出一辙。沈义父癸卯(1243)间结识梦窗,曾相与唱酬,《乐府指迷》首记吴文英曾与讲论作词之法云:"音律欲其协,不协则成长短之诗;下字欲其雅,不雅则近乎缠令之体;用字不可太露,露则直突而无深长之味;发意不可太高,高则狂怪而失柔婉之意。"②概言之即要求词作协律、典雅、含蓄、柔婉,故戈载说吴文英"与清真、梅溪、白石并为词学之正宗,一脉真传,特稍变其面目耳"。③

吴文英见"前辈好词甚多,往往不协律腔,所以无人唱。如秦楼楚馆所歌之词,多是教坊乐工及闹井做赚人所作,只缘音律不差,故多唱之",④因此提出文人之词首先应当合乐可歌,方能立足于世。教坊、市井之词虽然合乐,但往往浅陋粗俗,"求其下语用字全不可读","又一词之中,颠倒重复",因此作词遣字用语当力求典雅。方法一是使事用典。如《霜叶飞·重九》云"早白发、缘愁万缕。惊飙从卷乌纱去。漫细将、茱萸看,但约明年,翠微高处",五句连用了有关重九的三个典故:东晋孟嘉九日龙山宴饮,风吹落帽事;杜甫《九日蓝田崔氏庄》的"明年此会知谁健,手把茱萸仔细看"和杜牧《九日齐山登高》的"江涵秋影雁初飞,与客携壶上翠微"诗句。其二是避免

① 《钦定四库全书总目》卷一九九,《梦窗稿》提要,第2797页。

② 沈义父:《乐府指迷》,见《词话丛编》,第277页。

③ 戈载:《宋七家词选》卷四。

④ 《乐府指迷》"坊间歌词之病",见《词话丛编》,第281页。

熟语俗字。如《齐天乐·会江湖诸友泛湖》指情人不用“萧娘”等常见指称，而用较为生僻的“汜人”。又常用代字，不直称物象之名，谓说桃须用“红雨”、“刘郎”等字，说柳须用“章台”、“灞岸”等字，说书须用“银钩”等字，说泪须用“玉箸”等字，说发须用“绿云”等字，说簟须用“湘竹”等字。① 如《声声慢·陪幕中饯孙无怀》中形容竹、柳云“檀栾金碧，婀娜蓬莱”，《齐天乐》中“云根”代石，而《宴清都·连理海棠》中的“绣幄鸳鸯柱，红情密、腻云低护秦树”。以“绣幄”指海棠，“鸳鸯柱”代连理枝，“红情”、“腻云”指花朵和枝叶，不同于俗词之语意重复、层次颠倒，吴文英对词之章法也颇留意，《乐府指迷》中记其传授曰：“大抵起句便见所咏之意，不可泛入闲事，方入主意。咏物尤不可泛。过处多是自叙，若才高者方能发起别意。然不可太野，走了原意。结句须要放开，含有余不尽之意，以景结尾最好”，又教以结社或贺寿时常作的咏物与寿词的写法。总之，吴文英提出的四则标准沿袭了词学理论的传统，也符合其时代背景下文人词尚雅的趋向，实质仍是“尊体”，他一方面强词为声乐，“别是一家”；一方面又通过语言、词意的雅化，提升词的品格，使之能与诗体并立。而与此同时，这种典雅之词也发展为仅仅适合兼具高度文学和音乐修养的文人来欣赏的新体诗。

史达祖、吴文英的词上与周邦彦一脉相承，又皆能发挥自身的艺术特质，独树一帜。到南宋末年，张炎推尊姜夔，以清空见长，翁元龙、王沂孙、蒋捷等人亦接受姜夔词的影响。周密承继吴文英之密丽，尹涣、冯去非、楼采、李彭老等人亦刻意效法梦窗。而咏物的词作艺术更在此期的基础上臻于极致。

在南宋后期特定的时代文化背景下，一些词人专意填词，字琢句炼，上接温、韦、柳、周的传统，基本审美旨趣归于典雅。他们在自己的小小天地中感受世变，也更深入地体验自己的内心。词心更加幽微深细。词人无论写景、抒怀，皆细致入微，更深入地展示幽邃复杂的内心世界。词体的潜能不断被挖掘，同时也更显著地显示出与诗体的区别。艺术上，词的各种体式、

① 《乐府指迷》“咏物不可直说”，见《词话丛编》，第280页。

各种风格大备。技巧也不断研磨完善。词家并开始对词的本质、体式规范，雅俗风貌，以及词的合乐与格律等问题进行理论总结，传授词法。而在辛弃疾为词的创作开辟了新路之后，后期的辛派词人却放弃了音律和艺术两方面的讲究，一味驱使豪气，最终令辛派词风渐趋衰落。

第四章　王朝终局与文学余响

第一节　王朝终局与文学余响

一　南宋覆亡前后

宝祐元年(1253),理宗立胞弟嗣荣王之子赵禥为皇子,景定元年(1260)进位皇太子,景定五年(1264)理宗病故,太子即位,是为度宗,改元咸淳。度宗只知荒乐,朝政全委于权相贾似道之手。此时最深重的危机迫近眉睫,经济上,以东南一隅之地备四边,财政濒于崩溃;军事上蒙古军步步进逼,四方告急,国家几陷于坐以待毙的绝境。

咸淳四年(1268,元至元五年),蒙军包围襄樊,至元八年(1271,南宋咸淳七年)忽必烈定国号为"大元",次年建都大都(北京)。咸淳九年(1273)襄阳失陷,南宋门户大开,元军压境。咸淳十年(1274)度宗病死,赵㬎继位,是为恭帝,谢后临朝。德祐元年(1275)南宋向元求和不许,形势危殆之际,历理、度、恭宗三朝的权相贾似道被杀。三月,元军占领建康府,南宋之执政大臣束手无策,临安城内朝官则争相避匿逃遁,以至于谢太后命人榜文于朝堂,责问云:"我朝三百余年,待士大夫以礼。吾嗣君遭家多难,尔大小臣工,未尝有出一言以救国者,吾何负汝哉?今内而庶僚畔官离次,外而守令委印弃城,耳目之司既不能为吾纠击,二三执政又不能倡率群工,方且表里合谋,接踵宵遁,平日读圣贤书,自负为何?乃于此时作此举措,或偷生田里,何面目对人言语?他日死亦何以见先帝?"①德祐二年(1276)初,元军兵临城下,宋递降表和国玺降元,恭帝与三宫及官员和太学生奉命北遣,南宋王朝覆灭。惟陆秀夫、张世杰、陈宜中等人护益王赵昰、广王赵昺出逃,他们由海道转移至福州,拥立益王,建立政权,改元景炎,元军随即追踪而至,小朝廷遂四方辗转。景炎三年(1278)益王病死,谥端宗。又立赵昺为帝,改元祥兴(1278),小朝廷迁至崖山。祥兴二年(1279)初,元军进攻崖山,陆秀夫负帝昺投海自尽,后宫、官员、将士死溺者数万,南宋彻底灭亡。

偏安于东南的南宋政权勉力维持了一百五十三年。渡江之始人心欲战,而高宗与秦桧确定和议为"国是";孝宗寄意恢复,而南宋军力不强、士兵懦弱,屡战屡败。后期则皇帝暗弱,权相擅政,勿论蒙古军事力量极为强大,南宋政治已经腐朽不堪,国势如狂澜既倒,无可挽回。自高宗朝始,朝中大臣即围绕主和与主战、道学与反道学的议题,党同伐异、交攻不已,而不能和衷共济,抵御外敌。至理宗朝,理学取得正统地位,大盛于时,朝廷之科举取士,又专以道学为准的,并不重视治理世务的实际能力。于是"数十年来士大夫以标致自高,以文雅相尚,无意乎事功之实。文儒轻介胄,高科厌州县,清流耻钱谷,滔滔晋清谈之风,颓靡坏烂,至于宋之季极矣"。② 周密反思南宋之亡国,也认为道学清谈是亡国的重要原因。③ 至理宗朝后期,贾似道当国,他"专功而怙势,忌才而好名,假崇尚道学、旌别高科之名,而专用一等委靡迂缓不才之徒,高者谈理学,卑者矜时文,略不知兵财政刑为何物",④而终至万事不理,丧身亡国。

南宋后期到宋元易代之际,各家学术渐汇流于浙东。全祖望言:"宋乾淳以后,学派分而为三:朱学也,吕学也,陆学也。三家同时,皆不甚合。朱

① 见不著撰人《宋季三朝政要》卷五,文渊阁四库全书本。

② 程钜夫:《送黄济川序》,见《雪楼集》卷一四,文渊阁四库全书本。

③ 《癸辛杂识续集》卷下"道学"条:"淳祐间,每见所谓达官朝士者,必愦愦冬烘,弊衣菲食,高巾破履,人望之知为道学君子也。清班要路,莫不如此。"

④ 《癸辛杂识后集》"贾相治外戚抑北司戢学校"条,第68页。

学以格物致知，陆学以明心，吕学则兼取其长，而复以中原文献统润色之。门庭径路虽别，要其归宿于圣人，则一也”；①“乾、淳诸老既殁，学术之会，总为朱、陆二派，而水心龂龂其间，遂称鼎足。然水心工文，故弟子多流于辞章”。前有吕祖谦，后有叶适，与朱熹、陆九渊鼎足而三，浙东学术遂为宋代学术思想的不可或缺的重要组成部分。朱熹从地理分布特征提出“浙学”概念统称浙东永嘉、永康各学派，认为他们具有重实用、重功利的共同特征。而自端平以后，朱熹的闽中、江右弟子支离固陋，不能光大师门，振兴朱子学说反赖浙东学者的覃思精微与道脉攸传。朱熹之学经其女婿黄幹传入浙东，金华“四先生”——何基、王柏、金履祥、许谦由宋入元，师弟承传不替。②“四明之专宗朱氏者，东发为最”。③ 黄震学宗朱熹，但并不墨守朱学，也接受浙东学术重视实践和史学的影响，形成“东发学派”。四明又有陆学弟子“甬上四先生”——杨简、袁燮、舒璘、沈焕，他们折服于陆九渊的“本心”理论，在学术建树和光大门户方面较之江西傅梦泉、邓约礼、傅子云等“槐堂诸儒”更为活跃。

从学术发展历史来看，南宋后期到宋元易代之际，浙东浙西地域成为学术繁兴之地，金华“四先生”和四明黄震的东发学派实处于折衷诸儒、博采众

---

① 全祖望:《东莱学案序录》，见《宋元学案》卷五一。

② 从黄幹学者众多。而“勉斋之传，得金华而益昌。说者谓北山绝似和靖，鲁斋绝似上蔡，而金文安公尤为明体达用之儒，浙学之中兴也”(《北山四先生学案序录》，《宋元学案》卷八)。“金华四先生”为何基、王柏、金履祥和许谦，他们都出身于金华地区。何基(1188—1268)，字少恭，号北山，人称“北山先生”。受业于黄幹，得朱子之学正传。王柏(1197—1274)，字会之。端平元年，改号鲁斋，二年改从何基学，于《四书》、《通鉴纲目》标注点校尤为精审。王柏以教授为业，曾受聘主持丽泽、上蔡等书院，从学者甚众。金履祥(1232—1303)初名金祥，字吉父。他受业于王柏，登何基之门。宋亡后隐居金华山中，以著述、讲授为事，学者称为仁山先生。许谦(1270—1337)，字益之，祖籍金华，后迁至东阳(今属浙江)，受业于金履祥，尽得其传。主要生活在元代。许谦一生未仕，自元延祐元年(1314)始讲学于东阳八华山，学子多逾千众，学者称为白云先生。他学识渊博，举凡天文、地理、典章制度、食货、刑法、音韵、医经、术数以及释、老，无不通晓，穷究精微，著有《白云集》、《观史治忽几微》、《读书丛说》等。许谦近承何基、王柏、金履祥三先生之学，集婺学之大成，而远绍程朱之学，传承中原文化，成为一代大儒，与北方许衡齐名，称“南北二许”。许谦死后，金华的学术活动渐入低谷。

③ 全祖望:《东发学案序录·案语》，见《宋元学案》卷八六。黄震(1213—1280)，字东发，慈溪(今属浙江)人。宝祐四年进士，咸淳三年(1267)参修宁宗、理宗两朝《国史》、《实录》。南宋亡后隐居于泽山，榜其室为“归来之庐”，以著述讲学为事。门人私谥文洁先生。有《黄氏日钞》九十七卷，收读书杂记及自作诗文，皆“躬行自得之言也”。

说，修正朱学，启元、明以后朱、陆会同之趋势的关键位置，学术史上遂称为浙学之“中兴”。

从文学发展史来看，朱熹作为理学大家，同时也极富文学修养，诗文创作和文学批评皆显示出不凡的才华和识见；而浙东学派向来具有重视文学的传统，这一点对浙学学术、东南文学的发展影响至为深远。

出身浙东的元代学人多以文学名世，如柳贯字道传，婺州浦江人。受业于金履祥，是元代前期著名的理学家兼文学家，《宋元学案》载其“受经于仁山，究共旨趣。又遍交故宋之遗老，故学问皆有本末”。[①] 柳贯以散文名世，也留下了大量的诗作。吴师道字正传，婺州兰溪人，白云先生许谦之门人。吴师道著有《吴礼部诗话》，此书系元代文学批评的重要著作之一。黄溍字晋卿，婺州义乌人，与虞集、揭傒斯、柳贯齐名，号“儒林四杰”，是元朝著名的文学家。此外金华地区的吴莱、戴良、宋濂等人，皆承传浙学而长于文学。庆元鄞县（今浙江宁波）袁桷祖辈袁燮、袁甫都是陆九渊心学传人，袁桷则曾师事王应麟、戴表元、胡三省等宋元之际的大儒，曾任丽泽书院山长，又久居馆阁，在南士中地位较高，影响很大。戴表元称袁桷“博闻广记，尤精于史学，近复贯穿经术，他如琴书、医药诸艺，深得其理”，[②]对历代礼乐沿革、官吏迁次、百家诸子目录、士大夫族系悉能推本溯源。这样一种有理学背景的文学家远远多于纯粹的理学家，因而也造成了元代理学“流而为文”的趋势。程朱之学也恰恰因了这些有名的文人得以绵延播扬，昌明光大。同样因为这个原因，“雅正”成为元代诗文理论的核心观念，显出非常浓重的理学底蕴。

综而言之，因为浙学各派的交流、互动比较密切频繁，浙东贤俊如吕祖谦、唐仲友、薛季宣、陈傅良、叶适、陈亮等皆为学之先范，普遍受人尊敬；又因为浙学兼收博取、文学和理学并重的学术特征，各派学说求同存异，从而在外族统治下，很好地延续、承传了中原思想文化传统和文学传统，传于后世。

---

① 《北山四先生学案序录》，见《宋元学案》卷八二。

② 戴表元：《送袁伯长赴丽泽序》，见《剡源文集》卷一二。

二　宋亡前后的文学

宋末文坛衰敝的气象正如明初宋濂所言："近代自宝庆之后，文弊滋极，唯陈腐之言是袭，前人未发者则不能启一喙。精魄沦亡，气局荒靡，澌焉如弱卉之泛绪风，文果何在乎？"①度宗即位距南宋灭亡只有十年，宋元易代的事实给南宋文人精神上带来极为沉重的打击，谢枋得不止一次深深慨叹："嗟乎！五帝三王相传之真谛竟灭于诸儒道学大明之时，此宇宙间大变也。读四书者有愧矣！"②经历了宋元易代的巨变，一部分以遗民自认的文人的文学创作风貌发生了截然的变化，因为文学创作的题材、情感内涵与表达方式都改变了。以散文来讲，元初刘壎曾回顾宋末文场风习，道："襄围六年，如火益热，即使刮绝浮虚，一意救国，犹恐不蔇，士大夫沉痼积习，君亡之不恤而时文乃不可一日废也。痛念癸酉（咸淳九年，1273）之春，樊城暴骨，杀气蔽天，樊陷而襄亦失矣。壮士大马如云，轻舟利楫如神，敌已刻日渡江吞东南，我方解试。明年春又放省试，朝士惟谈某经义好，某赋佳；举吾国之精神功力一萃于文，而家国则置度外。是夏又放类试，至秋参注甫毕，而阳罗血战，浮尸蔽江，未几上流失守，国随以亡，乃与南唐无异。"③可见场屋时文与民族国家面临生死存亡的危机这一现实全然脱离，文风虚浮至于极点。其实自理宗朝道学取得官方正统学术的位置以来，场屋就充斥高谈性命义理的空洞陈腐之文，为矫此弊，又出现一种以古奥艰涩、奇诡浮艳为特征的古文变体，江西刘辰翁最为典型，其文钩棘艰涩、旨意隐晦难明，欲矫弊而其弊尤滋，文章衰落的趋势持续到宋末。宋元之际，志士和遗民们如文天祥、陆秀夫、谢翱、谢枋得、王炎午、郑思肖、林景熙等人将满腔爱国激情、亡国伤悼尽情喷涌，最终写出千古不能磨灭的文字。文天祥的《正气歌序》、《指南录序》、《指南录后序》慷慨悲壮、情怀激越。《指南录后序》自述出使北营被扣及伺机脱逃、九死一生的艰危遭际，虽未铺张渲染，而笔势曲折劲健，慷慨忠

① 宋濂：《文献集序》，附黄溍《文献集》卷首，文渊阁四库全书本。

② 谢枋得：《东山书院记》，见《叠山集》卷三，文渊阁四库全书本。

③ 刘壎：《答友人论时文书》，见《水云村稿》卷一一，文渊阁四库全书本。

烈之气发自肺腑，自非庸常人所能及。谢枋得誓不事元，绝食殉国，曾作《上程雪楼御史书》、《上丞相留忠斋书》拒绝征聘。如《上丞相留忠斋书》云："某与太平草木同沾圣朝之露，生称善士，死表于道，曰'宋处士谢某之墓'、虽死之日，犹生之年。感恩报恩，天实临之！司马子长有言：'人莫不有一死，死或重于泰山，或轻于鸿毛。'先民广其说曰'慷慨赴死易，从容就义难'。公亦可以察某之心矣。"①文中陈述忠孝大义，气节凛然。虽然亦言纲常义理，但谢枋得起而能行、正大不屈的精神令文章风骨凛凛，又不同于道学家们骎骎不已的空论。此外如元世祖至元二十七年(1290)冬，谢翱与吴思齐、冯桂芳、翁衡登桐庐西台绝顶哭祭文天祥，以竹如意击石，复作楚歌。谢翱所作《登西台恸哭记》既激烈又沉郁，曲折地抒发了郁积在胸中的痛愤之情。舒岳祥的序记、题跋尤多，感慨深沉，倾吐了遗民心声。他的弟子戴表元则长于议论，文字清深雅洁，是元初东南文章大家。四六文作家则有陆秀夫，当神州陆沉之际，他扶持二王，力图恢复。外筹军旅，内调工役，凡有所述作，尽出其手。《拟景炎皇帝遗诏》曰："敌志无厌，氛祲甚恶，海桴浮避，澳岸栖存。虽国步之如斯，意时机之有待"，遭逢多难而不气馁；又曰"念众心之巩固，忍万古以违离"，词意恳挚沉痛。虽系代拟王言，作者恢复故国、九死无悔的执着之心拳拳可感。

这一时期出现的文章评注选本以谢枋得的《文章轨范》为代表，选从三国至南宋作家十五人，文章六十九篇。其中韩愈三十一篇，苏轼十二篇，柳宗元、欧阳修各五篇，苏洵四篇，范仲淹二篇，陶潜、诸葛亮、元结、杜牧、王安石、李觏、李格非、胡铨、辛弃疾等九人各一篇，选文篇目少而精。原本以"王侯将相宁有种乎"七字分标七卷，前二卷题曰"放胆文"，凡二十二篇，后五卷题曰"小心文"，凡四十七篇。选文目的在于为场屋制作提供范文和指导。②

谢氏选文的标准和批注值得注意。他极为推崇韩愈，《文章轨范》卷一

---

① 谢枋得：《上丞相留忠斋书》，见《叠山集》卷二。

② 明刊本把七卷名改为"九重春色醉仙桃"。其中"重"集后识语："初学者熟此必雄于文，千万人场屋中有司亦当刮目。""色"集后识语云："学者熟之，作经义作策必擅大名于天下。""醉"集后识语云："场屋中日晷有限，巧迟者不如拙速，论策结尾略用此法度，主司必以异人待之。"

评韩愈《与于襄阳书》曰:“韩公作文专占地步,如人要在高处立,要在平处行,要在阔处坐。……韩公之所以自处者,可谓高矣。”卷四评欧阳修《上范司谏书》则云:“欧阳公文章为一代宗师,然藏锋敛锷、韬光沉馨,不如韩文公之奇奇怪怪、可喜可愕。学韩不成亦不庸腐,学欧不成必无精采。”韩、柳、欧、苏之文的篇目加起来占全书的四分之三强。谢枋得所选文体以说理论辩文为主,他在“王”字集概论中提出:“辩难攻击之文虽厉声色,虽露锋芒,然气力雄健,光焰长远,读之令人意强而神爽。”以上皆可见其审美旨趣所在。谢枋得笃信义理纲常,主张文以载道,认同叶适所言之“文章不关世教,虽工无益”。《文章轨范》照录《归去来辞》与《前出师表》,不加圈点批注,以示致意。谢枋得又激赏胡铨的《上高宗封事》,评注谓为“肝胆忠义,心术明白,思虑深长。读其文想见其人,真三代以上人物,朱文公谓‘可与日月争光。中兴奏议,此为第一’”。[①] 谢枋得的这一批评取向是有其现实意义的。

谢枋得对文章之学的真知灼见每见于文章批注。他在卷一“侯”字集概论中提出:“凡学文初要胆大终要心小,由粗入细,由俗入雅,由繁入简,由豪荡入纯粹。”认为为文应先打开思路,文笔有了驰骋之势后,再令其合于法度。卷三“将”字集概论提出:“议论精明而断制,文势圆活而婉曲,有抑扬、有顿挫、有擒纵。场屋程文论当用此样文法”,这涉及到为文的章法。谢枋得在各卷总评中主要是概括选文的风格特征,或师承源流,每每切中肯綮。文中夹评则从小处着眼,分析为文技巧,例如字法、句法、文章首尾的照应,也很重视比喻、双关等具体修辞手法。总之,《文章轨范》表明此期人们对文章创作规律和技巧的认识更加深入了。

诗歌发展的方面,到理宗后期,随着道学的兴盛,“后生束于科举,不复为诗,间有切切从事其间者,父兄师友争尤之,以为用意不专。前辈风流尽矣”,[②]至宋季江湖诗人已成强弩之末,衰靡诗风笼罩诗坛,直到亡国之际,文天祥唱出了最强音。文天祥的诗歌在宋亡之前亦不出色,然“时穷节乃见”,《指南录》诸作,尤其是《正气歌》,以其坚贞情操、浩然正气和强烈的爱国精

---

① 《文章轨范评文》,见《历代文话》,第1052页。

② 刘宰:《书碧岩诗集后》,见《漫塘集》卷二四,文渊阁四库全书本。

神激励人心，千古流芳。汪元量的《醉歌》、《湖州歌》大型组诗记录亡国前后的一幕幕真实场景，堪称"诗史"。易代之后，遗民诗人组织了许多社团，例如月泉吟社、山阴诗社、杭清吟社、古杭白云社、孤山社、武林九友会、武林社、汐社等。社团成员之间常常集会唱和，切磋诗艺的同时也是寻找精神上的相互支持和慰藉。遗民们还遍选刊行诗集，如谢翱《天地间集》、杜本《谷音》、孟宗宝《洞霄诗集》等，这些诗集旨趣相同，标准一致，都采录当时坚持节操的遗民诗。其中《谷音》尤其受人称道，"南渡自四灵以下，皆模拟姚合、贾岛之流，纤薄可厌。而《谷音》中数十人，乃慷慨顿挫，转有阮、陈、杜少陵之遗意。此则激昂悲壮之气节所勃发而成，非从细腻涵咏而出者也"。[①]"激昂悲壮"只是遗民诗风的一面，另一面则是愁苦悲怨，如何梦桂序林景熙诗所云：

> 窃于诗之变而有感焉。方庠序群居，高谈阔论，不过颂《猗那》，歌《清庙》，诵《鱼丽》、《天保》、《凫鹥》、《既醉》之什，变风变雅，不忍言之矣，况复齿及魏晋梁陈以下，穷苦愁怨等语如细夫窭人、羁旅寡妇之为者。相望十年间，而士大夫声诗率一变为穷苦愁怨之语，而吾霁山诗亦若此。世丧文邪？文丧世邪？[②]

宋朝灭亡这一时局巨变给诗歌风貌带来巨大改变。遗民们以诗歌为载体，尽情倾吐满腔爱国忠愤、黍离之悲和故国之思，虽然艺术的推敲琢磨方面或有所欠缺，但诗中可见真挚情性、高洁节操和凛然风骨，全然去除了南宋后期诗歌虚浮滑薄的弊病。故人言"宋之亡也，其诗称盛。……古今之诗莫变于此时，亦莫盛于此时，……考诸当日之诗，则其人犹存，其事犹在，残篇啮翰，与金匮石室之书，并悬日月"。[③]

南宋后期词坛上，颇有善于咏物的词人，如史达祖、高观国、吴文英等皆是。宋末则有张炎、周密、王沂孙等词人，在国家苟安幸存之日，偷闲享乐于

---

① 翁方纲：《石洲诗话》卷四，见《清诗话续编》，第1443页。

② 何梦桂：《永嘉林霁山诗序》，见《潜斋集》卷五，文渊阁四库全书本。

③ 钱谦益：《胡致果诗序》，见《牧斋有学集》卷一八。见《续修四库全书》集部，别集类，第1391册，上海古籍出版社2002年版，第170页。

湖山秀美的江南，一心审定音律、雕琢字句，创作典雅工丽之词。他们在频频社集中分题酬唱，多有咏物之作。目睹家国倾覆后，遗民词人将眷怀君国的忠爱之忱、沧桑麦秀之慨一寓之于词，长歌当哭，情哀调苦。咏物仍是常用题材，他们在词中十分曲折幽晦地抒写情事，结为咏物词集《乐府补题》。这一时期的咏物词在体物精细之外，更多了深隐的寄托，咏物词在宋元之际达到艺术的顶峰。而蒋捷、刘辰翁等人融辛、姜词风于一炉，直抒国破家亡、流落四方的清悲，无意精雕细琢而自能感动人心。

从帝㬎德祐初年(1275)至元仁宗延祐末(1320)的四十五年间，志士遗民通过文学写作记录了宋亡之际的流离颠沛，抒发爱国、念国的深沉情怀，以文学铸写了一部心史。黄宗羲说“故文章之盛，莫盛于亡宋之日”，①正是宋代遗民之多，遗民悲恨之沉重，遗民节操之高洁，铸成遗民沉甸甸的文学成就，成为南宋文学史有力的余响。

第二节　亡国之诗　遗民心史

宋末诗坛从度宗咸淳元年(1265)开始，其结束应算到遗民诗人的代表人物林景熙于元武宗至大三年(1310)去世，凡四十五年。南宋亡国之前，江湖诗人的创作无非是描写风景、吟咏日常情趣、有的谈论性理，或是干谒投赠之词，他们交错接受江西派与晚唐体的影响，风格混杂不一。宋元易代之际，有一大批诗人持节不屈，为宋之志士遗民，这是之前的时代不曾有过的现象。诗人们血泪交迸，或慷慨悲歌，或哀感低吟，亡国之诗风貌发生巨变。志士遗民之诗以气节精神胜，不能全以工拙论。

一　宋亡诗史——文天祥、汪元量的诗

(一)文天祥

文天祥(1236—1283)，字宋瑞，又字履善，吉州庐陵(江西吉安)人。宝

① 黄宗羲:《谢皋羽年谱游录注序》，见《南雷文案》附《吾悔集》卷一。

祐四年(1256)进士第一。德祐元年(1275)元军渡江,文天祥接到勤王诏书,即从赣州任上召集民兵万人入卫。德祐二年(1276)一月十九日谢太后除文天祥为枢密使,中午再拜右相,次日与吴坚等赴元军统帅伯颜营中讲和,文天祥与伯颜争论不肯稍屈,遂被扣留,在解至北方的途中逃脱。之后辗转来到益王朝廷,仍聚兵抗元。祥兴元年(1278)底被俘,后被押解至大都囚禁,始终拒降,至元十九年(1283)冬被杀,其绝笔自赞曰:"孔曰成仁,孟曰取义。惟其义尽,所以仁至。读圣贤书,所学何事。而今而后,庶几无愧。"①以大节留名青史。

文天祥的诗歌以宋亡为界,前后风格截然不同。前期诗歌多为应酬之作,或是吟咏闲愁、表达隐逸志趣,"大抵《指南录》以前之作,气息近江湖",②钱钟书更直言文天祥早年诗作"全部都草率平庸"。③ 而"自《指南录》以后,与初集格力相去殊远,志益愤而气益壮,诗不琢而日工"。④《指南录》和《指南后录》属纪事诗,是自德祐丙子文天祥奉使入元营,间道浮海,誓师闽、粤,羁留燕邸,患难中手自编定者,以及被俘和囚禁于大都后所作诗歌,记载了文天祥为抗元斗争而颠沛辗转的艰辛历程,抒发了山河破碎、身世飘摇的感慨悲愤,以及忠义情怀的至死不渝。如祥兴二年(1279)元军攻打崖山,要文天祥招降宋军,文天祥作《过零丁洋》言志,曰:

辛苦遭逢起一经,干戈寥落四周星。
山河破碎风飘絮,身世浮沉雨打萍。
皇恐滩头说惶恐,零丁洋里叹零丁。
人生自古谁无死,留取丹心照汗青。

同年深秋,文天祥在被押往大都的途中经过金陵,写下《金陵驿》:

草合离宫转夕晖,孤云飘泊复何依。

---

① 《宋史》卷四一八,列传一七七"文天祥传",第 12540 页。
② 梁昆:《宋诗派别论》"晚宋派",商务印书馆 1938 年版。
③ 《宋诗选注》"文天祥"小传,第 456 页。
④ 《宋诗钞》卷一〇一"文山诗钞",第 829 页。

山河风景元无异，城郭人民半已非。
满地芦花和我老，旧家燕子傍谁飞。
从今别却江南路，化作啼鹃带血归。①

故国风景无异，而江山已更易主人。诗人也如满地芦花，失家燕子，飘摇无归。今将远离故土，而忠魂定化为啼血杜鹃归来，一种沉郁苍凉之情动人心魄。此外如《扬子江》"臣心一片磁石针，不指南方不肯休"；《南安军》"饿死真吾梦，梦中行采薇"；《有感》"一死皎然无复恨，忠魂多少暗荒丘"；等等，皆不假雕饰，直抒胸臆，气骨凛然。文天祥还遍咏历代忠烈之士的英雄事迹，如《怀孔明》、《刘琨》、《祖逖》、《颜杲卿》、《许远》等，以之自励和自喻，皆可见其志。

《正气歌》是文天祥的名作，它充满激情，传递忠君爱国的正气、威武不屈的志气，千百年来感奋人心，传诵不绝。此诗是文天祥被押解至大都后在狱中所作，诗前有序，②述写了囚所极为恶劣的环境，云一己以孱弱之身，抵御七种恶气，乃因内心修养着浩然"正气"。诗歌开头即对孟子所言"浩然之气"予以阐释：

天地有正气，杂然赋流形。下则为河岳，上则为日星。于人曰浩然，沛乎塞苍冥。皇路当清夷，含和吐明庭。时穷节乃见，一一垂丹青。

在诗歌的第二层，文天祥列举历史上十二位忠烈义士，以之为天地正气的化身，是激励自己的典范，曰：

在齐太史简，在晋董狐笔；在秦张良椎，在汉苏武节；为严将军头，为嵇侍中血；为张睢阳齿，为颜常山舌；或为辽东帽，清操厉冰雪；或为

---

① 以上两首皆见《指南后录》一，见《文山集》卷一九。

② 序云：余囚北庭，坐一土室，室广八尺，深可四寻，单扉低小，白间短窄，污下而幽暗。当此夏日，诸气萃然：雨潦四集，浮动床几，时则为水气；涂泥半朝，蒸沤历澜，时则为土气；乍晴暴热，风道四塞，时则为日气；檐阴薪爨，助长炎虐，时则为火气；仓腐寄顿，陈陈逼人，时则为米气；骈肩杂遝，腥臊汗垢，时则为人气；或圊溷、或毁尸、或腐鼠，恶气杂出，时则为秽气。叠是数气，当之者鲜不为厉。而予以孱弱，俯仰其间，於兹二年矣，幸而无恙，是殆有养致然尔。然亦安知所养何哉？孟子曰："吾善养吾浩然之气。"彼气有七，吾气有一，以一敌七，吾何患焉！况浩然者，乃天地之正气也，作正气歌一首。

《出师表》，鬼神泣壮烈；或为渡江楫，慷慨吞胡羯；或为击贼笏，逆竖头破裂。

从诗歌艺术的角度观照，这种散文化的铺排陈列，不免消解了诗意。其后又出之以议论，云：

是气所磅礴，凛烈万古存。当其贯日月，生死安足论。地维赖以立，天柱赖以尊。三纲实系命，道义为之根。①

宋诗本以思理见胜，此处诗语则全是理语。南宋后期道学兴起，诗中言理的风气很盛，可见文天祥同样也受到熏染，且诗语多出自“四书”及各种理学讲义语录，不免有概念化之嫌。其《言志》诗意与此诗相近，云“杀身慷慨犹易勉，取义从容未轻许。仁人志士所植立，横绝地维屹天柱。以身殉道不苟生，道在光明照千古……”，亦纯为理语。

《正气歌》艺术上没有臻于完美，②却历来为人称颂，主要原因在于人们总是把对诗人品格的评价延伸及于其诗；又用对诗歌思想内容的评价涵盖、取代对诗歌艺术的分析，因此大量赞誉作者品格节操的词汇转移到其诗歌评论话语中，将的确应该称扬的精神上的“正气”和应该肯定的诗歌思想内容，变为对诗作艺术的高度认同，曰“此风雅正教也”。尤其在遭遇外来侵略，切身体会到国家民族的生存危机时，人们更会对《正气歌》这样的作品产生强烈的共鸣，文天祥其人、其诗成为人们心目中救亡复国的象征符号，艺术的瑕疵也就自然而然地被忽略了。

《集杜诗》一名《文山诗史》，集杜甫诗句为二百首绝句，是文天祥在大都狱中所作。集句是一种特殊的诗歌创作形式，明代徐师曾《文体明辨序说》云：“集句诗者，杂集古句以成诗也。自晋以来有之，至宋王安石尤长于此。”③北宋孔平仲曾集杜甫诗句写成《集杜诗句寄孙元忠》。而在亡国之

① 见《文山集》卷二〇。

② 参阅王水照《〈正气歌〉所本与〈宋诗选注〉“钱氏手校增注本”》，《文学遗产》2006 年第 4 期。

③ 徐师曾：《文体明辨序说》，见《历代文话》，第 2082 页。

际，诗人心怀忠君爱国之情，历经颠沛，杜甫再次成为诗人的知心伴侣。文天祥但觉“凡吾意所欲言者，子美先为代言之”，“子美于吾隔数百年，而其言语为吾用，非情性同哉！昔人评杜诗为‘诗史’，盖其以咏歌之辞寓记载之实，而抑扬褒贬之意灿然于其中，虽谓之史可也。予所集杜诗，自余颠沛以来，世变人事，盖见于此矣。是非有意于为诗者也。后之良史，尚庶几有考焉”。① 此集“每篇之首悉有标目次第，而题下叙次时事，于国家沦丧之由，生平阅历之境，及忠臣义士之周旋患难者，一一详志其实”，②文天祥亦自视之为“诗史”。

（二）汪元量

汪元量（1241—1317？），字大有，号水云子，晚号楚狂，钱塘人（今浙江杭州市）。度宗朝以善琴供奉宫廷，宋亡随三宫入燕，元至元二十五年（1288）以黄冠南归钱塘，往来庐山鄱阳间，不知所终。著有《湖山类稿》、《汪水云诗》，已佚。今有《增订湖山类稿》。

汪元量的代表作为《醉歌》十首，《越州歌》二十首，《湖州歌》九十八首等七绝组诗，记叙了元兵入侵、南宋归降等史上大事，以及自己痛楚伤悼的深切感受，四库馆臣谓“其诗多慷慨悲歌，有故宫离黍之感。于宋末诸事，皆可据以徵信”，③可谓实录，亦可见其虽身为供奉琴师，而忠爱大节有逾于宋季公卿者。《醉歌》十首，前五首记录吕文焕苦守襄阳而援兵不至，遂“淮襄州郡尽归降，鼙鼓喧天入古杭”。其五云：

乱点连声杀六更，荧荧庭燎待天明。
侍臣已写归降表，臣妾佥名谢道清。

汪元量亲睹故宋黯然落幕，诗歌纯以白描，而亡国之深悲剧痛见于言外。后五首写元军入杭后的种种作为，其十云：

伯彦丞相吕将军，收了江南不杀人。

---

① 文天祥：《集杜诗》自序，见《文信国集杜诗》卷首，文渊阁四库全书本。
② 《钦定四库全书总目》卷一六四，《文信公集杜诗》提要，第2181页。
③ 《钦定四库全书总目》卷一六五，《湖山类稿》提要，第2189页。

昨日太皇请茶饭，满朝朱紫尽降臣。①

国家落入敌手，即使不甘心也无可奈何，故国太后与君臣，俱是可怜可鄙之人。诗人平平道来，但觉满怀哀矜。刘辰翁称“此十歌真江南野史”。②

《湖州歌》共九十八首，汪元量记述了宋帝降元经过、自己随三宫及官员北上途经故国旧地所闻所见，以及入大都以后的各种经历情形。这组诗“纪其亡国之戚，去国之苦，艰关愁叹之状，备见于诗。微而显，隐而彰，哀而不怨，唏嘘而悲”，人谓可比杜甫诗记开元、天宝之事，故称“水云之诗亦宋亡之诗史”。③ 其它单篇诗作如《贾魏公出师》、《鲁港败北》、《北师驻亭皋山》、《北征》、《宋宫人分嫁北匠》等等，描述亡国之际的各种事件，“忧、悲、恨、叹无不有”。④ 七律如《石头城》感慨世变沧桑，苍凉凄楚之音境地相发：

石头城上小徘徊，世换僧残寺已灰。
地接汴淮山北去，江吞吴越水东来。
健鱼奋鬣随蛟舞，快鹘翻身猎雁回。
一片降旗千古泪，前人留与后人哀。⑤

七绝《题王导像》借古讽今，云：

秦淮浪白蒋山青，西望神州草木腥。
江左夷吾甘半壁，只缘无泪洒新亭。⑥

陆游的《追感往事》曰：“不望夷吾出江左，新亭对泣亦无人”，此处翻用诗意，谓南宋大臣偷安于江南一隅，因为他们麻木到连洒泪伤悼国土沦丧的感情都没有了。

文天祥、汪元量由于遭受亡国的巨大打击，其诗歌创作题材、感情、风格都发生了改变，主要表现诗人的坚贞节操，忠爱深情，风格则以劲直激昂或

① 汪元量撰，孔凡礼辑校：《增订湖山类稿》卷一，中华书局1984年版，第14—16页。
② 汪元量撰，孔凡礼辑校：《增订湖山类稿》卷一，第13页。
③ 李珏：《湖山类稿跋》，见《增订湖山类稿》附录一，第188页。
④ 刘辰翁：《湖山类稿序》，见《增订湖山类稿》附录一，第185页。
⑤ 《增订湖山类稿》卷四，第116页。
⑥ 《增订湖山类稿》卷一，第5页。

深沉悲郁为主。在南渡之际,诗人在颠沛流离中对杜甫诗的体会更加深切,师法他写出雄阔慷慨、苍凉悲壮的诗歌。当南宋亡国时,遗民诗人的忠君爱国之心更贴近杜甫,其诗情的悲郁感愤则又过于杜甫。今代论者认为文天祥"《指南录》以后之作则气壮而志愤,言忠而声正,不屑雕镂,不远格律,与老杜为不远"。① 而清代翁方纲则认为"文信国《乱离六歌》,迫切悲哀,又甚于杜陵矣";②汪元量诗也被指出"愁思抑郁,不可复申,则又有甚于草堂者也"。③ 不仅仅是诗歌的感情色彩接近,"唐之事纪于草堂,后人以诗史目之",④杜甫的"以诗存史"也再次成为师法对象,汪元量的《醉歌》、《越州歌》、《湖州歌》等大型组诗即是存史之作。文天祥集杜句为诗达二百余首,又应汪元量之请集杜诗为《胡笳十八拍》,不同于此前集句诗多有文字游戏的意味,文天祥集杜诗却是态度严肃的创作。吴之振评其《集杜诗》"裁割熔铸,巧合自然",⑤固然不错,然仅从技巧着眼,所见是其小者。自此以后遗民们集杜句为诗蔚成风气。南宋后期江湖体流行既久,诗格渐趋卑弱平庸,及文天祥留意杜诗,所作顿去当时凡陋,此"不独忠义贯于一时,亦斯文间气之发见也"。⑥

二　遗民诗人群体的诗歌

(一)遗民诗人与遗民诗集

南宋末年,不仅国事衰颓,诗道也日渐卑靡。戴表元云:"景定、咸淳之间,余初客杭,见能诗人不一二数,不必皆杭产也。时余虽学诗,方从事进取,每每为人所厌薄,以为兹技乃天之所以畀于穷退之人,使其吟谣山林,以泄其无聊,非涉世者之所得兼。"⑦又云:"当是时,诸贤高谈性命,其次不过驰

---

① 参见《宋诗派别论》"晚宋派"一节。
② 《石洲诗话》卷四,见《清诗话续编》,第 1441 页。
③ 李珏:《湖山类稿跋》,见《增订湖山类稿》附录一,第 188 页。
④ 李珏:《湖山类稿跋》,见《增订湖山类稿》附录一,第 188 页。
⑤ 吴之振评《文山诗钞》,见《宋诗钞》卷一〇一,第 830 页。
⑥ 《钦定四库全书总目》卷一六四,《文山集》提要,第 2180 页。
⑦ 戴表元:《仇仁近诗序》,见《剡源文集》卷八,文渊阁四库全书本。

骛于竿牍俳谐场屋破碎之文以随时悦俗,无有肯以诗为事者。"①又云:"余犹记与陈晦父昆弟为儿童时,持笔橐出里门,所见名卿大夫,十有八九出于场屋科举,其得之之道,非明经则词赋,固无有以诗进者。间有一二以诗进,谓之杂流,人不齿录。惟天台阆风舒东野及余数人辈而成进士,早得以闲暇习之,然亦自以不切之务,每遇情思感动,吟哦成章,即私藏箱笥,不敢以传诸人。"②诗歌既不是进身之道,精意为诗者遂少,诗人多流落江湖,短歌微吟而已。自从蒙古铁骑南下,家国惊变,诗道萎靡沉滞的局面便被打破了,舒岳祥云:"自京国倾覆,笔墨道绝,举子无所用其巧,往往于极海之涯、穷山之巅,用其素所对偶声韵者变为诗歌,聊以写悲辛、叙危苦耳",③诗歌成为南宋遗民倾诉民族危亡、自身遭遇的悲愤幽怨之情的最佳载体,故"科举废,士无一人不为诗。于是废科举十二年矣,而诗愈昌。前之亡,后之昌也,士无不为诗矣"。④

1. 遗民诗社

杭州自宋室南渡以来,城市经济和文化得到了飞速发展,兼以自然环境优美,地理位置优越,成了王公贵族和士大夫们悠游宴安的乐园。宋末时势虽危急,而文人士夫宴游如故。周密《武林旧事》记载:"西湖天下景,朝昏晴雨,四序总宜。杭人亦无时而不游,而春游特盛焉。……买笑千金,呼卢百万……日糜金钱,靡有纪极。故杭谚有'销金锅儿'之号,此语不为过也。"⑤在这样的背景氛围中,五花八门的社集大量出现,⑥其中"文士有西湖诗社,此乃行都缙绅之士及四方流寓儒人,寄兴适情赋咏,脍炙人口,流传四方,非其它社集之比"。⑦ 直到宋亡入元,文人社集的风气不稍衰,正如赵翼所言:"盖自南宋遗民故老,相与唱叹于荒江寂寞之滨,流风余韵,久而弗替,遂成

① 戴表元:《方使君诗序》,见《剡源文集》卷八。
② 戴表元:《陈晦父诗序》,见《剡源文集》卷九。
③ 舒岳祥:《跋王榘孙》,见《阆风集》卷一二。
④ 刘辰翁:《程楚翁诗序》,见《须溪集》卷六。
⑤ 周密:《武林旧事》卷三"西湖游幸"条,中国商业出版社 1982 年版,第 43 页。
⑥ 见吴自牧《梦粱录》卷一九"社会"条,周密《武林旧事》卷三"社会"条。
⑦ 《梦粱录》卷一九"社会"条。

风会”,[①]仅在南宋故都临安就有清吟社、白云社、孤山社、武林社、武林九友会等诗社,此外会稽、山阴,台州、庆元,浦阳,桐庐,建阳、崇安,庐陵等地遗民诗人亦结为群体自相酬唱,[②]谢翱、方凤等结盟为汐社。[③] 遗民诗人通过社集唱和切磋诗艺,抒发黍离麦秀、乱世遭逢的悲感,通过诗社声气联络,交流情感,精神上则互相支持、激励,不以衰颓穷蹇而屈志改节。如元世祖至元二十一年(1284),南宋诸帝陵寝被掘发,尸骨遭辱,南宋遗民无不痛心疾首。唐珏、王英孙、谢翱、王易简、林景熙与同舍生郑朴翁等并赋诗纪事抒怀,林景熙作《冬青花》,唐珏有《冬青行》二首与之唱和,谢翱则有《冬青树引别玉潜》诗,对发陵及收骨事反复追思和咏叹。至元二十三年(1286),周密邀居游于杭的徐天祐、王沂孙、戴表元、仇远、白珽、屠约、张楧、曹良史等十四人宴集杨氏池堂,“座中之壮者茫然以思,长者愀然以悲”。“公谨(周密)遂取十四韵析为之筹,使在者人探而赋之,不至者授之所探而征之,得其韵为古体诗若干言,得其韵为近体诗若干言”,[④]咸“寓遗黎之痛”。

在宋元易代之际,众多遗民诗社中规模最大,人数最众的莫过于月泉吟社。元至元二十三年(1286),吴渭发起月泉吟社。吴渭字清翁,宋末曾为义乌令,慕陶靖节,自号潜斋。他约请方凤、谢翱、吴思齐为裁判,以《春日田园杂兴》为题征诗四方,经过三个月的征诗,得五、七言四韵律诗二千七百三十五卷,应征者遍及浙、苏、闽、赣等省,甄选出二百八十名为优胜者,今存《月泉吟社诗》一卷,收录前六十名诗作。参与者“大抵宋之遗老,故多寓遁世之意,及听杜鹃、餐薇蕨语”,[⑤]如“往梦更谁怜麦秀,闲愁空自托杜鹃”,“种秫已非彭泽县,采薇何必首阳山”,“弃官杜甫罹天宝,辞令陶潜叹义熙”等等。遗民们借咏田园风光、隐逸之趣来抒发眷怀故国、与元不共戴天的情怀气

① 赵翼著,王树民校证:《廿二史札记校证》卷三〇“元季风雅相尚”条,中华书局 1984 年版,第705 页。

② 参阅方勇《南宋遗民诗人群体研究》第三章“群体网络的布局结构特征——从亚群体的地域分布说起”,人民文学出版社 2000 年版。

③ 方凤《谢君皋羽行状》释“汐社”之名曰:“独求故老与同志以证其所得。会友之所曰汐社,期晚而信,盖取诸潮汐。”见《存雅堂遗稿》卷三。

④ 戴表元:《杨氏池堂宴集诗序》,见《剡源文集》卷〇。

⑤ 《钦定四库全书总目》卷一八七,《月泉吟社》提要,第 2625 页。

节,陶渊明意象是使用得最多的。故清代全祖望云:“月泉吟社诸公,以东篱北窗之风,抗节季宋,一时相与抚荣木而观流泉者,大率皆义熙人相尔汝,可谓壮矣!”①

2. 遗民诗人谢枋得、谢翱、林景熙、舒岳祥、方凤等

谢枋得(1226—1289),字君直,号叠山,弋阳(今属江西)人。宝祐四年文天祥同榜进士。德祐二年,他在信州起兵抗元,宋亡后寓居闽中。元世祖诏召天下人才,集贤殿学士程文海荐举宋遗民22人,以谢枋得居首,谢枋得坚辞不就,至元二十五年(1288),福建行省参政魏天祐强其北行,遂绝食。有《叠山集》。

谢枋得诗风端直朴质,凛凛有正气,代表作《魏参政执拘投北行有期死有日诗别妻子及良友》云:

雪中松柏愈青青,扶植纲常在此行。
天下久无龚胜洁,人间何独伯夷清。
义高便觉生堪舍,礼重方知死甚轻。
南八男儿终不屈,皇天上帝眼分明。②

人言此诗“纲常九鼎,生死一毛,慷慨激烈,高风凛然,真可以廉顽立懦”,③遗民诗人如陈杰、毛靖可、叶爱梅等纷纷与其唱和饯别。忠义之语出自肺腑,不以工拙论。

绝句如《武夷山中》云:

十年无梦得还家,独立青峰野水涯。
天地寂寥山雨歇,几生修得到梅花。④

以清峭之词构造孤寂凄清的意境,诗中凛然独立的梅花是诗人高洁情操的象征。

---

① 全祖望:《跋月泉吟社后》,见《鲒埼亭集》外编卷三十四,四部丛刊本。
② 《叠山集》卷一,文渊阁四库全书本。
③ 魏天应:《和叠山先生韵》诗前小序,见《叠山集》卷五。
④ 《叠山集》卷一。

谢翱(1249—1295),字皋羽,晚号晞发子,福州长溪(今福建霞浦县)人。度宗咸淳中试进士不第。景炎元年(1276)七月,投文天祥军。文天祥被俘遇难后,谢翱漫游两浙以终。谢翱为人"倜傥有大节。刻厉愤激,不混流俗",①其诗文亦"桀骜有奇气",②有《晞发集》。

谢翱古体诗情思新颖,炼句奇奥,五古学孟郊,七古取径长吉,如《效孟郊体》其三云:③

闲庭生柏影,荇藻交行路。忽忽如有人,起视不见处。牵牛秋正中,海白夜疑曙。野风吹空巢,波涛在孤树。

其四:

落叶昔日雨,地下仅可数。今雨叶落处,可数还在树。不愁绕树飞,愁有空枝垂。天涯风雨心,杂佩光陆离。感此毕宇宙,涕零无所之。寒花飘夕晖,美人啼秋衣。不染根与发,良药空尔为!

其七:

闺中玻璃盆,贮水看落月。看月复看日,日月从此出。爱此日与月,倾泻入妾怀。疑此一掬水,中涵济与淮。泪落水中影,见妾头上钗。

第一首写秋天月夜幽寂奇峭之境和由之兴起的渺茫怅惘心境,曲折表达了亡国之痛,而郁勃不平之气蕴含其中。第二首借草木零落、美人迟暮的意象暗示故国沦丧,志士飘零的凄冷境地。第三首将自己对君国的忠爱之忱寄托于女子情怀的忠贞不移,由盆水起兴,盆中出日月,盆水涵济淮,都是小中见大,幻中见真。结句描写女子伶俜无依而顾影自怜,实则是遗民心绪的自我写照。诗歌既有孟郊的寒瘦幽僻,也有李贺的惝恍迷离,诗中交织着内心炽烈的激情与现实带来的绝望,则又近于屈原的《离骚》、阮籍的《咏怀》。

---

① 潘永因:《宋稗类钞》卷一二。

② 《钦定四库全书总目》卷一六五,《晞发集》提要,第2189页。

③ 《晞发集》卷六。

《鸿门宴》云：

天云属地汗流宇，杯影龙蛇分汉楚。
楚人起舞本为楚，中有楚人为汉舞。
鹔鹴淬光雌不语，楚国孤臣泣俘虏。
他年疽背怒发此，芒砀云归作风雨。
君看楚舞如楚何？楚舞未终闻楚歌。①

这首诗咏叹鸿门宴觥筹交错中的刀光剑影，项伯身为楚人却卫护刘邦，导致此后楚亡汉兴。谢翱身为"亡国孤臣"，此诗以楚喻宋，满腔忠愤悲痛藉奇诡古艳之词发泄，诗歌充满奇崛、桀骜之气，近于李贺，但又不同于李贺诗思之超尘绝世。钱钟书认为学李贺的诗人很多，"惟谢皋羽《晞发集》能立意而不为词夺，文理相宣，唱叹不尽。……试以长吉《鸿门宴》，较之宋刘翰《鸿门宴》、皋羽《鸿门宴》、铁崖《鸿门会》，则皋羽之作最短，良由意有所归，无须铺比词费也"。② 此外《冬青树引》词旨隐晦曲折，《铁如意》、《西台哭所思》则抒情呜咽动人。

谢翱之近体诗着意炼字，用力于颔联和颈联的对仗，写一种萧索苍凉之境，比较接近姚、贾的"晚唐体"。如《正三立春》："山带去年雪，春来何处峰。移军增野灶，落碛减机舂"；《僧房疥壁》："圆亭方井水，老寺少年僧。涧响夜疑雨，云寒春欲冰"；《除夜闻雷》："牢落长为客，残年独拥衾。灯分寒夜火，雨过震余阴"等皆如是。《书文山卷后》为眷恋故国、悼念死节之作：

魂飞万里程，天地隔幽明。死不从公死，生如无此生。
丹心浑未化，碧血已先成。无处堪挥泪，吾今变姓名。③

用"死"、"生"组成对句十分奇特，诗人以此表明心迹，事情极为沉郁。

林景熙（1242—1310），字德阳，号霁山，温州平阳（今浙江平阳县）人。度宗咸淳七年（1271）太学上舍释褐，以国事日非而弃官归隐，宋亡不仕。后

① 《晞发集》卷五。
② 《谈艺录》七"李长吉诗"，第47页。
③ 《晞发遗集》卷上，文渊阁四库全书本。

往来吴越间与王英孙、唐珏、王易简、谢翱、胡侨等一批气节之士交游酬唱二十余年,有《白石樵唱》,其诗多抒亡国之哀,凄怆幽宛。

林景熙尤善用比兴手法写出心境的彷徨失落,寄托亡国与离乱的隐痛。如"良人沧海上,孤帆渺何之(《商妇吟》)";又如"南山有孤树,寒乌夜绕之。……乾坤岂不容,顾影空自疑(《南山有孤树》)",诗人惊变之后,四顾邈然无俦,眼前形影相吊,发而为诗,情溢言外。至元二十一年(1284)元僧杨琏真伽发南宋诸帝陵寝,林景熙"与同舍生郑朴翁等数人在越上,痛愤乃不能已,遂相率为采药者,至陵上以草囊拾而收之。又闻理宗颅骨为北军投湖水中,因以钱购渔者求之,幸一网得之,乃盛二函,托言佛经,葬于越山,且种冬青树识之"。① 林景熙作《冬青花》、《梦中作四首》等诗抒怀,《梦中作》其一记叙皇陵被掘,作者等人收取骸骨的情形,云:

珠亡忽震蛟龙睡,轩蔽宁忘犬马情?
亲拾寒琼出幽草,四山风雨鬼神惊。

其二发抒感伤之意:

一抔自筑珠丘山,双匣犹传竺国经。
独有春风知此意,年年杜宇泣冬青。

因为涉及时事,为避祸故托言梦中所作;又用借代、隐喻、象征等修辞手法隐约其词,如"蛟龙"、"寒琼"、"珠丘山"、"竺国经"等皆有喻指。加之抒情深曲,从而构成凄楚低迷的诗歌意境。

林景熙七律承江西派遗风,呈现生新古硬的风格,如《酬潘景玉》、《寄林编修》、《答郑即翁》等。五律则受晚唐体影响,色调清冷,情调低徊,甚于他人。如《夜意》写秋夜情怀如水,一种幽约难明的惆怅:

淡然无一事,至乐在书床。老石栖云定,疏松过雨香。
砧清秋巷迥,灯白夜堂凉。此意无人会,重城醉梦乡。②

---

① 章祖程于林景熙《梦中作》诗题下注,见林景熙《霁山文集》卷三,文渊阁四库全书本。

② 《霁山文集》卷二。

林景熙的七古苍劲沉郁，如《书陆放翁诗卷后》云：

天宝诗人诗有史，杜鹃再拜泪如水。
龟堂一老旗鼓雄，劲气往往摩其垒。
轻裘骏马成都花，冰瓯雪碗建溪茶。
承平麾节半海宇，归来镜曲盟鸥沙。
诗墨淋淳不负酒，但恨未饮月氏首。
床头孤剑空有声，坐看中原落人手。
青山一发愁蒙蒙，干戈况满天南东。
来孙却见九州同，家祭如何告乃翁。①

诗歌以陆游比拟杜甫。中间八句描绘陆游壮岁从戎、暮年归隐的生涯，以及有心杀敌、无力回天的悲愤。“床头孤剑空有声，坐看中原落人手”，反用陆游诗句“逆胡未灭心未平，孤剑床头铿有声”（《三月十七日夜醉中作》）。“空有”、“坐看”中寓有自己目睹国亡而无力挽回的痛苦。结句本陆游的绝笔诗《示儿》，九州同一了，但却是宋亡元兴，这当如何告禀呢？

舒岳祥（1219—1298），字舜侯，一字景薛，台州宁海人。宋宝祐进士。宋亡不仕，教授乡里以终。有《阆风集》，不传。四库馆臣辑其诗九卷、杂文三卷，仍以《阆风集》名之。其诗文类皆称臆而谈，不事彫绘。集中有《诗诀》一首云“欲自柳州参靖节，将邀东野適卢仝”；又云“平原骏马开黄雾，下水轻舟遇快风”，可以想见其诗之宗旨。

方凤，字韶卿，号岩南。浦江人。终生未仕，生平行事多湮没无闻，名不见于史传，所作诗歌亦大半散佚，现仅存《存雅堂遗稿》，其中与遗民故老的唱和赠答之作占了相当大比例，内容亦不离眷念故国。《呈皋羽》云：“依依莲社客，斗酒共相酬。臭味语中得，荣名杯上浮。世情余百变，吾道合千秋。肯信张平子，穷居但四愁。”与遗民以志节大义相砥砺。宋濂评其诗云“亦危苦悲伤”，②以为继承了杜甫“一饭不忘君”的精神。

---

① 《霁山文集》卷三。

② 宋濂：《浦阳人物记》卷下，文渊阁四库全书本。

3. 遗民诗集

遗民诗歌结集比较有名的有《天地间集》一卷，系谢翱所录宋末故臣遗老之诗，“凡文天祥、家铉翁、文及翁、谢枋得、郑协、柴望、徐直方、何新之、王仲素、谢钥、陆壑、何天定、王曼之、范协、吴子文、韩竹坡、林熙十七人，而诗仅二十首。考宋濂作翱《传》，称《天地间集》五卷，则此非完书。意原本已佚”。① 此外元人杜本编纂《谷音》二卷收三十人诗，其间多是宋末遗民。②集中所录诗歌“乃皆古直悲凉，风格遒上，无宋末江湖龌龊之习，其人又皆仗节守义之士，足为诗重。王士祯论诗绝句曰：谁嗣箧中冰雪句，谷音一卷独铮铮。其品题当矣”。③

4. 遗民诗歌的创作特征

遗民们在宋亡之前，大多属于江湖诗人，④他们惯于以平浅孱缓之词，矫语江湖清味。当宗邦沦覆之后，诗人们把眷怀故国的忠爱之忱形诸笔墨，有的采用寄托和隐喻的方式，“黍离麦秀”之感表现得隐约深晦。如林景熙诗“大抵皆托物比兴”；⑤谢翱“所为歌诗，其称小，其指大；其辞隐，其义显，有风人之余，类唐人之卓卓者”。⑥ 另一些诗人如谢枋得、郑思肖（1241—1318）等则直抒胸中所蕴，尽情倾吐激愤之气。郑思肖《竹林七贤图》咏史伤今，云：“清谈何补晋江山，谁与中原了岁寒？”其《心史》中的诗歌更是将亡国的悲恨明白说出：“朝朝向南拜，愿睹汉旌旗”（《德祐二年岁旦》其一）；“此地暂胡马，终身只宋民”（同上其二）；“胸中有誓深如海，肯使神州竟陆沉”（《二砺》）。郑思肖自言其诗“率皆恳切辞，但写肺腑苦，不求言语奇”（《题拙作后》），这种表达方法正如梁启超所言“语句和生命是进合为一”的。⑦

---

① 见《钦定四库全书总目》卷一六五，《晞发集》提要，第2189页。

② 《谷音》中所收诗人如王浍、程自修、冉琇、元吉、孟鲠皆金元间人，张琰、汪涯卒于宋亡之前。毛晋跋称皆宋末逸民诗乃就大概言之。据《钦定四库全书总目》卷一八八《谷音》提要。

③ 《钦定四库全书总目》卷一八八，《谷音》提要，第2630页。

④ 遗民陈允平、周密、罗椅、韩信同、邵桂子、柴望、胡仲弓等人前期的一些诗作皆被收入《江湖集》、《江湖续集》、《江湖小集》等。

⑤ 章祖程：《题白石樵唱》，见《霁山文集》卷首，文渊阁四库全书本。

⑥ 任士林：《谢翱传》，见《松乡集》卷四，文渊阁四库全书本。

⑦ 详参梁启超1922年在清华学校所作课外讲演《中国韵文里头所表现的情感》。

遗民以诗倾吐心声，艺术上则延续江湖风调。如遗民真山民的诗多探幽赏胜之作，五律基本沿袭"四灵"清淡秀巧的风格，《溪行》云："春暖溪西路，行吟又几回。水清明白鹭，花落失青苔。云过日吞吐，树摇风往来。渔歌听未了，欲去又徘徊。"七律则流利滑熟，如《连成春夜留别张建溪》："飞絮游丝客子心，连城那忍遽分襟。青灯应见诗情苦，浊酒不如交味深。一榻暖风栖竹屋，半阑淡月立花阴。离怀今夜先收拾，尽付明朝马上吟。"诗中意象、情趣、意境以及词汇、句法、章法的起承转合都比较平浅明快。萧立之是江西人，对江西诗派的黄庭坚、陈师道以及陈与义都很推崇，[①]五、七言律风格时近江西，如《茶陵道中》："山深迷落日，一径窅无涯。老屋茅生菌，饥年竹有花。西来无道路，南去亦尘沙。独立苍茫外，吾生何处家"，造语生新古拙似陈师道，但意脉较为流畅。其他诗歌则大多爽快峭利。[②] 连文凤以七律《春日田园杂兴》夺得月泉吟社诗评之冠，云："老我无心出市朝，东风林壑自逍遥。一犁好雨秧初种，几道寒泉药旋浇。放犊晓登云外垄，听莺时立柳边桥。池塘见说生新草，已许吟魂入梦招"，虽被评为"粹然无疵，极整齐而不窘边幅"，[③]仍未脱尽江湖风味。

一般论及宋遗民诗歌，往往略其"字句声调"和"格律"，[④]而着眼于思想旨趣，甚至以论人品替代评文章，如张栞跋《谷音》曰："诵其诗者，非独取其雄浑冲淡，而其心术之正，出处之大，可概见矣。"[⑤]遗民在山河变色，饱经丧乱之际，以诗歌抒发故国之思、黍离之悲，表现出深沉的爱国情怀和高洁的志趣精神，千百年来，尤其是当人们面临与南宋末同样的民族危机的时候，这些诗歌都引起强烈的共鸣，激励着人心。以此人们认为"宋垂亡，诗道反

---

① 如其有七古《送厚斋陈持正归括苍效山谷体有赠》；七绝《题东畈陈上舍吟稿二首》云："后山诗法似参禅，参到无言意已传"；"君家诗有简斋翁，南渡流离语更工"。

② 参阅《宋诗选注》"萧立之"小传，第469页。

③ 见《宋诗纪事》卷八一所引评语，第1970页。

④ 如《宋诗钞·文山诗钞》吴之振评文天祥诗曰："呜呼！去今几五百年，读其诗，其面如生，其事如在眼者，此岂求之声调字句间哉。"翁方纲《石洲诗话》卷四亦认为梁栋的诗与《天地间集》诸诗当"同作知人论世之概，不必尽以格律律之"。

⑤ 张栞：《谷音·跋》，《谷音》卷末附录，文渊阁四库全书本。

振”,①遗民诗歌为宋诗奏出了强有力的尾声,“古今之诗莫变于此时,亦莫盛于此时”,“残篇啮翰,与金匮石室之书,并悬日月”。② 但若单纯就诗歌的艺术技巧而论,遗民诗歌往往因为理念执着分明、情感过于激烈,导致表达方式的质直单一。如谢枋得的《和曹东谷韵》云“万古纲常担上肩,脊梁铁硬对皇天”,《和詹苍崖韵》云“旧俗风流千载事,精忠大义一般心”,虽发自衷心而皆类似口号。再加上江湖习气一时未尽,如何梦桂、方逢辰、许月卿等,也用诗歌讲陈道学义理,或以为能兴起人心,维持世教,但亦不免陈腐庸常之失。

遗民诗人大多入元,故遗民之诗承宋启元。明清易代之际,遗民诗歌引起更多共鸣,普遍受到推崇。

(二)宋元之际的诗学思想

宋元之际,对江西派与晚唐体诗风的反思仍在继续。方凤云:“余谓作诗当知所住,久则自成一家。唐人之诗,以诗为文,故寄兴深,裁语婉;本朝之诗,以文为诗,故气雄浑,事精实;四灵而后,以诗为诗,故月露之清浮,烟云之纤丽。”③比较清晰地表达了他对唐、宋诗风特质的认识。方凤认为诗“由人心生也。使遭变而不悲黍离,居夔而不念仪髡,望白云而不思亲,过西州门、闻山阳笛而不怀故,是无人心矣,而尚复有诗哉”!④ 又强调:“文章必真实中正方可传,他则腐烂漫漶,当与东华尘土俱尽。”⑤这一主张反映出理学思想对诗歌的影响,一定程度也针对晚宋衰靡诗风而发。宋濂说方凤的诗歌创作使“浦阳之诗为之一变”。元代柳贯、黄溍、吴莱等皆受业于方凤。仇远曾自跋其诗云:“近世习唐诗者以不用事为第一格,少陵无一字无来处,众人固不识也。若不用事之说,正以文不读书之过耳”,⑥所言亦颇中四灵、江湖诗人之病。

在对江西派、晚唐体的反思的基础上,刘辰翁也提出一系列的诗学观

① 贺裳:《载酒园诗话》“林景熙”条,见《清诗话续编》,第458页。
② 钱谦益:《胡致果诗序》,见《牧斋有学集》卷一八,四部丛刊本。
③ 方凤:《仇仁父诗序》,见《存雅堂遗稿》卷三。
④ 方凤:《仇仁父诗序》。
⑤ 宋濂:《浦阳人物记》卷下《方凤传》,文渊阁四库全书本。
⑥ 《钦定四库全书总目》卷一六六,《金渊集》提要,第2211页。

点。他对晚唐体诗风不以为然，提出“诗至晚唐已厌，至近年江湖又厌。谓云和易如流，殆于不可庄语，而学问为无用也”。[①] 但也并不赞同江西派以学问、议论、文字为诗，而主张以诗歌表现自我情性。在《吾庐记》、《不平鸣诗序》、《答刘英伯书》、《湖山类稿序》等文中，刘辰翁提出应以诗“自喻”，“自道本志”、“自鸣其不平”，表达内心情感，因为“诗无论拙，恶忌矜持”。[②] 他对于作诗的“旬锻月炼”，“累字换句”，苦吟雕琢并不赞成，而提出“诗无改，法生于其心，出于其口，如童谣，如天籁，歌哭一耳”。[③] 他不同意江西派讲究“无一字无来处”，资书为诗的做法，指出“杜诗、韩文间以俚语直致而气始振”，[④]甚至认为“尽如口语岂不更胜”。[⑤] 对于杜甫、韩愈、苏轼等的“以文为诗”，刘辰翁则表示肯定，认为诗“至建安五、七言始生，而长篇反复，终有所未达，则政以其不足于为文耳。文人兼诗，诗不兼文也。杜虽诗翁，散语可见。惟韩苏倾竭变化，如雷震河汉，可惊可快，必无复可憾者，盖以其文人之诗也”。[⑥] 秉持这样的一些诗歌观念，刘辰翁在评点诸家诗歌时，尊唐而不贬宋。这些都表明在宋元之际，诗人对诗歌的两种审美范式的认识又加深了。

宋元之际的方回不但诗歌成就高出宋末诸家，论诗亦有卓见。方回(1227—1307)，字万里，号虚谷，徽州歙县(今安徽歙县)人。宋理宗景定三年(1262)进士，历官中外有声。临安城破，降元为建德路总管。至元十八年后不复仕。晚年倡讲道学，往来杭歙间，与遗民故老后进之士过从。今存《桐江集》八卷，《桐江续集》三十七卷、评选唐宋律诗编为《瀛奎律髓》四十九卷。方回诗主江西，如《九日约冯伯田、王俊甫、刘元辉》云：

山雨初开一望之，似无筋力可登危。
每重九日例凄苦，垂七十年更乱离。
今岁江南犹有酒，吾曹天下谓能诗。

---

① 刘辰翁：《简斋集序》。
② 刘辰翁：《简斋集序》。
③ 刘辰翁：《欧氏甥植诗序》，见《须溪集》卷六。
④ 刘辰翁：《赠潘景梁序》，见《须溪集》卷六。
⑤ 刘辰翁：《赵仲仁诗序》，见《须溪集》卷六。
⑥ 刘辰翁：《赵仲仁诗序》。

肯来吊古酣歌否？恰放黄花一两枝。①

此乃重阳节登临之作。气象阔大，骨力苍坚，味之弥永，宜乎其为江西派殿军。

《送罗寿可序诗序》论宋代诗派源流，云：

> 诗学晚唐，不自四灵始。宋划五代旧习，诗有白体、昆体、晚唐体。白体如李文正、徐常侍昆仲、王元之、王汉谋。昆体则有杨、刘《西昆集》传世，二宋、张乖崖、钱僖公、丁厓州皆是。晚唐体则九僧最逼真，寇莱公、鲁三交、林和靖、魏仲先父子、潘逍遥、赵清献之父凡数十家，深涵茂育，气极势盛。欧公出焉，一变为李太白、韩昌黎之诗，苏子美二难相为颉颃，梅圣俞则唐体之出类者也，晚唐于是退舍。苏长公踵欧公而起，王半山备众体，精绝句，古五言或三谢。独黄双井专尚少陵，秦、晁莫窥其藩。张文潜自然有唐风，别成一宗。惟吕居仁克肖。陈后山弃所学学双井，黄致广大，陈极精微，天下诗人北面矣。立为江西派之说者，铨取或不尽然，胡致堂诋之。乃后陈简斋、曾文清为渡江之巨擘。乾淳以来尤、范、杨、陆、萧其尤也。道学宗师，于书无所不通，于文无所不能，诗其余事。而高古清劲，尽扫余子，又有一朱文公。嘉定而降，稍厌西江，永嘉四灵复为九僧旧，晚唐体非始于此四人也。后生晚进不知颠末，靡然宗之，涉其波而不究其源，日浅日下。然尚有余杭二赵，上饶二泉典型未泯。今学者不于三千年间，上溯下沿，穷探邃索，而徒追逐近世六七十年间之所偏，非区区所敢知也。②

文章以江西派为主线，把宋诗三百年间体派流变沿革归纳剖析得十分清楚明白。后世议论宋代诗派的，都不同程度受到方回的影响。方回评骘诗人诗作亦多精辟见解，切中肯綮。如评朱熹诗曰："唯恐夫诗之不深于学问也，则以道德性命、仁义礼智之说排比而成诗"；评四灵、江湖诗曰："唯恐夫诗之不工于言语也，则以风云月露草木禽鱼之状补凑而成诗，以哗世取宠，以矜

① 方回：《桐江续集》卷一六，文渊阁四库全书本。

② 《桐江续集》卷三二。

己耀能”，导致“愈欲深而愈浅，愈欲工而愈拙”。① 方回论诗主江西而欲兼祧晚唐，对杜甫诗歌和江西诗派“一祖三宗”的评论和总结尤为精审。《瀛奎律髓》选唐宋五、七言近体，分为四十九类，融选、注、评于一体，论诗宗旨贯注于其中，对后世的诗歌批评形式影响深远，他大力扇扬江西诗风，对元初诗人的创作也颇有影响。②

第三节　曲终奏雅　悲风遗韵

——宋元之际的词

南宋后期至宋末易代之际，在“漏舟泛江海”的艰难时世，一些词人面对“国脉微如缕”的惨淡现实呼号悲歌，在词中尽抒家国覆亡之痛愤，其悲慨直率或沉郁雄浑之风与辛弃疾一脉相承。另一群词人在国家苟安幸存之际，则窃占青山碧水，逐弦吹之音，为骚雅之词，沉溺于一己之审美人生；一朝亡国，他们怀着剧痛深哀在词中凄楚地呻吟，常常假咏物曲折隐晦地表达黍离之悲，沧桑之慨，情意十分深沉，技巧则融合周、姜，研炼臻于精严。

一　辛派之尾腔

宋末有些爱国志士所作的词，其内容和风格接近辛弃疾一派，文天祥即是典型。他作词不多，皆悲壮清劲、风骨凛凛，如《满江红·代王夫人作》借他人酒杯浇胸中块垒：

> 试问琵琶，胡沙外、怎生风色。最苦是、姚黄一朵，移根仙阙。王母欢阑琼宴罢，仙人泪满金盘侧。听行宫、半夜雨淋铃，声声歇。　彩云散，香尘灭。铜驼恨，那堪说。想男儿慷慨，嚼穿龈血。回首昭阳离

① 方回：《赵宾旸诗集序》，见《桐江集》卷一。

② 如皮昭德、蔡人杰、廖云仲、汪才夫等，或学黄庭坚，或学陈师道，或参陈与义，参见莫砺锋《江西诗派研究》。

落日，伤心铜雀迎秋月。算妾身、不愿似天家，金瓯缺。①

《沁园春·题潮阳张、许公庙》：

为子死孝，为臣死忠，死又何妨。自光岳气分，士无全节，君臣义缺，谁负刚肠。骂贼睢阳，爱君许远，留得声名万古香。后来者，无二公之操，百炼之钢。　　人生翕欻云亡。好烈烈轰轰做一场。使当时卖国，甘心降虏，受人唾骂，安得留芳。古庙幽沉，仪容俨雅，枯木寒鸦几夕阳。邮亭下，有奸雄过此，仔细思量。②

二词皆可见作者之凛然正气，耿耿丹心，确乎继承了辛弃疾、陆游等词人的爱国精神，为南宋词谱写了高遏行云的尾声。《沁园春》与其诗《正气歌》同一机杼，这类作品本无意讲求格调、词藻、情意、风神，直以气骨、品格胜，故王国维谓"文文山词，风骨甚高，亦有境界，远在圣与、叔夏、公谨诸公之上"。③

刘辰翁（1232—1297），字会孟，号须溪，庐陵（今江西吉安）人。景定三年（1263）进士。因亲老请为赣州濂溪书院山长。咸淳元年（1265）为临安府教授，德祐元年（1275）入文天祥幕府抗元。宋亡托身方外，隐居著述以终。有《须溪集》传世。

刘辰翁曾作《辛稼轩词序》，云：

稼轩横竖烂熳，乃如禅宗棒喝，头头皆是；又如悲笳万鼓，平生不平事并卮酒，但觉宾主酣畅，谈暇不顾，词至此亦足矣。……斯人北来，喑呜鸷悍，欲何为者；而谗摈销沮，白发横生，亦如刘越石。陷绝失望，花时中酒，托之陶写，淋漓慷慨，此意何可复道，而或者以流连光景、志业不终恨之，岂可向痴人说梦哉！为我楚舞，吾为若楚歌，英雄感怆，有在常情之外，其难言者未必区区妇人孺子间也。④

---

① 文天祥：《文山集》卷一九。

② 见《全宋词》，第3306页。

③ 王国维：《人间词话》卷下第35条，第24页。

④ 《须溪集》卷六。

可见他对辛弃疾其词其人极为倾慕，主要是因为志气才性的相近而产生了共鸣，其词抒写胸臆情怀，激越、劲健、豪壮、悲凉皆有近于稼轩者。宋亡前，刘辰翁已常将其忧国愤世之怀付之于词，如《念奴娇》："吾年如此。更梦里、犹作狼居胥意。千首新诗千斛酒，管甚侯何侯齿。"德祐元年乙亥（1275），鲁港（今安徽芜湖西南）之战宋军大败，刘辰翁赋《六州歌头》（向来人道）讽刺自比"周公"的贾似道，抨击他败政误国，其词直陈其事，笔锋犀利劲峭。而"宗邦沦覆之后，眷怀麦秀，寄托遥深，忠爱之忱，往往形诸笔墨"，①又悲凉入骨。德祐二年（1276）二月，国破主俘，刘辰翁作《兰陵王·丙子送春》：

送春去，春去人间无路！秋千外，芳草连天，谁遣风沙暗南浦？依依甚意绪，漫忆海门飞絮。乱鸦过，斗转城荒，不见来时试灯处。　春去，最谁苦？但箭雁沉边，梁燕无主，杜鹃声里长门暮。想玉树凋土，泪盘如露。咸阳送客屡回顾，斜日未能度。　春去，尚来否？正江令恨别，庾信愁赋，苏堤尽日风和雨。叹神游故国，花记前度。人生流落，顾孺子，共夜语。

正如陈廷焯所言："题是送春，词是悲宋"，词人用象征和比兴手法抒发国亡无主和余生无托的悲哀。首叠写都城陷落后的残破荒凉之景；第二叠写随着春归，南宋君臣与百姓或被迫北行，永离故土，或如梁燕失群，无可依傍，最是可怜；第三叠望春重来，而自知是痴想，以共话亡国恨事作结。"春去"之词萦回三叠，抒发春去国亡之悲至于绝望。词情委婉但并不隐晦，又寄意深沉、耐人寻味，与辛弃疾"敛雄心，抗高调，变温婉，成悲凉"的《摸鱼儿》（更能消几番风雨）等词为一路。

亡国后，刘辰翁常作节序词以寄寓故国之思，《沁园春·送春》即是心危词苦之作。词中再三设问以表留春之意，而春不堪留。词人将亡国之恨，孤臣孽子之心，身世浮沉之感一寓于暮春之景，又借"送春"曲折道出，可谓是饮泪泣血。《永遇乐》（璧月初晴）作于亡国两年之际，词人每读李清照的《永遇乐》（落日熔金）"辄不自堪"，"为之涕下"，共同的遭际引起情感共鸣，遂

① 《钦定四库全书总目》卷一六五，《须溪集》提要，第2184页。

以易安自喻，依韵和作。词以今昔对比：昔日上元“香尘暗陌，华灯明昼”，今则“断烟禁夜，满城似愁风雨”；又以清照所见“临安南渡，芳景犹自如故”对比己身面临的“江南无路”、“春事谁主”的亡国惨景，备见沧桑寥落之感，如其所言“虽辞情不及，而悲苦过之”。此外《宝鼎现·春月》、《虞美人·用李后主韵二首》、《忆秦娥·中斋上元》等皆沉痛悲苦；而《莺啼序》“我狂最喜高歌去，但高歌不是番腔底”，《西江月》“梦从海底跨枯桑，阅尽银河风浪”等词中又透出激昂豪迈之气，总之，刘辰翁的词多是满心而发，不假雕琢的真率自然之语。

蒋捷（生卒年不详），字胜欲，号竹山，阳羡（今江苏宜兴）人。度宗咸淳十年（1274）进士。入元不就征辟，隐居太湖竹山，因以为号。有《竹山词》。蒋捷的词音调谐畅，遣词精巧，风格多样，既有脱洒清劲近于苏、辛者，亦有细密蕴藉，承周邦彦、姜夔遗风者，在宋末词人中自成一家。

宋亡以后，蒋捷词亦多抒写亡国破家的深慨和飘泊江湖的凄凉苦况。如《尾犯·寒夜》：

夜倚读书床，敲碎唾壶，灯晕明灭。多事西风，把斋铃频掣。人共语、温温芋火，雁孤飞、萧萧桧雪。遍阑干外，万顷鱼天，未了予愁绝。

鸡边长剑舞，念不到、此样豪杰。瘦骨棱棱，但凄其衾铁。是非梦、无痕堪记，似双瞳、缤纷翠缬。浩然心在，我逢著、梅花便说。①

上片写西风吹雪，灯晕明灭，而清愁不绝；下片云欲效历史上的豪杰闻鸡起舞，有志于国事，然空余嶙峋气骨、潦倒一生，是愤激无奈之语。往事不堪追忆分说，但守节之心堪共梅花为知己。此词造境凄清似姜夔，而慷慨之情如神龙首尾，偶尔显露峥嵘，一般将其与刘过并称，认为是辛词之附庸。②

《虞美人·听雨》云：

少年听雨歌楼上。红烛昏罗帐。壮年听雨客舟中。江阔云低断雁

① 《全宋词》，第3439页。

② 陈廷焯《白雨斋词话》云：“刘改之、蒋竹山，皆学稼轩者。”“竹山则全袭辛、刘之貌……”周济在《宋四家词选》中，也把蒋捷列为辛词的附庸。

叫西风。　　而今听雨僧庐下。鬓已星星也。悲欢离合总无情。一任阶前点滴到天明。①

词人选取三个象征性的画面概括一生的境遇，青春的沉溺与欢乐、中年的奔波与忧恨，到如今晚年处境凄寂、心境萧索，将深沉的感慨寓于鲜明的画面对比之中，结句为沉郁的词情平添放旷之意。构思别致，近于辛弃疾《丑奴儿·书博山道中壁》词。他如《沁园春·为老人书南堂壁》（老子平生，辛勤几年，始有此庐）、《贺新郎·乡士以狂得罪赋此饯行》（甚矣君狂矣）二词，大量用典、以口语入词，则是有意效稼轩之作。

《贺新郎·兵后寓吴》写宋亡后词人流落苏州一带的生活和感受。词以叙事为主，将写景、抒情穿插其中，这与一般以抒情为主的词法异趣，某种程度上可称以文为词，其词之章法缜密、条理井然也许得自周邦彦。蒋捷词的语言清疏流利，别有情致，如《一剪梅·舟过吴江》中"风又飘飘，雨又潇潇"，"红了樱桃，绿了芭蕉"，《梅花引·荆溪阻雪》中"白鸥问我泊孤舟，是身留，是心留"？"旧游旧游今在否？花外楼，柳下舟"。"都道无人愁似我，今夜雪，有梅花，似我愁"等等。所以即使抒写悲恨，词情也自流转畅达，而难于沉郁顿挫，更毋论写日常情趣的词作，如《霜天晓角·折花》云：

人影窗纱。是谁来折花？折则从他折去，知折去、向谁家？檐牙。枝最佳。折时高折些。说与折花人道，须插向、鬓边斜。②

词人以白话为词，纯是白描，富于生活气息而情趣盎然，气机活泼轻倩。《昭君怨·卖花人》亦是此类。

宋末词风近于辛弃疾的词人还有邓剡（1232—1303）、罗志仁（生卒年不详）、黎庭瑞（1250—1308）、赵文（1239—1315）等，皆为江西人。③ 他们以词抒写国破家亡之痛、英雄末路之悲，词风或劲健，或崛奇，或豪壮，皆可谓稼轩之苗裔。

---

① 《全宋词》，第3444页。

② 《全宋词》，第3450页。

③ 参见刘扬忠《唐宋词流派史》，将以上诸人归为江西词派，第438—443页。

二 周密、王沂孙、张炎的雅词

南宋末年到宋元易代之际，周密、王沂孙、张炎等人琢炼字句，讲究音韵法度，追求脱俗的艺术情趣，专力创作“雅词”。他们以周邦彦、姜夔、吴文英等词人之作为典范，又转益多师，广泛借鉴和综融各家词作之优长，在格律技巧方面极尽研炼，愈加深化纯熟。

晚宋词人结社的风气很盛。理宗景定间，杨缵、张枢、周密、李彭老、李莱老、施岳等结西湖吟社，分题探韵，唱和频繁。① 周密《采绿吟》小序记叙了一次集会情形，云：

> 甲子(景定五年，1264)夏，霞翁会吟社诸友，逃暑于西湖之环碧。琴尊笔妍，短葛练巾，放舟于河深柳密间，舞影歌尘，远谢耳目，酒酣，采莲叶探题赋词。②

这些贵胄公子、江湖雅士优游湖山、吟赏烟霞，分题唱和之际，咏节序和咏物成为最常使用的题材，求雅则是共同的审美取向。词成后，社友们又共同审音改字，品评得失，因此词作往往格高韵绝，艺术上极为精美。不过正如清人周济所言，“北宋有无谓之词以应歌，南宋有无谓之词以应社”，③这种“应社”之作因为内心感触并不深沉，因此往往缺乏淳厚的情意，徒然是炫耀词才而已。

宋亡之后，这群词人成了遗民，仍然间以举行社集，以词唱和。他们的审美蕲向和词法取径相当一致，人生境遇、情感特征也相近。由于遭逢鼎革，其词多为忠爱悱恻之辞，悲慨凄楚之音，正所谓“亡国之音哀以思”。他们不敢像南渡词人那样直接倾吐亡国的痛愤，而以比兴象征手法婉曲深折地表达内心的悲恨，于是咏物词仍是最恰当的载体。正如蒋敦复所言，“唐、五代、北宋人词，不甚咏物；南渡诸公有之，皆有寄托。白

---

① 吟社大约持续了从理宗景定四年癸亥(1263)至度宗咸淳元年乙丑(1265)共三年时间。

② 《全宋词》，第3270页。

③ 周济：《介存斋论词杂著》，人民文学出版社1959年版，第3页。

石、石湖咏梅，暗指南北议和事。及碧山、草窗、玉潜、仁近诸遗民《乐府补遗》中，龙涎香、白莲、蓴、蟹、蝉诸咏，皆寓其家国无穷之感，非区区赋物而已”，①咏物词的艺术达到最高点。而宋词却伴随着南宋覆亡而衰敝，此期成就较高的词人以周密、王沂孙和张炎为代表，他们作为两宋三百年词家之殿军，曲终奏雅。

周密(1232—1298)，字公谨，号草窗，济南人(今属山东)，流寓湖州(今属浙江)，号弁阳老人，又号四水潜夫。宋亡不仕，寓杭州癸辛街。词集有《蘋洲渔笛谱》二卷、集外词一卷；《草窗词》二卷及补二卷。《蘋洲渔笛谱》为作者手订刊行，《草窗词》是后人掇拾编定。编选了《绝妙好词》。诗集有《草窗韵语》，《弁阳诗集》与《蜡屐集》已佚。周密还撰有《武林旧事》、《齐东野语》、《癸辛杂识》、《浩然斋雅谈》等多种笔记，可补史料之缺。

周密早年即负词名，其词风以南宋的覆亡为分界。宋亡之前，周密以一世胄公子，其词皆游赏题咏之作，无非是闲情雅致、酬酢应景，绝少涉及时事。风格清艳柔纤。宋亡之后，其词常常寄托亡国之悲感，风格变为苍凉凄咽。

周密前期写景咏物之词最多。组词《木兰花慢·西湖十景》、《采绿吟》(采绿鸳鸯浦)等描绘西湖景色；咏物则有《恋绣衾·赋蝶》、《绿盖舞风轻·白莲赋》、《齐天乐》(宫檐融暖晨妆懒)咏梅等，皆词采润腻，文笔清柔，情趣闲雅，音律和谐，深受时人赏叹。如《解语花》云：

> 晴丝罥蝶，暖蜜酣蜂，重帘卷春寂寂。雨萼烟梢，压阑干、花雨染衣红湿。金鞍误约，空极目、天涯草色。阆苑玉箫人去后，惟有莺知得。
>
> 余寒犹掩翠户，梁燕乍归，芳信未端的。浅薄东风，莫因循、轻把杏钿狼藉。尘侵锦瑟，残日绿窗春梦窄。睡起折花无意绪，斜倚秋千立。②

词序云“连日春晴，风景韶媚，芳思撩人，醉捻花枝，倚声成句”，可知所写无非韶景芳思，其词意象密丽，词藻华艳，铺叙刻画精细，如“晴丝罥蝶”，“暖蜜

① 蒋敦复：《芬陀利室词话》卷三“南宋咏物皆有寄托”，见《词话丛编》，第3675页。

② 《全宋词》，第3270页。

酣蜂”,“春梦窄”等造语、修辞颇有梦窗之风。《朝中措·茉莉拟梦窗》等词语言工丽、情思深密,更与梦窗词旨趣相侔。周密的抒情写景之作亦有效仿白石者,如《三犯渡江云》:

冰溪空岁晚,苍茫雁影,浅水落寒沙。那回乘夜兴,云雪孤舟,曾访故人家。千林未绿,芳信暖、玉照霜华。共凭高,联诗唤酒,暝色夺昏鸦。　　堪嗟。澌鸣玉佩,山护云衣,又扁舟东下。想故园、天寒倚竹,袖薄笼纱。诗筒已是经年别,早暖律、春动香葭。愁寄远,溪边自折梅花。①

此词从情趣、色调到意境皆似白石词,有些语汇、意象如“苍茫雁影”、“云雪孤舟”、“自折梅花”等亦出自白石,但瘦硬峭劲不及,而写实过之。《曲游春》(禁苑东风外)“轻暝笼寒,怕梨云梦冷,杏香愁幂”,“正满湖碎月摇花,怎生去得”亦词情清冷同于白石,而意象香艳近于梦窗。《木兰花慢》序记其作西湖十景词十阙,“霞翁谓语丽而律未协。相与订正数月后定”,可见词人于字面、音律颇费巧思,至有“字字如锦”、②“缕冰刻楮,精妙绝伦”之誉。③但总体看来,周密这样的词作因为词心窄小,题材单调,而“立意不高,取径不远”,④终乏远韵。

宋亡后,周密与王沂孙、张炎等往来酬唱,作了不少抒身世之慨、兴废之感的词,词风整体上渐趋清疏凄咽,《玉京秋》、《探芳讯》等皆是名篇。恭帝德祐二年(1276)临安陷落,周密流亡至到绍兴,作《一萼红·登蓬莱阁有感》,云:

步深幽,正云黄天淡,雪意未全休。鉴曲寒沙,茂林烟草,俛仰千古悠悠。岁华晚、漂零渐远,谁念我、同载五湖舟?磴古松斜,厓阴苔老,一片清愁。　　回首天涯归梦,几魂飞西浦,泪洒东州。故国山川,故

① 《全宋词》,第3268页。

② 李调元《雨村词话》誉周密《天水碧》二阕之语,见《词话丛编》,第1414页。

③ 周济:《宋四家词选目录序论》,见《介存斋论词杂著》附录,第14页。

④ 周济:《宋四家词选目录序论》。

园心眼，还似王粲登楼。最怜他、秦鬟妆镜，好江山、何事此时游！为唤狂吟老监，共赋销忧。①

上片写凄清空远之景，触发词人身世孤零、漂泊无依的感伤；下片直抒胸臆，满心忧慨欲奔泻而出，又以“好江山、何事此时游”一语咽住，辞哀婉而情跌宕，人谓“苍茫感慨，情见乎词”，“虽使美成、白石为之，亦无以过”，②推为集中压卷。他如《长亭怨慢》“十年旧事，尽消得、庾郎愁赋。燕楼鹤表半飘零，算惟有、盟鸥堪语。谩倚遍河桥，一片凉云吹雨”，感慨尽在虚处，较之早期对姜夔词风的刻意模拟，则甚得神似。在与王沂孙、张炎等遗民词人的唱和中，词风也相互影响，周密的《水龙吟·白莲》（素鸾飞下青冥）清艳中有沉郁之气，陈廷焯评为“居然碧山矣”。③

戈载的《宋七家词选》将周密与周邦彦、史达祖、姜夔、吴文英、王沂孙、张炎并列，称周密词“尽洗靡曼，独标清丽，有韶倩之色，有绵渺之思”。就其基本倾向而言，是上承清真格律精严、雅艳浑融一脉，又借鉴了吴文英和姜夔的词学艺术，但不如梦窗之堆砌、白石之孤峭，形成一种秀雅词风，自有特色。当然受创作背景、词调和题材影响，周密也有一些小令写得情趣清新，语言明快，如《天水碧》、《四字令·访友不遇》等。他还有《效颦十解》词，分别“拟《花间》”、“拟稼轩”、“拟蒲江”、“拟梅溪”、“拟东泽”、“拟花翁”、“拟参晦”、“拟梦窗”、“拟二隐”、“拟梅川”，以此可见南宋词发展到后期，风格大备，词人对各体词风的辨析十分精微，取法范围较广，也善于学习。

周密并无词学专著，《齐东野语》、《癸辛杂识》、《浩然斋雅谈》、《云烟过眼录》等笔记中记载了一些词坛轶事，也涉及作词音轨韵范、词法技巧。与周密结社的杨缵（守斋）“精于琴，故深知音律，有《圈法周美成词》，与之游者，周草窗、施梅川，徐雪江、奚秋崖、李商隐，每一聚首，必分题赋曲。但守斋持律甚严，一字不苟作，遂有《作词五要》”。④“作词五要”是“择腔”、“择

① 《全宋词》，第3291页。

② 陈廷焯：《白雨斋词话》卷二“公谨一尊红”条，见《词话丛编》，第3806页。

③ 《白雨斋词话》卷二“公谨献仙音”条，第3807页。

④ 张炎：《词源》卷下“杂论”，见《词话丛编》，第267页。

律”、“填词按谱”、“随律押韵”、“立新意”,这对周密当然会有影响。周密编纂的《绝妙好词》专选南宋雅丽合律之作,其中姜夔词十三首、史达祖词十首、吴文英词十六首、王沂孙词十首,宋代存词最多者辛弃疾则只有二首入选,清楚地反映了周密崇丽尚雅,严于格律的审美趣味。

清初浙西词派为救明词之弊而尊南宋、尚醇雅,以姜夔、张炎为圭皋,周密也被奉为南宋一宗,朱彝尊认为“其词足与陈衡仲、王圣与、张叔夏方驾”。①

王沂孙(1233—1293),字圣与,号碧山,又号中仙,会稽(今浙江绍兴)人。咸淳十年与周密订交,又与唐钰、张炎等交游酬唱。元至元中,曾任庆元路儒学学正,考其行事交游,仍属南宋遗民。传世有《碧山乐府》,或名《花外集》,存词六十四首,大半是咏物词。

王沂孙的咏物词多非单纯咏物,而常将麦秀黍离、感喟苍凉之意寄托于风花雪月、粉怯珠愁,词采虽然秀美秾丽,而词情沉哀入骨。如咏月之词《眉妩·新月》云:

> 渐新痕悬柳,淡彩穿花,依约破初暝。便有团圆意,深深拜,相逢谁在香径。画眉未稳,料素娥、犹带离恨。最堪爱、一曲银钩小,宝奁挂秋冷。　　千古盈亏休问。叹谩磨玉斧,难补金镜。太液池犹在,凄凉处,何人重赋清景。故山夜永。试待他、窥户端正。看云外山河、还老尽、桂华影。②

上片着意描绘新月,其形如一抹蛾眉,其色清淡,月光轻笼花丛,朦胧如梦。由蛾眉又自然联想到嫦娥与离恨,新月又似闺中离人帘前的一弯小小银钩。下片抒发感慨。月亮盈亏有恒,金瓯破碎难补。故国山河终能待圆月清照,然而像历代祖宗那样在太液池边赏月吟诗的盛事是不可再得了。以景作结,永失故国、执着而无望的深哀寄于言外。

《齐天乐·蝉》亦是名篇,词云:

---

① 朱彝尊:《书绝妙好词后》,见《曝书亭集》卷三四,文渊阁四库全书本。

② 《全宋词》,第3354页。

一襟余痕宫魂断，年年翠阴庭树。乍咽凉柯，还移暗叶，重把离愁深诉。西窗过雨。怪瑶佩流空，玉筝调柱。镜暗妆残，为谁娇鬓尚如许。　铜仙铅泪似洗，叹携盘去远，难贮零露。病翼惊秋，枯形阅世，消得斜阳几度。余音更苦。甚独抱清高，顿成凄楚。谩想薰风，柳丝千万缕。①

上片写蝉之形态，此蝉寄身于无情之碧树，或呜咽于寒枝，或深藏于暗叶，而恨声不歇。首句用“齐王后怨忿而死后化蝉”之典，在蝉的意象中暗寓一长恨之人。雨来蝉振翅惊飞，词人想象是女子环佩敲击、调筝移柱之声。又通过想象和修辞，勾勒一位发鬓姣美而形容憔悴的玉人，与蝉翼关合。下片首用李贺诗，将蝉吸风饮露之习性与王朝盛衰兴亡之慨牵合。秋蝉无露可饮，更不堪秋寒，吟声酸楚更甚于前，结以今昔之感。② 这首词的创作背景是元至元二十一年(1284)元僧杨琏真伽发南宋诸帝后陵，弃骨于草莽间事。有义士唐钰闻其事悲愤，与友人林德旸邀集里中少年收帝后遗骸共瘗之，且自宋故宫移置冬青树植于冢上。③ 事件以后，周密、唐钰、王沂孙、张炎、王易简、冯应瑞、唐艺孙、吕同老、李居仁、陈恕可、赵汝钠、仇远等十四人，结吟社于越中，用五个不同的词调，以龙涎香、莼、蟹、蝉、白莲等五物分题赋词，共三十七首，编为《乐府补题》一集。清代厉鹗认为此一卷咏物词寄托了对发陵一事的哀痛之意，作诗感慨，云：“头白遗民涕不禁，补题乐府在山阴。残蝉身世香莼兴，一片冬青冢上心。”④这些词作中寄托若有若无，亦此亦彼，都能启人联想，咏物词的技巧在《乐府补题》中发挥到了极致。就王沂孙此词而言，虽然具体情事不易一一指实，但“宫魂”、“娇鬓”当与南宋朝廷覆亡和

---

① 《全宋词》，第3357页。

② 参阅叶嘉莹《王沂孙其人及其词》一文，见《迦陵论词丛稿》，河北教育出版社1998年版，第159页。叶嘉莹《唐宋词十七讲》第十七讲“王沂孙”，河北教育出版社2003年版。

③ 发陵惨状见《辍耕录·发宋陵寝》条，《癸辛杂识别集》上“杨髡发陵”条。

④ 《论词绝句》之六，见《樊榭山房集》卷七。后经王树荣《乐府补题跋》发挥，夏承焘《乐府补题考》考证，云“王、唐诸子，丁桑海之会，国族沦胥之痛，为自来词家所未有。宋人咏物之词，至此编乃别有其深衷新义”，认定词中必有寄托。后考证《天香·龙涎香》系咏崖山之事、《齐天乐·蝉》则隐指孟后陵墓被掘，发髻弃露于野的惨况等等，因此对词意的解释有逐句指实解说的倾向，则又难免拘狭。

孟后陵被发相关,“铜仙铅泪”则含盛衰兴亡的易代之悲。“病翼惊秋”,“枯形阅世”寄托了词人的切身悲慨。“斜阳几度”令人联想到末宋幼帝几度被虏亡殁。“独抱清高,顿成凄楚”则可能关联晚宋一些士大夫空谈心性,自命清高,一旦亡国,空余凄楚而已。结尾可能暗喻词人对故国承平之日的怀恋,总之咏蝉中寄托了对南宋覆亡情事的悲感无疑。① 王沂孙的其他咏物之作如《水龙吟·牡丹》“自真妃舞罢,谪仙赋后,繁华梦、如流水”;《水龙吟·落叶》“晓霜初著青林,望中故国凄凉早”;《庆宫春·水仙花》“携盘独出,空想咸阳,故宫落月”;《摸鱼儿·莼》“沧浪梦里,纵一舸重游,孤怀暗老,余恨渺烟水”等,皆以比兴象征之法,寄托感时伤世之悲感。

王沂孙的咏物词常常将所咏之物拟人化,使之具有丰富的象征意蕴。章法上则将“人”与“物”作为一明一暗两条线索,将对物的刻画描写与情意的抒发交融错综的展开,其运思深微、用笔细密,又层次脉络井然。遂令词情的表达盘旋沉郁、顿挫生姿。王沂孙的咏物词所选择的意象、典故和语码又往往具有多重意涵,可供多层次解读。如《齐天乐·蝉》中,词人以筝音改变、弦柱推移喻寒蝉惊飞之声,又可联想为国家形势改变。“镜暗妆残,为谁娇鬓尚如许”切孟后发髻尚新的情事,也可理解为士大夫修洁爱好之心执着不改。金盘铅泪之典,既关合蝉饮清露,又有国家倾覆的涵义,读之使人联想层层生发,词作韵味遂沉郁醇厚之至。当然词中用典用事安排过甚,用意过深,可能给读者的理解带来困难。而遣字造语方面的力求新异,如《天香》中“层涛蜕月”用“蜕”字写月光在如鳞的波涛中闪动摇荡之景,“剪春灯,夜寒花碎”,将灯与灯花拆开嵌入两个句子,有时不免造成晦涩隔膜之感。

总之,王沂孙的咏物之词托意深远,且客观物象与主观情意能相互生发,在字法、句法方面技巧极为精到,能准确传达词人深微的情绪感受,可见词人思力沉挚和笔致灵动,故周济称其“思笔可谓双绝”。② 而感慨深沉苍凉,词情低徊凄恻则是碧山同时同派词人的共同特点。

---

① 关于此词的理解,可参考叶嘉莹《唐宋词十七讲》。

② 《宋四家词选目录序论》,第13页。

“碧山咏物诸篇，并有君国之忧”，①重视寄托的清代常州词派对王沂孙的词推崇备至。周济以周邦彦、辛弃疾、吴文英、王沂孙为“宋四家”，尤其称赏王沂孙的咏物技巧，以为“咏物最争托意，隶事处以意贯串，浑化无痕，碧山胜场也”。② 王沂孙的词既有缠绵忠爱、怨慕忧思的内在情意，又有沉郁之笔、顿挫之姿，具精妙的表现技巧，“即于一字一句间求之，亦无不工雅”，③陈廷焯认为“咏物词至王碧山，可谓空绝千古，然亦身世之感使然，后人不能强求也”。④ 清代很多词人如王鹏运、朱祖谋等都是碧山词的崇拜者和模仿者。

张炎（1248—约1320），字叔夏，号玉田，晚号“乐笑翁”，南渡大将循王张俊之后。曾祖张镃有诗名，亦能词，曾与姜夔唱和。其父张枢与杨缵、周密等词人结社唱酬。宋亡之前，张炎“仰扳姜尧章、史邦卿、吴梦窗诸名胜，互相鼓吹春声于繁华世界，飘飘征情，节节弄拍，嘲明月以谑乐，卖落花而陪笑”，⑤过着贵游少年的奢华浪漫生活。南宋灭亡之后，张炎于至元二十七年（1290）秋北游大都，⑥次年南归。之后浪游江湖三十年，潦倒至于卖卜为生。张炎有《词源》二卷，作于晚年，其上卷论乐律，下卷论创作。历评两宋诸词人之长短得失，尤其推崇姜夔词风的“清空”、“骚雅”。张炎的《山中白云词》八卷中九成是宋亡后所作，充满故国之思与身世之感，其词律吕协洽，“清远蕴藉，凄怆缠绵”。⑦

张炎对于咏物词的创作很有体会。《词源》说：“诗难于咏物，词为尤难。”他列举史达祖《东风第一枝》咏春雪、《绮罗香》咏春雨、《双双燕》咏燕，以及姜夔的《暗香》、《疏影》咏梅、《齐天乐》咏促织，称“此皆全章精粹，所咏

---

① 张惠言：《词选》卷二，见《眉妩·新月》词下批注。

② 周济：《宋四家词选目录序论》，第13页。

③ 《白雨斋词话》卷二，见《词话丛编》，第3809页。

④ 《白雨斋词话》卷七，见《词话丛编》，第3937页。

⑤ 郑思肖：《山中白云词序》，见张炎《山中白云词》卷首，文渊阁四库全书本。

⑥ 关于此行的原因与目的，持说各有不同。张炎自称“游历”，有人认为是应写经之役（清许增《山中白云词跋尾》）；也有人认为是求官（舒岳祥）。可参读夏承焘《读张炎的〈词源〉》，《光明日报》1960年2月7日。

⑦ 刘熙载：《艺概·词概》“张玉田词转益多师”，见《词话丛编》，第3696页。

瞭然在目，且不留滞于物”。[1] 张炎自作之《水龙吟·白莲》、《疏影·梅影》等咏物之作细腻工整，又有所喻托，妙在不离不即。尤以《南浦》咏春水、《解连环》咏孤雁两首得名于时。[2]《南浦·春水》是宋亡前作，云：

> 波暖绿粼粼，燕飞来，好是苏堤才晓。鱼没浪痕圆，流红去，翻笑东风难扫。荒桥断浦，柳阴撑出扁舟小。回首池塘青欲遍，绝似梦中芳草。　　和云流出空山，甚年年净洗，花香不了？新绿乍生时，孤村路，犹忆那回曾到。余情渺渺，茂林觞咏如今悄。前度刘郎归去后，溪上碧桃多少？[3]

词以写眼前西湖春水始，以追怀往日春游水滨之情结，处处绾合“春水”，又不粘滞于题。“回首”二句，融化谢灵运“池塘生春草”诗意及梦中得句的典故。下片从眼前流水引出对往事的回忆。结句翻用唐人刘禹锡诗意，深情绵邈不尽。词人写景优美，造语妩丽，笔调细腻，词风清雅。宋亡后所作《解连环·孤雁》则运用象征手法，将自身怅惘落寞之意寓托于离群孤飞之雁，句句刻画孤雁而处处关合遗民漂泊流离的身世之感，含蓄又形象地曲传出遗民难以明言的家国之痛和凄惶孤独的心境，词情凄凉，词境空远。

尽管张炎词“大段瓣香白石”，如“《探春慢》二词，工力悉敌，试掩名观之，不知孰为尧章，孰为叔夏”，[4]但姜夔词中多身世飘零之感，不乏萧远之姿。张炎的词中则较多铜驼荆棘、家国之痛，往往以清虚之词抒写苍凉凄楚之情。如《高阳台·西湖春感》：

---

① 《词源》卷下“咏物”条，见《词话丛编》，第261页。

② 以此两首词得“张春水”、“张孤雁”之称。元人孔齐《至正直记》：“（炎）尝赋孤雁词，有‘写不成书，书难成字，只寄得相思一点’，人皆称之曰‘张孤雁’。”

③ 《全宋词》，第3463页。

④ 凌廷堪：《词洁》卷三。张炎《探春慢》：列屋烘炉，深门响竹，催残客里时序。投老情怀，薄游滋味，消得几多凄楚。听雁听风雨，更听过、数声柔舻。暗将一点归心，试托醉乡分付。　　借问西楼在否。休忘了盈盈，端正窥户。铁马春冰，柳蛾晴雪，次第满城箫鼓。闲见谁家月，浑不记、旧游何处。伴我微吟，恰有梅花一树。

姜夔《探春慢》：衰草愁烟，乱鸦送日，风沙回旋平野。拂雪金鞭，欺寒茸帽，还记章台走马。谁念漂零久，漫赢得幽怀难写。故人清沔相逢，小窗闲共情话。　　长恨离多会少，重访问竹西，珠泪盈把。雁碛波平，渔汀人散，老去不堪游冶。无奈苕溪月，又照我扁舟东下。甚日归来？梅花零乱春夜。

接叶巢莺，平波卷絮，断桥斜日归船。能几番游？看花又是明年。东风且伴蔷薇住，到蔷薇、春已堪怜。更凄然，万绿西泠，一抹荒烟。

当年燕子知何处，但苔深韦曲，柳暗斜川。见说新愁，而今也到鸥边。无心再续笙歌梦，掩重门，浅醉闲眠。莫开帘、怕看飞花，怕听啼鹃。①

此词作于临安城破之际（宋恭帝德祐元年，1275），词人借伤春之意发抒哀悼宋室覆亡之情。上片从眼前景着笔，“更凄然，万绿西泠，一抹荒烟”三句与杜甫“国破山河在，城春草木深”同一感慨而更凄凉；下片“当年燕子”暗用刘禹锡《乌衣巷》诗“旧时王谢堂前燕，飞入寻常百姓家”，喻山河已易。“见说”二句以鸥喻人，是作者“无心再续笙歌梦”之自况。“浅醉闲眠”反衬出哀愁之深广。结句言“怕”，是对此茫茫，百感交集，内心之痛连自己都不堪面对。词情凄凉悲怨，意余言外。

张炎的词作大抵都布局匀净，脉络清楚。词句清疏淡洁，时有警语。意想不深晦而蕴藉有情韵，但读起来却觉缺乏远致，稍欠感发之功。这与其词的章法结构有关。张炎推崇姜夔词的“清空”之境，其自作却针脚绵密，而愈描绘工巧，用意与用笔愈不能深远，词意便不能跳宕，故遭周济讥为“积谷作米、把缆放船，无开阔手段”，②乏空灵神韵。张炎特别重视章法的振起与绾合，其《词源》指出“最是过片不要断了曲意，须要承上接下”。在词意承接转折处，他尤其善于运用虚词如“且”、“更”、“也”、“莫”等，将词情的起承转合、嬗变轨迹表现得非常明晰。如“东风且伴蔷薇住，到蔷薇、春已堪怜”，词人苦苦留春不住，又哀求东风且伴蔷薇暂留。然花事已到蔷薇，春已不堪留，何况东风未必住呢？笔触透迤，词情往复。又如《渡江云》中：“空自觉围羞带减，影怯孤灯。常疑即见桃花面，甚近来翻致无书。书纵远，如何梦也都无”，抒写怀人之情，语意层层转折，而情意层层深入，笔致非常细密。较之姜词，张炎的词笔叙写比较平实，清而不峭，疏淡过之，高旷空灵之音殊少。较之碧山，则乏腾天潜渊的跌宕笔力，不能潜气内转，词情也就不如王

① 《全宋词》，第3463页。

② 周济：《介存斋论词杂著》第二七条，第10页。

沂孙的沉郁深厚了。

其实张炎词并非一味效法姜夔之“清空”、“骚雅”，亦尝转益多师。“《探芳信》之次韵草窗，《琐窗寒》之悼碧山，《西子妆》之效梦窗可见”。[①]亲从张炎受业的陆行直也转述张炎论词主张，曰：“周清真之典丽，姜白石之骚雅，史梅溪之句法，吴梦窗之字面，取四家之所长，去四家之所短，此翁之要诀。”[②]张炎作词在遣字造句方面颇费锤炼工夫，陆行直《词旨》举出“乐笑翁奇对凡二十三则”，如“断碧分山、空帘剩月”（《琐窗寒·悼王碧山》）；“款竹门深，移花槛小”（《一萼红·周草窗新居》）；“浅草犹霜，融泥未燕”（《庆清朝·韩亦颜隐居》）之类。又举出“乐笑翁警句凡十三则”，如“写不成书，只寄得相思一点”（《解连环·孤雁》）；“茂树石床同坐久，又却被清风留住”（《真珠帘·近雅轩即事》）；“几日不来，一片苍云未扫”（《扫花游·高疏寮东墅园》）等等。这些“奇对”、“警句”固然可见张炎词艺高妙，但因为过于妥溜工稳，圆熟流转，反倒好像缺少情感力度，也缺乏一种意涵的深度。较之姜夔的时或孤峭劲健，或是王沂孙的浑化深厚皆有所不及。

张炎北上游历和南归道中所作词皆境界雄阔，有豪宕之气。自大都南归的次年(1292)，追忆北游情事作《八声甘州》，云：

> 记玉关踏雪事清游，寒气脆貂裘。傍枯林古道，长河饮马，此意悠悠。短梦依然江表，老泪洒西州。一字无题处，落叶都愁。　载取白云归去，问谁留楚佩，弄影中洲。折芦花赠远，零落一身秋。向寻常、野桥流水，待招来、不是旧沙鸥。空怀感，有斜阳处，却怕登楼。[③]

起数句追忆当年北游，写境苍阔雄浑。“短梦依然江表”二句折回眼前，笔力劲健。“一字无题处，落叶都愁”，蕴含无言之悲。俞陛云评此四句“能用重笔，力透纸背”，的为知言。下片“折芦花赠远，零落一身秋”有白石气韵。以下数句自写亡国遗民凄寂之怀，极为悲怆。他如《凄凉犯·北游道中寄怀》，

---

① 刘熙载：《艺概·词概》，见《词话丛编》，第3696页。

② 陆行直：《词旨》上“词说七则”，见《词话丛编》，第301页。

③ 《全宋词》，第3466页。

云:“萧疏野柳,嘶寒马、芦花深见游猎。山势北来,甚时曾到,醉魂飞越。酸风自咽。拥吟鼻、征衣暗裂。正凄迷、天涯羁旅,不似灞桥雪。”词笔豪健,写出北方景物的苍莽气象。《壶中天·夜渡古黄河与沈尧道、曾子敬同赋》是北上夜渡黄河时所作,俞陛云评为“好奇横溢,可与放翁、稼轩争席”。在漫游吴越期间,张炎亦偶有奇警之作,如《摸鱼儿》下片:“还重省,岂料山中秦晋,桃源今度难认。林间即是长生路,一笑原非捷径。深更静,待散发吹箫,跨鹤天风冷。凭高露饮,正碧落尘空,光摇半壁,月在万松顶。”①飘逸出尘,有凌云之志,这类词作的风格更近苏、辛,而非姜夔。

张炎曾向仇远、韩铸、陆行直诸人传授过词法,张翥又出于仇远门下,因而对元代词坛影响深远。清代浙派词人推崇“清空”、“骚雅”之说,奉姜夔、张炎为宗,师之者甚多,一度造成“家白石而户玉田”的盛况。

综言之,到南宋末,宋词各体风格大备,名家不乏,取材益富,变化益多。词人对词的艺术性质的认识更加深入,词学探讨也达到最高阶段,词的品格也愈来愈雅,词体终于达到与诗同等的地位。但宋词却随着南宋的覆亡而衰敝。缪钺认为“尚雕琢、重音律、供酬应三端”成为南宋作词普遍风气是宋词衰亡的根由,这有一定的道理。但从文体发展史来看,宋词曲终奏雅,却也可能正是“雅”令词体脱离了它生存的土壤,渐趋枯萎吧。

---

① 《全宋词》,第3469页。

第五章　南宋的笔记、诗话、词话与文话

第一节　南宋文人笔记概说

“笔记”本义是散文之一体，是与辞赋等韵文相对而言的。如刘勰《文心雕龙·才略》说：“路粹杨修，颇怀笔记之工。”《艺文类聚》卷四九梁代王僧孺《太常敬子任府君传》称赞任昉“辞赋极其清深，笔记尤尽典实”。后来“笔记”逐渐发展成一种以札记形式记录见闻杂感的著述形式，例如《世说新语》、《幽明录》等皆是。

笔记以其不受体裁和题材限制，篇幅长短不拘的灵活的写作形式受到宋代文人的喜爱。从北宋中期开始，文人写作笔记的风气开始兴起，他们在公退之余，或是隐逸山林江湖，或是致仕归田，往往作笔记，或为立一家之言，或为自娱娱人。最早以笔记为书名的是宋祁的《笔记》（原名《景文笔录》）三卷，其他则往往名之以“杂识”、“漫录”、“杂志”、“记闻”、“丛谈”等。宋代笔记的题材不局限于街谈巷议，奇异见闻。文人们更多是有意识地记述政治经济、军国大事，记录朝野掌故，探讨学术、文学，反映社会生活、礼仪风俗等，内容更加广泛；有系统、专题化、百科式的笔记也出现了；文人写作笔记的态度日趋郑重，也更加强调杂记见闻的纪实性。

文人笔记中往往谈诗论文，而自北宋欧阳修写作《六一诗话》首开风气，

关于诗歌的议论遂从一般笔记中分离出来，形成“诗话”一体。随着宋词、宋文创作的繁荣发展，“词话”和“文话”也渐次在北宋末年产生、在南宋繁荣发展。诗话、词话和文话开始时往往以闲谈笔调记叙作家作品的轶闻逸事，诠释佳句妙辞，简要点评，娓娓而谈，体近说部。而各体文学的创作发展到宋代，已经累积了极为丰富的创作经验，正有待于理论上的概括总结；且宋人的理性思考也较前人更加深入，文学批评意识逐渐觉醒。因此进入南宋以后，诗话、文话、词话的学术性、理论性都增强了，遂从笔记中独立出来，成为宋代以后最常见、最主要的文学批评文体，影响延至近代。

除了已经专门化的诗话、词话和文话以外，一般文人笔记内容杂博，举凡天文地理、朝政典章、世情风习，逸闻轶事、神鬼灵怪、或是辨经说史、评诗论文、读书心得，无不囊括其中，写作不受题材、体裁的拘束，如洪迈《容斋随笔》卷首所言“意之所之，随即记录”。如南宋初朱弁的《曲洧旧闻》、邵伯温《邵氏闻见录》、孟元老《东京梦华录》都以追述北宋旧闻为特色。南宋后期，耐得翁《都城纪胜》、吴自牧《梦粱录》、周密《武林旧事》等均以记述都市生活和风俗习惯著称。王明清《挥麈录》、叶绍翁《四朝闻见录》、岳珂《程史》等又以记述南宋朝政得失和士大夫言行闻名。洪迈的《容斋随笔》、王应麟的《困学纪闻》、王观国的《学林》则以学术考辨见长。李心传的《建炎以来朝野杂记》、王称《东都事略》等可补史阙；志怪为主的笔记体小说则以洪迈的《夷坚志》为代表。①

南宋文人笔记数量多，内容丰富，而隽永优美的文字，曲折动人的故事也是在在有之。总的看来，南宋笔记之文“典实过于浮华，平易多于奇险”，②然有的征引博洽弘富，有的考证精核有据，有的以见识超拔、议论透辟取胜，

---

① “笔记”在产生和发展过程中，与“小说”的概念有所交集。中国古代小说的含义很广，班固撰《汉书·艺文志》，认为“小说家者流，盖出于稗官，街谈巷语，道听途说者之所造也”。“小说”的最初概念与“笔记”这种杂博兼收的文体性质是一致的。而街谈巷语的传闻和笔记中，某些奇谈异事具有一定的故事性，这又成为现代意义的小说概念的胚体。这样一来，稗官野史、笔记、笔记体小说的概念也相互间既有交集又有区别，不容易厘清。文人作的笔记，有的可补史之阙，当入史部。然往往自由议论，又近于子书。而笔记据实记录的取向与小说重视虚构的特征，造成笔记体小说矛盾的体性，在洪迈的《夷坚志》中表现得最充分，当然这是古代文言小说文体独立过程中的必经之路。

② 王若虚：《文辨》，见《滹南遗老集》卷三七，四部丛刊本。

有的则以文笔隽永、情味盎然见长，皆有可观之处。不光在文学发展史上蔚为大观，笔记中对政治制度、历史事件、风俗人情记叙，也为今天人们认识宋代社会、为史学和哲学领域的研究提供了重要的文献资料。

总的来看，南宋文人笔记可以主要归为三类：最常见的是近于随笔杂感一体，也有不少杂记史实，也有的专记志怪传奇故事，①以下分别叙述。

一　杂史类笔记

文人笔记品类众多，杂史是其中重要一类。从赵宋建国到崖山之役南宋覆亡，在正史之外，南宋人所作野史、杂史指不胜屈，一朝外交内政、典章制度、地理时令、风俗民情、贤圣传记皆有记载，堪补正史之阙，甚至比正史更真实、更细致、更全面、更深入。

（一）一些笔记主要追述北宋史实

如王称《东都事略》一百三十卷，记载从太祖赵匡胤至钦宗赵桓共九朝的历史，四库馆臣称许它与李焘《续资治通鉴长编》、李心传《建炎以来系年要录》在宋人私史中鼎足而三。虽然内容颇显单薄，但是叙事简明扼要，有些内容可以补充、纠正《宋史》阙误。王栐的《燕翼诒谋录》记载宋朝的典章制度一百六十二条，主要关于职官、选举制度，也涉及食货、兵刑、地理等多方面。时间起自建隆，迄于嘉祐。作者详考制度的沿革变迁，并议其得失。写作宗旨当是有感于当时“祖宗良法美政，俱格不行”，想以此给朝廷行政提供借鉴。自序写于宝庆丁亥（1227），自谓所用材料“悉考之国史、实录、宝训、圣政等书，凡稗官小说，悉弃不取”。堪称杂史中最有典据者。②

南北宋之交，亲历时局变动，“缙绅草茅，伤时感事，忠愤所激，据所闻见，笔而为记录者，无虑数百家”，③《靖康稗史》是这类记录中非常重要而且特别的一种。它由确庵于南宋孝宗隆兴二年（1164）编订，而耐庵于度宗咸

---

① 参阅刘叶秋《历代笔记概述》，北京出版社 2003 年版。刘叶秋将古代笔记分为小说故事类、历史琐闻类和考据辨证类三类。

② 《钦定四库全书总目》卷五一，《燕翼诒谋录》提要，第 718 页。

③ 徐梦莘：《三朝北盟会编》自序。

淳三年(1267)于临安发现这一稿本时,只存由《同愤录》,《开封府状》、《南征录汇》、《青宫译语》、《呻吟语》和《宋俘记》构成的下帙。于是耐庵补入记载靖康闰月以前事实的《宣和乙巳奉使金国行程录》和《甕中人语》各一卷,便形成了这部《靖康稗史》。确庵、耐庵二人姓氏、生平皆无考。所辑录的七种笔记从不同角度记载了北宋都城陷落始末及宋宫室宗族北迁经过和北迁后的情况,既有出自宋人之手的《甕中人语》、《呻吟语》,又有金人编录的《南征录汇》、《宋俘记》,同一史实的记载可以互相对照参证。《呻吟语》和《宋俘记》记叙了赵宋帝室入北所遭遇的侮辱凌虐,这些内容绝大部分是不见于正史的。而《南征录汇》全部文字都辑录自《刘同寿圣院劄记》、《克锡青城秘录》、《高有恭行营随笔》、《赵士先毳幕闲谈》、《阿嬾大金武功记》、《李东贤辛斋随笔》以及无名氏《雏凤清声》、《宋遗民愤谈》和《屯翁日录》共九种已经亡佚的私人著述。其中《开封府状》是金军逼索开封府开列的宋皇室、宗族的名单,其间具列姓名、年龄、封号,皆极具文献价值。作《青宫译语》的王成棣娶得宋室纯福帝姬,其父为金国医官。王成棣作为金国翻译,天会五年(1127)三月二十八日随金人押送高宗母韦后一行北上,此书即记述行程中的闻见,真实地反映了中原"初经兵火,屋庐俱烬,尸骸腐朽,白骨累累"的凄残景象(见《青宫译语》),所述极为真切。而不知撰人的《南烬纪闻》、《窃愤录》、《窃愤续录》,写徽、钦二帝入北后所经历的卑污苟贱的生活,则近乎小说之体。

朱熹的《伊洛渊源录》十四卷成书于乾道九年(1173),专记北宋理学家周敦颐、程颐、程颢及其门下弟子的言行,身列程门而言行无所表现者,亦录其姓名字号。作者旨在以前贤矜式后人。"宋人谈道学宗派自此书始;而宋人分道学门户,亦自此书始"。①《宋史》道学、儒林诸传多以此书为蓝本。续补者有明谢铎《伊洛渊源续录》六卷,清张伯行《伊洛渊源续录》二十卷。朱熹所作《名臣言行录前集》、《后集》则专记前贤嘉言懿行,不过未详加编次,而瑕瑜互见。

---

① 《钦定四库全书总目》卷五七,《伊洛渊源录》提要,第804页。

(二)更多笔记着重关注南渡以来的军国大事

1. 徐梦莘的《三朝北盟会编》

徐梦莘(1126—1207),字商老,临江军清江(今属江西)人。绍兴二十四年(1154)进士。绍熙五年(1194)完成《三朝北盟会编》的编撰。此书专记宋金和战之事,自政和七年(1117)宋遣使与金订“海上之盟”开始,至绍兴三十一年(1161)金海陵王完颜亮伐宋败盟被杀,次年宋金恢复和议止,叙四十六年事,分上中下三帙,上为政和、宣和二十五卷,中为靖康七十五卷,下为建炎、绍兴一百五十卷。凡宋金媾和、用兵之事,悉按年月日,诠次本末。尤其记“靖康之变”原委终始极为细致,起钦宗靖康元年正月二日,尽靖康二年四月二十八日,不过一年多时间,就占七十五卷。

《三朝北盟会编》征引文献非常丰富。面对反映两宋之交历史的大批著述资料,徐梦莘虑及“各说有同异,事有疑信,深惧日月寖久,是非混淆;臣子大节,邪正莫辨;一介忠款,湮没不传。于是取诸家所说及诏、敕、诰、书、疏、奏议、记传、行实、碑志、文集、杂著事涉北盟者,悉取铨次”。① 所引用之处全录原文,许多稗史笔记赖该书得以保存,楼钥言其“收罗野史及他文书多至二百余家”。② 据《钦定四库全书总目》统计,“所引书一百二种,杂考、私书八十四种,金国诸录十种,共一百九十六种;而文集之类尚不数焉”。③ 此外“上下四十五载间,具列事实,制敕、诏诰、国书、奏疏、记序、碑志之文,有正史所不及载者,搜掇无遗”。④

徐梦莘“思究颠末,乃网罗旧闻,会粹同异”,意在总结北宋覆亡的教训,“使忠臣义士乱臣贼子善恶之迹,万世之下不得而掩没也”。他详记靖康之变和宋金和战之事,而叙述平实,自谓“不敢私为去取,不敢妄立褒贬”,叙事行《春秋》褒贬笔法,有作史义例。《三朝北盟会编》编年系事有条理,又注意事件的完整性,“会编”两字反映出体裁上的特点,但亦由此导致杂博之失。

---

① 徐梦莘:《三朝北盟会编》自序。

② 楼钥:《直秘阁徐公墓志铭》,见《攻媿集》卷一〇八。

③ 《钦定四库全书总目》卷四九,《三朝北盟汇编》提要,第675页。

④ 楼钥:《直秘阁徐公墓志铭》,见《攻媿集》卷一〇八。

2. 李心传《建炎以来朝野杂记》

李心传(1167—1244),字微之,一字伯微,号秀岩,隆州(今四川井研)人。累举不第,遂闭户著书。嘉定元年(1208)奏进《建炎以来系年要录》。宝庆二年(1226)以布衣应诏差充史馆校勘。绍定四年(1231)赐进士出身,除国史院校勘官。淳祐四年(1244)病卒。《建炎以来朝野杂记》是南渡以来私史之最详者,甲集二十卷成书于嘉泰二年(1202),乙集二十卷成书于嘉定九年(1217),各十三门,分别记郊庙、典礼、制作、朝事、时事、故事、杂事、官制、取士等内容,大纲细目粲然悉备,高、孝、光、宁四朝朝章国典之大要无不该俱,与《建炎以来系年要录》相互经纬。《要录》是编年体史书,《朝野杂记》的体例"实同会要",另有《旧闻证误》十五卷(原书佚,清四库馆臣从《永乐大典》辑出,仅四卷),所论北宋之事为多,"或及于南宋之事,则《要录》之所未及,此补其遗也。凡所见私史小说,上自朝廷制度沿革,下及岁月之参差,名姓之错互,皆一一详征博引,以折衷其是非",①亦之相互关联补充。这三部著作体现了李心传的史学成就。

此外如李纲《靖康传信录》记载汴京保卫战、万俟卨《太后回銮事实》记韦太后自金返宋经过;杨汝翼《顺昌战胜录》记刘錡顺昌之战;郭士宁《平叛录》记载平吴曦之叛始末,褒扬忠义之士;员兴宗《采石战胜录》记虞允文督师江上,拒金主完颜亮之事;这些杂记小史皆叙事循史法,本末清楚,首尾完具,书中所记,往往是作者自己亲历亲闻之事。陈仲微的《广王卫王本末》是作者在宋亡后从二王入广,目击时事,逐日抄录所得。遗民所撰《咸淳遗事》、周密《齐东野语》亦在南宋覆亡后追忆旧事,追叙南宋典章朝制。周密所记如"张浚三战本末"、"绍熙内禅"、"诛韩本末"、"端平入洛"、"端平襄州本末"、"胡明仲本末"、"李全本末"、"朱汉章本末"、"邓友龙开边"、"安丙矫诏"、"淳绍岁币"、"岳飞逸事"、"景定公田"、"赵葵辞相"、"张仲孚反间"诸条,皆是实录,足以补史传之阙,且议论公允,不持门户之见。

(三)记录外交出使经历的著述

南宋杂史笔记中有一些主要记载外交出使经历,如洪皓《松漠纪闻》、曹

① 《钦定四库全书总目》卷八八,《旧闻正误》提要,第1168页。

勋《北狩见闻录》皆记入北之亲身见闻，大都详近真实。范成大乾道六年(1170)奉命使金，往返临安燕山之间，日记见闻，题为《揽辔录》。对金国境内的道路山川、都城布局以及各种人事“皆究见本末，口讲手画，委曲周悉”。他记载“中原父老见使者多挥涕”，也注意到百姓“久习胡俗，态度嗜好与之俱化”，心中交织着悲怆和豪情，可与他的组诗《北征集》同看。楼钥亦于乾道年间使金贺正旦，途中日记见闻为《北行日录》，多记道里古迹，也涉及沦陷地区的遗民生活、遭遇。程卓《使金录》记嘉定四年使金所见山川道里及所见古迹；邹伸之《使北日录》则记录理宗绍定六年出使蒙古所闻见及往复问答。这是从前没有出现过的题材。

(四)记载学术史的南宋杂史笔记

南宋还出现了记叙学术发展史的笔记，这也是全新的题材和体裁，如李心传晚年所著《道命录》。李心传相信“道学之兴废，乃天下国家安危之所关系”，“元祐道学之兴废，系乎司马文正之存亡；绍兴道学之兴废，系乎赵忠简之用舍；庆元之兴废，系乎赵忠定之去留”。于是“参取百四十年间兴废之故，萃为一书”，①这对后来学案体史书的发展有一定的影响。

晁公武的《郡斋读书志》二十卷和陈振孙的《直斋书录解题》五十六卷堪称私家目录学著述的“双璧”。晁公武曾为南阳井度属官，后获赠井度之藏书，合并晁氏自己所藏，“除其重复，得二万四千五百卷有奇”。绍兴二十一年，晁公武在知荣州任上，利用“三荣僻左少事”的闲暇，“日夕躬以朱黄，雠校舛误，每终篇辄撮其大旨论之”，②完成《郡斋读书志》初稿，并在去世前，不断修订和补充。《郡斋读书志》收入的图书达一千四百九十二部，基本上包括了宋代以前各类重要的典籍。这些典籍至今不少已经亡佚和残缺，后世可据书目的提要而窥其大略。全目分经、史、子、集四部，部下又分四十五小类；书有总序，部有大序，多数小类前有小序；每书有解题，体例严谨完备。全书各序注意阐述各部各类的学术渊源和流变，往往有独特的见解。撰写的提要不仅翔实有据，而且注重考订，内容详略得当。

① 李心传:《道命录》序言，丛书集成初编本。

② 晁公武:《郡斋读书志序》，见《郡斋读书志》卷首，文渊阁四库全书本。

陈振孙(？—约 1261),原名瑗,字伯玉,号直斋,安吉(今属浙江)人。陈振孙是藏书之大家,周密曾言:"近年惟直斋陈氏书最多,盖尝仕于莆,传录夹漈郑氏、方氏、林氏、吴氏旧书至五万一千一百八十余卷,且仿《读书志》作解题,极其精详。"①《直斋书录解题》全目共著录图书 3039 种,51180 卷,陈振孙一方面继承了过去图书目录分类传统,又设立了语孟、别史、诏令、法令、时令、音乐等新的类目,这些类目大多被宋以后的公私目录所仿效。《直斋书录解题》的解题内容丰富而明切,或述撰人事迹,或论学术源流,或考真伪得失,而注重典籍的版本款式。从解题中可以看到,他对许多典籍的刊刻时间和地点都有简要的记载,不但记京本、监本等刻本的特点,也记录了抄本、拓本的情况。

(五)其他专门性质的笔记

有些笔记的内容乃是专门,如施宿的《嘉泰会稽志》、龚明之的《中吴纪闻》、祝穆的《方舆胜览》等则着重在地理形胜;陈骙的《南宋馆阁录》、周必大的《玉堂杂记》、洪迈的《翰苑群书》记载南宋馆阁制度与轶闻;陈元靓的《岁时广记》记节令民俗,皆源委分明,足资考订。孟元老的《东京梦华录》是在丧乱之后追忆京城盛景,兼及国家祀典、节序习俗,而《都城纪胜》、《梦粱录》、《西湖老人繁盛录》和《武林旧事》或记录、或追述南宋盛时都市风貌和里巷风俗,对于今天的研究来说,具有很高的史料价值。

总之,南宋杂史类笔记的撰作极为繁荣丰富,不同身份、不同地位的作者从不同角度记叙历史,包括赵宋建立以来,尤其是南渡以后各朝的时政、战事、外交、典制、人物、风俗、地理、学术等,涉及国家、社会的方方面面,其文献价值不逊于正史。

二　随笔杂感类笔记

笔记作为一种著作体式,特点主要是内容和形式的杂和散。内容上,写人情、述物理、考核名物、考论经史,上至天文,下至地理,举凡政治、经济、军

① 《齐东野语》卷一二"书籍之厄",第 217 页。

事、文化、科学、奇谈怪论、琐事屑闻都可纳入笔记中。笔记文体也具有极大随意性，可抒情、可叙事、可说明、可议论，文字可短可长、可骈可散，可以首尾完整，也可以记其片断，风格可庄可谐，没有定格。正因为行文不受拘束，很多笔记篇幅短小却内容充实；语言不加雕琢却自然有风韵，还时有鞭辟入里的议论，幽默诙谐的趣味。正因如此，周作人和林语堂都非常推崇笔记小品文。林语堂《论小品文笔调》一文将“笔记文学”推尊为“中国文学著作上之一大潮流”。①

较之于杂史，杂感随笔类的笔记文学性更强。文人信手写来，往往涉笔成趣，写景则清新如画，记人则生动传神，叙事简明流畅，抒发感慨能动人心弦，议论则一针见血，精辟深刻，寥寥数语成为艺术水准颇高的小品杂文。如陆游的《入蜀记》六卷，范成大的《吴船录》二卷，两书描写沿江的名胜古迹和风土人情，清隽可诵。像朱翌的《猗觉寮杂记》、陆游的《老学庵笔记》、罗大经的《鹤林玉露》、韩淲的《涧泉日记》、赵彦卫的《云录漫钞》、周密的《癸辛杂识》、张端义的《贵耳集》等集子中，也都有不少文学性很强的散文小品和杂文，例如：

> 僧法一、宗杲，自东都避乱渡江，各携一笠。杲笠中有黄金钗，每自检视。一伺知之。杲起奏厕，一亟探钗掷江中。杲还，亡钗，不敢言而色变。一叱之曰：“与汝共学了生死大事，乃眷眷此物耶？我适已为汝投之江流矣。”杲展坐具作礼而行。②

> 食物中有馓子，又名环饼，或曰即古之“寒具”也。京师凡卖熟食者，必为诡异标表语言，然后所售益广。尝有货环饼者，不言何物，但长叹曰：“亏便亏我也。”谓价廉不称耳。绍圣中，昭慈被废，居瑶华宫。而其人每至宫前，必置担太息大言。遂为开封府捕而究之，无他，犹断杖一百罪。自是改曰：“待我放下歇则个。”人莫不笑之，而买者增多。③

① 《人间世》第6期第11页，1934年6月。

② 陆游著，李剑雄、刘德权点校：《老学庵笔记》卷三，中华书局1979年版，第29页。

③ 庄绰著，萧鲁阳点校：《鸡肋篇》卷上，中华书局1983年版，第7页。

> 唐子西诗云:"山静似太古,日长如小年。"余家深山之中,每春夏之交,苍藓盈阶,落花满径,门无剥啄,松影参差,禽声上下。午睡初足,旋汲山泉,拾松枝,煮苦茗啜之。随意读《周易》、《国风》、《左史传》、《离骚》、《太史公书》及陶、杜诗,韩、苏文数篇。从容步山径,抚松竹,与麛犊共偃息于长林丰草间。……归而倚杖柴门之下,则夕阳在山,紫绿万状,变幻顷刻,恍可人目。牛背笛声,两两来归,而月印前溪矣。味子西此句,可谓妙绝。①

> 蹇材望,蜀人,为湖州倅。北兵之将至也,蹇毅然自誓必死,乃作大锡牌,镌其上曰:"大宋忠臣蹇材望。"且以银二笏凿窍,并书其上曰:"有人获吾尸者,望为埋葬,仍见祀,题云'大宋忠臣蹇材望'。此银所以为埋瘗之费也。"日系牌与银于腰间,只伺北军临城,则自投水中,且遍祝乡人及常所往来者。人皆怜之。丙子正月旦日,北军入城,蹇已莫知所之,人皆谓之溺死。既而北装乘骑而归,则知先一日出城迎拜矣,遂得本州同知。乡曲人皆能言之。②

第一则记二僧言行,在寥寥数笔的勾画中见出二人神情风调,颇有《世说新语》的韵味。第二则写市井风习,小贩前后两句广告语颇出人意表,却如亲耳听闻,叙述得生动有趣。第三则写夏初山中隐居的清幽景致、闲适情趣,文字极为优美。第四则叙事不动声色,只是极写蹇材望在北兵进城之前的言语行为,北军临城后的表现只有一句话,这就构成极大的反讽效果,其人之虚伪无耻不言而尽现。

南宋文人笔记中多有评论艺文、褒贬人物、议论时政的杂感杂文,如《鹤林玉露》"论菜"一条:

> 真西山论菜云:"百姓不可一日有此色,士大夫不可一日不知此

---

① 罗大经著,王瑞来点校:《鹤林玉露》丙编卷四"山静日长"条,第304页。

② 周密:《癸辛杂识续集》卷上"蹇材望"条,第139页。

味。”余谓百姓之有此色，正缘士大夫不知此味。若自一命以上至于公卿，皆是咬得菜根之人，则当必知其职分之所在矣，百姓何愁无饭吃。①

张端义《贵耳集》论朋党云：

> 伊川、濂溪，一世道统之宗，用大臣荐，为崇政殿说书。以帝王之学，辅赞人主，儒者所望。自范文正公论事，始分朋党。伊川则曰洛党，如朱光庭、贾易附之，力攻蜀党苏氏父子也。朝廷大患，最怕攻党。小人立党，初不是专意宗社计，借此阴移人主祸福之柄，窃取爵禄而已。如君子不立党，伊川见道之明，未能免焉。淳熙则曰道学，庆元则曰伪党。深思由来，皆非国家福。②

赵与旹《宾退录》卷九解“君子食无求饱，居无求安”云：

> “君子食无求饱，居无求安”。非恶饱而欲饥，恶安而欲危也，但不可求耳。君子之求也，惟当求道，求在我者而已；外此而有所求，皆非也。所谓“求之有道，得之有命”者，亦谓尽其在我，而非志于得也。他如“求为可知”，“夫子之求之也”之类，皆此意。

不管是论政或是论学，这些文字皆语言精赅，寓意深刻。南宋文人笔记中文笔卓然精审者，不能尽举。

南宋文人随笔杂感一类的笔记中，谈艺论文、辨伪考订的文字最为常见。例如罗大经的《鹤林玉露》，是因杜甫诗有“清谈玉露蕃”之句，因而把与客于鹤林之下清谈的内容记录成书。这部书中议论诗文的内容颇多。如卷一叙金主完颜亮读柳永“望海潮”词的“有三秋桂子、十里荷花”之句，遂起南侵之意。卷八阐析杜甫诗句“迟日江山丽，春风花草香”的意境；论杨太真诗，以李商隐的“薛王沉醉寿王醒”一绝为得体，皆见解精辟。赵希鹄《洞天清录》所书皆鉴别古器之事，凡古琴辨三十二条，古砚辨十二条，他如古钟鼎彝器辨、古翰墨真迹辨、古今石刻辨等各数十条，皆洞悉源流，辨析精审。俞

---

① 《鹤林玉露》甲编卷二“论菜”条，第35页。

② 张端义：《贵耳集》卷上。

德邻《佩韦斋辑闻》考论经史，间及当代故实及典籍文艺，大抵详核可据。总之，谈艺论文和考辨经史是南宋文人笔记的主要内容之一，相关文字几乎散见于各家笔记，无法一一拈出罗列。

1.《容斋随笔》

南宋随笔杂感一类笔记中，最著名的是洪迈的《容斋随笔》。《容斋随笔》七十四卷，共五笔，前四笔各十六卷，五笔未竟洪迈即下世，仅成十卷。“随笔”之作始于隆兴元年（1163），其时以使金受挫，罢官家居，泛览群书，考辨典故，“意之所之，随即记录，因其后先，无复诠次，故目之曰随笔”，①历时十八年而成于淳熙七年（1180）。《容斋随笔》传入禁中，孝宗称其“煞有好议论”，因再作“续笔”，成于绍熙三年（1192），“三笔”成于庆元二年（1196），“四笔”成于庆元三年（1197），皆有自序可征。“五笔”未竟而卒，无序。全书完成前后历时四十年。

《容斋随笔》以考辨为主而杂采琐事，内容极为繁富，从上古到当时，涉猎经史诸子百家、典章名物，举凡诗词文学、医卜星算、逸闻轶事，皆广征博引，无所不谈，辩证考据，颇具识见。

笔记中评论诗文的内容极多，举凡《诗经》、《楚辞》、《左传》、《史记》等典籍，陶、谢、王、孟、李、杜、韩、柳、元、白、欧、苏等大家之诗笔文法，洪迈皆有精彩评鉴，前人曾据此书辑出《容斋诗话》六卷、《容斋四六丛谈》一卷及《容斋题跋》二卷。值得注意的是，洪迈在《容斋随笔》中多处对唐人小说表达欣赏，认为唐人“虽小说戏剧，鬼物假托，莫不宛转有思致，不必颛门名家而后可称也”；②又说唐人小说“小小情事，凄惋欲绝，洵有神遇而不自知者，与诗律可称一代之奇”。③ 不过他的《夷坚志》却并不效仿唐人小说“作意好奇”的写法，而是上承六朝志怪小说传统，极力强调求实征信。

《容斋随笔》尤见辨伪考订之功力。洪迈熟悉掌故，其考辨以义理与考据并重，以金石材料与文献参证，多有发现，往往驳斥谬传，澄清史实，如《谈

---

① 洪迈：《容斋随笔》自序，见卷第一之首，上海古籍出版社1996年版。

② 《容斋随笔》卷第一五，第192页。

③ 见陈世熙编《唐人说荟》“凡例”所引，扫叶山房石印本，中华民国十一年版。

从失实》、《野史不可信》、《唐史省文之失》等篇即是。卷一《浅妄书》则辨《云仙散录》、《老杜事实》、《开元天宝遗事》之类皆妄。清李慈铭曾称扬道："洪文敏《容斋随笔》辨《百斛明珠》所载杨妃窃宁王笛事，谓明皇兄弟五王，至天宝初已无存者，杨太真以天宝三载方入宫，足见小说之不足信。因指元稹《连昌宫词》百官队仗避岐薛、杨氏诸姨车斗风之谬，其说甚详核。"①其论《诗经·豳风》"七月在野，八月在宇"之文，为农民出入之时，非指蟋蟀，有裨于正确理解经义。此外如《蜀茶法》、《赵德甫金石录》、《秦用他国人》、《汉昭顺二帝》、《史记世次》、《孙膑减灶》、《魏郑公谏语》等篇，或辨明事实，或见其史识。故明人马元调引用其师娄子柔之言推举"考据议论之书，莫备于两宋，然北则三刘、沈括，南则文敏兄弟"。②

许多宋代典章制度、官场见闻、社会风俗的相关内容，未见于官方史志记载，而赖《容斋随笔》以存之。例如《枢密名称更易》条云："国朝枢密之名，其长为使，则其贰为副使；其长为知院，则其贰为同知院。如柴禹锡知院，向敏中同知，及曹彬为使，则敏中改副使……"，③提供了宋代职官名称改易的范例。又如《祖宗朝宰辅》、《文臣换武使》、《台谏不相见》、《带职人转官》、《百官见宰相》等条皆有助于今天我们了解南宋行政制度之惯例。《唐制举科目》、《贞元制科》、《乾宁覆试进士》等条记载了唐代科举情况；《高科得人》、《词学科目》、《僧道科目》、《科举之弊不可革》等则反映了宋代科举的一些情况，这些资料对后世弥足珍贵，故清李慈铭由衷称赞："宋南渡以前，进士甲科授官之制无一定，故史志不详。余去年日记所考，亦尚未尽。《容斋随笔》卷九《高科得人》一条，续笔卷十三《科举恩数》一条，合之足补史所不备。"④

洪迈的父亲洪皓以及洪迈自己都曾出使金国，其笔记中也有关于金国的内容。如《容斋三笔》卷三所记"北狄俘虏之苦"，云：

① 见李慈铭《越缦堂读书记》子部"杂家类"，"咸丰庚申（一八六〇）四月二十二日"条，上海书店出版社2000年版。

② 马元：《重刻容斋随笔纪事一》，附《容斋随笔》书首。

③ 《容斋三笔》卷第五，第472页。

④ 《越缦堂读书记》子部"杂家类"，"光绪甲申（一八八四）二月十六日"条。

自靖康之后，陷于金虏者，帝子王孙，宦门仕族之家，尽没为奴婢，使供作务。每人一月支稗子五斗，令自舂为米，得一斗八升，用为餱粮；岁支麻五把，令缉为裘，此外更无一钱一帛之入。男子不能缉者，则终岁裸体。虏或哀之，则使执爨，虽时负火得暖气，然才出外取柴归，再坐火边，皮肉即脱落，不日辄死。惟喜有手艺，如医人、绣工之类，寻常只团坐地上，以败席或芦藉衬之。遇客至开筵，引能乐者使奏技，酒阑客散，各复其初，依旧环坐刺绣，任其生死，视如草芥。①

此系转述其父洪皓使金被拘时的真实见闻，读之触目惊心。

四库馆臣高度评价"容斋五笔"，推许"南宋说部，终当以此为首"，②以其卷帙之多，内容之丰富广泛，议论考辨之精博，当之无愧。

2.《困学纪闻》

王应麟的《困学纪闻》是一部重在考据的札记，③在我国古文献学史上地位卓越，其价值成就与洪迈的"容斋五笔"相抗。王应麟（1223—1296），字伯厚，自号深宁居士，学者称厚斋先生，宋庆元府（今浙江鄞县）人，宋理宗淳元年（1241）举进士，宝祐四年（1256）中博学宏辞科，历仕理宗（1225—1264）度宗（1265—1274）恭帝三朝，官终礼部尚书。宋亡不仕，居乡里，终日取经史诸书讲解论辨，他的重要著作，大都成于这个时期。

《困学纪闻》包括说经八卷，天道、地理、诸子两卷，考史六卷，评诗文三卷，杂识一卷，共二十卷。其内容广博，"九经诸子之旨趣，历代史传之事要，制度名物之原委，以至宗公巨儒之诗文议论，皆后学所当知者"，④故四库馆臣称许"应麟博洽多闻，在宋代罕其伦比"。《困学纪闻》对于经说中不明出处之言，则注以出处；有本之言，则溯其源，以资参稽，以此来疏通经脉。王应麟以札记的形式考辨阐发诸经，或议论、或考证、或发明、或训释，看起来

① 《容斋三笔》卷三，第444页。

② 《钦定四库全书总目》卷一一八，《容斋随笔》提要，第1582页。

③ 清人王鸣盛说："王氏之学，主于考据。"见《十七史商榷·缀言二》，上海书店出版社2005年版。清道光年间翁元圻为此书作注，多采用清代考据家阎若璩、何焯、全祖望等人之说。

④ 牟应龙：《困学纪闻序》，商务印书馆1959年版。

缺乏系统，其实正是王应麟独特的治经之路。《困学纪闻》在文献注释、辨误方面也很突出。诸如文字音义、姓氏渊源、民族来历、异国风貌，乃至器用什物、草木虫鱼，凡“书之事物难明者”、“古人之文言不通于今之难明者”等，王应麟都能旁征博引，沿波讨源，注释得清楚明白。对于文字的脱误、称谓上的歧异，以及史实上的悖谬，也能一一阐明。总之王应麟的《困学纪闻》“考订评论，皆出己意。发前人所未发，辞约而明，理融而达，该遽渊综”。[①] 钱大昕曾盛赞其“穿穴经史，实事求是，虽议论不必尽同，要皆从读书中出，异于游谈无根之士，故能卓然成一家言，而不得以稗官小说目之焉”。[②] 从《困学纪闻》来看，王应麟确实是一位不拘于门户，[③]兼采汉宋百家的一代通儒。

三 笔记体小说

南宋文人也常在笔记中记叙短、中篇幅的志怪、传奇故事，这属于笔记体小说，[④]以洪迈的《夷坚志》最为著名。

（一）《夷坚志》之前的笔记体小说

时代较早的《墨庄漫录》是一部杂俎体笔记，作者张邦基，字子贤，高邮（今扬州）人，生活于南北宋之间。其跋云“予抄此集，如寓言寄意者，皆不敢载，闻之审，传之的，方录焉”。[⑤] 然正如四库馆臣所言，如渭州潘原县土怪，周昕父变羊，胡师文见吴伴姑，明州士人遇裴休，叶世宁、严清、关注诸梦事，“不免为小说家言”。卷二“潘原怪”讲述潘原县的一件异事：土地之下涌出一些称为“勾芒神”的土偶，接着又出现自称天神的怪物，吃掉了勾芒神，还占据了县衙的东室兴风作浪，最后被都巡检侯恩赶走，尽管作者特别强调了

---

① 牟应龙：《困学纪闻序》。

② 钱大昕：《严久能娱亲雅言序》，见《潜研堂文集》卷二五。

③ 全祖望《深宁学案序录》案语说：“四明之学多陆氏，深宁之父亦师史独善以接陆学。而深宁绍其家训，又从王子文以接朱氏，从楼迂斋以接吕氏。又尝与汤东涧游，东涧亦兼治朱、吕、陆之学者也。和齐斟酌，不名一师。”谢山《宋王尚书画像记》云“先生之学，私淑东莱，而兼宗建安、江右、永嘉之传”。见《宋元学案》卷八五。

④ 参阅陶敏、刘再华撰《“笔记小说”与笔记研究》，《文学遗产》2003 年第 2 期；程毅中《略谈笔记小说的含义及范围》，《古籍整理研究学刊》1991 年第 2 期。

⑤ 张邦基撰，孔凡礼点校：《墨庄漫录》，中华书局 2002 年版，第 282 页。

故事其来有自，仍可谓荒诞不经。卷四"关子东三梦"记张邦基的朋友关注宣和三年在毗陵，梦中遇到一个美髯翁，授予他一首名为《太平乐》的新曲。关子东醒来后，只记得五拍，四年以后他回到钱塘，再次梦见那个美髯翁。老翁取出笛子来把从前那个曲子吹了一遍，关子东才知道这是一首重头小令。以前记住的五拍，则是一片。第三梦则梦入月宫，为月姊歌美髯翁所传《太平乐》。梦醒后关子东倚其声填词，名曰《桂华明》。故事想象奇幻，叙述文辞优美且夹以诗词，有唐传奇风致。卷十《金华神记》叙嘉祐中吴生自高邮至钱塘，月夜泊舟于望亭堰下，见一绯衣披发者与一少女，二者一为吴生前生宿仇，来索吴命，一为吴生前世姻好，来救护之。少女与吴生舟中共饮，天明题诗而别，诗云："罗袜香消九九秋，泪痕空对月明流。尘埃不见金华路，满目西风总是愁。"余韵悠然，亦近于传奇体。

郭彖《睽车志》是成书略早于《夷坚志》的志怪小说集。郭彖字伯象，和州（今安徽和县）人，生平不详，曾第进士，淳熙中曾知兴国军。《睽车志》主要记述当代传闻的鬼故事，阐明因果报应，寓有劝诫之意。其中有一些故事情节比较完整，如《马绚娘》一篇，讲女鬼与士子幽会得以还魂，遂嫁与士子的故事，是《牡丹亭》中杜丽娘还魂记之先声。卷五"李通判女"讲述李通判女执意嫁于与其年偶不相称之陈察推，为其持家嫁女，极为尽心，待姻嫁之事毕，忽如恍然梦醒，前事皆不知，但觉陈察推丑老可恶，决然离异，最后方揭出事情原委，乃是陈氏亡妻之魂附于李女之身所致，堪称宋人小说中构思曲折巧妙者。①

康誉之的《昨梦录》中记载了不少奇事异闻，②如"杨氏三兄弟"记北宋末年杨氏兄弟在西京山中遇出世老人引入洞穴，别见一个"计口授地，以耕以蚕，不可取衣食于他人"的理想世界，极似《桃花源记》。

《投辖录》是王明清所作志怪故事集。王明清（1127—?），字仲言，汝阴（今安徽阜阳）人，历任地方官员。《投辖录》的序言说他闲暇时回忆少年时所见闻的新奇故事，将其形诸纸笔。"因念晤言一室，亲友情话，夜漏既深，互谈所覩，皆侧耳耸听，使妇辈敛足，稚子不敢左顾，童仆颜变于外，则坐客

① 可参阅程毅中《宋元小说研究》第五章所论，江苏古籍出版社 1999 年版。

② 康誉之字叔闻，号退轩老人，箕山人。康与之（伯可）之弟。

愈忻怡忘倦，神跃色扬，不待投辖，自然肯留，故命以为名”。[①]《投辖录》中有一些故事来源于现实生活中的传闻，如《章丞相》记章惇年少时的艳遇，也有一些是因袭模拟唐人小说，如《百宝念珠》情节与唐代《剧谈录》中的《潘将军失珠》大概一致；《曾元宾》记曾氏三子为学得到五个女仙的教导劝勉，近似于唐代《异闻集》中的《三女星精》的情节。王明清的另一部笔记——《玉照新志》中也有一些记述神怪异闻，荒诞奇诡的作品。

《清尊录》是廉布所作。廉布字宣仲，山阴（今江苏淮安）人，自号射泽老农，廉布是张邦昌女婿，受牵累坐废终身。《清尊录》现存佚文不多，大都是记叙北宋时作者闻见的新奇时事。如《狄氏》一篇记汴京贵家女眷与士子私通情事，作者很善于细节描写。《王生》一篇写女子与人相约私奔，却阴差阳错为王生所骗诱，后流落广陵为妓。数年后重遇王生，王生自愧而纳女为侧室，情节发展皆赖巧合。《清尊录》中最著名的故事是《大桶张氏》，写富家张氏子酒后戏言欲娶孙助教女，并以玉条脱为聘。之后却不以为意，另娶他人。孙氏愤而死去，后盗墓者劫持为妻。数年后孙氏逃脱，仍上张氏门哭骂，张氏以为是鬼，推其倒地致死。盗墓而死女复生的情节为《夷坚志》庚集卷一《鄂州南市女》和《醒世恒言》第十四卷《闹樊楼多情周胜仙》、清蒲松龄《聊斋志异·窦氏》所袭用。

除了结集的志怪传奇小说以外，穿插在各种南宋文人笔记中的志怪和传奇故事数量也非常多。如施德操《北窗炙輠》中有程明道公案故事，费衮《梁溪漫志》末卷的《俚语盗智》、《郑超入冥记》等，岳珂《桯史》中有《姑苏二异人》、《义騟传》等，罗大经《鹤林玉露》中有《老卒回易》，张端义《贵耳集》二、三卷亦颇涉神怪猥杂之事。

受到传统小说观念的影响，南宋文言小说有一个显著的共同特征，那就是尽管故事情节流于虚幻，作者却仍然强调其来源真实可信。李剑国认为宋之文言小说因遵循实录原则而导致了其相对于唐人小说的艺术倒退：“这种求实心理和史家传信意识的活跃，不能不造成灵感的枯窒和想象力的钝

① 见《说郛》卷三九，北京市中国书店出版社据涵芬楼 1927 年 11 月版影印 1986 年版。

化萎缩。”[①]相对而言，南宋笔记体小说想象不够奇特，描写不够细致，情节构思也不像唐传奇那样作意好奇，语言也较为平实简略，更接近于六朝志怪遗风。故明代胡应麟评论文言小说道：“唐人以前纪述多虚而藻绘可观，宋人以后论次多实而彩艳殊乏。”[②]鲁迅从总体上也认为宋人之“为志怪，既平实而乏文彩。其传奇，又多托往事而避近闻。拟古且远不逮，更无独创之可言矣”，[③]是到宋代，文言小说已呈渐衰之势。

（二）笔记体志怪小说集《夷坚志》

洪迈所作笔记体志怪小说集《夷坚志》是南宋最著名的小说，其时受到社会大众欢迎的情况是“家有其书”，[④]“稚子捧玩，跃如以喜”，[⑤]还传到金国及海外。

洪迈博闻强记，《宋史》称其“博极载籍，虽稗官虞初，释老傍行，靡不涉猎”。[⑥]《夷坚志》卷帙浩繁、内容博杂，原书共四百二十卷，据陈振孙《直斋书录解题》卷一一“小说家类著录”所记：“《夷坚志》甲至癸二百卷，支甲至支癸一百卷，三甲至三癸一百卷，四甲四乙二十卷，大凡四百二十卷”，可惜全书没有完整的传下来，前志只存甲乙丙丁四志八十卷，支志存甲乙景丁戊庚癸共七十卷，三志存已辛壬共三十卷，共一百八十卷。南宋建安叶祖荣刊《新编分类夷坚志》五十卷，从甲至癸各五卷，是从原书中选出重新分门别类编成的，其中不见传本的共二百七十七则，张元济在校订《夷坚志》时，把它们编成二十五卷，名为《夷坚志补》；又辑佚文三十四则为一卷，名曰《再补》，总共得二百零六卷，由上海涵芬楼排印出版，1981 年中华书局重新校点排印涵芬楼《新校辑补夷坚志》，又增辑佚文二十八则，是为《三补》。李裕民又从

① 参见李剑国、陈洪主编《中国小说通史》第二卷，第三编第一章《唐人小说笼罩下的宋人小说》第二节《宋人风格：平实化、道学化及通俗化》，高等教育出版社 2008 年版。

② 胡应麟：《少室山房笔丛》卷二九，上海书店出版社 2001 年版，第 283 页。

③ 鲁迅：《中国小说史略》第十二篇《宋之话本》，见《鲁迅作品精选：中国小说史略汉文学史纲要中国小说的历史的变迁》，中国文史出版社 2002 年版，第 90 页。

④ 《夷坚乙志序》。

⑤ 《夷坚支庚序》。

⑥ 《宋史》卷三七三，列传一三二“洪迈传”，第 11570 页。

《苕溪渔隐丛话》、《岁时广记》、《竹庄诗话》等书辑得佚文三十则。[①] 洪迈以一人之力，所编撰之卷帙几与《太平广记》(五百卷)相敌，在文言小说史上堪称空前绝后，为此耗费了六十年之心力，可见他确实具有浓厚兴趣，也非常看重这一工作。

《夷坚志》书名出自《列子·汤问》。该篇记载有大鱼名鲲，大鸟名鹏，"大禹行而见之，伯益知而名之，夷坚闻而志之"。大禹是亲见鲲鹏却不知其名，伯益学识广博能道出其名，夷坚既非亲见，也非博识，只是将所闻的这一事情如实记下而已。洪迈名其书为《夷坚志》，一方面意味着此书乃是搜奇志异，如其在《夷坚丙志序》中所言，"颛以鸠异崇怪"，"但谈鬼神之事足矣"。也有只是客观记录闻见，而非用意创作的含义，其为文"偏重事状，少所铺叙"，[②]甚至只是粗陈梗概。《夷坚志》的这种面貌实际上与洪迈所持小说观念密切关联。

1.《夷坚志》与洪迈的小说观念

古代小说从先秦发展至唐宋，虽然历时久远，但多数作者仍将小说视为"正史之余"而不是一种独立文体，正如欧阳修所言："至于上古三皇五帝以来世次，国家兴灭、终始、僭窃、伪乱，史官备矣。而传记、小说外暨方言、地理、职官、氏族，皆出于史官之流"。[③] 因此，现代意义的小说概念以故事性和虚构性为基本特性，而中国古代的小说概念虽不排斥其故事性，却不能承认其为虚构。

洪迈对小说的认识受到传统"史传之余"的影响，认同小说的价值取向仍是征实可信，但他又认识到唐传奇因为虚构藻绘而动人。在《夷坚志》的创作中，洪迈经常面临取信和求奇的矛盾，他的小说观念主要在"夷坚"各志的序言中不系统地表述出来。[④]《乙志》序云：

---

① 参见李裕民《〈夷坚志〉补遗三十则》，见《文献》1990 年第 4 期。

② 《中国小说史略》第十一篇《宋之志怪及传奇文》，见《鲁迅作品精选：中国小说史略汉文学史纲要中国小说的历史的变迁》，第 84 页。

③ 见《新唐书》卷五七，《艺文志》第四七，百衲本二十四史。

④ 《夷坚志》三十二志，只有四志乙未及成序。《宾退录》卷八云："洪文敏著《夷坚志》，积三十二编，凡三十一序。各出新意，不相重复，昔人所无也。今撮其意书之，观者当知其不可及。"这些序言反映了《夷坚志》的撰作情况。

> 若予是书，远不过一甲子，耳目相接，皆表表有据依者。

洪迈强调撰写的故事皆有真实依据。然笔锋一转，又说：

> 谓予不信，其往见乌有先生而问之。

这表明他对于所志之事的虚诞还是有清楚认知的。《戊志》序说：

> 在闽泮时，叶晦叔颇搜索奇闻，来助记录。尝言近有估客航海，不觉入巨鱼腹中，腹正宽，经日未死，适木工数辈在，取斧斨，斫鱼胁，鱼觉痛，跃入大洋，举船人及鱼皆死。予戏难之曰："一舟尽没，何人谈此事于世乎？"晦叔大笑，不知所答。予固惧未能免此也。

《支丁》序又称：

> 稗官小说家言不必信也，固也。信以传信，疑以传疑，自《春秋》三传，则有之矣，又况乎列御寇、惠施、庄周、庚桑楚诸子汪洋寓言者哉！

洪迈还举自己书中的几则故事为例：

> 《夷坚》诸志，皆得之传闻，苟以其说至，斯受之而已矣，聱牙畔奂，予盖自知之。支丁既成，姑摭其数端以证异，如合州吴庚擢绍兴丁丑科，襄阳刘过擢淳熙乙未科，考之登科记，则非也。永嘉张愿得海山一巨竹，而番商与钱五千缗；上饶水氏得一水精石，而苑匠与钱九千缗；明州王生证果寺所遇，乃与嵊县山庵事相类。蜀僧智则代赵安化之死，世安有死而可代者，蕲州四祖塔石碣为郭景纯所志，而景纯亡于东晋之初，距是时二百余岁矣。凡此诸事，实为可议。

正是在撰作《夷坚志》的过程中，纪实追求与事情本身的荒诞、抵牾令洪迈感到自相矛盾，所以常常需要自我解嘲和辩解。据《宾退录》卷八记载："丁志设或人之辞，谓不能玩心圣经，劳勤心口，从事于神奇荒怪，索墨费纸，殆半太史公书为可笑。从而为之辩。"洪迈自辩云：即使是《史记》，"彼记秦穆公、赵简子，不神奇乎？长陵神君、圯下黄石，不荒怪乎？书荆轲事证侍医夏无且，书留侯容貌证画工，侍医、画工与前所谓寒人、巫隶何以异？善学太史公，宜未有如吾者"（《夷坚丁志》序）。问者之言反映人们对小说的传统看法:小说"出于稗官,街谈巷语,道听途说者所造也",它荒诞不实,是"小道","是以君子弗为"。洪迈为《夷坚志》辩护,指出即使是典籍中的《史记》亦有荒诞不实的情节记载,因此《夷坚志》记载荒诞奇异的情事,并不意味着它违背了史学的传统。事实上洪迈在记录那些叙事性较强的闻见故事时,纵涉怪异,也很少有意虚构、夸饰和渲染,仍不同于唐人之"有意为小说",从这一点来看,他的小说概念并没有太多突破。

2.《夷坚志》的创作方法

《夷坚志》的全部撰作过程可分四段:甲志二十卷的编撰为第一段,时间从弱冠直到不惑之年。自乙至己五志一百卷为第二段,历时二十八年,此时洪迈公务繁忙,撰述小说仍是笔墨之余。自庚志始即加速,《宾退录》卷八引《庚志》序云:"假守当涂,地偏少事,济南吕义卿、洛阳吴斗南适以旧闻寄,似度可半编帙,于是辑为庚志。初甲志之成,历十八年,自乙至己,或七年,或五六年,今不过数阅月,闲之为助如此。"自庚至癸四志八十卷历时六年;之后支志及三四志二百二十卷共历时九年,编撰速度越来越快。

《夷坚志》的材料来源除了洪迈的亲历闻见以外,更多是他人相告。《夷坚甲志》卷一记述十数条金国见闻,当是转述其父使金见闻。甲志完成后,传播日广,名声渐起,人们知道洪迈好奇尚异,遂"每得一说,或千里寄声。于是五年间又得卷帙多寡与前编等,乃以《乙志》名之"(《乙志》序)。《夷坚支戊》卷一"陈氏女为白起"即由"赵箕夫说与陈姻家",陈姻家说与福州人池昱,池昱笔录后示与洪迈大儿洪莘之,再提供给洪迈。对于他人讲述,洪迈都是尽可能将所述故事之情节记录得完整无误,所谓"一话一首,入耳辄录,当如捧漏瓮以沃焦釜,则缵词记事,无所遗忘,此手之志然也"(《夷坚三志已序》);"每闻客语,登辄纪录,或在酒间不暇,则以翼旦追书之,仍亟示其人,必使始末无差戾乃止"(《夷坚支庚序》)。辗转相告或是寄书相投者,多于篇末注明。如《三辛》卷五末云:"此卷皆徐熙载圣愈所传。"所录之事若与前人书中所记相近,往往在篇末附识,如《支癸》四《临淄石佛》末云:"《述异志》载邕州事,盖此类也。"若存有疑问,即加以按语,态度非常认真。

除了他人讲述,洪迈还从浩如烟海的各种传、记、图经、史志、文集、笔记甚至医书等书籍资料中广泛搜集志怪故事，将其采入《夷坚志》。如《甲志》中有《柳将军》、《宝楼阁咒》，《夷坚志补》中有《卢忻悟前生》、《李员外女》皆孙九鼎①所著笔记小说中故事，《宝楼阁咒》后洪迈注云："孙亦有书纪此事甚多，皆近年事。"《李员外女》后云："孙九鼎说，有书记。"此外还有如朱胜非《季水闲居录》、刘君《梦兆录》、王得臣《麈史》、孙宗鉴《东皋杂录》、苏轼《志林》、李廌《师友谈记》、钱丕《行年杂记》、马永卿《懒真子》、李子永《兰泽野语》、吴良史《时轩居士笔记》（李剑国拟题），刘名世《梦兆录》等笔记，晁补之《晁无咎集》、张耒《张文潜集》、赵鼎臣《竹隐畸士集》、王灼《颐堂集》等文集，周紫芝《竹坡诗话》、《洪氏集验方》等药书，洪迈通过抄录，将这些书籍中附著的异事整理汇集在《夷坚志》中。他并不掩饰这一来源，自云是"剽取"，"剽以为助"，并将来源本末一一注明。

材料之来既多且快，故事"得于容易"，而洪迈自己也"急于满卷帙成编"（《丙志》序），不免失于辨择，故陈振孙批评说："妄人多取《广记》中旧事，改窜首尾，别为名字投之，至有数卷者，亦不复删润，径以入录，虽叙事猥酿、属辞鄙俚，不恤也"；②周密也批评其"贪多务得，不免妄诞"。③

3.《夷坚志》的艺术风貌

《夷坚志》的艺术风貌与洪迈的小说观念和写作方法密切相关。洪迈虽然欣赏唐人小说"宛转有思致"，但由于强调纪实，于所得传闻不再加以想象与虚构，也不追求奇特构思和词藻华丽，表达方式显得较为简率质朴。由于缺少二度创作，其艺术水准反远离唐传奇传统而退返六朝。如《甲志》卷四的"李柔"：

> 衢州倡女李柔，以慧黠善歌舞为士大夫往来者所称赏。年才二十，遇疾而死。驶卒王先与之同里居，被命诣钱塘回至寿昌县，相值于道，讶其独行，询之曰："今欲何往？"曰："欲到临安看郊礼。"卒曰："何以不

---

① 孙九鼎，字国镇，忻州人，政和癸巳居太学，在金国十余年始状元及第，为秘书少监，洪迈之父洪皓使金国时与孙屡相见。

② 陈振孙：《直斋书录解题》卷一一。

③ 周密：《癸辛杂志序》，见《癸辛杂识》，第1页。

> 携婢仆，又不乘轿，但一妇女单孑远途，岂得为便?”柔笑而不答。既分手，柔曰:“君到吾家，寄声父母，言我在路平安。”卒许之，及还首访李氏，知所见者鬼也。

虽然写人鬼邂逅故事，而于细节少有描写渲染，语言也过于平实无华。

不过以《夷坚志》这样的煌煌巨帙，其中自然也有若干篇幅曼长，情节委婉曲折的小说，其高处近于唐传奇。如《兰姐》(《丙志》十三)、《侠妇人》(《乙志》一)、《蔡筝娘》(《支甲》七)、《鄂州南市女》(《支庚》一)、《义倡传》(《志补》二)、《满少卿》(《志补》十一)、《吴小员外》、《猪嘴道人》等皆是名篇。这些故事多为婚恋情爱与冤对、冥报纠结交错，是大众所津津乐道者。如《鄂州南市女》:

> 鄂州南草市茶店仆彭先者，虽廛肆细民，而姿相白皙若美男子。对门富人吴氏女，每于帘内窥觇而慕之，无由可通缱绻，积思成瘵。母怜而私叩之曰:“儿得非心中有所不惬乎? 试言之。”对曰:“实然。怕为爷娘羞，不敢说。”强之再三，乃以情告。母语其父，父以门第太不等，将贻笑乡曲，不听。至于病笃。所亲或知其事，劝吴翁使勉从之。吴呼彭仆谕意，谓必欢喜过望。彭时已议婚，且鄙女所为，出辞峻却。女遂死。即葬于百里外本家。丧中凶仪华盛，观者叹诧。山下樵夫少年，料其圹柩瘗藏之物丰备，遂谋发冢。既启棺，扶女尸坐起剥衣，女忽开目相视，肌体温软，谓曰:“我赖尔力，幸得活。切勿害我。候黄昏抱归尔家安息，若幸安好，便做你妻。”樵如其言，仍为补治茔穴而去。及病愈，据以为妻。布裳草履，无复昔日容态，然思彭生之念不暂忘。乾道五年春，绐樵云:“我去南市久，汝办船载我一游。假使我家见时，喜我死而复生，必不究问。”樵与俱行。才入市，径访茶肆，登楼。适彭携瓶上。女使樵下买酒，亟邀彭并膝，道再生缘由，欲与之合。彭既素鄙之，仍知其已死，批其颊曰:“死鬼争敢白昼见形!”女泣而走，逐之，坠于楼下，视之，死矣。樵以酒至，执彭赴里保。吴氏闻而悉来，守尸悲哭，殊不晓所以生之故，并捕樵送府。遣县尉诣墓审验，空无一物。狱成，樵坐破棺见尸论死，彭得轻比。云居寺僧了清，是时抄化到鄂，正睹其异。《清尊

录》所书大桶张家女,正相类云。

文中对人物外貌、行动、情态皆有细笔勾勒,描摹人物声口贴切如生,亦涉及心理描写。虽非作意构思而情节委曲,一波三折。故事中爷娘竟从女意,可见其娇痴宠惯;而彭生竟鄙女行,亦见礼法束缚人心之深。女子的痴情可怜,男子之拙陋可憎,读之真切可感。惟不见洪迈之议论,这也正表明了他其客观记录的原则。

由于故事的提供者来自社会的各个阶层,从达官贵人到三教九流,包括社会最底层的坑户:“非必出于当世贤卿大夫,盖寒人、野僧、山客、道士、瞽巫、俚妇、下隶、走卒,凡以异闻至,亦欣欣然受之”(《夷坚丁志序》),因此《夷坚志》题材广泛,不止于男女情事和冤狱冥报,还有记揭穿骗术、破除迷信的,记名医治病验方的,记测字卜卦灵验的,记诗词本事的,数千则故事涉及了宋宁宗嘉泰年以前社会现实的方方面面。因此可以说是反映当时社会各个阶层的生活状态、宗教文化、伦理道德、民情风俗的一面镜子。而洪迈有闻必录、“述而不作”的写作方法又较大程度地保持了叙述者的视角和审美趣味,这使得小说呈现出通俗化趋势,因此,在题材和趣味层面上,文人的文言小说与通俗小说如话本等等开始产生交集。这就正如程毅中所言:“志怪小说本来是离现实生活很远的,而《夷坚志》却和现实生活接得很近,在写作方法上向着现实主义走近了一步。”①

《夷坚志》还未全部完成就产生了很大影响,《乙志》序自言:“《夷坚》初志成,士大夫或传之,今镂板于闽、于蜀、于婺、于临安,盖家有其书”;《庚志》序载:“章德茂使虏,掌讶者问:‘《夷坚》自丁志后曾续否?’”可见其书还流播国外。《夷坚志》不但受到宫中贵人喜爱,“宪圣在南内,爱神鬼幻诞等书,郭彖《睽车志》始出,洪景庐《夷坚志》继之”,②民间说话人更以之为必读参考书,所谓“《夷坚志》无有不览”,③讲说故事往往就中取材。元、明、清以来的戏曲小说亦从中撷取素材,如《鄂州南市女》衍为《醒世恒言》卷一四《闹樊

① 参见《宋元小说研究》第五章。

② 张端义:《贵耳集》卷上。

③ 罗烨:《醉翁谈录》甲集卷一之《舌耕叙引·小说开辟》,古典文学出版社1957年版,第3页。

楼多情周胜仙》和《龙图公案·红牙珠》;《吴小员外》(《甲志》四)是《警世通言》卷三〇《金明池吴清逢爱爱》的素材;丁志卷九的《太原意娘》与宋平话《郑意娘传》内容相同,显出一源,是《古今小说》卷二四《杨思温燕山逢故人》的蓝本。《三言》、《二拍》取材于《夷坚志》的有数十篇之多。根据《夷坚志》中的素材和与之相关的话本改编而成的杂剧和传奇就更多了。①

洪迈写作《夷坚志》后,有王景文(1127—1189)著《夷坚别志》二十四卷,元好问(1190—1257)著《续夷坚志》四卷,元代无名氏曾著《湖海新闻夷坚续志》三卷等,当系直接受洪迈启发。

第二节 南宋诗话概说

诗话是我国特有的诗歌批评文体。广义的"诗话"内容囊括古今各种关于诗歌的理论,诗歌评论,诗法技巧的研讨,诗人事迹,诗歌本事以及诗语考辨与疏证等等,形式则可以是包括笔记、诗歌、题跋、书信、书序等在内的各种文体。狭义的"诗话"指古代诗学理论批评的一种专著形式,它始于北宋欧阳修所作《六一诗话》,作者在《诗话》中掇零拾遗,随笔记载与诗歌有关的掌故、轶事。《诗话》一出,后人竞相仿作,蔚为风尚,据郭绍虞《宋诗话考》确认,宋诗话著作现尚流传四十二种,部分流传或本无其书由他人纂辑而成四十六种,有其名无其书或知其目而佚其文,又或有佚文而未及辑者五十一种,加上其中附及的数种,总计一百四十余种。清人章学诚《文史通义》将诗话分为两大类:一为"论诗及事",即以记述与诗人、诗作有关的轶闻逸事以及相关见闻资料为主;一为"论诗即辞",以对作品的鉴赏为主,包括理论阐述、诗作品评、诗法、句法、字法的辨析以及有关考订等内容。总的来看,宋

---

① 法国巴黎第七大学教授张福瑞先生曾发表《〈夷坚志〉对文学作品的影响》一文,经他考证统计,书中有三十二则故事为话本小说的渊源,十三则故事为戏曲剧本的渊源。这一考证尚不精确全面。另有丁志卷一三的《汉阳石榴》,叙寡妇事姑甚谨,姑死被诬,处斩前发下誓愿,后应验的故事,与关汉卿《窦娥冤》情节近似。

代诗话大多二者兼具，但又有所偏重。不过从诗话发展历史来看，变化正出现在宋室南渡前后，表现其一是北宋末出现了诗话总集；其二是南宋诗话数量较北宋大增；其三是出现了像严羽的《沧浪诗话》这样有系统的诗学思想、有核心审美范畴的诗歌理论专著。诗话在南宋已渐由资闲谈的说部发展出纯粹的理论批评形式。

一　南宋的诗话总集和专书

（一）南宋的诗话总集和诗话汇编

两宋一共有四部汇录诸家诗话的总集，分别是北宋阮阅《诗话总龟》、南宋胡仔《苕溪渔隐丛话》、魏庆之《诗人玉屑》和蔡正孙《诗林广记》。正如四库馆臣所评论的："宋人喜为诗话，裒集成编者至多。传于今者，惟阮阅《诗话总龟》、蔡正孙《诗林广记》、胡仔《苕溪渔隐丛话》及庆之是编，卷帙为富。然《总龟》芜杂，《广记》挂漏，均不及胡、魏两家之书。仔书作于高宗时，所录北宋人语为多，庆之书作于度宗时，所录南宋人语较备，二书相辅，宋人论诗之概亦略具矣。"①

1. 胡仔《苕溪渔隐丛话》

胡仔（1110—1170），字元任，徽州绩溪（今属安徽）人。胡仔一生经历坎壈，"连蹇选调四十年，在官之日少，投闲之日多"。② 始以荫补官，后丁忧赋闲，卜居苕溪二十载，编纂修订《苕溪渔隐丛话》前集六十卷。绍兴三十二年（1162）起为福建转运司干办公事，后知常州晋陵县未赴任，卧病苕溪，乾道三年（1168）完成《丛话》后集四十卷。

《苕溪渔隐丛话》一百卷，所评诗歌上起《国风》下至南宋初，按时代先后排列，历代能名家者专列其目，小家细门者按类归总，最后附以释道缁黄、歌妓丽人、神仙鬼怪。胡仔采辑的诗评材料十分广泛完备，几乎网罗了其书定稿前的所有诗话，不但补入《诗话总龟》未载之元祐诸公诗话，连乙酉岁才获得的《复斋漫录》也收录了一百九十九条。不但选录了《笔谈》、《缃素杂

---

① 《钦定四库全书总目》卷一九五，《诗人玉屑》提要，第2750页。

② 胡仔：《苕溪渔隐丛话后集》卷二七，第204页。

记》、《学林新编》、《仇池笔记》、《师友谈记》等多种笔记著作中论诗的材料，许多书信、序跋和总集、别集中评论性言论也被纳入选录范围，可谓对在此之前的诗话做了总结。胡仔将各类诗话材料按人标目，因人集论，间附以自己的评论和辨别考订，触类引申，枝上分蘖，形成了一个完整而又开放的体系。《丛话》评论诗词作者一百余人，引用他书必交代出处，出于亲睹亲闻或是发抒己见者，则明言“苕溪渔隐曰”。“一诗而二三其说者，则类次为一，间为折衷之”，①采择颇精。四库馆臣将其与《诗话总龟》比较，认为《苕溪渔隐丛话》“继阮阅《诗话总龟》而作，前有自序，称阅所载者皆不录。二书相辅而行，北宋以前之诗话大抵略备矣。然阅书多录杂事，颇近小说；此则论文考义者居多，去取较为谨严。阅书分类编辑，多立门目；此则惟以作者时代为先后，能成家者列其名，琐闻轶句则或附录之，或类聚之，体例亦较为明晰。阅书惟采摭旧文，无所考正，此则多附辩证之语，犹足以资参订。故阅书不甚见重于世，而此书则诸家援据，多所取资焉”。② 所评切当。

胡仔认为李白、杜甫、苏轼和黄庭坚四人皆“集诗之大成者”，③论诗则“以子美之诗为宗”。④ 集中有杜甫集评十三卷，大凡少陵轶事、杜诗注解、诗事考评靡不登载；杜诗之名篇佳制、警策妙联多有摘录；至于旁征博引，品评纠偏，订讹黜误，孜孜不倦。《渔隐丛话》中苏轼的集评最多，达十四卷。对于黄庭坚和江西诗派，胡仔肯定黄诗“自出机杼，别成一家”，“真能发明古人不到处，卓然成立者甚众”；⑤明言“欲学诗者师少陵而友江西”。⑥ 同时指出吕本中《江西诗社宗派图》所列二十五人，“其间知名之士，有诗句传于世，为时所称道者，止数人而已，其余无闻焉，亦滥登其列”，⑦观点很率直。在《丛话》的品评、辨证内容中偶尔也涉及到诗法、技巧的讲论。总之《苕溪渔隐丛话》

---

① 《苕溪渔隐丛话前集序》。
② 《钦定四库全书总目》卷一九五，《苕溪渔隐丛话》提要，第2748页。
③ 《苕溪渔隐丛话后集序》。
④ 《苕溪渔隐丛话前集》卷一四“杜少陵”，第93页。
⑤ 《苕溪渔隐丛话前集》卷四八“山谷”条，第328页。
⑥ 《苕溪渔隐丛话前集》卷四九“山谷”条，第333页。
⑦ 《苕溪渔隐丛话前集》卷四八，第328页。

显示诗话体制从开始的以存诗为主发展到了兼重考辨评论，理论性增强了。

2. 魏庆之《诗人玉屑》

魏庆之（生卒年不详），字醇甫，号菊庄，建安（今福建建瓯）人。“有才而不屑科第，惟种菊千丛，日与骚人佚士觞咏于其间”。[①] 魏庆之与黄昇友善，与游九功、韦居安（著有《梅磵诗话》）诗简酬答。《诗人玉屑》成书于淳祐甲辰（1244）以前，收南宋诗话较多。

《诗人玉屑》二十一卷，除末卷附录“诗余”和“中兴词话”外皆为诗话汇编，第一到第十一卷论诗艺、体裁、格律及表现方法；第十二卷以后评论两汉以下的具体作家和作品。魏庆之博采两宋诸家论诗之言，将自己认为“有补于诗道者”分门别类、编辑成卷。所涉及的内容非常丰富，如诗辨、诗法、诗评、诗体等大类是涉及诗歌本体论的探讨；句法、唐人句法、宋朝警句、风骚句法四个大类论诗歌句法；口诀、初学蹊径讲诗歌创作入门途径；命意、造语、下字、用韵、属对、锻炼、沿袭、夺胎换骨、点化等内容主要着眼具体诗法技巧；含蓄、诗趣、诗思、体用、风调、平淡、闲适、自得、变态、圆熟、词胜、绮丽、富贵、寒乞等则是着眼诗歌风格；知音、品藻、诗病、碍理、考证等类是关涉诗歌品鉴的内容。每个大类下又细分条目，将各条诗话分属其下，并在标目或引文末尾注明出处。魏庆之几乎全录姜夔的《白石道人诗说》和严羽的《沧浪诗话》，摘引杨万里诗论三十八条，引录朱熹诗论四十九条，还有许多诗话资料也赖此得以保存。

四库馆臣认为“庆之书以格法分类，与仔书体例稍殊。其兼采齐己《风骚旨格》伪本，诡立句律之名，颇失简择”，[②]不过《诗人玉屑》这种格法类分、人物品藻、史评结合的辑录体例亦是魏庆之诗歌观念的一种渗透和反映。

3. 蔡正孙《诗林广记》

蔡正孙（生卒年不详），字粹然，自号蒙斋野逸，为谢枋得门人。宋亡，蔡正孙纂《诗林广记》前集十卷，载晋唐人诗，后集十卷，载宋人诗，皆以诗隶人，而以诗话隶诗。选诗偏重名家大家，取其有话可辑者，凡无所评论考证

---

① 黄昇：《诗人玉屑序》，见《诗人玉屑》卷首，第1页。

② 《钦定四库全书总目》卷一九五，《诗人玉屑》提要，第2750页。

则不空录。选话则不求完备而求精确，故所录之诗多为脍炙人口之作。体例在总集诗话之间，兼有选集性质，有元至元二十六年自序。

蔡镇楚在《中国诗话史》中列举了十一部宋汇编宋诗话，除北宋的《唐宋分门名贤诗话》、《诗话总龟》，南宋的《苕溪渔隐丛话》、《诗人玉屑》、《诗林广记》以外，还有以下几部：

方深道《集诸家老杜诗评》，此书汇集诸家评论杜诗之语，是专就一家编汇诸家诗评的诗话中最早的一部，是两宋之交所编。蔡梦弼的《草堂诗话》集宋人各类著作中评论杜诗之语为一编，足资参证，间附考辨，系宁宗嘉泰(1201—1204)年间作，四库馆臣谓此书详赡胜于方道深《集诸家老杜诗评》。又计有功(字敏夫，号灌园居士，宣和三年进士，临邛人)有《唐诗纪事》。旧题尤袤著的《全唐诗话》，《四库提要》谓"校验其文皆与计有功《唐诗纪事》相同"。[1] 此外有何汶的《竹庄诗话》，[2]系开禧二年(1206)作，《竹庄诗话》卷一分《讲论》、《品题》两部分，专辑诗话，《讲论》为诗歌总论，《品题》为作家论。卷二至卷十选两汉以下至宋代诗歌四百三首，并于每个朝代、作家或作品前酌录诗话，是历代诗选与诗话的结合。卷十一至卷二十为《杂编》，按题材或风格选编不同时代的作品，间附诗话。卷二十一、二十二是分类诗选，分《方外》、《空门》、《闺秀》三类，连同《杂编》共收诗四百七十一首。卷二十三、二十四是《警句》。四库馆臣认为此书之体例"名为诗评，实为总集，使观者即其所评与原诗互相考证，可以见作者之意旨，并可以见论者之是非"。[3] 书中援引了《五经诗事》、《欧公余话》、《洪驹父诗话》、《潘子真诗话》、《桐江诗话》、《笔墨闲录》、《童蒙诗训》等著作，一些论诗之语赖此得见

---

① 郭绍虞《宋诗话考》认为是贾似道所撰。

② 《竹庄诗话》二十四卷。此书原不著撰人名字，钱曾《读书敏求记》作竹庄居士，《四库全书总目提要》据《宋史·艺文志》有"何溪汶《竹庄诗话》二十七卷"而定为何溪汶撰。郭绍虞《宋诗话考》据方回《桐江集》卷七《竹庄备全诗话考》，以为当作何汶。又《宋史·艺文志》和方回《竹庄备全诗话考》均称之为二十七卷。方回谓"第一卷载诸家诗话议论，二六二七摘警句。中皆因诸家诗话为题而载其全篇，不立己见己说，盖已经品题之诗选也。……诸名辈大篇脍炙人口者俱在，可资话柄，亦似类书，乾淳以来巨公诗则未有之"(《桐江集》卷七)。而今本仅存二十四卷。《四库全书总目提要》云："其数稍异，或传写佚其三卷，或后人有所合并。"

③ 《钦定四库全书总目》卷一九五，《竹庄诗话》提要，第2752页。

梗概，有助于辑佚校勘。此外有任舟辑《古今类总诗话》五十卷，分为诗体、诗论、诗评等类，已佚。

总的来说，南宋诗话总集和诗话汇编采撷宏富，网罗散佚，不少诗话赖以保存，对后世相关的辑佚钩沉和校勘考订工作深有裨益。

（二）南宋诗话专书

今天可见的南宋诗话别集完本仅存三十余种，不见传本，仅有佚文存于他书的，或是已经亡佚，空余其名的就更多。[①] 此外还有一些诗话本未单行，而是他人自其笔记中纂辑而成，如洪迈《容斋随笔》中论诗的部分被辑为一编，称为《容斋诗话》。陆游《老学庵笔记》中论诗的部分被纂辑为《老学庵诗话》。朱熹《清邃阁论诗》一卷系其后裔朱玉辑朱熹论诗之语。黎靖德编纂《朱子语类》一百四十卷，后亦有人将其中论诗文部分纂辑为《晦庵诗说》一卷。张镃《诗学规范》一卷，系辑录《仕学规范》卷三六至卷四十论作诗的部分而成。吴子良于诗歌鉴裁颇有卓识，《荆溪林下偶谈》中论诗的部分被纂辑称为《吴氏诗话》，四库馆臣尤称其详录叶适作《徐道晖墓志》、《王本叔诗序》、《刘潜夫诗卷跋》中不取晚唐诗之说。此外有孙奕《履斋诗话》，[②]高似孙《剡溪诗话》。[③] 敖陶孙有《臞翁诗评》以比喻形容诗作风格特征，鉴裁精而语俊妙。周密《弁阳诗话》从《浩然斋雅谈》中辑出，[④]四库馆臣认为周密乃“南宋遗老，多识旧人旧事，故其所记佚篇断阕，什九为他书所不载”，“宋人诗话，传者如林，大抵陈陈相因，辗转援引。是书颇具鉴裁”。[⑤]

---

① 不见传本，仅有佚文的诗话有《汉皋诗话》、《漫叟诗话》、《李君翁诗话》、《桐江诗话》、《诗说隽永》、《高斋诗话》、释普闻的《诗论》，陈知柔的《休斋诗话》，严有翼的《艺苑雌黄》，陈晔的《诗话》等。黄昇的《玉林诗话》、《诗人玉屑》多征引其论南渡以来诗人者，《诗林广记》则征引其论及唐及北宋诗人如韩愈、郭功父、陈简斋等的文字。此外有《胡氏评诗》、《迂斋诗话》、《藜藿野人诗话》、《粟斋诗话》等皆不知撰人。还有许多诗话如《钱伸仲诗话》、《南宫诗话》、《雪溪诗话》、《练溪诗话》、《胡英彦诗话》等等，已经亡佚，空余其名而已。参见郭绍虞《宋诗话考》。

② 孙奕字季昭，号履斋，宁宗时庐陵人。孙有《履斋示儿编》，后人辑九、十两卷中论诗之语为《履斋诗话》，然征引繁冗，且时有笔误和失于考订处，难称佳本。

③ 亦是他人从其《剡录》中纂辑而成。

④ 《浩然斋雅谈》“体类说部，所载实皆诗文评”，四库馆臣从永乐大典中辑出原文，“以考证经史、评论文章者为上卷，以诗话为中卷，以词话为下卷”。论诗的部分又被称为《弁阳诗话》。

⑤ 《钦定四库全书总目》卷一九五，《浩然斋雅谈》提要，第2753页。

北宋中期以后诗坛已渐渐出现崇苏、宗黄、宗王或是苏、黄并重等几种不同蕲向。南宋初期的诗话著作大多以北宋中期诗人和诗歌为中心,或是记叙元祐诸公轶闻逸事,或受江西派影响论诗法、考证注释,评鉴名章隽句,也有诟病苏、黄诗风和江西派诗法的意见出现。到南宋中期以后,诗话的说部性质渐弱,而理论性加强。一方面谈论诗歌技法的内容增多,一方面对以苏、黄诗歌为典型的宋诗的反思逐渐深入,显示出宗尚唐诗的倾向。此外也有一些诗话显示出理学思想对诗歌批评的影响。总之,南宋诗话很清楚地反映了南宋诗歌观念和诗风转变的轨迹。

二　以江西派诗歌为批评中心,受理学影响的南宋诗话

(一)南宋诗话以江西派诗歌为批评中心

自苏、黄诗风定型、江西派诗法形成,北宋后期的诗话中即已显示出鲜明对立的诗学倾向。[①] 南宋诗话又将北宋以来围绕江西诗派展开的论争探讨推向纵深,正是在这个过程中,诗话的理论批评性质得到进一步加强。

南宋诗话论诗主要有两种倾向,一些诗话主要记载元祐苏、黄诸人的逸事轶闻、名篇隽句,或是阐说、辨析、修正、发展江西派的诗歌理论,或是考究用字造语来历出处,或是探讨用事押韵对仗技巧,如《观林诗话》、《优古堂诗话》、《竹坡诗话》、《二老堂诗话》、《艇斋诗话》、《彦周诗话》、《庚溪诗话》等皆是。而由于江西派法席大盛,学诗者专习一家,刻意于使事用典、以故为新,造成艰深晦涩的流弊,另一些诗话对此表达不满,始以分唐界宋,终至弃

---

① 如《后山诗话》、范温的《潜溪诗眼》是直接受黄庭坚的影响,诗话中阐发了江西派的诗歌观念和理论。如《潜溪诗眼》(原书已佚,《宋诗话辑佚》辑二十九则)以论诗法为核心:论字法云"好句要须好字","句法以一字为工,自然颖异不凡,如灵丹一粒,点铁成金也";论句法云"句法之学,自是一家功夫",记问诗于黄庭坚,知句法有"七言诗四字三字作两节";论章法云"山谷言文章必谨布置","如官府甲第厅堂房屋,各有定处,不可乱也";论命意之法称"诗有一篇命意,有句中命意","炼句不如炼意"等。此外《王直方诗话》、《洪驹父诗话》、《潘子真诗话》等主要记江西诗人轶事。

魏泰《临汉隐居诗话》则持相反立场,提出"余味"说,与江西诗法异趣。《蔡宽夫诗话》、《石林诗话》都对江西诗风有所批评,不满其刻意求奇,专意讲求形式格律和诗法技巧。叶梦得也不赞成过于用事押韵而损害词意。《唐子西文录》、《西清诗话》主要推崇苏轼。可参阅刘德重《宋代诗话和江西诗派》,《上海大学学报》1996 年第 6 期。

宋宗唐。叶梦得《石林诗话》、张戒《岁寒堂诗话》、严羽《沧浪诗话》等堪称代表。以下分述之。①

吴聿《观林诗话》。吴聿字子书，南宋初人，生平不详。书中多所称引，上至苏轼、黄庭坚、贺铸，下至汪藻、王宣而止，于元祐诗坛轶事尤所究心。诗话偏重考证，而所论大抵典核，可称宋人诗话之佳本。

吴可《藏海诗话》。吴可生平不详。其人犹及见元祐旧人，学问有所授受，论诗如"少则华丽，长入平淡"、"外枯中膏"之说出于东坡。又云："诗以用意为主，而附之以华丽，宁对不工，不可使气弱"，"学诗当以杜为体，以苏、黄为用"，"杜之妙处藏于内，苏、黄之妙处发于外"，"如贯穿出入诸家之诗，与诸体俱化，便自成一家，而诸体皆备。若只守一家，则无变态，虽千百首，皆只一体耳。"等等，皆为有本之言。书中常引韩驹语，韩驹论诗有参禅之说，作者亦往往以禅论诗，喜作不了之语。②

周紫芝《竹坡诗话》。周紫芝（1081—?），字少隐，宣城人（今属安徽），绍兴中登第，历官枢密院编修官，出知兴国军，自号竹坡居士，有《太仓稊米集》。周紫芝犹及见张耒、李之仪等，得闻苏黄余绪，曰"作诗先严格律然后及句法，予得此语张文潜李端叔"。论诗泥于江西诸人点化之说而益趋极端，不免重在一字争奇，求之过细。其辨别考证颇有可采者。

许顗《许彦周诗话》。许顗字彦周，入南宋而生平无考。宗元祐之学，诗话中多引述苏轼、黄庭坚、陈师道语，如言"作诗须除浅易鄙陋之气"，即承苏、黄"去俗"之论。许顗评论品题往往有卓识，如言东坡诗"不可指摘轻议，词源如长河大江，飘沙卷沫，枯槎束薪，兰舟绣鹢，皆随流矣"，能形象概括苏诗主要的风格特征。而论杜牧《赤壁》、李商隐《锦瑟》等诗则不免穿凿拘执。其序自述撰宗著旨曰"诗话者，辨句法，备古今，纪盛德，录异事，正讹误也"，故所记有"杂以神怪梦幻，更不免体近小说"者。③

---

① 以下所论诗话出处为《历代诗话》、《历代诗话续编》等。

② 吴可有《学诗诗》三首，其一：学诗浑似学参禅，竹榻蒲团不计年。直待自家都了得，等闲拈出便超然。其二：学诗浑似学参禅，头上安头不足传。跳出少陵窠臼外，丈夫志气本冲天。其三：学诗浑似学参禅，自古圆成有几联？春草池塘一句子，惊天动地至今传。见《诗人玉屑》卷一所引。

③ 《钦定四库全书总目》卷一九五，《彦周诗话》提要，第2743页。

张表臣《珊瑚钩诗话》。张表臣字正民,单父人,绍兴中为司农丞。其人在北宋之末曾与陈师道、晁说之诸人游,论诗往往得元祐诸人之余绪,如"诗以意为主,又须篇中炼句,句中炼字,乃得工耳。以气韵清高深眇者绝,以格力雅健雄豪者胜,元轻白俗、郊寒岛瘦皆其病也"。其书亦记杂文杂事。

曾季貍《艇斋诗话》。曾季貍(?—1178前),字裘父,自号艇斋,南丰(今属江西)人,是曾巩弟曾宰的曾孙。他曾从渡江诗人韩驹、吕本中游,尤称道徐俯。是书当作于绍兴二十年(1150)前后,全书一卷,现存三百余则,论苏轼曰:"东坡之文妙天下,然皆非本色,与其他文人之文、诗人之诗不同。文非欧、曾之文,诗非山谷之诗,四六非荆公四六,然皆自极其妙。"既看到苏轼诗文"非本色",与宋代主流诗文轨范有异,又肯定其诗文"自极其妙"。所载最多江西诗人之轶闻逸事,于渡江诸公之诗论亦多所转述并略有评议,评诗注重用字、炼句,考辨诗句点化、事典出处的条目达132条之多,近乎条目总数的一半。曾季貍谓诗有"思致","含不尽之意"方得绝句之法;又称杜诗写物之工"皆出于目见","必有是景,然后有是句";又云:"予尝因东坡诗云:'我憎孟郊诗',……遂不喜孟郊诗。五十以后,因暇日试取细读,见其精深高妙,诚未易窥。"曾季貍还归纳了江西派作诗的"悟入"之法。① 这些都是对苏、黄主张和江西派诗法作出的修正与充实。

吕本中作为渡江后江西派诗人之中坚,著有《紫微诗话》,《童蒙训》中也有专论诗法的部分。还有诸多论诗之语散见于书信、序跋。《紫微诗话》或称《东莱诗话》,是吕本中晚年所作。吕本中及见元祐诸人,俱有师友渊源,故《紫微诗话》颇传轶闻逸事,而论诗之语不多。《童蒙训》已不存全本。《童蒙训》记张耒在谈到学作诗时云:"近世所当学者惟东坡。"把苏轼树立为近世诗歌的典范。吕本中又云:"老杜歌行,最见次第出入本末。而东坡长句波澜浩大,变化不测,如作杂剧,打猛诨入,却打猛诨出也。"②他在张扬杜诗法度谨严的同时,通过比照杜、苏二人诗法,肯定了苏诗的不拘法度,善于变

---

① 曾季貍《艇斋诗话》云:"后山论诗说换骨,东湖论诗说中的,东莱论诗说活法,子苍论诗说饱参,入处虽不同,然其实皆一关捩,要知非悟入不可。"

② 《童蒙训》,见郭绍虞《宋诗话辑佚》"童蒙诗训",第591页。

化。

吕本中认为“苏、黄用韵下字用故事处亦古所未到”。[①] 认为作诗不应只规模古人;诗文不强作,应先立大意;诗词要从学问中来;悟入必自工夫中来,非侥幸可得;等等。皆与黄庭坚及江西派诗论蕲向一致。他又针对“近世江西之学者”“左规右矩”,“不能更进一步”的弊病,在《夏均父集序》、《与曾吉甫论诗》诸帖中提出“学诗当识活法”、要“遍考精取,悉为吾用”的观点,这些对南宋诗歌发展的影响更大。

此外有朱弁《风月堂诗话》[②]亦多记元祐诗坛遗事。其论诗云:“大抵句无虚辞,必假故实;语无空字,必究所从。拘挛补缀而露斧凿痕迹者,不可与论自然之妙也”,“诗人体物之语多矣,而未有指一物为题而作诗者。晋宋以来,始命操觚,而赋咏兴焉,皆仿诗人体物之语,不务以故实相夸也”。朱弁推尊苏轼,认为苏诗胜于黄诗正在于自然,谓黄庭坚诗意在“用昆体工夫而造老杜浑成之地”,并非以“奇怪”为目的,皆堪称的见。陈岩肖《庚溪诗话》[③]评骘唐、宋诸家诗,于元祐诸家尤多所征引。论山谷诗派一条为苏、黄辩护,对江西末流深表不满,曰:“然近时学其诗者,或未得其妙处,每有所作,必使声韵拗戾,词语艰涩,曰‘江西格’也。此何为哉?”其他如周必大《二老堂诗话》、[④]无名氏作《环溪诗话》、[⑤]吴开《优古堂诗话》、赵与虤《娱书堂诗话》等,与前面所举诗话一样,总以辨别考证,记述轶事遗文,转述名公诗论,赏鉴名篇隽句为主。虽然往往苏、黄并称,实际对东坡体的开阖自如、千变万化与江西派谨守诗法的创作特征是有所分辨的。

---

① 《童蒙训》,见《宋诗话辑佚》,第597页。

② 《风月堂诗话》系朱弁在金时作,此书遗留于金国,度宗时才传至江左。

③ 陈岩肖字子象,号西郊野叟,东阳人,绍兴八年(1138)中词科,仕至兵部侍郎。诗话成于淳熙中。

④ 《二老堂诗话》书成于宁宗庆元四年后,系周必大晚年所作。《诗话》以考据为主,内容包括音韵、文字、人事、名物等,十分繁杂。周必大非常注重对诗歌中某些字词来历的考索,可能是受江西诗派提倡“无一字无来历”的影响。

⑤ 《环溪诗话》品评吴沆之诗并述吴沆论诗之语。吴沆(1116—1172),字德远,号无莫居士,抚州崇仁人。其诗大旨以杜甫为一祖,李白、韩愈为二宗,间学黄庭坚。吴沆论诗重句法,其称扬玉山银海、竹马木牛、小乌大白、素王黄帝等偶对,四库馆臣批为“小巧细碎,颇与雅调有乖”。又称杜甫诗“一句能言五物”,“一句能满天下”,乃倡诗句“多用实字则健”之说,以矫宋诗率易空疏之病。

此外有杨万里所作《诚斋诗话》，成书在光、宁之际。虽名诗话而多论古文、论四六之语，亦颇中理。杨万里的诗歌自成一体，新人耳目，又表示了对晚唐诗之“味”的欣赏，但诗话中仍有不少内容与江西诗法同一趋向。刘克庄的《后村诗话》有前、后、续、新四集共十四卷。前、后集是六十岁至七十岁间所作，续集、新集是告老归乡后作，年已八十。前集、后集、续集统论汉魏以下，以唐宋人诗为多。新集凡六卷，专采唐诗之新警者。《后村诗话》体例近于《唐诗纪事》，其于诗歌采摘精华，品题优劣，往往连录全篇，四库馆臣认为“所载宋代诸诗，其集不传于今者十之五六，亦皆赖是书以存，可称善本”。① 刘克庄论诗不主一家，无门户之见。其论元祐后诗坛云：“元祐后诗人迭起，一种则波澜富而句律疏；一种则锻炼精而情性远，要之不出苏、黄二体而已”，概括十分精准。四库馆臣认为《后村诗话》在南宋诸家诗话之上。杨万里、刘克庄的诗歌观念和理论还散见于其他序跋书信等相关文字，只有把这些综合起来看，才能明了他们的诗歌宗旨。

批评江西派较早的诗话首称叶梦得的《石林诗话》，②成书当在南渡之际。叶梦得是晁无咎之甥，熟悉元祐诸贤故事，《石林诗话》记录北宋诗坛掌故以外，论诗亦精切有的见，是诗话由“论诗及事”转向“论诗及辞”的标志。③ 叶梦得论诗有宗唐倾向，讥议宋诗刻意用事、倾囷倒廪之弊，于欧阳修、苏轼等皆有所批评。④《石林诗话》对江西派左规右矩的诗法亦不表赞同，尝谓：

---

① 《钦定四库全书总目》卷一九五，《后村诗话》提要，第2751页。

② 叶梦得《石林诗话》传本有一卷本、三卷本两种，《直斋书录解题》作一卷，至《百川学海》始分作三卷，南宋时已有一卷、三卷两种刊本。《文献通考·经籍考》及《浙江通志·经籍志》作二卷。现通行本《历代诗话》本分上、中、下三卷，九十条，另附《拾遗》三则。

③ 郭绍虞《清诗话前言》言：“诗论之著不外二种体制，一种本于钟嵘《诗品》，一种本于欧阳修《六一诗话》。”蔡镇楚《诗话学》认为“论诗及事”到“论诗及辞”的转变“大概于北宋南宋之交初露端倪，其主要标志是北宋之末，南宋之初的叶梦得撰写的《石林诗话》”。

④ 叶适因为依附蔡京，与章惇为姻亲，为绍述余党，故历来认为他的诗歌批评涉及政治立场。现代学者修正了这一看法。郭绍虞称其“实则此全由于诗的作风与论诗主张之互异，不必牵涉到党争门户方面”。张毅亦认为《石林诗话》在两宋之际的诗话中，立论比较全面，对元祐诸人并未蓄意贬抑。

“池塘生春草，园柳变鸣禽”。世多不解此语为工，盖欲以奇求之耳。此语之工，正在无所用意，猝然与景相遇，借以成章，不假绳削，故非常情所能到。诗家妙处，当须以此为根本，而思苦言难者，往往不悟。……自唐以后，既变以律体，固不能无拘窘，然苟大手笔，亦自不妨削锯于神志之间，斫轮于甘苦之外也。

通过赏析谢灵运的名句，说明好诗往往因“猝然与景相遇”而激发出来，自然成文，而非人为追求立意深刻、雕琢字句形式得来的。

叶梦得推崇王安石晚年诗作，认为“尽深婉不迫之趣”，他称述“司空图记戴叔伦语云‘诗人之词，如蓝田日暖，良玉生烟’，亦是形似之微妙者，但学者不能味其言耳”，可见他欣赏的是含蓄蕴藉、天然微妙的审美风格。《石林诗话》还以禅喻诗，效禅宗论云门“三种语”，①用老杜的三句诗来概括诗歌创作过程中的三种境界。

张戒的《岁寒堂诗话》对苏轼、黄庭坚诗歌的批评比较尖锐。张戒，正平人，宣和六年(1124)进士，绍兴五年(1135)以赵鼎荐授国子监丞，官终主管台州崇道观。《岁寒堂诗话》论诗以儒家传统的“诗言志”、“思无邪”为旨归通论古今诗人，由风骚、汉魏到本朝苏、黄分为五等，认为每况愈下，称“自汉魏以来，诗妙于子建，成于李、杜，而坏于苏、黄”。张戒力贬苏、黄着意用事押韵，令后学者迷失诗之本旨。其云：“诗以用事为博，始于颜光禄而极于杜子美；以押韵为工，始于韩退之而极于苏、黄。……苏、黄用事押韵之工，至矣尽矣，然究其实，乃诗人中一害，使后生只知用事押韵之为诗，而不知咏物之为工，言志之为本也，风雅至此扫地矣”。又谓“子瞻以议论为诗，鲁直又专以补缀奇字，学者未得其所长而先得其所短，诗人之意扫地矣。”张戒认为黄庭坚学杜“但得格律，未得真髓”，着重于形式，而未领悟到杜诗之精神实质。他扬唐抑宋，主

① 《石林诗话》云：“禅宗论云门有三种语，其一为随波逐浪句，谓随物应机，不主故常；其二为截断众流句，谓超出言外，非情识所到；其三为函盖乾坤句，谓泯然皆契，无间可伺。其深浅以是为序。余尝戏谓学子言，老杜诗亦有此三种语，但先后不同。‘波漂菰米沉云黑，露冷莲房坠粉红’为函盖乾坤句；以‘落花游丝白日静，鸣鸠乳燕青春深’为随波逐浪句；以‘百年地僻柴门迥，五月江深草阁寒’为截断众流句。若有解此，当与渠同参。”

张“苏、黄之习气净尽，始可以论唐人诗”。又指出向上一路，认为后学者若欲与李、杜争衡，当“复从汉魏诗中出尔”，而以《诗经》为最高典范。张戒认为优秀的诗歌首先必须是情真味长、浑然天成的，意境上还须力求“词微意婉，不迫不露”，凡论及所赞赏的诗，大抵以“视《三百篇》几于无愧”作结。

姜夔的《白石诗说》是淳熙年间所作。姜夔诗自江西人而不自江西出，论诗亦云诗病、诗法，谓：“不知诗病，何由能诗？不观诗法，何由知病？”又谓：“雕刻伤气，敷衍露骨，若鄙而不精巧，是不雕刻之过，拙而无委曲，是不敷衍之过。”论章法布置以“首尾停匀，腰腹肥满”为标准；论句法以“句意欲深欲远，句调欲清欲古欲和”为标准。他强调“精思”、“饱学”，又说“悟”、说“活法”，曰“文以文而工，不以文而妙。然舍文无妙，胜处要自悟”；“乍叙事而间以理言，得活法者也”。不过《白石道人诗说》自序云：“作诗求与古人合，不若求与古人异。求与古人异，不若不求与古人合而不能不合，不求与古人异而不能不异”，即所谓“学至于无学”之意。姜夔标举诗有四种“高妙”：一曰理高妙，二曰意高妙，三曰想高妙，四曰自然高妙，而以自然高妙为极诣。又说：“意出于格，先得格也，格出于意，先得意也。”先得格者所以为“工”，先得意者所以为“妙”，这些皆是其创作心得，可见其立论与江西诗派也并不相同。

严羽的《沧浪诗话》是宋人诗话中理论性、系统性最强，最受后世重视、影响最大的一部。严羽(1192？—1246?)，字仪卿，一字丹邱，自号沧浪逋客，邵武(今属福建)人。少年师事包扬，不事科举。壮年浪游江汉、吴越各地，后复归乡隐居，吟诗著述，有《沧浪吟》。严羽作《沧浪诗话》，自负以“自家实证实悟”，“断千百年公案，诚惊世绝俗之谈，至当归一之论。其间说江西诗病，真取心肝刽子手”。[①]《沧浪诗话》分为“诗辨”、“诗体”、“诗法”、“诗评”、“考证”五个部分。“诗辨”具有总纲性质，主要“定诗之宗旨，借禅以为喻，推源汉魏以来，而截然谓当以盛唐为法”。在辨明体制，优劣唐宋的过程中，严羽表明了自己对唐、宋诗歌审美内涵的总结、对诗歌本质的认识

① 严羽：《答出继叔临安吴景仙》，附《沧浪诗话》。

和在此基础上对诗歌典范的选择。“诗体”一节勾勒诗歌从先秦到南宋的变迁脉络，分别从诗歌体式、时代及个人风格等层面论析。严羽把唐诗分为唐初体、盛唐体、大历体、元和体、晚唐体，宋诗自江西派以后列出“陈简斋体”和“诚斋体”，皆可见其目光如炬，识见精准。“诗法”一节讲作诗的具体要求和方法，如“不必太着题，不必多使事”之类。而首言忌俗体、俗意、俗句、俗字、俗韵；末言诗以与古人合为是。“诗评”一节评论宋以前诗人近五十条，尤以唐代诗人为多。严羽精微深入地感受到诗人和诗歌的个性风神各具独特美感，“子美不能为太白之飘逸，太白不能为子美之沉郁”，相互不可取代。他还高度概括各朝诗风的审美特征：“诗有词理意兴。南朝人尚词而病于理，本朝人尚理而病于意兴，唐人尚意兴而理在其中。汉魏之诗，词理意兴，无迹可求”；指出唐诗与宋诗“未论工拙，直是气象不同”。此外如“盛唐人诗，亦有一二滥觞晚唐者，晚唐人诗，亦有一二可入盛唐者”；“大历之诗，高者尚未失盛唐，下者渐入晚唐矣”，则持平道出诗歌的时代风貌与个性特征的辩证关系。“考证”一节主要对前代诗歌真伪和诗歌错讹字句加以考辨。

南宋后期诗坛盛行晚唐诗风，诗话中对晚唐诗的讨论也相应增多了。严羽《沧浪诗话》批评晚唐诗乃是“声闻辟支果”之义；方岳作《深雪偶谈》，则自谓由翁卷、徐照而渐趋唐人，论诗推崇贾岛。他说：“诗无不本于性情。自诗之体随代变更，由是性情或隐或现，若存若亡，深者过之，浅者不及也。”可见亦有所自得。成书于景定三年（1262）之前的《对床夜语》全为论诗之语，[①]范晞文论诗力排“四灵”、晚唐之体，主张取法乎上，有助于矫一时尖纤之习，称其“当南宋季年诗道凌夷之日，独能排习尚之乖”，“所见实在江湖诸人上”。[②]

两相比较而言，对江西派持批判态度的南宋诗话理论性更强。并且因为诗歌批评的参照系统逐渐涵盖了唐诗和宋诗两种典型的诗歌范式，南宋后期诗话对盛唐诗和晚唐诗的批评就更深入了。

（二）诗话受到理学思想影响

随着理学思想影响的扩大和深入，理学对诗歌创作和批评有所干预，理学

---

① 撰著者范晞文，字景文，号药庄，钱塘人，宋末太学生，入元不仕，流寓无锡以终。
② 《钦定四库全书总目》卷一九五，《对床夜语》提要，第2753页。

家的诗歌理论观点也一定程度为社会接受,这种现象在南宋诗话中有或多或少的体现。如《岁寒堂诗话》以儒家诗教"诗言志"、"思无邪"为旨归,云:

> 建安陶、阮以前诗,专以言志;潘、陆以后诗,专以咏物。兼而有之者,李、杜也。言志乃诗人之本意,咏物特诗人之余事。古诗苏、李、曹、刘、陶、阮本不期于咏物,而咏物之工,卓然天成,不可复及。其情真,其味长,其气胜,视《三百篇》几于无愧,凡以得诗人之本意也。潘陆以后,专意咏物,雕镌刻镂之工日以增,而诗人之本旨扫地尽矣。

诗之本旨为"言志"。"志"的含义本可作多种解释,而理学兴起后,诗歌批评往往对"志"从性理角度作出阐释,认为指诗人的心性道德涵养与胸襟,是一种无邪之思。葛立方①的《韵语阳秋》杂评诸家之诗,不重诗法、格律,而重意旨是非,持论严正,评鉴不免有偏激之词。黄彻《䂬溪诗话》②自序云:"平居无事,得以文章为娱,时阅古今诗集,以自遣适。故凡心声所底,有诚于君亲、厚于兄弟朋友,嗟念于黎元休戚,及近讽谏而辅名教者,与予平日旧游所经历者,辄妄意铺凿,疏之窗壁间。……至于嘲风雪,弄草木而无预于比兴者皆略之。"他以风教论诗,持论守正至于拘迂。如:

> 《古柏》云:"大厦如倾要梁栋,万牛回首邱山重。"此贤者之难进易退,非其招不往者也。又云:"不露文章世已惊,未辞剪伐谁能送。"先器识,后文艺,与浮躁炫露者异矣。

传统的文学批评虽然也重视作家的品行,宋代理学兴盛,尤其南宋道学思想更加剧了诗歌批评对诗人人品的关注。论诗者以"志"之高下为标准来衡量诗歌,就容易陷入先德行后文艺、③以人品定诗品的误区。南宋诗话中推崇杜甫的很多,一部分原因就在于此。如张戒即明言:"诗文字画,大抵从胸臆

① 葛立方(?—1164),字常之,葛胜仲之子,丹阳人。绍兴八年(1138)进士,官至吏部侍郎。书成于隆兴元年。

② 黄彻字常明,莆田人(今福建),宣和六年(1124)进士,历知州县,以忤权贵弃官归乡闲居。此书成书在绍兴年间张浚罢相后。

③ 如葛立方《韵语阳秋》云:郑奕尝以《文选》教其子,其兄曰:"何不教读《论语》,无学沈谢嘲风弄月,污人行止。"郑兄之言盖欲先德行而后文艺,亦不为无理也。

中出，子美笃于忠义，深于经术，故其诗雄而正。”《砻溪诗话》推崇杜甫，主要着眼其诗中对黎民百姓的关怀，如“穷年忧黎元，叹息肠内热”，“谁能叩君门，下令减征赋”，“几时高议排金门，各使苍生有环堵”等等；也出于赞赏杜甫刚肠嫉恶、爱憎分明的个性。朱熹批评杜甫，指其诗歌伤贫叹老，以为陋于闻道，虽然褒贬相反，却出于同一批评角度。南宋人称扬苏轼，也常常着眼于其人之襟怀品性，如陈岩肖《庚溪诗话》言：“坡为人慷慨疾恶，亦时见于诗，有古人规讽体。”即是如此。

从钟嵘到韩愈，都承认诗歌乃诗人作不平之鸣。在理学的影响下，宋人继承儒家的诗教观念，在强调诗歌的讽谏功能的同时，又主张诗歌的审美风貌应当是温柔敦厚、含蓄平淡的。《诚斋诗话》云：

> 太史公曰：“《国风》好色而不淫，《小雅》怨诽而不乱。”《左氏传》曰：“《春秋》之称，微而显，志而晦，婉而成章，尽而不污。”此《诗》与《春秋》纪事之妙也。近世词人闲情之靡如伯有所赋、赵武所不得闻者，有过之无不及焉，是得为好色而不淫乎？惟晏叔原云“落花人独立，微雨燕双飞”，可谓好色而不淫矣。唐人《长门怨》云：“珊瑚枕上千行泪，不是思君是恨君”，是得为怨诽而不乱乎？惟刘长卿云“月来深殿早，春到后宫迟”，可谓怨诽而不乱矣。近世陈克咏李伯时画《宁王进史图》云：“汗简不知天上事，至尊新纳寿王妃”，是得谓为微、为晦、为婉、为不污秽乎？惟李义山云“侍宴归来宫漏永，薛王沈醉寿王醒”，可谓微婉显晦、尽而不污矣。

在这里，杨万里应用了“温柔敦厚”的诗教原则进行诗歌批评，要求诗歌具有含蓄微婉的美感。至于南宋道学家的诗歌观念则是推崇文字“平淡”、不加修饰，以“志道忘艺”相标榜，树立陶渊明、邵雍为诗歌典范，孙奕《履斋示儿编》就是极端的例子，其所持的诗歌批评标准显示了道学之诗与诗人之诗的巨大鸿沟，对诗歌的批评和创作几乎没有正面的意义了。

三　南宋诗话与南宋诗歌批评理论的深入发展

自渡江以来，江西派恪守诗法进行创作，带来艰僻生硬的弊端，派中有识之士皆力求新变，将目光投向晚唐。徐俯尝言："荆公诗多学唐人，然百首不如晚唐人一首。"韩驹亦言："唐末人诗虽格致卑浅，然谓其非诗则不可；今人作诗，虽句语轩昂，但可远听，其理略不可究。"吕本中又提出"活法"说。这些见解都把诗人的创作导向以清新流转的语言描写自然风景。"中兴四大诗人"各逞才力，南宋诗遂开出生面。经过杨万里、叶适两位文宗的先后倡导和永嘉"四灵"的扇扬，格律工致、情韵优美的晚唐诗影响更大了。诗人们各宗杨墨，"唐诗通为一家，黄庭坚及江西诗通为一家"，江西派家一脉仍然有力延续，学晚唐者则与之分庭抗礼。随着诗歌的发展，两种诗风也错综杂糅，交互影响，表现为南宋后期江湖诗人创作的不拘一体，风格混杂，其诗之高处格高声健，情辞清新，固然是兼取江西与晚唐之优长，而其下者不免意俗词滥，也未必全因晚唐诗风熏染。在南宋诗话中，这样一个诗风蜕变的过程表现为人们对于唐代和本朝诗风的特征、对唐音和宋调审美内涵的认识逐渐深入、清晰，并进而思考诗歌之本质，确立诗歌典范。

在以苏、黄诗和江西派为中心的诗歌批评过程中，无论是赞成还是反对的一方，论诗者都注意到苏、黄诗用事押韵、点化词句和善于议论的特点，①以及江西派诗法的内容，都对以苏轼和黄庭坚为代表的宋诗的审美特征和表现手法有所总结。而尤其是批评江西派诗歌的一方，因为他们的参照系以唐诗为主，唐音的审美特质也在对比中得以凸现。

南宋之初的张戒把苏轼、黄庭坚作为宋诗典型与唐人诗相对，将"国朝诸人诗"放在"唐人诗"、"六朝诗"、"陶、阮、建安七子、两汉"诗和"风、骚"诸"等"之下。《岁寒堂诗话》云："自汉魏以来，诗妙于子建，成于李、杜，而坏于苏黄……。子瞻以议论为诗，鲁直专一补缀奇字；学者未得其所长而先得其所短，诗人之意扫地矣！"又曰："苏、黄江西诗派，用事、押韵之工，至矣尽矣。然究其实，乃诗人中一害。"总结并批评了苏、黄为典型的宋诗长于议论，刻

---

① 如《藏海诗话》、《巩溪诗话》、《观林诗话》、《艇斋诗话》、《诚斋诗话》、《漫史诗话》、《风月堂诗话》等皆举证大量诗例，极称东坡、山谷用事用典极见精切灵活，超越前人。论与吕本中同。叶梦得《石林诗话》主张"诗之用事，不可牵强，必至于不得不用而后用之，则事词为一"。推崇苏诗用事讲求分寸，不见人力之痕迹。周紫芝《竹坡诗话》亦指苏诗善化用古人诗语诗意，且能以俗为雅，点铁成金。

意于文字,与工于用事、用典等内在艺术特征。之后的论者在回顾诗歌发展历史,总结、评价北宋朝诗歌成就,以及倡扬援晚唐以济江西的过程中,往往对唐音、宋调不同的外在风貌、审美内涵作了间接的概括,散见于南宋诸家诗话及其他文史资料中的各种批评议论文字,如朱熹云“苏、黄只是今人诗。苏才豪,然一滚说尽无余意,黄费安排”,[①]亦属此类。《沧浪诗话》在诗歌批评史上第一次明确提出诗分唐、宋,并较为明确地概括了唐诗和宋诗不同的审美特征及内涵。严羽云:“国初之诗,尚沿袭唐人,……至东坡、山谷始自出自己意为诗,唐人之风变矣。”见出苏、黄独特的诗体、诗法开出有宋一代诗风;“近代诸公乃作奇特解会,遂以文字为诗,以议论为诗,以才学为诗。夫岂不工,终非古人之诗也”,对苏轼、黄庭坚诗为典型的宋诗艺术特质把握得十分准确。严羽将唐诗分为唐初体、盛唐体、大历体、元和体与晚唐体,而以盛唐为第一义,取其“透彻玲珑”,“言有尽而意无穷”,而以“晚唐”为“声闻辟支果”,则显示严羽对唐诗审美特质亦有深入了解。在对唐音、宋调两种诗歌美感范型准确把握的基础上,表明自己尊唐黜宋、以盛唐诗美为典范的审美追求,“分唐界宋”之说从而形成较有系统的理论。

在把握唐音宋调审美特质的基础上,论诗者进一步思考了诗歌的本质和诗歌独特的创作思维方式。叶梦得的《石林诗话》已经触及这方面的思考。杨万里则提出“味”为诗之所在,尝云:“夫诗何为者也?尚其词而已矣。曰:善诗者去词。然则尚其意而已矣。曰:善诗者去意。……然则诗果焉在?曰:尝食夫饴与荼乎?人孰不饴之嗜也,初而甘,卒而酸。至于荼也,人病其苦也,然苦未既而不胜其甘,诗亦如是而已矣”。[②]杨万里的意思是“词”与“意”固然对于诗歌非常重要,但最本质的东西却是“味”。言辞的能指与所指都不是诗之所在,只有那言辞之外暗含着的情趣、意味才是诗的真正寄寓之所。故其论江西派诗曰:“江西宗派诗者,诗江西也,人非皆江西也。人非皆江西,而诗曰江西者何?系之也。系之者何?以味不以形也。”[③]

---

① 《朱子语类》卷一四〇“论文”下,第3324页。
② 杨万里:《颐庵诗稿序》,见《诚斋集》卷八三。
③ 杨万里:《江西宗派诗序》,见《诚斋集》卷七九。

他拈出“味”这一具有涵盖性、统摄力的审美概念来标示江西诗人诗作的共同之处,是很富于批评眼光的。

杨万里还指出作诗以“兴”为上:“大抵诗之作也,兴上也,赋次也,赓和不得已也。我初无意于作是诗,而是物是事适然触乎我,我之意亦适然感乎是物是事,触先焉,感随焉,而是诗出焉,我何与哉?天也,斯之谓兴。或属意一花,或分题一草,指某物课一咏,立某题征一篇,是已非天矣,然犹专乎我也,斯之谓赋。至于赓和,则孰触之,孰感之,孰题之哉?人而已矣。”① “兴”的关键是因物触感,而杨万里所谓“至其诗,皆感物而发,触兴而作,使古今百家、景物万象皆不能役我而役于我”。② 是自然景物已被赋予主体强烈的情感色彩,所体现的仍是宋诗特质,并不等同于钟嵘以来的“物感说”。③

刘克庄把诗歌分为“风人之诗”与“文人之诗”,一为“以情性礼义为本,鸟兽草木为料”;一为“以书为本,以事为料”。④ 他明示唐宋诗的区别:“唐文人皆能诗,柳尤高,韩尚非本色。迨本朝,则文人多,诗人少。三百年间,虽人各有集,集各有诗,诗各自为体。或尚理致,或负才力,或逞辨博,少者千篇,多至万首,要皆经义策论之有韵者尔,非诗也。”⑤他指出:“或又曰:古今诗不同,先贤有‘删后无诗’之说,夫自《国风》、《骚》、《选》、《玉台》、胡部至于唐宋,其变多矣!然变者,诗之体制也,历千万世而不变者,人之情性也”,⑥肯定诗歌形制可以变化,但“情性”是诗歌永恒的本质。戴复古的侄孙戴昺有《答妄论唐宋诗体者》诗云:“不用雕锼呕肺肠,词能达意即文章。性情原自无今古,格调何须论宋唐”,可见在南宋后期的诗歌评论中,对诗歌

---

① 杨万里:《答建康府大军库监门徐达书》,见《诚斋集》卷六七。

② 杨万里:《应斋杂著序》,见《诚斋集》卷八三。

③ 钟嵘《诗品》云:“气之动物,物之感人,故摇荡性情,行诸舞咏。……若乃春风春鸟,秋月秋蝉,夏云暑雨,冬月祁寒,斯四候之感诸诗者也。嘉会寄诗以亲,离群托诗以怨。至于楚臣去境,汉妾辞宫;或骨横朔野,或魂逐飞蓬;或负戈外戍,杀气雄边;塞客衣单,孀闺泪尽;或士有解佩出朝,一去忘返;女有扬蛾入宠,再盼倾国。凡斯种种,感荡心灵,非陈诗何以展其义;非长歌何以骋其情?故曰:‘《诗》可以群,可以怨。’使穷贱易安,幽居靡闷,莫尚于诗矣。”

④ 刘克庄:《何谦诗》,见《后村先生大全集》卷一〇六。

⑤ 刘克庄:《竹溪诗》,见《后村先生大全集》卷九四。

⑥ 刘克庄:《何谦诗》,见《后村先生大全集》卷一〇六。

本质的反思已经成为重要议题。

刘克庄发现“世有幽人羁士,饥饿而鸣,语出妙一世;亦有硕师鸿儒,宗主斯文,而于诗无分者”的现象,①严羽在《沧浪诗话》中,而指出诗有“别材”“别趣”,从理论上对这一现象予以解释:

> 夫诗有别材,非关书也;诗有别趣,非关理也。然非多读书,多穷理,则不能极其至。所谓不涉理路,不落言筌者,上也。

严羽认为把“书”或“理”作为诗的对象是背离了“诗者,吟咏情性”的旨义,②其“别材”“别趣”说显然针对了黄庭坚、江西派所秉持的诗法:

> 老杜作诗,退之作文,无一字无来处。盖后人读书少,故谓韩杜自作此语耳。古之能为文章者,真能陶冶万物,虽取古人之陈言入于翰墨,如灵丹一粒,点铁成金也。③

严羽论诗独尊盛唐,曰“诗者,吟咏情性也,盛唐诸人,惟在兴趣”。“兴”有感兴、兴起之意,指物之感人;“趣”则是旨趣、趣向之意。“兴趣”指心与外物相感之初,自然而然产生的一种新鲜情趣和韵味,严羽认为这个才是诗歌本质。由于“趣”、“味”存于潜意识层面,以直觉、灵感一类的非逻辑思维来表现,因此必然反对章法、句法的思索安排,若于诗中可见羚羊之角、得鱼之筌,落了痕迹,则诗思已经进入显意识层面,“趣”与“味”也就消逝无踪了。而宋诗所重之“理”,无疑是一种经过逻辑思维层面的显性意识。诗人由外物触发兴起的自然情感在从潜意识到达显意识的过程中,经过澄汰、凝敛,已与诗人的内心初体验产生了距离,成为一种较为自觉的、理性成分较多的情感“理念”。严羽进一步提出“本朝人尚理而病于意兴,唐人尚意兴而理在其中”,因此宋人“以文字为诗,以才学为诗,以议论为诗”,着意思索安排,而唐诗“如空中之音,相中之色,水中之月,镜中之象”,不为文字所障。正是因为对诗歌本质的认知不同,决定了唐诗与宋诗创作思维和外在表现形式的不同。

---

① 刘克庄:《何谦诗》,见《后村先生大全集》卷一〇六。

② 也有一种解释把“别材”的“材”理解为“才”,意思是诗人是有特殊才能的人。

③ 黄庭坚:《答洪驹父书三首》之三,见《豫章黄先生文集》卷一九。

以禅论诗不是《沧浪诗话》首创，自北宋至南宋，由于禅学盛行，当时人的文艺与思想无不受其影响。禅诗并论、以禅喻诗已经蔚为风气。① 严羽以禅论诗，认为诗与禅都是非理性思维的结晶，则涉及到诗歌的创作思维特质。在“诗辨”一节，他说：

大抵禅道惟在妙悟，诗道亦在妙悟。且孟襄阳学力下韩退之远甚，而其诗独出退之之上者，一味妙悟而已。惟悟乃为当行，乃为本色。然悟有浅深，有分限，有透彻之悟，有但得一知半解之悟。

江西诗派讲究“法度”，讲究“无一字来处”，趋向于强调“知性”在诗歌创作中的作用。严羽所言“妙悟”则近于“直觉”领悟，他认为“妙悟”就是诗歌的“当行”、“本色”，强调诗歌创作以直觉为主的特殊思维特征，与苏、黄为典型的宋诗“以文字为诗，以才学为诗，以议论为诗”的倾向是针锋相对的。

严羽虽然提出“诗有别才，非关书也，诗有别趣，非关理也”，又说诗道惟在“一味妙悟”，看似强调天分，但同时亦指出学诗之道为“熟参”：

功夫须从上做下，不可从下做上。先须熟读《楚辞》，朝夕讽咏以为之本；及读《古诗十九首》、乐府四篇、李陵、苏武、汉魏五言皆须熟读，即以李、杜二集枕藉观之，如今人之治经，然后博取盛唐名家，酝酿胸中，久之自然悟入。

---

① 江西派好以禅论诗，如黄庭坚曰：“学者先以识为主，禅家所谓正法眼，直须具此耳目，方可入道”（《诗人玉屑》卷一四）。韩驹《赠赵伯鱼》曰：“学诗当如初参禅，未悟且遍参诸方，一朝悟罢正法眼，信手拈出皆成章”（《陵阳集》卷一）。葛天民《寄杨诚斋》云：“参禅学诗无两法，死蛇解弄活泼泼”（《江湖小集》卷六七）。张扩《括苍官舍夏日杂书》云“说诗如说禅，妙处要悬解”（《东窗集》卷一）；赵藩《和吴可学诗诗》数首均以“学诗浑似学参禅”开头。不属于江西派的诗人亦如此，苏轼《夜直玉堂携李之仪端书诗至夜半书其后》云：“暂借好诗消永夜，每逢佳处辄参禅”（《东坡全集》卷一七）。李处权《戏赠巽老》曰：“学诗如学佛，教外别有传。室中要自悟，心地方廓然”（《崧庵集》卷二）。王庭珪《赠曦上人》云：“学诗真似学参禅，水在瓶中月在天。夜半鸣钟惊大众，斩新得句忽成篇”（《泸溪集》卷六）。叶梦得《石林诗话》卷上以禅宗论云门三种语与诗歌比附。史浩《赠天童英书记》云：“学禅见性本，学诗事之余。二者若异致，其归岂殊途。方其空洞间，寂寞一念无。感物赋万象，如镜悬太虚”（《鄮峰真隐漫录》卷一）。张镃《题尚友轩》云：“胸中活底仍须悟，若泥陈言却是痴”（《南湖集》卷六）。戴复古与严羽同时，其《论诗十绝》其七亦云：“欲参诗律似参禅，妙趣不由文字传。个里稍关心有悟，发为言句自超然”（《古石屏诗集》卷六）。可见到南宋后期，借禅的概念来说诗已经比较常见。

江西诗派也主张要熟读古人的优秀作品，主要是从文字形式方面去学习；严羽的主张是通过熟读汉魏古诗、特别是盛唐诗歌，从大量的感性印象中去领悟“兴趣”以及“兴趣”的表现方法。

虽然《沧浪诗话》提出以盛唐为法，而实际上诗歌创作已经无法回到纯粹的唐诗。盛唐诗之“触物起兴”，对外物的情感反应是自然发生的，没有理性参与，比较依赖于主体的天分；而《沧浪诗话》中一些诗学观点的提出——无论是“别材”“别趣”、“熟参”还是“悟入”，都依赖于多读书、多穷理，本身就具有宋代诗人重学、有“学”的基础。

总的来看，《沧浪诗话》中所涉及的问题，在严羽之前已经引起了思考。杨万里以“味”为诗歌本体的观点与严羽的以“兴趣”言诗也有某种相通之处，都认为诗歌本质是一种不可言说之趣味，杨万里所言的“兴”诗法与严羽所言的“妙悟”，都是重视灵感和直觉的作用。《沧浪诗话》的主张与戴复古的一些观点、与包恢《敝帚稿略》的几篇文章的意思也较符合。① 因此可以认为，《沧浪诗话》实际是诗歌发展到南宋后期，诗歌批评理论深入发展的必然结晶。

严羽的《沧浪诗话》对后世论诗产生很大影响，明清诗人论诗大多“以盛唐为法”，也都强调作诗与读诗的“妙悟”之道。明七子学唐诗重视“气象”，源自严羽言唐宋诗“直是气象不同”。袁宏道提出诗歌创作“独抒性灵，不拘格套”，所谓“真”、“趣”、“韵”的诗学范畴正是《沧浪诗话》所言“兴趣”的注脚。王士祯“神韵说”力求以“不说出来”为方法，达到“说不出来”的境界，② 这正是严羽称赏过的“羚羊挂角，无迹可求”的盛唐诗“透彻玲珑、不可凑泊”的境界。

在南宋诗歌发展过程中，弃宋宗唐的主张一直存在，由此唐、宋诗更壁

---

① 戴复古曾在临川与包恢、严羽、李贾等友人每日“共观前辈一两家诗及晚唐诗，因有《论诗十绝》”，而昭武太守王子文见之，“谓无甚高论，亦可作诗家小学须知可也”（《石屏诗集》卷七），可见戴复古的诗论观点代表了一部分诗人的共识。另参看《敝帚稿略》卷二《答傅当可论诗》、《答曾子华论诗》、卷五《书徐子远〈无弦稿〉后》等。钱钟书《宋诗选注》说：“当时跟《沧浪诗话》的主张最符合的是包恢《敝帚稿略》里几篇文章。而据《樵川二家诗》卷首黄公绍的序文，严羽是包恢的父亲包扬的学生。当然，徒弟的学问和意见未必全出于师父的传授，不过假如师兄弟俩的议论相同，这里面就有点关系。”

② 钱钟书：《宋诗选注》“严羽小传”，第437页。

垒鲜明。通过对唐音宋调审美内涵、创作特征的批评概括,不同诗人或体派明确选择了各自的诗歌典范,或宗唐,或宗宋,其间又有盛唐、晚唐,东坡、山谷之别,更有唐宋并重、认为李、杜、苏、黄各极其妙的持平之论,在南宋诗话中表达得很清晰。如陈岩肖《庚溪诗话》云:"本朝诗人与唐世相亢,其所得各不同,而俱自有妙处,不必相蹈袭也。"杨万里将李、苏、杜、黄并列,认为他们分别是神于诗和圣于诗者。① 刘克庄认为唐音宋调各有千秋,曰:"谓诗至唐犹存则可,谓诗至唐而止则不可。本朝诗自有高手。"②认为宋诗也有成就杰出者:"或曰:'本朝理学古文高出前代,惟诗视唐似有愧色。'余曰:"此谓不能言者也。其能言者,岂惟不愧于唐,盖过之矣!"③在《中兴五七言绝句序》中又借"客"之口云:"唐文三变,诗亦然,故有盛唐、中唐、晚唐之体。晚唐且不可废,奈何详汴都而略江左也?"④言外之意表明他认为晚唐诗是唐诗之下者,南宋诗不如北宋,然亦不可废。戴复古的《论诗绝句》云:"文章随世作低昂,变尽风骚到晚唐。举世吟哦推李杜,时人不识有陈黄",表明他对晚唐体的微词,而主张取法盛唐盛宋之诗。总之南宋以后,以苏、黄为典型的盛宋诗与李、杜代表的盛唐诗双峰并峙,唐音、宋调凝定成为古典诗歌的两种诗美范式,李、杜、苏、黄诗也成为诗歌史上影响最大,最具典型性的诗歌典范。

自诗话在宋代出现以来,逐渐沟通文学、史学,融汇考据、笺注,从笔记中分离成单独的批评文体,其发展演变的轨迹乃是从存诗到存论,从重事到事、辞并重,从以资闲谈发展到理论探讨,最终形成为一种具有民族特色的古典诗学批评样式。南宋诗话的理论性逐渐增强,这表明其时人们通过对具体作品的赏鉴比较,对诗法、诗病的寻绎阐析,逐渐将诗歌研究从外部、背景深入到诗歌艺术本身,将作品鉴赏与文本写作有机联系起来,这对于传统诗歌批评体系的建立和完善是极为重要的一个阶段。诗话对于今天的古典诗歌研究来说,意义也十分重大。正如钱钟书所言:"我们要了解和评判一个作者,也该知道

---

① 杨万里:《江西宗派诗序》。
② 刘克庄:《跋李贾县尉诗卷》,见《后村先生大全集》卷九九。
③ 刘克庄:《本朝五七言绝句序》,见《后村先生大全集》卷九四。
④ 刘克庄:《中兴五七言绝句序》,见《后村先生大全集》卷九四。

他那时代对于他那一类作品的意见，这些意见就是后世文艺批评史的材料，也是当时一种文艺风气的表示。”①诗话承载和体现着一个时代诗歌观念、诗歌体派嬗变的情况，是我们了解诗歌和诗歌批评发展史的重要材料。

第三节　南宋词话概说

词话是以词为对象的一种批评文体。词学史上第一部词话专著是北宋元丰初年杨绘（1027—1088）②编写的《时贤本事曲子集》。这部书久已亡佚，从所钩沉的现存条目看，内容以记叙欧阳修、苏轼等时贤作词本事为主；南宋初杨湜的《古今词话》是第一部以“词话”为名的词学专著，所记亦多为苏轼等名家作词的轶闻逸事，且偏重于冶艳故实。③ 皆与早期诗话相似，体近说部。

南渡以后，词的创作愈加繁荣，人们对词体也越来越关注和重视，论词之语散见于各种诗话、笔记、小说、文集各处，还出现了很多词话专著。吴熊和辑考宋元词话共二十五种，其中南宋词话就达十九种。④ 从现存的这些词话来看，南渡之初，词话仍以纪事为主。杨湜的《古今词话》以外，有《本事词》、朱弁《续骫骳说》⑤等。南宋中后期，词成为抒情言志、应酬交游的常用

① 参阅钱钟书《中国诗与中国画》，见《七缀集》，三联书店2001年版。

② 杨绘，字元素，号无为子，绵竹（今属四川）人，曾与苏轼等人交游。

③ 杨湜《古今词话》久已亡佚，赵万里《校辑宋金元人词》从《岁时广记》、《笺注草堂诗余》、《花草粹编》、《绿窗新话》等书中共辑得六十七则。部分条目有简要评点，如秦观《画堂春》条云：“少游《画堂春》‘雨余芳草斜阳，杏花零落燕泥香’之句，善于状景物。至于‘香篆暗销鸾凤，画屏萦绕潇湘’二句，便含蓄无限思量意思，此其有感而作也。”

④ 参阅吴熊和《唐宋词通论》第六章《词籍·词话》。南宋词话有几种情况，有的本为专著，又完整存世，如南宋王灼《碧鸡漫志》和张炎《词源》等；有一些词话本为专著但后来散佚，仅存若干条目，如杨湜《古今词话》等；也有一些原非专著而被后人从集子中辑出编成，如吴曾的《能改斋词话》、胡仔的《苕溪渔隐词话》等。

⑤ 《本事词》撰人不详，已佚，今存数则也是记叙词作本事为主。《续骫骳说》系朱弁在北地仿晁补之《骫骳说》而作，原书已佚，今仅存五则。据其自序，亦是信笔书写与近世所作乐府歌词相关的一些闻见传说。

文体,相应地,词话也从记本事、资闲谈逐步深入到对理论和技法的研讨与总结。人们对词学艺术的探讨更加深细,不仅从题材、风格、流派等方面着眼欣赏评论具体词作,还开始探讨词的体制、词法、词乐;不但通过考证渊源以辨析词与诗之本体的异同,还开始借鉴诗歌评论的概念、方法,建立具有理论性的批评体系。总的来看,词话的说部性质逐渐减弱了。如张侃(1189—?)①《张氏拙轩集》卷五《拣词》中有词话二十二则,考倚声之源则上溯至歌曲之初起,作词则以李白《清平乐》、温庭筠《菩萨蛮》、白居易《长相思》为始。其他如"语句复用"、"桂有两种"、"三息诗用于诗词"、"辛词用鲍明远语"、"秦淮海词用钱起诗"等条,所论皆偏于考证。他欣赏"苏(轼)叶(梦得)二公词",以其词风"豪逸而迫近人情,纤丽而摇动闺思"。陈振孙《直斋书录解题》叙录唐五代至宋之词集一百二十种,间附评论。黄昇②编有《绝妙词选》,包括《唐宋诸贤绝妙词选》十卷,一百三十四家;《中兴以来绝妙词选》十卷,八十九家。《绝妙词选》间于名家名作下附以精要评论,如温庭筠"词极流丽,宜为花间之冠",周邦彦词"圆美流转如弹丸",对南宋姜夔、史达祖、高观国、吴文英等词人词作都有精到评点;还述及多家词籍的传播情况,为今天研究唐宋词的传播接受提供了重要材料。陈模③《怀古录》论词极推许辛弃疾词,谓作词"徒狃于风情婉娈,则亦不足启人意,回视稼轩所作,岂非万古一清风也哉"。所论《贺新郎》(绿树听啼鴂)、《沁园春》(叠嶂西来)、《沁园春》(杯汝来前)皆评鉴切当妥帖。此外有宋末周密与杨缵、张炎、王沂孙等人为友,其所作《浩然斋雅谈》下卷二十六则,论宋末词人词作,记词林掌故,多为他书所不载者。此外如赵威伯《诗余话》、佚名《诗词纪事》和《蕙亩拾英集》等,今则仅余片鳞只爪,难窥全貌。

---

① 张侃(1189—?),字直夫,扬州(今属江苏)人,开禧中知枢密院张岩之子。尝于嘉定十四年(1221)监常州奔牛镇(金台)酒税。以下词话主要本于唐圭璋《词话丛编》。

② 黄昇工于词,有集《散花庵词》传世。《绝妙词选》又称《花庵词选》,有淳祐己酉(1249)自序。后为《增修草堂诗余》征引,称为《玉林词话》。另:日本宽永十六年刊本魏庆之《诗人玉屑》卷二一附录有"中兴词话补遗十六则",评张元干、朱敦儒、叶适、陆游、范成大、辛弃疾、刘过、戴复古等十六位词人词作。作者尚未能确定。

③ 陈模,字子宏,南宋末庐陵人。《怀古录》上卷论诗,下卷论文,中卷论词。前有序,谓书成于淳祐八年(1248)之后。

南宋词话从体近说部的札记发展到具有理论性的词学专著，这一变化反映词体创作从北宋到南宋越来越受到重视，词话的内容则反映出南宋词学观念变化的轨迹。南宋词话最具典型意义的是王灼《碧鸡漫志》、沈义父《乐府指迷》和张炎《词源》三家。①

一　《碧鸡漫志》、《乐府指迷》与《词源》

（一）王灼《碧鸡漫志》

王灼（1104—?），字晦叔，号颐堂，遂宁（今属四川）人。《碧鸡漫志》是王灼绍兴十五年乙丑（1145）冬起寓居成都碧鸡坊妙胜院时所作，自序曰其时日与朋辈置酒听曲，归客舍后“因旁缘是日歌曲，出所闻见，仍考历世习俗，追思平时论说，信笔以记”。全书五卷，第一卷论乐，考索自歌曲产生至唐宋词兴的历代演变，例如唐代《霓裳羽衣曲》、《兰陵王》、《念奴娇》等乐曲的源流。第二卷品评唐五代至南渡之初的词，评论北宋六十余家词。第三至五卷论词调。《碧鸡漫志》融叙本事、评论作品作家、述词史于一炉，是现存第一部体系较为完整，具有一定理论性的词话著作，尤其在论词和词调两部分颇具文献价值和理论色彩。《碧鸡漫志》提出了一些重要的观点和论题，如关于词的起源，王灼认为“盖隋以来，今之所谓曲子者渐兴，至唐稍盛，今则繁声淫奏，殆不可数。古歌变为古乐府，古乐府变为今曲子，其本一也”。又提出歌诗生自人心，今人倚声填词实为本末倒置。值得重视的是，王灼从音乐的角度指出词有雅郑之别，曰“中正则雅，多哇则郑”；他对北宋柳、苏、秦、周、曹诸家的风格特征有清楚认识，明确贬抑柳永之浅近卑俗，而较早地正面评价苏轼的豪放词风，曰“东坡先生非醉心于音律者，偶尔作歌，指出向上一路，新天下耳目，弄笔者始知自振”。这一方面是南渡后“苏学”风靡，对词学产生了影响的反映，一方面显示王灼已经初步运用了雅俗概念进行词学批评。

（二）沈义父《乐府指迷》

沈义父，字伯时，震泽（今江苏省吴县）人。南宋嘉熙元年（1237）“以赋

---

①　罗根泽认为宋词话有新意见的，只有王灼、张炎、沈义父三家。参见罗根泽著《中国文学批评史》（二）；夏承焘则仅标举沈义父、张炎二家。

领乡荐，为南康军自鹿洞书院山长”，①元至元十七年(1280)尚在世。《乐府指迷》宋元旧本无传，明时附刻于陈耀文《花草粹编》卷首。其成书年代，因文献不备，难作确考。《乐府指迷》自序云：“余自幼好吟诗。壬寅秋，始识静翁于泽滨。癸卯，识梦窗。暇日相与唱酬，率多填词，因讲论作词之法。……子侄辈往往求其法于余，姑以得之所闻，条列下方。”②故知其词法得自翁逢龙、吴文英，而作《乐府指迷》以传子弟。《乐府指迷》糅合吴文英传授的词法和自己的创作心得，共得二十九则词话。首则标举吴文英所言“四法”，即“音律欲其协”，“下字欲其雅”，“用字不可太露”，“发意不可太高”，以之作为准则。其他二十余则主要评论两宋作家作品，具体阐明作词技法。

沈义父论词非常重视音韵律吕之和谐美听，其批评前代词人词作得失即首言音律。论“清真词所以冠绝”一节之始即称“清真最为知音”；论“康柳得失”一节首先肯定“康伯可柳耆卿音律甚协”；论“姜词得失”一节亦言“姜白石清劲知音”；论“梅川得失”一节亦首称“施梅川音律有源流，故其声无舛误”，再评其他。沈义父对南宋后期词坛词作与乐律脱节的现象深表不满，在“豪放与协律”一节，指出“近世作词不晓音律，乃故为豪放不羁之语，遂借东坡、稼轩诸贤自诿”。又在“可歌之词”一节指出“前辈好词甚多，往往不协律腔，所以无人唱。如秦楼楚馆所歌之词，多是教坊乐工及市井做赚人所作，只缘音律不差，故多唱之。求其下语用字，全不可读”，故好词应当音意兼美，否则难以流传。《乐府指迷》重视词的四声运用，专列“去声字”一节，四库馆臣指出“万树《词律》实祖其说”。③《乐府指迷》还专节论及“押韵”、

---

① 详见蔡嵩云《乐府指迷笺释》附录《沈义父小传》及《编者附记》，人民文学出版社1998年版。

② 今检梦窗词中，梦窗与沈伯时酬唱之作凡三见。按壬寅、癸卯，即淳祐二年(1242)、三年(1243)，下距张炎出生尚有五年。

③ 蔡嵩云在《乐府指迷笺释·引言》中作了以下归纳：《指迷》于词之四声运用，标举三原则：一、去声字最紧要，参订古知音人曲，如多数用去声之字，亦必用去声。”二、“平声却用得入声字替。”三、“上声最不可用去声字替。”清万树祖其说，遂发明名词转折跌宕处多用去声字之例，而于各调皆重视其去声字。又发明上、去之别，谓上声舒徐和软，其腔低，去声激厉劲远，其腔高。而于各调侧声字，必严辨其上、去。至明代清初，作者但分平侧，自《词律》一书出，词人始知协律。此后讲格律者，渐倾向于遵守四声之途径，以期趋步宋贤声文并茂之作。学者多归功于万氏，其实乃发端于沈氏词说也。

"句中韵",曰:

> 押韵不必尽有出处,但不可杜撰。若只用出处押韵,却恐窒塞。
>
> 词中多有句中韵,人多不晓。不唯读之可听,而歌时最要协韵应拍,不可以为闲字而不押。如《木兰花》云:"倾城,尽寻胜去","城"字是韵。又如《满庭芳》过处"年年,如社燕","年"字是韵。不可不察也。其他皆可类晓。又如《西江月》起头押平声韵,第二第四就平声切去,押仄声韵。如平声押东字,仄声须押董字、冻字韵方可。有人随意押入他韵,尤可笑。

清代的多部词论著作,沿着沈氏的观点作了更深细的研究。①

《乐府指迷》论词主于"雅",这既是对乐律声腔的要求,②也是对下字用语的要求,所谓"下字欲其雅,不雅则近乎缠令之体"。③ 沈义父对词人词作的字面句法,一律以"雅"为标准进行评判。他认为周邦彦堪称完美,以其"最为知音,且无一点市井气。下字运意,皆有法度,往往自唐宋诸贤诗句中来,而不用经史中生硬字面",完全符合所言"四法"。吴文英"深得清真之妙",无不雅之病,却稍嫌晦涩。对康与之、柳永的评价有褒扬有批评,说他们"句法亦多有好处,然未免有鄙俗语"。④ 认为施梅川读唐诗多,故语雅澹。不过"间有俗气,盖亦渐染教坊之习故也"。孙惟信的词作虽"亦善运意,但

---

① 周济《介存斋论词杂著》就说:"东、真韵宽平,支、先韵细腻,鱼、歌韵缠绵,萧、尤韵感概,各具声响,莫草草乱用。"又说:"韵上一字,最要相发,或竟相贴。相其上下而调之,则铿锵谐畅矣。"杜文澜《憩园词话》说:"凡协韵,原可任人择拣,第勿用哑音及庸涩之字而已。"沈祥龙《论词随笔》也说:"叶韵尤宜留意古人名句,末字必新隽响亮。"

近人蔡嵩云笺释《乐府指迷》此节时,在总结前人论述的基础上,提出自己的看法:押韵自以有出处为佳。所谓有出处,即有来历也。有来历之韵,不外运用典故,依据熟语。务使韵上一字或数字连缀成句时,其句法自然而浑成,乃为出色当行。若稍涉牵强,或出自杜撰,其韵必不稳妥,能使全词为之减色但每韵必有出处,亦事实上所难行,故云却恐窒碍也。

② 参阅《乐府指迷》"腔以古雅为主"一节。

③ 所谓"缠令之体",蔡嵩云笺释云:"缠令为当时通行的一种俚曲,其辞不雅驯,而体格亦卑,故学词者宜以为戒。"

④ 蔡嵩云笺释《乐府指迷》时,在概括前人论点的基础上,对沈义父所批判的"鄙俗语"的范围是这样解释的:"所谓鄙俗语,可分二类:一市井流行语,所谓浅近卑俗者是;一教坊习用语,所谓批风抹月者是。南宋人论词,以雅正为归,宜乎在屏弃之列。"

雅正中忽有一两句市井句,可惜”。而辛弃疾一派则失之生硬,因为“用字不可太露”,“发意不可太高”是《乐府指迷》论词四标准之一,实质亦从属于论词尚“雅”的宗旨。用字“露则直突而无深长之味”,①发意“高则狂怪而失柔婉之意”,②皆与词一贯注重委婉含蓄的传统风格相悖,导致肤浅粗率或怪诞放浪,故也将沦为不雅。

沈义父在《乐府指迷》中具体指示了词的字面、造句、用事、命意、协律、咏花卉、赋情之法等方面的法则技巧。如如何避免运用俗字,“字面”节提出:

> 当看温飞卿、李长吉、李商隐及唐人诸家诗句中字面好而不俗者,采摘用之。

如何避免用字浅露,“语句须用代字”一节说:

> 炼句下语,最是紧要。如说桃,不可直说破桃,须用“红雨”、“刘郎”等字;如咏柳,不可直说破柳,须用“章台”、“灞岸”等字。又咏书如曰“银钩空满”,便是书字了,不必说书字;“玉筯双垂”,便是泪了,不必更说泪。如“绿云缭绕”,隐然髻发;“困便湘竹’,分明是簟,正不必分晓,如教初学小儿,……往往浅学俗流,多不晓此妙用,指为不分晓,乃欲直捷说破,却是赚人与耍曲矣。如说情,不可太露。③

又指出“用事使人姓名,须委曲得不用出最好”,“咏物词,最忌说出题字”。盖因用字、用事太露则令词意一览而尽,了无余味,而总以委婉含蓄为好。

沈义父还谈到如何根据词的命意进行章法安排。《乐府指迷》在“起

---

① 蔡嵩云笺释说:“用字太露,即犯粗疏浅俗之病,其词直突而少含蓄,才诵一过,便同嚼腊。故曰少深长之味也。”

② 蔡嵩云笺释说:“按作词以柔婉为主,狂怪则非词之本色。乃发意未能恰好所致。”郑大鹤《论词书》云:“务为典博,则苦质实;多着才语,又近冒狂。至一切隐僻怪诞,禅缚穷苦,放浪通脱之言,皆不得着一字,类诗之有禁体。信然!”

③ 王国维不以此说为然(《人间词话》);蔡嵩云在“笺释”中认为王国维的看法“未为知味”。认为词就是“以婉曲蕴藉为贵”,“说某物,有时直说破,便了无余味,倘用一、二典故印证,反觉别增境界。但斟酌题情,揣摩辞气,亦有时以直说破为显豁者。谓词必须用替代字,固失之拘,谓词不可用替代字,亦不免失之迂矣”。刘永济也认为“代字之法,亦修辞家所许,……寻常语言,亦多粉饰之词,所以动观听、增情趣也。但用之以不曲、不滞、不晦为要”。见《词论》,上海古籍出版社 1981 年版,第 131 页。

句”、“过处”、“结句”、“大词小词作法”等节均论述了“发意”与结构的关系。

大抵起句便见所咏之意，不可泛入闲事，方入主意，咏物尤不可泛。

过处多是自叙，若才高者，方可发起别意，然不可太野，走了原意。

结句须要放开，含有余不尽之意，以景结情最好。

作大词，先须立间架，将事与意分定了。第一要起得好，中间只铺叙，过处要清新，最紧是末句，须是有一好出场方妙。作小词只要些新意，不可太高远，却易得古人句，同一要练句。

在《乐府指迷笺释》的引言中，蔡嵩云将沈义父分散在《乐府指迷》各节的相关论点集中起来，进一步阐释了“发意”与词的结构和工拙的密切关系：

作词的发意最难，盖离合顺逆、曲折回互，关乎词之章法者甚巨也。

可见词之结构，其工拙纯视发意如何，俞仲茹云：“遇事命意，意忌庸，忌陋，忌袭。”庸、陋、袭三者，皆病在发意不高。然太高，又以狂怪为病，过犹不及。《指迷》称清真运意有法度，花翁亦善运意，故其词深碗，能如初写《黄庭》，恰到好处。

所论甚详甚确。

虚字的运用也关系到词的章法结构。《乐府指迷》“句上虚字”节云：

腔子多有句上合用虚字，如“嗟”字，“奈”字，“况”字，“更”字，“又”字，“料”字，“想”字，“正”字，“甚”字，用之不妨。如一词中两三次用之，便不好，谓之空头字。不若径用一静字，顶上道下来，句法又健；然不可多用。①

虚字或用于句首，或在句中，或用于句尾。用于句尾者多以协韵，可有可无。

① 参见蔡嵩云笺释：词中用虚字，《指迷》所举，约可析为三类，如嗟、料、想各字，均系动字。奈、正、况、更、又各字，均系连字。甚字及前条所举之怎、凭、这，系各字，均属代字。所谓静字，乃实字而以肖事物之形者，与动字两相对待。静字言己然之情景，动字言当然之行动，分别在此。空头字者，言此等虚字，用之过多，徒占词中地位，其实无取、故不如代一静字为愈。虚字为词中脉络所示，善用之能使全词气机流动，神理酣畅，极一气呵成之妙。两宋词家，如清真、白石、梅溪、玉田诸家，用虚字最有法变，为学者所宜所效。

在句首者用以领句，在句中用以呼应，于词之章法作用很关键。① 所谓"腔子多有句上合用虚字"，专指领句之虚字而言。沈义父指出词中以虚字领句不应过多，间用实词能令句法矫健，效果更好。

总之，《乐府指迷》"在词论上的首要价值，就在于它体现了吴文英一派词人创作方法的理论"，②"宋末词风，梦窗家法，均于是编窥见一斑"。③

（三）张炎《词源》

《词源》二卷是张炎晚年所撰，成书于元大德年间。卷上凡十四则，论词的乐律，所讲的"五音相生"、"阳律阴吕合声图"、"律吕隔八相生图"、"律生八十四调"、"十二律吕"、"讴曲指要"等，对今天研究词与音乐的关系是极其重要的。卷下十六则，论词的风格及词法。张炎开宗明义，指出"古之乐章、乐府、乐歌、乐曲，皆出于雅正"。撰写《词源》的动机正因"嗟古音之寥寥，虑雅词之落落"。在下卷，他也正是以"雅正"为审美标准来衡量、评判隋唐以来诸家词之长短特色，从音律、命意、字句、思想、情感、修辞、题材等各方面阐析词人作品，使人体会"雅正"的具体所指。

张炎认为"词之作必须合律"（《词源》下卷"杂论"），雅词必须协音。又说："音律所当参究，词章先宜精思。俟语句妥溜，然后正之音谱，二者得兼，则可造极玄之域。"这与姜夔自陈"初率意为长短句，然后协以律"一脉相承，也与沈义父好词当音意兼美的观点是一致的。

张炎所认同的"雅词"，除协律以外，还包含了对词风和词境的要求。张炎以姜夔词作为"雅词"的标本，标举其"清空"、"骚雅"。"清空"一节云：

> 词要清空，不要质实。清空则古雅峭拔，质实则凝涩晦昧。姜白石词如野云孤飞，去留无迹；吴梦窗词如七宝楼台，眩人眼目，碎拆下来，不成片段。此清空、质实之说。

张炎举姜词《疏影》、《暗香》、《扬州慢》、《一萼红》、《琵琶仙》、《探春》、《八

---

① 参阅蔡嵩云对"句上虚字"的笺释。

② 参阅《乐府指迷笺释》"编者附记"。

③ 见吴梅《乐府指迷笺释序》。

归》、《淡黄柳》等曲为例，认为“不惟清空，又且骚雅，读之使人神观飞越”。例如《扬州慢》写“胡马窥江去后”的山河寥落之境仅以“荠麦青青”、“废池乔木”略加点染，笔法洗炼，深沉的“黍离之悲”不言而喻。从这些词作看来，“清空”的内蕴是撷取意象善于遗貌取神，意境空灵疏宕而不密集逼仄。语言淡远，而“篇中有余味”、“句中有余意”，又如“野云孤飞，去留无迹”，并不沾滞于意象或是词情的主体。

在“赋情”一节，张炎提出词中抒情应追求“骚雅”之境：

> 簸弄风月，陶写性情，词婉于诗。盖声出莺吭燕舌间，稍近乎情可也。若邻乎郑卫，与缠令何异也。如陆雪溪《瑞鹤仙》……皆景中带情，而存骚雅。故其燕酣之乐，别离之愁，回文、题叶之思，岘首、西州之泪，一寓于词。若能屏去浮艳，乐而不淫，是亦汉魏乐府之遗意。

又说：

> 词欲雅而正，志之所之，一为情所役，则失其雅正之音。耆卿、伯可不必论，虽美成亦有所不免，如“为伊泪落”……“又恐伊，寻消问息，瘦损容光”；如“许多烦恼，只为当时，一晌留情”，所谓淳厚日变成浇风也。

张炎认为词写情应当分寸适度，委婉含蓄，姜夔以峭拔之辞写纯情，合乎“骚雅”之境。而柳永、康与之，甚至是周邦彦等，皆不免写得过于柔腻、言辞绮靡，词格遂俗。

在“意趣”一节，张炎又说：

> 词以意趣为主，要不蹈袭前人语意。

张炎意中是将“意趣”视为词的“神”之所在，正好像“味”是诗之所存。张炎所言的“意趣”是一种清雅脱俗的旨趣情意。他举苏轼《水调歌头》（明月几时有）、《洞仙歌》（冰肌玉骨）、王安石《桂枝香》（登临送目），姜夔《暗香》、《疏影》等词为例，认为“此数词皆清空中有意趣，无笔力者未易到”。而周邦彦词的短处就在于“意趣却不高远”。

以“雅正”、“清空”、“意趣”为理论核心，张炎在《词源》下卷“制曲”、

"句法"、"字面"、"虚字"、"用事"、"咏物"、"节序"、"赋情"、"离情"、"令曲"诸节谈论了作词的技巧法则。如"制曲"一条云：

> 作慢词，看是甚题目，先择曲名，然后命意。命意既了，思量头如何起，尾如何结，方始选韵，而后述曲。最是过片，不要断了曲意，须要承上接下。……词既成，试思前后之意不相应，或有重叠句意，又恐字面粗疏，即为修改。改毕，净写一本，展之几案间，或贴之壁。少顷再观，必有未稳处，又须修改。……如此改之又改，方成无瑕之玉。

张炎很具体地解释了成功地创作一首词的全过程：创作前要酝酿，包括审题、择曲、命意、构思、选韵等准备工作；创作中有些地方要特别注意安排。词作成后应反复锤炼修改，消除瑕疵。

张炎还针对特定的作词题材，着重强调咏物词"体认稍真，则拘而不畅；摹写差远，则晦而不明。要须收纵联密，用事合题"，好的咏物词应当"所咏了然在目，且不留滞于物"；节序词应当"措辞精粹，又且见时序风物之盛，人家宴乐之同"。"赋情"则须"景中带情而存骚雅"，"屏去浮艳，乐而不淫"；而赋"离情"更当"情景交炼，得言外意"。至于词中用事，张炎指出"要体认著题，融化不涩"，用事而"不为事所使"；炼字须"字字敲打得响，歌诵妥溜，方为本色语"；造句则无须句句高妙，只要"拍搭衬副得去，于好发挥笔力处，极要用功"，他尤其重视词的结句，认为咏物词"一段意思全在结句"。令曲"末句最当留意，有有余不尽之意始佳"。

总之，张炎《词源》以"雅正、清空、意趣"为理论核心，从词乐、体制、题材、句法、字面等不同角度有层次地展开论述，提出了一套比较完整的词学理论，"清空"、"骚雅"等概念后来也成为词学批评中受到重视的审美范畴。以张炎的标准来衡量本朝词人，在姜夔以外，对秦观、周密也比较肯定。他有取于周邦彦的"浑厚和雅，善于融化诗句"，认为元好问的词"深于用事，精于炼句，有风流蕴藉处不减周、秦"。而辛弃疾、刘过所作乃"豪气词，非雅词也。于文章闲暇，戏弄笔墨，为长短句之诗耳"，与其论词之标准全然抵牾。梦窗词"晦涩质实"，"如七宝楼台，眩人眼目，碎拆下来，不成片断"，与"清空"之审美风貌背道而驰，张炎亦不表欣赏。其他仿效周邦彦为词者则"失之软媚而无所取”。张炎潜心研讨宋词的声律与词法，意欲“独振戛乎丧乱之余”，“殆将以继其传也”，①然他撰著《词源》时，宋朝已灭亡四十余年，随着历史背景的转换，元曲将要兴起，雅词的历史已先于“雅正”之说而走向消歇了。

二　词话显示了宋代词学批评发展的基本趋向

《碧鸡漫志》、《乐府指迷》与《词源》，都谈到词的声乐性质、艺术形式、审美风貌等方面，都以“雅正”为宗旨，不过他们推崇的词人典范却各不相同。以此三部著作为代表的南宋词话显示了宋代词学批评发展的基本趋向。

（一）雅俗批评体系逐渐建立

从北宋末起，词人已经自觉区分词的雅俗，如万俟咏自编词集即分为“雅词”、“侧艳”两体。可能基于对北宋王朝倾覆的反思，有鉴于北宋词坛日趋靡艳的创作颓风，南宋人论词率以雅正为归，曾慥《乐府雅词》（绍兴丙寅1146）、王柏《雅歌》等词的选本均以“复雅”、“放郑声”为准的，“尚雅”趋向一直贯穿到宋末，始由《乐府指迷》和《词源》做理论总结。

从南宋词话来看，词体的尚雅又分为两途，其中一种趋向主要强调词旨、词情的雅正，另一种趋向则兼重词的声学性质，强调声腔的古雅合律，以及艺术形式的婉雅之美，二者都以诗歌作为参照系统。

北宋苏轼以诗为词，被评为“终非本色”。由于南渡之际志士奋发昂扬的精神和高宗朝“最爱元祐”的风气，苏轼词之豪放为时论接受并共同推崇。胡寅为向子諲作《酒边词序》云：“及眉山苏氏，一洗绮罗香泽之态，摆脱绸缪宛转之度，使人登高望远，举首高歌，而逸怀浩气，超然乎尘垢之外”；②《碧鸡漫志》则明确提出苏轼为词的创作“指出向上一路”，着眼于其词立意之高远，将音律和字句的讲求视为第二义。王灼的观点立足于词与诗的同质性，

---

① 殷重：《山中白云词序》。

② 胡寅：《斐然集》卷一九。

认为词可以同诗一样讴吟慷慨、抒发志意。鲖阳居士编纂《复雅歌词》,①在《复雅歌词序》中将词的源头上溯至到《诗经》,将词纳入《诗经》、汉乐府为代表的声诗系统,又标举古诗"止乎礼义"之旨,认为唐五代至北宋数百年之歌曲皆"淫艳猥亵不可闻",因此词作亟需归复雅道。鲖阳居士用汉儒解经之法说词,他点评苏轼《卜算子》,逐句比附,解为贤人幽居穷处,君不明察其忠爱之心,与《考槃》诗意同,②亦重在突出词旨的雅正。胡仔的《苕溪渔隐丛话》论词亦崇雅黜俗,③而称扬豪放,对苏轼词极表推崇,与王灼和胡寅蕲向一致。如辨《贺新郎》(乳燕飞华屋)非为杭妓作,苕溪渔隐曰:"野哉杨湜之言,真可入笑林。东坡此词,冠绝古今,托意高远。"④又驳《后山诗话》"子瞻以诗为词,虽极天下之工,要非本色"之评,云:"子瞻佳词最多,其间杰出者,如'大江去'……凡此十余词,皆绝去笔墨畦径间,直造古人不到处,真可使人一唱而三叹。若谓以诗为词,是大不然。"⑤胡仔对南渡以来受苏轼词风影响的词作亦表肯定,云"东坡大江东去赤壁词,语意高妙,真古今绝唱。近时有人和此词,题于邮亭壁间,不著其名,语虽粗豪,亦气概可喜。"⑥这些词学批评主要重视词的立意是否高远脱俗,苏轼以诗为词而被推为典范,这种词学的雅俗概念很明显受到了诗学雅俗批评的影响。

另有一些词学批评致力于维护词体本色的同时提高其品位格调,因此尚雅的内涵是协律和词风婉雅,其背景是南宋词的创作越来越诗化和散文化,逐渐与音乐脱离。以诗为词或者以文为词,虽然令词的表现领域拓宽、表现手段增加了,却导致一些不懂音乐的人以苏、辛自况,写出粗豪庸陋之

① 《复雅歌词》凡五十卷,录唐与北宋词四千三百余首,间附本事解说及评论,或附有宫调律谱,将词选、词谱、词话合为一体。书成于绍兴二十一至二十四年(1151—1154)。近人赵万里《校辑宋金元人词》辑其佚文共十则。

② 见黄昇《唐宋诸贤绝妙词选》卷二引。

③ 《苕溪渔隐丛话》前集卷五九、后集卷三九论"乐府",汇录前人词论、词话,不少重要的论词著作如杨绘《本事曲》、晁无咎《评本朝乐章》、李清照《词论》等皆赖其得存梗概。《苕溪渔隐丛话》也记录了胡仔自己的一些词学观点和相关辨析、考订,有的作为补充或案语附于所引他书条目之后,有的则单独成条。集中亦有论词法的条目,对宋代其他词人多有评说,持论甚严。

④ 《苕溪渔隐丛话》后集卷三九"长短句",第327页。

⑤ 《苕溪渔隐丛话》后集卷二六"东坡",第192—193页。

⑥ 《苕溪渔隐丛话》前集卷五九"长短句",第411页。

作，故倡论雅词者极为强调词体合乐的本质。如吴曾《能改斋漫录》论词主于“典雅”、“入律”、“清腴”；①徐度、黄昇、陈振孙等人论评词人词作时也运用了相似的雅俗概念。张炎的高祖张镃、张鉴与姜夔交好，父张枢畅晓音律，旁缀音谱，刊行于世，有跟姜夔《白石道人歌曲》齐名的《寄闲集》。南宋季年，吴文英与沈义父，张炎与杨缵、周密、王沂孙等一些精通音律的词人结成群体，交游酬唱，彼此词风和词学观念比较接近，都将词体合乐与协律视为雅词创作的基本要求。其中杨缵洞晓律吕，尝自制琴曲二百操，皆平淡清越。② 张炎谓之曰：

> 近代杨守斋精于琴，故深知音律，有圈法周美成词；与之游者，周草窗、施梅川、徐雪江、奚秋崖、李商隐，每一聚首，必分题赋曲。但守斋持律甚严，一字不苟作，遂有作词五要。③

所谓作词“五要”是一要择腔，二要择律，三要填词按谱，四要随律押韵，五要立新意。前四条皆就词乐声律而言，可见杨缵何等重视词的声学性质。元代仇远在《山中白云词序》中说：“世谓词者诗之余，然词尤难于诗。词失腔，犹诗落韵，诗不过四五七言而止，词乃有四声、五音、均拍、轻重、清浊之别。若言顺律舛，律协言谬，俱非本色。”这是对张炎“词之作必须合律”一说的清晰阐释。

对于这一派词人来说，词作合乐协律的要求中，实际还蕴涵着声腔古雅和语言典雅的具体标准。沈义父指出：“古曲谱多有异同，至一腔有两三字多少者，或句法长短不等者，盖被教师改换；亦有嘌唱一家，多添了字，吾辈只当以古雅为主，如有嘌唱之腔不必作。且必以清真及诸家目前好腔为先可也。”④张炎则更深入到词作的意境、内涵来区分雅词和俗词。而他提出的“意趣”高远、赋情“骚雅”之说，亦借鉴了传统诗学的“骚雅”观念，“温柔敦

---

① 吴曾字虎臣，抚州崇仁（今属江西）人。应举不第，绍兴十一年献书得官，官至知严州。《能改斋漫录》成书于绍兴二十七年（1157），刊行后不久即遭禁毁。其中卷一六、一七为“乐府”门，其余论词之语散见书中各处。该书论词重在纪事和考据，资料丰富，亦有评论。

② 杨缵（1201—1265），字继翁，号守斋，又号紫霞翁，严陵（今浙江桐庐）人，居钱塘（今浙江杭州）。淳祐八年（1248）知江阴军。杨缵撰《作词五要》，文字比较简略，附于张炎《词源》行世。

③ 张炎：《词源》卷下“杂论”，见《词话丛编》，第267页。

④ 沈义父：《乐府指迷》，见《词话丛编》，第283页。

厚，怨而不怒”、“乐而不淫，哀而不伤”的诗教；其“屏去浮艳”、不“为情所役”的清空之境与论诗时所谓“不着一字，尽得风流”、“含不尽之意见于言外”等理论又有相通之处，可以将其视为诗歌的审美批评在词学中的延伸和发展，以此俚词、艳词、豪放词都被摒除在“雅”词的范畴之外。

以沈义父《乐府指迷》和张炎《词源》为代表，宋季词话运用雅俗概念进行词学批评和理论探讨较之前人更为全面和深入，此后雅俗批评也成为中国古典词学的基本批评理论。

（二）树立词学典范，重视词法的总结和传承

从南宋词话中可以看到，在尚雅的宗旨和前提下，南宋词人所推举的词学典范主要有苏轼、辛弃疾，以及周邦彦与姜夔，词话的屡屡标举奠定了他们在词史上的地位。这些词学典范的创作各具鲜明特征，代表着不同的创作取向，词话则以其所推举的词人典范的创作风貌为依归，条分缕析，教以具体的技巧法则，为后学指示学词门径。故周济《宋四家词选目录序论》云：

> 北宋主乐章，故情景但取当前，无穷高极深之趣。南宋则文人弄笔，彼此争名，故变化益多，取材益富。然南宋有门径，有门径故似深而转浅。北宋无门径，无门径故似易而实难。①

南宋词话的繁荣正显示出词发展到南宋中后期，人们开始有意识地总结并传承词法，姜夔的《白石道人诗说》可算首现端倪；②吴文英将其作词法则传授给沈义父；张炎的词法则得自杨瓒等骚雅一派词人的探讨，又将其传给仇远等后学者。词话中关于词的技巧法则既是词人的创作体会，也是词发展到南宋末期必然出现的理论总结。这些观点既可指导创作，又可成为批评的依据。正如吴熊和所言，“传词法如传家家法，用以维系一派宗风而不废，也是南宋后期词派发展中一种特有的现象”，③影响延续到清代。

---

① 周济：《宋四家词选目录序论》。

② 参见吴熊和《唐宋词通论》，第六节“南宋后期论词，重点转向讲习与传授词法，这一过程始于姜夔，而备于张炎”。

③ 参见吴熊和《唐宋词通论》，第六节“南宋后期论词，重点转向讲习与传授词法，这一过程始于姜夔，而备于张炎”。

第四节 南宋文话：中国文章学成立的标志

正像欧阳修所说的那样："圣宋兴，百余年间，雄文硕学之士相继不绝，文章之盛，遂追三代之隆。"①文章创作的繁荣也推动了批评的发展。北宋中期已经出现了历史上第一部诗话和词话，这是当时谭艺风尚的体现，也是中国诗学与词学发展过程中标志性的成就。而文章在古人心目中的地位更为重要，其备受关注是不言而喻的。宣和四年(1122)，王铚完成了《四六话》，并宣称"诗话、文话、赋话各别见"。② 但他的这部文话未见传世。如果严格地界定，第一部文话应该是陈骙的《文则》，该书成于南宋乾道六年(1170)。此后，文话蔚然勃兴，无论是本事丛谈、月旦篇章、考辨真伪还是精到的理性阐释，都在文话中一一呈现。作为文章批评的最重要载体，文话在宋代的兴起标志着中国文章学的成立。

一 "文"概念内涵的演变与文章学的成立

(一)"文"概念内涵的逐步演变

文话是中国古代文学批评的重要著作体裁，它以话"文"为主要性质，分析品评作家作品，记录本事丛谈，阐释文章演进轨迹，叙述文章流派递嬗，并结合具体作品而杂以考订、辨伪、辑佚等多方面内容，形式多样，内涵丰富，是以专集形式出现的文章学著作。文话在宋代兴起与人们对"文"的认识逐步深化密切相关。在我国文学发展史上，"文"是一个内涵丰富且变动不居的概念，在不同的历史阶段具有特定的含义。"文"既可作为共名，又可单独指称，与"文章"、"文学"、"古文"、"骈文"等概念有着复杂的分合关系。在上古时期，"文"并不具有现在常言的"文学"之意。据《说文解字》："文，错画也，象交文。"其本意是指物象的交错。这首先反映在人们对自然的认识

---

① 《范文度摹本兰亭序》(集本)，见《欧阳修全集》卷一三七，中华书局2001年版，第2164页。

② 王铚：《四六话·序》，见《历代文话》本，复旦大学出版社2007年版，第6页。

上，如《易传·系辞》就以此为卦象的直接取源："古者包羲氏之王天下也，仰则观象于天，俯则观法于地，观鸟兽之文与地之宜，近取诸身，远取诸物，于是始作八卦，以通神明之德，以类万物之情。"①由天文而及于人文，"文"进而指向礼乐等文化现象，如孔子称尧、舜所谓的"焕乎其有文章"，②称颂周代所言的"周监于二代，郁郁乎文哉"，③都是指其礼乐文化而言。推而广之，"三代之时，凡可观可象，秩然有章者，咸谓之文。就事物言，则典籍为文，礼法为文，文字亦为文。就物象言，则光融者为文，华丽者亦为文"。④ 此时的"文学"一词也多指文献、博学等意，如孔门四科之分中的"文学"，体现了泛文化的倾向。到汉代，随着辞赋、诗歌等文学体式的迅速发展成熟，"文"也逐渐分化为"文学"与"文章"两途。"文学"则偏向于学术，如《史记》所言："上乡儒术，招贤良，赵绾、王臧等以文学为公卿"，⑤"叔孙通定礼仪，则文学彬彬稍进"，⑥都可见其间对学术的重视；而班固所说的"定令则赵禹、张汤，文章则司马迁、相如"、"萧望之、梁丘贺、夏侯胜、韦玄成、严彭祖、尹更始以儒术进，刘向、王褒以文章显"，⑦则可见当时"文章"多指文辞，与学术已有分别。

在单称时，"文"的内涵有一个逐渐演变的过程。南朝时期，韵文盛行，而笔札公文等体制也日臻成熟，因而又有"文"、"笔"对举之说，"今之常言，有文有笔，以为无韵者笔也，有韵者文也"。⑧ 这种区分是和当时的文学发展情况相适应的，"文"略近于所谓的"纯文学"，"笔"则略近"杂文学"，"韵"也仅限于脚韵。随着骈体的壮大和时人对文学形式的热衷，"文笔"说又有进一步的发展，萧绎总结为："至如文者，惟须绮縠纷披，宫徵靡曼，唇吻遒会，

① 《周易·系辞》，见《唐宋注疏十三经》之《周易注疏》卷八，中华书局1998年版，第114页。
② 《论语·泰伯》，见《唐宋注疏十三经》之《论语注疏》卷八，第54页。
③ 《论语·八佾》，见《唐宋注疏十三经》之《论语注疏》卷三，第19页。
④ 刘师培：《广阮氏文言说》，见《左盦集》卷八，刘申叔先生遗书本。
⑤ 《史记·孝武本纪》，中华书局1985年版，第452页。
⑥ 《史记·太史公自序》，第3319页。
⑦ 《汉书》卷五八班固赞，中华书局1997年版，第2634页。
⑧ 《文心雕龙·总术》，见范文澜《文心雕龙注》卷九，人民文学出版社1998年版，第655页。

情灵摇荡。而古之文笔，今之文笔，其源又异。”[①]这种见解超越了单从脚韵的形式区分文、笔的局限，对文学的情感特质有了深入的认识。

这种区划正与骈文的讲求声律、注重藻绘相合，因此实际上是推重骈文的表现，但如果过于强调这一标准就必然导致能符合“文”之条件者过少，正如黄侃所云：“就永明以后而论，但以合声律者为文，不合声律为笔，则古今文章称笔不称文者太众，欲以尊文，而反令文体狭隘，至使苏绰、韩愈之流起而为之改更，矫枉过直，而文体转趣于枯槁”。[②] 韩愈、柳宗元等人力矫骈文之弊，复以振兴古道自任，“学古道则欲兼通其辞”，同时以古时典籍为学习的对象，非三代两汉之书不敢观，广泛吸纳，含英咀华，从而形成一种以单行散句为主的新文体，也就是他们所大力倡导的古文。宋代欧阳修、王安石、苏轼等大家继起，真正确立了古文的优势地位。“唐时为古文者主于矫俗体，故成家者蔚为钜制，不成家者则流于僻涩。宋时为古文者主于宗先正，故欧、苏、王、曾而后，沿及于元，成家者不能尽辟门户，不成家者亦具有典型”，[③]虽然与唐代相比，宋代文章矫俗的锐气稍有不及，但是繁盛的局面显然有所过之，而且文章的观念更为普及。“隋唐以上，诗集、文集之体未分”，“考《隋书·经籍志》，则所列集名，大抵皆兼括诗文各体，且多俪词韵语之文。唐宋以降，诗集文集，判为两途”。[④] 由创作的实际情况来看，“文章”以古文为主体，又包含了赋、骈文以及铭、赞、偈、颂等诗歌以外的韵文作品，而文章学则是以此为中心所进行的理论探讨。从诗文互融到文笔之分再到古文崛起，迨至宋代，“文章”的内涵与概念都已经趋于稳定，为文章学的成立奠定了学理基础。

这种趋向在目录的分类上也有显著的体现。“文章莫盛于两汉，浑浑灏灏，文成法立，无格律之可拘。建安黄初，体裁渐备，故论文之说出焉，《典论》其首也。其勒为一书，传于今者，则断自刘勰、钟嵘”，[⑤]但是这一类诗文

---

① 萧绎：《金楼子·立言篇》，文渊阁四库全书本。

② 见黄侃《文心雕龙札记·总术》，中华书局1962年版，第213页。

③ 《钦定四库全书总目》卷一六九，《凫藻集》提要，第2273页。

④ 刘师培：《论文杂记》，见《历代文话》本，第9488页、第9489页。

⑤ 《钦定四库全书总目》卷一九五，诗文评类小序，第2736页。

评在宋以前的目录当中归类颇为淆杂。[①] 如《文心雕龙》与《翰林论》在《旧唐书·经籍志》中就被列入总集类，而《典论》则被归于儒家类当中，正像马端临所分析的"前代志录散在杂家或总集，然皆所未安"。[②] 这一方面表明当时诗文评之类著述尚不多觏，另一方面则是批评的独立意识尚未觉醒，没有充分认识到此类著述在性质上与总集、杂家有所区别。这在宋代有了根本性的转变，"《隋志》附总集之内，《唐书》以下，则并于集部之末"。[③] 宋代的绝大多数公私书目，都将评文之类的著述单独归为一类，附于集部当中。《崇文总目》以之单列为"文史"类；《新唐书·艺文志》虽未单独从总集中分出，但是在相关著作之后又注明"凡文史类四家"；其他如《中兴馆阁书目》、《秘书省续编到四库阙书目》、《遂初堂书目》、《直斋书录解题》、《通志·艺文略》都毫无例外地设立"文史"类，收录评文论史之类的著述。这表明，作为一种专门的著作体裁，文章之学已经开始得到重视并且逐渐独立。

这一点也表现在宋人对"文"的观念的体认中。"文"在六朝时期是与"笔"对举的一个概念，包含有两层含义：首先，"有韵者为文"，这种认识的着眼点在于文章的体裁；第二层则以"绮縠纷披，宫徵靡曼，唇吻遒会，情灵摇荡"的文字为"文"，这显然是突出了"文"的艺术特征。至唐代，韩柳力倡古文，上法六经，下取秦汉，创造出一种以单行散句为主的新文体"古文"。与六朝的观念相比较，唐代的"古文"其实正对应于其时的"笔"，既不押脚韵，也不强调声律偶对，而且从题材选择上多有偏于子史内容的一面。这样原来的"文""笔"对称就显得不符合实际情况了，于是唐人选择了另一个出现于六朝时期的名称——"诗笔"来回应这一变化。如于頔编定皎然作品，即称"得诗笔五百四十六首"；[④]而白居易《与元九书》称"今且各纂诗笔，粗为卷第"，其《白氏集后记》又云"前后七十五卷，诗笔大小凡三千八百四十首"，都反映出当时人们对"文"内涵的变动所作出的相应调整。

---

① 张伯伟《中国古代文学批评方法研究》（中华书局 2002 年版）第五章《诗话论》对此有论述，可参看。

② 马端临：《文献通考》卷二四八，中华书局 1986 年版，第 1953 页。

③ 《钦定四库全书总目》卷一九五，诗文评类小序，第 2736 页。

④ 于頔：《吴兴昼上人集序》，见《皎然集》卷首，四部丛刊本。

与此同时,为了和本朝文坛的实际相符,唐人开始使用“诗文”这一概念,“诗笔”名称逐渐淡出。如权德舆《送三从弟赴义兴尉序》云“类其诗文”,张籍《祭退之》称“书札与诗文,重叠我笥盈”。这样,“笔”的概念渐渐消失,“文”开始取得与诗并称的地位。但是这时候的“文”并不单指古文,骈文也是包括在内的,而且很多情况下还占据着主要地位。唐代古文主要得力于韩愈、柳宗元的倡导发扬,实有起衰济溺的效用。但是当时他们的影响并不广泛,其“学古道则欲兼通其辞”的主张多只为弟子所奉行,“然当时亦无人信他,故其文亦变不尽。才有一二大儒略相效,以下并只依旧”。[①] 所以韩愈自己也有“公不见信于人,私不见助于友,跋前踬后,动辄得咎”[②]的感慨。“古文”这一名称在当时流行的范围很有限,通过翻检可发现使用较多者为韩愈、柳宗元、李翱、孙樵、李商隐,多限于韩柳及其门人,而李商隐后来则转学四六。其他用例如刘蜕所云“余于西岩下见版,洗而得《渔父书》七篇,尚多古文”,[③]杜牧所言“臣不敢深引古文,广征朴学”,[④]或指向于古文字,或指向于风格古朴的文章,都明显属于“古文”的旧有涵义而不具备“新兴文体”这一特征。同样唐人对于讨论古文的热情也不高,裴度就认为“文之异,在气格之高下,思致之深浅,不在其磔裂章句,隳废声韵也”,[⑤]对韩愈等人反对骈文、“以文字为意”有些不以为然。韩柳文集至宋初已多归散佚,正可见出当时人们的阅读取向。

古文的真正风行殆在于宋代,“古文之名,以北宋而盛”。[⑥] 经柳开、王禹偁、穆修、尹洙等人的大力提倡与宋六家的继起振兴,古文的观念开始得到普遍的认同。“往岁士人多尚对偶为文,穆修、张景辈始为平文,当时谓之古文”,[⑦]这尚处于古文的初兴时期。所以柳开要言之谆谆:“古文者,非在辞涩

---

① 《朱子语类》卷一三九,第 12997 页。

② 《进学解》,见《韩昌黎文集校注》卷一,上海古籍出版社 1986 年版,第 46 页。

③ 刘蜕:《古渔父四篇·篇后序》,见《刘蜕集》卷二,四部丛刊本。

④ 杜牧:《进撰故江西韦大夫遗爱碑文表》,见《樊川文集》卷一五,上海古籍出版社 1978 年版,第 221 页。

⑤ 裴度:《寄李翱书》,见《文苑英华》卷六八〇,中华书局 1982 年版,第 3507 页。

⑥ 包世臣:《艺舟双楫·序言》,光绪十四年刊本。

⑦ 沈括:《梦溪笔谈》卷一四,见《梦溪笔谈校证》,上海古籍出版社 1987 年版,第 499 页。

言苦使人难读诵之,在于古其理、高其意,随言短长,应变作制,同古人之行事,是谓古文也。"①随着创作实践的发展,人们对古文的认识也渐趋深入,王禹偁指出:"近世为古文之主者,韩吏部而已。吾观吏部之文,未始句之难道也,未始义之难晓也。"②实际已开宋文平易流畅风格之先。古文的影响也渐趋广泛,甚至方外之人对之也颇有精见,释智圆认为:"夫所谓古文者,宗古道而立言,言必明乎古道也","今其辞而宗于儒,谓之古文可也;古其辞而倍于儒,谓之古文不可也",③其观点与韩愈接近,足见当时古文观念已相当普及。所以李觏感叹"今之学者谁不为古文,大抵摹勒孟子,劫掠昌黎",④说明以韩柳为宗的古文在当时已成为文坛的主流,"古文"这一概念在理论层次与创作方面得到真正的确立。

从宋人对"文"的运用情况也能看出这一趋势。宋真宗云:"太宗皇帝始则编小说而成《广记》,纂百氏而著《御览》,集章句而制《文苑》,聚方书而撰《神医》。"⑤这种大型编纂的国家行为以文章之学与小说、百家杂纂、医学相区分,已体现出很明显的文章独立意识,将小说单独成类,尤能反映当时对小说与文章的差异已有清醒认识。在文章独立的趋势下,"文"的内部区分开始细化,以下各例颇有代表性:

篇章取李杜,讲贯本姬孔。古文阅韩柳,特策开晁董。(《寄题陕府南溪兼简孙何兄弟》,《小畜集》卷三)

谁怜所好还同我,韩柳文章李杜诗。(《赠朱严》,《小畜集》卷一〇)

有进士丁谓者,今之巨儒也。其道师于六经,泛于群史,而斥乎诸子;其文类韩柳;其诗类杜甫;其性孤特;其行介洁,亦三贤之俦也。(《荐丁谓与薛太保书》,《小畜集》卷一八)

---

① 柳开:《应责》,见《河东先生集》卷一,四部丛刊本。
② 王禹偁:《答张扶书》,见《小畜集》卷一八,四部丛刊本。
③ 释智圆:《送庶几序》,见《全宋文》卷三〇八,巴蜀书社 1990 年版第八册,第 184 页。
④ 李觏:《答黄著作书》,见《直讲李先生文集》卷二,四部丛刊本。
⑤ 宋真宗:《册府元龟序》,见《全宋文》卷五一,巴蜀书社 1990 年版,第 120 页。

窃见郓州乡贡进士士建中，其人孜孜于此者二十年矣。其道则周公、孔子之道也；其文则柳仲涂、张晦之之文；其行则古君子之行也。(《上蔡副枢书》，《徂徕集》卷一三)

其谈道，孔孟也；其语近世之文，韩李也；其顺物玩情为之诗，则平淡邃美，读之令人忘百事也。(《林和靖先生诗集序》，《宛陵先生集》卷六〇)

新诗古文览嘉贶。(《送无演归成都》，《丹渊集》卷一〇)

可以看到"文"与"诗"并举已经成为宋代士人的习惯用法，而且"文"的含义已确指为古文。虽然以"文"总括所有文学作品的用法仍然存在，但是"文"的单称内涵已经固定，这样以古文为主的文章之学成立于宋代，在学理上似已水到渠成。

(二)宋前评文著述与宋代文话

文章学成立于宋代也与文评类著述的实际发展情况相一致。我国评"文"之作发达甚早，秦汉典籍中就不乏论"文"的精到之语。但是当时"文"的内涵多指向于文化，诗文也融而未分，因而不能看作是独立的文章批评。降至六朝，文事渐兴，独立论著也开始出现。最早的曹丕《典论·论文》兼论各体，但是已经残佚。刘勰的《文心雕龙》可以称作是弥纶群言、兼综条贯的诗文评著作，但其着眼者为综括"文"、"笔"的"杂文学"，并不局限于文章一隅。至于其他较著名的评述文章著作，如晋代挚虞的《文章流别论》、李充的《翰林论》都仅存断玑残璧。惟梁代任昉的《文章缘起》，以八十五门分论文章，对秦汉以来文体分疏颇为细致，但今本或已经后人改易增补。[①] 至唐代，随着古文地位的上升，人们对文章的讨论也日益增多。韩愈、柳宗元、李翱、裴度、李德裕等人都有不少单篇文字论述文章的作法，独立著作也颇为盛

① 今此书通行本作八十四类，然宋人称引多作八十五题，盖由"诏起秦时玺文秦始皇传国玺"一句之分合而致。今本此句不另分行断开，故唯有"诏"一类；而宋章如愚《山堂考索》前集卷二一全引此书，断自"起秦时"，其下"玺文"另为一体；宋陈元靓《事林广记》后集卷七、明董斯张《广博物志》卷二九等所引皆断为两体。则当为"八十五"类。今本前序所言"凡八十四题"当亦为后人追改之词。

行。但诸志著录如白居易《制朴》、任博《文章玄格》、倪宥《文章龟鉴》、孙郃《文格》、王瑜卿《文旨》等著作均未见传世。可见的杜正伦《文笔要决》亦仅存"句端"一篇,论及语词用法,寥寥数则而已。

但是不可否认,这些理论探讨为宋代文章学的发展打下了良好的铺垫。如《典论·论文》即涉及多个文章论题,探讨了文章的价值、作者的体性与文章风格的关系、文体的分类、批评的态度等,颇有开创意义;陆机《文赋》虽为单篇,却细致深刻地探究了文章创作的过程与规律,对创作的准备、艺术想象的运用、创作思维的进行以及行文要点与需防止的弊病都作出了生动的揭示,对艺术构思的剖析尤为深入;《文章流别论》细致区划了文章体裁,对不同文体的风格体察精到,而且论述了文体风格的历时演变,大致明确了相应文体所应遵循的文体规范,足为文体方面的专门论著;《文心雕龙》体系完整,涵盖了本体论、创作论、鉴赏论、批评论,对文体的区分、渊源及流变有细致的阐释,对基本创作原理有精审的概括,汲取了此前多种文章论述的观点,综核群伦,尤为体大而虑周的著作。踵其事而增华,这些理论建树成为宋代文章学发展的有益基础。但是也需要看到,这类著作或残逸不全,或孤篇横绝,尚未形成成熟的学术空间。

降及宋代,文章批评论著大量涌现,如王铚《四六话》、杨困道《云庄四六余话》、陈骙《文则》、张镃《仕学规范·作文》、陈模《怀古录》、吴子良《荆溪林下偶谈》、王应麟《辞学指南》、王正德《余师录》等等,蔚成风气。而且其著作体裁完备,几乎涵盖了后世文章学著述的所有类型。这标志着中国文章学在宋代已经成立。以类型而言,可分为1. 随笔杂记类。文话初兴之时,和诗话、词话颇为相似,多为文人一时兴到之作,信笔记录,"以资闲谈",①王铚:就"类次先子所谓诗赋法度与前辈话言,附家集之末,又以铚所闻于交游间四六话事实,私自记焉"。② 这类文话反映了文话初兴时的本初面貌,不以深辟的理论和严谨的结构取胜,随处生发,也往往不乏独到的见解。从体制上稍加识别,它们多具说部性质,可目之为随笔杂记类。《过庭录》、《荆溪林

① 欧阳修:《六一诗话》,见《历代诗话》,第264页。

② 王铚:《四六话·序》,《历代文话》本,第6页。

下偶谈》、《浩然斋雅谈》、《朱子语类·论文》、《习学记言序目·皇朝文鉴》、《黄氏日抄·读文集》等都可归入这一类。在形制上，它们多以条目的形式出现，这是适应随笔记录的一种合理体式。在创作意图上，它们都非刻意撰述之作，往往只是在讲学、阅读或交游中偶有感触而信笔记录下来。在主题上，由于记录内容的随机性很大，它们一般多缺乏共同关注的焦点。这些特征一方面反映了它们理论性的不足，另一方面也给它们带来了灵活表达的自由。

2. 理论著作类。在文话的演进过程中，也产生了一些具有较强的逻辑性、理论色彩较为浓厚的著作，像陈骙的《文则》，就从修辞等角度对文章进行了深入的探讨，颇富理性思辨意味；又如《履斋示儿编·文说》对文章技法进行了较为细致的分析，自成规模，这类文话可目之为理论著作类。相对而言，理论著作类文话较有系统性，理论层次较高，论述条理明晰，体裁比较严整，在理论上也各有贡献。理论著作类文话的层次虽不统一，但其创作态度一般都较为认真，编排方式也较有主题性，这也增强了文话自身的理论价值。

3. 资料汇编类。有些文话不专主独抒己见，它们只是搜罗他人对于文章的评论，按照一定的顺序加以编排，但对于资料的取舍鉴别以及分别部居也能反映出编者的识见与论文祈向。这类文话可称之为资料汇编类，它们的价值更多地体现在搜集处理文献上。张镃的《仕学规范·作文》、王正德的《余师录》都属于这一类。总的来说，资料汇编类文话集中了相关论述，为深入了解和加强研究提供了便利。由于书籍流传中会出现讹误和散佚，这些文话又具有一定的文献价值。

4. 选集评点类。文章评选是文坛时代风习的反映，对所选文章加以标抹圈点，揭示其结构脉络，可以具体而微地展示文章作法。这些选集经常附有对作家和文章的评论，将之汇编成册，即构成文话中的独特形式——选集评点类。在宋代，吕祖谦的《古文关键》、楼昉的《崇古文诀》、谢枋得的《文章轨范》以及魏天应、林子长编注的《论学绳尺》即为其中的代表。由于以文章选集作为载体，选集评点类文话具有直观体悟的特点，其评议注重灵感会通,往往只以片言只语就点明文章关键。其次,这类文话讲求实用,多用意于具体章法的讲析,有开示门径的作用。其三,它们一般都是授徒讲学时的读物,和科场文体有密切联系。其四,其语言具有口语化特征,“只期切当,无嫌俗语”。[①] 文话类型的丰富,成为文章之学成熟的一大表征。

(三)宋代文章学的理论建树

宋代文章学在理论上也颇有建树。首先,初步建构了文章批评的理论统系。在此之前,对文章学的探讨多局限于格法的讨论,详于各类文体的特征、渊源、风格等方面的分析,多有评判盛行的各类文体的热情,却少有对文章作全面审视的眼光,因此对技法的热衷超过了对文章之学的兴趣。宋代的文章之学则在尚用的基础之上,展开了一系列的深入研讨,几乎涵盖了文章的所有领域:本体论,关注文章的本原,突出“文”与“道”的关系;创作论,强调对文章作法的讲求,分析众多作家作品,把握其风格特征,注重世风与文风的关联;批评论,对创作的得失作出分析,在指导写作的同时强调普遍规则的重要。可以说,诸如文道论、文气论、文体论、文境论、文法论、鉴赏论等文章学领域,都已纳入宋人的研究视野。有对作家作品的评析,如黄震推重韩愈,许之以“孔孟而后,所以辨析义理者文公一人而已”,论其文则以为“文公之所以为‘文’者,其大若此,岂曰‘文起八代之衰’,止于文字之文而已哉”?[②] 可见他以义理为本位的评文标准。也有对文章风气的论述,如《浩然斋雅谈》有条目称:“宋之文治虽盛,然诸老率崇性理,卑艺文。朱氏主程而抑苏,吕氏《文鉴》去取多朱意,故文字多遗落者,极可惜。水心叶氏云‘洛学兴而文字坏’,至哉言乎!”[③]概述了理学兴起对艺文所造成的冲击,精当明了。还有对文章风格与作法的把握,如吕祖谦提出要“先见文字体式,然后遍考古人用意下句处”,“第一看大概主张,第二看文势规模,第三看纲目关键,第四看警策句法”。[④] 由体制而章法、句法,逐层深入细化。他还总结出

---

① 《凡例》,见《古文关键》卷首,丛书集成本。

② 《黄氏日抄·读文集》,《历代文话》本,第630页。

③ 《浩然斋雅谈评文》,《历代文话》本,第1120页。

④ 吕祖谦:《古文关键》卷首《看古文要法》,《历代文话》本,第234页。

各家文章的风格特征,如欧文,要学其“平淡”;苏文,则看其“波澜”,都属于有得之言。也有轶事丛谈的记载,如《朱子语类·论文》即论及陈师道从曾巩学文而得文字简洁之法。甚至还有文献考订方面的文字。这些论述使得此前较为单一的文体讨论演进为以文章为中心的专门之学,初步具有了统系特征。

其次,奠定了文章学论著的体制基础。宋代所产生的四种文话类型构成文章批评著作的基本格式,此后的文评著作体裁都以此为基准,仅有局部的调整与演变。如资料汇编类中又出现根据材料性质进行分类编排的样式,以明代高琦《文章一贯》为代表。而选集评点类也有依据不同写作方法而类分的著作样式,如唐文治《国文经纬贯通大义》就依局度整齐法、辘轳旋转法、格律谨严法、鹰隼盘空法等分为四十四类,各类之下选文加以评点阐释。另外在发展过程中也有类型相互融会的现象出现。如张相《古今文综评文》本属选集评点类,但此书对各种文体的体制、作法进行精细的分析,探幽索隐,其实已经隐然具有理论著作类的规模。但这些演变并未导致新的体裁出现,可以说,宋代的文评著作为继起者奠定了体制格局。

另外,宋代文章学形成了一套具有适应于文章特点的批评话语。尽管对诗学理论多有借鉴,但宋人所运用的批评术语如用意、认题、关键、纲目、文势、格、法、章法、句法、体势等,多与文章特征相关联,更多具有文章学的范畴特点,并且也多为后世所沿用。与此后的著述相比,宋代文章学的理论成就之深度容或未逮,但是发凡起例、引领来者的功绩不可忽视。

二　宋代科举制度与文章学的成立

韩柳力兴古道,以古文自名,都得益于对秦汉文章的学习与借鉴。韩愈曾自言“非三代两汉之书不敢观”,①《进学解》又称有得于姚姒、周诰、殷盘、《春秋》、《左氏》、《易》、《诗》、《庄》、《骚》、太史、子云、相如;而柳宗元《答韦中立论师道书》亦以为文章当本之《书》、《诗》、《礼》、《春秋》、《易》,参之

① 韩愈:《答李翊书》,见《韩昌黎文集校注》第三卷,上海古籍出版社1986年版,第170页。

《谷梁氏》、《孟》、《荀》、《庄》、《老》、《国语》、《离骚》、《太史公》,足见两家笔墨畦径略同。宋人复主古文,继承了韩柳的“文统”,所取法同样重视秦汉文章。但实际上秦汉文章轨辙难寻,“汉以前之文,未尝无法,而未尝有法,法寓于无法之中,故其为法也,密而不可窥”。[1] 为何同样是效法前人,唐代文章之学堪称寂寥,而宋代却兴起了以文章作法为中心的文话著作?是什么激起了宋人研讨文章写作技巧的热情?

在此先考察一下韩柳力倡古文之时的文化背景。苏轼称韩愈“文起八代之衰”,[2]李汉言“先生于文,摧陷廓清之功,比于武事,可谓雄伟不常者矣”,[3]都突出了当时倡导古文对于涤除骈体之弊的重要意义,可以说古文主要是作为骈文的对立面出现的。当然韩愈也说过:“方闻国家之仕进者必举于州县,然后升于礼部吏部,试之以绣绘雕琢之文,考之以声势之逆顺、章句之短长。中其程式者,然后得从下士之列。虽有化俗之方、安边之画,不由是而稍进,万不有一得焉。”[4]这种为韩愈深深不满的文字正是当时的“时文”,包含了重视偶俪声病的律赋以及以骈体写作的策、判。但总的来说唐代科举重以诗取士,“时文”的影响较为有限,到了宋代,这种情况有了很大变化。

宋初的进士试沿袭了唐代的科目,“试诗、赋、杂文各一首,策五道,帖《论语》十帖,对《春秋》或《礼记》墨义十条”,[5]但实际上“所有进士帖经、墨义一场,从来不曾考校,显是虚设”,[6]而且逐场论去留,因而最为重要的是诗赋一场。这对宋初的文风产生了较大影响,“宋兴且百年,而文章体裁犹仍五季余习,锼刻骈偶,淟涊弗振,士因陋守旧,论卑气弱”,[7]可以说专重诗赋对这种风气起到了推波助澜的作用。此后,对于这种取士方法不断有反思,

---

① 唐顺之:《董中峰侍郎文集序》,见《荆川先生文集》卷一〇,四部丛刊本。

② 苏轼:《潮州韩文公庙碑》,见《苏轼文集》卷一七,中华书局 1999 年版,第 509 页。

③ 李汉:《昌黎先生集序》,见《朱文公校昌黎先生文集》卷首,四部丛刊本。

④ 韩愈:《上宰相书》,见《韩昌黎文集校注》第三卷,第 157 页。

⑤ 《选举》三,见马端临《文献通考》卷三〇,中华书局 1986 年版,第 283 页。

⑥ 《贡院定夺科场不用诗赋状》,见司马光《温国文正司马公文集》卷二八,四部丛刊本。

⑦ 《宋史》卷三一九,列传第七八“欧阳修传”,第 10375 页。

梁周翰曾经建议"将试进士先试诗二十首,取可采者再试",真宗就明确表示反对:"如此,则工诗者乃能中选,长于文者无以自见矣。"①至天圣五年,"诏礼部贡院,比进士以诗赋定去留,学者或病声律而不得骋其才,其以策论兼考之",②诗赋的地位稍有降低。到庆历新政时,范仲淹等人主张"三场先策,次论,次诗赋;通考为去取,而罢帖经墨义",③突出了策、论的重要性,但是随着范仲淹等人去职而很快放罢。真正的改革产生于王安石执政时,熙宁四年确立了贡举新制:"进士罢诗赋、帖经、墨义,各占治《诗》、《书》、《易》、《周礼》、《礼记》一经,兼以《论语》、《孟子》。每试四场,初本经,次兼经并大义十道,务通义理,不须尽用注疏;次论一首;次时务策三道,礼部五道。"④这次变革的关键在于强调经义、策、论的重要性,彻底废止了诗赋,从而实现了"变声律为议论,变墨义为大义"。⑤ 此后,随着政治的波动,应试的科目也不断有所调整,在强调诗赋还是经义中间徘徊,哲宗朝即出现了分诗赋、经义两科取士的局面。南宋初年,也是按照诗赋、经义两科考校。至绍兴二十七年,"诏自今国学及科举取士,并令兼习经义、诗赋。内第一场大小经各一道,永为定制"。⑥ 但是这种合为一科的考试方法对考生的要求未免有所提高,因此颇称不便,"议者多以为经义、词赋不能并精,又减策二道而并于论场,故策问太寡,无以尽人。且一论一策,穷日之力不足以致其精,虽有实学,无以自见。愿复经义、诗赋分科之旧"。⑦ 故而绍兴三十一年又决定依旧分科取士,此后逐渐稳定下来。从考试内容的变动来看,在宋代诗赋的地位有所下降,而经义、策、论得到前所未有的重视。这对于文章创作不可避免地产生了影响。

宋代的科举制度对选拔人才发挥了重大作用,"今诚有道德之隽,经纶

---

① 《长编》卷六七,景德四年十二月丙辰条,第 1514 页。
② 《长编》卷一〇五,"正月己未"条,第 2435 页。
③ 《宋史》卷一五五,志第一〇八"选举志一",第 3613 页。
④ 《长编》卷二二〇,熙宁四年二月丁巳条,第 5334 页。
⑤ 《选举》四,见《文献通考》卷三一,第 293 页。
⑥ 李心传:《建炎以来系年要录》卷一七六,"二月丁酉"条,第 2903 页。
⑦ 李心传:《建炎以来系年要录》卷一八八,"绍兴三十一年二月乙丑"条,第 3152 页。

之彦,不由科举,则无以进仕于朝廷”。① 由于科举对士人前途有至关重要的作用,因此人们对科举“时文”也极为关注。正像欧阳修所说的那样:“仆少孤贫,贪禄仕以养亲,不暇就师穷经以学圣人之遗业。而涉猎书史,姑随世俗作所谓时文者,皆穿蠹经传,移此俪彼,以为浮薄,惟恐不悦于时人,非有卓然自立之言如古人者。”②以古文享盛名如欧阳修尚且耗心力于时文之中,更遑论其他士人。苏轼虽然宣称自己“长于草野,不学时文”,③但实际上他“少年应科目时,记录名数沿革及题目等,大略与近岁应举者同尔。亦有少节目文字,才尘忝后,便被举主取去”,④所作所为却正是对时文之法的揣测摹拟。正可见无论士人对时文是持如何鄙视或不满的态度,研习时文的作法却都是必修的功课。由于科考内容的变迁,时文在宋代也有不同的所指。宋初重律赋,因而杨亿、刘筠的骈俪之体成为举子竞相效仿的对象,“是时天下学者杨、刘之作,号为时文,能者取科第、擅名声,以夸荣当世”。⑤ 这种以言语声偶擿裂为能事的文章激起了石介等人的强烈反弹,石介“主盟上庠,酷愤时文之弊”,⑥不但作《怪说》以示声讨,而且身体力行,在太学中倡导新奇的文格,“以怪诞诋讪为高,以流荡猥琐为赡”,⑦这其实是以赋、论、策为主体的新体“时文”。当然这种文体因嘉祐二年贡举事件而趋于湮灭,科举时文转而形成了欧阳修推重的平易流畅文风。真正值得注意的是熙宁贡举新制的实行,从此经义、策、论在科举文体中的地位逐渐巩固,时文的内涵也趋于稳定。士人对时文的研习深深影响了文章学的发展。

宋代文章主于议论,“宋人见识端正,文在议论中”,⑧这种风格的形成与

---

① 孙觉:《上神宗论取士之弊宜有改更》,见《宋朝诸臣奏议》卷八○,上海古籍出版社 1999 年版,第 868 页。

② 欧阳修:《与荆南乐秀才书》,见《欧阳修全集》卷四七,第 660 页。

③ 苏轼:《谢梅龙图书》,见《苏轼文集》卷四九,第 1425 页。

④ 苏轼:《与王庠五首》之五,见《苏轼文集》卷六○,第 1821—1822 页。

⑤ 欧阳修:《记旧本韩文后》,见《欧阳修全集》卷七三,第 1056 页。

⑥ 文莹:《湘山野录》卷中“石守道主盟上庠”条,中华书局 1997 年版,第 24 页。

⑦ 张方平:《贡院请诫励天下举人文章》,见《张方平集》卷二○,中州古籍出版社 2000 年版,第 279 页。

⑧ 陈绎曾:《古文矜式》,《历代文话》本,第 1298 页。

科举重策、论有密切联系。论多于九经、诸子史内出题，主要围绕一个观点进行论述；而策主要和时务相联系，要求就现实当中某个问题发表看法。这正是苏轼所说的："试之论以观其所以是非于古之人，试之策以观其所以措置于今之世。"①虽然考察重点不同，但是对于论辩纵横、激扬文字的要求则是一致的。从宋人的文集中我们也可以看到，论辩性质的文字占据了很大的比重，而这在唐代是不多见的。这其实可以说是科举对于文章所产生的间接影响，由于科举对于士人前途的重要意义，他们将更多的精力投入到对论、策等文体的揣摩与研习上。这些文体在应试时都有颁定的程式，对于体制、文辞、事理、杂犯等有具体的规定，因此士人必须悉心体察，以免因这些原因被黜落。而科场成功的文卷更成为他们学习、模仿的范本，像苏轼等人善于论辩的文字尤其受到欢迎。《直斋书录解题》所著录的《指南论》、《擢象策》、《擢犀策》等书，"大抵科举场屋之文"，②就应是当时举子模拟之作。从此书所著录的《刘汝一进卷》、《唯室两汉论》、《鼎论》、《时议》、《治述》、《闲静治本论》、《将论》等作，更可见当时此类文字的风行。从根本上来说，这种对文字的细致推求有利于深化创作技巧，推动文章的发展；而这种要求的直接作用就是促进了相关文话的产生。

以现存的《论学绳尺》而言，此书即是为科举应考而编，选择时人应试之论，按照不同的作法格式分为八十七类，"每题先标出处，次举立说大意，而缀以评语，又略以典故分注本文之下"。③ 这种编排方式显然是从便于模拟学习的角度考虑的，对题目出处、题意、论文主旨、结构、章法等的细致剖析，具有鲜明的指导科场论文写作的色彩。而该书卷首所附的《论诀》则援引吕祖谦、戴溪、陈亮、吴琮、陈傅良、欧阳起鸣等人观点，从多个方面对论体文的写作进行了分析。这些指导性的要诀和具体的论体文结合到一起，对举子体会前人妙处、领悟论体文写作技巧直至追摹体制、模拟应试、临文创作无疑有重要的启发作用。

---

① 《谢梅龙图书》，见《苏轼文集》卷四九，中华书局 1999 年版，第 1424 页。

② 《擢象策》、《擢犀策》提要，见《直斋书录解题》卷一五，第 458 页。

③ 《钦定四库全书总目》卷一八七，《论学绳尺》提要，第 2623—2624 页。

至于词科的开设，更为四六话提供了良好的发展契机。① 宋代词科起始即为培养经纶制诰之才而设，“哲宗绍圣元年罢制举，惧无以收文学博异之士，于是置宏词，以继贤良之选”。② 由于词科以四六取士，因此宋四六发展迅速，“朝廷以此取士，名为博学宏词，而内外两制用之，四六之艺，咸曰大矣”!③ 四六作家的增多，作品结集的涌现，对于作法之类的讲求也日趋细密，《四六话》、《四六谈麈》、《云庄四六余话》等著作都是这种风气之下的产物。而王应麟的《辞学指南》则更是专门的词科应考之作，该书从词科沿革、考试范围、应试文体的作法、平日备览、编题等多方面进行了阐释，其中对历年试题的罗列，对各个应试文体的精细分析，都足见其科考“指南”的性质。

宋人对时文笔法研味日深，章法结构逐渐有式可循，甚至出现了“策则誊写套类，虚驾冗辞，装饰偶句，绝类俳语”、④“经义多用套类，父子兄弟相授，致天下士子不务实学”⑤的现象；而论体因为“当时每试必有一论，较诸他文应用之处为多”，士人投入的精力自然也相应增加，“其始尚不拘成格，如苏轼《刑赏忠厚之至论》，自出机杼，未赏屑屑于头项心腹腰尾之式。南渡以后，讲求渐密，程序渐严，试官执定格以待人，人亦循其定格以求合”。⑥ 形成固定的程式当然有不少弊病，但这种现象却正好表明时人对于文章作法的熟悉。古文本少法度可言，而士人对时文辙径既熟，就不免从章法句式、腾挪回互诸方面对古文进行推求。包世臣曾认为八比时文“其凝思至细，行文至密，所有近辉远映、上压下垫、反敲侧击、仰承俯引之法，反较古文为备。故工于八比者，以其法推求古书，常有能通其微意，不致彼此触碍者，则八比实足以为古文之导引”。⑦ 所论列现象其实也与宋时情况相同，因为在写作规律方面，时文与古文不妨相互借鉴，不能因为时文往往沦为利禄之具而漠

---

① 祝尚书对宋代词科制度有详细考辨，详见《宋代词科制度考论》，《文史》2002年第1辑。

② 《宋会要辑稿》，“选举”一二之一，中华书局1957年版。

③ 谢伋：《四六谈麈·序》，《历代文话》本，第33页。

④ 杜范：《辛丑知贡举竣事与同知贡举钱侍郎曹侍郎上殿札子》，见《清献集》卷一一，文渊阁四库全书本。

⑤ 《宋史》卷一五六，志第一〇九“选举二”，第3635页。

⑥ 《钦定四库全书总目》卷一八七，《论学绳尺》提要，第2624页。

⑦ 包世臣：《或问》，见《艺舟双楫》卷二。

视其文章学上的价值。唐宋八大家古文之所以成功，似与此点有较大关联，"文字之规矩绳墨，自唐宋而下，所谓抑扬开阖、起伏呼照之法，晋汉以上绝无所闻，而韩、柳、欧、苏诸大儒设之，遂以为家。出入有度而神气自流，故自上古之文至此而别为一界"。① 可以说正是时文的兴起与士人对时文的热情，促进了对文章法度的讲求与归纳。宋代文话作为指导写作的实用性著作，其初始意义恐怕正在于此。其实时文对于文话的意义并不仅仅在于推动了相关举业著作的产生，在其他文话中也可以发现科举对于评论文章的渗透。科举的影响是广泛的，它既促进人们对文章创作技法深入推求，又影响了士人分析、评议文章的思考方式。科举对文话的渗透有显隐之别，而其中蕴藏的文化动因则是共通的。

以时文法则的总结与推行为契机，宋代文章之学开始兴起。由于学有专门，且此前可供借鉴的著作极为少见，因此师友传授就显得非常重要。而授人以法，必然要通过大量的文章实例进行条分缕析，这又推动了评点风气的盛行。我国文章评选有着悠久的历史，早在晋代就有杜预的《善文》之编，此后如《文章流别集》、《文选》等选集，更在网罗文献，荟萃佳构方面发挥了重要作用。不少选集由于选目精当，别具鉴裁，更为了解当时文坛风气提供了有效借鉴，并推动了此后选集的发展。至宋代，随着文章繁盛局面的到来，名家辈出，佳作如林，为了便于优秀作品的流布，方便士人对前人篇章的学习，各种文章选本大量涌现。像《宋文选》、《宋文鉴》、《古文关键》、《五百家播芳大全文粹》、《崇古文诀》、《文章正宗》、《古文集成》等书，虽然编选宗旨不尽相同，但都体现了文章在宋代的风行。在文章鉴赏过程中，有会心之处或有所疑问，都难免有随手批抹的举动，像朱熹读书时就是如此，"某二十年前得《上蔡语录》观之，初用银朱画出合处；及再观，则不同矣，乃用粉笔；三观则又用墨笔。数过之后，则全与元看时不同矣"。② 这或许与个人读书方法有关，而提要勾玄也确实有助于理解文章深意。至于《文体明辨序说》中所附录的真德秀的读书方法，采用点、抹、撇、截等符号，以标明句读，提示

① 罗万藻：《韩临之制义序》，见《此观堂集》卷一，四库存目丛书本。

② 《朱子语类》卷一〇四，第2614页。

语言藻丽、句法新奇,揭出文字纲领,突出文章主意、要语,分析章法转换、明示节段,则已出于有意识的追求。这种方法和文章选本结合到一起,以各种符号对文章的主旨、章法、句法、字法等作出简短扼要的提示,有直观鲜明的效果,非常便于初学,因而甫一问世就大受欢迎。另外宋代书院讲学之风甚浓,这些评点之作作为授徒用书颇为便利,即使个人参阅亦易于窥测掌握文章作法,再加上坊间射利驱动,评点风气在南宋极为盛行。评选之作虽然良莠不齐,但是它们多着眼于文章技法分析,提示不同体制风格文章的创作方法,这和文话在文章评析上是有一致追求的。可以说,评点的风行推动了文话的发展。

文章评点对创作经验的阐释与总结分为很多方面,既有总体风格的把握,也有细节问题的揭示,涉及到的理论问题多与文话相通。总的来看,评点之作多根据具体篇章展开分析评议,在文章理论方面以章法、句法分析为主,对于风格渊源、创作经验也多有把握,不以精深系统的理论见长,这在《古文关键》、《崇古文诀》等选集当中都有体现。

评点兴起对于促进文章流传、推动技法讲求有重要意义,不少评点本还附有时人对文章的评论,如《古文关键》卷首就附有《看古文要法》,对文章体式、大意、各家风格、文章格制、文字之病等多有阐释,这实际上已经具备了文话的规模。而评点本在文中随机生发,所作的评议亦与文话有相通之处。评点本的广泛传播,有利于文章理论的普及与深入,这种推动文话发展的潜在因素也不容忽视。但这中间有一点颇值得注意,那就是诸多评点总集虽为古文,然而其中所提示的种种写作技巧,却往往是为科考服务的。如《文章轨范》评韩愈古文名篇《原毁》云:"此篇曲尽人情,巧处妙处在假托他人之言辞,模写世俗之情状。熟于此,必能作论。"卷二论"放胆文"又称"初学熟此,必雄于文。千万人场屋中,有司亦当刮目"。正如王阳明所说:"古文之奥不止于是,是独为举业者设耳。夫自百家之言兴而后有六经,自举业之习起而后有所谓古文。"①这些评点文章虽为古文,而所揭示的章法转换等技巧则完全得益于时文的启发,正像人们对《古文关键》的评述那样:"观其标抹评

① 王阳明:《文章轨范序》,见《文章轨范评文》卷首,《历代文话》本,第1040页。

释，亦偶以是教学者，乃举一反三之意；且后卷论、策为多，又取便于科举”，[①]对时文的兴趣是评点兴起的重要原因，但是以时文之法来研讨古文，在文章之法方面也能有所创获，“凡所标举，动中窾会，要之古文之法亦不外此矣”。[②]

文章之学成立于宋代，其中的文化动因是非常复杂的，像当时印刷业的发达、书院的兴盛、诗话词话的出现，都对之有一定的促进作用。而宋代崇文的文化氛围则为它的发展提供了良好的外部环境，文章的繁荣对之提出了强烈的吁求，并为其产生提供了丰厚的基础；宋代科举社会性大为增强，则为它提供了强有力的推动力量；评点的兴起，不但促进了一种独特文话体制的形成，更以鲜明简捷的方式促进了文章理论的传播。而时文讲习作为推动士人讲求文章法度的重要契机，其作用尤其不应忽视。尽管从文章学的实际情况而言，对古文的研讨属于主流，但是如果缺失了时文的诱导作用，其在宋代的发展恐未必有如此兴盛之势。邓广铭先生曾指出：“宋代学术文化的发展，其所达到的高度，可以毫不含糊地说，在中国已往的封建王朝历史上是不但空前而且绝后的。也就是说，它固然是由秦汉到隋唐诸代的文化发展的一个高峰，而以其后的元明清三朝与之相较，也很难找出其有什么大为优越之处。”[③]从文话的发展来看，宋代文化显然为之提供了丰厚的土壤。从此，文话作为一种新兴的文章理论批评样式，走上了快速发展的道路，而文章学也正式宣告成立。[④]

---

① 张云章：《古文关键序》，见《古文关键》卷首，丛书集成本。

② 《钦定四库全书总目》卷一八七，《文章轨范》提要，第2625页。

③ 邓广铭：《论宋学的博大精深——北宋篇》，见《新宋学》第二辑，上海辞书出版社2003年版。

④ 刘勰《文心雕龙》是体大思深的我国古代文论名著，章学诚《文史通义》卷五《诗话》云：“《诗品》之于论诗，视《文心雕龙》之于论文，皆专门名家，勒为成书之初祖也。”把《文心雕龙》视为“论文”专书的“初祖”，与钟嵘《诗品》为“论诗”之始祖对举。后梁章钜《楹联丛话序》亦云：“刘勰《文心》，实文话所论始；钟嵘《诗品》，为诗话之先声”，指《文心雕龙》为“文话”之始。但此“文话”实为广义概念，泛指诗、文，与本文所说的“文话”并非完全相同。在刘勰所论三十多类文体中，论及诗歌、辞赋和各体骈散文，而其重点则为诗、赋，因而《文心雕龙》应定位于研究“杂文学”整体的理论著作，与一般所称的“中国古代文章学”是有区别的。且在其后世传布过程中，唐、宋、元三代很少有人引用其观点“接着说”（参见杨明照《文心雕龙校注》末所附《历代著录与品评》，自六朝梁至清品评《文心雕龙》的四十九家中，宋以前仅五家），在明中叶以前，《文心雕龙》可谓独立孤行，没有形成前后相联的学术谱系，没有形成相对独立的文章学学科。故本文将文章学成立的时间断在宋代，更确切地说，在南宋。

第六章　南宋通俗文学概说

郑振铎曾提出："俗文学就是通俗的文学，就是民间的文学，也就是大众的文学。换一句话说，所谓俗文学就是不登大雅之堂，不为学士大夫所重视，而流行于民间，成为大众所嗜好、所喜悦的东西。"①中国古代文学史以诗文为主流，忌俗崇雅的审美趋向到宋代达到顶点，也正是在宋代，通俗文学的发展开始浮出水面，说话和杂剧、戏文以及其他多种文艺形式百花齐放，百家争鸣，为元代以后白话小说和戏剧的繁荣发展奠定基础。于是雅文学一统天下的局面被打破，在南宋以后，通俗文学成为文学史越来越重要的构成因素。

通俗文学在宋代获得较大发展，首先和最主要与宋代城市和商业的繁荣密切相关。北宋汴京城内"雕车竞驻于天衢，宝马争驰于御路"，"八荒争凑，万国咸通"，②"金银彩帛交易之所，屋宇雄壮，门面广阔，望之森然，每一交易，动即千万，骇人闻见。"③南渡后，临安又更富饶繁华，《都城纪胜》云："柳永钱塘词云'参差一万人家'，此元丰以前语也。今中兴行都已百余年，其户口蕃息，仅百万余家者，城之南西北三处，各数十里，人烟生聚，市井坊陌，数日经行不尽，各可比外路一小州郡，足见行都繁盛。"④城市中的居民生

① 郑振铎：《中国俗文学史》第一章"何谓'俗文学'"，商务印书馆2005年版，第1页。

② 孟元老：《东京梦华录序》，第1页。

③ 《东京梦华录》卷第二"东角楼街巷"条，第15页。

④ 《都城纪胜》"坊院"条，第15页。

活优游富足,对文化娱乐也有很大需求。宋代城市格局又不同于唐代坊市分离,而是坊市合一,于是出现了专供市民游乐的固定场所——瓦舍勾栏。据《东京梦华录》记载,北宋汴京城东南有桑家瓦子,“近北则中瓦,次里瓦。其中大小勾栏五十余座。内中瓦子、莲花棚、牡丹棚、里瓦子、夜叉棚、象棚最大,可容数千人。”①瓦舍伎艺的名目有小唱、嘌唱、杂剧、傀儡戏、杂耍、讲史、小说、说诨话、舞蹈、诸宫调、相扑、猜谜、弄虫蚁等,而“不以风雨寒暑,诸棚看人,日日如是”。②《武林旧事》记载临安有瓦舍23座,仅北瓦内就又有勾栏13座,此外还有“不入勾栏,只在要闹宽阔之处做场者,谓之‘打野呵’。”③笔记记载临安的伎艺名目达50余种,艺人有姓名的达500余人。真是百艺杂陈,才人辈出。

通俗文学繁荣的背后是通俗文学的写作力量壮大。宋代教育范围和水平远远超过唐代,受过教育的知识人的数量较之前朝也急剧扩张。但科举的门槛把越来越多的人挡在精英文人群体之外,于是知识人群体中分化出一个从事商业化或者是职业化写作的人群,他们有的以某“秀才”、某“贡士”闻名,或者组成“书会”,为戏剧、小说伎艺写作,甚至亲自登场排演,这必然使得各种通俗文艺表演的内容样式更丰富、水准也更高。从文献资料的记载来看,宋代各种通俗文艺的演出从城市到乡村都极其受欢迎,这反映宋代通俗文学的受众群体空前巨大。生活在市井村坊的百姓们的生活状态、思想观念不同于文人士大夫,他们的审美趣味和娱乐方式也是俗的,如“说话”、演剧的故事内容往往来自于生活,反映人情世故而又新奇曲折,白话口语通俗易懂,尽管思想趣味不免于庸俗、浅薄,但能悦人耳目、耸人听闻、谑笑取乐即足矣。

从文学史的角度来看,最值得注意的是宋代通俗文艺发展的过程同时也是说、唱、表演、舞蹈、音乐等各种演艺形式相互渗透、融合的过程,直接关系到元代以后白话小说和戏剧文艺样式的定型和发展。可以说,正是着重

① 《东京梦华录》卷第二“东角楼街巷”条,第15页。

② 《东京梦华录》卷第五“京瓦伎艺”条,第31页。

③ 《武林旧事》卷第六“瓦子勾栏”,第117页。

于叙事性、娱乐性的南宋通俗文艺的繁荣使白话小说和戏曲日后作为通俗文学的典型登上了中国文学史的大雅之堂。

第一节 “话本”与话本小说及白话小说

一 “话本”与话本小说及白话小说

(一)“话本”的定义

鲁迅曾说:“说话之事,虽在说话人各运匠心,随时生发,而仍有底本以作凭依,是为‘话本’。”①在很长一段时间内,鲁迅的说法为学界共同接受,视之为“话本”的定义,影响比较大的如胡士莹在《话本小说概论》“话本的名称”一节中释“话本”为“说话人的底本”。② 因为顾名思义,说话艺人讲述故事并非凭空道来,定有所本。例如徐梦莘《三朝北盟会编》记载“邵青受招安”事,曰:

> 先是杜充守建康时,有秉义郎赵祥者,监水门。金人渡江,邵青聚众,而祥为青所得。青受招安,祥始得脱身归,乃依于内侍纲。纲善小说,上喜听之。纲思得新事编小说,乃令祥具说青自聚众已后踪迹,并其徒党忠诈及强弱战斗之将,本末甚详,编缀次序,侍上则说之。③

高宗常召说话艺人到内廷供奉,也喜爱读话本,④内侍就把邵青聚众起事和接受招安的事迹编为话本,讲给高宗听。

不过,随着对各种相关文献资料的深入解读,有学者提出将“话本”径释为“说话人的底本”并不确切。《都城纪胜》中有这样的记载:

---

① 鲁迅:《中国小说史略》,见《鲁迅作品精选:中国小说史略汉文学纲要中国小说的历史的变迁》,中国文史出版社 2002 年版,第 90 页。

② 胡士莹:《话本小说概论》,中华书局 1980 年版,第 155 页。

③ 徐梦莘:《三朝北盟会编》卷一四九。

④ 绿天馆主人《古今小说序》载高宗“喜阅话本,命内珰日进一帙,当意则以金钱厚酬”。

凡傀儡敷演烟粉灵怪故事、铁骑公案之类，其话本或如杂剧，或如崖词，大抵多虚少实，如巨灵神、朱姬大仙之类是也。①

《梦粱录》卷二〇“百戏伎艺”条云：

更有弄影戏者，元汴京初以素纸雕簇，自后人巧工精，以羊皮雕形，用以彩色妆饰，不致损坏。杭城有贾四郎、王升、王闰卿等，熟于摆布，立讲无差。其话本与讲史书者颇同，大抵真假相半。

“妓乐”条有云：

向者汴京教坊大使孟角球曾做杂剧本子。

可见杂剧、影戏、傀儡这几种敷演故事的伎艺，因为有情节或是有唱词，都与说话伎艺一样有据以演出的故事脚本，也称为话本。这样看来，甚至几种不同的文艺形式讲唱、搬演同一故事时共用同一种话本也不是完全不可能的。②

作为宋代“说话人的底本”的“话本”原貌如何，今天无法判定。③ 如果对“话本”采纳第二种比较宽泛的定义，则宋代话本的原貌仍可略见一斑。例如宋代说话中早有《莺莺传》小说，④罗烨《醉翁谈录》甲集卷一《小说开辟》著录的小说话本就有《莺莺传》一本。而赵令畤《侯鲭录》记载了《商调·蝶恋花》鼓子词讲唱张生和莺莺的故事，作者自称“逍遥子”，如果他就是潘阆，⑤《商调·蝶恋花》鼓子词就是现存最早的讲张生

---

① 《都城纪胜》“瓦舍众伎”，第11页。

② 当然对材料的解读涉及到对文意的理解、断句，也可能材料本身存在字句的错漏等，所以仍难以作绝然的结论。

③ 宋代“说话”四家的话本现在皆有存世者，但无法判定是否保持了宋人话本原貌。《红白蜘蛛》有元刻本残页，无法窥其全貌。

④ 王楙《野客丛书》卷二九《用张家故事》说：“案唐有张君瑞，遇崔氏女于蒲，崔小名莺莺，元稹与李绅语其事，作《莺莺歌》。”《莺莺传》中的张生并无名字，“君瑞”之名当出于说话人的敷演。皇都风月主人《绿窗新话》卷上《张公子遇崔莺莺》条也说：“张君瑞寓蒲之普救寺，崔氏亦止兹寺，光艳动人，张惑之。”

⑤ 晁公武《郡斋读书志》（衢本）卷一九《潘逍遥诗》：“潘阆，字逍遥。”吴处厚《青箱杂记》卷六：“阆酷嗜吟咏，自号逍遥子。”参见程毅中《〈从商调蝶恋花〉到〈刎颈鸳鸯会〉——〈宋元小说研究〉补订之一》，见《文学遗产》2002年第1期。

莺莺故事的话本了。逍遥子以元稹《莺莺传》传奇为文本基础,把故事分为十章,“每章之下,属之以词,或全摭其文,或止取其意”,这就把文言小说改编成了话本。

(二)“说话”伎艺与“小说”一家

“说话”这种伎艺唐代已经出现,[①]至北宋仁宗时更为发展。赵令畤《侯鲭录》记载莺莺与张生的故事,“倡优女子皆能调说大略”;[②]《东坡志林》记载王彭尝曰“途巷中小儿薄劣,其家所厌苦,辄与钱,令聚坐听说古话。至说‘三国’事,闻刘玄德败,颦蹙有出涕者;闻曹操败,即喜唱快”,[③]其时是嘉祐六年,苏轼任职凤翔。[④] 徽宗崇宁、大观年间,京城瓦舍中说话的内容已经有所区分,艺人各有擅长。有讲史的、讲小说的、有商谜者、有合生者,有霍四究说“三分”,尹常卖讲“五代史”。[⑤] 南渡以后说话伎艺发展更盛,说话艺人分工更细。《都城纪胜》谓:

> 说话有四家:一者小说,谓之银字儿,如烟粉、灵怪、传奇。说公案,皆是搏刀赶棒,及发迹变泰之事。说铁骑儿,谓士马金鼓之事。说经,谓演说佛书。说参请,谓宾主参禅悟道等事。讲史书,讲说前代书史文传、兴废争战之事。最畏小说人,盖小说者能以一朝一代故事,顷刻间提破。合生与起令、随令相似,各占一事。商谜,旧用鼓板吹《贺圣朝》,聚人猜诗谜、字谜、戾谜、社谜,本是隐语。[⑥]

这段文字因为条理不清,而研究者各自作不同的解读,对于“说话”四家的判定也就有多种说法。鲁迅、孙楷第等认为四家分别是:一、小说(银字儿、说

① 郭湜《高力士外传》记载玄宗退位后与高力士以“讲经、论议、转变、说话”消遣。元稹、白居易“尝于新昌宅说《一枝花话》,自寅至巳,犹未毕词也”,见元稹《酬白学士代书一百韵》诗句“翰墨题名尽,光阴听话移”下自注。

② 见赵令畤《侯鲭录》卷五载《元微之崔莺莺商调蝶恋花》第一章之前言。程毅中认为:调说就是调话,也就是宋元说话伎艺中的“小说”。参见程毅中《从〈商调蝶恋花〉到〈刎颈鸳鸯会〉——〈宋元小说研究〉补订之一》,《文学遗产》2002 年第 1 期。

③ 苏轼撰,王松龄点校《东坡志林》卷一,中华书局 1981 年版,第 7 页。

④ 据胡小伟《北宋“说三分”起源新考》,《文学遗产》2004 年第 4 期。

⑤ 《东京梦华录》卷五“京瓦伎艺”条,第 32 页。

⑥ 《都城纪胜》“瓦舍众伎”条,第 11 页。

公案、说铁骑儿)。二、说经、说参请、说诨经,演说。三、讲史书。四、合生。[①]这种说法比较合理一些。

"说话"是一门表演艺术,说话人必须具有一定的文学、历史修养和演讲才能。以"小说"一家为例,小说人"幼习《太平广记》、长攻历代史书。烟粉奇传,素蕴胸次之间;风月须知,只在唇吻之上。《夷坚志》无有不览,《琇莹集》所载皆通。动哨、中哨,莫非《东山笑林》;引倬、底倬,须还《绿窗新话》。论才词有欧苏黄陈佳句;说古诗是李杜韩柳篇章","只凭三寸舌,褒贬是非;略咽万余言,讲论古今。说收拾寻常有百万套,谈话头动辄是数千回。"[②]可见虽然无须精通经籍,但对历代史书、小说、诗词歌赋都必须非常熟悉,也须有一定的见识、好的口才,可以就事论事,褒贬评论得入情入理。小说人还要有高明的演说技巧,在讲述故事时有意识地安排:"讲论处不滞搭,不絮烦;敷演处有规模,有收拾;冷淡处提掇得有家数,热闹处敷演得越久长"。于是造成"说国贼怀奸从佞,遣愚夫等辈生嗔;说忠臣负屈衔冤,铁心肠也须下泪。讲鬼怪令羽士心寒胆颤,论闺怨遣佳人绿惨红愁。说人头厮挺,令羽士快心,言两阵对圆,使雄夫壮志"的艺术效果,[③]听者观众被小说人讲述的故事感动,受到吸引。

（三）"说话"的底本与话本小说、拟话本小说

胡士莹在《话本小说概论》中,把话本分为"说话人的底本","供阅读"的"话本小说"和"模拟话本而创作的""拟话本"三种类型。[④]宋代"说话"四家的话本现在皆有存世者,但无法判定是否保持了宋人话本原貌,性质上是不是已经改变为"供阅读的话本小说"了。研究者们试图从文本传递出来的各种信息如题材、风格、思想倾向、艺术趣味、结构类型、叙事方式,以及行政区域名、地名、名物、年代的指称,习俗的描写和语言特征去判定话本产生的年代,但话本所呈现的面貌受多种因素影响:如

---

① 参阅鲁迅《中国小说史略》第十二篇《宋之话本》、孙楷第《宋朝说话人的家数问题》,见《学文》1930年11月,以及程毅中《宋元小说研究》第226页相关内容。

② 罗烨:《醉翁谈录》甲集卷一之《舌耕叙引・小说开辟》,古典文学出版社1957年版,第3页。

③ 罗烨:《醉翁谈录》甲集卷一之《舌耕叙引・小说开辟》,古典文学出版社1957年版,第3页。

④ 胡士莹:《话本小说概论》,第155页。

话本撰作者个体文笔技巧有高下差别；写录话本时有繁简之别；①书商刻印刊发环节可能有所改动；后世编纂者又可能有意增删修订。此外还有其他一些偶然因素的影响。这就导致文本透露的信息错综矛盾，很难据以得出确切的结论。有的研究者认为宋话本存有近四十篇，有的则认为除《红白蜘蛛》以外，其他篇目大多出于元甚至明朝，少数话本或出于宋，然皆非宋代原貌。② 尽管如此，宋代话本小说的情况还是可以从各种资料中得到大概的了解。

以小说话本而言，《醉翁谈录·小说开辟》把小说分为八个门类，③并且列出一百零七篇小说话本名目，其中一些从题目就可考知它的内容和出处。不过宋元两代的小说话本大多亡佚了，少数作品被编在明代中期以后的选集中，如洪楩编刊的《六十家小说》(《清平山堂话本》)、冯梦龙所编写的《古今小说》、《警世通言》、《醒世恒言》等，从而得以流传。如《鸳鸯灯》(熊龙峰刻本《张生彩鸾灯传》头回故事，仅存梗概)、《卓文君》(洪刻《风月瑞仙亭》)、《三现身》(《警世通言》卷三《三现身包龙图断冤》)、《陶铁僧》(《警世通言》卷三七《万秀娘仇报山亭儿》)、《拦路虎》(洪刻本《杨温拦路虎传》)、《赵正激恼京师》(《宋四公大闹禁魂张》)，以上七种名目见于《醉翁谈录》。此外《燕子楼》、《钱塘佳梦》、《崔护觅水》等也可用《警世通言》的《钱舍人题

---

① 程毅中曾把话本(说话人的底本意义的)分为提纲式的简本和语录式的繁本两类，认为简本往往是摘抄前人的传奇、史书、笔记的原文，作为说话人的底本。清平山堂刻本《六十家小说》中的《蓝桥记》就是一个最典型的简本；《醉翁谈录》里摘编的许多故事则是这类简本的原始资料。(《醉翁谈录》在文本中疏淡故事情节而重视易忘的诗词骈文来看，它也具有说话人的底本的特点。在这个意义上看，《醉翁谈录》也许不是传奇和杂俎集。)

如果参考当代艺人的口头表演形式，可以看到，艺人的表演一般具有完整的演出构架，会有一个大致的脚本，每天的演出内容也大都相近。但每次表演可能多少会根据具体情况做小的调整，不完全相同。这个脚本是简略的提纲性质的，细节没有全部写出来，而且是变动的。

② 章培恒持此种观点。参阅《关于现存的所谓“宋话本”》，《上海大学学报》1996 年第 1 期。他的观点的重要支撑是：从元刊小说《红白蜘蛛》的残页看来，其表达还处于稚拙水平，与明人收录的宋代话本故事艺术水准差距极大。

③ 罗烨《醉翁谈录》记录宋元话本名目最多，此书早在国内亡佚，后从日本发现。收藏此书的日本天理图书馆所编《中国古版通俗小说集》介绍说：此书一般认为是南宋版，但书中可看到元人姓名，且可感到追慕亡宋的笔调，再勘以版式，或系宋末元初刊。(1966 年日本天理大学出版部发行，第 1 页，转引自章培恒《关于现存的所谓“宋话本”》)因此据《醉翁谈录》所著录的话本也不能断然分辨其是宋代还是元代的。

诗燕子楼》、明刻本《西厢记》附载的《钱塘梦》、《警世通言》第三十卷的头回来参证。《也是园书目》、《述古堂书目》称为宋人词话的有:《种瓜张老》(《古今小说》第三十三卷《张古老种瓜娶文女》)、《错斩崔宁》(《醒世恒言》第三十三卷《十五贯戏言成巧祸》)、《西湖三塔》(洪刻本作《西湖三塔记》)、《简帖和尚》(存洪刻本)、《合同文字记》(洪刻本存)、《玩江楼记》(抄本《述古堂书目》),冯梦龙称为宋人小说的有《碾玉观音》(《警世通言》第八卷《崔待诏生死冤家》)、《西山一窟鬼》(《警世通言》第十四卷《一窟鬼癞道人除怪》)。《定山三怪》(《警世通言》第十九卷《崔衙内白鹞招妖》)。此外还有《菩萨蛮》(《警世通言》卷七《陈可常端阳仙化》)、《至诚张主管》(《警世通言》卷一六《小夫人金钱赠年少》)、《勘皮靴单证二郎神》、《杨思温燕山逢故人》、《闹樊楼多情周胜仙》、《陈寻检梅岭失妻记》等,①很难判定这些小说究竟在多大程度上遭到篡改,又在多大程度上保留了原本的风貌。

宋代讲史话本数量本来应该不少,《梦粱录》"小说讲经史"条曰:

> 讲史书者,谓讲说《通鉴》、汉、唐历代书史文传,兴废争战之事,……又有王六大夫,元系御前供话,为幕士请给讲,诸史俱通。于咸淳年间,敷演《复华篇》及中兴名将传,听者纷纷,盖讲得字真不俗,记问渊源甚广耳。②

《醉翁谈录·小说开辟》在列举了一百多个小说篇目之后,又接着说:

> 也说黄巢拨乱天下,也说赵正激恼京师。说征战有刘项争雄,论机谋有孙庞斗智。新话说张韩刘岳,史书讲晋宋齐梁。《三国志》诸葛亮雄才,收西夏说狄青大略。

可见讲史的范围很广,上至春秋,下至当朝都包括了。不过现存的讲史话本

---

① 以上参考程毅中《宋元小说研究》第十章第一节"小说话本的著录与断代",江苏古籍出版社1999年,第314—332页。

② 吴自牧:《梦粱录》卷二〇,第181页。

中，一般认为《梁公九谏》可能是北宋时期编定，[1]五代史虽然在宋代已成说话之专门，但《新编五代史平话》却是元刊，且已不是宋代说话原貌。[2]《大宋宣和遗事》主要讲述北宋徽、钦二宗被金兵俘虏北去前后的事迹，流露出宋人爱国抗金的民族感情。写作者抄撮多种史书和笔记文献资料，如《续宋编年资治通鉴》、《皇朝大事记讲义》、《宾退录》、《南烬纪闻》、《窃愤录》、《窃愤续录》，一部分内容和文字接近话本。书分元、亨、利、贞四集，文体不太统一。鲁迅在《中国小说史略》中说它"近讲史而非口谈，似小说而无捏合……虽亦有词有说，而非全出于说话人，乃由作者掇拾故书，益以小说，补缀联属，勉成一书"。是宋元间人所作，不过已经元人修订，不是宋刊。

小说和讲史的话本以外，《六十家小说》中的《五戒禅师私红莲记》、《花灯轿莲女成佛记》可能是宋代说诨经的故事，无名氏《东坡居士佛印禅师语录问答》其中有起令随令而嘲戏的小故事，[3]也有商谜的实例，以简略的文言文表述，也存在是南宋合生的底本的这种可能性。

（四）话本小说的体制和艺术特色

我们今天没法看到确切的作为宋代"说话人的底本"的宋代话本原貌，[4]因为话本的编写和刻印多数贯穿宋元两代，作品流传不多且后世又遭删改，断代存在困难，只能笼统地称宋元话本小说。而且连它们的名目都还是根

---

① 鲁迅言"《梁公九谏》书出当在明道二年以后"，见鲁迅《中国小说史略》第十二篇《宋之说话》。丁锡根称它"是唐五代说唱文学向宋元平话过渡的产物，是讲史话本的早期作品"。认为此书是宋话本，出在宝元元年以后。参见《宋元平话集·梁公九谏·说明》，上海古籍出版社 1990 年版。此说为大多数学者接受，如程毅中《宋元小说研究》即采用。章培恒在《关于现存的所谓"宋话本"》一文中，指出"鲁迅先生对《梁公九谏》何以为宋话本并未作丝毫论证，而从《士礼居丛书》本的《梁公九谏》也找不出其为宋话本的任何痕迹"。并认为现据以影印的底本其实就是明抄本。该文载《上海大学学报》（社科版）1996 年第 1 期。另，可参阅罗筱玉《〈梁公九谏〉成书考述》，见《古籍整理研究学刊》2005 年第 6 期。

② 参阅程毅中《宋元小说研究》第九章《宋元讲史平话》相应内容。并参考章培恒《关于现存的所谓"宋话本"》一文。

③ 《东坡居士佛印禅师语录问答》（宝颜堂秘笈本），曾被王楙的《野客丛书》（中华书局 1987 年版）所引用，确为宋代作品。有的学者认为它是说参请话本（参见张政烺《问答录与说参请》，载《历史语言研究所集刊》第 17 本），有的学者认为"是一种小说家的话本，而且还吸收了合生和商谜的成分"（程毅中《宋元小说研究》第 257 页）。

④ 以下"话本"专指作为"说话人底本"的话本，不包括其他演艺形式的底本。

据明、清人的著录去筛选，也难以确论。受条件限制，很难估计宋代话本小说的实绩，从元、明人的话本小说去推断宋人话本的体制和艺术成就，也未免是刻舟求剑。但就其大概可稍做归纳。文言小说之滥觞是史传，其发端就是书面文学。话本小说由讲演而来，从现在见到的话本小说来看，它仍保留着说话的叙事方式。故事开始有“入话”，往往是一首或者几首诗词，解释这首诗的主旨引入“正话”。“正话”之前讲一个与正话意义相近或相反的故事则称为“头回”。① “正话”是话本小说的主体。“正话”说毕往往以一首诗歌作结。在话本正文中常常穿插一些韵文套语，或是诗词或是民间俗谚，用以描绘形容或是评论。作者以全知视角叙述故事，常常中断情节，站出来作解释和评论，或是提示情节走向。从篇目看，宋元话本小说比起前代小说来看，题材扩大了，不再限于志怪和言情，单是小说家的话本就有烟粉、灵怪、传奇、公案、朴刀、杆棒、发迹变泰等多种题材，此外还有说佛教故事和讲史的话本。小说中出现了新型人物形象，如市井细民、商人胥吏等等，小说中的女主角多出身都市富户，男子除读书人以外，还有小商贩和手艺人，甚至是仆役。故事中人物的思想观念、性情行为也有新异表现：如《王魁》中王魁背誓负盟后，敫桂英忧愤而亡，其鬼魂向王魁索命；《杨思温燕山遇故人》中的郑意娘守节丧身，其夫后背盟另娶刘氏，郑意娘之魂竟恨意难平，索二人之命。这凌厉的报复已不复有“温柔敦厚，怨而不怒”之态，可见是受世俗观念影响，符合市民道德的。作者和受众因素都发生变化，导致宋代话本小说的总体风貌与过去的文言小说迥异。

鲁迅说过“宋市人小说，虽亦间参训喻，然主意则在述市井间事，用以娱心”。② 宋元话本小说最突出的特点是其趣味性和现实性。话本小说以男女情爱婚姻为题材的特别多，如《碾玉观音》、《张生彩鸾灯传》、《钱塘梦》、《闹樊楼多情周胜仙》等故事，往往塑造一种大胆泼辣、热情爽利的青年女子形

① “头回”这类小故事有延候观众入席，又不使冷场的作用，并非每个话本小说之前都有这个部分。

② 《中国小说史略》第二十一篇《明之拟宋市人小说及后来选本》，见《鲁迅作品精选：中国小说史略汉文学史纲要中国小说的历史的变迁》，第166页。

象，讲述其主动追求爱情的经历和结局。《三现身包龙图断冤》、《错斩崔宁》、《勘皮靴单证二郎神》等讲官府断案，《西山一窟鬼》、《西湖三塔记》、《定山三怪》等讲妖灵鬼怪，都是可惊、可羡、可叹、可愕之事，这些曲折离奇、不合常理常情的故事不仅满足了市民追新逐奇的嗜好，也投射了市民阶层艳羡荣华富贵、渴求情爱婚姻等生活愿望，反映了世俗民众的精神风貌和审美趣味。

郑振铎曾说："（宋元）说书家是惟恐其故事之不离奇，不激昂的：若一落于平庸，便不会耸动顾客的听闻。所以他们最喜欢取用奇异不测的故事，惊骇可喜的传说，且更故以危辞峻语，来增高描叙的趣味。"①话本小说不但倾向于选择新巧奇特、耸人听闻的故事素材，叙述中也往往运用"巧合"来组织和发展情节，造成意外的波折，使小说更曲折离奇、引人入胜。如《错斩崔宁》中，刘贵遭窃被杀，崔宁蒙冤，正因为有"十五贯钱"的巧合，十五贯钱成为情节发展的关键。此外在叙述方式上，小说一开头往往特意强调这是一桩"蹊跷作怪"的故事，例如《西山一窟鬼》正话开头说："自家今日也说一个士人，因来行在临安取选，变做十数回蹊跷作怪的小说。"《张生彩鸾灯传》云："今日为甚说这段话？却有个波俏的女娘子也因灯夜游玩，撞着个狂荡的小秀才，惹出一场奇奇怪怪的事来。"《简帖和尚》云："有一个官人，夫妻两口儿正在坐地，一个人送封简帖来与他浑家。只因这封简帖儿，变出一本蹊跷作怪底小说来。"这样就勾起听众的好奇心，造成一种先声夺人的艺术效果。

作为一种纯粹的娱乐，话本讲述中还常常插科打诨以调笑逗乐。《醉翁谈录·小说开辟》中称赞"说话人"能："白得词，念得诗，说得话，使得砌。"所谓"砌"，就是指嘲谑打趣一类的滑稽话，例如《宋四公大闹禁魂张》在讲到张员外贪吝时，就说他有件毛病，要去那"虱子背上抽筋，鹭丝腿上割股，古佛脸上剥金，黑豆皮上刮漆，痰唾留着点灯，捋松将来炒菜"。这就增强了小说的趣味性。

---

① 郑振铎：《古典文学论文集》，上海古籍出版社1984年版，第410页。

话本小说往往以白描写实的手法再现生活原貌，“采闾巷之故事，绘一时之人情”。小说里保存了许多当时当地的风物习俗和社会背景的史料。《宋四公大闹禁魂张》里描写宋四公盗窃禁魂张员外的土库，他“夜至三更前后，向金梁桥上，四文钱买两只焦酸馅”，下药药翻了护院的狗。买东西的细节完全与宋人笔记记载的汴京城内生活的实况吻合。① 又如《碾玉观音》对南宋临安地名交待得十分精细，明显反映出说话人的生活经验。《简帖和尚》中还保留着北宋的官职名称和制度，符合史书记载。②《闹樊楼多情周胜仙》写朱真盗墓，写得有条不紊，丝丝入扣，如目亲睹。这种白描写实手法令小说倍增生活气息，很有现实感。

虽然现存话本能确定为宋代原貌的很少，但宋代话本语言的通俗性是无可置疑的。《古今小说》序言说，“大抵唐人选言，入于文心；宋人通俗，谐于里耳”。宋人笔记记说书人姓名曰“张山人”、“酒李郎”、“故衣毛二”、“枣儿徐荣”……，可见话本的编写和说唱者，多在社会下层。况且受众不过是市井村坊的百姓，因此叙述故事一定多用口语白话。如《碾玉观音》中，璩秀秀乘王府失火之际，提着一帕子珍珠宝物，要求与崔宁私奔：

> 秀秀道：“你记得当时在月台上赏月，把我许你，你兀自拜谢。你记得也不记得？”崔宁叉着手，只应得诺。秀秀道：“当日众人都替你喝彩：‘好对夫妻！’你怎地倒忘了？”崔宁又则应得诺。秀秀道：“比似只管等待，何不今夜我和你先做夫妻？不知你意下如何？”崔宁道：“岂敢！”秀秀道：“你知道不敢，我叫将起来，叫坏了你。你却如何将我到家中？我明日府里去说！”崔宁道：“告小娘子：要和崔宁做夫妻不妨，只一件，这里住不得了，要好趁这个遗漏人乱时，今夜就走开去，方才使得。”秀秀道：“我既和你做夫妻，凭你行。”当夜做了夫妻。③

① 孟元老《东京梦华录》卷三“马行街铺席”条记载：“夜市直至三更尽，才五更又复开张。如要闹去处，通晓不绝。寻常四梢远静去处，夜市亦有燋酸豏（即焦酸馅）、猪胰、胡饼、和菜饼、獾儿、野狐肉、果木翘羹、灌肠、香糖果子之类。”《梦粱录》卷一三“夜市”条也说有“焦酸馅”供应。

② 参阅程毅中《宋元小说的写实手法与时代特征》，《社会科学战线》1996 年第 6 期。

③ 见冯梦龙《警世通言》第八卷“崔待诏生死冤家”。

这段话叙述情节、记述对话简洁流利，把秀秀一厢情愿的急切心情和崔宁的被动应对写得很细腻真实。又如《闹樊楼多情周胜仙》中，①写周胜仙在樊楼遇见了范二郎，回到家中相思成疾，她母亲请了既会看脉、又会做媒的王婆来给女儿看病，周胜仙与王婆二人之间那一段对话，把王婆那逢迎说合、喜欢揽事的媒婆性格写得很传神，周胜仙由瞒到露的转变也自然可信，两人的音容笑貌跃然纸上，十分生动。不过从仅存的《红白蜘蛛》的元刊残页来看，宋元话本的语言去讲述与编入明人小说集子中的宋元话本小说的语言艺术高下相去甚远，但考虑到讲《红白蜘蛛》故事的说书人，在场上无论如何不可能用书面上那样笨拙滞涩的语言去讲述这个实际情况，再参考《醉翁谈录》描述的听众的反应，也不能排除可能有繁本的宋元小说话本可以与说话表演一样动人。②

毋庸讳言，即使是经过明人删改，宋元话本小说从艺术上讲仍然存在很多缺憾。有的话本结构过于松散。有时因为媚俗，为增强吸引力与耸动效应，而不太注意故事情节的分寸感和逻辑性，导致不少话本过于荒诞不经或肤浅鄙俗。一些话本的语言很稚拙，也许因为作者本来文化水平不高；也有一些话本语言文白夹杂不协调，可能是将几个来源的材料加以拼凑所至。有时显得话本故事讲述者的立场模糊，或者是故事中主人公的思想言行显得矛盾、不一致。但总体上看，话本小说在当时深受民众欢迎，而且形式和艺术上对后世白话小说和戏剧产生了深远的影响。

（五）“说话”和话本对元代以后通俗叙事文学发展的影响

元、明、清三代，戏剧和白话小说成为文学主流，这一趋向是以宋代说话和话本的繁荣发展为滥觞的。

王国维论及宋元说话对于戏剧的意义时说：“其发达之迹，虽略与戏曲平行，而后世戏剧之题目，多取诸此，其结构亦多依仿为之，所以资戏剧之发

---

① 见冯梦龙《醒世恒言》第十四卷。

② 当然正如中里见敬所言：尽管宋代城市盛行“说话”艺术，但这并不直接意味着当时已有小说刊本。小说文本之得以成立，除了故事内容以外，还需要白话文体的成熟、叙事形式的确立以及出版业的发达等条件。参阅中里见敬《反思〈宝文堂书目〉所录的话本小说与清平山堂〈六十家小说〉之关系》，《复旦学报》（社会科学版）2005 年第 6 期。

达者，实不少也。”①从已经知道的话本故事——如西厢一类的情爱婚姻故事、水浒一类的杆刀朴棒故事、包公断案一类的公案故事以及各种历史故事来看，其题材多为戏剧采用。从体制看，宋元杂剧或是明清传奇一般都是前有“楔子”，后有“题目”、“正名”，中间是戏剧的主要内容。此外人物上场时，往往简要介绍主人公的姓名、籍贯、经历及家庭情况，或者还会念出四句诗，称为定场诗，下场时则有下场诗，这与现存可见的话本小说的体制大略一致。

就白话小说而言，正如鲁迅所说：“这类作品（话本小说）不但体裁不同，文章上也起了改革。用的是白话，所以实在是小说史上的一大变迁。”②又说：“宋人之‘说话’的影响是非常大的，后来的小说十分之九是本于话本的。”③白话小说的兴起虽不始于宋，却盛于宋元话本。宋元话本小说不但语言通俗了，小说所取的题材、人物形象的塑造、意识观念、审美风貌都出现重大变化。而明人在搜集编选宋元话本并加以增删改写以外，还根据野史、笔记小说、戏曲和时事新闻模拟创作话本式的白话短篇小说，称为拟话本，在嘉靖年间洪楩编刊《清平山堂话本》，泰昌天启年间冯梦龙编纂《古今小说》、《警世通言》、《醒世恒言》，崇祯年间凌濛初编纂《拍案惊奇》、《二刻拍案惊奇》等小说集中多见。明代拟话本小说的发展达到高峰，当直接受到宋元小说话本的影响。讲史话本则演化为历史演义，如《三国志通俗演艺》、《前汉志传》、《说唐后传》、《南北宋志传》等都和平话有先后传承关系。至于摹拟讲史话本而编写成的历史演义就更多了，一部二十四史差不多每个朝代都编成了演义小说，讲述征战开辟、忠奸斗争的王朝兴废故事。小说话本长于细节描写，讲史话本篇幅较长，“说收拾寻常有百万套，谈话头动辄是数千回”，二者结合起来又促进了长篇白话章回小说的成熟。这样一来，以白话叙事为主的近体小说就取代了以文言叙事为主的古体小说，在文学史占据

---

① 王国维：《宋元戏曲史》之第三章《宋之小说杂戏》，百花文艺出版社2002年版，第30页。

② 鲁迅：《中国小说的历史的变迁》第四讲“宋人之‘说话’及其影响”，见《鲁迅作品精选：中国小说史略汉文学史纲要中国小说的历史的变迁》，中国文史出版社2002年版，第331页。

③ 鲁迅：《中国小说的历史的变迁》第四讲“宋人之‘说话’及其影响”，第333页。

了主流地位。

而正如王国维所言,“宋之小说,则不以著述为事,而以演讲为事”,①叙述者与受众之间建立了一种“说”与“听”的审美关系,宋代说话伎艺和话本建立的这种审美关系决定了其后白话小说特殊的审美形式。例如明代以降的通俗传奇小说和历史演义已经脱离了说与听的场景,变成纯粹的案头文学,却仍然虚拟说书人的口气,以讲故事的形式展开全知视角的叙事。而宋代说话和话本的受众群体是市井百姓,它们的商业化和通俗文艺性质决定了与之一脉相承的明拟话本以及其他白话章回小说的写作也较多地迎合大众读者趣味、满足其好奇心理,而缺少深入思考、批判锋芒,作者的创作个性也湮没不彰。正是出身于话本的这一性质决定了中国古代白话小说中像《儒林外史》、《红楼梦》这样有作家个人神韵和思想深度的作品堪称凤毛麟角。

二 “水浒”题材的宋元话本与《水浒传》的成书

与《西游记》、《红楼梦》主要是个人创作不同,《水浒传》作为中国古代小说四大名著之一,其成书是一个复杂而漫长的演变过程,首先是宋元说话艺人写作水浒题材的话本,讲述水浒人物的传奇故事,这一故事题材又为金、元杂剧等文艺表演形式吸纳,情节不断丰富完整,人物形象的塑造逐渐丰满鲜明,人数也逐渐确定,水浒故事经过民间艺人的加工和传播,最后在文人手中写定成长篇白话章回小说。

水浒故事确有其史实根源。② 北宋宣和元年(1119)宋江率众聚义,活动于河朔(河北)、京东(山东)、苏北一带,后接受招安并征讨方腊,这些事迹在宋代的多种文献中有所反映。③ 南宋孝宗时王称所撰《东都事略》载:“宋江

---

① 参阅王国维《宋元戏曲史》之第三章《宋之小说杂戏》。

② 参见余嘉锡《宋江三十六人考实》,《辅仁学志》8卷2期,1939年12月。

③ 如张守(1084—1145)《左中奉大夫充秘阁修撰蒋公墓志铭》(《毗陵集》卷一二)谓:“宋江啸聚亡命,剽掠山东,一路州县大震,吏多避匿。”汪应辰(1118—1176)《显谟阁学士王公墓志铭》(《文定集》卷一三)谓:“河北剧贼宋江者,肆行莫之御。”又《东都事略》卷一一,《本纪》十一载宣和三年二月:“方腊陷楚州。淮南盗宋江犯淮阳军,又犯京东、河北,入楚海州。”

寇京东，蒙上书陈制贼计曰：'宋江以三十六人横行河朔、京东，官兵数万，无敢抗者，其材必过人。不若赦过招降，使讨方腊以自赎，或足以平东南之乱'。徽宗曰：'蒙居闲不忘君，忠臣也。'起知东平府，未赴而卒。"①宋江及其部属后为张叔夜打败，并接受招安。《东都事略》还记载张叔夜"出知海州，会剧贼宋江剽掠至海，趋海岸劫巨舰十数。叔夜募死士千人，距十数里，大张旗帜诱之使战。密伏壮士匿海旁，约候兵合即焚其舟。舟既焚，贼大恐，无复斗志。伏兵乘之，江乃降"。② 北宋李若水（1093—1127）有《捕盗偶成》诗，写道："去年宋江起山东，白昼横戈犯城郭。杀人纷纷剪草如，九重闻之惨不乐。大书黄纸飞敕来，三十六人同拜爵。狞卒肥骖意气骄，士女骈观犹骇愕。"③《三朝北盟会编》中有宋江参与征方腊的记载："宣和二年，方腊反睦州，陷温、台、婺、处、杭、秀等州，东南震动。以（童）贯为江浙宣抚使，领刘延庆、刘光世、辛企宗、宋江等军二十余万往讨之。"④此外，李埴《皇宋十朝纲要》、杨仲良《续资治通鉴长编纪事本末》，《宋史》的《徽宗纪》、《侯蒙传》都记载了宋江聚义及招安、征方腊等事。⑤ 乾道二年成书的《夷坚乙志》卷六记载了一个故事说：宣和七年侍郎蔡居厚"疽发于背"而卒，在地狱受刑，托人传话其妻说是因为帅郓州时，尽诛梁山泺投降的群盗五百人。⑥ 这些正史、野史或诗歌的记叙比较零星、粗略，也不一定准确无误，但宋江聚义的前后情形，包括受招安、征方腊的情节，最后被杀的结局都大致勾勒出来了，三十六人这个数字也于史有据。

宋江等人横行京东、河朔，所向披靡，及其受招安，"三十六人同拜爵"，

---

① 王称《东都事略》卷一〇三，列传八六"侯蒙传"，文渊阁四库全书本。

② 《东都事略》卷一〇八，列传九一"张叔夜传"。

③ 李若水：《忠愍集》卷二，文渊阁四库全书本。

④ 见徐梦莘《三朝北盟会编》卷五二所引《中兴姓氏奸邪录》。

⑤ 李埴《皇宋十朝纲要》卷一八："宣和元年十二月，诏招抚山东盗宋江……宣和三年二月庚辰，宋江犯淮阳军，又犯京东、河北路，入楚州界。知州张叔夜招抚之，江出降……六月辛丑，辛兴宗、宋江破贼上苑洞。"杨仲良《续资治通鉴长编纪事本末》卷一四一："（征方腊攻帮源洞）王涣统领马公直并稗将赵明、赵许、宋江，既次洞后。"

⑥ 参见鲁迅《中国小说史略》第十五篇《元明传来之讲史》，见《鲁迅作品精选：中国小说史略 汉文学史纲要 中国小说的历史的变迁》，第115页。

这样的事情想必对朝野的影响震动都很大,“犷卒肥骖意气骄,士女骈观犹惊谔”,人们相互传说、议论纷纷也是自然而然的事。不过北宋末期有没有说话艺人讲水浒故事、南宋讲水浒故事的话本具体出现于何时皆不可得知,但邵青在南渡之际起事并受招安的故事在高宗朝已经被编为话本供奉高宗了,据此推测,水浒故事的话本也许不会出现得太晚。①

宋末遗民龚开曾作《宋江三十六赞》并序,云:

> 宋江事见于街谈巷语,不足采著,虽有高如李嵩辈传写,士大夫亦不见黜。余年少时壮其人,欲存之画赞,以未见信书载事实,不敢轻为。及异时见《东都事略》中载侍郎《侯蒙传》有书一篇,陈制贼之计云:‘……。’余然后知江辈真有闻于时者。于是即三十六人,人为一赞,而箴体在焉。……余尝以江之所为,虽不得自齿,然其识性超卓有过人者,立号既不僭侈,名称俨然,犹循轨辙,虽托之记载可也。②

龚开(1222—约1304),字圣与,号翠岩,淮阴(今属江苏)人。他提及的李嵩是钱塘(今浙江杭州)人,曾为三朝画院待诏,以善画人物著称。龚开为宋江等三十六人各写一组四言赞语,如曰浪子燕青“平康巷陌,岂知汝名,太行春色,有一丈青”。曰行者武松“汝优婆塞,五戒在身。酒色财气,更要杀人”。曰浪里白条张顺“雪浪如山,汝能白跳。愿随忠魂,来驾怒潮”等等。从序文可知宋江等三十六人聚义的故事流传已久,龚开对此非常熟悉,且全得自于街谈巷语,后来才从史书得到印证。而从《醉翁谈录》所列南宋话本名目来看,已有《石头孙立》、《青面兽》、《花和尚》、《武行者》等篇目,虽不知具体内容,大概讲述的就是水浒英雄孙立、杨志、鲁智深和武松的故事。

《大宋宣和遗事》是现存以宋江为主要人物的水浒故事的最早资料。《宣和遗事》被认为是宋元间人所编写的讲史话本,其体裁杂糅,语言也文白间杂。其中第四部分主要讲宋江等三十六人会合的经过,用口语叙述,大约

---

① 徐梦莘《三朝北盟会编》卷一四九记载“邵青受招安”事,前引。邵青聚众起事和接受招安与宋江事迹相近,而且发生在南渡之际,晚于宋江。内侍曾把邵青事迹编为话本供奉高宗,据此推测水浒故事的话本不会出现得太晚。可参程毅中《宋元小说研究》,第227页。

② 见周密《癸辛杂识》续集上“宋江三十六赞”,第145页。

有四千字左右，比较简略，基本取自话本。根据《士礼居丛书》本的目录，有"杨志等押花石纲违限配卫州"、"孙立等夺杨志往太行山落草"、"宋江因杀阎婆惜往寻晁盖"、"宋江得天书三十六将名"、"宋江三十六将共反"、"张叔夜招宋江三十六将降"等六节，已经有杨志卖刀、吴学究劫生辰纲、宋江杀阎婆惜及受天书等情节。其中"智取生辰纲"一节写得比较细致，有细节描写，有人物对话，还有一些写景和叙事的套话，显是说话人的口吻，情节基本为后来的《水浒传》所承袭，只是地点和人物稍有出入。[①] 宋江在九天玄女庙看到三十六将名单，九天玄女称三十六人为天罡猛将，基本就是今本《水浒传》中的三十六天罡星，只有少数几个姓名和绰号不同，次序有变化。《大宋宣和遗事》中叙述的宋江三十六人聚义故事已经勾出后世《水浒传》的雏形，因此被鲁迅称为"是《水浒》之先声"。

从现存资料看，水浒故事中宋江等三十六人的具体成员、聚义活动的地点以及某些情节并不一致。如宋末元初龚开作《三十六人赞》，人名绰号与《宣和遗事》略有不同。在《宋江三十六人赞》中吴学究、卢俊义、李俊、阮小二、关胜、杨雄、张清、张横等在《大宋宣和遗事》中则作吴加亮、李进义、李海、阮进、关必胜、王雄、张青、张岑。龚开所言三十六人较之《宣和遗事》中少了公孙胜、林冲、杜千，而多了解珍、解宝，并且将宋江包括在内。龚开的《宋江三十六人赞》和序文里没有提梁山泊，而是前后五次提到太行山，说明龚开听说的宋江等人的活动区域是太行山。《宣和遗事》中第一批聚义的是杨志等十二人，同往太行山落草。第二批聚义的晁盖等八人则邀约杨志等十二人同往梁山泊落草，这样就把在河北和山西交界处的太行山和山东东平的梁山泊拉到一起了。而史书虽未明言宋江一伙人聚啸的根据地在何处，但徽宗既任命侯蒙知东平府，让他去招降宋江，说明东平距宋江的活动区域不远，且"梁山泊素多盗"，[②]正在东平附近。前面引《夷坚志》蔡居厚尽诛投降的群盗，也是在山东梁山泺。这些细节出入正说明宋朝水浒故事话

---

① 例如送生辰纲的是北京留守梁师宝，不是梁世杰，也不是蔡京的女婿。押送者是县尉马安国，不是杨志。关胜作关必胜、卢俊义作李进义等。

② 《宋史》卷三二八，列传第八七"蒲宗孟传"，第 10571 页。

本并无通行的定本，其传播至少存在两个以上的系统，《大宋宣和遗事》本是“掇拾故书，补缀联凑”而成，作者可能也将不同系统的水浒话本糅合到一起了。对照明代写定的《水浒传》小说，《宣和遗事》中宋江杀阎婆惜后逃脱追捕直接上了梁山，没有发配江州途经梁山的情节。晁盖早死，也没有三打祝家庄的故事，宋江受招安，收方腊，封节度使这个结局则已经确定了。

在与南宋并立的金和南宋之后的元朝，水浒题材的文艺表演也很丰富。在宋江聚义的山东东平杂剧作家很多，高文秀、杜仁杰、胡祗遹、杨奂、商挺、阎复等杂剧作家或是生长于此地，或因谋生计漂泊至此，杂剧创作很兴盛，元代水浒题材的杂剧数量很多也许与此有关，水浒故事的情节和人物也从不同方面得以发展和丰富。不过从现存完整剧本来看，《水浒传》从杂剧中取材的分量不如宋代话本及传说的多。

总的来说，明代成书的《水浒传》小说，其故事雏形在宋代已经出现，基本上以民间传说和说话及话本的方式流传。在长达二百五十年的时间内，①经过下层文人、民间艺人编写、讲述，形式从宋朝的说话，发展到元代杂剧舞台上搬演；人数从宋江等三十六人发展到七十二人又发展到一百零八人；宋江、李逵等豪杰的性格、形象，聚义的情节在说话、戏剧的表演中、刻画中愈来愈细致、丰富。聚义地点确定为梁山泊；最终由施耐庵、罗贯中以《大宋宣和遗事》中的记叙为轮廓和主线，在民间传说、宋人话本、元代杂剧和历史文献记载的基础上，又吸收其他零散资料，加以补充和发挥，经过一系列的整合、再创作，把宋元时期相对粗糙的故事话本熔铸成为文学名著。

《水浒传》是章回体白话小说，但它的结构独特，其叙事总是以单个英雄为中心展开，上一个人物的故事结束时，由事件和场景的转换牵出另一个人物，因人生事，开始下一个故事，叙述呈链状延续。有一些故事还自成段落，如“智取生辰纲”和“三打祝家庄”等即为其例。而通过《醉翁谈录》的记录，我们知道早期的水浒故事大都是单篇话本形式，一种话本专讲一个英雄的事迹，《水浒传》小说的结构特点也透露出它与宋代水浒题材的说话及话本

---

① 若定《水浒传》成书时间为明代嘉靖年间，即 1522 年以后，则《水浒传》的成书过程长达四百年。

的源流联系。

第二节　宋杂剧与其他歌舞曲艺样式

一　杂剧

杂剧这个名称在北宋已经出现。根据文人笔记的记载，北宋时宫廷内府宴集时，有优伶作滑稽诙谐的表演，常常以插科打诨的方式对时事或人物加以嘲谑讽刺。如真宗内宴时，优伶讽刺杨亿等效李商隐为西昆体诗："优人有为义山者，衣服败敝，告人曰：'我为诸馆职挦扯至此。'闻者欢笑。"①曾慥《类说》记载有宋太祖赵匡胤观赏杂剧的事。欧阳修在致梅尧臣的信中也有"正如杂剧人上名下韵不来，须勾副末接续"的话。这种娱乐伎艺一直延续到南宋末年。叶绍翁《四朝闻见录》记载：

> 韩侂胄用兵既败，为之须发俱白，困闷不知所为。优伶因上赐侂胄宴，设樊迟、樊哙，旁有一人曰樊恼。又设一人，揖问迟："谁与你取名？"对以夫子所取。则拜曰："此圣门之高弟也。"又揖问哙，曰："谁名汝？"对曰："汉高祖所命。"则拜曰："真汉家之名将也。"又揖恼，曰："谁名汝？"对以"樊恼自取"。又因郭倪、郭果（按果当作倬）败，因赐宴，优伶以生菱进于桌上，命二人移桌，忽生菱坠，尽碎。其一人曰："苦，苦，苦！坏了多少生灵，只因移果桌！"②

《贵耳集》（卷下）载：

> 史同叔为相日，府中开宴，用杂剧人。作一士人念诗，曰：'满朝朱紫贵，尽是读书人。'旁一士人曰：'非也，满朝朱紫贵，尽是四明人。'自

---

① 刘攽：《中山诗话》，见《历代诗话》，第287页。

② 叶绍翁：《四朝闻见录》戊集"优伶戏语"条，第191页。

后相府有宴,二十年不用杂剧。①

比较著名的滑稽戏还有曾敏行《独醒杂志》中记载的《当拾钱》、周密《齐东野语》中记载的《三十六计》,张知甫《可书》记载的《天灵盖》和岳珂《桯史》卷七记载的《二圣环》等。这些滑稽剧起初也稍作情节的铺垫,②而特以寓嘲讽针砭于滑稽调笑的表演特色为人们所注意,故洪迈《夷坚志》云:“俳优侏儒,固伎之最下且贱者,然亦能因戏语而箴讽时政,有合于古矇诵工谏之义,世目为杂剧者是已。”③《都城纪胜》谓杂剧“大抵全以故事世务为滑稽,本是鉴戒,或隐为谏诤也,故从便跣露,谓之无过虫”。④ 不过宫廷杂剧演出的主要目的在于诙谐调笑,“务在滑稽唱念,应对通便”,“一时取圣颜笑”,⑤苏轼为教坊表演所作的致语中,“勾杂剧”词曰:“宜资载笑之欢,少讲群优之技”,“宜进诙谐之技,少资色笑之欢”,“载色载笑,期有悦于威颜”,以及“上悦天颜,杂剧来欤”等等,⑥可作印证。

除了滑稽调笑表演以外,杂剧还包含其他的内容和形式。据《东京梦华录》“中元”条记载:“勾肆乐人,自过七夕,便搬演‘目莲救母’杂剧,直至十五日止。观者倍增。”“目莲救母”是佛经故事,接连演七、八天的杂剧,其故事情节必定复杂,表演方式一定也很丰富。今天虽然不知具体搬演情形如何,而从明代《目莲救母行孝戏文》来看,除了扮演角色,叙述目莲救母的故事以外,其中还穿插了不少像“僧尼会”、“王婆骂鸡”、“瞎子观灯”之类打诨嘲谑的关目,这又正是杂剧之本色。南宋末周密的《武林旧事》卷一○中列有“官本杂剧段数”剧目二百八十个。这二百八十本剧目用如六幺、瀛府、梁州、伊州等大曲者有一百零三本,用法曲者四本,用诸宫调者二本,用普通词

① 张端义:《贵耳集》卷下。

② 正如黄庭坚所言:“作诗正如作杂剧,初时布置,临了须打诨,方是出场。”见《王直方诗话》“作诗如杂剧”,见郭绍虞《宋诗话辑佚》,中华书局 1980 年版,第 14 页。

③ 洪迈:《夷坚志》乙卷四“优伶箴戏”。

④ 《都城纪胜》“瓦舍众伎”条,第 9 页。

⑤ 《梦粱录》卷二○“妓乐”条,第 177 页。

⑥ 参阅张国强《教坊“致语”考述》,《音乐研究》2007 年第 1 期。苏轼所作“勾杂剧”之语见吕祖谦《宋文鉴》卷一三二,苏轼作《集英殿秋宴教坊致语》一套。

调者三十五本，共一百五十余本，已过全数之半，可见南宋杂剧多伴随歌曲进行表演。[①] 这些杂剧的剧本今已不存，但从剧目名称看，如《裴航相遇乐》、《封莺中和乐》、《柳毅大圣乐》、《郑生遇龙女薄媚》、《崔护六么》、《莺莺六么》、《裴少俊伊州》以及《相如文君》等，明显是取材于唐传奇和其他朝代的传奇故事，可见这些杂剧中包含着较为复杂的角色和故事情节；在乐曲伴奏下，还可能有舞蹈、歌唱甚至念白，已与戏曲表演相近。另外一些杂剧题目也提示了故事主题，如《女生外向六幺》、《义养娘延寿乐》、《列女降黄龙》、《看灯胡渭州》、《催妆贺皇恩》等，虽然不知道具体内容，但可以肯定不是以诙谐逗乐为主的滑稽表演。不过这二百八十本剧目中还是包括很大一部分滑稽戏，如题为《打调薄媚》、《大打调中和乐》、《大打调道人欢》的三本，实为配有歌曲的滑稽戏。[②] 又如《门子打三教爨》、《三教安公子》、《三教闹著棋》、《打三教庵宇》、《普天乐打三教》、《满皇州打三教》等，乃是针对儒、释、道三教人的滑稽戏。《急慢酸》、《眼药酸》、《食药酸》等则以读书人为调笑对象。此外有《讶鼓儿熙州》、《讶鼓孤》是讶鼓戏。《天下太平爨》及《百花爨》则是《乐府杂录》所谓的字舞、花舞。[③] 可见宋代杂剧既不全然是滑稽表演，也不是纯正的戏剧，它包括多种歌舞曲艺表演样式，与元代杂剧的概念迥然不同。

周密著录的官本杂剧段数不全为南宋所作，其中如《王子高六么》在神宗元丰年间已经流播。[④] 又《三爷老大明乐》、《病爷老剑器》二本，“爷老”二字是契丹语“走卒”之意，其来源可能是辽国，[⑤]这两部杂剧也可能出现在北宋时期。由于材料所限，《武林旧事》中著录的二百八十本杂剧产生时代难

---

① 参阅王国维《宋元戏曲史》“宋官本杂剧段数”，第47页。

② 据刘昌诗《芦浦笔记》卷三“打字”条：“街市戏谑，有打砌打调之类。”文渊阁四库全书本。

③ 《齐东野语》卷一〇“字舞”条云：“州郡遇圣节赐宴，率命猥伎数十群舞于庭，作‘天下太平’字，殊为不经。……唐王建《宫词》云：‘罗衫叶叶绣重重，金凤银鹅各一丛。每遇舞头分两向，太平万岁字当中。’则此事由来久矣。”第189页。

④ 朱彧《萍洲可谈》卷一：“王迥美姿容，有才思，少年时不甚持重，间为狎邪辈所诬，播入乐府。今《六么》所歌奇俊王家郎者，乃迥也。元丰中，蔡持正举之可任监司，神宗忽云：‘此乃奇俊王家郎乎？’持正叩头请罪。”则此曲实作于神宗时。

⑤ 《辽史·百官志》云：“走卒谓之曳剌”，“爷老”二字，当亦曳剌之同音异译。

以确考，只能笼统视为两宋之作。

宋代杂剧表演有一定程式，一般分为三个部分，据《梦粱录》记载：

> 杂剧先做寻常熟事一段，名曰艳段，次做正杂剧，通名两段。

又云：

> 杂扮或曰杂班，又名经（当作纽）元子，又谓之拔和，即杂剧之后散段也。顷在汴京时，村落野夫，罕得入城，遂撰此端，多是借装为山东、河北村叟，以资笑端。①

可见正杂剧之前有艳段，其后有杂扮，多以简易的滑稽戏谑为主。在北宋汴京的瓦舍中，常常是拿村民进城没见过世面的窘态取笑，类似元代杜善夫《庄稼人不识勾栏》套数描绘的那样。正杂剧的表演一般一场两段。宫廷杂剧表演一般在第五盏和第七盏酒时上场，据《东京梦华录》载："第五盏御酒……勾杂剧入场，一场两段。是时教坊杂剧色鳖彭刘乔、侯伯朝、孟景初、王颜喜而下，皆使副也。内殿杂戏，为有使人预宴，不敢深作谐谑，惟用群队装其似像，市语谓之'拽串'"；"第七盏御酒……勾杂戏入场，亦一场两段讫"。②《梦粱录》载"第五盏进御酒……参军色执竿奏数语，勾杂剧入场，一场两段。是时教乐所杂剧色何雁喜、王见喜、金宝、赵道明、王吉等，俱御前人员，谓之'无过虫'"；"第七盏进御酒……参军色作语，勾杂剧入场，三段"。③《武林旧事》卷一载"天基圣节排当乐次"，亦是皇帝初坐，进杂剧二段，再坐，复进二段。

唐代滑稽戏的脚色只有参军、苍鹘，宋代杂剧承唐参军戏而来，脚色增多了。《梦粱录》云：

> 杂剧中末泥为长，每一场四人或五人。……末泥色主张，引戏色分付，副净色发乔，副末色打诨。或添一人，名曰装孤。④

---

① 《梦粱录》卷二〇，第177页。

② 《东京梦华录》卷九"宰执亲王宗室百官入内上寿"条，第60页。

③ 《梦粱录》卷三"宰执亲王南班百官入内上寿赐宴"条，第17页。

④ 《梦粱录》卷二〇"妓乐"条，第177页。

《武林旧事》卷四“乾淳教坊乐部”条列“杂剧三甲”，一甲中脚色五，有戏头、引戏、次净、副末、装旦，与《梦粱录》所记角色大体相似。宋杂剧中副净、副末二角色由唐代的参军、苍鹘转变而来。元陶宗仪《辍耕录》云：

> 副净古谓之参军，副末古谓之苍鹘，鹘能击禽鸟，末可打副净。

又说：

> 其间副净有散说，有道念，有筋斗，有科讯。

副净在剧中做出各种滑稽可笑的姿态，让副末来逗引，即是所谓“发乔”。副末则专门插科打诨，逗引副净制造笑料。杂剧中有时出现官吏或妇女的角色，则谓之装孤、装旦。此外末泥色、引戏色，又称净、末，以指挥为职，因此在杂剧表演中反而不如副净、副末角色引人注目。①

综上所述，宋杂剧既包括以副净、副末为主的滑稽小戏，也包括歌舞表演，它可能是纯粹的舞蹈，也可能通过歌、舞、说、唱表演故事，角色更多，更接近于戏剧。总之，宋杂剧当是一种综合性质的歌舞杂戏演艺形式。《梦粱录》称“散乐传学教坊十三部，唯以杂剧为正色”，可见其为百戏之长。

杂剧表演在朝廷宴会、繁华城市的勾栏瓦舍中时固然属常见，而现代研究者通过对山西、华北等地宋元舞台遗址和戏曲文物的考察，证明了各地方的演剧活动也非常繁荣热闹。蜀地早在北宋真宗时期就有“乐市”（相当于“瓦舍”），至北宋末年，成都更是“自上元至四月十八日，游赏几无虚辰，使宅后圃名西园，春时纵人行乐。初开园日，酒坊两户各求优人之善者，较艺于府会。……自旦至暮，唯杂剧一色”。② 任二北的《优语集》汇录了不少关于宋杂剧的文字资料，涉及的地域包括两宋的许田、金陵、辽都中京、白沟驿、郑州、延安、真定、庆州、眉州、成都、常州、大名以及金都中都、吴门等，涵盖今天河南、江苏、内蒙古、河北、陕西、甘肃、四川、浙江、云南、辽宁、福建、广西等十二省。可想而知，这些遍及全国各地、甚至包括宋的邻国辽和金的杂

---

① 参阅王国维《宋元戏曲史》第五章《宋官本杂剧段数》、第六章《金院本名目》、第七章《古剧之结构》。

② 庄绰：《鸡肋编》卷上，第20页。

剧表演肯定存在语言的差异，恐怕体制和音乐以及内容也各有不同。《西湖老人繁胜录》“清乐社”条云“福建鲍老一社，有三百余人；川鲍老亦有一百余人”；[①]南宋宁宗时大觉禅师（1213—1278）有一首观剧诗云：“戏出一棚川杂剧，神头鬼面几多般；夜深灯火阑珊甚，应是无人笑倚栏”，[②]可见闽地杂剧、川蜀杂剧与临安本地杂剧的表演风貌是有分别的。然而受材料限制，现在也很难有更深入了解和研究。

与南宋杂剧同时，金国有院本。金院本与宋杂剧名目不同，演艺形式是相似的。元代杂剧是一种比较成熟的戏剧形式，其与宋杂剧、金院本俱有渊源。另外，在元朝被称为“南戏”——实际形成于宋代温州地区的戏文，在它刚出现的时候，称为“温州杂剧”或“永嘉杂剧”，说明它与宋杂剧有非常密切的关系。[③]

一直以来，对宋杂剧的认识和研究主要根据宋元笔记、元杂剧以及后世其他相关史料的记录、评述和陆续发现的文献和文物资料展开。现代研究者的成果以王国维的《宋元戏曲史》为杰作。50年代中期，宋杂剧、金院本研究方面出现了李啸仓《宋金元杂剧院本体制考》、谭正璧《〈武林旧事〉所录宋官本杂剧段数内容考》和《〈辍耕录〉所录院本内容考》及胡忌《宋金杂剧考》等论著，在宋金杂剧结构体制、表演内容等方面的研究都有所深入。随着反映宋金时期伎艺人生活的绘画、壁画、石刻和砖雕及其他戏曲文物越来越多地被发现，我们也对宋杂剧增加了感性认识。不过因为没有直接的杂剧剧本资料，对杂剧的认识仍存在不清楚的地方，如与很多杂剧和院本相关的名词无法准确理解，不知道所谓“冲撞”、“拴搐”、《撅倈家门》中的“撅倈”、《良头家门》中的“良头”是什么意思，等等。更重要的是宋杂剧、金院本的体制和角色分工也不能十分明确，如叙事性的杂剧是否有歌曲伴唱，唱与演是一人兼任，还是一人在场上演，唱者在场下。总之宋杂剧研究的深入有待于更

---

① 《西湖老人繁胜录》“清乐社”条，第2页。

② 见高楠顺次郎、望月信亨等编《大日本佛教全书》册九五《大觉禅师语录》卷下《颂古》。

③ 因为杂剧中本有一类是有故事情节，近于戏剧表演的，可能元人所称“南戏”，在宋朝本属于杂剧的范畴。

多材料的发现。但从戏剧发展史的角度来看，宋杂剧上承集汉、唐百戏尤其是唐参军戏，虽然表演样式和内容很庞杂，但作为元、明戏剧转型和发展的直接基础来讲，它是非常重要的一环。

二　其他歌舞曲艺样式

歌舞曲艺的表演在唐代已经非常丰富，发展到南宋就更是百艺纷呈，百花齐放了。《东京梦华录》、《都城纪胜》、《西湖老人繁盛录》、《梦粱录》、《武林旧事》等宋人笔记记载了一些演艺种类的大概情况，以下择要述之。

（一）傀儡戏和影戏

宋人的瓦舍勾栏中有傀儡戏和影戏的表演。《列子》中有偃师刻木人事，说明至迟在列子时已有傀儡戏表演；唐杜佑《通典》云："窟儡子，亦曰魁儡子，作偶人以戏，善歌舞，本丧乐也。汉末始用之于嘉会。"①汉时傀儡戏的结构不可考证，六朝时则已经用傀儡表演故事，有关于秃郭郎的滑稽戏。唐傀儡戏亦演故事。② 到了宋代，傀儡戏大盛，其中又分悬丝傀儡、走线傀儡、杖头傀儡、药发傀儡、肉傀儡、水傀儡等等多种类别。傀儡戏表演烟粉、灵怪、铁骑、公案等各种传奇和历代将相君臣故事，也有脚本可作依凭，而表演时是否给角色配上说白和歌唱就不得而知了。③ 傀儡戏之外，又有影戏，始于北宋中期，《事物纪原》载："宋朝仁宗时，市人有能谈三国事者，或采其说加缘饰、作影人，始为魏、吴、蜀三分战争之象。"④《东京梦华录》所载的京瓦伎艺有影戏、乔影戏之目。南宋影戏更盛，影人由素纸变为羊皮雕形，并加以彩色妆饰，"杭城有贾四郎、王升、王闰卿等，熟于摆布，立讲无差。其话本

---

① 杜佑：《通典》卷一四六"散乐"。

② 封演著，赵贞信校注《封氏闻见记校注》卷六："大历中，太原节度辛云京葬日，诸道节度使使人修祭。范阳祭盘最为高大，刻木为尉迟鄂公突厥斗将之戏，机关动作，不异于生。祭讫，灵车欲过，使者请曰：'对数未尽。'又停车，设项羽与汉高祖会鸿门之像，良久乃毕。缞绖者皆手擘布幕，收哭观戏。"第61页。可见唐傀儡戏仍保持了丧家乐的性质，表演也很生动。

③ 《都城纪胜》："凡傀儡敷演烟粉灵怪故事，铁骑公案之类，其话本或如杂剧，或如崖词，大抵多虚少实，如巨灵神朱姬大仙之类是也。"

④ 高承：《事物纪原》卷九《博弈嬉戏部四十八》"影戏"条。但这条材料不能为确证，因为现存《事物纪原》并非宋本之旧，且此条非北宋人口吻。

与讲史书者颇同,大抵真假相半”。[①] 可见影戏也是敷演故事,艺人一边手中表演,一边口中叙述或是讲唱故事,这种伎艺今日民间尚存。

（二）鼓子词、转踏与唱赚

鼓子词是宋代流行的一种说唱艺术形式,其词韵、散间杂,用一个词调来演唱,以鼓伴奏。现存的宋代鼓子词,从曲的结构看是联章复沓的组曲,从词的内容来看,往往铺陈演唱时序节令或是地理名胜,多数是并列关系,如欧阳修的《中吕宫·采桑子》写西湖美景、《渔家傲·十二月鼓子词》写节气。鼓子词的格式上承唐五代的联章曲子词,如敦煌写卷中有五台山曲子《苏幕遮》六首、《喜秋天》五首之类,若推溯到联章体组诗,则渊源更远。

郑振铎认为鼓子词“当是宴会的时候,供学士大夫们一宵之娱乐,故文简而事略,每章只有大约十段的歌唱”。[②] 北宋赵德麟《侯鲭录》记载的《元微之崔莺莺商调蝶恋花》是宋人编的鼓子词,[③]共有十首词,词前有序,中间以元稹《莺莺传》为文本基础叙述情节,采用联章体式敷演完整的莺莺和张生的恋爱故事,这在已知的一百八十一首鼓子词中是唯一纵向叙事的,故毛奇龄《词话》谓“《商调鼓子词》谱西厢传奇,为杂剧之祖”。

在《商调·蝶恋花》第一章的前言中,逍遥子自述莺莺张生的故事为大家喜爱,传播人口,他遂将其“被之以音律”,使之能“播之声乐,形之管弦”,“调曰商调,曲名蝶恋花”,这就是鼓子词的体式。在每一章的叙述之后,曲词之前,唱者明言“奉劳歌伴,先定格调,后听芜词”,招呼“歌伴”伴奏。这种格式在清平山堂刻本的《刎颈鸳鸯会》中也可看到,其文中穿插十首《商调·醋葫芦》与《商调·蝶恋花》鼓子词形式相同。[④]

与鼓子词同时、形式相近的说唱文艺形式,还有转踏,又称为缠达。转踏以一个曲调重叠歌唱,每一遍咏一事,共咏若干事,也可以是联章曲词咏

---

① 《梦粱录》卷二〇“百戏伎艺”条,第180页。

② 参见郑振铎《中国俗文学史》第八章“鼓子词与诸宫调”。

③ 作者有几说,或谓是潘阆,或谓是赵令畤,也有一说是秦观,皆无法定论。

④ 参阅程毅中《从〈商调蝶恋花〉到〈刎颈鸳鸯会〉——〈宋元小说研究〉补订之一》,《文学遗产》2002年第1期。《刎颈鸳鸯会》一般认为是明朝的,程毅中认为有可能是在宋元旧本基础上修订的。因为文体格式和语言风格有不少与宋元话本相似处。

唱一个完整的故事，且歌且舞，歌舞相兼。《碧鸡漫志》记“世有般涉调《拂霓裳》曲，因石曼卿取作传达，述开元、天宝旧事”。[①] 北宋郑仅有《调笑转踏》，以《调笑令》曲十二遍分咏罗敷、莫愁、文君等十二事。其词前有勾队词，然后以一诗一曲相间，以七绝诗为结尾，称为放队词。[②] 毛滂和秦观也有用《调笑令》曲与诗相间咏莺莺故事的作品。

到北宋末年，转踏的曲式构成逐渐发生变化，后称为唱赚。《都城纪胜》记载：

> 唱赚在京师日，有缠令、缠达：有引子、尾声为缠令；引子后只以两腔互迎，循环间用者，为缠达。

而唱赚之名，则得自宋室南渡以后，《都城纪胜》云：

> 中兴后，张五牛大夫因听动鼓板中，又有四片《太平令》，或赚鼓板，遂撰为“赚”。“赚”者，误赚之义也。令人正堪美听中，不觉已至尾声，是不宜为片序也。今又有覆赚，又且变花前月下之情及铁骑之类。凡赚最难，以其兼慢曲、曲破、大曲、嘌唱、耍令、番曲、叫声诸家腔谱也。[③]

唱赚将同一宫调的若干支曲子组合在一起，可以演唱故事。《事林广记》（日本翻元泰定本戊集卷二）中有南宋临安城内遏云社所唱赚词，其前且有唱赚规例，曰：

> （遏云要诀）夫唱赚一家，古谓之道赚。腔必真，字必正。欲有墩亢掣拽之殊，字有唇喉齿舌之异；抑分轻清重浊之声，必别合口半合口之字；更忌马嚣驶子，俗语乡谈。……假如未唱之初，执拍当胸，不可高过鼻，须假鼓板村掇，三拍起引子，唱头一句。又三拍至两片结尾，三拍煞；入序，尾，三拍，巾斗煞；入赚，头一字当一拍，第一片三拍，后仿此。出赚三拍，出声巾斗，又三拍煞。尾声，总十二拍：第一句四拍，第二句五拍，第三句三拍煞。此一定不逾之法。

---

① 王灼：《碧鸡漫志》卷三，见唐圭璋《词话丛编》，第98页。

② 参见曾慥编《乐府雅词》卷上，文渊阁四库全书本。

③ 《都城纪胜》中“瓦舍众伎”条，第10页。

所唱赚词，题为“圆社市语”，形容圆社蹴鞠之事，用同属于南曲中吕宫的《紫苏丸》、《缕缕金》、《好女儿》、《大夫娘》、《好孩儿》、《赚》、《越恁好》、《鹘打兔》、《尾声》依次联缀。这种组合只曲成套的“唱赚”一体，作为一种通俗曲艺，在南宋很流行。《癸辛杂识》收录了宁宗时官员高文虎为安置其侍妾银花所写的一条文字，其文云：

> 庆元庚申正月，余尚在翰苑，初五日成得何氏女，为奉侍汤药。又善小唱、嘌唱，凡唱得五百余曲；又善双韵，弹得赚五六十套。①

其时为南宋宁宗庆元六年（1200），银花能“弹得赚五六十套”，可见“唱赚”一体自北宋形成以来，其艺术生命力一直不衰。

唱赚对元曲的体例产生了直接的影响。它联“只曲”成“套曲”，由“引子”、“过曲”、“尾声”结构成套的结构体式与元曲的套数基本一致。胡忌对沈瀛《竹斋词》中的《野庵曲》和《醉乡曲》的曲式及其结构进行了分析，认为“缠令起于北宋，是套曲的祖先”，“南北曲‘联曲体’的套曲早在南宋初期已有了‘联词’成套的体制”。②“套数”得名与“唱赚”以“套”计数也当有直接关系。③《都城纪胜》所云“引子后只以两腔互迎，循环间用者，为‘缠达’”，这种体例在元杂剧的正宫、仙吕宫套曲中还保存着。④

（三）曲破与大曲

宋时舞曲，有曲破一种。《宋史·乐志》：“太宗洞晓音律，亲制……曲破二十九。”⑤曲破在唐五代时已经有了，宋代则藉以敷演故事。南宋史浩的

---

① 周密：《癸辛杂识》别集卷下之“银花”条，第272页。

② 胡忌：《沈瀛〈竹斋词〉中的套曲》，《南京师范学院学报》1981年第1期。赵义山《元散曲通论》也认为元曲套数体制与宋代唱赚有直接关联，跟大曲、诸宫调没有直接关系，见第31—40页。

③ 因此赵义山提出一个观点：北曲小令一体乃变词之双调为单调；套数一体乃直接借用词之“赚”体，北曲并未产生新的体式。而北曲有套数可以认为是对唱赚的借用。唱赚流行到南宋中叶，南曲也可直接借用唱赚形成套数，不必向北曲学。见《元散曲通论》，上海古籍出版社2004年版，第40页。

④ 最鲜明的例子如郑廷玉《看钱奴买冤家债主》第二折，全折曲名为：《正宫·端正好》、《滚绣球》、《倘秀才》、《滚绣球》、《倘秀才》、《滚绣球》、《倘秀才》、《滚绣球》、《倘秀才》、《塞鸿秋》、《随煞》。参见王国维《宋元戏曲史》，第69页。

⑤ 参见《宋史》卷一四二，第九五“乐第十七”。

《鄮峰真隐漫录》中记录了以曲破伴奏的剑舞情形。今录其辞如下：

二舞者对厅立裀上，(下略)乐部唱《剑器曲破》，作舞。一段了。二舞者同唱《霜天晓角》。

莹莹巨阙，左右凝霜雪；且向玉阶掀舞，终当有用时节。唱彻，人尽说，宝此刚不折，内使奸雄落胆，外须遣豺狼灭。

乐部唱曲子，作舞《剑器曲破》一段。舞罢，二人分立两边。别二人汉装者出，对坐。桌上设酒桌。竹竿子念：

伏以断蛇大泽，逐鹿中原，佩赤帝之真符接苍姬之正统。皇威既振，天命有归，量势虽盛于重瞳，度德难胜于隆准。鸿门设会，亚父输谋，徒矜起舞之雄姿，厥有解纷之壮士。想当时之贾勇，激烈飞扬；宜后世之效颦，回翔宛转。双鸾奏技，四座腾欢。

乐部唱曲子，舞《剑器曲破》一段。一人左立者，上裀舞，有欲刺右汉装者之势，又一人舞进前，翼蔽之。舞罢，两舞者并退。汉装者亦退。复有两人唐装者出，对坐，桌上设笔砚纸，舞者一人换妇人装，立裀上。竹竿子念：

伏以云鬟耸苍壁，雾縠罩香肌，袖翻紫电以连轩，手握青蛇而的皪，花影下游龙自跃，锦裀上跄凤来仪，逸态横生，瑰姿谲起。领此入神之技，诚为骇目之观，巴女心惊，燕姬色沮。岂唯张长史草书大进，抑亦杜工部丽句新成。称妙一时，流芳万古，宜呈雅态，以洽浓欢。

乐部唱曲子，舞《剑器曲破》一段，作龙蛇蜿蜒曼舞之势。两人唐装者起。二舞者，一男一女，对舞，结《剑器曲破》彻。竹竿子念：

项伯有功扶帝业，大娘驰誉满文场，合兹二妙甚奇特，堪使嘉宾釂一觞。霍如羿射九日落，矫如群帝骖龙翔，来如雷霆收震怒，罢如江海凝清光。歌舞既终，相将好去。

念了，二舞者出队。①

这场表演在《剑器曲破》的伴奏下，分别敷演了鸿门宴和公孙大娘舞剑的情

① 史浩：《鄮峰真隐漫录》卷四六，文渊阁四库全书本。

节。参军色在场外以韵语念白,形容故事情景,场上艺人以舞蹈表演之,乐部则唱曲子与舞蹈相间。

演奏大曲时所作的歌舞表演较曲破更繁复。《宋史·乐志》载教坊所奏曲目,共十八调四十大曲,又有"五十大曲"及"五十四大曲"之称。①《碧鸡漫志》谓:"凡大曲有散序、靸、排遍、攧、正攧、入破、虚催、实催、衮遍、歇拍、杀衮,始成一曲,谓之大遍。"②而散序与排遍,均不止一遍,故大曲遍数,往往多至数十,宋人多裁截用之。北宋时,葛守诚撰四十大曲,而教坊大曲始全有词。然南宋修内司所编《乐府混成集》的大曲一项,有谱无词的居半。③ 可见这项表演以音乐和舞蹈为主。宋人大曲之曲辞尚存者有曾布的《水调歌头》(王明清《玉照新志》卷二)、董颖的《薄媚》(《乐府雅词》卷上)和史浩的《采莲》(《鄮峰真隐漫录》卷四五)等,其中董颖的《薄媚》篇幅最长,自排遍第八、排遍第九、第十攧、入破第一、第二虚催、第三衮遍、第四催拍、第五衮遍、第六歇拍、至第七煞衮共十遍,而截去排遍第七之前的曲子不用。其曲词叙述了越国为复仇,以西子媚吴王,至于夫差亡国、西子身死的故事。大曲虽然遍数多,篇幅长,便于叙事,但其舞蹈动作皆有定则,不适宜敷演完整的故事,因此只是一种歌舞形式。④

(四)诸宫调

诸宫调出现于北宋时期。创始者为孔三传,《东京梦华录》(卷五)记崇宁、大观以来瓦舍伎艺,有"孔三传、耍秀才诸宫调"。《碧鸡漫志》(卷二)载:"熙宁元丰间,泽州孔三传始创诸宫调古传,士大夫皆能诵之。"《梦粱录》(卷二〇)云:"说唱诸宫调,昨汴京有孔三传编成传奇灵怪,入曲说唱。"诸宫调是将不同宫调的套数合在一起联成长篇,其间又可杂以简短叙述,用来说唱情节比较复杂的长篇故事。随着宋室南迁,诸宫调也从中原流传到了江南。今天能够见到的诸宫调仅有三部,分别是无名氏的《刘知远诸宫调》、金

① 参阅王国维《唐宋大曲考》,见《王国维戏曲论文集》,中国戏曲出版社1984年版。

② 王灼:《碧鸡漫志》卷三,见《词话丛编》,第100页。

③ 周密:《齐东野语》卷一〇"混成集"条,第187页。

④ 参见王国维《宋元戏曲史》之"宋之乐曲"一节相关内容。

人董解元的《西厢记诸宫调》和元人王伯成的《天宝遗事诸宫调》。《刘知远诸宫调》是现存最早的诸宫调作品，①有《知远走慕家庄沙陀村入舍第一》、《知远别三娘太原投军第二》、《知远充军三娘剪发生少主第三》、《知远探三娘与洪义厮打第十一》、《君臣弟兄子母夫妇团圆第十二》等共42页残本。唯有金董解元之《西厢记诸宫调》其词尚存完整。它以琵琶和筝伴奏，又称为《西厢记搊弹词》或是《弦索西厢》。

不同于鼓子词、唱赚、曲破、大曲等曲艺形式是先有确定的曲调，而后人们借以说唱咏事，诸宫调是作者为叙事而自主制曲，故王国维谓为"小说之支流，而被之以乐曲者"，②后被纳入宋杂剧、金院本中。

(五)合生

"合生"又名"合笙"，源自唐代的"题目"——"品题"人物。唐人以韵语概括人物的外貌品行，以为戏谑调笑，往往配之以声乐。《景龙文馆记》"合笙"条云："殿内奏合笙歌，其言浅秽，武平一谏曰：妖巫娼妓、街童市女，谈妃主之情貌，列王公之名质，咏歌蹈舞，号曰'合笙'，不可施于宫禁。"合生伎艺后来从宫廷流传到市井闾巷，宋人又称为"唱题目"。③

宋代时合生伎艺的表演情形，可以从一些笔记的记载去推想。《洛阳缙绅旧闻记》（卷一）"少师佯狂"条云：

> 有谈歌妇人杨苎罗，善合生杂嘲，辩慧有才思，当时罕与比者。少师以侄女呼之，每令讴唱，言词捷给，声韵清楚，真秦青韩娥之俦也。

《夷坚志》支乙卷六云：

---

① 清光绪二十九到三十四年间，帝俄政府派柯兹洛夫率领探险队到我国古黑水城（今内蒙额济纳旗）进行文物发掘，得到很多西夏文书和一些汉文刻版书籍，中有《刘知远诸宫调》五卷之中的二卷。中华人民共和国成立后，苏联政府于1951年移赠帝俄时代自中国掠去的珍贵图书。现存《刘知远诸宫调》为金代平阳刻本，版框高10.3厘米，宽7.8厘米，半页十二行，行二十字，白口，左右双边。是传世诸宫调最古的脚本之一，今藏北京图书馆。平阳一称平水（今山西临汾），是金代的刻书中心。关于《刘知远诸宫调》写作的年代，参见龙建国《〈刘知远诸宫调〉应是北宋后期的作品》一文，见《文学遗产》2003年第3期。武润婷《也谈〈刘知远诸宫调〉的作期》认为作于金正隆元年（1156）到大定二十二年（1182）之间，见《中国典籍与文化》2004年第2期。

② 王国维：《宋元戏曲史》之"宋之乐曲"一节，第42页。

③ 参阅高承《事物纪原》卷九"合生"条。

江浙间路岐伶女，有慧黠、知文墨，能于席上指物题咏，应命辄成者，谓之“合生”。其滑稽含玩讽者，谓之“乔合生”，盖京都遗风也。

《都城纪胜》“瓦舍众伎”条、《梦粱录》卷二〇“小说讲经史”条皆云：

合生与起令、随令相似，各占一事。

唐代行酒令时，先商定令题与令格，一人先咏，众人遵其格而附和，是为起令、随令，皆为韵语，往往有谐谑性质。由此可见宋代的合生不仅仅如唐人“题目”人物，也“指物题咏”；有的“滑稽含玩讽”，也有的不含谐谑性质。南宋有一个擅长合生的艺人“双秀才”，其名见于《西湖老人繁盛录》与《武林旧事》，在明代朱有燉《吕洞宾花月神仙会》杂剧中也出现了“双秀才”这一角色。剧中人云：“今日双秀才的生日，您一人要一句添寿的诗。”遂分咏：“桧柏青松长四时”，“仙鹤仙鹿献灵芝”，“瑶池金母蟠桃宴”，“都活一千八百岁”，呈现的正是双秀才擅长的“合生”伎艺，可与宋人的解释相印证。南宋时合生的表演方式由唐代的“咏歌舞蹈”、北宋的“唱题目”，转为偏于“说”。《醉翁谈录》（甲集卷一）“小说引子”云：“由是说者纵横四海，驰骋百家。以上古隐奥之文章，为今日分明之议论。或名演史，或谓合生，或称舌耕，或作挑闪，皆有所据，不敢妄言”，将合生归为“说者”一类。《都城纪胜》所谓“说话”四家，合生亦占一家。《南村辍耕录》记录了金院本名目六百九十种，其中有“题目院本”一类，保留了《柳絮风》、《墙外道》等二十种剧目，表演中可能吸纳了合生伎艺。总之合生作为一种伎艺，既可说，也可唱，既可单独表演，也可进入戏剧，成为戏剧的一个构成因素。

南宋的歌舞曲艺样式非常丰富，以上所述不足以完全概括。这些歌舞曲艺——如转踏、唱赚、鼓子词、大曲、诸宫调等等的繁荣发展为南宋戏文和元杂剧的成熟奠定了基础，戏剧的音乐、表演形式和结构体制正是吸取了这些曲艺形式的各种特点而逐渐丰富完善起来的。

第三节　南戏

南宋的舞台准戏剧表演除了杂剧以外，还有戏文，又名“温州杂剧”或“永嘉杂剧”，这表明它与宋杂剧颇有渊源，①起源地是温州。或许是起源与流行的地域主要在南方的原因，戏文在元代称为南戏（南曲戏文），是中国戏曲最古老的成熟形式。② 后世很多地方戏种都与南戏有渊源。

宋代戏文出现的时间向有两说。一说是南北宋之际。明祝允明《猥谈》云：

> 南戏出于宣和之后，南渡之际，谓之“温州杂剧”。予见旧牒，其时有赵闳夫榜禁，颇述名目，如《赵贞女蔡二郎》等，亦不甚多。③

一说是南宋光宗朝(1190—1194)。明徐渭《南词叙录》云：

> 南戏始于宋光宗朝，永嘉人所作《赵贞女》、《王魁》二种实首之。故刘后村（应为陆游）有“死后是非谁管得，满村听唱蔡中郎”之句。或云宣和已滥觞，其盛行则自南渡，号曰永嘉杂剧，又曰鹘伶声嗽。

而据元刘一清《钱塘遗事》载，“至戊辰己巳间（1268—1269），《王

---

① 关于宋南戏与宋杂剧的关系，有多种看法。最初王国维因为材料的限制，以为南戏出于元杂剧之后。张庚、郭汉城《中国戏曲通史》说“南戏在形成和发展的过程中，曾吸收宋杂剧和其他民间伎艺的成份”，且因为现在所知的宋南戏戏目与周密《武林旧事》著录的宋杂剧剧目相同的不多，所以认为“南戏与宋杂剧的关系似不像北杂剧与金院本的关系那么一脉相承。尤其是在题材上，受说唱艺术的影响甚至比受宋杂剧的影响还要大。这也表明，南戏在形成过程中，吸收更多的还是民间伎艺”（见《中国戏曲通史》，中国戏剧出版社 1992 年，第 110 页）。这个意见还有待商榷。以现存最早的南戏剧本《张协状元》为标本来看，应注意到早期南戏具有明显的杂剧特征，应考虑宋南戏出于宋杂剧的这个可能性。

② 钱南扬的《戏文概论》考得宋元南戏存目二百三十八本，其中流传者不到十分之一，且绝大部分为元人所作及被明人篡改过的作品。

③ 见《续说郛》卷四六。

焕》戏文盛行于都下，始自太学，有黄可道者为之”，①并产生“一仓官诸妾见之，至于群奔”的社会效果，元刘埙《水云村稿》“词人吴用章传”云：

> 吴用章，名康，南丰人。生宋绍兴间。敏博逸群，……试不利，乃留情乐府以舒愤郁。当是时，去南渡未远，汴都正音、教坊遗曲犹流播江南。……至咸淳（1265—1274 年）永嘉戏曲出，泼少年化之而后淫哇盛，正音歇，然州里遗老犹歌用章词不置。②

可见南宋末戏文已风靡社会。③ 南戏在元代持续发展，明代沈璟《南九宫谱》“所选古传奇，如《刘盼盼》、《王焕》、《韩寿》、《朱买臣》、《古西厢》、《王魁》、《孟姜女》、《冤家债主》、《玩江楼》、《李勉》、《燕子楼》、《郑孔目》、《墙头马上》、《司马相如》、《进海谏》、《诈妮子》、《复落倡》、《崔护》等，其名各与宋杂剧段数、金院本名目、元人杂剧相同，复与明代传奇不类，疑皆元人所作南戏”。④ 元末更有《荆钗记》、《刘知远白兔记》、《拜月亭》、《杀狗记》四大南戏及《琵琶记》等名作。

到明朝时，宋戏文已不多见，今于宋戏文仅确知七种剧目：《赵贞女蔡二郎》（见《猥谈》）、《王魁》、⑤《乐昌分镜》、⑥《王焕》（见《钱塘遗事》）、《祖杰》、⑦《韫玉》，⑧此外有《张协状元》。1920 年叶恭绰在英国伦敦发现“永乐大典戏文三种”，分别是《张协状元》、《宦门子弟错立身》和《小孙屠》，是宋

---

① 刘一清：《钱塘遗事》卷六“戏文诲淫”条，文渊阁四库全书本。

② 刘壎：《水云村稿》卷四“词人吴用章传”，文渊阁四库全书本。

③ 近有俞为民提出新说，他考定《张协状元》一剧产生的年代为北宋末年。据此推断南戏产生于北宋中叶。参见俞为民《宋元南戏考论续编》。

④ 见王国维《宋元戏曲史》“南戏之渊源及时代”，第 118 页。

⑤ 明叶子奇《草木子》卷四云：“俳优戏文始于《王魁》，永嘉人作之。”

⑥ 元周德清《中原音韵》：“南宋都杭，吴兴与切邻，故其戏文如《乐昌分镜》等，唱念呼吸，皆如约（沈约）韵。”

⑦ 周密《癸辛杂识别集》卷上“祖杰”条：“温州乐清县僧祖杰 ……自书供招，极其详悉，若有附而书者。其事虽得其情，已行申省，而受其赂者，尚玩视不忍行。旁观不平，惟恐其漏网也，乃撰为戏文，以广其事。”第 263 页。

⑧ 张炎《山中白云》卷五《满江红》小序：“赠韫玉，传奇惟吴中子弟为第一。”明初《文渊阁书目》卷一〇著录“东嘉韫玉传奇一册”。

元时期戏文中较早的剧本,①其中《张协状元》是至今留存的宋戏文唯一和完整的剧本,②由于宋戏文资料极度缺乏,它成为人们了解早期南戏面貌的主要依据。

《张协状元》剧本为九山书会编撰,他们当是永嘉地方的下层文人,靠编撰戏曲剧本、话本、诸宫调、唱赚等为生,戏文演出也由该书会才人承担,所谓"《状元张叶传》前回曾演,汝辈搬成"(见《张》剧第一出),"九山书会,近日翻腾,别是风味"(见《张》剧第二出),希望以此剧夺取魁首,"占断东瓯盛事"(见《张》剧第一出)。这部戏文讲了一个书生负心的故事。张协赴京赶考而中途遇盗,得贫女相救,遂结为夫妇。贫女卖发为张协筹取盘缠,张协考中了状元。后枢密使王德用为女招亲而张协未允。贫女至京城寻夫,张协却嫌弃她"貌陋身卑,家贫世薄",不肯相认。他在赴梓州上任时途经古庙,竟剑劈贫女,以绝后患。贫女未死,后为王德用收为义女,夫妇重归团圆。从现在知道的七种宋戏文剧目的大概内容来看,《王魁》讲王魁下第落魄,得倡女敫桂英帮助,中状元后即负约背盟,桂英怨愤而死,其冤魂报仇。《赵贞女蔡二郎》讲蔡伯喈中状元后入赘相府,背亲弃妻。其妻赵贞女在家乡独力承担公婆的生养死葬,备极艰辛。后一路弹唱琵琶上京寻夫,然伯喈不肯相认,还放马踹死糟糠之妻,结果身遭雷殛,受到上天惩罚。这几部戏文题材相近,都是书生得第之后负心背盟。之所以如此,一方面是这种取材与宋代社会现实贴近,另一方面情节、人物的设置与受众群体的观赏兴趣、审美情趣、生活愿望密切关联。宋初开科举以来,仕路向平民庶子开放,"读书未必困男儿,饱学应须折桂枝。一举首登龙虎榜,十年身到凤凰池"(《张协状元》第二出)是读书人的心声,"十年寒窗无人问,一朝成名天下知"发迹

---

① 据俞为民考证,南戏《错立身》、《小孙屠》皆是根据元代同名杂剧改编而成的,两剧在主题、艺术形式、语言风格、排场留有北曲杂剧的痕迹,均出于元人之手。参阅俞为民《南戏〈错立身〉〈小孙屠〉的来源及产生年代考述》,《求是学刊》2002 年第 5 期。(韩)洪恩姬《试论宋杂剧对南戏的影响及其消弱——兼论早期南戏发展过程》也提出《错立身》和《小孙屠》是元人创作,她注意到这两种戏文较之《张协状元》而言,曲词逐渐注重塑造人物形象,音乐有南北曲联套的迹象、出场方式有所变化。见《复旦学报》1998 年第 4 期。

② 学界一般认为《张协状元》作于南宋时期,俞为民认为该剧产生于北宋末年。章培恒《中国文学史新著》主张是元代作品。

变泰的传说则是市井百姓津津乐道的，男欢女爱、贪图富贵亦属人之常情，而抛弃糟糠、负心背盟之事又最能引起人们的感慨评论。由于这样的故事既能动人心，又有现实性，自然能够吸引观众，传播很广，颇受欢迎。在《张协状元》曲文中，贫女与张协分别时叮嘱张协莫学王魁负心，可见王魁与桂英的故事已然是大众熟知。陆游的诗中也说"斜阳古柳赵家庄，负鼓盲翁正作场。死后是非谁管得，满村听说蔡中郎"（《小舟游近村舍舟步归》），皆为明证。

《南词叙录》谓"南戏虽作者蝟兴，语多鄙下，不若北之有名人题咏也"。[1] 元杂剧的作者多是当时的"名公才人"，而《张协状元》作为早期的南戏，作者文化层次较低，观众也不过是市井村坊之人，故其剧本中的曲文和念白都直质浅近，缺乏文采修饰。如五鸡山神唱《五方鬼》：

> 五鸡山下，有一强人，把张协尽劫，更没分文。又打一查皮肉破，此人有一举登科分，科汝辈怎安稳？[2]

李太婆唱《麻婆子》：

> 二月春光好，秧针细细抽。有时移步出田头，蛇蚪儿无数水中游。婆婆傍前捞一碗，急忙去买油。

小二担物与贫女，唱《字字双》：

> 一石两石米和谷，也一担担。两桶三桶臭物事，也一担担。四把五把大枥柴，也一担担，豆腐一头酒一头，也一担担。

小二唱《吴小四》：

> 一个大贫胎，称秀才。教我阿娘来做媒。一去京城更不回，算他老婆真是呆，指望平地一声雷。

张协不认贫女，贫女归家唱《望梅花》：

---

① 徐渭：《南词叙录》，见中国戏曲研究院编《中国古典戏曲论著集》第三册，中国戏剧出版社1959年版，第239页。

② 以下所引文本据钱南扬校注《永乐大典戏文三种校注》，中华书局1979年版。

谢得我尊神也,被张协恁底误呵。一似哑子,吃了苦瓜。到如今,教我吞吐不下。

这些曲文都是白话,极为鄙俚浅近。有的近于民间歌谣,节奏比较明快。

尽管如此,剧本中不同人物角色还是配合其身份,声口有别。如王德用之女王胜花为千金小姐,所唱《赏宫花序》铺陈贵家四时妆扮游嬉之乐。在第十七出中王夫人与胜花合唱《祝英台近》,云:

画堂深,人悄悄,春入杏花梢。膏雨弄晴,蝶粉蜂黄,相伴养花时候。碧藻,翠荇水底牵风,鱼游池沼。画栏边,来往游人嬉笑。

曲词就比较工丽文雅。

贫女的曲词表现出其性情的柔厚温婉,如《新水令》:

朔风凛冽云垂地,见长空六花飞坠。踏雪归来也,仗一点灯儿,伴岑寂。

《山坡里羊》:

知它你是及第?知它你是不第?知它在上国?知它归来未?正使奴终日泪暗垂。莫非不第了羞归乡里?又恐嫌奴贫穷恁地。别也别来断信息,断信息。

张协身为书生,故出口掉文。他不认贫女,道:

唯!贫女!曾闻文中子曰:辱莫大于不知耻辱。貌陋身卑,家贫世薄。不晓蘋蘩之礼,岂谐箕箒之婚。吾乃贵豪,汝名贫女,敢来冒渎,称是我妻!闭上衙门,不去打出!

虽然不同身份的角色语言稍有雅俗之别,但总体来看是偏于通俗浅直。尤其是与金董解元的《西厢记诸宫调》曲词加以对比,更可确定九山书会才人的文学修养不算深厚。从另一面来看,他们对市井村坊的语言极为熟悉,剧中人物的念白或是下场诗所用民间俗语极为丰富,如"贫在闹市无人问,富在深山有远亲";"百草怕霜霜怕日,恶人自有恶人磨";"万事到头终有报,只争来早与来迟";"信到上山擒虎易,方知开口告人难";"求人须求大丈夫,济人须济急时无”;“情知不是伴,事急且相随”;“黄河尚有澄清日,岂有人无得运时”;“蚂蝗叮住鹭鸶脚,你上天时我上天”;“世情看冷暖,人面逐高低”等等,不能一一枚举。这些俗谚在元代的杂剧和南戏中也被大量沿用。《张协状元》剧本中还使用了不少东南地方语言,如“个人”、“精个”、“肥个”,“话头”、“弗是”等等,很有民间生活气息。

南曲戏文使用的曲调很丰富,明代沈璟的《南九宫谱》中存南曲五百四十三个调牌,从这部现存最古的南曲谱录中可见南曲所用曲调有大曲,如《八声甘州》、《梁州序》等,有唐宋词调,如《卜算子》、《鹊桥仙》等,有的出于金诸宫调,如《胜葫芦》、《一枝花》等,有的出于南宋唱赚,如《薄媚赚》、《黄钟赚》等,此外还有与元杂剧曲名相同的调子,也有《紫苏丸》、《缕缕金》等其他宋金遗曲。而从《张协状元》所用腔调来看,其中既有宋人词调和大曲,也有不少采自市井村坊流行传唱、大众百姓耳熟能详的里巷歌谣、民间小调,如《福州歌》、《福清歌》、《台州歌》等是外来歌谣,而《大影戏》、《凉草虫》、《斗蛇麻》、《吴小四》、《赵皮鞋》、《鹅鸭满渡船》、《采桑歌》、《豆叶歌》等显然是民歌小调。剧中的曲子不拘泥于同一宫调,也不必一韵到底,并且受南方方言的影响,用韵较宽,常常旁入它韵。故《南词叙录》说:“永嘉杂剧兴,则又即村坊小曲而为之,本无宫调,亦罕节奏,徒取其畸农、市女顺口可歌而已,谚所谓‘随心令’者,即其技欤?间有一二叶音律,终不可以例其余,乌有所谓九宫?”“夫南曲本市里之谈,即如今之吴下《山歌》、北方《山坡羊》,何处取宫调”?

从《张协状元》的剧本中看到,戏文中有生、旦、净、末、丑、贴、外等七个行当妆扮角色。生和旦作为男、女主角分别扮演张协与贫女,贴扮胜花,外扮王夫人。净、末、丑在不同的场景中妆扮不同的人物,有时是客商,有时是山神、判官与小鬼,有时是李太公、太婆与小二,有时是王德用与堂后官,有时扮住宿客人和房东,有时是买卖《登科记》者,甚至串扮鸡、狗。他们以言语、动作插科打诨,相互逗乐取笑。其脚色扮演体制与同时存在的宋杂剧有几点不同。宋杂剧主要有五个脚色,分别是末泥色、引戏色、副净色、副末色,另外是装孤或装旦。而《张协状元》中已经有七个脚色。宋杂剧中实际以副净、副末为主角，《张协状元》戏文中也有副末和净，功能与宋杂剧中相同，主要作滑稽的表演，但只是配角，《张协状元》以生、旦为男女主角。丑这个脚色是杂剧中没有的，它的作用与副末和净相同。外和贴也是宋杂剧中没有的，在戏文中分别扮演剧情中次要的男子角色和女子角色。《张协状元》中的这些脚色分工较现在知道的杂剧脚色分工更细致和合理，也有利于表演。当然，结合元代南戏来看，《张协状元》中的这种脚色分工体制还不是定式。

作为较早的戏文，《张协状元》剧本结构已经比较完整，情节时起波澜，比较曲折。作者设计了很多巧合来推动剧情展开，如张协状元及第后，王胜花招亲不成郁郁而亡；王德用赴任梓州途经古庙，贫女长得与王胜花相貌相似，遂成为王德用的养女，这样才造成最后与张协重新相认的机会。不过总体看来，剧中情节有些疏密不匀，前后矛盾或是显得过于突兀的地方也不少。如张协与贫女成婚后欲进京赶考，贫女与其商量去向李太公告贷，一天未归，张协便发怒道“贱人”，“自家不因灾祸，谁肯近傍你每”，不听分辨之词，责打贫女，态度转变得不合逻辑。剧中又多处写张协嫌弃贫女貌丑，而王德用收贫女为义女时又说她长得像胜花般貌美。可见早期戏文剧本情节的编撰还是比较稚拙粗陋的。

总之，从《张协状元》的剧本来看，宋戏文表演已经将唱、念、做、舞各种舞台表演形式初步结合，通过剧中人物的演唱和说白，辅以模拟动作的表演来推进情节发展。戏文没有折数的规定，取用宫调也不受限制，根据剧情需要，上场脚色都可演唱，形式则有独唱、轮唱、合唱多种，比较生动活泼。情节分场次展开，随着演员的上场、下场，场景随之变换，时在古庙，时在京城，时而在江陵城。场次的区分突破了时间、空间的限制，叙事也就可以花开两朵、各表一枝，双线进行，而中国传统戏剧虚拟写意的表演形式也由此确立。从体制来看，南宋戏文比元杂剧一场四折，每折限用一个宫调，一人主唱的表演形式更显灵活、合理。

对于中国传统戏剧的成型来说，故事讲唱与脚色扮演体制结合是关键的和标志性的一步，《张协状元》正是处于这个初步结合期的戏文的代表。

它已经由叙事体的讲唱转变为代言体的扮演，但在剧本的前半，还保留了诸宫调形式的讲唱叙事形式。在剧本第一出和第二出，由一个演员以第三者的身份出来说唱："似恁唱说诸宫调，何如把此话文敷演"（《张》剧第一出）；"一个若抹上搽灰，枪出没人皆喜。况兼满坐尽明公，曾见从来底，此段新奇差异，更词源移宫换羽。大家雅静，人眼难瞒，与我分个令利"（《张》剧第二出）。他唱完一大段诸宫调和《烛影摇红》断送，内容一直讲到张协遇盗时，表演才进入有行当扮演角色的正戏。从文学创作的角度来看，《张协状元》剧本对客观景物、人物外貌和心理活动的描写比较少，因此人物形象的塑造还比较粗糙和模糊。生与旦以外的其他脚色扮演的人物与主题的关系也不是很密切，对情节发展也没有太大影响。从表演的角度来看，无论是张协离家与父母分别，还是胜花身亡、王德用哭女，在这种情深意重的时刻，或是枢密使相王德用出场这样庄重堂皇的时刻，人物的唱词和对白皆一味打诨调笑，净、末、丑的滑稽表演占了上风，对塑造中心人物形象不但无助，反而有损。这表面上是令舞台表演热闹有趣，满足受众群体的审美要求，实质上恐怕正是戏文逐渐从宋杂剧这个母体中脱胎而出的痕迹所在。①

① "永乐大典戏文三种"中的《宦门弟子错立身》和《小孙屠》成于元代，其曲词、对白很明显更着力于人物内心的刻画和形象的塑造，诙谐调笑成分减少，音乐、脚色体制、演出程序也更趋稳定。

第七章　南宋与“汉文化圈”内诸族群政权的文学交流

第一节　诸族接受汉（宋）文化概况

宋代为中国古典文化发展的极盛时期，已成学术界公论。不过相对于汉唐帝国的版图而言，宋朝却只是“中国”的一个最重要的部分，尤其是南宋，更退缩到江淮以南，与北方的金国平分秋色。在当时的中国境内，与两宋先后并立的政权，北方有辽、金，西北有西夏，西南有大理段氏；域外有越南、朝鲜，虽然仍然相互交往，但它们不再是宋的郡治或藩国，濡染唐文明甚深的日本，政治上也已经不受宋的影响。[①] 不过就文化而言，这些与宋同时的诸民族政权都在秉承大唐遗风的基础上，继续接受宋代汉族文化的影响，直到今天，他们有的已经融入统一的中华民族，有的则发展成为“汉文化圈”的重要成员。

---

① 日本学者西岛定生指出，经过唐代9至10世纪的衰落，“宋代虽然出现了统一国家，但是燕云十六州被契丹占有，西北方的西夏建国与宋对抗，契丹与西夏都对等的与宋同称皇帝，而且宋王朝对辽每岁纳币，与西夏保持战争状态，这时候，东亚的国际关系，已经与唐代只有唐称君主、册封周边诸国成为藩国的时代大不一样了，从这一状况来看，东亚从此开始了不承认中国王朝为中心的国际秩序。”西岛定生：《中国古代国家と东ァジァ世界》，东京大学出版会1983年版，第616页。转引自葛兆光《宋代“中国”意识的凸显——关于近世民族主义思想的一个远源》，《文史哲》2004年第1期。

赵宋王朝建立于公元960年，契丹则在此前907年建国，统一了北方，至947年改国号为辽。辽于1125年为女真所灭，耶律大石西迁至新疆中亚一带建立西辽。中国北方则由金继续统治。西北党项族在唐末五季已割据一方，1038年元昊立国，史称西夏；西南地区在蒙氏南诏国被推翻后，经历短暂频繁的政权更替，937年建立了段式大理国。越南脱离中国独立，939年成立吴朝，经“十二使君”之乱与短暂的丁朝、前黎朝后，于1009年建立李朝。朝鲜的新罗王朝崩溃后，经历了史称“后三国”的分裂时期后，936年由王建统一，建立高丽朝。日本此时处于平安朝中后期，藤原氏独掌大权百余年（969—1068被称为“藤原时期”），经历一番战乱后，即开始镰仓幕府的统治。这些政权除日本以外皆与两宋相始终，此后则被蒙古族征服，并入元代的版图。三百年间，汉族文化（宋文化）发展到极盛水平，在同时和以后的很长时间内，源源不绝地灌溉着整个“汉文化圈”，为圈内诸族汲取、仿效。

相对于汉族的中央政权来说，周边族群自治、建国之时，由于本族原始文化落后，在政治制度、意识形态方面袭用汉族礼制和儒佛思想是势所必然的，他们汉化的最关键的因素就是使用汉字和实行科举取士的制度。汉文化圈内的不同族群各有本民族的语言或文字，而汉语作为承载思想、制度和文学的工具成为汉文化圈内各族群政权通行的语言和文字。如宋朝许亢宗曾于宣和六年（1124）使金，其《奉使行程录》载，黄龙府一带原为“契丹东寨”：

> 当契丹强盛时，擒获异国人，则迁徙散处于此。南有渤海，北有铁离（骊）、吐浑，东南有高丽、靺鞨，东有女真、室韦，北有乌舍，西北有契丹、回纥、党项，西南有奚。故此地杂诸国俗。凡聚会处，诸国人言语不通，则各为汉语以证，方能辨之。①

作为先进汉文化的重要内容之一的科举考试制度为周边诸民族政权先后采纳，这使得学习儒家经典成为必然的要求，从而带来经义训释的标准问题，于是宋代学术，尤其是逐步成为宋朝主流思想的理学，便作为当时最成熟的

① 宇文懋昭著，崔文印校正：《大金国志校正》卷四〇，中华书局1986年版，第568页。

思想体系，在其建立的同时及以后，被积极广泛的传播，取代了唐文化，成为周边族群政权汉化的真正内容，汉化实际上是“宋化”了。据《辽史》本纪载，契丹建国之始，承唐制三教并崇，太宗耶律德光得后晋“儿皇帝”石敬瑭所献燕云十六州，改元会同（事在938年），创南北官制，北官用契丹旧制，南衙用汉制，开科取士。初尊唐制，一年一试，科目有法律、词赋，后便改成与宋制相同的三年一试，科目为“诗赋经义”。到辽的后期，契丹人已经于汉人同应科举，《天祚纪》载耶律大石登天庆五年（1115）进士第擢翰林应奉。① 辽圣宗、道宗诸帝皆好儒术读五经，习汉字、作诗赋，一时蔚为风尚，故辽道宗自觉：“吾修文物，彬彬不异中华。”②

金灭辽后又破汴京，兼得唐五代之遗物与辽及宋九帝近二百年之积累创造，后更迁都至汴京，金之文化实与南宋同为北宋之继续。金太宗时已经设立科举制度，《金史·文艺传序》载：

> 太宗继统，乃行选举之法。及伐宋，取汴经籍图，宋士多归之。熙宗款谒先圣，背面如弟子礼。世宗、章宗之世，儒风丕变，庠序日盛，士由科第位至宰辅者接踵。当时儒者虽无专门名家之学，然而朝廷典策、邻国书命，粲然有可观者矣。金用武得国，无以异于辽，而一代制作，能自树立唐宋之间，有非辽世所及，以文而不以武也。③

金之文治，实质即是推行传统中国文化。金熙宗读书讲学，“宛然一汉户少年子”，而直视女真开国贵族为“无知夷狄”；④完颜畴“一室萧然，琴书满案”，简直是一位“老儒”。⑤ 金世宗令以女真文字译出五经，“欲女直（真）人知仁义道德所在耳”；⑥自海陵王起，在都中置国子监，世宗又置太学；至章宗时，增太学博士助教员，更定赡养学士法，“京府节镇，各处设学，定额数千，

---

① 《辽史》，中华书局1974年版，第355页。

② 叶隆礼：《契丹国志》，上海古籍出版社1985年版，第95页。

③ 《金史》，中华书局1975年版，第2713页。

④ 崔文印校正：《大金国志校正》，中华书局1986年版，第179页。

⑤ 《归潜志》卷一，中华书局1983年版，第4页。

⑥ 《金史》，中华书局1975年版，第185页。

虽至衰世,不废禀给”。① 北宋学术为金继承的同时,南宋理学也传入北方,赵翼《瓯北诗话》云:

> 赵秉文诗有“忠言唐介初还阙,道学东莱不假年”,是北人已有知吕东莱也;元遗山作《张良佐墓铭》,谓良佐得新安朱氏《小学》,以为治心之要,又李屏山尝取道学书就伊川、横渠、晦庵诸人所得而商略之,是北人已有知朱子也。②

李屏山(纯甫)《鸣道集说序》认为圣人之道在老孔庄孟,一千五百年不绝如缕。浮屠之书虽自西来,却与古圣人之心暗合,是三教合一之论。他又说:

> 自李翱始至于近代,王介甫父子倡于前,苏子瞻兄弟和之于后,大《易》、《诗》、《书》、《论》、《孟》、《老》、《庄》,皆有所解;濂溪、涑水、横渠、伊川之学,踵而兴焉,上蔡、龟山、元城、横浦之徒,有从而翼之,东莱、南轩、晦庵之书,蔓衍四出,其言遂大。③

可见李屏山对宋代学术发展源流的认识非常清晰,他的观念与今天学界对“宋学”的理解已经很接近。金人亦有具传承道统自觉意识者,如刘祁《归潜志》谓赵秉文:

> 欲得扶教传道之名,晚年自择其文,凡主张佛老二家者皆削去,号《滏水集》,首以中和诚诸说冠之,以拟退之原道性。杨礼部之美为《序》,直推其继韩、欧。④

故而在金的统治区域内,一方面是女真族的汉化,一方面汉族文人继承北宋文化,并担任推进金源文化发展的主力,与南宋文化并立,呈二水分流之势,最后汇合于统一的元朝。

此外西夏虽自有文字,但在相当于北宋的历史时期内,元昊继续其先代

---

① 柳诒徵:《中国文化史》,中国大百科全书出版社 1988 年版,第 540 页。

② 赵翼:《瓯北诗话》卷一二,见《清诗话续编》,第 1347 页。

③ 张金吾辑:《金文最》卷二一,光绪乙未九月江苏书局重刻本。

④ 刘祁:《归潜志》卷九,第 106 页。

“潜设中官，全异羌夷之体；曲延儒士，渐行中国之风”的做法，①模仿中国，推行科举取士。吴广成《西夏书事》言元昊：

特建蕃学，以野利荣仁主之，译《孝经》、《尔雅》、《四字杂言》为蕃语，写以蕃书，于蕃汉官僚子弟内选俊秀者入学教之，俟习学成效，出题试问，观其所对精通，所书端正，量授官职，并令诸州各署蕃学，设教授训之。②

元昊后代又另设“大汉太学”，尊孔子为文宣帝，立庙祭祀。近年发现的黑水城文献中有西夏文《新修太学歌》，歌颂太学建筑宏丽，表达重才尚贤之意。③还每向北宋上表乞赐《九经》、《唐史》乃至《册府元龟》。④ 西夏后与南宋断绝往来，历史上仍有他们向金购买儒籍的记载。⑤ 今存西夏文献中有草书《孝经》译本手稿并吕惠卿序，⑥可见西夏在从宋朝引进儒学的同时，不能不接触“宋学”。

中国西南的段氏大理国与宋朝的交往虽不及之前的南诏与唐之间那么频繁，但也未曾间断。《南诏野史·段正淳传》载：“崇宁二年(1103)，使高泰运奉表入宋求经籍，得六十九家，药书六十二部。”⑦宋代儒学随之传入。元初郭松年作《大理行记》谓：

大理之民，数百年之间，五姓(按：蒙、郑、赵、杨、段)固守。值唐末五季衰乱之世，尝与中国抗衡。宋兴，北有大敌，不暇远略，相与使臣往来，通于中国，故其宫室、楼观、言语、书数，以致冠婚丧祭之礼，干戈战阵之法，虽不尽善尽美，其规模、服色、动作、云为，略本于汉，自今观之，犹有故国之遗风焉。⑧

---

① 李焘：《续资治通鉴长编》卷五〇，“咸平四年十二月”条，上海古籍出版社1986年影印本。

② 吴广成：《西夏书事》卷一三，有道光五年小岘山房刻本，1935年北平文奎堂影印本。

③ 聂鸿音：《西夏文〈新修太学歌〉考释》，《宁夏社会科学》1990年第3期。

④ 参见《西夏书事》卷二〇、三六；《宋会要辑稿·礼六二》之四〇、四一；《涑水纪闻》卷九等。

⑤ 见《金史·交聘表》记载。

⑥ 参见史金波、白滨《西夏文及其文献》，《民族语文》1979年第3期。

⑦ 方向瑜：《云南史料目录概说》，“《桂海虞衡志》大理事”条引，中华书局1984年版，第169页。

⑧ 明万历四年刻本《云南通志》卷一四，又有1934年昭通龙氏灵源别墅铅印本。据方国瑜《云南史料目录概说》第245页言，景泰《云南志》卷八、正德《云南志》卷二九亦载其文。

域外政权如越南，在历史上长期为中国南方郡治（即所谓交趾、九真、日南等），汉化程度较深。唐时，越南人姜公辅北上应进士，仕至宰相，名重长安。① 元代黎崱《安南志略》言：

> 赵佗王南越，稍以诗礼化其民。西汉末锡光治交趾，任延治九真，②建立学校，遵仁以义。汉唐时尝贡进士明经者李琴、张重、姜公辅是也。至宋安南立国，李氏设科举法，三岁一选。③

宋代越南独立之初尚崇佛，到11世纪中期，孔教影响迅速扩张，压倒佛教成为国教。1070年河内建立孔庙，祭祀周公、孔子和七十二贤。随后设立科举，建立国子监。南宋时期朱子学也传入越南，成为训释儒典的标准，确立为正统学术。观胡季犛尝质《论语》四疑，以韩愈、周敦颐、二程、杨时等为学博才疏，务为剽窃，被胡士连责为“不自量”，可见其时对宋学的探讨很盛。④

再如朝鲜高丽朝初建时，犹“弘佛抑儒”。10世纪中叶，后周人双翼入高丽，光宗接受其建议，以科举取士。成宗（981—997在位）时“有意兴儒术，尊孔教，置国子监……自宋画文庙图、祭器图及七十二贤、赞记诸册，始置太学奖励儒学”，⑤成宗并从国子监选拔人才送往汴京留学。⑥ 11世纪初穆宗时，崔冲首创私学，有“海东孔子”之称，一时学者群起效仿。元代统一后，朝鲜为其“征东行省”，朝鲜人安珦（1243—1306）于1286年任元征东行省的左右司郎中兼高丽儒学提学，赴燕京，读朱子之书，手自抄录，成为高丽朝第一位

① 姜公辅，德宗朝曾任宰相。《旧唐书》卷一三八本传谓“不知何许人”，《新唐书》卷一五二本传谓“爱州日南人”，及唐岭南道爱州九真郡治下日南县人，参见《新唐书》卷四三上《地理志七上》。

② 据《后汉书》卷一一六《南蛮传》：“光武中兴，锡光为交趾，任延守九真……”，则是在东汉初而非西汉末。

③ 黎崱：《安南志略》卷一四，文渊阁四库全书本。

④ 参见（越）阮维馨《李朝的思想体系》、《陈朝的思想体系》，林明华译文，载暨南大学东南亚研究所编《东南亚研究》1987年第1、2期合刊与第4期。

⑤ （朝鲜）金富轼：《三国史记》，转引自《朝鲜学论文集》第一辑，北京大学出版社1992年版，第117页。

⑥ 《四库全书》收佚名《朝鲜史略》高丽成宗条。《宋史》卷四八七《高丽传》，载高丽人金行成前来就学国子监，于太平兴国二年（977）擢进士第，在成宗之前。《高丽传》又载雍熙三年（986）“遣本国学生崔罕、王彬诣国子监肄业”，是在成宗时。关于高丽朝的科举制度可参看韩国李成茂著《高丽朝鲜两朝的科举制度》，有北京大学出版社1993年译本。

朱子学的传播者。李成桂摆脱蒙古统治建立李朝(1392—1910)后,进一步抑佛扬儒,令宋学大兴,有“李朝儒学”之称,其代表者便是16世纪李滉的“退溪之学”,至今犹为东亚儒学的一面旗帜。

日本的汉化在奈良朝和平安朝前期达到第一次高峰,主要是接受隋唐文化影响。在平安中期至镰仓时期,由于战乱,中日交流处于衰落期。吉川幸次郎《宋诗概说》序章云:

> 虽然南宋先是与金为敌,后来又与成吉思汗的蒙古对峙,但与北宋一样,却能长期地保持国内的和平。那个时期的日本,先后有保元、平治、源平等战乱,内战频仍,真是不可同日而语。①

在这个官方交流中断的时期,一些僧人来到南宋朝,将宋学与禅宗一起传到东土,担负了传播宋文化的使命。如1199年俊芿西渡,1217年东归时携带了大批典籍,除禅宗著述外,尚有儒籍256卷;1247年“陋巷子”覆刻宋刊《论语集注》十卷,为日本刻宋籍之始,可能依据的就是俊芿带回的宋本。入宋僧人还有荣西、道元、园尔辨园(圣一国师)等人。中国也有僧人为避元祸而东渡,如兰溪道隆、子元祖元,一山一宁等,皆受日方厚遇。搜集中国书籍的著名文库——武藏的金泽文库,也是13世纪下半叶开创的。至14世纪,玄惠法印在京都宫廷内依朱子的注释讲解经书,是日本宋学的开端。宋文化的接受在江户时代达到高潮,吉川幸次郎说:

> 要之,北宋中期在中国历史上是一个很重要的时代,其影响并不限于以后的中国,也波及日本的历史。江户时代所祖述的中国文化,特别是儒家学说,多半是这个时期的产物。朱熹等所撰的《名臣言行录》,直到不久以前还是日本人必读之书。②

可见宋学,尤其是朱子学,作为江户时代武家政权所扶植和倡导的意识形态,其影响力一直持续到日本明治维新的前夕。

---

① 吉川幸次郎著,郑清茂译:《宋诗概说》,台湾联经出版事业公司1977年出版,第4页。

② 《宋诗概说》第二章“北宋中期”,第81页。

总之,宋代是中国传统文化成熟定型的时期,这就决定了汉文化圈内诸族在汉化进程中,“宋化”是最为重要的阶段。而宋代文学作为宋代文化最重要的组成部分,亦随着宋与诸族政权的交流而广泛传播,影响深远。以下拟从文学典籍的传播、文学活动上的交往、文学创作及观念上的影响这三个方面分别说明宋代,尤其是南宋与汉文化圈内诸族的文学交流情况。

第二节 文学典籍的传播

在诸民族政权“宋化”过程中,宋朝书籍从各种渠道被引进、学习和研究。① 由于宋代士大夫文人大多兼具官僚、学者与文士三位一体的特征,因此诸民族政权得到的书籍中必然有大量属于文学类,这些文学性书籍成为宋代文学对外发生影响的物质基础。而宋籍的传播,对于今天的宋代文化和文学的研究又特具意义。宋代的文学书籍传到境外之后,又多经翻刻,②从目前所知的情形来看,有不少的宋刊宋集在中土失传,却在异域被保存下来,而以朝鲜刻本或和刻本传世的更多。在学习宋集的基础上,周边诸族的士人还编纂和撰写了各种宋人的诗文选本、注本,有关宋人的诗话、笔记等文献中也保存了大量的宋代文学的史料,③这些典籍和史料对于今天的宋代

① 流出宋朝的书籍,包括许多宋前的典籍,尤其是儒家经典、佛经,外域翻刻的宋刊本,也有很大部分是宋前的古籍。本章节主要讨论的是宋人创作的文学典籍,尤以南宋朝创作或刊刻的文学典籍的传播为重点。

② 参阅巩本栋《论域外所存的宋代文学史料》,见《清华大学学报》(哲社版)2007 年第 1 期。该文梳理归纳了域外翻刻宋刊典籍的基本情况,本节大量参考了该文提供的资料。巩文指出大约从十一世纪开始,高丽大量翻刻中国经史书籍。《高丽史》卷七所记文宗十年(中国北宋嘉祐元年,公元 1056 年)以秘阁所藏翻印的诸书,有九经、汉晋唐诸史,也有诸家文集、医书、卜书、地理书等。至十三世纪中后期,日本汉籍刊印也从单刻佛经转向兼印外典。其时“寺院版”中出现了在和刻本发展历史上具有重要影响的“五山版”,其特征是除了刻印寺院版传统的汉文佛典,还开始刊行非宗教的汉籍,而这些非宗教的汉籍大多以中国流入日本的宋元刊本为底本翻刻,其刻工中则颇不乏旅日华人,如元代的俞良甫、陈孟荣等。

③ 现存域外的宋人别集、总集善本的数量,见于各种书目著录的,韩国在百种以上,参见巩本栋《宋人撰述流传丽鲜两朝考》(张伯伟编《域外汉籍研究集刊》第一辑,中华书局 2005 年版)。日本则有 250 种左右,据严绍璗《日本藏宋人文集善本钩沉》(杭州大学出版社 1996 年)一书所收书目统计。

文学研究来说是极为珍贵的资料。

在宋代以前，白居易的诗集可算是流传得最广的文学作品。到北宋时期，周边的民族在汉（宋）化过程中，都大力采集中土图籍，魏野、文彦博、欧阳修、苏轼等文人的优秀作品已经传入辽国、西夏，也进入了朝鲜、日本。到南宋时，汉语文学典籍的传播更多、更广泛了。

金灭辽和北宋，北宋人的文集尽为金所有，以致四库馆臣得出“中原文献，实并入于金”的判断。① 金人承传北宋文学遗产，一方面对其作了整理，如《金史·章宗纪》明昌二年（1191）四月载：

> 学士院新进杜甫、韩愈、刘禹锡、杜牧、贾岛、王建、宋王禹偁、欧阳修、王安石、苏轼、张耒、秦观等集二十六部。②

一方面也试图对之进行总结，大定二十六年（1186）冯翼作《问山堂记》云：

> 唐末五代文章气格卑弱，宋初王元之、穆伯长、杨大年始新其体。景佑庆历间，欧阳永叔、尹师鲁、曾子固、石曼卿、梅圣俞、苏子美前唱后和，斟酌古今，文风丕变。熙宁之际，异人辈出，东坡、山谷、王荆公并驾并驱，独老坡雄文大笔……③

元好问作《东坡诗雅》、《论诗三十首》，对苏轼、黄庭坚和江西派的诗歌皆有取舍批评，魏道明注蔡松年词多引东坡、山谷语为出处，④说明金人已把自己的文学看成是北宋文学的发展。

南宋与金为敌国，尽管官方文化交流有限，⑤但文学典籍通过各种渠道的传播并未全然中断。赵翼《瓯北诗话》卷一二有“南宋人著述未入金源”条，但此条下仍引金人诗文中语，谓吕东莱、朱子等理学家的著述已流传北

---

① 《钦定四库全书总目》卷一九〇，《全金诗》提要，第2658页。

② 《金史》卷九《章宗一》“明昌二年（1191）四月”条。

③ 张金吾辑《金文最》卷一三引《无极县志》，光绪乙未（1895）江苏书局重刻本。

④ 参见《萧闲老人明秀集注》，有石莲庵汇刻《九金人集》本。

⑤ 北宋时对书籍的出口已经很警惕，参见苏辙等的奏议。南宋继承北宋这一政策，尤其是庆元年间，据《庆元条法事类》卷一七《文书门》（燕京大学图书馆影印本，1948年）记载，禁止雕印有御书、本朝会要，言时政边机文字、律令格式、刑统、历日、诸举人程文、事及敌情者、国史、实录等等。叶德辉《书林清话》卷二“翻板有例禁始于宋人”，已经指出此点，中华书局1959年版，第36—43页。

方。刘祁《归潜志》卷八谓李纯甫甚爱杨万里诗，曰“活泼剌底人难及也”；金国诗人文伯起以苏轼忠臣自居，他广泛搜集苏轼诗词作品和评论资料，王若虚《滹南诗话》卷中征引他一则论东坡以诗为词的言论，说“先生虑其不幸而溺于彼，故援而止之，特立新意，寓以诗人句法”，此论实出于南宋汤衡为张孝祥词所作的《张紫微雅词序》，可见于湖词及南宋苏学当旹已传入金源。辛弃疾和陈与义的词、《苕溪渔隐丛话》也传入金国。元好问在金亡以后作《又解嘲》二首，其二提及南宋诗人徐似道和张镃。这些都说明南宋文人集有不少传入了金国。钱钟书、孔凡礼等人陆续考证了传入金源的南宋文献，①目前可以考知传入金的文献约六十种。而金人亦有整部文集传入南宋者。如毛麾《平水老人诗集》十卷，“行于虏境，由榷商或携至中国”，赵与旹获得一部，称其诗“可观者颇多”，②并在《宾退录》中全文征引其《过龙德宫》诗。

西南的段氏大理除了通过官方交聘求赐经籍以外，民间亦有随市易商人至汉地求购者。但直至南宋孝宗朝，似乎所传读仍以宋前书籍为主。③ 有些书籍中土失传，而大理犹存。如唐太宗的《帝范》在南宋后期佚其半，元朝统一全国，从大理得到此书，遂为完璧。④ 而南宋有《群公四六》一书，四库所收《升庵集》卷二《群公四六序》谓：

> ……古刻，乃宋人所集，不知名氏，自甲至癸凡十卷，其人则首王初

---

① 参阅《谈艺录》第45则“金诗与江西诗派”；孔凡礼《南宋著述入金述略》，见《文史知识》1993年第7期。

② 赵与旹：《宾退录》卷二。

③ 如马端临《文献通考》（《万有文库》本）卷三二九《四裔六》“南诏”条下引范成大《桂海虞衡志》云：“乾道癸巳（1173）冬，忽有大理人李观音得、董六斤黑、张般若师等，率以三字为名，凡二十三人，至横山议市马，出一文书，字画略有法，大略所需《文选》五臣注、《五经广注》、《春秋后语》、三史加注、《都大本草广注》、《五藏论》、《大般若十六会序》及《初学记》、张孟《押韵》、《切韵》、《玉篇》、《集圣历》、百家书之类……”范成大乾道二年（1166）出任广西静江府知府，改广南西路安抚使，至淳熙二年（1175）调四川制置使，其书当作于此期。今有《知不足斋丛书本》，然通考所引数段不见其中，盖今本有残阙。

④ 方国瑜《云南史料目录概说》卷二“《桂海虞衡志》大理事”条引《四库全书总目提要》子部儒家类著录《帝范》云：“有元吴莱跋，谓征云南棘夷时始见完书。”考其事在泰定二年（1325），盖此书在南宋后已佚其半，元初得全书于大理也。

寮、至蒋子礼，五十五人，启凡四百六十五首……此集所载，若王梅溪、胡邦衡、王民瞻、任元受、赵庄叔、张安国、胡仲仁、陈正斋，皆一时忠节道学之臣，鸿藻景铄之士。

此书的南宋刻本传至大理，据《杨升庵全集》卷二《群公四六序》，杨慎乃在“壬辰(1532 年)之春，于叶榆书肆，以海贝二百索购得”，其时此书在中土已经失传，杨慎所得乃是海内孤本。

南宋的诗歌也曾传入越南，越南禅宗“竹林派”三代祖玄光和尚(1254—1334)有一首传世名作《春日即事》：

二八佳人刺绣迟，紫荆花下啭黄鹂。
可怜无限伤春意，尽在停针不语时。

但其实此诗乃是南宋禅师中仁(？—1203)所作，早已收在《嘉泰普灯录》中。[①] 此外越南学者黎孟挞指出：“在被黎贵惇收入《见闻小录》，归为香海禅师的四十首诗中，就有三十二首是中国宋代诗人的作品。”[②]

元代时越南并入中国版图，之后也刊刻了一些包含宋代文学作品的总集，如《丹花上品》杂收唐王勃、韩愈和宋代欧阳修、苏轼、朱熹等人的诗文。《名墨抄撮》选收宋人赵普、王禹偁、苏洵、苏轼等人的文章，其中收苏轼文最多。又有《宋史策略》、《宋史略》等收宋人策文为主，以供士人应举之需。另有《乐府探珠》，题爱吾堂编选，收录唐李白、刘禹锡和宋苏轼、王安石、李清照、陆游等人的词作三百九十篇，藉此也可略见宋代文集在越南的流传和影响。[③]

朝鲜半岛高丽时期已经开始刊印汉文典籍。在高丽后期至朝鲜初期，文坛尚宋人诗文，宋集刊刻兴盛。欧阳修、王安石、苏轼、黄庭坚等人的诗集都曾先后刊印过。南宋任渊所注《山谷内集诗注》(又称山谷黄先生大全诗注)，史容、史季温的《山谷外集诗注》、《山谷别集诗注》皆有朝鲜古活字本，其中《外》、《别》两集诗注皆以宋本为底本，还曾回传中国，光绪年间据以为

---

① 参见普济编《五灯会元》，中华书局 1984 年，第 1291 页。

② (越)黎孟挞：《关于《春日即事》一诗的作者问题》，译文见《东南亚研究》1988 年第 3 期。

③ 参见王小盾等主编《越南汉喃文献目录提要》，台北中研院中国文哲研究所 2002 年版。

底本重刊。朝鲜还刊印过王安石诗李壁注刘辰翁评点的本子。[①] 此书在中国则早已失传，现存唯有此朝鲜活字本，它相当完整地保存了李注本的全貌，较通行本《王荆文公诗注》注文多出一倍左右，且附有“补注”和“庚寅增注”。对王安石诗歌和宋代文学研究的价值是不言而喻的。[②] 南宋刊本魏齐贤、叶棻所编的《圣宋名贤五百家播芳大全文粹》也传入东国，今存朝鲜世宗五年（明成祖永乐二十一年，1423）刊本和中宗朝乙亥（1455）字本。

据巩本栋考证，南宋集如《李忠定公集》、《宗忠简集》、《岳武穆遗文》、《陈简斋集》、《须溪先生评点陈简斋集》、《石林居士集》、《断肠集》、《吕东莱集》、《南轩集》、《止堂集》、《象山集》、《水心集》、《龙川集》、《韦斋集》、《玉澜集》、《尹和靖集》、《梅溪集》、《放翁集》、《剑南诗稿》、《涧谷精选陆放翁诗集》、《诚斋集》、《石湖集》、《朱晦庵集》、《朱子大全集》、《勉斋集》、《真西山集》、《漫塘集》、《后村居士集》、《刘须溪先生记钞》、《迭山集》等均已流入朝鲜。[③] 据朝鲜正祖时的《内阁访书录》，更可见正祖专门派人到中国搜购的书籍中，就有不少宋人别集和作品总集。[④]

日本到今天还保存着许多南宋文集的宋刊本或翻刻本，当时为中国宋朝所输出。近代以来，在中国境内的宋本佚失之后又作为重要的文献资料回流引进，很完整地诠释了典籍传播的意义。

南宋绍兴十九年（1149）明州公库重刊本和影钞明州本徐铉《徐公文集》三十卷，就仅见于日本大仓文化财团和静嘉堂文库，而国内只有明清以来出于明州本的钞本、刊本。[⑤] 南宋光宗绍熙、宁宗庆元年间，周必大、孙谦益等

---

① 今《奎章阁图书韩国本总目录》和韩国延世大学校图书馆《古书目录》都著录有甲寅字残本李注刘评的《王荆文公诗》，奎章阁存两卷（卷五、卷六），延世大学校存八卷（卷九至卷一一、卷三七至卷四一）。日本蓬左文库存有全本，王水照在日本访得此书并引回国内，交上海古籍出版社影印出版。

② 参见王水照《〈王荆文公诗李壁注〉前言》，《王荆文公诗李壁注》卷首，上海古籍出版社影印本 1993 年版。

③ 《宋代撰述流传高丽、朝鲜两朝考略》，收于巩本栋著《宋集传播考论》，中华书局 2008 年版，第 206—212 页。

④ 见张伯伟编《朝鲜时代书目丛刊》第一册，中华书局 2004 年版。

⑤ 参见严绍璗《日本藏宋人文集善本钩沉》。祝尚书：《宋人别集叙录》卷一，中华书局 1999 年版，第 3 页。

人重新校订欧阳发汇编的欧阳修诗文集，将其刊刻行世，成《欧阳文忠公集》一百五十三卷，《附录》五卷，唯一完整的（仅有少量抄补）宋刻本，今保存于日本天理图书馆。[①] 吕本中《东莱先生诗集》二十卷，南宋乾道初沈公雅编刻，宋本久佚，而乾道本正集却完整地收藏在日本内阁文库，1930年张元济将其影印入《四部丛刊续编》中。南宋刊本崔敦诗《崔舍人玉堂类稿》二十卷、《西垣类稿》二卷，明中期以后中土失传，也仅存于日本宫内厅书陵部，日本光格天皇文化四年（嘉庆十二年，1807）由天瀑山人林衡刊入《佚存丛书》后，始传回我国。[②] 又如宋刊一百一十六卷本《增广司马温公全集》，中土久佚，在日本内阁文库保留了其中的九十五卷。此书原出司马氏后人，与《温国文正司马公文集》及《传家集》在编次、收文数量上皆有不同，其中的《日录》、《手录》为海内外仅存，另有诗词十首、文五十六篇亦仅见于此书。有很高的校勘价值。他如南宋释居简的《北诗集》九卷，也仅存于日本御茶之水图书馆（台北中央图书馆则有朝鲜刊本残一至四卷）。其《北文集》十卷，今北京图书馆存宋本卷一至卷八，日本存卷七至卷一〇，合之可成完璧。端平间宋刊杨万里《诚斋集》一百三十三卷，《目录》四卷及《诚斋先生南海集》八卷，俱在宫内厅书陵部汉籍“御藏”。罗烨《新编醉翁谈录》作为研究中国俗文学和白话小说史的重要资料，失传已久，而得之于日本天理图书馆。再如宋人孔汝霖编集、萧澥校正的宋诗总集《中兴禅林风月集》三卷亦中土久佚，而存于日本。[③] 是书收录了南北宋诗僧六十三家的五七言绝句九十九首，其中四十六家六十首诗为佚诗，其他可供了解宋释事迹、进行诗歌校勘的材料也很多。[④]

有一些宋刊本宋人文集传入了日本，在中国境内也仍代代刊刻流传，则可以日本所存的宋刊本为参照，补充校正中国所存翻刻本的错讹或残缺。

---

① 参见严绍璗《汉籍在日本的流布研究》，江苏古籍出版社1992年版，第330—331页。

② 参见涩江全善、森立之《经籍访古志》卷六。

③ 藏于京都龙谷大学图书馆，日本内阁文库所藏本更佳。蓬左文库藏有是书的注本《中兴禅林风月抄》。

④ 参阅张如安、傅璇琮《日藏稀见汉籍〈中兴禅林风月集〉及其文献价值》，《文献》2004年第4期。

如我国存有明本梅尧臣《宛陵先生文集》，日本内野五郎则藏有南宋嘉定重修绍兴宣州军学本，虽只残存卷一三至一八，卷三七至六〇共三十卷，而正如傅增湘指出的："取明刻校之，文字异同固不必言，而今本佚收之诗乃至一百篇。其最著者，如《东轩笔录》所记之《书窜》诗，乃赫然具在……是此书亦宋代求法僧徒所携归，故卷中绝无吾国名家藏印，真海外之佚籍也。"①又如《东坡集》四十卷，为东坡生前编定，宋刊今存三本，一本是中国国家图书馆存南宋孝宗时刊大字本《东坡集》残本三十卷，日本宫内厅书陵部保存了《东坡集》残本三十七卷，内阁文库存有另一宋本《东坡集》二十三卷，三本相互补订参证，可复原宋本《东坡集》全貌。再如秦观《淮海集》四十卷、《淮海居士长短句》三卷、《淮海后集》六卷，日本内阁文库存有南宋乾道九年(1173)高邮军学刻本。洪咨夔《平斋文集》三十二卷仅藏于日本内阁文库。其他如宋祁《宋景文集》全帙自明末在中土已不传，清四库馆臣编纂《四库全书》时自《永乐大典》中辑得六十二卷。日本宫内厅书陵部则存有南宋建安麻沙刊本残帙三十二卷，较之《四库全书》本仍多出律诗二百二十首、表状四十五首、序九首、说录题述四首、论一首、杂文等十九首、启状一百四十五首，计八万余字。② 日本宫内厅书陵部还存有分类编纂的《重广分门三苏先生文粹》，是南宋初年刊百卷本，不但可资校勘，且有助于了解南宋初年三苏文盛行的情况。而《诗人玉屑》通行本为二十卷本，日本宽永十六年(1639)刻本为二十一卷，王国维曾以日本石林书屋所藏宋本校宽永本，发现宽永本有一些内容是他本所无的。

大约从13世纪开始，日本大量翻刻经史子集四部之汉籍，尤以五山和江户时期达到极盛，宋集的翻刻自然也随之大为增加，不少宋集中土已佚而赖和刻本以存。如宋释元肇(1189—?)的《淮海挐音》二卷、《淮海外集》二卷，惟有日本东山天皇元禄八年(康熙三十四年，1695)神洛书林柳枝轩据宋本

① 傅增湘：《藏园群书题记》卷一三，见《宋本宛陵先生文集跋》，上海古籍出版社1989年版。此点夏敬观亦曾指出，参见氏著《梅宛陵集校注序》。

② 参阅祝尚书：《宋人别集叙录》，中华书局1999年版，第118—119页。

翻刻的本子和中御门天皇宽永七年(康熙四十九年,1710)的木活字本存世。① 释善珍(1194—1277)的《藏叟摘稿》二卷唯有宽文十二年(1672)藤田六兵卫刻本存于日本内阁文库。释宝昙(1129—1197)《橘洲文集》十卷的完本亦唯有日本东山天皇元禄十一年(康熙三十七年,1698)织天重兵卫仿宋刻本,存在日本内阁文库。南宋初释惠空的《雪峰空和尚外集》等也是以和刻本而独存的。宋末遗民真山民的《真山民诗集》一卷传入日本,存世有日本光裕天皇文化九年(1812)西宫弥兵卫重刊元大德本,较《四库全书》本所收诗歌一百零八首,还多出五十一首,很有重要的版本和校勘价值。日本后水尾天皇宽永六年(崇祯二年,1629)京都大和田意闲刊本《山谷诗(内)集注》20卷原自宋本翻刻,文字较优于明清诸本,杨守敬曾自日本携归一套,清光绪年间陈三立据之重刊,成为今中华书局版《黄庭坚诗集注》内集部分所依据的底本。

南宋文学典籍的对外传播,实际比上面所提到的目录更多,内容更广泛,这一点在许多文献资料中可以得到印证。戴复古在《市舶提举管仲登饮于万贡堂有诗》中有“嘲吟有罪遭天厄,谋归未办资身策。鸡林莫有买诗人,明日烦公问番船”。② 透露出“鸡林”购买中土文集的信息。《石屏戴式之孙求刊诗版疏》也说:“故其吟篇朝出镂板,暮传咸阳,市上之金,咄嗟众口,通鸡林海外之舶,贵重一时。”③叶适有《徐师厔广行家集,定价三百》诗,曰:“徐照名齐贾浪仙,未多诗卷少人看。惜钱嫌贵不催买,忽到鸡林要倍难。”④说明海外对中土文学作品的喜爱之情和一向注意搜集。洪迈编纂的《夷坚志》不但在国内为人喜爱,也传入了日本。《卧云日件录拔尤》(摘录者是五山僧人之一的惟高妙安,1480—1567年在世)中,有一条日本宝德三年(公元1452年,明景泰三年)四月二十四日的记事:

> 希世侍者来过,话次及福禄寿之事。希世曰:“吾年少,闻惟肖说

---

① 参阅李国庆、季秋华《〈淮海挐音〉述略》,《中国馆藏日本版古籍书目通讯》12号。

② 《市舶提举管仲登饮于万贡堂有诗》,见《石屏诗集》卷一。

③ 见戴表元《剡源集》卷二四。

④ 见《水心先生文集》卷八。

> 曰:‘宋真宗时,王钦若劝封禅,故诸异事,福禄寿其一也。’后又闻:‘或说曰,此事见于《夷坚志》云云。……’”

可见《夷坚志》已经为日人熟悉。①

一些域外的宋集选本、注本,更反映出文学典籍传播的规模之广与影响之深。高丽末朝鲜初,宋人撰述、尤其是宋人所编的宋人诗文选本,如《宋文鉴》、《瀛奎律髓》等在东国广泛流行,出于对宋诗的崇尚和了解,彼邦之人也编纂了各种诗文选本。比如朝鲜初期,安平大君李瑢编有多种宋诗选本。其中“选集李、杜、韦、柳、欧、王、苏、黄之诗,名曰《八家诗选》”,②还选注、编选过梅尧臣、王安石、黄庭坚的诗。至朝鲜中期,各种东坡诗文选本就更多了,如郑百朋编选《东坡诗选》,专选苏轼七古。其后有柳希龄受到方回《瀛奎律髓》及其诗学观念的影响,推崇江西派。他编选《祖宗诗律》十四卷,尊奉江西派“一祖三宗”之外,更扩大收入苏舜钦、陆游、朱熹、赵蕃、周尹潜等人诗作;又编《宋诗正韵》(现仅存卷四至六)也主要收录江西诗派诗人的作品。③

理学是在高丽后期逐渐传入的,至朝鲜世宗、中宗以降,理学成为官学,宋朝理学家的诗文和他们编纂的诗文选本非常流行。像邵雍、程颢、程颐、张栻、朱熹、真德秀等人的文集,以及吕祖谦所编《古文关键》、楼昉编《崇古文诀》、真德秀编《文章正宗》、金履祥编《濂洛风雅》等都曾被多次刊刻。朱熹诗文的各种选本层出不穷。④ 连带朱熹赞赏的诗人也受到推崇,朝鲜正祖又亲选《杜律分韵》五卷、《陆律分韵》三十九卷、《二家全律》十五卷,选取律诗,可见朝鲜接受中国诗歌的趣味;而分韵编纂,大概是便于朝鲜人依韵仿作之用。后来正祖又选《杜陆千选》八卷(杜甫、陆游五七言律诗各四卷),他

---

① 参阅周以量《〈夷坚志〉在日本的接受和传播》,《明清小说研究》2006 年第 2 期。

② 朴彭年:《朴先生遗稿》卷一《八家诗选序》,见《韩国文集丛刊》第 9 册。

③ 参阅黄渭周《关于韩国编纂的中国诗选集的研究》,赵敏俐主编《中国诗歌研究》第二辑,中华书局 2003 年版。

④ 如朝鲜正祖就曾编定过《紫阳子会英》三卷、《朱子选统》三卷、《朱书百选》六卷、《朱子书节略》二十卷、《朱子会选》四十八卷、《雅诵》八卷等多种朱熹诗文选本。朝鲜时期著名的朱子学者李滉编《朱子书节要》十四卷。此后郑经世编《朱文酌海》十六卷,于书、封事外,诸体兼收。

在自序中说明，因朱熹称许陆游诗“和平粹美，有中原升平气象”，故亦以陆诗为尚。

宋四六传至朝鲜后，在学习、运用的过程中，出现了一些四六文选本。如朝鲜中宗时期，赵仁奎编有《俪文编类》二十卷。仁祖时李植在此书的基础上，又编成《俪文程选》十卷，以宋四六为主。宋四六的选本中较重要的还有金锡胄编《俪文抄》二卷、柳近编《俪文注释》十卷、金镇圭编《俪文集成》十八卷等。金镇圭对宋四六的成就和特色非常了解，他提出四六文的创作应“本之庐陵、眉山以厚其质而畅其气，参之以浮溪之精深，西山之婉曲，后村之色泽，梅亭之剪裁，而又旁通诸家，并取其长……是不但场屋程文之可尽美，大而播告之言，小而敷奏之辞，皆将得其体、适其用，以致郁郁之休，此于圣世文明之治，亦不无所补尔”。[①] 他的《俪文集成》编选安排得当，很能反映宋四六创作和发展的实际。朝鲜后期，朴宗熏奉纯祖之命，精选欧苏文章编为《文史咀英》八卷，亦见出宋代古文运动对朝鲜的影响。

在日本，宋人著述在平安朝后期开始传入，镰仓时代（1192—1338），宋人著述传入更多，宋学的影响至室町时代（1338—1603）达到高峰。五山僧徒训释朱子《四书集注》，抄写翻刻、注释讲解《东坡诗集》、《山谷诗集》等，不断出现各种注本和选本。五山时期著名诗僧太岳周崇（1345—1423）注苏诗二十五卷，名之为《翰苑遗芳》，书中保存了大量宋人所撰的苏诗佚注。现存的宋人注苏诗，除零星所存的赵夔的注之外，以南宋初年赵次公的苏诗注为最早。南宋人多称之。如楼钥说：“少陵、东坡诗，出入万卷，书中奥篇隐帙，无不奔凑笔下……蜀赵彦材注二诗最详，读之使人惊叹。”[②]然赵次公注苏诗原书在南宋以后即湮没不闻，仅由《集注东坡先生诗》和《王状元集百家注分类东坡先生诗》所引而传世，惜前者至今残存不过四卷，后者又删节过甚，于赵注难窥全豹。南宋时又有施元之、顾禧、施宿合撰《注东坡诗》四十二卷，并附施宿所撰《东坡先生年谱》，[③]陆游为作序云：“司谏公（指施元之）

---

① 《俪文集成序》卷首，延世大学校图书馆藏朝鲜活字本。

② 楼钥：《简斋诗笺叙》，见胡穉《增广笺注陈简斋诗》卷首。

③ 参阅王水照《评久佚重见的施宿〈东坡先生年谱〉》，《中华文史论丛》1983年第3辑。

以绝识博学名天下，且用工深，历岁久，又助之以顾君景蕃之该洽，则于东坡之意几可以无憾矣。”[①]评价极高。然是书流传不广，直到清康熙年间宋荦得是书宋刊三十卷残本，请邵长蘅等补注刊行，邵氏妄加删改，而不为世人所重。今宋本施注苏诗散存于海内外，诸本拼合，仍缺六卷。而在太岳周崇的《翰苑遗芳》中保存了大量在《王状元集百家注分类东坡先生诗》中未收的赵次公注，据日本学者仓田淳之助和小川环树所辑，约有十万字左右；今存宋残本施、顾注苏诗所缺的部分，亦可藉此大致复原。另外施宿《东坡先生年谱》中土久佚，由仓田淳之助首先在日本发现，公之于世。何抡《三苏先生年谱》，全书已散失，仅见他书征引，王水照曾从日本蓬左文库所藏《东坡先生年谱》中辑得五千余字。[②] 太岳周崇书中所引施宿《东坡先生年谱》、何抡《眉阳三苏先生年谱》，又多有可补施、何二谱者。

江户时代（1603—1867）后期，宋诗重受推崇，出现了各种宋人诗文选本、注本。除了苏、黄诗歌，很多南宋诗人也被注意。如市河世宁（1749—1820）有《陆诗意注》六卷，选陆游各体诗歌五百二十五首加以简要注解和点评，[③]还有《陆诗考实》、《陆游年谱》和《三家妙绝》（杨万里、范成大、陆游三家）。此外如藤口信成编《宗忠简文钞》二卷（有 1861 文久元年抱月堂刊本）、赖襄山阳编选《李忠定公奏议选》一卷《文选》一卷《诗选》一卷（有 1853 嘉永六年活字本）、桑原忱编《陆象山先生文钞》三卷（有 1863 文久三年大阪群玉堂刊本）、巽世大编《谢叠山文钞》四卷（有 1845 弘化二年刊本）、《文文山文钞》六卷（有 1860 万延元年刊本）、如月编《中华若木抄》（收陆游诗最多）以及日本文化五年（1808）大阪书肆重编吴之振《宋诗钞·杨诚斋诗钞》等，[④]这些作为史料皆为今天中国的宋代文学研究提供了参考。

---

① 陆游：《施司谏注东坡诗序》，见《渭南文集》卷一五。

② 参见王水照《记蓬左文库旧钞本〈东坡先生年谱〉（外一种）》，《中华文史论丛》1986 年第 2 辑。

③ 参见郝润华《陆游诗歌与日本江户文学——以市河宽斋为中心的考察》，见蒋寅、张伯伟主编《中国诗学》第九辑，人民文学出版社 2004 年版。

④ 参见王绮珍《日文化戊辰刻参见本〈杨诚斋诗钞〉述考》，《江西师范大学学报》1991 年第 3 期。

宋代文学典籍的传播还进一步发生在宋以外的诸族政权之间，如日本蓬左文库所藏李壁笺注《王荆文公诗》，就是朝鲜活字本原刊的。① 还有《和刻本汉诗集成》中的《须溪先生评点简斋诗集》十五卷则据朝鲜本翻刻，朝鲜本又是据宋刊本翻刻的。② 而俄国从远东地区发现的一批西夏文籍中，《刘知远诸宫调》是金刊本。

总之，宋代文学典籍的广泛传播，为宋与周边民族的文学交流提供了物质条件，对周边诸民族的文学发展产生了持续深入的影响，宋刊文集在域外的保存、翻刻和持续流传，也为今天中国的宋代文学研究提供了珍贵的文献资料。

第三节　文学的交往活动及交往中的文学创作

宋与其他民族政权在同时并立的期间，彼此间保持着政治、经济、文化等各层面、敌对或友好不同程度、官方或民间不同性质的来往，相互间存在着千丝万缕的联系，文学的交往亦是其中一条线索。

一　含有文学内容的相互交往

中外的相互交往有官方或民间、文人雅士或市井百姓两条途径。官方和文人士大夫的交流中，涉及的文学内容一般属于雅的范畴。如使臣应对，言辞文字大多颇具文学性。据《四六谈麈》载：

高丽笺奏比年颇工。建炎《乞入觐表》云：“惟有春秋之事，可达意于明庭；愿逾朝夕之池，获升闻于行在。”又《问候表》云：“金风已趣于西成，方图平秩；日脚暂违于北所，适御行朝。”③

政和间，北使《谢柑实表》云：“聘礼式陈，祝帝龄于紫阙；宸恩特异，

① 参见王水照《记日本蓬左文库所藏（王荆文公诗）李壁注》，《文献》1992年第1期

② 参见李盛铎撰，张玉范整理《木犀轩藏书题记及书录》，北京大学出版社1985年版。

③ 谢伋：《四六谈麈》，见《历代文话》，第38页。

锡仙宴于公邮。方厥包未贡之期，捧兹德惟馨之赐。天香满袖，染湘水之清寒；云液盈盘，浥洞庭之余润。梓里岂遑于遗母，枫庭切愿于献君。"①

可见宋四六传至高丽后，至少朝廷的文学侍从之臣对于这一典雅文体的创作方法已经全然掌握。而宋帝赐宴招待前来贺节贺寿的使臣时，宴饮中亦搬演杂剧，杂剧却因为有使臣预宴，特意拿捏诙嘲分寸，不令言语过分。②

元灭南宋后，遗民有奔入越南者。时越南正值陈朝时期，三世陈圣王颇予以优待。据《安南志略》记载：

陈仲微……宋亡，仲微入安南，陈圣王尤加礼遇。尝作诗云："死为越国归乡鬼，生作南朝拒谏臣。"数年卒，葬于安南。③

此书卷一九还录有《三世陈圣王挽宋臣陈仲微》诗一首：

痛哭江南老钜卿，春风收泪为伤情。
无端天上编年月，不管人间有死生。
万叠白云遮故国，一堆黄壤盖香名。
回天力量随流水，流水滩头共太平。

诗歌触事伤怀，对南宋羁臣之志深怀同情，堪为陈仲微知己。

金朝最杰出的词人蔡松年曾出使高丽，使还之日，为馆妓写下了情意缱绻、风情摇曳的《石州慢·高丽使还日作》词：

云海蓬莱，风雾鬓鬟，不假梳掠。仙衣卷尽云霓，方见宫腰纤弱。心期得处，世间言语非真，海犀一点通寥廓。无物比情浓，觅无情相博。

离索，晓来一枕余香，酒病赖花医却。滟滟金尊，收拾新愁重酌。片帆云影，载将无际关山，梦魂应被杨花觉。梅子雨丝丝，满江干楼阁。④

① 谢伋：《四六谈麈》，见《历代文话》，第40页。

② 参阅《东京梦华录》卷九"宰执亲王宗室百官入内上寿"条。

③ 见黎崱《安南志略》卷一〇"历代羁臣"。

④ 《翰苑英华·中州集·中州乐府》，四部丛刊本。

一时哄传。而另一位金国的文人赵可晚年奉使高丽时，亦以《望海潮》（云垂余发）词赠馆妓，与蔡松年词一浑厚、一峭拔，人不能优劣。

金宋之间，文人的创作也都曾为对方所注意，李心传《建炎以来系年要录》中多次征引金人赵可文集中的有关材料。吴激的《吴彦高词》一卷、蔡松年的《萧闲集》六卷皆为陈振孙《直斋书录解题》著录。王灼《碧鸡漫志》卷二收录宇文虚中入金后的词作《迎春乐》（宝幡彩胜堆金缕），视为佳作。吴激的《人月圆》则在《草堂诗余》、张端义的《贵耳集》、黄升的《花庵词选》中都有收录。南宋建立之初，完颜亮扬言“提兵百万西湖上，立马吴山第一峰”，时过境迁，南宋中期的洪迈、岳珂却能平心评价此诗，认为桀骜之气溢于词表。金亡后，有些金人诗歌为宋人获得，陈郁的《藏一话腴》中抄录了李国栋《感怀》、梁询谊《哀辽东》、史舜元《哀王旦》三诗，评论说“乃知河朔幽燕之气，至此散矣”。《中州集》得到南宋遗民家铉翁的高度评价。他欣赏“中州”这个名称，阐释说：“壤地有南北，而人物无南北，道统文脉无无南北，虽在万里外，皆中州也。”他也赞许《中州集》的选诗体例与范围：“百年而上，南北名人节士、巨儒达官所为诗，与其平生出处，大致皆采录不遗，而宋建炎以后，衔命见留与留而得归者，其所为诗，与其大节始终，亦复见记。”①欣赏元好问把羁金宋臣的诗作也纳入集中的胸襟眼光。

官方和士大夫文人雅文学的交往以外，民间百姓之间的通俗文学交往就更活跃频繁了。据《三朝北盟汇编》卷七七记载：金兵占领汴京以后，向宋索求诸色艺人，包括“说话人”。其卷二四三还记有金西京留守完颜衮听刘敏讲《五代史平话》的事。金朝也有贾耐儿、张仲轲等说话人。今存《武王伐纣平话》开头有诗云：“隋唐五代宋金收”，②很像金人口吻。可见北宋的说话伎艺在金继续发展。而周密《志雅堂杂抄》卷一百云于友人处借到“北本小说”《四和香》等数种，说明小说也存在从北方传播到南方的轨迹。

范成大出使金国时来到北宋故地，见番曲、番舞流行。感慨“虏乐悉变

---

① 家铉翁：《题中州诗集后》，见《国朝文类》卷三八，四部丛刊本。

② 《武王伐纣平话》卷上，见《宋元平话集》，上海古籍出版社1990年版，第405页。

中华”。① 明人徐渭《南词叙录》指出：“今之北曲，盖辽、金北鄙杀伐之音，壮伟狠戾，武夫马上之歌，流入中原，遂为民间之日用。”②王世贞《曲藻·序》也说：“曲者，词之变。自金、元入主中国，所用胡乐，嘈杂凄紧，缓急之间，词不能按，乃更为新声以媚之。”③这些汉族文人所说的“虏乐”、“北鄙杀伐之音”，直接推动了北曲的兴起和发展，故金末刘祁说：“唐以前诗在诗，至宋则多在长短句，今之诗在俗间俚曲也，如所谓源土令之类。”④南宋文人曹勋使金途中还曾借金源音乐作《饮马歌》词。音乐的变化，是词消亡的重要原因，不过民间音乐的传播还没有影响到南宋骚雅一派词人的创作。

王国维《宋元戏曲考》尝谓“宋金之间戏剧之交通颇易”，“当时戏曲流传，不以国土限也”。⑤ 北宋时杂剧已经相当发达，民间有孔三传创立的诸宫调伎艺，金之院本和诸宫调就是在北宋的基础上发展起来的。而南宋与金之间，各方面的交流并未隔绝，如杂扮之名系由北入南，唱赚始于南宋绍兴年间，而金国《董西厢》诸宫调中亦多用之。金院本有《蔡伯喈》一本，南宋也有负鼓盲翁唱蔡中郎故事。总之，民间文艺的相互传播影响突破了国土的限制。

元杨朝英《朝野新声太平乐府》卷九云：

> 张五牛、商正叔编《双渐小卿》，赵真卿善歌。立斋见杨玉娥唱其曲，因作《鹧鸪天》及《哨遍》以咏之。

杨立斋《般涉调·哨遍》亦云：“张五牛创制似选玉中石，商正叔重编如添锦上花。”据吴自牧《梦粱录》卷二〇所记，张五牛是南宋绍兴时期的民间艺人，其《双渐小卿》诸宫调演绎书生双渐与妓女苏小卿以及富商冯魁之间的爱情纠葛，这一故事在宋金时期广为流传。⑥ 而商正叔是金末文人商道，其兄商

① 范成大：《石湖诗集》卷一二《真定舞》题下小注。

② 徐渭：《南词叙录》，见中国戏曲研究院编《中国古典戏曲论著集成》第三册，中国戏剧出版社1959年版，第241页。

③ 王世贞：《曲藻序》，见中国戏曲研究院编《中国古典戏曲论著集成》第四册，第25页。

④ 《归潜志》卷一三，第145页。

⑤ 王国维：《金院本名目》，见《宋元戏曲史》，第59页。

⑥ 参见龙建国《诸宫调研究》，江西人民出版社2003年版，第100—103页。

衡曾增补过魏道明所编的《国朝百家诗略》。可见南宋的《双渐小卿》诸宫调曾传入金国,并经金人重编,流传到元朝。

金人董解元的《西厢记诸宫调》是今存宋元时期诸宫调中惟一的完整作品,代表当时的最高水平。董解元生平无考,一般将其创作定在金世宗大定五年(1165)到金章宗泰和五年(1205)之间。①

自唐代元稹所作《莺莺传》传奇问世,崔莺莺与张生的恋爱故事就在民间流传不衰,“士大夫极谈幽玄,访奇述异,无不举此为佳话。至于倡优女子,皆能调说大略”,②说话、转踏、鼓子词、杂剧、院本等多种通俗文艺样式都表现过这一题材。③ 董解元的《西厢记诸宫调》的创作基础可谓深厚。他分八卷叙述书生张珙和相国千金崔莺莺的恋爱故事,把元稹三千余字的传奇改编五万多字的说唱作品,包含十四种宫调的一百九十三套套曲,结构可谓宏大。他将崔张暌违的悲剧改为团圆结局,增加了人物和情节,西厢故事的框架乃至细节内容在董解元的笔下基本定型,成为元代王实甫《西厢记》杂剧的先导。故胡应麟说“《西厢记》虽出唐人《莺莺传》,实本金董解元”。④

董解元注重对人物的思想感情和个性特征的表现,这又通过对人物的外表、语言、行为、内心独白和景色的描写来完成。如:

> 《般涉调》《哨遍》　　太皞司春,春工着意,和气生暘谷。十里芳菲,尽东风,丝丝柳搓金缕;渐次第桃红杏浅,水绿山青,春涨生烟渚。九十日光阴能几?早鸣鸠呼妇,乳燕携雏;乱红满地任风吹,飞絮蒙空有谁主?春色三分,半入池塘,半随尘土!

写景工丽,又雅致脱俗。

---

① 参见徐凌云《关于〈董西厢〉的创作年代》,《文学遗产》1986 年第 3 期。

② 参见赵令畤《侯鲭录》卷五“商调蝶恋花”第一章前言。

③ 秦观、毛滂曾作咏叹莺莺的调笑转踏,篇幅不大,每一曲由一首七言八句诗和一首《调笑令》组成,秦观只写到崔、张月下偷期,毛滂只写到莺莺答书寄怀,不包含崔张情事的全部内容。赵令畤《侯鲭录》记载的《商调蝶恋花》鼓子词。罗烨的《醉翁谈录》“小说开辟”中也有《莺莺传》话本的记载。《武林旧事》所列“官本杂剧段数”中有《莺莺六么》,陶宗仪《南村辍耕录》记载的金院本剧目中也有《红娘》、《拷梅香》之名。此外南宋戏文《张协状元》中有曲牌名为“赛红娘”、“添字赛红娘”。

④ 胡应麟:《少室山房笔丛》卷四一《庄岳委谭》下,上海书店出版社 2001 年版,第 428 页。

张生初次见莺莺而惊艳，作者写莺莺外貌情态用淡笔白描，自然有风致。如：

《中吕调》《墙头花》　也没首饰铅华，自然没包弹，淡净的衣服儿扮得如法。天生更一段儿红白，便周昉的丹青怎画？手托着腮儿，见人羞又怕。觑举止行处，管未出嫁。不知他姓甚名谁，怎得个人来问咱？

退敌后张生满心期待与崔夫人议亲，他精心装扮自己，曲子既写出张生的俊秀外表，又调侃他的顾盼自喜、又写出他急不可耐的心情：

《仙吕调》《恋香衾》　梳裹箱儿里取明镜，把脸儿挣得光莹。拂拭了纱巾，要添风韵。窄地罗衫长打影，偏宜二色罗领。沈郎腰道，与绛条儿厮称。〇钤口鞋儿样儿整，僧鞦幼袜儿恬净。扮了书帏里坐地不稳，镜儿里掂相了内心骋。窗儿外弄影儿行，恨日头儿不到正南时分。

写情的文字浅切流畅，非常有表现力。如莺莺听琴后自思自忖，一夜无眠：

《中吕调》《双声叠韵》　夜迢迢，睡不着，宝兽沉烟袅。枕又寒，衾又冷，画烛愁相照。甚日休？几时了？强合眼，睡一觉，怎禁梦魂颠倒，夜难熬！〇背画烛，越越地哭，泪滴了，知多少！哭得烛又灭，香又消，转转心情恶。自埋怨，自失笑，自解欢，自敦搠。眼悬悬地，盼明不到。①

总之，董解元的文笔能雅能俗，既善于穿插诗词入曲、借用诗词意境，也善于运用白话和口语，充满警句美词，写景绘情优美传神，两穷其妙。他还有意识地制曲来叙述故事，这在戏曲发展史上颇具标志意义。而《西厢记诸宫调》所敷演的郎才女貌的浪漫爱情，经王实甫《西厢记》渲染发挥，成为元、明、清朝的戏曲和小说等通俗文学表现婚恋题材时的固定模式。故胡应麟称赞《西厢记诸宫调》为“精工巧丽，备极才情；而字字本色，言言古意，当是

① 选文皆本于董解元撰，凌景埏校注《董解元西厢记校注》，人民文学出版社1962年版。

古今传奇鼻祖”。[1] 董解元既具备高雅的诗词文学修养，对各种通俗说唱伎艺的掌握也很熟练，根本而言，“曲甜腔雅”的《西厢记诸宫调》是董解元的杰作，也是南北双方文学发展、各种通俗文艺样式交流融合的结果。

与南宋杂剧同时，金国有院本。元陶宗仪《南村辍耕录》著录院本名目达六百九十种，[2]数量上超过了宋末周密《武林旧事》中著录的官本杂剧二百八十种。陶宗仪把金院本分门别类：“和曲院本”十四本，其所著曲名，皆为大曲、法曲。“上皇院本”十四本，其中如《金明池》、《万岁山》、《错入内》、《断上皇》等是表演宋徽宗时故事。“题目院本”二十本可能与以诗词雅谑诙嘲有关，“霸王院本”六本，大概是项羽题材。此外还有“诸杂大小院本”、“院么”、“诸杂院爨”、“冲撞引首”、“拴搐艳段”、“打略拴搐”、“诸杂砌”等名目。金院本与宋杂剧名目虽异，演艺形式却是相似的。这六百九十种剧目中，与宋杂剧一样，有情节稍复杂、叙事为主的剧目，表演程序亦是在正剧之前后有引首与艳段。金院本中调笑逗趣的滑稽小戏很多，如“打略拴搐”中有《和尚家门》、《先生家门》、《秀才家门》、《禾下家门》、《大夫家门》、《邦老家门》等五十五本剧目，可能是演员装扮成和尚、道士、读书人或是农户、医士、盗贼等不同人物形象以调笑，与宋杂剧中的“打三教”、“急慢酸”等相似。一些名为《讲道德经》、《讲心字爨》、《订注论语》、《擂鼓孝经》、《唐韵六帖》，又有《背鼓千字文》、《变龙千字文》、《摔盒千字文》、《错打千字文》、《木驴千字文》、《埋头千字文》的剧目，可能是唱白间杂的讲唱伎艺。“打略拴搐”中，有《星象名》、《果子名》、《草名》等以说“名”为题的二十六种剧目。又如《神农大说药》、《讲百果爨》、《讲百花爨》、《讲百禽爨》亦是讲说药名、百果、百花、百禽之名，具体形式是借名以制曲，是说是唱，不可得知。《武林旧事》卷六载“说药有杨郎中、徐郎中、乔七官人”，可见南宋亦有此项伎艺表演。“打略拴搐”中有《难字儿》、《猜谜》等剧目，宋人说话中亦有此项目。金院本与宋官本杂剧段数同名者有十余种，它可能是同时之作，也可能是在金人占领汴京以后北宋杂剧为金人沿袭。

---

① 胡应麟：《少室山房笔丛》卷四一，第428页。

② 陶宗仪：《南村辍耕录》卷二五《院本名目》，中华书局1959年版，第306页。

元杂剧作为一种成熟的戏剧形式,其与宋杂剧、金院本有很深的渊源。谭正璧根据《武林旧事》和陶宗仪《南村辍耕录》的记载,考出五十五种宋杂剧,一百五十种金院本剧目的内容。[①] 他将这二百零五种剧目与现存臧晋叔《元曲选》、朱权《太和正音谱》及《孤本元明杂剧》、钟嗣成《录鬼簿》、贾仲名《录鬼簿续编》比较,发现题词相同的有宋杂剧三十三种,金院本九十八种,共计一百三十一种。如宋杂剧《崔护六幺》、《崔护逍遥乐》,元杂剧有白朴与尚仲贤的《十六曲崔护谒浆》(皆见《录鬼簿》);宋杂剧《裴少俊伊州》,元杂剧有白朴《裴少俊墙头马上》;宋杂剧《柳毅大圣乐》,元杂剧有尚仲贤《洞庭湖柳毅传书》(有《元曲选》本)等。可见元杂剧产生在宋杂剧、金院本的基础之上。[②]

宋杂剧和金院本都是总称,其中既包括滑稽调笑的小戏,也有游戏杂伎的表演,还有情节、角色比较丰富完整,有歌舞唱念的、近似戏剧的表演形式。而元人将一些情节比较完善、戏剧性较强的样式专称为杂剧,篇幅比较短小、滑稽调笑、杂项伎艺成分较多的则称为院本,所以《辍耕录》云:"金有杂剧、院本、诸宫调。院本、杂剧,其实一也。国朝院本杂剧,始厘而二之。"[③]夏庭芝《青楼集志》也认为:"院本大率不过谑浪调笑,杂剧则不然,君臣如:《伊尹扶汤》、《比干剖腹》,母子如:《伯瑜泣杖》、《剪发待宾》,夫妇如:《杀狗劝夫》、《磨刀谏妇》,兄弟如:《田真泣树》、《赵礼让肥》,朋友如:《管鲍分金》、《范张鸡黍》,皆可以厚人伦,美风化。"[④]从现存的元杂剧来看,这些所谓"院本"的片段也常常在杂剧中穿插表演。

二　外交活动与出使题材的文学创作

中国历史发展到南宋,周边诸族皆建立独立政权与南宋并立,相互之间必然有政治交往。尤其是女真族建立的金王朝,与南宋接壤对峙,双方的交

---

① 参阅谭正璧著《话本与古剧》中"宋官本杂剧段数内容考"和"金院本名目内容考"。古典文学出版社1957年版。

② 可参阅吕薇芬《杂剧的成熟以及与散曲的关系》,《文学遗产》2006年第1期。

③ 陶宗仪《辍耕录》卷二五《院本名目》,第306页。

④ 夏庭芝:《青楼集志》,见《中国古典戏曲论著集成》第二册,第7页。

聘已经制度化。除建炎四年、绍兴元年以及金末十数年(1218—1234)外,双方一直保持着官方接触,贺寿、贺节的使节来往不断。这些担任使节的官员同时也是上层文人,他们在出使的过程中常有创作,这就产生了一种特殊的出使文学题材。如施宜生宣和末为颍州教授,建炎年间进士,后入金,官至翰林侍讲学士。施宜生在颍州时曾与东坡僚属赵令畤交游,元好问《中州集》录其诗四首,称其“颇得苏门沾丐”。① 正隆四年(1159)为金正旦使赴南宋,陈鹄《西塘集耆旧续闻》卷六录其奉使日曾作诗云:

> 梅花摘索未全开,老倦无心上将台。人在江南望江北,征鸿时送客愁来。②

诗名《题将台》,“将台”即施宜生所馆之都亭驿,此诗即属于出使题材。

交聘之初,许多南宋文人被金扣留,如朱弁、张邵、洪皓等,他们在滞留异域期间所创作的文学作品,也应属于出使题材。如洪皓(1088—1155)建炎三年(1129)奉命使金被羁十五年,绍兴十三年(1143)始与张邵、朱弁归宋。洪皓在北地所作诗词千余首,皆怀乡念国、自明心迹之作,其子洪迈将其纂成《鄱阳集》十卷并刊行于世,今仅存四库馆臣从《永乐大典》中辑成的四卷本。他的笔记《松漠纪闻》所记乃是其于北地所作诗文和北方时事。朱弁在滞留金国期间创作相当活跃,影响也很广泛,其侄孙朱熹说:“公以使事未报,忧愤得目疾,其抑郁愁叹无聊不平之气一于诗发之。岁久成集,号曰《聘游》。”③据朱熹记载,朱弁回到南宋后将《聘游集》四十二卷进献于朝。

绍兴十二年(1142),宋高宗母韦太后归宋,曹勋任接伴使,他在归途中写下《迎銮赋》,④分为《受命》、《启行》、《见接》、《北渡》、《传命》、《许还》、《回銮》、《上接》等章节,这也属于出使题材的文学创作。

(一)出使题材的主要创作文体

其一是“语录”。南宋使金的臣子须按惯例将出使经过写成“语录”,奏

---

① 元好问:《中州集》,中华书局上海编辑所1959年版,第70页。

② 陈鹄著,孔凡礼点校:《西塘集耆旧续闻》卷六“施逵入虏受重用”条,中华书局2002年版,第352页。

③ 朱熹:《奉使直秘阁朱公行状》,见《晦庵先生朱文公文集》卷九八,四部丛刊本。

④ 曹勋:《迎銮赋》,见《松隐集》卷一,文渊阁四库全书本。

报朝廷。两宋以来,语录数量应当不在少数。流传到今天的仅有北宋赵良嗣《燕云奉使录》、马扩《茅斋自叙》、郑望之《靖康城下奉使录》、李若水《山西军前和议录》;南宋则有傅雱《建炎通问录》、王绘《绍兴甲寅通和录》、周煇《北辕录》、程卓《使金录》等数种。① 虽然是公文性质,以地理风物、女真习俗、交往礼仪等为主要内容,但偶尔也有些片段文字可做文学性的欣赏。如周煇的《北辕录》中有一段文字写行经汴河时的感受:

> 是日循行汴河,河水极浅,洛口既塞,理固应然。承平漕江,淮米六百万石,自扬子达京师不过四十日。五十年后乃成污渠,可寓一笑。隋堤之柳,无复仿佛矣。②

语言简洁,今昔之感深寓"一笑",令人不胜唏嘘。

其二是使金日记。上述洪皓所作《松漠纪闻》是笔记,而范成大的《揽辔录》、韩元吉的《朔行日记》(已佚)、楼钥的《北行日录》等则是以日记体记载出使见闻及感触。这些记载饱含爱国之情,文字的个性和艺术性又更鲜明一些。如楼钥的《北行日录》中,乾道五年十月二十日的日记长达六百多字,堪称完整的游记。

出使题材中,最多、最值得重视的则是大量的使金诗。如洪皓、朱弁、张邵三人在归宋途中创作的《辅轩唱和集》、丘宗卿赠给杨万里的"大轴出塞诗",③还有陆游作跋的张监承《云庄诗集》④等都已失传,而留存于世的数量依然可观,据胡传志统计,大约达二百五十余首。

南宋文人的使金诗是在南北分治、政权对立的背景下写作的,这一背景在使金诗的感情基调和艺术表现方面留下了深刻的印迹。诗歌一方面抒发了使节强烈的爱国之情,也曲传了他们行经故国旧都,面对遗民,感受异族政治文化时那交织着屈辱、无奈、自卑又敏感自尊的心境。诗歌同时也反映

---

① 可参阅胡传志《论南宋使金文人的创作》,《文学遗产》2003年第5期。

② 周煇:《北辕录》,见陶宗仪编纂《说郛》卷五六,中国书店1986年版。

③ 杨万里:《跋丘宗卿侍郎见赠使北诗一轴》,见《诚斋集》卷三〇。

④ 陆游《跋张监承云庄诗集》曰:"今读张公为奉使官属时所赋歌诗数十篇,忠义之气郁然,为之悲慨弥日。"见《渭南文集》卷二八。

沦陷于金国的宋遗民的生活、心态，描写异族统治下，北方的风土人情。这些诗歌是南宋文学中不可或缺的构成部分。

（二）南宋使金诗的艺术特征和意识内涵

使金诗是在出使行程中产生的，对于南宋使节来说，这不是漫游，也不是向藩属国施恩，而是出使敌国，求和示好。而所经行处，正是故国旧疆，正如洪适所言："故疆行尽倍伤心"（《次韵梁门》，《盘洲文集》卷五）。沿途的见闻莫不触动内心，因此诗歌多为即景抒情。如洪皓的《都亭驿诗》感叹"故宫今已生禾黍，翻作行人倍痛心"（《鄱阳集》卷一）；许及之一踏上中原故土，心中就失去平静："纵使中原平似掌，我车只作不平鸣"（《车行》，《涉斋集》卷一七）。洪适望见太行山，便涌起"可惜羊肠险，今包鼠穴羞"（《次韵初望太行山》，《盘洲文集》卷五）的感慨。故国山川名胜为金人占有，使者不禁以诗写出内心的憎恶之情，如范成大认为宣德楼"不挽天河洗不清"（《宣德楼》，《石湖诗集》卷一二），滹沱河"如今烂被胡羶涴，不似沧浪可濯缨"（《呼沲河》，《石湖诗集》卷一二）。又如周麟之在绍兴三十年（1160）使金归来后，作《中原民谣》十首，《过沃州》写到沃州被金更名，"是岁更名州作沃，自谓火炎瑞可扑。不知字谶愈分明，天水灼然真吉卜"。题下注引"沃之文，天水也。赵氏之兴，其谶愈昭昭矣"之论，诗人内心的热望灼然可感。

北行沿途有不少历史古迹，南宋使节也例作怀古咏史之诗。洪皓《羑里庙》写囚禁周文王的羑城已是一片废墟，叹息"斯文未丧今犹在，遗像虽存祭不供"（《鄱阳集》卷一）。曹勋的《过邯郸》诗联想到邯郸城的千年变迁，发出"兴废乃尔尔，人事徒营营"的感慨（《松隐集》卷七）。洪适《过保州》回想"艺祖枌榆社，唐人保塞军"的历史，感慨"百年邻毳幕，今日聚妖氛"（《盘洲文集》卷五）。楼钥经行汉高祖庙、虞姬墓等遗迹，不由得引发"膏腴满荆棘，伤甚黍离离"（《灵壁道中》，《攻媿集》卷七）的深切悲感。许及之见"羑里城中草不生"，想到"岂是圣贤遗恨在，只应天自不能平"（《羑里城》，《涉斋集》卷一七）。在范成大的使金组诗中咏怀古迹的就更多了。如《雷万春墓》、《李固渡》等，《双庙》追忆唐代张巡、许远守卫"平地孤城"的功绩，对比宋朝中原陆沉的现实，发出"大梁襟带洪河险，谁遣神州陆地沉"的追问。这些怀古咏史诗亦多是借古伤今之意，或者是寄寓历史兴亡的沧桑之感，或者在古今对比中激发对现实政治的深沉思考，或表愤激不平，或是伤感悲悼，而无一例外地寓涵着强烈的爱国之情、恢复之志，这是以前的咏史怀古诗中不常见的。

使金诗也写金国习俗，北方风物。对于从南方来的文人来说，女真族的生活习俗、北方的地理风光都是新奇的，有了感性认识，笔下的描写也就真实。不过政治现实也令他们在描写这些民俗风物时有意无意地带有一种文化的优越感。今天来看，这类诗歌倒具有一定的文献资料价值。

使金诗中还常常表现遗民盼望南师、渴望恢复的心情，如曹勋（1098—1174）绍兴十一年（1141）十一月使金所作《入塞》、《出塞》二诗：

> 妾在靖康初，胡尘蒙京师。城陷撞军入，掠去随胡儿。忽闻南使过，羞顶羖羊皮；立向最高处，图见汉官仪。数日望回骑，芦致临风悲。
>
> 闻道南使归，路从城中去。岂如车上瓶，犹挂归去路！引首恐过尽，马疾忽无处。吞声送百感，南望泪如雨。

诗歌很细腻地描写了沦落在金国的遗民心理，情感非常真切，而使者在表现遗民感情的同时，内心的感受也非常复杂。《入塞》、《出塞》的诗序云：

> 仆持节朔庭，自燕山向北，部落以三分为率，南人居其二。闻南使过，骈肩引颈，气哽不得语，但泣数行下，或以慨叹，仆每为挥涕惮见也。

曹勋带着高宗的嘱托，①向金人表达卑微的求和之意，内心充满屈辱感，面对那些盼望恢复的遗民，又深切体会了悲愤、惭愧、无奈、难堪交织的情感，故云“惮见”。曹勋的出使诗把使者的这种心境曲传出来，情感真切深沉，艺术上超过了他的其他作品。②

---

① 曹勋出使前，宋高宗谕之曰：“朕北望庭闱，逾十五年，几于无泪可挥，无肠可断，所以频遣使指，又屈己奉币者，皆以此也。”又说：“汝见金主，当以朕意与之言曰：惟亲若族，久赖安存，朕知之矣。然阅岁滋久，为人之子，深不自安。况亡者未葬，存者亦老，兄弟族属，见余无几，每岁时节物，未尝不北首流涕，若大国念之，使父兄子母如初，则此恩当子孙千万年不忘也。”见李心传《建炎以来系年要录》卷一四二。

② 参见钱钟书《宋诗选注》“曹勋”小传，第230页。

此外如范成大的《州桥》诗：

州桥南北是天街，父老年年等驾回。
忍泪失声询使者，几时真有六军来？

《翠楼》：

连衽成帷迓汉官，翠楼沽酒满城欢。
白头翁媪相扶拜，垂老从今几度看！

《相州》：

秃巾髽髻老扶车，茹痛含辛说乱华。
赖有乡人聊刷耻，魏公元是鲁东家。

诗歌借描写汴京父老对宋使的欢迎和眷恋写出遗民对宋朝的忠诚，写出遗民对恢复的热切盼望。还借遗民父老对名将韩琦的怀念，表达对现状的失望。韩元吉的诗歌中也有类似情境的描写。不过南宋在与金的外交关系中处于弱势，使节受到眼前情境的刺激，对现状虽然内心不满却又无能为力，无法回答“几时真有六军来”的追问，因而使金诗中总有一种“遗民久厌腥羶苦，辟国谋乖负此心”（洪适《过谷熟》，《盘洲文集》卷五）的惭痛愧疚，这是从前出使题材的诗歌中不曾有过的感情。

南宋的使金诗推动了宋诗对爱国主题的表现。宋朝使节一批一批去朝金，经行故国旧地所见提醒他们不忘屈辱的历史和现状，持续地激发着宋人的爱国情感，刺激爱国篇章不断产生。而正如葛兆光所指出的，从诗歌史来看，唐代边塞作品中有主张战争，也有不主张战争的，政治立场没有绝对的正义与非正义。在南宋的文学作品中，主战、恢复成为士大夫唯一“政治正确”的立场。① 爱国主题在文学创作中得到非常鲜明突出的表现，诗中是“兽奔鸟散何劳逐，直斩单于衅宝刀”（陆游《雪中忽起从戎之兴戏作》，《剑南诗稿》卷一八），词里是“不念英雄江左老，用之可以尊中国”（辛弃疾《满江

① 参见葛兆光《宋代“中国”意识的凸显——关于近世民族主义思想的一个远源》，《文史哲》2004 年第 1 期。

红》,《稼轩词》卷二)。即使是处于困窘的局面,依然要宣称“黄流日夜向南风,道出封丘处处逢。紫盖黄旗在湖海,故应河伯欲朝宗”(范成大《浙水》,《石湖诗集》卷一二)。不管在诗、词、文哪种文体中,表达爱国恢复之情的作品都居于主流地位。南宋使金诗是宋代这种中国意识的表现,也可以帮助我们理解宋代中国意识的形成:正是因为异族政权的存在,且对南宋构成了巨大的威胁,因此激发了宋代文人抗敌御侮的爱国感情,造就南宋文学空前高涨的爱国旋律。

第四节　文学创作及观念上的影响

在中国宋朝时期的“汉文化圈”内的民族多已创造和使用了自己的文字,但文学写作却主要使用汉语,这就决定了诸族的文学创作与文学观念深受宋朝影响,当然也会对宋朝文学产生反馈。从今天所获得的材料来看,能够熟练的用汉语创作并达到较高水平的,主要有北方的金国以及朝鲜和日本。以下分述之。

一　南宋对金文学创作及观念的影响

南宋与金在政治上是敌国,文化上却同以北宋文学为渊源。“金人奄有中原,故诗格多沿元祐”,金朝建立之初,主要是借才异代,通过入金宋人继承延续北宋的文学传统,接受苏学影响。但金文学也并不只是北宋文学的余波遗响,金朝中期形成的国朝文派开出了金源文学相对独立的风貌特征。因此金文学与南宋文学既有某种程度的联系,也表现出对比或者对立的特质。虽然政治上金似乎在相当长一段时间处于强势,文学上则表现出与南宋争胜的心理。正如元好问《自题中州集后》所称“邺下曹刘气尽豪,江东诸谢韵尤高。若从华实评诗品,未便吴侬得锦袍”,①大有一较高低之意。

① 《自题中州集后》五首其一,见《遗山先生文集》卷一三,四部丛刊本。

南宋对金文学的影响首先体现在金初的文学人才皆为宋儒这一点上，金初文人多为北宋末使金被羁，或是降金、或是留在沦陷区的汉人，如宇文虚中、蔡松年、吴激等，这种现象一般称为“借才异代”。① 除了他们之外，南宋初年使金被留的文人如朱弁、张邵、洪皓等也对金源文学的创始提供了助力。朱弁（1085—1144）于建炎元年（1127）使金，被羁留云中（今山西大同）十七年。金人曾授他官职，又迫使他出仕伪齐，皆“誓不为屈”。朱弁在北宋曾与晁说之、参寥等文人名士交往，留金期间著《曲洧旧闻》十卷、《风月堂诗话》三卷，追述元祐逸闻，谈诗论艺，颇记苏、黄等人的言行。这两部书在金源刊刻，传布久远，王若虚的《滹南诗话》曾经征引《风月堂诗话》。金代诗坛对宋诗表现出扬苏抑黄的倾向，在朱弁的《风月堂诗话》中已初露端倪：“东坡文章至黄州以后人莫能及，唯黄鲁直诗时可以抗衡。晚年过海，则虽鲁直亦若瞠乎其后矣。”他的诗论可能对金朝的诗歌观念与创作有所影响。洪皓在金期间曾为完颜畴教授其子，完颜畴亦爱好汉诗，洪皓对女真贵族的汉诗创作应当产生了一定的影响。

金朝中期（1161—1214）以蔡珪、党怀英、赵秉文为中坚，形成“国朝文派”，这是一个与南宋文学相对立的概念。国朝文派在继承北宋文学传统的同时，开始写出雄放自然、具有自身面貌的文学作品。受蒙古压迫，金渡江南迁以后，金朝文学批评转盛，开始对宋文学加以反思。曾慥的《宋百家诗选》传到金国，王若虚的《滹南诗话》再三批评它以江西诗风为主导的倾向，指斥以苏、黄为代表的宋诗弊病。元好问说“北人不拾江西唾，未要曾郎借齿牙”，②皆以南宋文学作为对照背景，表现出北人文学的自立意识。不过金诗弃宋宗唐，元好问提出“以唐人为旨归”的诗论，与南宋诗歌发展的趋向殊途同归。

以下就诗、词、文等不同文体分述南宋与金的文学交流与影响。

（一）南宋诗对金诗的影响

具体来说，南宋与金文学的直接交流不太多。就诗歌而言，有记载显示

① 元好问云：“国初文士如宇文大学、蔡丞相、吴深州之等，不可不谓之豪杰之士，然皆宋儒，难以国朝文派论之。”见《中州集》卷一“蔡太常珪”条下，四部丛刊本。

② 元好问：《自题中州集后》五首其二。

的，如南宋诗话总集《苕溪渔隐丛话》传到北方，成为王若虚论诗取材之渊薮，也是王若虚批驳的对象，《滹南诗话》三分之一的内容与《苕溪渔隐丛话》有关。① 此外北宋有王安石编纂的《唐百家诗选》，南宋有曾慥编纂的《宋百家诗选》。这种诗歌选本的编纂方式，可能启发了金人，于是金有魏道明和商衡编纂的《国朝百家诗略》。曾慥的诗歌选本的体例是：

诗引所载，多者数百言，少者数十言，其人出处大致，词格高下，盛德之士，高风绝尘，师表一世；放臣逐客，兴微托远，属思千里，与夫山巉冢刻，方言地志，怪奇可喜之词，群嘲聚讪，戏笑之谈，靡不毕载。②

《宋百家诗选》将诗人的生平出处与诗歌评论相结合，这一点在元好问编纂的金代诗歌总集《中州集》中得到继承发展。他的作者小传比较全面地介绍作者的生平、爵里、著述等情况，比曾慥的写法更完善。元好问的朋友张德辉为作《中州集后序》，云：

作诗为难，知诗为尤难。唐僧皎然谓钟嵘非诗家流，不应为诗作评，其尤难可知已。半山老人作《唐百家诗选》，迄今家置一本，曾端伯选宋诗，不可谓无功，而学者遂有二三之论。予谓裕之此集，今四出矣。评者将附之半山乎？曾端伯乎？季孟之间乎？③

将《中州集》与北宋《唐百家诗选》、南宋《宋百家诗选》相提并论。④ 可见元好问这部诗选的编纂与曾慥的编纂行为是有一定联系的。

南宋对金诗的影响主要体现在金诗创作和观念的发展是南宋诗歌发展历程的一种映射。金诗一开始承接北宋，“百年以来，诗人多学坡、谷”。⑤ 崇

---

① 参见胡传志《〈滹南诗话〉与南宋诗论的联系与差异》，《中国诗学》第三辑，上海古籍出版社2004年版。

② 赵与旹：《宾退录》卷六。

③ 张德辉：《中州集后序》，见《中州集》，汲古阁刊本。

④ 胡传志认为张德辉的评价表明他还不理解元好问编纂《中州集》以诗存史、效忠故国的用意，只是把《中州集》当成一部简单的诗选，完全以诗学标准衡量其得失，因此，没有正确理解和肯定《中州集》。见胡传志《〈中州集〉的流传和影响》，《文学遗产》1994年第3期。

⑤ 元好问：《赵闲闲书拟和韦苏州诗跋》，见《元好问全集》卷四〇，山西人民出版社1990年版，第113页。

苏者自不必言,学黄的诗人亦不少,如张伯英"诗学黄鲁直格",[①]钱钟书举其"溪口急流裁燕尾,山腰世路转羊肠。到郡莅官才九日,过家上冢正重阳",谓前二句工整曲折,宛然山谷风味。后二句"复以疏直继前联之密致,此尤山谷七律手法也"。又谓路铎"几篇篇点换涪翁语,不特格律相似"。[②]元好问谓刘仲尹"参涪翁而得法"。[③]王庭筠学黄更有成就,李纯甫指出:"东坡变而山谷,山谷变而黄华,人难及也。"[④]这体现了金人学习宋诗的进一步深化。

金人学以苏、黄诗为典型的宋诗,弊病日益显露,金都南迁后,诗坛发生变革。《归潜志》卷八云:

> 南渡后,文风一变,文多学奇古,诗多学风雅,由赵闲闲、李屏山倡之。……赵闲闲晚年诗多法唐人李、杜诸公,然未尝语于人。已而麻知几、李长源、元裕之辈鼎出,故后进作诗者争以唐人为法也。[⑤]

金代晚期诗坛弃宋宗唐局面形成,终于与南宋诗歌发展同步。南宋诗弃宋宗唐,取向是晚唐为主,当时金人也有学习"晚唐体"的,如《中州集》卷四收刘左司昂诗十一首,序云:"昂字之昂,兴州人,大定十九年进士……作诗得晚唐体。"然正如元好问所言:"南渡后,诗学大行,初未知适从。"[⑥]金诗取法对象遍及盛、中、晚唐,不专主一家,取法范围比南宋广。[⑦]

这个弃宋宗唐的过程伴随着金人对宋诗的反思,尤其以王若虚和元好问为代表。王若虚的《滹南诗话》论诗受其舅周昂(德卿)诗学观念影响,认为"文章以意为之主,字语为之役"。"雕琢太甚,则伤其全。经营过深,则失其本"。[⑧]他批评宋人以诗唱酬次韵,曰:"诗道至宋人,已自衰弊,而又专以

---

① 《归潜志》卷四,第35页。
② 钱钟书《谈艺录》四五"金诗与江西派",第157页。
③ 《中州集》卷三"刘龙山仲尹"小传。
④ 《归潜志》卷一〇,第119页。
⑤ 《归潜志》卷八,第85页。
⑥ 元好问:《杨叔能小亨集引》,见《遗山先生文集》卷三六,四部丛刊本。
⑦ 可参阅狄宝心《金与南宋诗坛弃宋宗唐的同中之异及成因》,《文学遗产》2004年第6期。
⑧ 王若虚:《滹南诗话》卷一引周昂语,见《历代诗话续编》,第507页。

此相尚，才识如东坡，亦不免波荡而从之，集中次韵者几三之一。虽穷极技巧，倾动一时，而害于天全多矣。”①批评黄庭坚诗“有奇而无妙，有斩绝而无横放，铺张学问以为富，点化陈腐以为新，而浑然天成，如肝肺中流出者，不足也”。② 他认为诗歌出于自得、自然，“古之诗人，虽趣尚不同，体制不一，要皆出于自得。至其辞达理顺，皆足以名家，何尝有以句法绳人者。鲁直开口论句法，此便是不及古人处”。认为山谷的夺胎换骨、点铁成金之说，不过是“剽窃之黠耳”。③ 元好问的诗学观念则集中体现在《论诗三十首》中，这组诗主要对金国当时一味崇尚模仿苏黄的诗歌风气进行针砭。他也批评了宋诗的次韵唱酬之风，④批评苏诗“杂体”太多，不能“近古”；⑤批评苏诗表达过于恣肆，认为不是“雅言”。⑥ 对江西诗派资书为诗、极意锻炼非常不以为然。⑦ 相形之下，声称“论诗宁下涪翁拜，未作江西社里人”。⑧ 而宋自渡江以来，对苏、黄诗和江西派的反思从张戒《岁寒堂诗话》开始，一直持续到宋末严羽的《沧浪诗话》。南宋诗坛的批评反思更深入，涉及到诗歌本质的思考，诗歌独特的创作思维特征。注意到唐宋诗的本质区别是“风人之诗”与“文人之诗”的区别。金人的批评还只是着眼于审美趣味的取向和作诗的方法，理论认识方面不如南宋深入，所持批评态度多少与宋金政权对立这一现实因素有关。

（二）南宋词对金词的影响

词的方面，宋金之间的交流影响主要体现在辛弃疾将北方词风带到南宋，又作为南宋的杰出词人影响北人如元好问的词创作。

辛弃疾在二十出头的时候率众南归，其词的创作渊源可以追溯到蔡松

---

① 《滹南诗话》卷二，见《历代诗话续编》，第515页。

② 《滹南诗话》卷二，见《历代诗话续编》，第518页。

③ 《滹南诗话》卷三，见《历代诗话续编》，第523页。

④ 其二十一云：“窘步相仍死不前，唱酬无复见前贤。纵横正有凌云笔，俯仰随人亦可怜。”见元好问著，郭绍虞笺释《元好问论诗三十首小笺》，人民文学出版社1978年版。

⑤ 《东坡诗雅引》，见《遗山先生文集》卷三六。

⑥ 其二十三云：“曲学虚荒小说欺，俳谐怒骂岂诗宜？今人合笑古人拙，除却雅言皆不知。”

⑦ 其二十九云：“池塘春草谢家春，万古千秋五字新。传语闭门陈正字，可怜无补费精神。”

⑧ 《论诗三十首》第二八首。

年。蔡松年(1107—1159)字伯坚,号萧闲,宣和七年(1125)与父亲蔡靖镇守燕山,不得已降金。入金后官至右丞相,成为金国官位最高的汉族文人。蔡松年的词宗尚东坡,①得其超旷放达的一面。他两次追和东坡《念奴娇·赤壁怀古》,第二首和作最为有名:

离骚痛饮,笑人生佳处,能消何物。夷甫当年成底事,空想岩岩玉壁。五亩苍烟,一丘寒碧,岁晚忧风雪。西州扶病,至今悲感前杰。

我梦卜筑萧闲,觉来岩桂,十里幽香发。块垒胸中冰与炭,一酌春风都灭。胜日神交,悠然得意,遗恨无毫发。古今同致,永和徒记岁月。

词中褒贬魏晋诸贤,所抒发的旷放情怀,和东坡一脉相承。

蔡松年词风格疏宕,善于使典用事,化用前人诗句,备受金人推崇。而据《宋史》辛弃疾传记载:

辛弃疾字幼安,齐之历城人。少师蔡伯坚,与党怀英同学,号辛、党。始筮仕,决以蓍,怀英遇“坎”,因留事金;弃疾得“离”,遂决意南归。②

虽然邓广铭著《辛稼轩年谱》断然否定这一记载的真实性,不过从稼轩词中能发现他化用蔡松年词的痕迹,即使没有师生渊源,青年辛弃疾也可能受到当时金国最大的词人蔡松年词风的影响。

辛弃疾南归后成为南宋著名词人,他的词作又流传到了北方的金国。在现存有关金词的文献中,元好问的《遗山自题乐府引》最早明确谈到稼轩词,云:

岁甲午,予所录《遗山新乐府》成,客有谓予者云:“子故尝言宋人诗大概不及唐,而乐府歌词过之,此论殊然。乐府以来,东坡第一,以后便

---

① 蔡松年原有词集《明秀集》六卷,录词一百七十七首,金末魏道明作注,现存前三卷七十二首词,有《四印斋所刻词》本。《全金元词》共录其词八十四首。其词虽散佚过半,但这一数字在金人中仍居第二,仅次于元好问。蔡松年词中屡屡化用东坡诗词,魏道明作注,几乎首首必言东坡,突显了蔡松年词取法东坡的门径。

② 《宋史》卷四〇一,列传第一百六“辛弃疾传”,第12161页。

到辛稼轩，此论亦然。东坡、稼轩即不论，且问遗山得意时，自视秦、晁、贺、晏诸人何如？”予大笑，拊客背，云：“那知许事，且啖蛤蜊。”客亦笑而去。①

其时为1234年，金朝甫亡。从文意可知，稼轩词早已为金人所知，且许以与苏词相当的地位，提出二人的源流承传关系。次年成书的刘祁的《归潜志》中亦有关于辛弃疾词的记载，曰：

党承旨怀英、辛尚书弃疾，俱山东人，少同舍。属金国初遭乱，俱在兵间。辛一旦率数千骑南渡，显于宋；党在北方，擢第，入翰林，有名，为一时文字宗主。二公虽所趋不同，皆有功业宠荣，视前朝陶穀、韩熙载亦相况也。后辛退闲，有词《鹧鸪天》云：“壮岁旌旗拥万夫。锦襜突骑渡江初。燕兵夜娖银胡䩮，汉箭朝飞金仆姑。 思往事，叹今吾，春风不染白髭须。都将万字平戎策，换得东邻种树书。”盖纪其少时事也。②

明确提到稼轩词全本的是耶律铸（1221—1285），他于1258年在阆州带回《稼轩乐府全集》，《鹊桥仙》（皇都门外）小序云：

阆州得《稼轩乐府全集》，有《西江月》：而今何事最相宜，宜醉宜闲宜睡。或曰：“不若道‘宜笑宜狂宜醉’。”请足成之。③

元好问论词对稼轩极为推崇，但己作并不似稼轩的豪迈之风。南宋遗民张炎最先指出这一矛盾：

元遗山极称稼轩词。及观遗山词，深于用事，精于炼句，有风流蕴藉处，不减周、秦，如《双莲》《雁丘》等作，妙在模写情态，立意高远，初无稼轩豪迈之气，岂遗山欲表而出之，故云尔？④

---

① 《元好问全集》卷四二。
② 《归潜志》卷八，第84页。
③ 耶律铸：《双溪醉隐集》卷六，文渊阁四库全书本。
④ 张炎：《词源》，见唐圭璋《词话丛编》，第267页。

张炎举出元好问最有名的《摸鱼儿》(问莲根有丝多少)、《摸鱼儿》(问人间情是何物)两首情词为例,说明元词并无“稼轩豪迈之气”。而联系元好问的词学观念来看,这种“矛盾”正体现出元好问与南宋骚雅词人对稼轩词的不同评价取向。

元好问在《新轩乐府引》中重申了他的词学观念,对苏轼以来“以诗为词”一路词人的优长作了阐释:

> 唐歌词多宫体,又皆极力为之。自东坡一出,情性之外不知有文字,真有“一洗万古凡马空”气象。虽时作宫体,亦岂可以宫体概之? ……自今观之,东坡圣处,非有意于文字之为工,不得不然之为工也。坡以来,山谷、晁无咎、陈去非、辛幼安诸公俱以歌词取称,吟咏情性,留连光景,清壮顿挫,能起人妙思,亦有语意拙直,不自缘饰,因病成妍者,皆自坡发之。①

可见元好问推重稼轩词主要基于他对“以诗为词”的肯定。元好问赞赏苏、辛等人以诗为词抒写士大夫情怀,词风清壮顿挫,能具有诗一样的言外之意。稼轩门人范开曾言稼轩“果何意于歌词哉,直陶写之具耳”!② 元好问的确理解了辛词的精神实质。

元好问论词崇雅,这与南宋骚雅一派的取向相近。不过他的雅词观念来自于诗歌的雅正观念,“俳优怒骂岂诗宜”,那么作为诗体之一种的词同样也容不得有“俳优怒骂”、“鄙俚浅近,叫呼炫鬻”的成分。元好问填词崇雅,张炎谓其词“深于用事,精于炼句,风流蕴藉,不减周、秦”;③但他用曲却又不同于南宋骚雅一派务求制曲精雅。当时北地逐渐兴起北曲,曲之渐兴使词体不断曲化,遗山所作《小圣乐》(又称《骤雨打新荷》)(绿叶阴浓)堪称令曲之滥觞。可以说,从某种角度看,是辛弃疾担任了使者的角色,使南宋词受到金词的影响;但金词并未受到南宋后期骚雅词风的影响。最应该重视的

---

① 元好问:《新轩乐府引》,见《遗山先生文集》卷三六。

② 范开:《稼轩词序》,见《稼轩词笺注》,第561页。

③ 张炎:《词源》“杂论”,见《词话丛编》,第267页。

现象是，因为北曲音乐的发展，金遗民元好问开始创作散曲，但南宋张炎等作为遗民入元，也只是填词而没有作曲，可见兴起于金元的散曲，对南宋词人的创作并无影响。

（三）南宋文对金文的影响

洪迈的小说《夷坚志》为金人喜爱，淳熙十二年（1185）章森（德茂）出使北方，北方接伴使问："《夷坚》自《丁志》后，曾更续否。"[①]而元好问晚年撰写一部笔记小说《续夷坚志》，[②]名承南宋洪迈所著《夷坚志》，记叙上下近二百年间事。除记部分怪诞的奇闻异事外，还记载了大量的宋、金、元时期的历史、地理、文物、考古、天文、医药、文学、艺术以及人物轶事，史料价值很高。清代荣誉在《续夷坚志序》中说："其名虽续洪氏，而所记皆中原陆沉之事，耳闻目见，纤细必录。可使善者劝而恶者惩，非齐谐志怪可比也。"可知《续夷坚志》决非侈谈鬼怪、以娱心性的作品，这段话道出了元、洪二人之作的不同。

南宋文学受理学影响，尤其是后期受道学影响更大，而理学在北方则几同余烬，全祖望认为"建炎南渡，学统与之俱迁，完颜一代，遂无人焉"，"关、洛陷于完颜，百年不闻学统"，[③]处于衰微状态。因为理学的炽盛，南宋散文冗弱过于北宋和唐，宋人编出了《唐文粹》、《宋文鉴》，南宋文总集却迟至几百年后才得以面世，正是这个原因。一江之隔的金人对南宋散文也颇有微词，如王若虚以继承北宋文统的立场，批评孙觌《谢复敷文阁待制表》文体不当和用典不当，并断言"宋自过江后，文弊甚矣"。[④] 而金朝开科举重词赋、轻经义，也不重策论。金代共开科四十三次，词赋科最受重视，自始至终未缺。策论科，亦即女真科，自大定十三年（1173）设立后，十六年、十九年因后备考生不足暂停，自二十二年始直至正大元年，其间共考十八次，出状元十八人。经义科则时开时停，累计考过二十六次，自承安五年（1200）始，经义第一视同词赋第二。这样一来，时文与古文的写作在金国也就不甚发达。

---

① 《宾退录》卷八。

② 《续夷坚志》共四卷，207 篇，其中《女真黄》、《日本国冠服》、《焦隧业报》、《孔孟之后》四篇有目无文，实存 203 篇。

③ 全祖望：《屏山鸣道集说略序录 · 案语》，见《宋元学案》卷一〇〇。

④ 王若虚：《文辨》，见《滹南遗老集》卷三七，四部丛刊本。

二　南宋对东亚诸国文学的影响

在中古和近古，朝鲜和日本的文学思潮和风尚总的来说是随着中土文学风尚的变化而变化的，只是时间上稍微滞后而已。

苏轼诗从北宋中期到南宋初甚为流行，在与宋并立的高丽朝中期以后至朝鲜初，诗坛也盛行苏诗，诗人们的创作主要接受苏轼的影响。① 金富轼（1075—1151）是高丽最重要的文人，他与弟弟金富辙的名字体现了他们对苏轼、苏辙的推崇和模仿。李仁老曾记权迪诗，慨叹：“苏子文章海外闻，宋朝天子火其文。文章可使为灰烬，落落雄名安可焚？”②高丽朝崔滋（1188—1260）《补闲集》卷中云：

> 今观眉叟（即“海左七贤”之首李仁老，曾入宋）诗，或有七字五字，从东坡集中来。观文顺公（即高丽诗人李奎报（1168—1241））诗，无四五字夺东坡语，其豪迈之气、富赡之体，直与东坡吻合。

可见高丽诗人对东坡诗歌的理解越来越深入，写作上也逐渐从效仿到创造发展，从“夺东坡语”到师其“气”、“体”。高丽文学对北宋文学亦步亦趋，林椿就说：“本朝制作之体，与皇宋为甲乙。”③

江西诗派的影响也远及朝鲜。黄庭坚的《山谷集》在高丽中期就已传到朝鲜半岛。近年韩国李钟默著有《海东江西诗派研究》一书，他介绍说高丽时代已经有了受江西诗派影响的诗人。韩国的汉诗史上明显地受到黄庭坚、陈师道诗影响的时期应是从成宗（1457—1494）到宣祖（1552—1608）年间，陈师道与陈与义的诗集刊行了，《瀛奎律髓》和《联珠诗格》为朝鲜文人认真研读，形成学习江西诗派的风潮。④ 朝鲜成宗时期的大学者成砚在《文变》

---

① 郑善谟：《苏东坡在韩国与日本被接受的面向与反思〈资料集〉》，见《东亚文化意象之形塑》系列演讲，2008 年 12 月 8 日于中央研究员历史言语研究所。

② 李仁老：《破闲集》卷下，见赵钟业《修正增补韩国诗话丛编》本，太学社 1996 年版。

③ 林椿：《与皇甫若水书》，见《西河集》卷四，《韩国文集丛刊》第 1 册，景仁文化社 1990 年版。

④ 可参阅崔琴玉、马志强撰《宋代江西诗派与朝鲜海东江西诗派的诗风比较》，《中州学刊》1997 年第 6 期。马金科著《朝鲜诗学对中国江西诗派的接受—以高丽后期李朝前期朝鲜诗话为中心》，民族出版社 2006 年版。

里说："今之学诗者，必曰谪仙太荡，少陵太深，雪堂太雄，剑南太豪。所可法者，涪翁也，后山也。"江西诗派的诗有法可循，为朝鲜文人的学习提供了条件。于是出现了一个海东江西诗派。海东江西诗派的代表诗人有朴訚（号翠轩）、李荇（号容斋）、朴祥（号讷斋）、郑士龙（号湖阴）、卢守慎（号芝鼎）等人。金万重《西浦漫笔》回顾朝鲜汉诗的发展历程说："本朝诗体不啻四五变。国初承胜国之绪，纯学东坡。以迄与宣靖，惟容斋称大成焉，中间参以予章，则翠轩之才，实三百年一人。又变成专工黄、陈，则湖苏、芝鼎足雄峙。又变而反正于唐。"①朴訚的诗学黄庭坚，如《福灵寺》：

伽蓝却是新罗旧，千佛皆从西竺来。
终古神人迷大隗，至今福地似天台。
春阴欲雨鸟相语，老树无情风自哀。
万事不堪供一笑，青山阅世自浮埃。

确有涪翁诗之风味。

待理学传入以后，理学家的诗、尤其是朱熹的诗，成了朝野士人修业进德的途径之一，以至有人认为："由今之时，造今之士，莫如学夫子之诗而咸有所得，于咏叹谣液之际，消融渣滓，动荡血脉，易直子谅之心油然生，而非僻惰慢之志无以作。迩之可以事父，远之可以事君。可以兴于斯，可以观于斯，可以群于斯，而先王之诗教庶几窥其万一。"②理学思想在此后始终影响着文坛的理论和批评，不但在古代朝鲜还是古代日本，也不论朝代如何更替。

自欧阳修开创诗话体裁，两宋诗话撰作渐多，流风亦及于韩国。韩国学者许世旭指出韩国古代"自有诗话以来，作法全效中国，其成书之经过，以及体裁、条例、评论，固无一不类也"。韩国诗话始于高丽时代，今存《破闲集》、《白云小说》、《补闲集》、《栎翁稗说》四种。韩国诗话的开山祖是李仁老

① 金万重：《西浦漫笔》。《西浦漫笔》主要对中国历代名贤故事略加评论，篇末附有对朝鲜诗人的评论。

② 见郑健行编《南韩诗话中论中国诗资料选粹》，中华书局2005年版。

（1152—1220，相当于南宋高宗绍兴年间至宁宗嘉定期间）所撰的《破闲集》，刊于元宗元年（1260），有诗话、文谈、纪事、风俗、山河、人物、自作诗等部分，既有论诗的片段，也网罗佚闻琐事。其评本国诗人多引唐宋诗人作比附，对中国诗人则推崇老杜与苏黄，可见南宋诗坛的流风；然而又重视自然，主张天趣，谓“诗源乎心”，“文章得于天性”（卷下），强调用事琢句要无斧凿痕迹，则似乎又受宋人对江西诗风的批评的影响。

其后有李奎报（1168—1241，即南宋孝宗至理宗时）所撰《白云小说》，亦兼取纪事与论诗之体，其论推重陶潜、白居易、梅尧臣、苏轼，可见受宋人崇尚平淡诗风的影响；又言“诗以意为主，设意最难，缀辞次之”，近于宋诗重立意的风尚。

崔滋（1188—1260，相当于南宋孝宗至理宗时）撰《补闲集》，其自序称作于甲寅（1254 年）。自言读苏黄集，“然后语遒然，韵铿锵，得作诗三味”。其书多摘句批评，并区分品第，以“新、妙、逸、含、险、俊、豪、富、雄、古”为上品。

到高丽末，李齐贤（1287—1367，相当于元世祖至顺帝时）撰《栎翁稗说》，内容有记载逸事与诗歌的评论和考辨，论及宋人包括王安石、苏轼、黄庭坚、陈与义、杨万里、朱熹，推崇苏、王、黄诗意新语工，又在造语方面重视江西诗派的夺胎换骨之法。其摘句批评引用了陈与义等人的诗句。

及后到朝鲜时期（相当于中国的明清），韩国诗话撰述迭见，其中有无所不谈、类似笔记小说者，如李睟光《芝峰类说》；有专事诗评、品第褒贬者，如洪万宗《小华诗评》、南龙翼《壶谷诗话》，甚至有评论中国诗比评论本国汉诗还多者，如金万重《西浦漫笔》，要之，皆取法于宋以来蓬勃发展的中国诗话。

日本与宋朝的官方交流不如在唐朝时那么频繁，学习宋代文学的主要是一批入宋的禅僧。求佛法之外，他们也与文人交往，写一些诗偈。迟至镰仓（1192—1333）、室町（1334—1602）时期，兴起了以僧侣创作为内容的“五山文学”。① 五山僧侣们学习的典范是以苏轼、黄庭坚为代表的“宋诗”。吉

① 正祖：《雅诵序》，见该书卷首，延世大学校图书馆藏甲寅字本。

川幸次郎《宋诗概说》第三章第三节说：

> 苏轼与黄庭坚的诗，在日本，特别是室町时代的五山禅僧之间，已经大为风行。两人的诗集都传有日本覆刻本多种，又有不少附有假名以供讲义用的所谓“抄”本。其影响及于日本最伟大的俳人芭蕉(1644—1694)，在他的《笈之小文》及《蓑虫说跋》里，就有“苏新黄奇”一语。

吉川氏所称引的芭蕉“苏新黄奇”一语，出自《诗人玉屑》卷一二所引陈师道语：“王介甫以工，苏子瞻以新，黄鲁直以奇”，日人的评价表明他们对宋朝著名诗人的诗歌艺术风貌认识得很清晰。

随着室町幕府的灭亡，五山禅林文学也落下帷幕。在德川幕府统治的江户时代，先有荻生徂徕(1666—1728)提倡复古，排斥宋学，倡导明七子“文必秦汉，诗必盛唐”的主张，诗风由宋转唐。接着诗人山本北山(1752—1812)反对徂徕的主张，专意鼓吹宋诗。19 世纪则流行唐宋兼取的主张，但直到明治以后，还有大沼厚(1818—1891)等人的下谷吟社专学宋诗，以陆游为主，辅以苏、黄、范、杨诸家。日人学习宋诗的这个趋势与日本翻刻宋人文集的取向是相当一致的。

而除了苏、黄，南宋大诗人对日本诗歌的创作也是很有影响的。吉川幸次郎指出：

> 在范成大的诗中，日本人最熟悉的要算《四时田园杂兴六十首》了……这些田园诗，与日本与谢芜村(1716—1783)的“俳谐”，颇有类似的地方。范成大的诗在江户末期的日本，流行于诗人俳人之间，对于日本文学可能发生过影响。①

又说：

> 这时期的宋诗，在日本的江户时代末期，由于山本北山(1752—1812)

---

① “五山”之名源于南宋将五座禅宗山寺定为“敕建”的庙宇，日本加以模仿，便有镰仓五山、京都五山之类。

> 等人的提倡，曾经风行一时。如《陆放翁诗钞》于享和元年（1801），《范石湖诗钞》于文化元年（1804），以及《杨诚斋诗钞》于文化五年（1808），都出过附有北山序文的日本刻本。在这一方面，固然是对一世纪前荻生徂徕（1666—1728）所倡唐诗尊重的反动，但在另一方面，陆游、范成大、杨万里等人的诗，与芜村的“俳谐”风格情趣，颇有不谋而合的地方，恐怕也是个重要的因素。①

从吉川幸次郎的介绍来看，日本诗歌成熟的时候，南宋诗人中最能得到认同的似乎是陆游、杨万里和范成大。菊池桐孙（1772—1855）就曾评论日人学习黄庭坚和杨万里诗歌的现象，称时人“喜黄者绝少，喜杨者常多，盖黄诗奥峭耳，苦艰涩；杨诗尖新，易入心脾故也”。② 这一方面显示了宋诗对日本文学的影响，同时也显示了中日汉文文学在创作观念、审美趋向上还是存在差异的。

---

① 《宋诗概说》第五章第二节，第223页。

② 《宋诗概说》第五章第三节，第233页。

编 后 语

历史并不意味着永远消失,从某种意义上说,它总会以独有的形式存在并作用于当前乃至未来。历史学“述往事”以“思来者”,“阐旧邦”以“辅新命”,似乎也可作如是观。历史的意义通过历史学的研究被体现和放大,历史因此获得生命,并成为我们今天的财富。

宋朝立国三百二十年(960—1279),是中国封建社会里国祚最长的一个朝代,也是封建文化发展最为辉煌的时期,对后世影响极大。其中立国一百五十三年(1127—1279)的南宋,向来被认为是一个国力弱小、对外以妥协屈辱贯穿始终的偏安王朝,但就是这一“偏安”王朝,在经济、文化、科技等方面却取得了辉煌成就,对金及蒙元入侵也作出过顽强的抵抗。如果我们仍囿于历史的成见,轻视南宋在中国历史上的地位和作用,就不会对这段历史作出更为深刻的反思,其中所蕴涵的价值也不会被认识。退一步说,如果没有南宋的建立,整个中国完全为女真奴隶主贵族所统治,那么唐、(北)宋以来的先进文化如何在后世获得更好的继承和发展,这可能也是人们不得不考虑的一个问题。南宋王朝建立的历史意义,于此更加不容忽视。

杭州曾是南宋王朝的都城。作为当时全国的政治、经济和文化的中心,近一个半世纪的建都史给杭州的城市建设、宗教信仰、衣食住行、风俗习惯,乃至性格、语言等方面都打下了深刻的烙印。南宋历史既是全国人民的宝贵财富,更是杭州人民的宝贵财富。深入研究南宋史,是我们吸取历史经验和教训的需要,是批判地继承优秀文化遗产的需要,也是今天杭州大力建设文化名城的需要。还原一个真实的南宋,挖掘沉淀在这段历史之河中的丰富遗产,杭州人责无旁贷。

2005年初,在杭州市委、市政府的大力支持和指导下,杭州市社会科学院将南宋史研究列为重大课题,并开始策划五十卷《南宋史研究丛书》的编纂工作,初步决定该丛书由五大部分组成,即《南宋史研究论丛》两卷、《南宋专门史》二十卷、《南宋人物》十一卷、《南宋与杭州》十卷、《南宋全史》八卷。同年8月,编纂工作正式启动。同时,杭州市社会科学院成立南宋史研究中心,聘请浙江大学何忠礼教授、方建新教授和浙江省社会科学院徐吉军研究员为中心主任和副主任,具体负责《南宋史研究丛书》的编纂工作。为保证圆满完成这项任务,杭州市社会科学院诚邀国内四十余位南宋史研究方面的一流学者担任中心的兼职研究员,负责《丛书》的撰写。同时,为了保证书稿质量,还成立了学术委员会,负责审稿工作,对于一些专业性较强的书稿,我们还邀请国内该方面的权威专家参与审稿,所有书稿皆实行"二审制"。2005年11月,《南宋史研究丛书》被新闻出版总署列为国家"十一五"重点图书出版规划项目。2006年3月,南宋史研究中心高票入选浙江省哲学社会科学首批重点研究基地,南宋史研究项目被列为省重大课题,获得省市两级政府的大力支持。

以一地之力整合全国学术力量,从事如此大规模的丛书编纂工作在全国为数不多,任务不仅重要,也十分艰巨。为了很好地完成编纂任务,2005、2006两年,杭州市社会科学院邀请《丛书》各卷作者和学术委员召开了两次编纂工作会议,确定编纂体例,统一编纂认识。尔后,各位专家学者努力工作,对各自承担的课题进行了认真、刻苦的研究和撰写。南宋史研究中心的尹晓宁、魏峰、李辉等同志也为《丛书》的编纂付出了辛勤的劳动,大家通力合作,搞好组稿、审校、出版等各个环节的协调工作,使各卷陆续得以付梓。如今果挂枝头,来之不易,让人感慨良多。在此,我们向参与《丛书》编纂工作的各位专家学者表示由衷的感谢!

鉴于《丛书》比较庞大,参加撰写的专家众多,各专题的内容多互有联系,加之时间比较匆促,各部专著在体例上难免有些不同,内容上也不免有些重复或舛误之处，祈请读者予以指正。

《南宋史研究丛书》是"浙江文化研究工程成果文库"中的一项内容，为该文库作总序的是原中共浙江省委书记，现中共中央政治局常委、中央书记处书记习近平同志，为《南宋史研究丛书》作序的是中共浙江省委常委、杭州市委书记、杭州市人大常委会主任王国平同志和浙江大学终身教授、博士生导师徐规先生。在此谨深表谢意！

希望这部《丛书》能够作为一部学术精品，传诸后世，有鉴于来者。

杭州市社会科学院院长　史及伟

2007 年 12 月

图书在版编目（CIP）数据

南宋文学史 / 王国平主编；王水照　熊海英著.
-北京：人民出版社，2009
（南宋史研究丛书）
ISBN 978-7-01-008452-7
Ⅰ.南…　Ⅱ.①王…②王…③熊…
Ⅲ.文学史—研究—中国—南宋
Ⅳ.I209.442
中国版本图书馆 CIP 数据核字（2009）第 203393 号

南宋文学史

NANSONG WENXUESHI

作　　者：王水照　熊海英
责任编辑：张秀平
封面设计：祁睿一
装帧设计：山之韵

人民出版社 出版发行

地　　址：北京朝阳门内大街 166 号
邮政编码：100706　www.peoplepress.net
经　　销：全国新华书店
印刷装订：北京昌平百善印刷厂
出版日期：2009 年 12 月第 1 版　2009 年 12 月第 1 次印刷
开　　本：787 毫米×1092 毫米　1/16
印　　张：36
字　　数：570 千字
书　　号：ISBN 978-7-01-008452-7
定　　价：90.00 元

人民东方图书销售中心电话：（010）65250042　65289539